GOLDMANN

Buch

Italien um 1750. Der Gesangslehrer und Komponist Guido Maffeo ist von der Leitung des berühmten Kastratenkonservatoriums in Neapel beauftragt, geeigneten Nachwuchs zu finden. Auf seiner Reise durch das Land kommt Maffeo, der selbst Kastrat ist, auch nach Venedig. Dort hört er die wundervolle Stimme des fünfzehnjährigen Marco Antonio Treschi, genannt Tonio, dessen Vater einer der einflußreichsten Senatoren der Republik ist.

Da stirbt der Senator, und Tonios Halbbruder Carlo taucht unvermittelt aus seinem Exil in Konstantinopel auf, um von Tonio das Erbe zu fordern, das ihm versperrt ist. Als Tonio sich weigert, eröffnet ihm Carlo, welche »Schande« einst zu seiner Verbannung geführt hat: Er, Carlo, ist Tonios wahrer Vater! Wild vor Wut und rasend vor Begierde, nutzt Carlo Maffeos Anwesenheit. Er läßt Tonio entführen und kastrieren und übergibt ihn dann dem Gesangslehrer; beide müssen venezianisches Gebiet sofort verlassen. Von nun an sinnt Tonio, der ein gefeierter Sänger wird, auf Rache, und eines Tages rechnet er mit Carlo, seinem teuflischen Vater, auch ab – und zwar auf absolut ungewöhnliche Weise.

Autorin

Anne Rice wurde 1941 in New Orleans als Tochter irischer Einwanderer geboren. Sie wurde streng katholisch erzogen und besuchte eine Klosterschule. Nachdem sie lange Jahre in San Francisco gelebt hat, wohnt sie heute wieder mit ihrem Ehemann, dem Maler und Dichter Stan Rice, und ihrem Sohn Christopher in einem alten Landhaus in New Orleans.

Von Anne Rice sind im Goldmann Verlag
als Taschenbuch außerdem erschienen:

Der Fürst der Finsternis (9842)
Gespräch mit dem Vampir (41015)
Die Königin der Verdammten (9843)
Die Mumie oder Ramses der Verdammte (42247)

ANNE RICE

Falsetto

ROMAN

Aus dem Amerikanischen
von Gloria Ernst

GOLDMANN VERLAG

Die Originalausgabe erschien unter dem Titel
»Cry To Heaven« bei Alfred A. Knopf, New York

Deutsche Erstausgabe

Umwelthinweis
Alle bedruckten Materialien dieses Taschenbuchs
sind chlorfrei und umweltschonend.

Der Goldmann Verlag
ist ein Unternehmen der Verlagsgruppe Bertelsmann

Genehmigte Taschenbuchausgabe 9/95

Umschlaggestaltung: Design Team München
Umschlagfoto: Superbild/Zscharnack
Satz: Uhl + Massopust, Aalen
Druck: Graphischer Großbetrieb Pößneck
Verlagsnummer: 41562
Herstellung: Sebastian Strohmaier
Redaktion: Regina Kammerer
Printed in Germany
ISBN 3-442-41562-4

1 3 5 7 9 10 8 6 4 2

Dieses Buch ist in Liebe
Stan Rice
und
Victoria Wilson
gewidmet

ERSTER TEIL

1

Guido Maffeo wurde im Alter von sechs Jahren kastriert. Danach schickte man ihn zu den besten Gesangslehrern in Neapel, damit er bei ihnen Gesang studierte.

Bis dahin hatte er als elftes Kind einer vielköpfigen Bauernfamilie nur ständigen Hunger und Grausamkeit gekannt. Sein ganzes Leben lang erinnerte sich Guido deshalb daran, daß er seine erste reichliche Mahlzeit und sein erstes weiches Bett von jenen erhalten hatte, die ihn zum Eunuchen gemacht hatten.

Das Zimmer in Caracena, einer Stadt in den Bergen, in das man ihn gebracht hatte, war wunderschön: Es besaß einen richtigen Fußboden aus glatten Steinfliesen. An der Wand tickte eine Uhr. Guido, der in seinem Leben noch nichts dergleichen gesehen hatte, fürchtete sich davor. Die freundlichen Männer, denen ihn seine Mutter übergeben hatte, baten ihn, etwas vorzusingen. Danach belohnten sie ihn mit Rotwein, der mit viel Honig gesüßt war.

Die Männer zogen ihn aus und setzten ihn in eine Badewanne mit warmem Wasser. Er verspürte eine so angenehme Benommenheit, daß er zu diesem Zeitpunkt keine Angst mehr hatte. Sanfte Hände massierten seinen Nacken. Als Guido dann wieder ins Wasser zurückglitt, ahnte er, daß gerade etwas Wunderbares und Wichtiges mit ihm geschah. Noch nie zuvor hatte ihm jemand so viel Aufmerksamkeit gewidmet.

Er war fast eingeschlafen, als man ihn aus der Wanne hob und auf einem Tisch festband. Einen Augenblick lang spürte er, wie er nach hinten kippte, denn man hatte seinen Kopf niedriger als seine Füße plaziert. Dann aber schlief er wieder ein, während er von jenen samtweichen Händen, die ihm zwischen die Beine faßten und ihm dort ein verruchtes kleines Vergnügen bereiteten, festgehalten und gestreichelt wurde. Als das Messer kam, öffnete er die Augen und schrie.

Er bäumte sich auf, versuchte sich loszureißen. Da aber hörte er eine sanfte, tröstende Stimme an seinem Ohr, die ihn freundlich schalt: »Aber Guido, Guido.«

Das alles vergaß er nie.

In jener Nacht erwachte er auf schneeweißen Laken, die nach zerstoßenen grünen Blättern rochen. Als er trotz der kleinen bandagierten Wunde zwischen seinen Beinen aus dem Bett kletterte, stand er plötzlich vor einem Spiegel, in dem ein kleiner Junge zu sehen war. Sofort war ihm klar, daß das sein eigenes Spiegelbild sein mußte, das er bislang nur in stillem Wasser hatte betrachten können. Er sah sein lockiges, dunkles Haar und betastete sein Gesicht, vor allem seine flache, kleine Nase, die ihm wie ein Stück feuchter Ton vorkam.

Der Mann, der ihn vor dem Spiegel fand, bestrafte ihn nicht, sondern gab ihm mit einem silbernen Löffel Suppe zu essen, während er in einer fremden Sprache beruhigend auf ihn einredete. An den Wänden hingen kleine, bunte Bilder. Auf ihnen waren, als die Sonne aufging, lauter Gesichter zu erkennen. Auf dem Boden vor dem Bett sah Guido ein Paar feiner, schwarz glänzender Lederschuhe stehen, die so klein waren, daß sie ihm wie angegossen paßten. Da wußte er, daß man sie ihm schenken würde.

Man schrieb das Jahr 1715. Der französische Sonnenkönig, Ludwig XIV., war gerade gestorben. Peter der Große herrschte als Zar von Rußland.

Benjamin Franklin war gerade neun Jahre alt. George I. hatte soeben den Thron von England bestiegen.

Sklaven aus Afrika pflügten zu beiden Seiten des Äquators die Felder der Neuen Welt. In London konnte man gehängt werden, wenn man einen Laib Brot stahl. In Portugal konnte man wegen Ketzerei bei lebendigem Leib verbrannt werden.

Die Herren setzten sich, wenn sie ausgingen, große weiße Perükken auf. Sie trugen Degen und schnupften Schnupftabak, den sie mit spitzen Fingern aus edelsteinbesetzten Döschen nahmen. Sie trugen Hosen, die in Kniehöhe mit einer Spange geschlossen wurden, dazu Strümpfe und Schuhe mit hohem Absatz. Ihre Jacken hatten riesige Taschen. Damen in gerüschten Korsetts klebten sich Schönheitspflästerchen auf die Wangen. Sie tanzten in Reifröcken Menuett, unterhielten Salons, verliebten sich, begingen Ehebruch.

Mozarts Vater war noch nicht geboren. Johann Sebastian Bach war gerade dreißig geworden. Galileo war schon seit dreiundsiebzig Jahren tot. Isaac Newton war ein alter Mann, Jean Jacques Rousseau ein kleines Kind.

Die italienische Oper hatte die Welt erobert. Neapel sollte in diesem Jahr die Uraufführung von Alessandro Scarlattis *Il Tigrane* erleben, Venedig die von Vivaldis *Narone fatta Cesare*. Georg Friedrich Händel war der meistgefeierte Komponist in London.

Auf der sonnigen italienischen Halbinsel waren fremde Herrscher eingefallen. Der Erzherzog von Österreich herrschte im Norden über die Stadt Mailand, im Süden über das Königreich Neapel.

Guido jedoch wußte nichts von der Welt. Er sprach nicht einmal die Sprache seines Heimatlandes.

Die Stadt Neapel war das Wunderbarste, was er jemals gesehen hatte, und das Conservatorio, in das man ihn brachte und von dem aus man auf die Stadt und das Meer blicken konnte, erschien ihm so prächtig wie ein Palazzo.

Der schwarze Anzug mit der roten Schärpe, den man ihn anzuziehen hieß, war aus allerfeinstem Tuch gefertigt. Er konnte kaum glauben, daß er hier an diesem Ort bleiben sollte, um für immer zu singen und zu musizieren. Nein, eines Tages würde man ihn gewiß nach Hause schicken.

Aber das geschah nie.

An Festtagen, wenn er in der schwülen Nachmittagshitze mit den anderen kastrierten Jungen in langsamer Prozession durch die überfüllten Straßen schritt, sein Rock tadellos, die braunen Locken gewaschen und glänzend, da war er stolz, einer von ihnen zu sein. Ihre Lobgesänge schwebten, dem Duft der Lilien und der Kerzen gleich, in der Luft. Als sie dann die hochragende Kirche betraten und ihre Knabenstimmen laut inmitten einer Pracht erschollen, wie er sie noch nie zuvor gesehen hatte, da erlebte Guido zum ersten Mal ein echtes Glücksgefühl.

Jahrelang lief für ihn alles bestens. Die Ausbildung im Conservatorio fiel ihm leicht. Er hatte einen Sopran, mit dem er Glas zerspringen lassen konnte, er schrieb Melodien nieder, wann immer man ihm einen Stift in die Hand gab, und er lernte zu komponieren, bevor er lesen und schreiben konnte. Seine Lehrer liebten ihn.

Mit der Zeit jedoch begann er mehr und mehr zu verstehen.

Bald erkannte Guido, daß nicht alle Musiker in seiner Umgebung als kleine Jungen »verschnitten« worden waren. Einige von ihnen würden zu Männern heranreifen, würden heiraten, Kinder haben. Aber ganz gleich, wie gut die Violinisten spielten, ganz gleich, wieviel die Komponisten komponierten, niemand konnte je solche Bekanntheit, solchen Reichtum, solch strahlenden Ruhm erlangen, wie das einem großen Kastratensänger möglich war.

Italienische Musiker waren in den Kirchenchören, den Hoforchestern, den Opernhäusern der ganzen Welt gefragt.

Den Sopranisten jedoch verehrte die Welt wie einen Gott. Könige wetteiferten darum, ihn an ihrem Hofe zu Gast zu haben, dem Publikum stockte der Atem, wenn es ihn singen hörte. Er war es, der das wahre Wesen der Oper zum Leben erweckte.

Nicolino, Cortono, Ferri, an ihre Namen erinnerte man sich noch lange, nachdem man die Komponisten, die für sie komponiert hatten, vergessen hatte. Und in der kleinen Welt des Conservatorio gehörte Guido zu einer auserwählten, einer privilegierten Gruppe von Schülern, die, während man ihre einzigartige Begabung förderte, besser genährt und gekleidet wurden als die anderen und denen man wärmere Zimmer zur Verfügung stellte.

Er war erster Sänger im Chor, stand als Solist auf der Bühne des Conservatorio und schrieb bereits Übungen für die jüngeren Schüler. Als er zehn Jahre alt geworden war, durfte er mit ins Theater gehen, um Nicolino singen zu hören. Er bekam ein eigenes Cembalo, und man erlaubte ihm, länger aufzubleiben, um darauf üben zu können. Warme Decken und ein schöner Rock waren sein Lohn. Das war mehr, als er je zu erbitten gewagt hätte. Manchmal brachte man ihn auch in einen prächtigen Palazzo, damit er die dort versammelten Gäste mit seinem Gesang erfreute.

Bevor in seinem zweiten Lebensjahrzehnt die Zweifel begannen, hatte Guido sich durch ständiges Üben und eine gesunde Lebensweise eine stabile Grundlage geschaffen. Seine Stimme, die hoch, klar, ungewöhnlich leicht und geschmeidig war, galt inzwischen allgemein als Phänomen.

Aber wie es normalerweise bei jedem Menschen geschieht, so hörte das Blut seiner Vorfahren auch bei ihm – trotz der Kastration – nicht auf, seinen Körper weiter zu formen. Er, der von einem dunkelhäutigen und untersetzten Menschenschlag abstammte, schoß nicht zu einer Bohnenstange von einem Eunuchen empor, wie es viele seiner Mitschüler taten. Er besaß eine eher kräftige, wohlproportionierte Statur und vermittelte den trügerischen Eindruck, Kraft zu besitzen.

Obwohl sein lockiges braunes Haar und der sinnliche Mund seinem Gesicht ein wenig das Aussehen eines Cherubs verliehen, ließ ihn ein dunkler Flaum auf der Oberlippe doch männlich erscheinen. Im Grunde wäre er eine angenehme Erscheinung gewesen, hätten zwei Dinge diesen Eindruck nicht gestört: Zum einen war da seine plattgedrückte Nase, die er sich als Kind bei einem Sturz gebrochen hatte. Zum anderen glitzerte in seinen braunen Augen, die groß und ausdrucksvoll waren, die verschlagene Roheit jener Bauern, die seine Vorfahren gewesen waren.

Aber Guido war in seinem Verhalten und seiner Erscheinung alles andere als grob. Vielmehr nahm er sich seine Lehrer zum Vorbild und eignete sich deren würdevolles Benehmen an. Auch in den Fächern Dichtkunst, Latein und dem klassischen Italienisch, das man ihn lehrte, war er eifrig bei der Sache.

So wuchs er zu einem jungen Sänger von bemerkenswerter Ausstrahlung heran, dessen auffallende Eigenheiten ihm einen verwirrenden, verführerischen Reiz verliehen.

Einer Sache jedoch war er sich in keiner Weise bewußt: Er wirkte bedrohlich. Seine Familie war roher gewesen als die Tiere, die sie hielt, und Guido erweckte den Eindruck, als wäre er zu allem fähig. Es war sein zorniger Blick, die zerquetschte Nase, der üppige Mund – das alles zusammen.

Und so umgab ihn, ohne daß er es merkte, ein Schutzschild. Niemand versuchte ihn je zu schikanieren.

Doch alle, die Guido kannten, mochten ihn. Die normalen Jungen mochten ihn ebensosehr wie die Eunuchen unter seinen Mitschülern. Die Violinisten liebten ihn, weil er sich für sie besonders interessierte und herrliche Stücke für sie schrieb. Er galt als ruhig und ausgeglichen, als sanftes Bärenjunges, vor dem man sich, wenn man ihn erst einmal näher kannte, nicht zu fürchten brauchte.

Guido war fünfzehn Jahre alt, als man ihm eines Morgens sagte, er solle nach unten ins Büro des Maestro kommen. Er hatte keine Angst, denn er war noch nie in Schwierigkeiten geraten.

»Setz dich«, sagte Maestro Cavalla, sein Lieblingslehrer. Alle anderen Lehrer hatten sich um ihn herum versammelt. Nie zuvor hatten sie sich ihm gegenüber so förmlich verhalten. Irgend etwas an diesem Ring von Gesichtern war ihm unangenehm, und sofort wußte er auch, was es war. Das Ganze erinnerte ihn an das Zimmer, in dem er kastriert worden war, aber er tat es als bedeutungslos ab.

Der Maestro hinter dem geschnitzten Schreibtisch tauchte seine Feder in die Tinte, schrieb kratzend große Ziffern auf ein Pergament und reichte es Guido dann.

Dezember 1727. Was konnte das bedeuten? Ein schwaches Zittern durchlief Guido.

»Das ist das Datum«, sagte der Maestro, während er sich erhob, »an dem du in Rom in deiner ersten Oper als *primo uomo* auftreten wirst.«

Guido hatte es also geschafft.

Seine Zukunft war nicht der Kirchenchor, waren nicht die Pfarrbezirke im Hinterland, nicht einmal die großen Kathedralen der Städte. Nein, nicht einmal die Sixtinische Kapelle. Er hatte sich über all das erhoben, war geradewegs in den Traum hineingeflogen, der sie alle beflügelte, Jahr um Jahr, egal wie arm sie waren, egal wie reich, egal, woher sie kamen: die Oper.

»Rom«, flüsterte er, als er allein in den Korridor hinaustrat. Zwei Schüler standen in der Nähe, schienen auf ihn zu warten. Er aber ging an ihnen vorbei in den offenen Hof hinaus, so als hätte er sie nicht gesehen. »Rom«, flüsterte er abermals, ließ er jenes gewaltige Wort, das die Menschen seit zweitausend Jahren mit Ehrfurcht und Schrecken ausgesprochen hatten, auf der Zunge zergehen: Rom.

Ja, Rom und Florenz, Venedig, Bologna, dann weiter nach Wien, nach Dresden und Prag, an all die Fronten, an denen die Kastraten siegten. London, Moskau, wieder zurück nach Palermo. Fast hätte er laut herausgelacht.

Jemand hatte seinen Arm gepackt. Die Berührung war ihm unangenehm. Er konnte sich von seiner Vision, die ihm Reihen von Logen und ein begeistert brüllendes Publikum zeigte, nicht lösen. Als er endlich wieder in die Realität zurückkehrte, sah er, daß es Gino war, der ihn am Arm berührt hatte. Der hochgewachsene Eunuch, ein blonder und gertenschlanker Norditaliener mit schiefergrauen Augen, war ihm immer voraus gewesen. Neben ihm stand der reiche Alfredo, der die Taschen stets voller Geld hatte.

Sie wollten ihn mit in die Stadt nehmen. Sie erklärten ihm, daß der Maestro ihm den Tag zum Feiern freigegeben hatte.

Da wurde ihm klar, weshalb sie gekommen waren. Sie waren die aufsteigenden Sterne des Conservatorio.

Und er war jetzt einer von ihnen.

2

Als Tonio Treschi fünf Jahre alt war, stieß ihn seine Mutter die Treppe hinunter. Es war keine Absicht gewesen, denn sie hatte ihn nur ohrfeigen wollen. Er aber war auf den Marmorfliesen ausgeglitten, hintenüber gefallen und immer weiter die Treppe hinuntergestürzt, bis er, von panischer Angst gepackt, unten angekommen war.

Er hätte das Ganze vielleicht vergessen, denn es war nicht ungewöhnlich, daß ihre Liebe zu ihm von einer Minute zur anderen in Grausamkeit umschlug. Aber an diesem Abend nahm sie ihn zur Wiedergutmachung mit nach San Marco, damit er dort seinen Vater in der Prozession sehen konnte.

Die große Kirche war die Palastkapelle des Dogen, und Tonios Vater war Mitglied des Großen Rates. Hinterher erschien Tonio alles wie ein Traum, aber es war kein Traum gewesen, und er sollte sich sein ganzes Leben lang daran erinnern.

Nach dem Sturz hatte er sich stundenlang vor seiner Mutter versteckt. Der große Palazzo Treschi hatte ihn einfach verschluckt. Die Dunkelheit machte ihm nichts aus. Wenn er sich ab und an einmal verlief in dem vierstöckigen, verfallenden Gebäude, beunruhigte ihn das ebenfalls nicht. Vor Ratten hatte er keine Angst. Vielmehr sah er mit vagem Interesse zu, wie sie eilig durch die Korridore huschten. Und er mochte die Schatten an den Wänden, die Wellen aus Licht, die vom Canal Grande her an die mit alten Gemälden verzierten Zimmerdecken geworfen wurden.

Er wußte mehr von diesen vermodernden Zimmern als von der Welt da draußen. Sie bildeten die Landschaft seiner Kindheit, und die Wege durch dieses Labyrinth führten ihn auf seinen langen Wanderschaften zu vielen Schlupfwinkeln.

Aber ohne *sie* zu sein, das bereitete ihm Schmerz. Also schlich er schließlich bedrückt und zitternd zu ihr zurück, wie er es stets tat, wenn die Dienerschaft ihre verzweifelte Suche nach ihm aufgegeben hatte.

Sie lag schluchzend auf ihrem Bett. Da stand er nun, ein kleiner Mann von fünf Jahren, nach Rache dürstend, das Gesicht gerötet und Tränenspuren auf den schmutzigen Wangen. Natürlich würde er, solange er lebte, kein Wort mehr mit ihr reden. Daß er es nicht ertragen konnte, ohne sie zu sein, war dabei nicht von Bedeutung.

Sobald sie jedoch die Arme ausbreitete, warf er sich in ihren Schoß und lag, gegen ihre Brust gepreßt, so still, als wäre er tot. Den Arm hatte er um ihren Nacken geschlungen, während er sich gleichzeitig mit einer Hand so krampfhaft an ihrer Schulter festhielt, daß es ihr weh tat.

Sie war selbst fast noch ein Kind, aber das war ihm nicht bewußt. Er spürte ihre Lippen auf seiner Wange, auf seinem Haar. Er schmolz in ihrer Freundlichkeit dahin. Aus dem Schmerz, der ihn in diesem Augenblick beherrschte, wuchs der Gedanke: Wenn ich sie halte, ganz fest halte, dann wird sie bleiben, wie sie jetzt ist, und dieses andere Wesen wird nicht wieder aus ihr hervorbrechen, um mir weh zu tun.

Dann richtete sie sich auf, strich sich über die widerspenstigen schwarzen Locken, während ihre braunen Augen, die immer noch rot vom Weinen waren, plötzlich voller Begeisterung strahlten. »Tonio!« sagte sie impulsiv, wobei sie sich wie ein Kind hin und her wiegte. »Die Zeit reicht noch, ich werde dich selbst anziehen.« Sie klatschte in die Hände. »Ich nehme dich mit nach San Marco.«

Seine Ammen waren dagegen, aber seine Mutter ließ sich durch nichts abhalten. Fröhlichkeit erfüllte den Raum, Diener folgten ihnen mit flackernden Kerzen. Seine Mutter knöpfte ihm mit flinken Fingern seine Satinhosen, seine Weste aus Brokat zu. Sie kämmte ihm die seidigen schwarzen Locken und gab ihm zweimal ganz unvermittelt einen Kuß. Den ganzen Weg den Korridor entlang hörte er sie hinter sich leise singen, während er voraushüpfte, begeistert davon, wie seine reichverzierten Schuhe auf dem Marmorboden klapperten.

In ihrem Kleid von schwarzem Samt bot sie eine strahlende Erscheinung, Röte überzog ihre olivfarbene Haut. Als sie in die dunkle *felze* der Gondel zurücksank, erinnerte ihr Gesicht mit den schrägen Augen im Licht der Laternen stark an das der Madonnen auf alten byzantinischen Gemälden. Sie zog ihn auf ihren Schoß. Der Vorhang schloß sich. »Liebst du mich?« fragte sie. Um sie zu necken, zögerte er. Sie preßte ihre Wange gegen die seine und kitzelte ihn mit ihren Wimpern, bis er laut lachen mußte. »Liebst du mich?« Sie umklammerte seine Schulter. Und als er ja sagte, spürte er ihre weiche Umarmung und lehnte sich einen Augenblick still an sie.

Auf der Piazza nahm sie ihn bei der Hand, und er hüpfte wie ein Hund an der Leine neben ihr her. Alle Welt war hier! Er machte eine Verbeugung nach der anderen, Hände wuschelten in seinem Haar, preßten ihn gegen parfümierte Röcke. Der junge Sekretär seines Vaters, Signore Lemmo, warf ihn siebenmal hoch in die Luft, bis seine Mutter ihn schließlich bat, damit aufzuhören. Und seine wunderschöne Cousine Catrina Lisani, die zwei ihrer Söhne im Schlepptau hatte, schlug ihren schwarzen Schleier zurück, hob ihn hoch und drückte ihn so fest an ihren duftenden, weißen Busen, daß ihm fast die Luft wegblieb.

Aber sobald sie ihren Fuß in die riesige Kirche gesetzt hatten, war Tonio still.

Noch nie war er Zeuge eines solchen Schauspiels geworden. Die marmornen Säulen waren überall von Kerzen umgeben. Mit jedem Windstoß, der durch die offenen Türen kam, knisterten die Fackeln in ihren Haltern. Die herrlichen Gewölbe erstrahlten von Engeln und Heiligen, Wände und Kuppeln pulsierten von Millionen und Abermillionen winziger blinkender Goldplättchen.

Wortlos krabbelte Tonio in die Arme seiner Mutter. Er erkletterte sie wie einen Baum, und sie bog sich unter seinem Gewicht nach hinten, lachte dabei.

Dann hatte es den Anschein, als würde ein Raunen durch die Menge gehen, das wie ein Rascheln brennenden Reisigs klang. Trompeten schmetterten. Tonio drehte sich eilig in alle Richtungen, ohne aber zu entdecken, woher der Klang kam.

»Schau!« flüsterte seine Mutter, während sie seine Hand drückte. Über den Köpfen der Menge erschien in seinem großen Amtsstuhl, beschirmt von einem schwankenden Baldachin, der Doge. Der scharfe, schwere Duft von Weihrauch erfüllte die Luft. Die Trompeten schmetterten jetzt in einer höheren Tonlage, schrill, strahlend und frostig.

Dann kamen die Mitglieder des Großen Rats in ihren prächtigen Gewändern. »Dein Vater!« sagte Tonios Mutter mit mädchenhafter Begeisterung.

Die hochgewachsene, klapperdürre Gestalt von Andrea Treschi kam in Sicht, die Ärmel seiner Robe reichten bis zum Boden, sein weißes Haar wirkte wie die Mähne eines Löwen, der Blick seiner tiefliegenden blassen Augen war starr wie der einer Statue.

»Papa!« Tonios Flüstern trug weit. Köpfe drehten sich herum, unterdrücktes Lachen war zu hören. Und als der Blick des Senators umherschweifte und seinen Sohn in der Menge erfaßte, da verwandelte sich das uralte Gesicht: Ein fast schon verzücktes Lächeln erhellte es, seine Augen erwachten strahlend zum Leben. Tonios Mutter wurde rot.

Aber plötzlich erhob sich aus der Luft, so schien es, ein herrlicher Gesang. Es waren Stimmen, hoch, klar und strahlend. Tonio spürte einen Kloß im Hals. Einen Moment lang war er unfähig, sich zu rühren, sein Körper war vollkommen starr, während er von diesem Gesang durchdrungen wurde, der wie ein Schock für ihn war. Dann versuchte er, den Blick nach oben, ins blendende Kerzenlicht gerichtet, sich aus den Armen seiner Mutter herauszuwinden. »Sitz still«, sagte seine Mutter, die ihn kaum halten konnte. Der Gesang wurde kräftiger, voller.

Er kam in Wellen von beiden Seiten des riesigen Kirchenschiffs, eine Melodie war mit der anderen verwoben. Tonio konnte es fast bildlich vor sich sehen. Es war ein großes goldenes Netz, ausgeworfen wie auf die plätschernden Wellen des Meeres im glänzenden Sonnenlicht. Die Luft selbst war übervoll von Tönen. Und schließlich sah er, ganz oben, die Sänger.

Sie standen auf zwei riesigen Emporen zur linken und rechten Seite der Kirche, die Münder hatten sie weit geöffnet, ihre Gesichter strahlten im Glanz der Lichter. Sie wirkten wie die Engel auf den Mosaiken.

Im Nu war Tonio seiner Mutter vom Schoß gerutscht. Er spürte, wie sie ihn noch mit der Hand zu fassen versuchte. Dann schlüpfte er eilig durch das Gedränge von Röcken und Umhängen, Parfüm und Winterluft hindurch, und sah die Tür zur Emporentreppe offenstehen.

Als er die Treppe emporklomm, schien es, als würden die Wände um ihn herum mit den Akkorden der Orgel pulsieren. Plötzlich stand er auf der Chorempore inmitten all dieser hochgewachsenen Sänger.

Es gab ein kleines Durcheinander. Tonio stand direkt am Geländer und blickte hinauf in die Augen eines riesigen Mannes, dessen

Stimme so rein und golden wie der helle Ton einer Trompete aus ihm hervorströmte. Der Mann sang jenes eine großartige Wort, das den eigentümlichen Charakter eines Rufes, einer Aufforderung hat: »Halleluja!« All die Männer hinter ihm nahmen diesen Ruf auf, sangen ihn in Abständen immer und immer wieder, so daß sich ihre Rufe überschnitten. Der andere Chor indessen erwiderte über den Kirchenraum hinweg mit ansteigender Klangfülle ihren Ruf.

Tonio öffnete seinen Mund. Er begann zu singen. Er sang dieses eine Wort im gleichen Takt wie der hochgewachsene Sänger. Da spürte er, wie sich die Hand des Mannes warm auf seine Schulter legte. Der Sänger nickte ihm zu, er sprach mit seinen großen, beinahe schläfrigen braunen Augen zu ihm. Ja, sing, sagte er, ohne es auszusprechen. Tonio konnte die magere Flanke des Mannes durch dessen Gewand hindurch spüren, dann schlang sich ein Arm um seine Taille, um ihn hochzuheben.

Die ganze Gemeinde schimmerte unter ihm, da waren der Doge in seinem Amtsstuhl aus goldenem Tuch, die Mitglieder des Senats in ihren purpurnen Roben, die Räte in Scharlachrot, all die venezianischen Patrizier mit ihren weißen Perücken. Tonios Blick jedoch war auf das Gesicht des Sängers geheftet, während er seine eigene Stimme, die sich von dem hellen Trompetenton des Sängers unterschied, wie eine Glocke klingen hörte. Tonio verließ seinen Körper, ließ sich von seiner Stimme, die sich mit der des Sängers vermischt hatte, emportragen. Er sah Freude in den Augen des Sängers aufflackern, die Schläfrigkeit von vorhin war weg. Der machtvolle Klang jedoch, der aus der Brust des Mannes hervorbrach, war erstaunlich.

Als es vorüber war und er sich wieder in den Armen seiner Mutter befand, blickte sie auf zu diesem Riesen, der sich tief vor ihr verbeugt hatte, und sagte: »Danke, Alessandro.«

»Alessandro, Alessandro«, flüsterte Tonio. Als er sich später in der Gondel an seine Mutter kuschelte, wollte er unbedingt wissen: »Mamma, werde ich denn, wenn ich einmal erwachsen bin, ebenso schön singen? Werde ich wie Alessandro singen?« Es war ihm nicht möglich, es ihr zu erklären. »Mamma, ich möchte einer von diesen Sängern werden!«

»Gütiger Himmel, Tonio, nein!« Sie mußte lachen. Dann machte sie mit ihrem Handgelenk eine gezierte Bewegung zu seiner Amme Lena hin und sah zum Himmel.

Als Tonio an diesem Abend im Bett lag, die Decke bis unters Kinn gezogen, konnte er nicht einschlafen. Seine Mutter lag auf dem Rücken, ihre Lippen entspannt, ihr kantiges Gesicht war weich geworden.

Tonio schlug die Decke zurück (sein Vater schlief niemals bei ihnen. Er blieb stets in seinen eigenen Gemächern), stieg aus dem Bett und ging mit bloßen Füßen über den kalten Boden zum Fenster.

Heute nacht waren Straßensänger unterwegs, dessen war er sich sicher. Nachdem er die Fensterläden aufgedrückt hatte, lauschte er mit geneigtem Kopf, bis er in der Ferne schwach den Gesang eines Tenors ausmachen konnte. Dann kam ein Baß hinzu, die kratzende Dissonanz einer Geige. Die Melodie schraubte sich immer höher.

Es war eine neblige Nacht. Außer der Aureole einer einzelnen Harzfackel unten, deren schwerer Geruch sich mit der salzigen Luft vom Meer her vermischte, waren weder Formen noch Umrisse zu erkennen. Während Tonio lauschte, den Kopf an die feuchte Wand gelehnt, die Knie angezogen, die Arme locker darum geschlungen, da hatte er das Gefühl, immer noch auf der Chorempore von San Marco zu stehen. Alessandros Stimme konnte er sich nicht mehr ins Gedächtnis zurückrufen, aber er fühlte noch immer, welch ungeheure, fast magische Kraft die Musik entfaltet hatte.

Er öffnete den Mund, sang ein paar hohe Töne im Einklang mit jenen weit entfernten Sängern auf der Straße und spürte wieder Alessandros Hand auf seiner Schulter.

Was aber irritierte ihn plötzlich so sehr? Er, dessen Verstand noch nicht von geschriebener Sprache geformt worden war, spürte abermals jene Hand, die so sanft an seinem Nacken geruht hatte. Er sah in Gedanken wieder an jenem bauschigen Ärmel hoch und hoch, bis endlich die Schulter kam. Alle großgewachsenen Männer, die er sonst kannte, mußten sich bücken, wenn sie einem Jungen, der so klein wie Tonio war, übers Haar streichen wollten. Daß diese Hand so mühelos auf seiner Schulter liegen konnte, hatte ihn schon da oben auf der Chorempore verwundert.

Sie schienen widernatürlich, magisch, dieser Arm, der ihn hochgehoben hatte, diese Hand, die seine Rippen umschlossen hatte, als wäre er ein Spielzeug.

Aber das Lied der Straßensänger riß ihn aus diesen Gedanken, wie das stets der Fall war, wenn er eine Melodie hörte. Wie schön wäre es gewesen, wenn seine Mutter jetzt auf ihrem Cembalo gespielt oder das Tambourin geschlagen hätte, oder wenn sie beide auch nur zusammen gesungen hätten. Alles, was die Musik nicht hätte abreißen lassen, wäre ihm recht gewesen. Dann war er plötzlich fröstelnd auf dem Fenstersims eingeschlafen.

Er war sieben Jahre alt, als er erfuhr, daß Alessandro und all die anderen hochgewachsenen Sänger von San Marco Eunuchen waren.

3

Als er neun Jahre alt war, wußte er dann auch, was man diesen spinnenhaften Wesen weggeschnitten hatte und was ihnen geblieben war. Er wußte, daß ihre Körpergröße und ihre langen Gliedmaßen eine Folge jener fürchterlichen Verstümmelung waren, denn danach härteten ihre Knochen nicht so aus wie bei einem Mann, der Kinder zeugen konnte.

In der Oper, die zu besuchen Tonio noch viel zu klein war, galten sie als himmlisches Phänomen. Nicolino, Carestini, Senesino, die Diener seufzten, wenn sie die Namen am nächsten Tag nannten. Einmal hatte sich Tonios Mutter sogar aus ihrer Zurückgezogenheit hervorlocken lassen, um Farinelli, den jungen Sänger aus Neapel, zu sehen, den sie »den Knaben« nannten. Tonio weinte, weil er nicht mitkommen durfte. Als sie dann Stunden später nach Hause kam, lag er in seinem Bett noch immer wach. Er sah, wie sie sich im Dunkeln ans Cembalo setzte, den Schleier voller glitzernder Regentropfen, das Gesicht so weiß wie das einer Porzellanpuppe, und mit leiser, unsicherer Stimme Farinellis Arien wiederholte. Wie bewunderte er diese Stimmen.

Zu diesem Zeitpunkt jedoch war sich Tonio inzwischen auch bewußt, daß er Marc Antonio Treschi war, der Sohn von Andrea Treschi, der einst die Galeeren der Serenissima auf fremden Meeren befehligt hatte und der nach dreijährigem Dienst im Durchlauchtigsten Senat gerade in den Rat der Drei gewählt worden war. Dies war jenes ehrfurchtgebietende Triumvirat aus Inquisitoren, die die Macht hatten, jemanden zu verhaften, vor Gericht zu stellen, ihn zu verurteilen und den Urteilsspruch auszuführen – selbst wenn es sich um ein Todesurteil handelte.

Mit anderen Worten, Tonios Vater gehörte zu jenen, die mächtiger als der Doge selbst waren.

Der Name Treschi stand schon seit einem Jahrtausend im Goldenen Buch der Stadt. Die Treschi waren eine Familie von Admirälen, Botschaftern, Prokuratoren von San Marco und Senatoren, zu zahlreich, um sie einzeln zu erwähnen. Drei Brüder von Tonio, alle seit langem tot – die Kinder der ersten Frau seines Vaters, die ebenfalls gestorben war –, hatten in höchsten Ämtern gedient.

Mit seinem dreiundzwanzigsten Geburtstag würde Tonio gewiß seinen Platz unter jenen jungen Staatsmännern einnehmen, die auf jenem langen Stück Piazzetta vor dem Dogenpalast spazierengingen, das *Broglio* genannt wurde.

Davor würde er die Universität von Padua besuchen, zwei Jahre auf See verbringen, vielleicht eine Weltreise machen. Gegenwärtig aber würde er viele Stunden in der Bibliothek des Palazzo unter der freundlichen, aber strengen Aufsicht seiner Hauslehrer verbringen.

Porträts hingen an den Wänden des Palazzo. Schwarzhaarige Treschi mit heller Haut waren darauf zu sehen. Männer, alle vom selben Schlag, mit feinem Knochenbau, aber hochgewachsen, mit breiter Stirn, die sich in einem dichten Haarschopf fortsetzte. Selbst als kleinem Jungen war Tonio schon aufgefallen, daß er einigen von ihnen stärker ähnelte als anderen. Da hingen sie, verstorbene Onkel, Cousins, seine Brüder: Leonardo, der in einem Zimmer im Obergeschoß an Schwindsucht gestorben war, Giambattista, der vor der griechischen Küste ertrunken war, Philippo, der in irgendeinem entfernten Außenposten des Reiches der Malaria zum Opfer gefallen war. Zwischendrin tauchte immer wieder ein junger Mann auf, der Tonio wie aus dem Gesicht geschnitten schien. Dieser junge Mann spähte immer nur aus großen Gruppen prächtig gekleideter Männer hervor, war auf Bildern zu finden, auf denen ein jüngerer Andrea, umringt von seinen Brüdern und Neffen, zu sehen war. Aber es war schwierig, einem jeden Gesicht einen Namen zuzuordnen, die vielen abgebildeten Personen voneinander zu unterscheiden.

In dem langgestreckten Speisezimmer aber spähten aus dem größten der vergoldeten Rahmen alle drei Söhne mit ihrem Vater und dessen melancholischer erster Frau herab.

»Sie beobachten dich«, neckte ihn Lena, Tonios Amme, die weniger Tonios Amme als die Amme von Tonios Mutter Marianna war. Sie war alt, aber stets gut gelaunt und hatte nur einen Scherz machen wollen. Sie konnte nicht ahnen, wie weh es ihm tat, diese Versammlung rotbackiger und so lebensecht wirkender Gesichter anzusehen. Er wünschte sich, seine Brüder wären noch am Leben, er wollte sie hier bei sich haben, und er wollte, wenn er die Tür zu einem Zimmer öffnete, dahinter fröhliches Lachen und Bewegung finden. Manchmal stellte er sich vor, wie es sein würde, wenn seine Brüder mit an dem langen Eßtisch säßen.

Mit der Zeit wurde ihm allerdings klar, daß dieses kleine Spiel etwas Absurdes an sich hatte. Es machte ihm nämlich ungeheuer angst. Man hatte ihm, lange bevor er die volle Bedeutung einer solchen Aussage ermessen konnte, gesagt, daß nur ein einziger Sohn in einer großen venezianischen Familie heiraten durfte. Es war eine Sitte, die so alt war, daß sie inzwischen den Charakter eines Gesetzes angenommen hatte. Damals war das Philippo gewesen, dessen Frau, da die Ehe kinderlos geblieben war, nach seinem Tod wieder zu ihrer eigenen Familie zurückgekehrt war. Wenn jedoch irgendeiner dieser Schatten auf dem Bild lang genug gelebt hätte, um einen Sohn zu zeugen, dann säße Tonio jetzt nicht hier! Sein

Vater hätte dann niemals eine zweite Frau genommen, und Tonio wäre nicht geboren worden. Also lebte er nur deshalb, weil der Tod seine Brüder dahingerafft hatte, bevor sie für Nachkommenschaft hatten sorgen können. Das war der Preis für sein Leben.

Anfangs konnte er das nicht begreifen, nach einer Weile jedoch war es eine vertraute Wahrheit für ihn geworden. Ihm und jenen Brüdern war es niemals bestimmt gewesen, einander kennenzulernen. Dennoch spann er in seiner Phantasie diese Gedanken weiter aus. Er sah die gähnend leeren Zimmer hell erleuchtet, hörte Musik, stellte sich vor, wie er von freundlichen Männern und Frauen umringt wurde, die seine Verwandten waren, einer Schar namenloser Cousins und Cousinen.

Und stets war sein Vater da, beim Abendessen, im Ballsaal, und wenn er seinen jüngsten Sohn sah, dann schloß er ihn in die Arme und überhäufte ihn spontan mit Küssen.

In Wirklichkeit verhielt es sich jedoch so, daß Tonio seinen Vater nur selten zu Gesicht bekam.

Aber wenn Lena hin und wieder zu ihm kam und ihm ängstlich zuflüsterte, daß Andrea nach seinem Sohn geschickt habe, war das etwas absolut Wunderbares. Sie zog ihm dann immer seine besten Sachen an, den Rock aus rostfarbenem Samt, den er so liebte, manchmal auch den dunkelblauen, der das Lieblingsstück seiner Mutter war. Wenn sie sein Haar gebürstet hatte, bis es glänzte, ließ sie es, ohne es mit einem Band zusammenzunehmen, weich auf die Schultern herabfallen. Er protestierte dann stets, daß er mit dieser Frisur ja wie ein Kleinkind aussähe. Aber schon brachte man ihm die juwelenbesetzten Ringe, den pelzgefütterten Umhang und seinen eigenen kleinen Degen, der mit Rubinen geschmückt war. Jetzt war er bereit. Seine Absätze machten auf dem Marmorboden ein köstlich klapperndes Geräusch.

Stets war der Große Salon im Hauptgeschoß der Schauplatz. Der riesige Raum war lediglich mit einem langen reichgeschnitzten Tisch ausgestattet. Drei Männer hätten der Länge nach darauf Platz gehabt. Auf dem Boden befand sich ein Muster aus buntem Marmor, das eine Weltkarte darstellte, während sich an der Decke ein endloser Ausblick in eine blaue Weite bot, in der Engel schwebten, die gerade ein gewundenes Schriftband mit lateinischer Aufschrift entrollten. Im Großen Salon herrschten ungleichmäßige Lichtverhältnisse, da auch durch die offenen Türen der angrenzenden Zimmer Licht in den Raum fiel, häufig jedoch war der Salon auch von den warmen Strahlen der Morgensonne erfüllt, die die dünne, fast geisterhafte Gestalt von Andrea Treschi beschienen.

Tonio pflegte dann seine Verbeugung zu machen. Wenn er wieder aufblickte, sah er jedesmal die eindrucksvolle Vitalität im Blick seines Vaters. In seinen Augen, die so jung waren, daß sie gar nicht zu dem skelettähnlichen Gesicht zu gehören schienen, glänzten ununterdrückbarer Stolz und Liebe.

Andrea bückte sich zu seinem Sohn hinunter, um ihn zu küssen. Sein Kuß war puderweich und geräuschlos, und seine Lippen verweilten dabei auf Tonios Wange.

Seine Diener standen dabei. Sie lächelten, sie zwinkerten. Durch das Zimmer schien eine Welle sanfter Erregung zu gehen. Dann war es vorbei. Tonio, der oben im Zimmer seiner Mutter zum Fenster gestürzt war, sah zu, wie die Gondel seines Vaters den Kanal hinunterfuhr, auf die Piazetta zu.

Niemand mußte Tonio sagen, daß er der letzte seines Geschlechts war. Der Tod hatte in allen Zweigen dieser großen Familie eine solche Verwüstung angerichtet, daß nicht einmal ein Cousin übriggeblieben war, der den Namen Treschi trug. Tonio »würde früh heiraten«, er mußte sich auf ein von Pflichten bestimmtes Leben vorbereiten. Und in jenen wenigen Nächten, wenn er einmal krank war, schauderte es ihn, wenn er das Gesicht seines Vaters in der Tür erscheinen sah: die Zukunft der Treschi stand und fiel mit ihm.

Aber der Palazzo Treschi war nicht nur sein Zuhause, er war auch sein Gefängnis. Seine Hauslehrer ließen ihm, wenn möglich, keine Ruhe. Beppo, der alte Kastrat, der schon vor langer Zeit seine Stimme verloren hatte, unterrichtete ihn in Französisch, Poesie und im Kontrapunkt, während Angelo, der junge und ernste Priester mit dem dunklen Haar und dem schmächtigen Körperbau, ihn in Latein, Italienisch und Englisch unterwies.

Zweimal die Woche kam der Fechtmeister. Tonio lernte bei ihm, wie man richtig mit dem Degen umging, mehr zum Spaß, so schien es, als mit dem Ziel, die Waffe jemals ernsthaft zu gebrauchen.

Und dann war da noch der *ballerino*, ein reizender Franzose, der ihm die zierlichen Tanzschritte von Menuett und Quadrille beibrachte, während Beppo dem Cembalo die dazu passende festliche Musik entlockte. Tonio mußte lernen, wie man einer Dame die Hand küßte, wann und wie man sich verbeugte und alles, was sonst noch zum feinen Benehmen gehörte.

Das Ganze machte ihm durchaus Spaß. Wenn er allein war, zerteilte er manchmal die Luft mit seiner Degenklinge oder tanzte mit imaginären Mädchen, deren wunderschönes Bild er sich aus all jenen zusammensetzte, die er von Zeit zu Zeit in den engen *calli* sah.

Aber abgesehen von den kirchlichen Festen und der Sonntagsmesse bestand Tonios einzige Ablenkung darin, in die Eingeweide des Hauses zu den vernachlässigten Zimmern des untersten Stockwerks zu entfliehen, wo ihn niemand fand. Manchmal blätterte er dort, eine Kerze in der Hand, in den schweren Bänden des Archivs und staunte über die dort angehäuften, vermodernden Berichte über seine Familiengeschichte. Selbst die schlichten Fakten und Daten auf jenen Seiten, die bedenklich knisterten, wenn er sie berührte, entzündeten seine Phantasie: Er würde zur See gehen, wenn er erwachsen war, er würde die purpurne Robe eines Senators tragen. Selbst der Amtsstuhl des Dogen lag nicht außerhalb der Reichweite eines Treschi.

Eine dumpfe Erregung durchströmte seine Adern, und er setzte seine Streifzüge fort. Er versuchte Riegel zu öffnen, die seit Jahren niemand mehr berührt hatte, hob uralte Bilder aus ihren feuchten Ecken, um in fremde Gesichter zu spähen. Die alten Vorratsräume hier rochen immer noch nach den Gewürzen, die die Händler einst aus dem Orient mitgebracht hatten, als die Boote noch direkt vor dem Palazzo anlegten und ein Vermögen an Teppichen, Juwelen, Zimt und Seide abluden. Dort lag, immer noch zusammengerollt, ein feuchtes Hanfseil, hier waren Strohhalme verstreut. Und in der Luft hing ein pikantes und verlockendes Duftgemisch.

Von Zeit zu Zeit hielt er inne. Seine kleine, gespenstische Kerzenflamme tanzte unruhig im Zugwind. Er konnte das Wasser unter dem Haus hören, das dumpfe Knarren der Stützpfähle. Wenn er die Augen schloß, dann hörte er weit über sich auch seine Mutter nach ihm rufen.

Hier war er jedoch vor jedermann sicher. Spinnen schlichen auf Zehenspitzen übers Gebälk, und mit einer plötzlichen Wendung seiner Kerze ließ er ein Gespinst erscheinen, kompliziert und golden. Ein kaputter Fensterladen gab unter seiner Berührung nach, das graue Licht des Nachmittags fiel schmutzig durch vergitterte Scheiben. Als er hinausspähte, sah er die Ratten gemächlich durch den Abfall schwimmen, der im trägen Wasser trieb.

Er war traurig. Er hatte Angst. Plötzlich überkam ihn eine Trübsal, die er nicht benennen konnte, eine Furcht, die alle Dinge ringsum des Wunderbaren beraubte.

Sein Vater war so alt. Seine Mutter war so jung. Hinter all dem schien irgendein unbekannter Schrecken zu stehen, der auf ihn wartete. Wovor fürchtete er sich nur? Er wußte es nicht. Dennoch schien es ihm, als wäre die Luft, die ihn umgab, mit Geheimnissen geschwängert. Manchmal war da ein geflüsterter Name, der anschließend geleugnet wurde, manchmal glaubte er, die Diener untereinander auf irgendeinen vergangenen Konflikt anspielen gehört zu haben. Er war sich nicht ganz sicher.

Vielleicht aber war es am Ende nur, daß seine Mutter so unglücklich war!

4

Da Guido nun für die Bühne ausgewählt worden war, bedeutete das, daß er von jetzt an hart arbeiten mußte. Abend für Abend war er nun in der schwindelerregenden Pracht des Opernhauses zu finden, wo er alles genau studierte und im Chor mitsang, wenn es einen gab. Wenn er das Theater dann schließlich wieder verließ, hatte er noch den Applaus in den Ohren und den Duft von Parfüm und Puder in der Nase.

Diese Jahre waren so wunderbar intensiv, daß sich Guido nicht einmal von seinem Weg abbringen ließ, als er spürte, daß in ihm die Leidenschaft zu erwachen begann.

Dabei hatte er sich schon längst damit abgefunden, daß er keine Leidenschaft empfinden konnte.

Das zölibatäre Leben zog ihn in der Tat an. Er glaubte das, was ihm gepredigt wurde. Da die Ehe dazu bestimmt war, Kinder zu zeugen, würde er als Eunuch niemals die Erlaubnis bekommen, zu heiraten. Noch nie hatte der Papst einem Kastraten einen Dispens erteilt. Also würde er wie ein Priester leben, das war die einzige rechtschaffene und anständige Lebensweise, die ihm erlaubt war.

Da er die Eunuchen als die Hohepriester der Musik betrachtete, akzeptierte er das voll und ganz. Wenn er einmal einen Augenblick darüber nachdachte, welches Opfer er für diese Priesterschaft dargebracht hatte, dann geschah dies in der stillen Überzeugung, daß er das Ausmaß dessen sowieso niemals verstehen würde.

Was bedeutet mir das schon, dachte er achselzuckend. Er besaß einen eisernen Willen, und allein das Singen zählte für ihn.

Eines Nachts aber hatte er, nachdem er spät aus dem Theater nach Hause gekommen war, einen gespenstischen Traum. Er träumte, er würde eine Frau, die er auf der Bühne gesehen hatte, eine mollige kleine Sängerin, liebkosen. Es waren ihre nackten Schultern, die er in diesem Traum sah, die Biegung ihres Arms und die Stelle, an der sich aus der gerundeten Fülle ihr hübscher Nacken erhob. Er erwachte schweißgebadet und fühlte sich elend.

In den folgenden Monaten träumte er noch zweimal davon, diese Frau zu küssen. Er nahm im Traum ihren Arm und gab ihr einen Kuß in die zarte Armbeuge. Eines Nachts glaubte er, als er aufwachte, in dem dunklen Schlafsaal um sich herum Geräusche zu hören. Da war ein Flüstern und Fußgetrappel gewesen, dazwischen immer wieder leises Lachen.

Er vergrub seinen Kopf im Kissen. Vor seinem inneren Auge

erschien eine Abfolge von Bildern. Er sah üppige Eunuchen, oder waren es Frauen?

Tags darauf beim Gottesdienst stand Gino neben ihm, und Guido konnte den Blick nicht mehr von dessen Füßen wenden. Beim Anblick des Leders, das in den hohen Spann von Ginos Fuß schnitt, spürte Guido einen merkwürdigen Kloß im Hals. Er beobachtete, wie sich die Muskeln unter seinen engen Strümpfen bewegten. Die Biegung der Wade erschien ihm wunderschön, einladend. Er wollte sie berühren und sah dann trübselig zu, wie der Junge zur Kommunionbank ging.

Eines Nachmittags im Spätsommer brachte er dann plötzlich keinen Ton mehr heraus, weil ihn der enge schwarze Rock eines jungen Maestro, der vor ihm stand, magisch anzog.

Der Maestro war verheiratet, hatte Frau und Kinder. Er kam untertags, um Unterricht in Interpretation und Artikulation zu geben, was zu jenen Techniken gehörte, die alle Sänger gründlich erlernen mußten. Und warum, knurrte Guido in sich hinein, starre ich seinen Rock so an?

Aber jedesmal, wenn sich der junge Mann umwandte, heftete Guido seinen Blick wieder auf den Stoff, der sich über dem Kreuz straffte, an der Taille eng saß und dann über den Hüften leicht ausgestellt war. Abermals wollte er den Rock berühren. Wenn er dem Muster mit den Augen folgte, fühlte er ein merkwürdiges Prickeln. Er schloß die Augen. Als er sie wieder öffnete, war ihm, als hätte der Lehrer ihn angelächelt. Der Maestro hatte Platz genommen, und während er sich auf seinem Stuhl zurechtsetzte, machte er eine rasche Handbewegung, um die Last, die zwischen seinen Beinen lag, bequemer anzuordnen. Sein Blick war voller Unschuld, als er Guido ansah. Oder doch nicht?

Beim Mittagessen traf sich ihr Blick wieder. Stunden später beim Abendessen ebenfalls.

Als die Dunkelheit hereinbrach, sich langsam und träge über die Berge senkte und aus den bunten Glasfenstern die Farbe saugte, so daß nur noch ein glanzloses Schwarz blieb, ging Guido einen leeren Korridor entlang, vorbei an Zimmern, die schon lange verlassen waren.

Als er an der Tür des Maestro angelangt war, sah er aus dem Augenwinkel undeutlich die Gestalt eines Mannes. Silbriges Licht fiel durch einen offenen Fensterflügel auf die gefalteten Hände und die Knie des Mannes.

»Guido«, flüsterte er aus dem Dunkeln heraus.

Es war wie ein Traum. Doch als Guido hörte, wie seine Absätze auf dem Steinboden kratzten, wie sich die Tür hinter ihm leise schloß, da war dies prickelnder und zugleich unbeholfener, als je ein Traum gewesen war.

Auf dem Hügel, der durch das Fenster zu sehen war, blinkten Lichter, verloren sich in den schwankenden Umrissen der Bäume.

Der junge Mann stand auf und schloß die bemalten Fensterläden. Einen Augenblick lang konnte Guido nichts mehr erkennen. Sein Atem kam heiser und stoßweise aus seiner Brust, dann sah er wieder diese leuchtenden Hände, die den Rest des Lichtes in sich zu versammeln schienen und die jetzt die Hose des Mannes öffneten.

Also war da jemand, der dieselben sündigen Gedanken hatte wie er.

Er streckte die Arme aus, so als würde ihm sein Körper nicht mehr gehorchen. Dann sank er auf die Knie, spürte dabei den glatten, unbehaarten Bauch des Maestro an seinem Gesicht und nahm sofort dieses rätselhafte Organ, das länger und dicker als sein eigenes war, in den Mund.

Er brauchte keine Anleitung. Er spürte, wie es anschwoll, als er es mit seiner Zunge und seinen Zähnen liebkoste. Sein ganzer Körper war nur noch Mund, während seine Finger sich in die Gesäßbacken des Maestro preßten, ihn zu sich heranzogen. Sein Stöhnen, rhythmisch und verzweifelt, war lauter als das vorsichtige Seufzen des Mannes.

»Ah, sachte ...«, flüsterte der Maestro, »sachte.« Dann jedoch preßte er seinen Unterleib an Guidos Gesicht, so daß dieser die vermischten Düfte seines Körpers riechen konnte. Guido spürte das feuchte, lockige Schamhaar, die Haut darunter, roch Moschus, schmeckte Salz. Er gab einen kehligen Schrei von sich, als er den trockenen, kahlen Höhepunkt seiner eigenen Lust erlebte.

In diesem Moment jedoch, als er schwach und immer noch zitternd die Hüften des Maestro umklammerte, spritzte ihm dieser seinen Samen in den Mund. Mit übermächtigem Durst öffnete Guido weit seinen Mund, während ihn diese Bitterkeit, diese Köstlichkeit zu ersticken drohte.

Er senkte den Kopf, sackte zusammen und erkannte plötzlich, daß ihm, wenn er die Flüssigkeit nicht sogleich schluckte, schlecht werden würde. Von Übelkeit geschüttelt, wich er zurück, während er sich darum bemühte, seine Lippen verschlossen zu halten.

»Komm her . . .«, flüsterte der Maestro. Er versuchte Guido bei den Schultern zu fassen. Aber Guido hatte sich auf den Boden gelegt. Er war unters Cembalo gekrochen, hatte die Stirn flach gegen die kalten Fliesen gepreßt. Die Kälte tat ihm wohl.

Er merkte, wie sich der Maestro neben ihn kniete, und wandte das Gesicht ab.

»Guido . . .«, sagte der Mann sanft. »Guido . . .«, so als wolle er ihn schelten. Wann hatte er diesen betörenden Tonfall schon einmal gehört?

Guido stöhnte auf, und dieses Stöhnen war von solcher Qual erfüllt, daß es ihn selbst überraschte.

»Nein, nein, Guido . . .« Der Maestro kauerte neben ihm. »Hör zu, Kleiner«, schmeichelte er.

Guido preßte sich die Hände auf die Ohren.

»Hör zu«, fuhr der Mann beharrlich fort, während er die Haare in Guidos Nacken kraulte. »Das Publikum wird dir zu Füßen liegen«, flüsterte er.

Und als dann nur noch Stille herrschte, lachte der Maestro. Es war ein leises, ein sanftes Lachen, nicht spöttisch. »Du wirst es schon noch erfahren«, sagte er. Er erhob sich wieder. »Du wirst es erfahren, wenn Bravorufe in deinen Ohren klingen, wenn die Leute dich mit Huldigungen und Blumen überschütten.«

5

Es kam nur noch selten vor, daß Marianna Tonio schlug. Mit dreizehn war er so groß wie sie.

In dem Leben, das sie miteinander teilten, ob es nun beim Tanzen oder Singen, beim Spielen oder Lesen war, hatte Tonio nun die Führungsrolle übernommen.

Sehr früh war ihm klargeworden, daß seine Mutter viel kindlicher war als er selbst und daß sie ihm niemals hatte weh tun wollen. Aber sie war ihren düsteren Stimmungen hilflos ausgeliefert. In einem solchen Augenblick brach die Welt regelrecht über ihr zusammen, und wenn er sich dann auch noch weinend und ängstlich an sie klammerte, hatte er sie damit erschreckt.

Er lernte allmählich, in solchen Situationen seine Ängste zu kaschieren, und bemühte sich darum, seine Mutter zu besänftigen und abzulenken. Er versuchte stets, sie aus ihrer düsteren Stimmung herauszuholen, sie zu unterhalten.

Ein unfehlbarer Weg dazu war die Musik.

Sie war mit der Musik aufgewachsen. Als sie kurz nach ihrer Geburt zur Waise geworden war, hatte man sie ins *Ospedale della Pietà* gebracht. Dieses Waisenhaus gehörte zu den vier berühmten kirchlichen Musikschulen Venedigs. Sein nur aus Mädchen bestehender Chor und sein Orchester waren in ganz Europa berühmt. Kein Geringerer als Antonio Vivaldi war dort als Maestro di Cappella tätig gewesen. Bei ihm hatte sie, als sie gerade einmal sechs Jahre alt war und sich bereits ihr großes Talent zu zeigen begann, Singen und Geige spielen gelernt.

Vivaldis Kompositionen, darunter auch handschriftlich abgefaßte Vokalisen, die er damals für die Mädchen geschrieben hatte, lagen stapelweise in ihrem Zimmer herum. Auch jetzt noch ließ sie sich stets die Partituren seiner neuesten Opern bringen.

Von dem Augenblick an, als sie erkannte, daß Tonio ihre Stimme geerbt hatte, hatte sie ihn mit verzweifelter und bitterer Liebe überhäuft. Sie brachte ihm seine ersten Lieder bei und lehrte ihn, nach dem Gehör zu singen und zu spielen, so daß seine Hauslehrer nur noch staunen konnten. Hin und wieder bekannte sie: »Wenn du taub auf die Welt gekommen wärst, dann hätte ich dich ertränkt. Oder mich.« Und als er klein war, hatte er ihr das auch geglaubt.

Also zeigte er ihr, selbst wenn sie sich in allerschlimmster Laune befand, ihr Atem nach Wein stank und ihr Blick glasig und böse war, stets ein heiteres Gesicht und versuchte, sie ans Cembalo zu locken.

»Komm, Mamma«, sagte er dann sanft, so als wäre alles in Ordnung. »Komm, Mamma, singen wir etwas.«

Sobald er hörte, wie sie in seinen Gesang mit einstimmte, erfüllte ihn Heiterkeit. Sein kräftiger, heller Sopran reichte zwar höher hinauf, der ihre jedoch besaß eine üppigere, faszinierendere Färbung. Sie blätterte ungeduldig durch die alten Noten, um jene Arien herauszusuchen, die er kürzlich gelernt hatte, und er mußte sich dann eine Melodie dazu ausdenken.

»Du bist im Nachahmen perfekt!« sagte sie immer, wenn er einer komplizierten Passage fehlerlos gefolgt war. Oft ließ sie einen Ton langsam und gekonnt anschwellen, nur um dann zu lauschen, wie er ein makelloses Echo sang. Dann packte sie ihn plötzlich mit ihren warmen und sehr kräftigen Händen und flüsterte: »Liebst du mich?«

»Natürlich liebe ich dich. Das habe ich dir gestern schon gesagt, und vorgestern auch, aber du vergißt es immer wieder«, neckte er sie. Sie stieß einen ergreifenden, seelenvollen Schrei aus. Sie biß sich auf die Lippen, ihre Augen wurden ungewöhnlich weit, dann wieder schmal. Und er gab ihr dann stets, was sie wollte. Aber innerlich litt er.

Jeden Morgen, wenn er die Augen aufschlug, wußte er, ob sie froh oder traurig war. Er konnte es spüren. Und er berechnete seine Unterrichtsstunden danach, wie lange es noch dauerte, bis er davonschlüpfen konnte, um bei ihr zu sein.

Aber er verstand sie nicht.

Allmählich erkannte er, daß er sein einsames Leben als Kind, die Stille und Leere in den Zimmern des riesigen und düsteren Palazzos ebensosehr der Scheu und Zurückgezogenheit seiner Mutter wie dem Alter und der altmodischen Strenge seines Vaters zu verdanken hatte.

Warum eigentlich hatte sie keine Freunde? In der Pietà waren doch sowohl Damen von Stand wie auch Findelkinder untergebracht gewesen, und viele von ihnen hatten in gute Familien eingeheiratet.

Aber sie sprach niemals von diesem Ort. Sie ging niemals aus.

Wenn die Cousine seines Vaters, Catrina Lisani, zu ihnen kam, dann waren dies, wie Tonio wußte, nur kurze Höflichkeitsbesuche. Marianna wirkte wie eine Nonne hinter einem vergitterten Klosterfenster. Sie trug Schwarz, die Hände ruhten in ihrem Schoß, das dunkle Haar war glattgekämmt. Catrina in ihrem farbenfrohen Kleid aus bedruckter Seide, das mit einer Unzahl gelber Schleifen verziert war, mußte die gesamte Unterhaltung bestreiten.

Manchmal hatte Catrina ihren »Begleiter«, einen sehr anständigen und hübschen Cavaliere servente, dabei. Gelegentlich kam auch ein entfernter Cousin mit, bei dem Tonio sich allerdings nicht entsinnen konnte, in welcher verwandtschaftlichen Beziehung die beiden genau zueinander standen. Aber es bedeutete für Tonio stets eine vergnügliche Abwechslung, wenn dieser Cousin zu Besuch kam, denn er spazierte mit Tonio hinaus in den Großen Salon und plauderte darüber, was in den Zeitungen stand und was sich am Theater ereignete. Er trug Schuhe mit roten Absätzen und ein Monokel an einem blauen Band.

Obwohl dieser Mann Patrizier war, hatte er sich dem Müßiggang verschrieben und verbrachte seine Zeit in der Gesellschaft von Frauen. Tonio wußte, daß Andrea es nicht gutgeheißen hätte, und er selbst billigte es ebenfalls nicht.

Dennoch aber glaubte er, daß Marianna, wenn sie einen Begleiter gehabt hätte, ausgehen würde, andere Menschen kennenlernen würde, Menschen, die ab und zu auch zu ihr zu Besuch kommen würden. Seine ganze Welt hätte sich dann verändert.

»Wenn ich nur ihr Cavaliere servente sein könnte . . .« Er seufzte und blickte in den Spiegel, wo er einen hochgewachsenen jungen Mann mit dem Gesicht eines Jungen sah. »Warum kann ich sie nicht beschützen?« flüsterte er. »*Warum kann ich sie nicht retten!*«

6

Was aber macht man mit einer Frau, die sich immer öfter mit ihrer Weinflasche ins Bett verkriecht?

Unpäßlichkeit! Melancholie! So nannte man diesen Zustand. Als Tonio vierzehn war, stand Marianna immer erst am Spätnachmittag auf. Oft war sie »zu müde«, um zu singen. Er war froh, wenn sie das sagte, denn der Anblick, den sie bot, wenn sie im Zimmer herumtaumelte, war unerträglich. Sie war meistens vernünftig genug und blieb im Bett, um dann, gegen einen Stapel Kopfkissen gelehnt, mit ausgezehrtem Gesicht und hervortretenden, glasigen Augen zuzuhören, wie Tonio ihr etwas auf dem Cembalo vorspielte.

Wenn es dämmrig wurde, war sie oft streitlustig und absonderlich. Natürlich wollte sie nicht zur Pietà gehen. Warum sollte sie denn dorthin gehen wollen? »Weißt du«, sagte sie eines Abends, »daß mich damals alle gekannt haben? In ganz Venedig hat man von mir gesprochen. Die Gondolieri sagten, ich wäre von allen vier Musikschulen die beste Sängerin, die beste, die sie je gehört hätten. ›Marianna, Marianna‹, mein Name war in den Salons von Paris und London in aller Munde, die Leute kannten mich in Rom. Einen Sommer sind wir in einem Boot die Brenta hinuntergefahren, wir haben in allen Villen gesungen; wenn wir wollten, haben wir danach auch getanzt; wir haben mit den Gästen Wein getrunken . . .«

Tonio war schockiert. Lena wusch und kämmte sie, als wäre sie ein kleines Kind, schenkte ihr, um sie zu beruhigen, Wein ein und nahm Tonio dann beiseite.

»Alle Mädchen der Musikschulen wurden in dieser Weise gerühmt; sei nicht so töricht zu glauben, daß das etwas Besonderes war«, sagte sie. »Es ist nicht im mindesten damit zu vergleichen, wie es ist, wenn jemand auf der Bühne steht, um Himmels willen, warum siehst du mich denn so an?«

»Ich hätte zur Bühne gehen sollen!« sagte Marianna plötzlich. Sie schlug die Bettdecke zurück, ihr Kopf nickte nach vorn, das Haar fiel ihr strähnig über das fahle Gesicht.

»Jetzt sei still«, sagte Lena zu ihr. »Tonio, geh mal eine Weile nach draußen.«

»Nein, warum soll er denn gehen?« fragte Marianna. »Warum schickst du ihn denn immer fort! Tonio, sing mir etwas vor, egal was. Sing etwas, was du aus dem Stegreif improvisierst. Ich hätte damals davonlaufen und zur Oper gehen sollen, das hätte ich tun sollen. Wir hätten aus dem Koffer gelebt, und du hättest hinter der Bühne mit den Requisiten gespielt. Ach nein, sieh dich doch nur an. Euer Exzellenz Marc Antonio Treschi –«

Es war eine schreckliche Zeit.

Wenn Catrina Lisani zu Besuch kam, wimmelte Lena sie mit irgendwelchen vagen Diagnosen ab, und wenn Andrea Treschi das Schlafzimmer seiner Frau betreten wollte, was zwar selten, aber doch immer wieder einmal vorkam, stoppte ihn Lena mit denselben Entschuldigungen.

Zum ersten Mal war Tonio ernsthaft versucht, sich aus dem Palazzo davonzustehlen.

Die Stadt befand sich gerade mitten in den Vorbereitungen für den größten aller venezianischen Feiertage – das Fest von Christi Himmelfahrt oder die Senza –, an dem der Doge in der herrlichen goldenen Staatsbarke, *Bucintoro* genannt, aufs Meer hinausfuhr, um dort, als Zeichen seiner Vermählung mit dem Meer und dafür, daß Venedig darüber herrschte, seinen Zeremonienring in die Fluten zu werfen. Venedig und das Meer, das war eine uralte und heilige Verbindung. Beim Gedanken daran verspürte Tonio ein angenehmes Prickeln, obwohl er von seinem Fenster aus von dem Ritual kaum etwas würde sehen können. Und wenn er dann noch an den zweiwöchigen Karneval dachte, der darauf folgte, an die Maskenträger in den *calli* und auf den Kais, dann war er vor Erwartung und Groll ganz krank.

Eifriger denn je sammelte er kleine Geschenke für die Straßensänger, die er nachts zu ihnen hinunterwarf, damit sie unter seinem Fenster weitersangen.

Eines Nachts, als er in besonders leichtsinniger Stimmung war – die Senza nur noch zwei Wochen entfernt –, sang er ihnen eine Antwort zu: »Ich bin der, der euch heute nacht mehr liebt als jeder andere in Venedig!«

Seine Stimme brach sich an den steinernen Mauern, und er war so erregt, daß er fast gelacht hätte. Er sang weiter, wob dabei all die blumigen Verse zum Lob der Musik ein, die er kannte, bis er merkte, daß er sich langsam lächerlich machte. Aber es war ein so wunderbares Gefühl. Er merkte nicht einmal, daß es unten plötzlich ganz still geworden war. Als dann wilder Applaus und begeisterte Rufe vom schmalen Bürgersteig heraufschollen, errötete er voller Scheu und in stummem Lachen.

Dann riß er sich die juwelenbesetzten Knöpfe von seinem Rock, um sie den Sängern zu schenken.

Dann war Beppo eines Nachmittags so töricht, Alessandro, den ersten Sänger von San Marco, mitzubringen, damit dieser Tonio und seiner Mutter beim Singen zuhören konnte.

Es war noch nicht lange her, daß Beppo sich in Mariannas Zimmer herumgedrückt hatte, um sie zu fragen, wann ihr ein solcher Besuch recht wäre. Beppo war sehr stolz auf Tonios Stimme, und Marianna betete er an. Für ihn war sie ein Engel.

»Aber ja, du kannst ihn jederzeit mitbringen«, hatte sie fröhlich geantwortet. Sie war bereits bei ihrer zweiten Flasche spanischem Südwein angelangt und wanderte in ihrem Morgenmantel im Zimmer umher. »Bring ihn nur her. Ich freue mich auf seinen Besuch. Wenn du willst, dann tanze ich ihm etwas vor. Tonio kann dazu das Tambourin schlagen. Wir werden einen richtigen Karneval veranstalten.«

Tonio war gekränkt. Lena brachte ihre Herrin zu Bett. Beppo hätte natürlich begreifen müssen, daß ein solcher Besuch ein Ding der Unmöglichkeit war. Aber Beppo war alt, seine kleinen blauen Augen flackerten wie schwache Kerzenflammen. Und so stand einige Tage darauf Alessandro im großen Salon. In seinem Rock aus cremefarbenem Samt und der grünen Taftweste bot er einen prächtigen Anblick. Offensichtlich war er über die Einladung hocherfreut.

Marianna schlief tief und fest, die Vorhänge waren zugezogen. Tonio hätte eher noch gewagt, die Medusa zu wecken.

Also ging er, nachdem er sich gekämmt und seinen besten

Rock angezogen hatte, allein, so als wäre er der Hausherr, in den Salon, um Alessandro zu begrüßen.

»Es ist mir sehr peinlich, Signore«, sagte er. »Meine Mutter ist erkrankt, deshalb muß ich Ihnen leider allein etwas vorsingen.« Dennoch versetzte ihn dieses kleine Bißchen unerwartete Gesellschaft in Hochstimmung. Die Sonne schien auf die Mahagonischnitzereien und den Damast, mit dem das Zimmer ausgestattet war. Trotz des verschossenen Teppichs und der hohen Decken lag über allem eine gewisse Heiterkeit.

»Bring uns bitte Kaffee«, sagte er zu Beppo, dann öffnete er das Cembalo.

»Vergeben Sie mir, Exzellenz«, sagte Alessandro freundlich. »Ich wollte Ihnen keine Unannehmlichkeiten bereiten.« Sein Lächeln war sanft und verträumt. Ohne sein Chorgewand wirkte er alles andere als ätherisch. Vielmehr war er ein Riese von einem Menschen und hätte sogar bäurisch gewirkt, wenn nicht der fließende Rhythmus, mit der er jede seiner Gesten ausführte, diesem Eindruck entgegengewirkt hätte. »Ich hatte lediglich gehofft, irgendwo in der Ecke sitzen zu dürfen und Ihnen und Ihrer Mutter beim Singen zuhören zu können. Ich wollte Sie keineswegs stören«, sagte er. »Beppo hat mir soviel von Ihren Duetten erzählt, außerdem kann ich mich an Ihre Stimme erinnern, Exzellenz. Ich habe sie nie vergessen.«

Tonio lachte. Gleichzeitig aber wußte er, daß er in Tränen ausbrechen würde, wenn dieser Mann jetzt wieder ginge, so einsam fühlte er sich. »Nehmen Sie bitte Platz, Signore«, sagte er. Er war erleichtert, als Lena mit einer Kanne voll dampfendem Kaffee auftauchte und Beppo direkt hinter ihr mit einem Bündel Notenblätter hereinkam.

Tonio war jetzt zu allem entschlossen. Vor seinem inneren Auge entfaltete sich eine wunderschöne Vorstellung: Er würde Alessandro so gut unterhalten, daß dieser immer wieder zu Besuch kommen würde. Er nahm die Partitur von Vivaldis neuester Oper *Montezuma* zur Hand. Die Arien waren alle neu für ihn, aber er konnte es nicht riskieren, etwas Altes und Langweiliges zu spielen. Schon befand er sich mitten in einem lebhaften und dramatischen Stück. Seine Stimme wurde rasch warm.

Im Salon hatte er noch nie gesungen. In diesem Raum befanden sich viel blanker Marmor und im Verhältnis dazu nur wenige Tapisserien und Vorhänge, wodurch der Klang in herrlicher Weise verstärkt wurde. Als er geendet hatte, ließ ihn das Schweigen frösteln. Er blickte Alessandro nicht an. Ein merkwürdiges Gefühl stieg in ihm auf, ein ängstliches Glücksgefühl.

Dann drehte er sich spontan um und winkte Alessandro heran. Er war fast erstaunt, als er sah, daß sich der Eunuch erhob und zu ihm ans Cembalo kam. Als Tonio sich dann in das erste Duett stürzte, hörte er, wie sich hinter ihm jene großartige Stimme kraftvoll erhob und seine eigene mittrug.

Es folgte ein weiteres Duett, und dann noch eines. Als sie alle Duette der Partitur gesungen hatten, wandelten sie Arien in Duette um. Sie sangen alle Stücke des Werks, die ihnen gefielen, ein paar von jenen, die ihnen nicht gefielen, dann gingen sie zu anderen Kompositionen über. Schließlich ließ sich Alessandro dazu überreden, auf der schmalen Bank neben Tonio Platz zu nehmen, und sie ließen sich ihren Kaffee bringen.

Sie sangen und sangen, bis alle Förmlichkeit von ihnen abgefallen war. Alessandro wies auf bestimmte Aspekte dieser oder jener Komposition hin. Hier und da hielt er auch inne und bestand darauf, Tonio allein singen zu lassen und nur zuzuhören. Dann überschüttete er ihn mit Komplimenten, so als müsse er Tonio begreiflich machen, welch großartiges Talent er besaß und daß er ihm nicht einfach nur schmeicheln wollte. Als sie schließlich zu singen aufhörten, dann geschah dies, weil irgend jemand gerade einen Kandelaber vor sie hingestellt hatte. Im Haus war es dunkel. Es war spät geworden, aber das hatten sie beide überhaupt nicht bemerkt.

Tonio schwieg. Es bedrückte ihn, wie düster alles um ihn herum wirkte. Das Zimmer erschien ihm als gähnende Leere, und die Lichter vom Kanal her, die sich in den Fensterscheiben spiegelten, weckten in ihm den Wunsch, den ganzen Raum mit allen Kerzen, derer er habhaft werden konnte, zu erleuchten. In seinem Kopf pulsierte immer noch die Musik, Schmerz begleitete dieses Pulsieren. Als er das sanfte Lächeln auf Alessandros Gesicht sah, seine nachdenkliche, ehrfürchtige Miene, da wurde er von einer überwältigenden Zuneigung zu ihm ergriffen.

Er wollte ihm von jenem längst vergangenen Abend erzählen, als er damals in San Marco gesungen hatte. Er wollte ihm erzählen, daß er das nie vergessen hatte. Aber es war ihm nicht möglich, in Worte zu fassen, daß er schon als Kind den Wunsch gehabt hatte, Sänger zu werden, zu sagen, daß sich dieser Wunsch selbstverständlich nicht erfüllen ließ, ihm zu erklären, daß das Ganze nicht einer gewissen Komik entbehrte, weil er damals nicht gewußt hatte, daß Alessandro ein ... was war? Er hielt, peinlich berührt, in seinen Gedanken inne.

»Wissen Sie was? Bleiben Sie doch zum Abendessen«, sagte er, während er sich erhob. »Beppo, bitte Angelo ebenfalls zu uns an den Tisch. Und sag auch gleich Lena Bescheid. Wir soupieren im großen Speisezimmer.«

Die Tafel wurde rasch mit leinener Tischwäsche und Silber gedeckt. Tonio ließ weitere Kandelaber hereinbringen, und nachdem er sich an den Kopf der Tafel gesetzt hatte, wie er das stets tat, wenn er allein aß, war er bald tief ins Gespräch versunken.

Alessandro lachte unbeschwert. Wenn Tonio ihn etwas fragte, antwortete er ausführlich. Er lobte den Wein. Und bald war er dabei, ein Bankett beim Dogen zu beschreiben, das kürzlich stattgefunden hatte. Die Bankette des Dogen waren aufwendige Veranstaltungen, bei denen Hunderte von geladenen Gästen an der Tafel saßen. Durch die offenen Türen strömten zudem die Leute von der Piazzetta herein, um zuzusehen. »Nun, ein silberner Teller fehlte« – Alessandro lächelte und hob dabei seine dichten, dunklen Augenbrauen – »und stellen Sie sich vor, Exzellenz, alle Würdenträger des Staates warteten geduldig, während man das Silber wieder und wieder zählte. Ich konnte mir kaum das Lachen verbeißen.«

In der Art, wie er diese Geschichte erzählte, lag jedoch keine wirkliche Respektlosigkeit, und schon begann er mit der nächsten. Er hatte eine träge Vornehmheit an sich. Im Kerzenlicht wirkte sein langes Gesicht in seiner Glattheit ein wenig unirdisch.

Inmitten all dessen wurde Tonio plötzlich bewußt, daß Angelo und Beppo still zu seiner Rechten saßen und alles taten, was er ihnen auftrug. Tonio schlug eine zweite Flasche Wein vor, und Angelo ließ sie unverzüglich bringen.

»Und wir hätten gerne noch ein Dessert«, sagte er zu Angelo. »Wenn nichts Entsprechendes im Haus ist, dann soll jemand Schokolade oder Eis holen gehen.«

Beppo starrte ihn tatsächlich voller Bewunderung an. Angelo schien ein klein wenig eingeschüchtert.

»Aber erzählen Sie mir doch, wie es ist, wenn Sie für einen König, zum Beispiel den König von Frankreich oder den König von Polen, singen . . .«

»Es ist nicht anders, als wenn ich für irgend jemanden sonst singe, Exzellenz«, sagte Alessandro. »Man möchte stets, daß der Gesang makellos ist. Für einen selbst, man kann es nicht ertragen, einen Fehler zu machen. Deshalb singe ich niemals, wenn ich allein bin. Ich möchte nichts hören, das nicht . . . nun, vollkommen ist.«

»Aber was ist mit der Oper, wollten Sie niemals auf der Bühne stehen?« wollte Tonio wissen.

Alessandro legte bedächtig die Fingerkuppen aneinander.

»Im Rampenlicht zu stehen, ist etwas anderes«, sagte er. »Ich frage mich, ob ich es überhaupt erklären kann. Nun, Sie haben ja die Sänger in der –«

»Nein, das habe ich noch nicht«, sagte Tonio und spürte, wie er plötzlich rot wurde. Jetzt würde Alessandro merken, wie jung Tonio war und wie kurios die ganze Situation hier war.

Aber Alessandro redete einfach weiter, erklärte, daß man auf der Bühne ja eine andere Person verkörperte; daß man *schauspielern* mußte. In der Kirche war das ganz anders, da ging es nur um die Stimme, die sich über allem erhob.

Tonio trank noch einen Schluck Wein. Gerade, als er sagen wollte, daß er so gern einmal eine Oper sehen würde, bemerkte er, daß sich Angelo und Beppo hastig erhoben. Alessandros Blick schweifte die Tafel entlang, dann stand er ebenfalls auf. Tonio folgte seinem Beispiel, noch bevor er im matten, bläulichen Dämmerlicht die Gestalt seines Vaters erblickte.

Andrea war ins Zimmer getreten. Sein schweres, purpurfarbenes Gewand schimmerte im Kerzenlicht. Er war in Begleitung einer Gruppe von Männern. Tonio erkannte darunter auch Signore Lemmo, Andreas Sekretär.

Tonio packte so unvermittelt die Furcht, daß er überhaupt nicht mehr denken konnte. Was hatte er sich nur dabei gedacht, einen Gast zum Abendessen einzuladen? Andrea stand jetzt direkt vor ihm. Tonio bückte sich, um seinem Vater die Hand zu küssen. Er hatte keine Ahnung, was nun geschehen würde.

Aber sein Vater lächelte.

Höchst erstaunt sah Tonio, wie Andrea auf dem Stuhl neben Alessandro Platz nahm. Einige der jungen Männer wurden eingeladen, dazubleiben. Signore Lemmo wies Giuseppe, den alten Kammerdiener, an, die Kerzen in den Wandleuchtern anzuzünden, worauf die blaue Wandverkleidung aus Satin plötzlich ganz lebendig wirkte.

Andrea unterhielt sich, machte ein paar geistreiche Bemerkungen, dann brachte man für ihn und die jungen Männer das Abendessen herein. Tonio wurde Wein nachgeschenkt. Als sein Vater einen Blick zu ihm herüberwarf, da lag in seinen Augen nichts als lebendige Wärme, Freundlichkeit und eine grenzenlose Liebe, die für alle deutlich zu sehen war.

Wie lange war das so gegangen? Zwei Stunden, drei? Als Tonio später im Bett lag, rief er sich jedes Wort, jedes Lachen wieder ins Gedächtnis. Nach dem Essen hatten sie sich wieder in den Salon begeben. Dort hatte Tonio dann zum ersten Mal in seinem Leben für seinen Vater gesungen, dann hatten sie zusammen Kaffee getrunken und frische Melonenscheiben gegessen. Man brachte wunderbares, kunstvoll verziertes Eis herein, das auf kleinen Silbertellern verteilt wurde. Sein Vater hatte Alessandro eine Tabakspfeife angeboten und sogar vorgeschlagen, daß sein Sohn sie probierte.

Es mußte Mitternacht gewesen sein, als die Gesellschaft gegangen war. Mit langsamen und vorsichtigen Bewegungen, die sehr gebrechlich wirkten, folgte Andrea Tonio jetzt zu seinen Gemächern, die er nur betreten hatte, wenn Tonio krank war. Als er nun in fast feierlicher Haltung im Schlafzimmer stand, begutachtete er alles mit offensichtlicher Zustimmung.

Die Kerze verlieh seinem dünnen weißen Haar, das um sein

Gesicht zu schweben schien, als hätte es kein Gewicht, ein zartes Glühen.

»Du bist wirklich ein Gentleman, mein Sohn«, sagte er, aber in seinen Worten lag kein Tadel.

»Verzeih mir, Vater«, flüsterte Tonio. »Mamma war krank, und Alessandro –«

Sein Vater gebot ihm mit einer Handbewegung Einhalt.

»Ich bin zufrieden mit dir, mein Sohn«, sagte er. Und falls er noch etwas anderes dachte, so sagte er es nicht.

Tonio konnte es kaum glauben, als Angelo am nächsten Morgen verkündete, daß sie von jetzt an täglich eine Stunde lang auf der Piazza spazierengehen würden. »Außer, wenn Karneval ist, natürlich!« meinte er mürrisch. Dann fügte er ein wenig unsicher und streitlustig, so als würde er dem nicht ganz zustimmen, hinzu: »Dein Vater meint, du seist dafür jetzt alt genug.«

7

Nach seinem kurzen Erlebnis mit dem jungen Maestro trug Guido entweder einen Stempel auf der Stirn, den jeder sehen konnte, oder aber von seinen Augen war ein Schleier genommen worden, denn nun sah er, daß die Welt voller Sexualität war. Jede Nacht, wenn er wach lag, konnte er in der Dunkelheit die Geräusche der sich Liebenden hören. Im Opernhaus warfen ihm die Frauen lächelnd unmißverständliche Blicke zu.

Eines Abends schließlich, als sich die anderen Kastraten anschickten, zu Bett zu gehen, zog er sich ans äußerste Ende des Korridors unterm Dach zurück. In der nächtlichen Dunkelheit verborgen, saß er, ein Bein auf das breite Fenstersims gestützt, vollkommen angekleidet da. Eine Stunde, vielleicht auch weniger, war verstrichen, da begannen überall schattenhafte Gestalten hervorzuhuschen, Türen öffneten sich und schlossen sich wieder. Dann sah er im Mondlicht Gino stehen, der ihn mit dem Finger heranwinkte.

In dem gemütlichen, sauberen Alkoven des Wäscheschranks umarmte ihn Gino sehr lange und sinnlich. Guido kam es so vor, als lägen sie die ganze Nacht auf einem Bett aus gefalteten Laken, während die Lust in schwindelerregenden Wogen anrollte, um sie auf diese Weise endlos zu verlängern. Ginos Haut war weich und zart, sein Mund war stark, seine Finger scheuten vor nichts zurück. Er spielte sanft mit Guidos Ohren, er reizte seine Brustwarzen so, daß sie gerade ein klein wenig weh taten, und küßte das Haar zwischen seinen Beinen, während er mit größter Geduld auf die gewaltvolleren Spielarten der Leidenschaft hinarbeitete.

In den darauffolgenden Nächten teilte Gino seinen neuen Gefährten mit Alfredo und dann mit Alonso. Manchmal lagen sie auch zu zweit oder zu dritt im Dunkeln ineinander verschlungen da. Es war nichts Ungewöhnliches, daß ihn der eine von oben, der andere von unten umarmte, und während Alfredos heftige Stöße Guido bis an die Grenze zum Schmerz brachten, trieb ihn Alonsos harter, gieriger Mund zur Ekstase.

Es kam jedoch der Tag, an dem sich Guido verlocken ließ, neben dem erlesen abgestimmten Liebesspiel der Eunuchen auch die gewaltsameren und liebloseren Stöße der »normalen« Schüler kennenzulernen. Aber er kam zu dem Schluß, daß er diese haarigen und grunzenden jungen Männer nicht besonders mochte. Sie hatten etwas Brutales und Schlichtes an sich, das sie schließlich uninteressant werden ließ.

Er wollte Eunuchen, sinnliche und köstliche Experten für den Körper.

Oder aber Frauen.

Und wie es der Zufall wollte, so war es bei den Frauen, wo er der Befriedigung am nächsten kam. Voll und ganz erreichte er sie nur deshalb nicht, weil er nicht liebte. Ansonsten war es überwältigend. Arme, einfache Mädchen von der Straße mochte er am liebsten, Mädchen, die entzückt waren, wenn sie als Lohn eine goldene Münze erhielten, Mädchen, die großen Gefallen an seinem jungenhaften Aussehen fanden und die von seiner Kleidung und seinem Auftreten beeindruckt waren.

Und als sein Ruhm wuchs, öffneten sich für Guido überall die

Türen. Wenn er bei einer Abendgesellschaft gesungen hatte, ermunterten ihn zauberhafte Damen hinterher, nach oben in ihre Privatgemächer zu kommen. Er gewöhnte sich langsam an seidene Laken, an vergoldete Cherubime über ovalen Spiegeln und an wallende Baldachine.

Als er siebzehn war, hatte er eine reizende Contessa, die zweifache Witwe und sehr reich war, zur heimlichen Geliebten. Oft wurde er von ihrer Kutsche am Bühnenausgang abgeholt.

Die Contessa war im Verhältnis zu ihm alt, sie hatte ihre besten Jahre schon hinter sich, aber sie war heißblütig und voller Verlangen. In seinen Armen errötete sie bis zu den Brustspitzen, während sie die Augen halb geschlossen hielt. Er war hingerissen.

Es waren reiche Zeiten, glückselige Zeiten. Guido war fast schon soweit, daß er hätte nach Rom gehen und dort seine erste Hauptrolle hätte übernehmen können. Mit achtzehn war er einen Meter achtundsiebzig groß und besaß die Lungenkraft, um ohne Instrumentalbegleitung ein riesiges Theater nur mit seiner Stimme zu füllen, so daß dem Publikum eine Gänsehaut über den Rücken lief.

Und das war das Jahr, in dem er seine Stimme für immer verlor.

8

Auf der Piazza spazierengehen zu dürfen, das war zwar nur ein kleiner Sieg, aber Tonio befand sich die nächsten Tage in einem Rausch der Verzückung. Der Himmel schien von einem grenzenlosen Blau, den ganzen Kanal entlang flatterten die gestreiften Markisen in der warmen Brise, und in den Blumenkästen an den Fenstern blühten üppig die Frühlingsblumen. Selbst Angelo schien sich zu amüsieren, obwohl er in seiner dünnen Soutane gebrechlich und ein wenig unsicher wirkte. Er machte sofort darauf aufmerksam, daß ganz Europa anläßlich der kommenden Senza in die Stadt strömte. Wo sie sich auch hinwandten, hörten sie fremde Sprachen.

In den Cafés, die sich mit ihren kleinen, schäbigen Räumlichkeiten bis unter die Arkaden ausbreiteten, wimmelte es von Reichen und Armen gleichermaßen. Serviermädchen in kurzen Röcken, hellroten Westen und köstlich nackten Armen eilten zwischen den Tischen hin und her. Ein flüchtiger Blick, und Tonio fühlte, wie Leidenschaft in ihm aufwallte. Mit ihren Bändern und Locken, ihren Strümpfen, in denen ihre Fesseln dem Blick des Betrachters ausgesetzt waren, kamen sie ihm unaussprechlich reizend vor.

Jeden Tag drängte er Angelo, ein wenig länger zu bleiben, ein kleines Stück weiter spazierenzugehen.

Nichts, so schien es ihm, konnte ein ähnliches Schauspiel bieten wie die Piazza. Unter den überwölbten Gängen der Kirche sammelten Geschichtenerzähler eine kleine aufmerksame Menge um sich, da waren Patrizier in weiten Gewändern, während Damen, ohne die schwarzen *vesti*, die sie zu Festtagen in der Kirche trugen, in üppig gemusterten Seidenkleidern umherflanierten. Selbst die Bettler strahlten etwas düster Faszinierendes aus.

Selbst die einfachen Dinge entzückten ihn. Er drängte weiter in die Panetteria, in der sich lauter Bäckereien befanden, zu den Fischmärkten der Pescheria, und als er die Rialto-Brücke erreichte, wanderte er zwischen den Obst- und Gemüsehändlern umher.

Natürlich wollte Angelo nichts davon hören, sich in ein Café oder eine Taverne zu setzen. Also versuchte Tonio, der nach billigen Speisen hungerte und den es nach schlechtem Wein dürstete, einfach deshalb, weil das für ihn so exotisch war, schlau vorzugehen und abzuwarten. Aber es waren die Läden der Buchhändler, die auf Tonio den größten Reiz ausübten. Drinnen konnte er die feinen Herren beim Kaffee und Wein sitzen sehen, konnte gelegentliches Gelächter hören. Hier diskutierte man über das Theater und die neuesten Opern. Hier gab es ausländische Zeitungen zu kaufen, politische Traktate und Gedichte.

Angelo zerrte ihn weiter. Manchmal spazierten sie genau zur Mitte des Platzes, und Tonio, der sich immer wieder umdrehte, hatte das angenehme Gefühl, in der strudelnden Menge dahinzutreiben, während er hier und da vom Flügelschlag der aufsteigenden Tauben überrascht wurde.

Wenn er an Marianna daheim hinter ihren zugezogenen Vorhängen dachte, dann hätte er weinen mögen.

Vier Tage, von denen ein jeder unterhaltsamer und aufregender war als der vorangegangene, hatten sie so zugebracht, als sie Alessandro begegneten und sich etwas zutrug, das Tonio in Verwirrung stürzen sollte.

Tonio war erfreut, als er Alessandro in der Menge entdeckte. Als er dann auch noch merkte, daß sich Alessandro auf dem Weg zum Geschäft des Buchhändlers befand, sah er seine Gelegenheit gekommen und rannte ihm hinterher. Angelo konnte ihn nicht mehr einholen. Schon befand sich Tonio in dem vollgestopften kleinen Laden, in dem dichter Tabakrauch hing und es nach Kaffee duftete. Er zupfte Alessandro am Ärmel, um seine Aufmerksamkeit zu erregen.

»Aber das ist ja seine Exzellenz!« Alessandro umarmte ihn. »Wie schön, Sie zu sehen«, sagte er. »Und wohin des Wegs?«

»Ich bin Ihnen lediglich gefolgt, Signore«, sagte Tonio, der sich plötzlich sehr jung und lächerlich vorkam. Aber Alessandro versicherte ihm weltmännisch, wie sehr er neulich das gemeinsame Abendessen genossen hätte. Es schien, als würde die Unterhaltung um sie herum lebhaft fortgeführt, so daß sich Tonio angenehm anonym vorkam. Ein paar Leute sprachen über die Oper und den neapolitanischen Sänger Caffarelli. »Er ist der größte Sänger der Welt«, sagte jemand. »Stimmen Sie mir da zu?«

Dann hörte Tonio ganz deutlich den Namen Treschi, und noch einmal Treschi, aber zusammen mit dem Vornamen Carlo.

»Wollen Sie uns nicht miteinander bekannt machen?« war dieselbe Stimme wieder zu vernehmen. »Das dort ist Marc Antonio Treschi, es kann gar nicht anders sein.«

»Carlo wie aus dem Gesicht geschnitten«, sagte jemand anderer, und Alessandro, der Tonio sanft zu der Gruppe junger Männer herumgedreht hatte, stellte sie mit Namen vor, während sie ihm höflich zunickten. Dann fragte jemand, ob Alessandro nicht auch der Meinung sei, daß Caffarelli der größte Sänger Europas wäre.

Tonio fand es wunderbar, alles. Doch Alessandro widmete seine Aufmerksamkeit ausschließlich Tonio, und so lud er Alessandro in plötzlichem Überschwang ein, einen Becher Wein mit ihm zu trinken.

»Mit dem größten Vergnügen«, erklärte Alessandro sofort. Er hatte zwei Londoner Zeitungen genommen und sie rasch bezahlt.

Gemeinsam gingen sie zur Tür. Ein paar Leute hatten sich mit einem Nicken erhoben.

Und dann fand jene Begegnung statt, die die Farbe des Himmels selbst, den Anblick der schneeweißen Wolken verändern und dem Tag einen dunklen Nachhall verleihen sollte.

Einer der jungen Patrizier war ihnen hinaus bis unter die Arkaden gefolgt. Es war ein hochgewachsener, blonder Mann, in dessen Haar sich weiße Strähnen zeigten und dessen Haut von der Sonne verbrannt war, so als hätte er in einem tropischen Land gelebt. Er trug keine zermonielle Patrizierrobe, sondern lediglich den lockeren und weniger strengen *tabarro*. Er hatte eine beinahe drohende Miene aufgesetzt, obwohl Tonio, der einen raschen Blick auf ihn geworfen hatte, sich nicht vorstellen konnte, warum er so böse schaute.

»Würden Sie bitte das Café auswählen?« sagte Tonio gerade zu Alessandro. Plötzlich jedoch packte der Mann Tonio am Arm.

»Du erinnerst dich nicht an mich, oder, Tonio?« fragte er.

»Ich muß gestehen, nein, Signore.« Tonio lächelte. »Bitte verzeihen Sie mir.«

Aber es beschlich ihn ein merkwürdiges Gefühl. Der Ton des Fremden war höflich, aber seine Augen, die ein verwaschenes Blau zeigten und leicht tränten, so als würde er an einer Krankheit leiden, wirkten kalt.

»Nun, ich wüßte gerne«, sagte der Mann, »ob du in letzter Zeit etwas von deinem Bruder Carlo gehört hast?«

Tonio starrte den Mann lange an. Es kam ihm so vor, als wären die Geräusche der Piazza zu einem mißtönenden Summen verschmolzen, er hatte ein Pochen in seinen Ohren und hörte plötzlich alles nur noch verzerrt. Er wollte hastig sagen: »Da müssen Sie sich irren –« Aber er merkte, wie ihm der Atem stockte, und verspürte eine körperliche Schwäche, die so ungewöhnlich war, daß ihn ein leichtes Schwindelgefühl erfaßte.

»Bruder, Signore?« fragte er. Carlo. Der Name hatte in seinem Kopf ein zustimmendes Echo ausgelöst. Wenn sein Bewußtsein in diesem Moment eine Form gehabt hätte, dann wäre es ein ungeheurer und endlos langer Korridor gewesen. Carlo, Carlo, Carlo, flüsterte es in diesem Korridor widerhallend. »Carlo wie aus dem Gesicht geschnitten«, hatte jemand nur wenige Augenblicke zuvor gesagt. »Signore, ich habe keinen Bruder.«

Der Mann richtete sich entrüstet und unendlich langsam auf, während seine wäßrig-blauen Augen langsam schmal wurden. In seiner ganzen Art lag eine bewußte und bühnengerechte Empörung. Aber er war nicht überrascht, obwohl er diesen Anschein erwecken wollte. Nein, er schien eine bittere Befriedigung zu empfinden.

Noch erstaunlicher aber war, daß Alessandro Tonio zum Gehen drängte. »Sie entschuldigen uns, Exzellenz«, sagte er, und der Druck, den er auf Tonios Arm ausübte, war ein klein wenig unangenehm.

»Du willst damit sagen, daß du nichts von deinem Bruder weißt?« sagte der Mann. Jetzt lag ein verächtliches Lächeln auf seinen Lippen.

»Sie müssen sich irren«, sagte Tonio, so schien es ihm jedenfalls. Er empfand das ganze Unbehagen eines fürchterlichen Kopfschmerzes, nur daß er den Schmerz selbst nicht spürte. Instinktiv nahm er innerlich eine Abwehrhaltung ein. Dieser Mann wollte ihm schaden. Das war klar. »Ich bin der Sohn von Andrea Treschi, Signore, und ich habe keinen Bruder. Wenn Sie jetzt so freundlich wären, mir zu sagen, wer Sie sind . . .«

»Aber Tonio, du kennst mich doch. Erinnere dich. Und was deinen Bruder angeht, ich war erst kürzlich bei ihm in Konstantinopel. Er ist ganz begierig darauf, Neuigkeiten von dir zu hören. Er fragte, ob es dir gutgeht, wie groß du schon geworden bist. Du siehst ihm wirklich außerordentlich ähnlich.«

»Exzellenz, Sie müssen uns entschuldigen«, sagte Alessandro beinahe grob. Es sah so aus, als wolle er zwischen den Mann und Tonio treten.

»Ich bin dein Cousin, Tonio«, sagte der Mann wieder mit diesem bewußten Blick, der grimmig und entrüstet wirken sollte. »Marcello Lisani. Und es betrübt mich, Carlo erzählen zu müssen, daß du so gar nichts von ihm weißt.«

Er ging wieder zum Buchladen zurück, warf dabei einen Blick über die Schulter und sah Alessandro an. Dann flüsterte er leise: »Diese verdammten, unerträglichen Eunuchen.«

Tonio zuckte zusammen. Die Worte des Mannes waren voller Verachtung gewesen, so als hätte er »Huren« oder »Schlampen« gesagt.

Alessandro senkte lediglich den Blick. Er schien zu erstarren, dann verzog sich sein Mund zu einem leisen, geduldigen Lächeln. Er berührte Tonio an der Schulter und deutete auf ein Café unter den Arkaden.

Kurz darauf saßen sie auf einer rauhen Bank direkt am Rande der Piazza. Die Sonne schickte ihre Strahlen bis unter das Gewölbe und wärmte sie. Tonio war sich jedoch kaum bewußt, daß sich nun genau das erfüllte, was er sich erträumt hatte, nämlich in einem Café, in dem feine Herren und Grobiane gleichermaßen verkehrten, zu sitzen und etwas zu trinken.

Zu jedem anderen Zeitpunkt hätte ihn der Anblick des köstlichen jungen Mädchens, das auf sie zukam, aus seinen Gedanken gerissen. Es besaß genau jene Art von braunem Haar mit goldenen Strähnchen, das er so unaussprechlich schön fand, und Augen von derselben Mischung aus Dunkel und Hell.

Aber er bemerkte das Mädchen kaum. Angelo erklärte gerade, daß der Mann wohl ein Verrückter sein müsse. Ganz offensichtlich hatte er noch nie von ihm gehört.

Alessandro hatte bereits eine höfliche Unterhaltung über das wunderbare Wetter begonnen. »Sie kennen doch den alten Witz«, sagte er vertraulich und gelassen zu Tonio, so als hätte dieser Mann ihn nicht beleidigt, »wenn das Wetter schlecht ist und der *Bucintoro* sinkt, dann plumpst der Doge zu seiner Frau ins Bett, um die Ehe zu vollziehen.«

»Aber wer war dieser Mann und wovon hat er gesprochen?« flüsterte Angelo leise. Er murmelte irgend etwas über Patrizier, die kein standesgemäßes Gewand trugen.

Tonio starrte geradeaus. Das reizende junge Mädchen kam in sein Blickfeld. Die Kleine trat mit dem Weintablett direkt auf ihn zu und kaute dabei im Takt zu ihrem Hüftschwung ein kleines Stück

Toffee. Ein natürliches und gutgelauntes Lächeln lag dabei auf ihren Lippen. Als sie die Becher abstellte, beugte sie sich so weit herunter, daß er unter den weichen Rüschen ihrer tiefausgeschnittenen Bluse ihre beiden rosa Brustwarzen sehen konnte! Heftige Leidenschaft wallte in ihm auf. Zu jedem anderen Augenblick, zu jeder anderen Zeit... aber es war, als geschähe dies alles nicht einmal: ihre Hüften, die erlesene Nacktheit ihrer Arme und jene hübschen, hübschen Augen. Sie war nicht älter als er selbst, vermutete er, und hatte etwas an sich, das den Eindruck vermittelte, als könnte sie trotz all ihres verführerischen Reizes jederzeit loskichern.

»Und warum sollte er sich so etwas Törichtes ausdenken!« schimpfte Angelo weiter.

»Ach, reden wir nicht mehr davon, meinen Sie nicht auch!« sagte Alessandro sanft. Dann schlug er die englische Zeitung auf und fragte Angelo, ob er als Kirchenmann etwas für die Oper übrig habe.

»So eine Niedertracht«, murmelte Angelo. »Tonio«, sagte er dann und vergaß dabei die korrekte Anrede, wie er das oft tat, wenn sie allein waren, »du hast diesen Mann doch nicht gekannt, oder?«

Tonio starrte in sein Glas Wein. Er wollte trinken, aber es war ihm nicht möglich, sich zu bewegen.

Zum ersten Mal hob er jetzt den Blick und sah Alessandro an. Seine Stimme hörte sich leise und teilnahmslos an, als er fragte:

»Habe ich einen Bruder in Konstantinopel?«

9

Es war nach Mitternacht. Tonio stand in der riesigen, feuchten Höhlung des Großen Salons. In der Ferne schlugen zwei Dutzend Kirchenglocken die Stunde. Er hielt eine Kerze in der Hand, die er jedoch nicht anzündete, und wartete. Worauf? Darauf, daß die Glocken zu schlagen aufhörten? Er war sich nicht sicher.

Der Abend war bis zu diesem Augenblick eine einzige Qual für ihn gewesen.

Er konnte sich nicht einmal mehr richtig an das erinnern, was geschehen war. Zwei Dinge, die allerdings nichts miteinander zu tun hatten, hatten sich jedoch in sein Gedächtnis eingebrannt.

Das erste war das junge Mädchen in dem Café, das ihn, als er aufgestanden war, leicht gestreift und ihm auf Zehenspitzen zugeflüstert hatte: »Denken Sie an mich, Exzellenz, mein Name ist Bettina.« Ein helles Lachen, ein hübsches Lachen. Mädchenhaft, verlegen und absolut aufrichtig. Er hätte sie gern in die Backe gekniffen und geküßt.

Das zweite war, daß Alessandro seine Frage nicht beantwortet hatte. Alessandro hatte es nicht bestritten! Alessandro hatte lediglich weggesehen.

Und was den Mann anging, den Angelo vielleicht dutzendmal einen gefährlichen jungen Irren geschimpft hatte, er war tatsächlich Tonios Cousin. Tonio erinnerte sich jetzt wieder an ihn. Und daß sich so jemand derart irrte, war praktisch unmöglich!

Was aber war es, das ihn in erster Linie beunruhigte? War es die Tatsache, daß er das kaum greifbare, dunkle Gefühl hatte, etwas wiederzuerkennen? Carlo. Er hatte diesen Namen schon einmal gehört. Carlo! Da war jemand gewesen, der gesagt hatte »Carlo wie aus dem Gesicht geschnitten«. Aber wessen Stimme war das gewesen, und woher war sie gekommen? Und wie konnte es sein, daß er vierzehn Jahre alt geworden war, ohne überhaupt zu wissen, daß er einen Bruder hatte? Warum hatte ihm das niemand gesagt? Warum wußten nicht einmal seine Hauslehrer davon?

Aber Alessandro wußte es.

Alessandro wußte es und andere wußten es. Leute in dem Buchgeschäft wußten es!

Und vielleicht wußte es sogar Lena. Deshalb hatte sie so mürrisch reagiert, als er sie gefragt hatte.

Er hatte schlau sein wollen. Er wäre nur ins Zimmer gekommen, um nach seiner Mutter zu sehen, hatte er erklärt. Seine Mutter sah aus wie der Tod persönlich. Die zarte Haut unter ihren Augen war blau, auf ihrem Gesicht lag eine schreckliche Blässe. Lena hatte gesagt, er solle gehen, sie würde später versuchen, ihre Herrin dazu zu bewegen, ein Weilchen aufzustehen. Was hatte er gefragt? Wie hatte er es formuliert? Er hatte sich plötzlich so gedemütigt gefühlt, so unglaublich elend. »Hat irgend jemand hier ... schon einmal ... den Namen ... Carlo gehört.«

»Es gab Hunderte von Treschi vor meiner Zeit, jetzt geh schon.« Die Antwort hätte ihm durchaus genügt, wenn sie nicht hinter ihm hergekommen wäre. »Und laß bloß deine Mutter mit diesen anderen zufrieden«, hatte sie gesagt und damit natürlich Andreas verstorbene Söhne gemeint. Seine Mutter sah sich ihre Portraits niemals an. »Und stell auch niemand anderem irgendwelche dummen Fragen!«

Damit hatte sie einen Fehler gemacht. Sie wußte es. Natürlich wußte sie es.

Jetzt waren alle zu Bett gegangen. Das Haus gehörte ihm und ihm ganz allein, so wie das zu dieser Stunde stets der Fall war. In der Dunkelheit fühlte er sich unsichtbar und unbeschwert. Er wollte die Kerze gar nicht anzünden, schon das Echo seiner leisen Schritte war ihm zu laut.

Eine Weile stand er ganz still und versuchte sich vorzustellen, wie es wäre, wenn er den Zorn seines Vaters auf sich ziehen würde. Niemals war sein Vater böse auf ihn gewesen. Niemals.

Aber er konnte diese Vorstellung nicht ertragen. Als er die Kerze anzündete, stand er mit angehaltenem Atem da und sah zu, wie die Flamme größer wurde und ein schwaches Licht das riesige Zimmer erhellte. Der Raum war so weitläufig, daß sich an seinen Rändern noch düstere Schatten ausbreiteten. Aber er konnte die Bilder sehen.

Sofort machte er sich daran, sie zu untersuchen.

Da waren sein Bruder Leonardo, ja, und Giambattista in Uniform, ja, und das hier war ein Bild von Philippo mit seiner jungen Frau Theresa. Er kannte sie alle. Jetzt kam er zu jenem Gesicht, nach dem er gesucht hatte. Als er es wiedersah, da erschreckte ihn die Ähnlichkeit.

»Carlo wie aus dem Gesicht geschnitten ...« Die Worte dröhnten ihm regelrecht in den Ohren. Er hielt die Flamme ganz nahe an die Leinwand heran, bewegte sie vor und zurück, bis das Bild seine irritierende Spiegelung verlor. Dieser junge Mann hatte dichtes schwarzes Haar wie er; wie er besaß er eine hohe, breite Stirn ohne die leichteste Neigung nach hinten; er hatte denselben, ein wenig breiten Mund, dieselben hohen Wangenknochen. Das Besondere aber, das, was dieses Gesicht aus der Menge der Gesichter, die alle eine gewisse Familienähnlichkeit aufwiesen, heraushob, waren die Augen: Sie standen weit, ganz weit auseinander, so wie die von Tonio. Wenn jemand in diese großen und schwarzen Augen blickte, dann hatte er das Gefühl zu schweben.

»Aber wer bist du?« flüsterte er. Er ging von einem Gesicht zum anderen. Da waren einige Cousins, die er nicht kannte. »Das beweist nichts.« Allerdings war es nicht zu übersehen, daß dieser merkwürdige Doppelgänger direkt neben Andrea stand, genaugenommen stand er zwischen Leonardo und Andrea, und daß Andreas Hand auf der Schulter dieses Doubles ruhte!

»Nein, das ist nicht möglich«, flüsterte er. Dennoch war das exakt der Beweis, den er gesucht hatte. Er ging weiter zu den anderen Bildern. Hier war Chiara, Andreas erste Frau, und dort war wieder dieser kleine »Tonio«, der mit den anderen Brüdern zu ihren Füßen saß.

Aber es gab Beweise, die noch eindeutiger waren.

Das erkannte er, während er wie angewurzelt vor den Gemälden stand. Es gab nämlich Bilder, auf denen nur die Brüder mit ihren Eltern zu sehen waren, ohne Cousins, ohne Fremde.

So rasch und so leise wie er konnte, ging er zur Tür, die zum Speisezimmer führte, und öffnete sie.

Dort hing, direkt hinter dem oberen Ende der Tafel, das große Bild, auf dem die gesamte Familie versammelt war, das Bild, das ihn immer so gequält hatte. Selbst von der Tür aus konnte er sehen, daß darauf kein Carlo zu sehen war. Er fühlte sich plötzlich ganz schwach und wußte nicht, ob dieses Gefühl Erleichterung oder Enttäuschung war.

Dennoch kam ihm an dem Bild irgend etwas merkwürdig vor. Rechts von Andrea, der stand, und seiner verstorbenen Frau Chiara, die saß, befanden sich Leonardo und Giambattista. Philippo stand ganz allein auf der rechten Seite.

»Aber das ist doch durchaus normal«, flüsterte er. »Immerhin sind es nur drei Brüder, wie soll man es denn sonst machen, als zwei auf der einen Seite zu plazieren . . .« Aber die Einteilung der Abstände war eigentümlich. Philippo stand nicht direkt neben seinem Vater. Der dunkle Hintergrund bildete dort eine Kluft, wo Andreas rotes Gewand auf ziemlich unelegante Weise hineinragte, was seine linke Seite deutlich breiter machte als seine rechte.

»Aber das ist nicht möglich. Es ist nicht wahrscheinlich«, flüsterte Tonio. Doch als er näher heranging, verstärkte sich der Eindruck der Unausgewogenheit noch.

Andreas Gewand hatte links nicht einmal dieselbe Farbe! Außerdem wirkte der schwarze Bereich zwischen seinem Arm und dem seines Sohnes Philippo irgendwie durchlässig.

Zögernd, fast widerwillig, hob Tonio die Kerze und stellte sich auf Zehenspitzen, so daß er die Bildoberfläche genauer betrachten konnte.

Hinter der schwarzen Farbschicht, durch sie hindurchspähend wie durch einen Schleier, befand sich unverkennbar die Gestalt jenes einen Menschen, der genau so aussah wie er.

Fast hätte Tonio laut aufgeschrien. Seine Beine zitterten so heftig, daß er sich wieder flach auf die Füße stellen mußte. Selbst jetzt noch mußte er sich mit der linken Hand an der Wand abstützen. Dann kniff er abermals die Augen zusammen: Da war sie, eine Gestalt, die durch die Übermalung durchschlug, wie das bei einem Ölgemälde oft der Fall ist. Jahrelang zeigt sich nichts. Dann aber beginnt die Gestalt auf fast geisterhafte Weise wieder an die Oberfläche zu kommen.

Genau das geschah jetzt auch. Da war der Mann mit diesem sympathischen Gesicht, das dem von Tonio so ähnlich sah, und in der Unterwelt, in der er lebte, hatte sein Vater einen gespenstischen Arm um ihn gelegt, umarmte er ihn.

10

Als er am nächsten Nachmittag nach Hause kam, fragte seine Mutter nach ihm.

»Sie ist aufgewacht, als du unterwegs warst«, flüsterte ihm Lena an der Tür zu. »Sie war wütend. Sie hat ihre Parfümfläschchen zerbrochen und mit Gegenständen um sich geworfen. Sogar mir hat sie etwas hinterhergeworfen. Sie wollte dich bei sich haben, du aber bist draußen auf der Piazza spazierengegangen.«

Er hörte sich das Ganze an, ohne ihr richtig zuzuhören.

Ein einziger Gedanke beherrschte ihn: Dieser Bruder ist am Leben. Er hält sich in Konstantinopel auf. Und was immer er getan hat, um aus diesem Haus fortgeschickt zu werden, es war so schrecklich, daß man sein Bild wie seinen Namen ausgelöscht hat. Ich bin also nicht der letzte dieser Linie. Er ist auch noch da, das haben wir beide gemeinsam. Aber warum hat *er* denn nicht geheiratet? Was hatte er so Schreckliches getan, daß die Treschi auf ein kleines Kind in der Wiege warten mußten?

»Geh hinein und sprich mit ihr. Es geht ihr heute besser«, sagte Lena. »Rede mit ihr, versuch sie dazu zu bringen, daß sie aufsteht, badet und sich anzieht.«

»Ja, ja«, murmelte er. »Ist gut, mache ich nachher.«

»Nein, Tonio, geh sofort zu ihr rein.«

»Laß mich in Ruhe, Lena«, sagte er leise, blieb aber stehen und starrte durch die offene Tür in das in Schatten getauchte Zimmer.

»Also gut . . . aber warte, ich muß dir noch etwas sagen«, flüsterte Lena plötzlich.

»Was ist denn jetzt schon wieder?« fragte Tonio.

»Frag sie nicht nach diesem anderen . . . diesem anderen, den du gestern erwähnt hast, hast du mich verstanden?«

Es war, als hätte sie seine Gedanken gelesen. Eine Weile lang sah er sie unverwandt an. Er forschte in ihrem einfachen Gesicht, das vom Alter ganz faltig und farblos geworden war. Ihr Augen waren klein und ausdrucklos, aber ohne die Offenheit, die Beppos Augen besaßen. Im Gegenteil, sie waren verschlossen und hart wie runde Kieselsteine.

Ein unheimliches Gefühl beschlich ihn. Es hatte ihn im Grunde schon seit zwei Tagen begleitet, aber erst jetzt wurde es ihm so richtig bewußt. Es hatte etwas mit Angst zu tun, mit Geheimnissen, mit irgendeinem dunklen Verdacht in seiner Kindheit, es hatte mit Dingen zu tun, über die man in diesem Haus nicht sprach, mit einer langsam stärker werdenden Ahnung, die die Jugend seiner Mutter und das hohe Alter seines Vaters betraf und die Tatsache, daß seine Mutter stets so unglücklich war. Er wußte nicht, was das alles zu bedeuten hatte, befürchtete aber, daß das alles irgendwie miteinander in Verbindung stand. Vielleicht aber wäre es ebenso schrecklich gewesen, wenn es *nicht* miteinander in Verbindung stehen würde.

Nun, er konnte nicht anders. Er mußte die Antwort finden. Irgendeine einfache Antwort darauf, warum er sein ganzes Leben lang geglaubt hatte, er wäre der einzige, warum er unter Geistern leben mußte, während dieser Abtrünnige sich in Konstantinopel aufhielt.

»Was ist mir dir los?« flüsterte Lena. »Warum siehst du mich so an?«

»Geh jetzt, ich möchte mit meiner Mutter allein sein.«

»Gut, bring sie zur Vernunft, bring sie dazu, aufzustehen«, drängte sie. »Tonio, wenn du das nicht tust, dann weiß ich nicht, wie lange ich deinen Vater noch von hier fernhalten kann. Heute morgen stand er wieder vor der Tür. Er ist meine Ausreden leid. Aber ach, in diesem Zustand darf er sie einfach nicht sehen!«

»Und warum nicht?« sagte Tonio plötzlich wütend.

»Du weißt ja nicht, was du da sagst, du armes Kind«, sagte sie und schloß, als er ins Schlafzimmer trat, die Flügeltür hinter ihm.

Marianna saß am Cembalo. Auf den Ellbogen gestützt, das Glas Wein und die Flasche neben sich, klimperte sie mit einer Hand vor sich hin.

Das Licht des Nachmittags wurde von den Vorhängen ausgesperrt. Sie hatte drei Kerzen angezündet, die einen dreifachen Schatten von ihr auf den Boden und auf die Tasten warfen, drei durchscheinende Schichten aus Schatten, die sich im Takt mit ihr bewegten.

»Liebst du mich?« fragte sie.

»Ja«, sagte er.

»Warum bist du dann ausgegangen. Warum hast du mich allein gelassen?«

»Ich werde dich mitnehmen. Von jetzt an werden wir jeden Nachmittag spazierengehen.«

»Spazierengehen? Wo denn?« murmelte sie. Sie fing wieder zu klimpern an. »Du hättest mir sagen sollen, daß du ausgehst.«

»Du warst ja gar nicht ansprechbar . . .«

»Hör auf, so häßliche Dinge zu mir zu sagen!« schrie sie.

Er setzte sich auf die gepolsterte Bank zu ihr. Ihr Körper fühlte sich ganz kalt an. Um sie herum war ein schaler Geruch wahrzunehmen, der so unnötig war und in solchem Widerspruch zu ihrer wächsernen Schönheit stand. Ihr Haar war gebürstet. Es erschien Tonio wie eine große schwarze Katze, die sich an sie klammerte.

»Du kennst doch diese eine Arie«, murmelte sie, »die aus *Griselda*, singst du sie mir bitte vor?«

Er kannte das Lied auswendig und begann zu singen, aber nur halblaut, so als wäre sein Gesang allein für ihre Ohren bestimmt. Er spürte, wie sie schwer gegen ihn sackte. Sie gab ein leises Stöhnen von sich, so wie sie es oft im Schlaf tat.

»Mamma«, sagte er plötzlich. »Mamma, bitte hör dir eine kleine Geschichte an und sag mir dann, was du darüber sonst noch weißt.«

»Wenn Feen, Geister und Hexen darin vorkommen«, sagte sie, »dann gefällt sie mir vielleicht.«

»Möglicherweise kommen welche darin vor, Mamma«, sagte er.

Sie hatte den Blick immer noch abgewandt, als er ihr von Marcello Lisani und dem, was er gesagt hatte, zu erzählen begann und ihr von seiner Suche nach dem Bild berichtete.

Er beschrieb ihr das Portrait im Speisezimmer und das geisterhafte Pentimento.

Während er redete, drehte sie ihm ganz langsam das Gesicht zu. Zuerst bemerkte er nichts Besonderes an ihr, nur daß sie ihm jetzt tatsächlich zuhörte.

Dann aber begann sich ihr Gesichtsausdruck allmählich zu verändern. Es kam ihm so vor, als würde die schwere Hülle aus Mattigkeit und verebbender Trunkenheit von ihr abfallen.

Ihre Aufmerksamkeit beim Zuhören, ihre gespannte Faszination verliehen ihrem Gesicht beinahe etwas Verzerrtes.

Und langsam bekam er Angst.

Er hörte auf zu reden. Während er sie anstarrte, als könne er seinen Augen nicht trauen, merkte er, daß sie sich in einen anderen Menschen verwandelte.

Die Verwandlung war subtil, sie war langsam vonstatten gegangen, aber sie war vollkommen. Eine Weile bracht er kein Wort mehr heraus.

Er sah sie vor sich: ihr Spitzennachthemd, ihre bloßen Füße und ihr eckiges Gesicht mit den schrägen byzantinischen Augen, ihren Mund, klein und blaß, der bebte wie ihr ganzer Körper auch.

»Mamma?« flüsterte er.

Ihre Hand brannte auf seinem Handgelenk, als sie ihn berührte.

»In diesem Haus gibt es Bilder von ihm?« fragte sie. Auf ihrem Gesicht lag eine Leere, die sie jung, absolut selbstvergessen und merkwürdig unschuldig aussehen ließ. »Wo sind sie?«

Als er sich erhob, stand sie ebenfalls auf. Sie zog sich ihren gelben Morgenmantel aus Seide über, wartete, bis er eine Kerze aus dem Halter genommen hatte, und folgte ihm dann.

Auf dem halben Weg zum Speisezimmer fiel ihm auf, daß sie immer noch barfuß war. Sie schien es gar nicht zu bemerken.

»Wo?« fragte sie. Er öffnete die Flügeltür und deutete auf das große Familienporträt.

Sie starrte es an und warf ihm dann einen verwirrten Blick zu.

»Ich zeige es dir«, versicherte er ihr rasch. »Du kannst sein Bild ganz klar erkennen, wenn du genau hinsiehst. Komm.« Sie traten ins Zimmer. Die Kerze brauchten sie gar nicht. Das Sonnenlicht des Spätnachmittags strömte durch die Fenster. Als Tonio die Stuhllehnen berührte, merkte er, daß sie ganz warm waren.

Er führte sie nahe an das Bild heran und sagte: »Schau *durch* die Schwärze hindurch.«

Dann hob er sie hoch, überrascht, wie leicht sie war. Sie zitterte, was ihm vorher gar nicht aufgefallen war. In der Luft schwebend, legte sie ihre Hand flach auf das Bild, die Finger arbeiteten sich dabei an die verborgene Gestalt heran, und dann sah sie es plötzlich. Er konnte spüren, wie sie zusammenschrak, wie sie langsam alle Einzelheiten in sich aufsog, so als würde die Gestalt nun tatsächlich aus dem Hintergrund hervorbrechen.

Ein Stöhnen entrang sich ihr, fing leise an, wurde lauter und erstickte dann. Sie hatte die Lippen fest aufeinandergepreßt. Ganz plötzlich wand sie sich so heftig in seinen Armen, daß er sie rasch zu Boden gleiten ließ. Sie taumelte nach hinten.

Wieder stöhnte sie auf, ihre Augen weiteten sich.

»Mamma?« Mit einem Mal fürchtete er sich vor ihr, denn sie sah ihn mit demselben wutverzerrten Gesicht an, wie sie es so oft getan hatte, als er noch ein Kind gewesen war.

Er hob ganz instinktiv die Hände, dennoch traf ihn ihr erster Schlag mitten ins Gesicht. Der Schmerz machte ihn jedoch sofort wütend.

»Hör auf damit«, schrie er. Sie schlug ihn wieder, dann auch mit der anderen Hand, und stöhnte dabei mit zusammengebissenen Zähnen.

»Hör auf damit, Mamma, hör auf!« schrie er, während er sich die Hände vors Gesicht hielt. Er wurde immer zorniger. »Ich lasse mir das nicht länger gefallen, hör auf.«

Aber ihre Schläge prasselten weiter unbarmherzig auf ihn herab. Sie hatte jetzt zu kreischen begonnen. Noch nie in seinem Leben hatte er sie so gehaßt. Er packte sie am Handgelenk, schob sie von sich weg, spürte, wie sie nach seinem Haar griff und daran zog. »Hör endlich auf damit!« brüllte er. »Laß das!«

Dann umarmte er sie, versuchte sie so fest an seine Brust zu drücken, daß sie sich nicht mehr rühren konnte. Sie schluchzte jetzt. An ihren Nägeln war Blut. Da fiel ihm plötzlich auf, daß sich die Flügeltüren zum Großen Salon geöffnet hatten, und brennende Scham stieg in ihm auf. Er sah seinen Vater in der Tür stehen, neben ihm seinen Sekretär Signore Lemmo. Signore Lemmo zog sich zurück und verschwand.

Als Marianna, die nichts von alledem mitbekommen hatte, Tonio wieder eine Ohrfeige gab, ihn anbrüllte, ging Andrea auf sie zu. Es war sein rauschendes Gewand, die herrliche Farbe, die sie zuerst bemerkt haben mußte. Sofort verließen sie ihre Kräfte, und sie taumelte nach hinten. Andrea schloß sie langsam in seine Arme.

Tonio stand mit glühendem Gesicht hilflos daneben und sah zu. Noch nie in seinem Leben hatte er seinen Vater seine Mutter berühren sehen. Sie stand zusammengekrümmt da, so als wolle sie seine Robe nicht beflecken, so als wolle sie sich in sich selbst verkriechen, während sie hysterisch weinte.

»Meine Kinder«, flüsterte Andrea. Seine sanften, haselnußbraunen Augen musterten ihr lockeres Gewand, ihre bloßen Füße, dann sah er seinen Sohn langsam und traurig an.

»Ich will sterben.« Sie zitterte. »Ich will sterben . . .« Ihre Stimme kam tief aus ihrer Kehle. Andreas Hand berührte zart ihr Haar. Dann spreizten sich die weißen Finger, umschlossen ihren kleinen Kopf und preßten ihn an sich.

Tonio wischte sich mit dem Handrücken die Tränen ab. Er hob den Kopf und sagte leise:

»Es ist meine Schuld, Vater.«

»Euer Exzellenz, lassen Sie mich sterben«, flüsterte sie.

»Geh hinaus, mein Sohn«, sagte Andrea freundlich. »Geh jetzt, und laß mich mit deiner Mutter allein.«

Tonio rührte sich nicht. Er starrte Marianna an, ihren schmalen Rücken, der vom Schluchzen geschüttelt wurde, ihr Haar, das seinem Vater glänzend und schwer über den Arm fiel. Er blickte seinen Vater stumm und flehentlich an.

»Geh schon, mein Sohn«, sagte Andrea mit unendlicher Geduld. Wie um Tonio zu trösten, nahm er dessen Hand und drückte sie sanft mit seinen pudrigen Fingern, bevor er ihn losließ und zur offenen Tür wies.

11

Es war jenes Stadium des Lebens, in dem Guido, wäre er ein normaler Junge gewesen, in den Stimmbruch gekommen wäre und sich sein knabenhafter Sopran zum Tenor oder Baß gewandelt hätte. Für Eunuchen war dies stets eine gefährliche Zeit. Niemand wußte warum, aber es schien, als versuche der Körper eben jene Veränderung zu vollbringen, die zu bewirken er nicht mehr die Kraft hatte. Diese vergebliche Anstrengung war eine Gefahr für die Stimme, so daß viele Gesangslehrer ihren Kastraten während dieser Monate nicht zu singen erlaubten. Die Stimme, so hoffte man, würde sich dann um so schneller erholen.

Im allgemeinen tat sie das auch.

Manchmal aber ging sie verloren.

Und bei Guido passierte diese Tragödie.

Ein halbes Jahr verging, bevor man sich schließlich sicher war. Dies waren unaussprechlich qualvolle Monate für Guido. Wieder und wieder versuchte er es und vermochte lediglich heisere und kraftlose Töne hervorzubringen. Seine Maestros waren zutiefst betrübt. Gino und Alfredo konnten ihm nicht mehr in die Augen sehen. Selbst jene, die ihn beneidet hatten, waren stumm vor Entsetzen.

Natürlich empfand niemand diesen Verlust so stark wie Guido selbst, nicht einmal Maestro Cavalla, der ihn ausgebildet hatte.

Und so sammelte Guido das ganze Geld, das er durch seine Gesangsauftritte bei Festen und Abendgesellschaften bekommen und das auszugeben er keine Zeit gehabt hatte, zusammen und verschwand eines Nachmittags ohne Gepäck, nur mit den Kleidern, die er auf dem Leib trug, und ohne sich von irgend jemandem zu verabschieden.

Er hatte keinen Führer bei sich, besaß auch keine Karte. Er fragte lediglich hin und wieder nach dem Weg, während er zehn Tage lang die steilen und staubigen Straßen entlangwanderte, die ihn immer tiefer nach Kalabrien hineinführten.

Schließlich erreichte er das Dorf Caracena. Von dort brach er bei Morgendämmerung wieder auf. An seinem Rock hingen noch die Strohhalme von der Lagerstatt in dem Wirtshaus, in dem er übernachtet hatte. Nachdem er den Hang hinaufgestiegen war, sah er das Haus, das auf dem Grund und Boden seines Vaters stand und in dem er geboren worden war. Es war alles noch genauso, wie er es vor zwölf Jahren verlassen hatte.

Am Herdfeuer stand eine Frau. Sie war untersetzt und plump, hatte ein rundes Gesicht, aber einen verkniffenen Mund, da ihr einige Zähne fehlten. Ihre Augen waren milchig, ihre Haut glänzte vom Bratenfett. Einen Augenblick lang war er unsicher, dann erkannte er sie wieder. »Guido!« flüsterte sie.

Sie hatte jedoch Scheu, ihn zu berühren. Sie bückte sich, um einen Platz sauberzuwischen, damit er sich hinsetzen konnte. Seine Brüder kamen herein. Stunden vergingen. Schmutzige Kinder drängten sich in der Ecke zusammen. Schließlich erschien sein Vater, der immer noch ein Koloß von einem Mann war. Er pflanzte sich vor ihm auf, einen klobigen Becher mit Wein in beiden Händen, den er ihm anbot. Seine Mutter tischte ihm ein ausgiebiges Abendessen auf.

Alle starrten auf seinen reichverzierten Rock, seine Lederschuhe, den Degen mit der silbernen Scheide, den er an der Seite trug.

Er aber saß da und starrte ins Feuer, als wäre er ganz allein im Raum.

Hin und wieder jedoch bewegten sich seine Augen, als würden sie von einer unsichtbaren Hand bewegt.

Dann blickte er diese dunkle Versammlung stämmiger Männer an, die Kleidung aus Schafsfell und Rohleder trugen und deren Hände vor Haaren und Schmutz ganz schwarz waren.

Was mache ich hier überhaupt? Warum bin ich hergekommen?

Er erhob sich zum Gehen.

»Guido«, sagte seine Mutter wieder. Rasch wischte sie sich die Hände ab und kam auf ihn zu, so als wolle sie sein Gesicht berühren. Es war erst das zweite Mal, daß ihn irgend jemand hier angesprochen hatte.

Etwas in ihrer Stimme fiel ihm auf. Es war derselbe Ton, in dem der junge Maestro in dem dunklen Übungszimmer mit ihm gesprochen hatte, der wie ein Echo jenes Mannes geklungen hatte, der bei der Kastration seinen Kopf gehalten hatte.

Er starrte sie an. Seine Hände begannen sich zu bewegen, suchten alle Taschen ab. Da kamen die Geschenke zum Vorschein, die er für die vielen Konzerte erhalten hatte. Eine Brosche, eine goldene Uhr, Schnupftabakdosen mit Perlmuttintarsien und schließlich Goldmünzen. Er gab ihnen alles. Ihre Hände fühlten sich so trocken an, genau wie getrocknete Erde auf einem Felsen. Seine Mutter weinte.

Bei Einbruch der Nacht befand er sich wieder in dem Wirtshaus in Caracena.

Sobald er das geschäftige Stadtzentrum von Neapel erreicht hatte, verkaufte Guido seine Pistole und erhielt dafür soviel, daß er sich ein Zimmer über einer Taverne mieten konnte. Nachdem er sich eine Flasche Wein hatte bringen lassen, schnitt er sich mit einem Messer die Pulsadern auf. Dann saß er da, während das Blut floß, und trank seinen Wein, bis er das Bewußtsein verlor.

Aber man fand ihn, bevor er starb, und brachte ihn zum Conservatorio zurück. Dort erwachte er dann mit verbundenen Handgelenken in seinem eigenen Bett, während Maestro Cavalla, sein Lehrer, neben ihm saß und weinte.

12

Was war geschehen? Wurde tatsächlich alles anders? Tonio hatte so lange Zeit mit der schrecklichen Ahnung gelebt, daß sich nie etwas ändern würde, daß er sich jetzt gar nicht richtig zurechtfand.

Sein Vater hatte sich mit kurzen Unterbrechungen zwei Tage lang im Zimmer seiner Mutter aufgehalten. Ein Arzt war gekommen, und Tonio war sich sicher, seine Mutter nachts weinen gehört zu haben. Angelo, der nun nicht mehr mit ihm auf der Piazza spazierenging, hatte jeden Morgen die Türen der Bibliothek geschlossen und gesagt: »Studiere.«

Alessandro war im Haus. Tonio wußte das, weil er ihn flüchtig gesehen hatte. Außerdem war er sich sicher, die Stimme seiner Cousine Catrina Lisani gehört zu haben. Leute kamen, Leute gingen, doch sein Vater schickte nicht nach ihm. Sein Vater verlangte keine Erklärungen. Als Tonio zu seiner Mutter wollte, wurde er ausgesperrt, wie einst sein Vater ausgesperrt worden war. Angelo brachte ihn dann stets in die Bibliothek zurück.

Dann hieß es, Andrea wäre gestolpert, als er in eine Gondel einsteigen wollte. Nicht einen Tag seines Lebens hatte er eine Zusammenkunft des Senats oder des Großen Rats verpaßt, aber an diesem Morgen war er gestürzt. Obwohl er sich nur den Fuß verstaucht hatte, würde er bei der Senza nicht hinter dem Dogen hergehen.

Das Schlimmste aber war, daß er während all dieser Stunden des Wartens eine unbestreitbare Heiterkeit empfand. Es war ein Gefühl, das er schon einmal gespürt hatte: irgend etwas würde geschehen! Als er aber daran dachte, wie sie im Speisezimmer geschrien und auf ihn eingeschlagen hatte, da fühlte er sich wie ein Verräter!

Er hatte gewollt, daß sie ertappt wurde, hatte gewollt, daß sein Vater sah, worin ihre Krankheit bestand. Man mußte ihr den Wein wegnehmen, sie dazu bringen, das Trinken aufzugeben, sie aus dieser Dunkelheit herausholen, in der sie wie eine schlafende Prinzessin in einem französischen Märchen dahinschmachtete.

Er hatte sie jedoch nicht ins Speisezimmer geführt, damit dies hier passierte. Er hatte nicht vorgehabt, sie zu verraten. Warum aber war niemand böse auf ihn? Was hatte er sich nur dabei gedacht, als er sie dorthin brachte? Der Gedanke, wie sie in ihrem Zimmer saß, umgeben von Ärzten und Cousinen, die nicht einmal ihre Blutsverwandten waren, war unerträglich für ihn. Sein Gesicht brannte, Tränen stiegen ihm in die Augen. Und das war schlimmer als alles andere.

Dennoch mußte hier irgendwo die Lösung des Rätsels liegen, weshalb sie sich so verändert hatte, warum sie geschrien hatte, warum sie ihn geschlagen hatte. Wer war dieser rätselhafte Bruder in Konstantinopel?

Es war in der zweiten Nacht nach diesem Vorfall, daß er die Antwort auf all seine Fragen erfahren sollte.

Als er allein in seinem Zimmer zu Abend aß, hatte er allerdings noch nicht die geringste Ahnung davon. Der Himmel zeigte ein wunderschönes tiefes Blau, der Mond schien, und ein leiser Frühlingswind wehte. Überall auf dem Kanal, so schien es, sangen die Bootsführer. Hier schmetterte jemand einen Vers, den ein anderer beantwortete, tiefe Bässe, hohe Tenöre erschollen. Irgendwo in der Ferne waren die Geigen und Flöten der Straßensänger zu hören.

Aber als er vollständig angekleidet auf seinem Bett lag, da er zu müde war, um nach seinem Kammerdiener zu klingeln, glaubte er, im Labyrinth des Hauses selbst, seine Mutter singen zu hören. Er tat dies als Unsinn ab, da aber erklang der hohe und bemerkenswert kräftige Sopran von Alessandro.

Als Tonio mit geschlossenen Augen und angehaltenem Atem lauschte, konnte er auch die leise zirpenden Töne des Cembalos vernehmen.

Gerade als ihm klargeworden war, daß er sich das Ganze nicht einbildete, klopfte es an der Tür und Giuseppe, der alte Kammerdiener seines Vaters, bat ihn mitzukommen: Sein Vater wünschte ihn zu sehen.

Sein Vater lag in seinem Bett, eingehüllt in einen schweren Morgenmantel aus dunkelgrünem Samt, der die Form einer Patrizierrobe hatte. Selbst hier, an sein Kopfkissen gelehnt, wirkte er königlich.

Die kleine Gruppe von Männern stand ein Stück von ihm entfernt. Als Tonio eintrat, erhob sich seine Mutter vom Cembalo. Sie trug ein Kleid aus rosa Seide, ihre Taille war erschreckend schmal und ihr Gesicht blaß. Aber sie war wiederhergestellt. Ihr Blick war klar, und in ihren Augen schimmerte das Wissen um irgendein wunderbares Geheimnis. Ihre Lippen fühlten sich auf seinen Wangen warm an. Es schien, als wolle sie etwas sagen, wisse aber, daß sie noch warten mußte.

Als er sich hinunterbeugte, um seinem Vater die Hand zu küssen, stand sie ganz nah bei ihm.

»Setz dich, mein Sohn«, sagte Andrea. Dann begann er sofort zu sprechen, wobei seine Stimme etwas von jener für ihn charakteristischen Zeitlosigkeit hatte, die ihn so lebendig wirken ließ. Sein hohes Alter erschien dadurch nur als leichte Ungerechtigkeit.

»Jene, die die Wahrheit mehr lieben als mich, haben oft gesagt, ich würde nicht in dieses Jahrhundert gehören.«

»Signore, wenn das so ist, dann ist dieses Jahrhundert verloren«, warf Signore Lemmo ein.

»Unsinn, Sie wollen mir nur schmeicheln«, sagte Andrea. »Ich fürchte allerdings, es ist wahr, dieses Jahrhundert ist verloren, aber zwischen mir und dieser Tatsache besteht keine Verbindung. Wie ich schon sagte, bevor mir mein Sekretär so unnötigen Trost spenden wollte, passe ich nicht in diese Zeit und habe mich ihr nur mit Schwierigkeiten angepaßt.

Aber ich will dich nicht mit einer Aufzählung meiner Schwächen langweilen, da ich glaube, daß sie sich eher als ermüdend denn als lehrreich erweisen würden. Ich bin zu dem Entschluß gelangt, daß deine Mutter mehr von dieser Welt sehen muß und du ebenfalls. Alessandro, der schon lange den Wunsch gehabt hat, die Herzogliche Kapelle zu verlassen, hat eingewilligt, ein Mitglied dieses Haushalts zu werden. Von jetzt an wird er dir Musikunterricht erteilen, mein Sohn, da du großes Talent besitzt. Dich in dieser Kunst zu vervollkommnen, kann dich viel über das übrige Leben lehren, wenn du es zuläßt. Aber er soll deine Mutter auch begleiten, wann immer sie ausgeht. Es ist mein Wunsch, daß du Zeit von deinen Studien abzweigst, um dich den beiden anzuschließen. Deine Mutter ist ganz bleich, weil sie so zurückgezogen gelebt hat. Ich möchte, daß sie ihre tiefverwurzelte Schüchternheit ablegt. Sieh zu, daß sie dieses Jahr am Karneval teilnimmt und in die Oper geht, und sorge dafür, daß sie die Einladungen, die sie in Kürze bekommen wird, annimmt. Paß auf, daß sie Alessandro erlaubt, euch beide überallhin mitzunehmen.«

Tonio warf einen raschen Blick zu seiner Mutter hinüber. Es war ihr deutlich anzusehen, wie glücklich sie war. Alessandro starrte Andrea voller Bewunderung an.

»Dieses Leben wird neu für dich sein«, sagte Andrea. »Aber ich glaube, daß du dessen Anforderungen mit Freude begegnen wirst. Als erstes wirst du übermorgen bei der Senza mitgehen. Ich kann nicht laufen, deshalb wirst du dort unsere Familie vertreten.«

Tonio war überglücklich, aber er versuchte seine Begeisterung zu verbergen. Dennoch zeigte sich auf seinem Gesicht ein Lächeln, selbst als er sich auf die Lippen biß, den Kopf senkte und seinem Vater murmelnd und respektvoll sein Einverständnis gab.

Als er wieder aufsah, lächelte sein Vater. Eine kleine Weile hatte es den Anschein, als würde sein Vater irgendwie in die Weite blicken. Vielleicht aber hatte er sich auch nur in einer schönen Erinnerung verloren. Dann jedoch fiel die Freude von seinem Gesicht ab, und er schickte mit einem Anflug von Resignation die Gesellschaft fort.

»Ich muß mit meinem Sohn allein sein«, sagte er, während er Alessandros Hand nahm. »Es wird ziemlich spät werden, bis ich ihn entlasse. Lassen Sie ihn deshalb am Morgen ausschlafen.« Und zu seinem Sekretär sagte er: »Bringen Sie die Kerzen in mein Arbeitszimmer.«

Dann erhob er sich mühsam von seinem Bett. Die Türen wurden geschlossen, die Zimmer waren beinahe leer.

»Bitte, Euer Exzellenz, bleiben Sie doch hier«, sagte Signore Lemmo.

»Gehen Sie«, sagte Andrea lächelnd. »Und wenn ich tot bin, dann erzählen Sie bitte niemandem, wie böse ich auf Sie gewesen bin.«

»Exzellenz!«

»Gute Nacht«, sagte Andrea. Signore Lemmo ließ sie allein.

Andrea ging auf die geöffnete Flügeltür zu, aber er bedeutete Tonio, hinter ihm zu warten. Tonio sah zu, wie er ein großes quadratisches Zimmer betrat, daß er noch nie zuvor gesehen hatte. Auch das Zimmer, in dem er sich jetzt befand, hatte er noch nie gesehen, aber das andere faszinierte ihn weitaus mehr. Er sah, daß sich zwischen den Fenstern, die auf den Kanal hinausblickten, Bücher bis unter die Decke erstreckten. An den Wänden hingen Landkarten, auf denen die Territorien des venezianischen Reiches verzeichnet waren. Selbst von dort, wo er stand, erkannte er, daß das das Venedig längst vergangener Zeiten war. Waren nicht viele dieser Besitzungen verlorengegangen? Auf dieser Wand jedoch war der Veneto immer noch ein riesiges Herrschaftsgebiet.

Sein Vater stand im Zimmer und blickte ihn gedankenverloren an.

Tonio machte einen Schritt auf ihn zu.

»Nein, warte«, sagte Andrea. Es war so leblos dahingemurmelt, daß er ebensogut mit sich selbst hätte reden können. »Hab es nicht so eilig, hier einzutreten. Im Augenblick bist du noch ein Junge. Wenn du dieses Zimmer wieder verläßt, muß du darauf vorbereitet sein, das Oberhaupt dieser Familie zu werden, sobald ich sie verlassen habe. Denke jetzt noch ein Weilchen über dieses Trugbild des Lebens nach. Koste deine Unschuld aus. Du wirst sie nämlich erst richtig schätzen können, wenn du sie fast schon verloren hast. Wenn du bereit bist, dann komm herein.«

Tonio schwieg und senkte den Blick. Ganz bewußt kam er dann der Aufforderung seines Vaters nach und ließ sein Leben an sich vorbeiziehen. Im Geiste stand er in dem alten Archiv im Untergeschoß. Er hörte die Ratten, er hörte das Klatschen der Wellen. Das Haus selbst, das seit zwei Jahrhunderten im Sumpfland unter ihm verankert stand, schien sich zu bewegen. Als er wieder aufsah, sagte er rasch und mit leiser Stimme: »Vater, laß mich eintreten.«

Und sein Vater winkte ihn heran.

13

Zehn Stunden waren vergangen, als Tonio die Türen des Arbeitszimmers seines Vaters wieder öffnete. Klares Morgenlicht sickerte durch die Fenster, als er den Großen Salon durchquerte und dann weiter zum Vordereingang des Palazzo ging.

Sein Vater hatte ihm gesagt, er solle auf die Piazza hinausgehen und dort eine Weile dem sich täglich wiederholenden Schauspiel zusehen, das sich bot, wenn die großen Staatsmänner auf dem Broglio umherwanderten. Und Tonio brauchte dies jetzt mehr als alles andere. Es schien, als umgebe ihn ein köstliches Schweigen, das Fremde nicht zu brechen vermochten.

Er trat auf den kleinen Kai vor der Tür und winkte einen vorbeifahrenden Gondoliere herbei, um sich zur Piazzetta fahren zu lassen.

Es war der Tag vor der Senza, wie immer waren unzählige Menschen unterwegs. Die Staatsmänner standen in langer Reihe vor dem Palazzo Ducale, nahmen ehrerbietige Küsse auf ihre weiten Ärmel entgegen und verbeugten sich feierlich voreinander.

Tonio schenkte der Tatsache, daß er allein und frei war, wenig Beachtung, da dies für ihn jetzt nicht mehr dieselbe Bedeutung hatte wie vorher.

Die Geschichte, die ihm sein Vater erzählt hatte, hatte ihn zutiefst erschreckt. Sie war durchwoben vom Blut der Wirklichkeit und von unendlicher Traurigkeit. Die Geschichte der Treschi war dabei nur ein Teil davon gewesen.

Sein ganzes junges Leben lang hatte Tonio geglaubt, Venedig hätte in Europa eine Vormachtstellung. Er war mit der Auffassung aufgewachsen, daß die Serenissima die älteste und stärkste Republik in Italien sei. Die Wörter Königreich, Kreta, Peloponnes riefen bei ihm verschwommene Bilder von ruhmreichen Schlachten hervor.

In dieser einen langen Nacht jedoch war der venezianische Staat alt und dekadent geworden. Seine Grundfesten wackelten, fast schon zerfiel er zu einer strahlenden und glitzernden Ruine. 1645 war Kreta verlorengegangen, und in den Kriegen, in denen Andrea und seine Söhne gekämpft hatten, hatte man es nicht zurückzugewinnen vermocht. 1716 war Venedig ein für allemal vom Peloponnes vertrieben worden.

Nichts war im Grunde von dem großen Reich übriggeblieben, außer der großen Stadt selbst und ihren Besitzungen auf dem Festland, das sie umgab. Padua, Verona, kleine Städte, der großartige Landstreifen an der Brenta mit seinen prächtigen Villen.

Venedigs Botschafter übten an den Höfen im Ausland keinen bemerkenswerten Einfluß mehr aus, und jene, die nach Venedig geschickt wurden, kamen weniger der Politik wegen als um des Vergnügens willen.

Es war das riesige Rechteck der Piazza mit seinem Karnevalstrubel, das sie anzog; es war der Anblick der kohlschwarzen Gondeln, die durch die Wasserstraßen glitten; es war der unermeßliche Reichtum und die Schönheit von San Marco; es waren die singenden

Waisenkinder der Pietà. Die Oper, die Gemälde, die singenden Gondolieri, die prächtigen Kronleuchter aus den Glasereien von Murano.

Das war Venedig jetzt, sein Reiz, seine Macht. Im Grunde war es genau das, was Tonio gekannt und geliebt hatte, solange er denken konnte. Mehr aber war da nicht.

Dennoch war das seine Stadt, sein Staat, den sein Vater ihm hinterlassen hatte. Seine Vorfahren zählten zu jenen heroischen Kämpfern, die sich einst in grauer Vorgeschichte als erste in dieses neblige Sumpfland hineingewagt hatten. Das Vermögen der Treschi gründete sich wie das Vermögen so vieler großer venezianischer Familien auf den Handel mit dem Orient.

Ob die Serenissima nun die Welt beherrschte oder sich nur gegen sie behauptete, sie war Tonios Schicksal.

Ihre Unabhängigkeit lag in seiner Obhut, so wie sie in der Obhut all jener Patrizier lag, die im Staat noch das Ruder führten. Und Europa, das ein heftiges Verlangen nach diesem prächtigen Juwel von einer Stadt verspürte, durfte niemals gestattet werden, es in seine Arme zu schließen.

»Bis zu deinem letzten Atemzug«, hatte Andrea gesagt, wobei seine Stimme ebenso körperlos und voller Energie war wie seine glänzenden Augen, »wirst du unsere Feinde jenseits der Tore des Veneto halten.«

Das war die ehrwürdige Bürde, die ein Patrizier in einer Zeit zu tragen hatte, in der das Vermögen, das im Handel mit dem Orient gewonnen worden war, mit Spiel, Pomp und Schauveranstaltungen verpraßt wurde. Das war die Verantwortung, die ein Treschi zu übernehmen hatte.

Schließlich aber war der Augenblick gekommen, an dem Andrea seine eigene Geschichte offenlegen mußte.

»Ich weiß, daß du von deinem Bruder Carlo erfahren hast«, sagte er und löste sich damit vom großen Rahmen der Geschichte. Seine gemessene Stimme gab zum ersten Mal durch ein leichtes Beben Gefühle zu erkennen. »Es scheint, als bräuchtest du nur aus dieser Tür zu treten, und schon ernüchtert dich die Welt eiligst durch diesen alten Skandal. Alessandro hat mir vom Freund deines Bruders erzählt, der nur einer seiner vielen Verbündeten ist, die sich mir im Großen Rat, im Senat und wo sie sonst noch Einfluß haben, immer noch entgegenstellen. Außerdem hat mir deine Mutter erzählt, was du auf dem Bild im Speisezimmer entdeckt hast.

Nein, unterbrich mich nicht, mein Sohn. Ich bin dir nicht böse. Du mußt jetzt jene Tatsachen erfahren, die andere für ihre eigenen Zwecke gebrauchen und verdrehen werden. Hör gut zu:

Was war mir geblieben, als ich nach so vielen Niederlagen endlich von der See nach Hause zurückkehrte? Drei Söhne waren gestorben, meine Frau hatte ich nach langer und schwerer Krankheit verloren. Warum wollte es Gott so, daß es ausgerechnet der Jüngste sein sollte, der alle anderen überlebte, ein Sohn, der ein so rebellisches und gewalttätiges Wesen besaß, daß sein größtes Vergnügen darin bestand, seinem Vater zu trotzen?

Du hast sein Bild gesehen, und du hast gesehen, wie sehr du ihm äußerlich gleichst; aber damit hört die Ähnlichkeit auch schon auf, denn du besitzt unverkennbar Charakter, wohingegen dein Bruder Carlo mit allen Lastern dieser schlimmen Zeit behaftet war. Lebenslustig war er, ein glühender Verehrer der Primadonnen, ein Müßiggänger. Er las Gedichte, gab sich dem Spielen und dem Trinken hin. Er war jenes ewige Kind, das, da es ihm verwehrt war, im Dienste des Staates Ruhm zu erringen, keine Lust hat, stillen Mut zu zeigen.«

Andrea hielt inne, so als wäre er sich nicht sicher, wie er fortfahren wollte. Müde sprach er dann weiter: »Du weißt ebensogut wie ich, was es bedeutet, wenn ein Patrizier ohne Erlaubnis des Großen Rates heiratet: Er ist vernichtet. Wenn du dir eine Braut ohne Familie oder Vermögen nimmst, dann wird der Name Treschi für immer aus dem Goldenen Buch gestrichen; deine Kinder sind nichts als gewöhnliche Bürger der Serenissima.

Und dennoch hat jener, von dem der Fortbestand dieser Linie abhing, sein Leben in der Gesellschaft von Tunichtguten verbracht und die Verbindungen, die ich für ihn zu knüpfen versuchte, verächtlich zurückgewiesen!

Schließlich hat er sich selbst eine Frau ausgesucht, so wie man sich vielleicht eine Mätresse aussucht. Ein namenloses Mädchen ohne Mitgift, das Kind eines Adligen vom Festland, das nichts als ihre Schönheit hatte. ›Ich liebe sie‹, sagte er zu mir. ›Ich will keine andere!‹ Und als ich seine Bitte zurückwies, ihm Richtlinien vorzugeben suchte, wie es meine Pflicht war, verließ er völlig betrunken dieses Haus, ging zu dem Kloster, in dem sie untergebracht war, und lockte sie mit Lug und Trug von dort fort!«

Andrea war jetzt zu erregt, um weiterzusprechen.

Tonio, der über das, was sein Vater da erzählte, entsetzt war, wollte seine Hand ausstrecken, ihn beruhigen. Es bereitete ihm körperliche Schmerzen, seinen Vater leiden zu sehen.

Andrea seufzte. »Kannst du mit deiner zarten Jugend diesen Frevel verstehen? Es sind schon bedeutendere Männer wegen solch einer Tat verbannt, durch den ganzen Veneto gejagt oder eingekerkert worden.«

Wieder hielt Andrea inne. Nicht einmal im Zorn fand er den Mut, diese Geschichte zu erzählen. »Und ausgerechnet einer meiner Söhne mußte so etwas tun«, sagte er. »Ich bat das Gericht um Zeit, um ihn zur Vernunft bringen zu können, und es waren nur unser Name und unsere Stellung, die ihn vor dem Zugriff des Staates schützten.

Dann aber erschien dein Bruder mittags auf dem Broglio. Betrunken, mit wildem Blick, Obszönitäten vor sich hinmurmelnd, schwor er, daß er dieses ruinierte Mädchen auf ewig lieben würde. ›Kauf sie ins Goldene Buch ein!‹ forderte er von mir. ›Du bist reich genug!‹ Und dann erklärte er, während ihn alle Räte und Senatoren anstarrten: ›Gib mir deine Zustimmung, oder ich heirate sie auch ohne sie.‹

Begreifst du das, Tonio?« Andrea war nun außer sich. »Er war mein einziger Erbe. Und wegen dieser skandalösen Verbindung versuchte er meine Erlaubnis zu *erpressen*! Sie ins Goldene Buch einkaufen, sie zu einer venezianischen Adeligen machen und dieser Ehe zustimmen sollte ich, sonst würde ich meinen Samen in alle Winde verstreut sehen, das Ende einer Familie erleben, die so alt war wie Venedig selbst!«

»Vater.« Tonio konnte sich nicht mehr beherrschen, Andrea jedoch ließ sich nicht unterbrechen.

»Der Blick ganz Venedigs ruhte auf mir«, fuhr Andrea mit zitternder Stimme fort. »Würde ich mich von meinem jüngsten Sohn zum willenlosen Werkzeug machen lassen? Meine Verwandten, meine Amtsbrüder ... alle schwiegen sie entsetzt und warteten.

Und das Mädchen ... was war mit ihm? In meinem Zorn ließ ich es mir nicht nehmen, diese Frau aufzusuchen, die meinen Sohn seine Pflichten hatte vergessen lassen ...«

Zum ersten Mal innerhalb einer Stunde sah Andrea Tonio jetzt an. Einen Augenblick lang schien es, als hätte er den Faden verloren und gerade etwas entdeckt, worauf er nicht vorbereitet gewesen war. Dann aber fuhr er fort:

»Und was habe ich gefunden?« seufzte er. »Eine Salome, die die Sinne meines entarteten Sohnes mit einem bösen Zauber belegt hatte? Nein. Nein, sie war ein unschuldiges Kind! Ein Kind, nicht älter, als du es jetzt bist, von knabenhafter Gestalt, reizend, dunkel und wild in ihrer Unschuld, so wie die Tiere des Waldes unschuldig sind. Sie wußte nichts von dieser Welt außer dem, was er ihr zu zeigen beliebt hatte. Oh, ich hatte nicht erwartet, Mitleid mit diesem zarten Mädchen zu haben, ihre verlorene Ehre zu bedauern.

Kannst du ermessen, welchen Zorn ich auf den Menschen hatte, der sie so unbesonnen ruiniert hatte?«

Stummes Entsetzen packte Tonio. Er konnte nicht länger still sein. »Bitte glaub mir, Vater«, flüsterte er, »wenn ich dir versichere, daß du in mir einen gehorsamen Sohn findest.«

Andrea nickte. Wieder ruhte sein Blick auf Tonio. »All die Jahre habe ich dich schärfer im Auge behalten, als du ahnst, mein Sohn, und meine Gebete sind bereitwilliger erhört worden, als dir bewußt sein kann.

Dein Bruder wurde nicht eingekerkert. Er wurde nicht verbannt. Ich war es, der ihn ergreifen und auf ein Schiff nach Konstantinopel bringen ließ, daß er, solange ich lebe, seine Heimatstadt nicht wiedersehen würde.

Ich war es, der sein Vermögen sicherstellen ließ und ihm jegliche Unterstützung versagte, bis er sich gebeugt und das Amt angenommen hatte, das ich ihm anbot.

Und ich war es auch – ich war es, der in meinem hohen Alter noch eine Frau nahm, die mir ein Kind gebar, von dem nun der Fortbestand dieser Familie abhängt.«

Er hielt inne. Er war müde, aber er war noch nicht fertig.

»Eine viel strengere Strafe hätte ihm widerfahren können!« erklärte er, während er Tonio wieder direkt ansah. »Vielleicht war es die Liebe seiner Mutter, die mich zurückhielt. Seit seiner Geburt war er ihr Augapfel gewesen, alle wußten das.« Andreas Augen trübten sich plötzlich, so als wäre ihm zum ersten Mal nicht ganz klar, was er sagen sollte. »Seine Brüder hatten ihn heiß und innig geliebt. Es störte sie in keiner Weise, daß er so leichtfertig war. Nein, sie liebten seine Späße, die Gedichte, die er schrieb, sein leeres Geplapper. Oh, wie sie alle in ihn vernarrt waren. ›Carlo, Carlo.‹ Aber Gott war so gnädig, keinen von ihnen erleben zu lassen, wie er seinen unwiderstehlichen Charme darauf verwendete, um ein unschuldiges Mädchen zu verführen, wie sein Ungestüm zu Trotz wurde.

Lieber Gott, was sollte ich tun? Ich wählte den einzig ehrenvollen Weg, den es für mich gab.«

Er runzelte die Stirn. Seine Stimme klang plötzlich ganz dünn und müde. Einen Augenblick lang zog er sich in sich zurück, dann gewann er seine Kräfte wieder.

»Ich ging nachsichtig mit ihm um!« beharrte er. »Ja, nachsichtig. Bald akzeptierte er seine Pflichten. Mit der Geldzuwendung, die ihm gewährt wurde, hat er gut gewirtschaftet. Und während er im Dienste der Republik im Osten gehorsam seine Pflicht tat, hat er immer wieder darum ersucht, zurückkehren zu dürfen. Er hat mich um Vergebung gebeten.

Aber ich werde ihm niemals erlauben, nach Hause zurückzukehren!

Doch das wird nicht immer so bleiben. Er hat im Großen Rat und im Senat Freunde, junge Männer, die die Jugend mit ihm verbracht haben. Wenn ich sterbe, wird er in dieses Haus zurückkehren, denn er ist niemals enterbt worden. Aber du, Tonio, wirst hier der Hausherr sein, du wirst später die Frau heiraten, die ich bereits für dich ausgewählt habe. Deine Kinder werden das Vermögen und den Namen der Treschi erben.«

Die Morgensonne explodierte auf dem goldenen Löwen von San Marco. Sie tauchte die langen, eleganten Arme der Arkaden, die sich in der bunten strudelnden Menge verloren, und den langen Speer des Campanile, der sich jäh zum Himmel erhob, in glänzend weißes Licht.

Toni stand vor den schimmernden Mosaiken, die sich über den Kirchentüren befanden. Er starrte die vier großen Bronzepferde auf ihren Sockeln an.

Er ließ sich von der Menge herumstoßen, ließ sich in ihr treiben, sein Blick aber blieb auf das ungeheure Gefüge von Porticos und Kuppeln geheftet, das sich rings um ihn erhob.

Noch nie hatte er Venedig so geliebt, noch nie eine so reine und schmerzliche Hingabe empfunden. Verschwommen war ihm bewußt, daß er viel zu jung war, um die Tragödie, die über die Stadt hereingebrochen war, wirklich zu verstehen. Sie schien zu fest, zu kräftig, zu prachtvoll.

Als er sich dem offenen Wasser zuwendete, der glänzenden bewegungslosen See, hatte er zum ersten Mal das Gefühl, in vollem Besitz des Lebens selbst zu sein, so wie er jetzt im Besitz der Geschichte war.

Es war jedoch erst eine Stunde her, daß ihn ein abgespannter und erschöpfter Andrea mit einem so resignierten Ausdruck auf dem alten Gesicht verlassen hatte, daß ihn die Furcht gepackt hatte. Jetzt kamen ihm die abschließenden Worte seines Vaters wieder in den Sinn. »Er wird nach Hause kommen, wenn ich gestorben bin. Er wird dieses Haus wieder zu einem Schlachtfeld machen. Keine sechs Monate vergehen, in denen ich nicht einen Brief von ihm erhalte, in dem er gelobt, die Frau zu heiraten, die ich für ihn ausgesucht habe, wenn ich ihm nur erlaube, sein geliebtes Venedig wiederzusehen.

Aber er soll niemals heiraten!

Wäre es mir doch vergönnt, daß ich dich noch mit deiner Braut am Altar sehen könnte, daß ich sehen könnte, wie deine Söhne heranwachsen, daß ich miterleben könnte, wie du zum ersten Mal deine Patrizierrobe anlegst und deinen angestammten Platz im Rat einnimmst.

Aber dafür bleibt mir keine Zeit mehr. Gott hat mir deutliche Zeichen geschickt, daß ich dich auf das vorbereiten muß, was dich erwartet.

Verstehst du jetzt, warum ich dich in die Welt hinausschicke, warum ich dir unter dem Vorwand, daß du deine Mutter begleiten sollst, deine Kindheit nehme? Ich schicke dich in die Welt hinaus, weil du bereit sein mußt, wenn die Stunde kommt. Du mußt die Welt kennen, ihre Versuchungen, ihre Vulgarität.

Aber denk daran, daß ich zwar nicht mehr dasein werde, wenn dein Bruder wieder unter diesem Dach lebt, daß aber der Große Rat und das Gesetz auf deiner Seite stehen. Mein Wille wird dich stärken. Dein Bruder wird die Schlacht verlieren, die er schon einmal verloren hat: In dir lebe ich weiter.«

14

Ein makellos blauer Himmel spannte sich über den Dächern, lediglich ein paar strahlend weiße Wolken segelten landeinwärts. Alle Fenster zum Kanal hinaus standen offen, damit die milde Brise hereinwehen konnte, von den Fenstersimsen hingen Teppiche in prächtigen Farben, Fahnen flatterten. Es war ein Schauspiel, das sich überall an den Ufern wiederholte, großartiger, als Tonio es je gesehen hatte.

Als er, Marianna und Alessandro, alle drei prächtig gekleidet, zu dem kleinen Kai hinabstiegen, ertappte er sich dabei, wie er laut flüsterte: »Ich bin hier, dies hier passiert tatsächlich!« Es kam ihm ganz unglaublich vor, daß er in das Panorama eintrat, das er so oft aus der Ferne betrachtet hatte.

Sein Vater winkte ihnen vom Balkon über dem Haupteingang zu. Die Gondel war mit blauem Samt ausgeschlagen und mit Blumengirlanden geschmückt. Das große Ruder war vergoldet, und Bruno, in seiner leuchtendblauen Uniform, steuerte das Boot in die Flut. Ringsum waren all die anderen vornehmen Familien zu sehen. Gemeinsam fuhren sie, im Kielwasser Hunderter von Gondeln tanzend, stromabwärts auf die Mündung des Kanals und auf die Piazzetta zu.

»Da ist er«, flüsterte Alessandro und deutete über die hin und her schaukelnden, wartenden Gondeln hinweg, die versuchten, ihren Platz beizubehalten. Dort lag der *Bucintoro* vor Anker. Die riesige Galeere, die den Dogenthron und eine Fülle goldener Statuen trug, prangte in goldener und karminroter Pracht. Tonio faßte seine Mutter um die schmale Taille und hob sie hoch, damit sie etwas sehen konnte.

Er selbst konnte die Erregung kaum ertragen. Sein ganzes Leben lang würde er sich daran erinnern, dachte er, an diesen Moment, als sich der Klang der Trompeten und Querpfeifen schrill und prächtig in die Luft erhob, um zu verkünden, daß der Doge vom Palazzo Ducale zur Piazza getragen wurde.

Die See war mit Blumen übersät, überall schwammen Blütenblätter auf den glitzernden Wogen, so daß es fast aussah, als sei das Wasser mit einem Teppich überzogen. Die goldenen Boote der hohen Staatsbeamten fuhren hinaus, dahinter kamen die Botschafter und der päpstliche Nuntius. Die großen Kriegsschiffe und Handelsfahrzeuge, die in der Lagune lagen, gaben Salutschüsse ab und hißten ihre Flaggen.

Schließlich bewegte sich die ganze Flotte der Patrizier auf den Leuchtturm des Lido zu.

Rufe, Winken, Reden, Lachen, all das vermischte sich in Tonios Ohren zu einem großartigen, wunderschönen Brausen.

Nichts aber übertraf den Schrei, der sich erhob, als der Doge seinen Ring ins Wasser warf. Sämtliche Glocken der Insel läuteten, die Trompeten schmetterten, Tausende und Abertausende jubelten aus voller Kehle.

Es war chaotisch, es war verrückt, es war schwindelerregend. Tonio war von der Sonne geblendet. Er beschirmte die Augen mit der Hand, während Alessandro ihm in der schwankenden Gondel Halt gab. Die Lisani, deren Gondolieri rosenfarbene Kleidung trugen, kamen längsseits. Ihre Diener streuten weiße Blüten ins Wasser, während Catrina Kußhände warf. Ihr Kleid aus silberfarbenem Damast blähte sich hinter ihr wie ein Segel.

Das alles hätte an sich schon genügt. Tonio war erschöpft, ihm war ein wenig schwindelig, und er verspürte das Bedürfnis, sich in ein schattiges Eckchen zurückziehen, um dort das Ganze noch ein wenig auszukosten.

Was konnte noch mehr geschehen? Aber als Alessandro ihnen sagte, sie würden jetzt auf das Fest des Dogen im Palazzo Ducale gehen, da mußte er fast lachen.

An langen, weißgedeckten Tischen saßen Hunderte von Menschen, ein Vermögen an Wachskerzen in schweren, reichverzierten Silberleuchtern erhellte den Saal, während Diener auf riesigen Tabletts kunstvoll angerichtete Speisen hereintrugen – Früchte, Eis, dampfende Platten mit Fleisch – und an den Wänden drängten sich die gewöhnlichen Leute, um diesem endlosen Schauspiel zuzusehen.

Tonio war kaum in der Lage, irgend etwas zu schmecken. Der Wein stieg ihm sofort zu Kopf. Verschwommen und wie aus großer Ferne sah er, wie Catrina ihn anstrahlte. Ihr dichtes, blondes Haar war eine einzige Masse wohlgeformter kleiner Locken, ihr üppiges Dekolleté mit Diamanten geschmückt. Auf ihren Wangen lag eine Röte wie gemalt, die ihm die idealen Schönheiten auf Bildern plötzlich real erscheinen ließ. Sie war voll erblüht, herrlich.

Alessandro indessen schien sich absolut wohl zu fühlen. Er schnitt Marianna das Fleisch auf dem Teller, stellte die Kerzen beiseite, wenn sie sie blendeten, und hatte ihr stets seine Aufmerksamkeit zugewandt. Der perfekte Begleiter, dachte Tonio.

Als er ihn jedoch beobachtete, spürte er wieder, daß die Eunuchen ein Geheimnis umgab. Seit Jahren hatte er nicht mehr daran gedacht. Was empfand Alessandro? Wie war es, wenn man so war wie er? Obwohl er von Alessandros trägen Händen und den halbgeschlossenen Lidern, von jener wunderbaren Grazie, mit der er noch die kleinsten Gesten ausführte, fasziniert war, schauderte es ihn unwillkürlich. Ist ihm sein Zustand nie verhaßt? Wird er nie von Bitterkeit verzehrt?

Die Violinen hatten wieder zu spielen begonnen. Am Kopf der Tafel war brüllendes Gelächter ausgebrochen. Signore Lemmo kam vorbei, nickte kurz.

Der Karneval begann. Alle erhoben sich, um auf die Piazza hinauszugehen.

Überall waren prächtige Gemälde ausgestellt, die Waren der Goldschmiede und der Glasbläser funkelten und glitzerten im Licht, das aus den offenen Cafés strömte, wo sich die Leute drängten, um Schokolade oder Wein zu trinken und Eis zu essen.

Die riesige Piazza erstreckte sich in die Unendlichkeit. Die Lichter strahlten, als wäre es heller Mittag. Die halbkreisförmigen Mosaiken von San Marco warfen über die ganze Szenerie ein mattes Glitzern, so als wären sie lebendig und würden dem Treiben zusehen.

Alessandro behielt seine Schützlinge immer dicht in seiner Nähe, und er war es auch, der Marianna und Tonio in das kleine Geschäft führte, wo man sie mit Bautas und Dominos ausstattete.

Tonio hatte noch nie eine Bauta getragen, die vogelartige Maske aus kalkweißem Tuch, die nicht nur das Gesicht bedeckte, sondern bei der auch der Kopf mit einem schwarzen Umhang verhüllt wurde.

Als sie wieder in das blendende Licht hinaustraten, waren sie nun nur noch ein Trio unter Hunderten solch namenloser und gesichtsloser Wesen, während andere in wilden und phantastischen Kostümen erschienen waren. Sie hielten sich in dem Gedränge fest bei den Händen, um einander nicht zu verlieren. Musik und Jubelrufe erfüllten die Luft.

Die riesigen Figuren der Commedia dell'arte erhoben sich über der Menge. Es war, als würde man Marionetten zusehen, die lebendig geworden und zu monströser Größe aufgeschwollen waren. Bemalte Gesichter glänzten grotesk im Lichte der Fackeln. Tonio merkte plötzlich, daß Marianna sich vor Lachen krümmte. Alessandro hatte ihr etwas ins Ohr geflüstert. Sie hatte seinen Arm genommen, während sie sich mit der anderen Hand an Tonio festhielt.

Jemand rief ihnen zu: »Tonio, Marianna.«

»Psst, woher wissen Sie, wer wir sind!« fragte Marianna. Aber Tonio hatte bereits seine Cousine Catrina Lisani erkannt. Sie trug nur eine Halbmaske. Ihr Mund darunter sah aus wie ein kleiner roter Halbmond, nackt und köstlich. Er spürte, wie Leidenschaft in ihm aufwallte, was ihn verwirrte. Bettina, das kleine Serviermädchen, kam ihm in den Sinn. Ob es wohl möglich war, Bettina hier zu finden? »Mein Liebling!« Catrina zog ihn an sich. »Du bist es doch, oder?« Sie gab ihm einen so herzhaften Kuß, daß es ihm fast schwindelig wurde.

Er trat einen Schritt zurück. Die plötzliche Härte zwischen seinen Beinen machte ihn rasend. Er wäre lieber gestorben als sie es wissen zu lassen, aber als sie ihre Hand um seinen Nacken legte und dabei die einzige Stelle fand, die nicht verhüllt war, spürte er, daß ihm gleich etwas schrecklich Peinliches passieren würde.

»Was ist denn über deinen Vater gekommen, daß er euch beide hinausgelassen hat?« fragte Catrina. Jetzt wandte sie ihre überschwengliche Zuneigung Gott sei Dank Marianna zu.

Plötzlich sah Tonio das Haus, die dunklen Zimmer, die dämmrigen Flure. Er sah seinen Vater, wie er allein in diesem schwach erleuchteten Arbeitszimmer stand, währen die Morgensonne die Kerzenflammen zu festen Objekten werden ließ und das Gewicht der Geschichte auf seiner skelettartigen Gestalt lastete.

15

Auf der Piazza herrschte nun ein solches Gedränge, daß sie sich kaum rühren konnten. Überall waren Bühnengerüste errichtet worden, auf denen sich Jongleure, Possenreißer und wilde Tiere tummelten, die wütend knurrten, wenn Dompteure mit ihren Peitschen knallten. Akrobaten schlugen über den Köpfen der Menge Saltos, während der Wind warmen Regen herantrug, von dem aber niemand naß wurde. Tonio kam es so vor, als würden sie immer und immer wieder von einem lebendigen Strom erfaßt, der sie in die vollgestopften Cafés hineinspülte oder wieder unter den Porticos hervorspuckte. Hier und da tranken sie Weinbrand und Kaffee. Manchmal ließen sie sich außer Atem auf eine Bank fallen, gerade lange genug, um ein wenig zu verschnaufen, wobei ihr Atem durch die Masken merkwürdig pfeifend klang.

Inzwischen tauchten überall extravagante Maskenträger auf. Spanier, Zigeuner, Indianer aus der Wildnis Nordamerikas, Bettler in Lumpen aus Samt, junge Männer, herausgeputzt wie Frauen mit geschminkten Gesichtern und hohen Perücken, Frauen, ausstaffiert wie Männer, wobei deren zarte Gestalt in den Seidenhosen und den engen Strümpfen unaussprechlich verführerisch wirkte.

Es schien, als gäbe es so viel zu tun, daß sie sich für gar nichts entscheiden konnten. Marianna wollte sich die Zukunft vorhersagen lassen, hatte aber keine Lust, sich in die lange Warteschlange vor dem Tisch der Wahrsagerin einzureihen. Eine Frau packte Tonio bei der Taille, wirbelte ihn in einem wilden Tanz ein paarmal herum und ließ ihn dann wieder los. Man konnte unmöglich sagen, ob unter der Verkleidung ein Spülmädchen steckte oder eine Prinzessin, die gerade Venedig besuchte. Irgendwann einmal wich er zur Kirche zurück und lehnte sich erschöpft an einen Pfeiler. Sein Kopf war von allen Gedanken leergefegt wie nur selten, die Menge vor seinen Augen verschmolz zu einem prächtigen Farbenspiel.

Da spürte er, wie Mariannas Hand der seinen entschlüpfte. Als er sich nach ihr umdrehte, war sie plötzlich verschwunden.

Er blickte um sich, sah nach rechts, sah nach links. Wo war Alessandro?

Die große Gestalt, die er ein Stück weiter vorn sah, das mußte er sein, aber die Gestalt entfernte sich. Er schrie ihr etwas nach, konnte dabei aber nicht einmal selbst seine Stimme hören. Als er zurückblickte, entdeckte er eine kleine Person mit Bauta und Domino in den Armen eines anderen Maskierten. Es schien, als würden die beiden sich küssen oder einander etwas zuflüstern, jedenfalls waren ihre Gesichter hinter dem Umhang des Fremden verborgen. »Mamma.« Er ging auf die kleine Person zu, wurde aber von der Menge abgedrängt, bevor er sie erreichen konnte.

Dann hörte er Alessandro hinter sich. »Tonio!« Er hatte ihn immer wieder mit der angemessenen Anrede Exzellenz angesprochen, darauf aber keine Antwort erhalten.

»Ach, sie ist verschwunden!« sagte Tonio verzweifelt.

»Dort ist sie doch«, antwortete Alessandro, und wieder war da eine kleine Gestalt, vogelgesichtig, unheimlich, die ihm direkt ins Gesicht starrte.

Er nahm seine Maske ab, wischte sich den Schweiß vom Gesicht und schloß für einen Moment die Augen.

Sie gingen erst nach Hause, als sie nur noch zwei Stunden Zeit hatten, um sich für die Vorstellung im Theater fertigzumachen. Marianna löste ihr langes schwarzes Haar und stand mit glänzenden Augen wie verzaubert da. Als sie sah, daß Tonio ein ernstes Gesicht machte, stellte sie sich auf die Zehenspitzen und gab ihm einen Kuß.

»Aber Mamma . . .« Er entzog sich ihr abrupt. »Als wir in der Nähe der Kirchentür waren, hat da jemand . . . hat da jemand . . .?« Er hielt inne, absolut unfähig, weiterzusprechen.

»Hat jemand was getan? Was ist denn los mit dir?« fragte sie freundlich. Sie schüttelte ihr Haar. Ihr Gesicht nahm einen fragenden Ausdruck an, auf ihren Lippen lag ein verwirrtes Lächeln. »Was soll denn an der Kirchentür Besonderes gewesen sein, ich kann mich an nichts erinnern. Wann waren wir an der Kirchentür? Das ist Stunden her. Abgesehen davon« – sie stieß ein leises Lachen aus – »habe ich doch dich und Alessandro, um meine Ehre zu schützen.«

Er starrte sie mit einem Gefühl an, das fast schon Entsetzen gleichkam.

Sie setzte sich vor den Spiegel, während Lena ihr das Mieder aufhakte. All ihre Bewegungen waren rasch, aber unsicher. Sie nahm den Glasstöpsel von ihrem Duftwasser und hielt ihn sich unter die Nase. »Was soll ich anziehen, was soll ich anziehen, und du, sieh dich nur an, du, der du dein ganzes Leben darum gebettelt hast, in die Oper gehen zu dürfen. Weißt du denn nicht, wer heute abend singt?« Sie drehte sich, die Hände auf die gepolsterte Bank gestützt, zu ihm um und sah ihn an. Ihr Kleid war herabgerutscht, und ihre Brüste waren fast entblößt, doch sie schien es nicht zu bemerken. Sie wirkte kindlich.

»Aber Mamma, ich dachte, ich hätte gesehen . . .«

»Hörst du jetzt auf damit!« schrie sie plötzlich. Lena wich erschreckt zurück, er aber rührte sich nicht.

»Sieh mich nicht so an«, sagte sie mit hoher, schriller Stimme und hielt sich dabei die Ohren zu, als wäre ihr der Klang ihrer eigenen Stimme unangenehm. Sie begann zu keuchen, es schien, als würde jemand erbarmungslos an ihren Gesichtsmuskeln zerren.

»Nein, nicht . . . nicht«, flüsterte er. Er strich ihr übers Haar, tätschelte sie, bis sie tief ausatmete und sich entspannte. Als sie dann wieder zu ihm aufsah, lag abermals jenes glitzernde und wunderschöne Lächeln auf ihrem Gesicht, das er so erschreckend fand. Es dauerte jedoch nur einen Augenblick. Ihre Augen waren feucht.

»Tonio, ich habe nichts Schlechtes getan«, flehte sie ihn an, als wäre sie seine kleine Schwester. »Wage bloß nicht, mir alles zu verderben, das darfst du nicht. In all diesen Jahren war ich erst ein einziges Mal dabei. Wage bloß nicht, bloß nicht . . .«

»Mamma!« Er drückte sie an sich. »Es tut mir leid.«

Sobald sie die Loge betraten, wußte Tonio, daß er nicht in der Lage sein würde, irgend etwas zu hören.

Das war keine Überraschung. Er hatte genügend Geschichten darüber gehört, wie es im Theater zuging, und er wußte, daß es bei drei verschiedenen Vorstellungen an diesem Abend ein ständiges Kommen und Gehen zwischen den Opernhäusern geben würde. Catrina Lisani, die eine weiße Satinmaske trug, saß bereits mit ihrem Neffen Vincenzo beim Kartenspiel, wobei sie der Bühne den Rücken zukehrte. Die jungen Lisani winkten und zischten den Leuten im Parkett zu, der alte Senator, Catrinas Ehemann, döste in seinem vergoldeten Stuhl vor sich hin, wachte dann plötzlich auf und brummte, daß er sein Abendessen haben wolle.

»Komm her, Alessandro«, sagte Catrina, »und sag mir, ob es wahr ist, was man über Caffarelli erzählt.« Sie fing zu lachen an, noch bevor Alessandro ihr die Hand küssen konnte, dann winkte sie Marianna zu sich, damit sie sich neben sie setzte. »Und du, meine Liebe, weißt du, was es mir bedeutet, dich endlich hier zu sehen, zu sehen, wie du dich amüsierst und dich verhältst, als wärst du ein Mensch?«

»Ich bin nur allzusehr Mensch«, flüsterte Marianna. In der Art und Weise, wie sie sich an Catrina herankuschelte, lag etwas unwiderstehlich Mädchenhaftes. Daß irgend jemand gemein zu ihr sein könnte, daß er gemein zu ihr sein könnte, erschien Tonio unmöglich. Plötzlich hatte er das Gefühl, weinen zu müssen, singen zu müssen.

»Spiel, spiel«, sagte Vincenzo.

»Ich sehe keinen Grund«, sagte der alte Senator, der viel jünger als Andrea war, »weshalb ich mit dem Abendessen warten sollte, bis die Musik begonnen hat.«

Diener in Livree kamen und gingen, boten Wein in Kristallgläsern an. Der alte Senator verschüttete Rotwein auf sein Spitzenjabot und starrte dann hilflos auf den Fleck hinunter. Er war früher ein gutaussehender Mann gewesen und wirkte mit seinem grauen Haar, das sich in dichten Wellen um seine Schläfen kräuselte, auch jetzt noch eindrucksvoll. Er hatte rabenschwarze Augen und eine Hakennase, die ihm etwas Stolzes verlieh, wenn er seinen Kopf hob. Nun aber sah er wie ein Kleinkind aus.

Tonio trat an die Brüstung. Das Parterre war bereits brechend voll, ebenso die drei Ränge über ihm.

Überall waren Masken zu sehen, angefangen bei den Gondolieri im Parkett bis hin zu den soliden Kaufleuten weiter oben, die mit ihren sittsam in Schwarz gekleideten Frauen gekommen waren. Das Stimmengewirr und Gläserklingen schien sich in Wellen zu erheben, denen kein erkennbarer Rhythmus zugrunde lag.

»Tonio, du bist zwar noch zu jung dafür«, sagte Catrina über die Schulter gewandt, »aber ich will dir trotzdem von Caffarelli erzählen . . .« Er blickte sie nicht an, weil er den köstlich sinnlichen Schlitz ihres Mundes nicht sehen wollte. Nackt und rot saß er unterhalb der weißen Maske, die ihre Augen so katzenhaft wirken ließ. Ihre Arme in den burgunderfarbenen Satinärmeln erschienen so weich, daß er die Zähne aufeinanderbeißen mußte, weil ihm plötzlich ein Bild durch den Kopf schoß, wie er ganz fest in sie hineinkniff.

Er hörte jedoch aufmerksam all dem Unsinn zu, den man sich über den großen Kastraten, der heute abend singen sollte, erzählte. Daß er in Rom vom Ehemann seiner Geliebten entdeckt worden war, als er gerade mit ihr im Bett lag. Im Bett, sagte Catrina. Tonios Gesicht brannte, als er daran dachte, daß auch seine Mutter und

Alessandro all dem lauschten! Caffarelli mußte fliehen und verbrachte, in einer Zisterne versteckt, eine feuchte Nacht. Noch tagelang danach verfolgten ihn vom Ehemann gedungene Mörder überallhin, die Dame jedoch stellte Caffarelli Leibwächter zur Verfügung, die ihn ständig begleiteten, bis er die Stadt verließ.

»Man sagt, er würde sich, falls nötig, mit jedem anlegen, und wenn die Primadonna hübsch ist, dann wird er sie nicht eine Sekunde in Ruhe lassen. Alessandro, stimmt das denn?«

»Signora, da wissen Sie viel mehr als ich«, meinte Alessandro lachend.

»Nun, ich gebe ihm fünf Minuten«, sagte Vincenzo, »und wenn er dann nicht mein Herz berührt oder mein Ohr fasziniert hat, dann gehe ich zum San Moise.«

»Mach dich nicht lächerlich, heute abend sind alle hier«, sagte Catrina. »Dies hier ist der richtige Ort, abgesehen davon regnet es.«

Tonio drehte seinen Stuhl herum, ließ sich rittlings darauf nieder und blickte zur Bühne, wo der Vorhang noch herabgelassen war. Er konnte seine Mutter lachen hören. Der alte Senator hatte vorgeschlagen, sie sollten alle nach Hause gehen und sich von Marianna und Tonio etwas vorsingen lassen. Dann könnte er endlich zu Abend essen. »Sie werden bald für mich singen, meine Liebe, nicht wahr?«

»Manchmal habe ich das Gefühl, mit einem Magen verheiratet zu sein«, sagte Catrina.

Inzwischen war unten im hinteren Teil des Hauses eine Schlägerei ausgebrochen. Man hörte lautes Gebrüll und Gestampfe, dann war rasch wieder Ordnung hergestellt. Hübsche Mädchen gingen zwischen den Stuhlreihen hindurch und verkauften Wein und andere Erfrischungen.

Alessandro stand hinter Tonio an der Logenwand wie ein großer Schatten.

In diesem Augenblick erschienen die Musiker, ließen sich auf ihren gepolsterten Stühlen nieder, hantierten großartig mit Lampen herum und raschelten mit Papier. Als der junge unbekannte Komponist der Oper nach vorn trat, konnte man die Jubelrufe seiner Anhänger und hastiges Klatschen hören.

Es schien, als würden die Lichter abgeblendet, aber nicht sehr stark. Tonio lehnte sich, das Kinn in die Hände gestützt, in seinem Stuhl zurück. Dem Komponisten paßte seine Perücke nicht, ebensowenig sein schwerer Brokatrock, außerdem war er elendiglich nervös.

Alessandro gab ein mißbilligendes Geräusch von sich.

Der Komponist setzte sich unbeholfen ans Cembalo. Die Musiker hoben ihre Bögen, und plötzlich war das Haus von festlicher Musik erfüllt.

Sie war wunderschön, leicht, festlich und ohne Tragik oder Düsternis. Tonio war sofort davon verzaubert. Er beugte sich vor, da die Leute hinter ihm schwatzten und lachten. Gerade dort, wo der Balkon einen Bogen machte, saß die Familie Lemmo bereits beim Essen. Auf den silbernen Tellern vor ihnen dampften die Speisen. Ein wütender Engländer bat vergeblich um Ruhe.

Als sich jedoch der Vorhang hob, ertönten überall Ooohs und Ahhhs. Goldene Porticos und Bögen ragten vor der unendlichen Weite eines blauen Himmels auf, an dem zauberhaft die Sterne blinkten. Wolken zogen über die Sterne, und die Musik, die sich in der plötzlichen Stille erhob, schien bis zum Dach hinauf zu schweben. Der Komponist hämmerte auf das Cembalo ein, seine gepuderten Locken hüpften dabei im Takt auf und ab, während auf der Bühne prächtig gekleidete Frauen und Männer erschienen, um sich an dem steifen, aber notwendigen Rezitativ zu beteiligen, mit dem die allzu vertraute und widersinnige Geschichte der Oper begann. Jemand war verkleidet, jemand anderes wurde entführt und vergewaltigt. Jemand würde den Verstand verlieren. Es würde ein Kampf mit einem Bären und einem Seeungeheuer stattfinden, bevor die Heldin ihren Weg zu ihrem Ehemann zurückfand, der sie für tot gehalten hatte, und die Götter würden irgendeinen Zwillingsbruder segnen, weil er den Feind bezwungen hatte.

Tonio würde das Libretto später auswendig lernen. Im Moment war es ihm egal. Was ihn aber wahnsinnig machte, war, daß seine Mutter ständig lachte und daß die Mitglieder der Familie Lemmo, denen eben ein köstlicher gegrillter Fisch serviert worden war, plötzlich begeistert aufschrien.

»Verzeihung.« Er schob sich an Alessandro vorbei.

»Aber wohin gehen Sie?« Alessandros große Hand schloß sich leicht und warm um Tonios Handgelenk.

»Nach unten. Ich muß Caffarelli hören. Bleiben Sie bei meiner Mutter, lassen Sie sie nicht aus den Augen.«

»Aber, Exzellenz . . .«

»Tonio.« Tonio lächelte. »Alessandro, ich bitte Sie, ich schwöre bei meiner Ehre, ich werde nur ins Parterre gehen, Sie können mich von hier aus sehen. Ich muß Caffarelli hören!«

Es waren nicht alle Stühle besetzt. Während der Vorstellung würden noch viele Gondolieri kommen, die freien Eintritt hatten, und dann würde es ein großes Durcheinander geben. Jetzt aber gelang es ihm noch mühelos, nahe an die Bühne heranzukommen. Er schob sich durch die Menge von gewöhnlichen Leuten, bis er nur wenige Meter vom wild spielenden Orchester entfernt saß.

Jetzt hörte er nur noch die Musik. Er war begeistert.

In diesem Augenblick erschien die hochgewachsene, würdevolle Gestalt des großen Caffarelli auf der Bühne.

Caffarelli, der Schüler von Porpora gewesen war, galt bei vielen als der größte Sänger der Welt. Als er mit seiner riesigen, weißen Perücke und dem wallenden, karminroten Umhang an die Rampenlichter herantrat, erschien er mehr wie ein Gott denn als der große König, den er in dieser Oper spielte. Er besaß eine grazile Schönheit und gestattete dem Publikum, ihn zunächst einmal genau zu betrachten. Dann warf er den Kopf zurück. Er begann zu singen, und beim ersten ungeheuren, anschwellenden Ton wurde es im Theater still.

Tonio hielt den Atem an. Die Gondolieri neben ihm gaben mit erfreuten Rufen ihrem Erstaunen Ausdruck.

Der Ton schwoll an und erhob sich in die Luft, so als könne selbst der Kastrat ihn nicht aufhalten. Als er ihn dann zum Abschluß brachte, stürzte er sich in den Hauptteil der Arie, anscheinend ohne eine Pause zum Atemholen zu machen, während sich das Orchester beeilte, ihn einzuholen.

Es war eine unglaubliche Stimme, nicht schrill, aber irgendwie gewaltsam. Genaugenommen wirkte das feine Gesicht des Kastraten während des Singens vor Wut ganz entstellt.

Es war ein Gesicht, dem man mit Schminke, Puder und einem Rahmen weißer Locken ein so zivilisiertes Aussehen verliehen hatte, wie es nur möglich war, dennoch glühten die Augen des Sängers wild, als er jetzt auf der Bühne vor- und zurückschritt, sich vor den Zuschauern in den Logen, die winkten, klatschten und nickten, gleichgültig verbeugte, einen flüchtigen Blick ins Parkett warf und ab und an wie mit kühler Berechnung auch einen zu den höheren Rängen.

Jetzt hatte die Primadonna zu singen begonnen, und es schien, als würde die Oper um sie herum auseinanderfallen. Oder lag es einfach nur daran, daß Tonio jetzt das Durcheinander hinter den Kulissen sehen konnte, Damen mit Bürsten und Kämmen, einen Diener, der hervorschoß, um noch mehr weißen Puder über Caffarelli zu stäuben.

Die Primadonna sang mit ihrer dünnen, kleinen Stimme tapfer weiter, begleitet vom Generalbaß des Komponisten am Cembalo. Caffarelli stand vor ihr, hatte ihr den Rücken zugewandt, so als wäre sie gar nicht da, und täuschte doch tatsächlich ein Gähnen vor. Stimmengewirr erhob sich wieder wie eine trübe Woge, die an den Rändern der Musik leckte.

Inzwischen gaben all die wirklichen Kritiker der Vorstellung ihr grob formuliertes, aber sehr scharfsinniges Urteil ab. Caffarellis hohe Töne kämen heute abend nicht so gut, die Primadonna wäre schrecklich. Ein Mädchen bot Tonio einen Becher Rotwein an. Während er nach Kleingeld suchte, warf er einen Blick in ihr maskiertes Gesicht und war sich sicher, daß da Bettina vor ihm stand! Als er dann aber an seinen Vater dachte und an das, womit er ihn so kürzlich erst betraut hatte, schlug er, heftig errötend, die Augen nieder.

Jetzt trat Caffarelli wieder ins Rampenlicht. Er warf den roten Umhang zurück. Wütend funkelte er den ersten Rang an. Und dann kam wieder jener herrliche erste Ton, schwellend, pulsierend. Tonio konnte Schweiß auf dem Gesicht des Sängers glänzen sehen, konnte sehen, wie sich sein riesiger Brustkasten unter dem schimmernden Metall seiner griechischen Rüstung ausdehnte. Das Cembalo stockte. Bei den Streichinstrumenten gab es Verwirrung.

Caffarelli sang nicht das Richtige. Aber er sang etwas, das sofort vertraut klang. Plötzlich erkannte Tonio – so wie alle anderen auch –, daß er sich die Arie der Primadonna, die soeben geendet hatte, zur Vorlage genommen hatte und sich gnadenlos über sie lustig machte. Die Streicher versuchten einzustimmen, der Komponist war sprachlos. Mittlerweile sang Caffarelli die Töne schmachtend, er ahmte ihre Triller und Läufe mit solcher Leichtigkeit nach, daß er ihre Begabung vollkommen bedeutungslos erscheinen ließ.

Während er sich mit gewaltigem Stimmvolumen über ihre langen, schwellenden Töne lustig machte, gab er sie der Lächerlichkeit preis. Das Mädchen war in Tränen ausgebrochen, aber es blieb auf der Bühne. Die anderen Sänger waren vor Verwirrung puterrot geworden.

Von der Galerie her ertönte Zischen, dann Rufe und Pfiffe von überall. Die Anhänger der Primadonna begannen mit den Füßen zu stampfen, schüttelten wild die Fäuste, die Anhänger des Kastraten hingegen bogen sich vor Lachen.

Als sich Caffarelli schließlich der Aufmerksamkeit eines jeden Mannes, einer jeder Frau und eines jeden Kindes im Publikum sicher war, beendete er die Burlesque mit einer flachen und nasalen Parodie der zarten kleinen Schlußkadenz der Primadonna und begann dann seine eigene *aria di bravura* mit einer Lautstärke, die vernichtend war.

Tonio lehnte sich in seinem Stuhl zurück. Ein Lächeln breitete sich auf seinem Gesicht aus.

Das also war es, und es war genauso, wie es alle immer gesagt hatten, ein menschliches Instrument, so kraftvoll und so tonrein gestimmt, das im Vergleich dazu alles andere wie ein matter Abglanz wirkte.

Aus allen Winkeln des Hauses erscholl Beifall, als der Sänger geendet hatte. Von den Rängen bis zum Parkett wurden Bravos gebrüllt. Die treuen Fürsprecher des Mädchen versuchten, gegen den Begeisterungssturm anzukämpfen, aber sie hatten keine Chance.

Rings um Tonio herum erhoben sich jene heiseren und ungestümen Rufe des Lobes.

»*Evviva il coltello*!«

Evviva il coltello, auch er rief es. »Es lebe das Messer«, das diesen Mann zum Kastraten gemacht hatte, das Messer, mit dem man seine Männlichkeit herausgeschnitten hatte, um für immer diesen herrlichen Sopran zu bewahren.

Hinterher war er ganz benommen. Es machte ihm kaum etwas aus, daß Marianna zu müde war, um noch zum Palazzo Lisani zu gehen. Diese Nacht würde auf ewig in ihm lebendig bleiben, seine Träume würden von Caffarelli beherrscht werden.

Es wäre ein vollkommener Abend gewesen, wäre da nicht die Tatsache gewesen, daß er, gerade als sie sich durch die Menge auf den Ausgang zubewegten, hörte, wie jemand hinter ihm klar und deutlich »... Carlo wie aus dem Gesicht geschnitten« sagte. Er drehte sich um, aber da waren zu viele Gesichter. Dann erkannte er, das es Catrina war, die sich mit dem alten Senator unterhielt, der jetzt zu ihm sagte: »Ja, ja, mein lieber Neffe, wir haben gerade festgestellt, daß du deinem Bruder so ähnlich siehst.«

16

Solange der Karneval dauerte, ging Tonio nun jeden Abend in die Oper, um Caffarelli singen zu hören.

Caffarelli sang keine Arie zweimal auf genau die gleiche Weise, und seine Langeweile zwischen diesen herrlichen Augenblicken schien eine Spur Verzweiflung in sich zu bergen, etwas, das mehr war als eine bloße Pose, dazu gedacht, andere zu ärgern. Seine ewige Rastlosigkeit hatte etwas Düsteres an sich, seine unablässigen Inventionen wurden aus der Verzweiflung geboren.

Immer wieder bewirkte er aus eigener Kraft eine Art Wunder: Er trat ins Rampenlicht, er breitete die Arme aus, er übernahm das Haus und schuf, wobei er die Partitur des Komponisten zunichte machte und die Musiker, die ihm hinterherhasteten, durcheinanderbrachte, allein und ohne fremde Hilfe eine Musik, die in der Tat das Herz und die Seele der Oper war.

Und obschon sie ihn vielleicht verdammten, wußten sie alle, daß sie ohne ihn nichts gewesen wären.

Der Komponist war oft außer sich, wenn der Schlußvorhang fiel. Tonio blieb meist noch eine Weile da, um ihn dann fluchen zu hören. »Sie singen nicht, was ich geschrieben habe, Sie beachten das, was ich geschrieben habe, überhaupt nicht.«

»Dann schreiben Sie doch, was ich singe!« knurrte der Neapolitaner wütend. Einmal zog Caffarelli sogar seinen Degen und jagte den Komponisten durch den Zuschauerraum.

»Haltet ihn auf, haltet ihn auf, sonst bringe ich ihn noch um!« rief der Komponist und rannte dabei den Durchgang entlang nach hinten. Alle konnten jedoch sehen, daß er zu Tode erschrocken war.

Caffarelli lachte laut und verächtlich.

Er bot einen furchteinflößenden Anblick, als er dem Komponisten die Spitze seines Rapiers auf einen Knopf seiner Weste drückte. Nur sein bartloses Gesicht verriet, daß er ein Eunuch war.

Alle wußten jedoch, selbst der junge Mann, daß erst Caffarelli die Oper zu dem machte, was sie war.

Caffarelli stellte den Frauen von ganz Venedig nach. Im Palazzo Lisani sah man ihn zu allen möglichen Stunden kommen und gehen. Dort plauderte er dann mit den Patriziern, die sich beeilten, ihm Wein einzuschenken oder einen Stuhl zu holen. Tonio, der immer in der Nähe war, verehrte ihn. Er lächelte, als er sah, wie eine leichte Röte die Wangen seiner Mutter überzog, als auch sie Caffarelli mit den Augen folgte.

Sie verlebte eine so wunderbare Zeit, und Tonio liebte es, sie einfach zu beobachten. Jetzt stand sie nicht mehr, den Blick voller Mißtrauen, in der Ecke, jetzt tanzte sie sogar mit Alessandro.

Natürlich wurde Alessandro von allen vergöttert. Er schien in seiner feinen Kleidung die Einfachheit selbst zu sein, dennoch wirkte er so erhaben und so voller Anmut, daß Tonio eine ungeheure Zuneigung für ihn empfand.

Wenn sie dann spät nachts wieder daheim waren, unterhielten sich die beiden miteinander.

»Ich fürchte, Sie werden unser Haus bald langweilig finden«, hatte Tonio einmal gesagt.

»Exzellenz!« lachte Alessandro. »Ich bin nicht in einem herrlichen Palazzo aufgewachsen.« Sein Blick schweifte über die hohe Decke seines neuen Zimmers, die schweren grünen Bettvorhänge, den geschnitzten Schreibtisch und das neue Cembalo. »Wenn ich hundert Jahre hier gewohnt habe, dann fange ich vielleicht an, es langweilig zu finden.«

»Ich möchte, daß Sie für immer hier bleiben, Alessandro«, hatte Tonio gesagt.

Nachts kniete er vor der Madonna in seinem Zimmer nieder und betete: »Bitte, bitte, laß das alles niemals enden. Laß es für immer so weitergehen.«

Aber es war schon fast Sommer. Über der Stadt lag bereits eine erstickende Hitze. Bald würde der Karneval in sich zusammenfallen wie ein Kartenhaus. Dann würden sich alle großen Familien zur Villeggiatura, zum Landaufenthalt in ihre Villen an der Brenta, zurückziehen. Niemand wollte in der Nähe der stinkenden Kanäle, der nicht endenden Mückenschwärme bleiben.

Und wir werden hier wieder allein sein, o nein, bitte, nein!

Als er die verbleibenden Tage schon an einer Hand abzählen konnte, kam Alessandro eines Morgens zusammen mit den Dienern, die die Schokolade und den Kaffee brachten, in Tonios Zimmer und setzte sich zu ihm ans Bett.

»Dein Vater ist sehr zufrieden mit dir«, sagte er (die förmliche Anrede hatte er auf Tonios Beharren schon lange fallengelassen). »Er hört von allen Seiten, daß du dich absolut tadellos verhältst.«

Tonio lächelte. Er hätte seinen Vater gerne gesehen, aber Signor Lemmo hatte ihm schon zweimal gesagt, daß das nicht möglich sei. Es schien, als würde eine ungewöhnliche Zahl von Leuten bei ihm ein- und ausgehen. Tonio wußte, daß einige dieser Männer Rechtsanwälte waren, andere waren alte Freunde. Es gefiel ihm nicht.

Warum aber hatte er geglaubt, daß auf jene lange Nacht voller

Vertrautheit noch viele weitere Gespräche folgen würden? Sein Vater gehörte dem Staat, jetzt nicht weniger als früher. Wenn sein Knöchel nicht richtig verheilte und er das Haus nicht so ohne weiteres verlassen konnte, dann mußte der Staat eben zu ihm kommen. Und genau das schien der Fall zu sein.

Aber Alessandro wollte auf etwas anderes hinaus.

»Hast du schon einmal die Villa Lisani bei Padua gesehen?« fragte er.

Tonio hielt den Atem an.

»Gut, dann pack deine Sachen ein. Wenn du keine Reitkleidung hast, dann laß Giuseppe den Schneider holen. Dein Vater möchte, daß du den ganzen Sommer dort verbringst. Deine Cousine freut sich schon auf dich. Aber, Tonio«, sagte er, »überleg dir ein paar Fragen, die du deinen Hauslehrern stellen kannst. Sie fühlen sich überflüssig und haben Angst, entlassen zu werden. Natürlich werden sie das nicht. Sie kommen mit uns. Aber denk daran, gib ihnen das Gefühl, wichtig zu sein.«

»Wir besuchen die Villa Lisani!« Tonio sprang auf und umarmte Alessandro stürmisch.

Alessandro mußte einen Schritt nach hinten machen, aber seine großen, trägen Hände streichelten Tonio sanft über den Kopf, strichen ihm das Haar aus der Stirn.

»Sag es niemandem«, flüsterte er, »aber ich bin ebenso aufgeregt wie du.«

17

Guido blieb, als die Schnittwunden an seinen Handgelenken verheilt waren, weiter in dem Conservatorio, in dem er aufgewachsen war, und widmete sich mit einer solchen Strenge der Lehrtätigkeit, daß es nur wenige Schüler bei ihm aushielten. Er besaß Genialität, aber kein Mitgefühl. Als er zwanzig Jahre alt war, waren bereits mehrere bemerkenswerte Schüler aus seiner Schule hervorgegangen und sangen nun in der Sixtinischen Kapelle.

Es waren Kastraten, die es ohne Guidos Ausbildung und ohne seinen Instinkt vielleicht nicht besonders weit gebracht hätten. Aber so dankbar sie ihm auch waren, so froh waren sie, den jungen Maestro, vor dem sie sich alle fürchteten, verlassen zu können. Im Grunde wurde Guido von allen seinen Schülern hin und wieder, wenn nicht sogar immer gehaßt.

Die Leiter des Conservatorio liebten ihn jedoch.

Wenn es irgendeinem Menschen möglich war, eine Stimme zu »erschaffen«, dann war Guido dieser Mensch. Immer wieder sahen sie mit Erstaunen, wie es ihm gelang, einem Schüler, dem Originalität und Begabung fehlten, musikalisches Können und künstlerisches Gespür zu vermitteln. Zu ihm schickten sie die Dummköpfe und jene bemitleidenswerten kleinen Jungen, die kastriert worden waren, lange bevor sich herausstellte, daß ihre Stimmen nichts taugten.

Guido machte sie zu annehmbaren, geschickten und nicht unangenehmen Sopranen.

Doch Guido verabscheute diese Schüler. Ihre mageren Erfolge vermochten ihn auf Dauer nicht zu befriedigen. Die Musik als solche war ihm weit wertvoller als er sich selbst, deshalb war ihm Stolz auch unbekannt.

Die Qual und die Monotonie seines Lebens trieben ihn dazu, sich immer mehr dem Komponieren zu widmen. Dies hatte er all die Jahre, in denen er von einem Leben als Sänger geträumt hatte, vernachlässigt, so daß andere ihn überholt hatten und bereits erleben durften, wie ihre Oratorien und sogar ihre Opern aufgeführt wurden.

Seine Maestros erwarteten nicht, daß er es auf diesem Gebiet zu etwas bringen würde, vielmehr tadelten sie ihn dafür, wenn er nach seiner täglichen Arbeit noch bis weit in die Nacht an seinen Kompositionen arbeitete.

Zweifel kannte er jedoch nicht. Er hinkte zwar mit seinem Können weit hinterher, aber er ließ sich keinen Augenblick beirren. Lieber verzichtete er eine Nacht auf seinen Schlaf, damit er durcharbeiten konnte. Oratorien, Kantaten, Serenaden, ganze Opern brachte er zu Papier. Er wußte, daß es ihm helfen würde, wenn er nur eine einzige begnadete Stimme unter seinen Schülern hätte, denn wenn er dann für diese Stimme komponierte, konnte er jenes Publikum wiedergewinnen, das er als Sänger verloren hatte. Diese Stimme würde seine Inspiration sein, sie würde ihm den Antrieb schenken, den er so nötig brauchte. Dann würden andere kommen, bereit und willens zu singen, was er für sie geschrieben hatte.

An langen Sommernachmittagen jedoch, wenn er die drückend schwülen Dissonanzen aus den Übungszimmern nicht länger ertragen konnte, schnallte er sich seinen Degen um, suchte sein einziges ordentliches Paar Schnallenschuhe heraus und ging ohne Erklärung hinaus in die geschäftige Stadt.

In nur wenigen Hauptstädten Europas wimmelte es von so vielen unterschiedlichen Nationen, wie das bei dem großen Seehafen von Neapel der Fall war.

Die Straßen der Stadt, denen der neue Bourbonenhof Prunk und Glanz verliehen hatte, waren von allen Arten von Menschen regelrecht überflutet. Sie waren gekommen, um das herrliche Ufer, die prächtigen Kirchen, Schlösser und Paläste, die schwindelerregende Schönheit des umgebenden Festlandes und der Inseln zu sehen. Und über alldem ragte vor dem diesigen Himmel drohend der ungeheure Koloß des Vesuvs auf, während sich die weite See bis zum Horizont erstreckte.

Doch in diesem Paradies, wo Blumen in den Mauerritzen blühten und Weinberge die Hänge überzogen, herrschte Armut. Die ruhelosen Lazzaroni – Kleinbauern, Müßiggänger, Diebe – streiften ziellos umher, mischten sich unter die Anwälte, die Beamten, die feinen Herren und Damen, die Mönche in ihren braunen Kutten oder saßen auf den Stufen der Kathedralen.

Guido, der im Gedränge hin- und hergestoßen wurde, beobachtete alles mit stummer Faszination. Er konnte die Brise, die vom Meer her wehte, spüren.

Stämmig und mit breiten Schultern, wirkte Guido in seinem schwarzen Rock und den bespritzten, staubigen Hosen und Strümpfen nicht wie ein Musiker oder ein junger Komponist und schon gar nicht wie ein Eunuch. Vielmehr sah er aus wie ein heruntergekommener Gentleman, da seine Hände so sauber wie die einer Nonne waren und er genügend Geld in der Tasche hatte, um zu trinken, was immer er wollte.

In einer der Klausen setzte er sich dann an einen der speckigen Tische und lehnte sich mit dem Rücken an ein Geflecht aus Weinranken, ohne das Summen der Bienen und den Duft der Blüten richtig wahrzunehmen. Während er zusah, wie sich über den tiefblauen Himmel sanft ein rosiger Schleier legte, spürte er, wie der Wein seine Qual linderte. Gleichzeitig gestattete der Wein der Qual jedoch auch, sich zu entfalten.

Tränen stiegen ihm in die Augen und verliehen ihnen einen gefährlichen Schimmer. Seine Seele schmerzte, und sein Elend erschien ihm unerträglich.

Aber er begriff nicht ganz, woher dieser Schmerz rührte.

Er wußte nur, daß er sich jene leidenschaftlichen und begabten Schüler wünschte, denen er das volle Maß seiner Schöpferkraft zukommen lassen konnte. Und er hörte im Geiste, wie jene Sänger die Arien, die er für sie geschrieben hatte, zum Leben erweckten.

Denn sie waren es, die seine Musik auf die Bühne und in die Welt hinaustragen mußten, sie waren es, die Guido Maffeos Hoffnung, einmal Unsterblichkeit zu erlangen, Wirklichkeit werden lassen konnten.

Dennoch fühlte er sich auch unerträglich einsam.

Es war, als wäre seine Stimme seine Geliebte gewesen und als hätte sie ihn verlassen.

Als er sich den jungen Mann vorstellte, der so singen konnte, wie ihm das selbst nicht mehr möglich war, jenen Schüler, dem er all sein Wissen anvertrauen konnte, sah er damit auch das Ende seiner Isolation gekommen. Endlich würde er jemanden haben, der ihn verstand, jemand, der wußte, was er tat! All die Unterschiede zwischen den Bedürfnissen seiner Seele und den Bedürfnissen seines Herzens würden sich in nichts auflösen.

Sterne sprenkelten den Himmel, schimmerten durch die Wolkenschleier, die wie Nebel von der See aufgezogen waren. Und weit, weit weg, verloren in der Dunkelheit, stieß der Berg plötzlich einen Blitzstrahl aus.

Aber die vielversprechenden Stimmen blieben Guido verweigert. Er war noch zu jung, um für sie als Maestro interessant zu sein. Die berühmten Gesangslehrer wie Porpora, der der Lehrer von Caffarelli und von Farinelli gewesen war, zogen die begabten Schüler an.

Mit sechsundzwanzig, als er an dem, was ihm an Schülern unterkam, verzweifelte, bat er seine Vorgesetzten um einen kleinen Zuschuß und um die Erlaubnis, sich in Italien auf die Suche nach neuen Stimmen machen zu dürfen.

»Vielleicht findet er etwas.« Maestro Cavalla zuckte mit den Achseln. »Immerhin braucht man sich nur anzusehen, was er bislang geschaffen hat!« Sie waren traurig, daß er so lange fort sein würde, gaben ihm aber nichtsdestotrotz ihren Segen.

18

Sein ganzes Leben lang hatte Tonio von diesem herrlichen sommerlichen Zwischenspiel, das Villeggiatura genannt wurde, nur gehört. Jeden Abend würden sie ausgiebig speisen, für jeden Gang würden silberne Gedecke aufgelegt, und hinterher würden sie einen gemütlichen Ausflug auf der Brenta machen. Die ganze Zeit über würden Musiker kommen und gehen. Vielleicht würden Tonio und Marianna sogar selbst ab und zu etwas spielen, wenn gerade einmal keine Berufsmusiker da waren. All die Familien würden ihr eigenes kleines Orchester bilden, denn da gab es Leute, die meisterlich Violine spielten oder Kontrabaß, es gab Senatoren, die ebenso begabte Cembalospieler waren wie nur irgendein bezahlter Musiker. Man würde die Mädchen aus den Musikschulen einladen. Man würde an der frischen Luft spazierengehen, Picknicks im Gras veranstalten, reiten, zum Zeitvertreib fechten, und in den großen, weiten Gärten würden Lampions brennen.

Tonio packte all die alten Notenblätter ein und fragte sich dabei flüchtig, was für ein Gefühl es wohl sein würde, in einem Raum zu singen, der voller Leute war. Marianna erinnerte ihn mit einem nervösen Lachen an die Befürchtungen, die er ihretwegen hatte

(»mein schlimmes Benehmen!«). Dessen ungeachtet verwirrte es ihn, sie in Korsett und Hemd in ihrem Zimmer herumwandern zu sehen, während Alessandro mit einer Tasse Schokolade danebensaß.

An dem Morgen aber, an dem sie aufbrechen sollten, klopfte Signore Lemmo an Tonios Tür.

»Ihr Vater . . .«, stammelte er. »Ist er bei Ihnen?«

»Bei mir, aber nein. Wie kommen Sie denn darauf?« fragte Tonio.

»Ich kann ihn nicht finden«, flüsterte Signore Lemmo. »Niemand kann ihn finden.«

»Aber das ist doch lächerlich«, sagte Tonio.

Binnen Minuten merkte Tonio jedoch, daß der Haushalt in Aufruhr war. Alle suchten Andrea. Marianna und Alessandro, die bereits an der Haustür mit den Koffern warteten, erhoben sich unverzüglich, als er ihnen davon erzählte.

»Sind Sie schon unten im Archiv gewesen?« wollte Tonio wissen.

Signore Lemmo ging sofort nachsehen, nur um dann zu berichten, daß das untere Stockwerk wie immer verlassen war.

»Und was ist mit dem Dachgeschoß?« sagte Tonio. Diesmal aber wartete er nicht, bis irgend jemand anderer nachsehen ging. Er hatte das Gefühl, daß er seinen Vater genau dort finden würde. Er wußte nicht, warum das so war, aber als er die Treppen hinaufstieg, war er sich dessen sicher.

Als er im Dachgeschoß anlangte, blieb er stehen, denn am anderen Ende des Korridors sah er Lichtschein aus einer offenen Tür fallen. Tonio kannte sich hier oben aus. Er wußte, wo die Diener schliefen, er wußte, welche Räume Angelo und Beppo bewohnten, und er wußte, daß dieses Zimmer stets verriegelt gewesen war. Als kleiner Junge hatte er Möbel gesehen, als er durch das Schlüsselloch spähte. Er hatte das Schloß zu öffnen versucht, aber es war ihm nicht gelungen.

Jetzt kam ihm ein dunkler Verdacht. Rasch ging er den Korridor entlang und war sich dabei kaum bewußt, daß Signore Lemmo ihm folgte.

Andrea befand sich in dem Zimmer. Er stand, nur in einen Morgenmantel aus Flanell gekleidet, an einem der Fenster, die zum

Wasser hinausblickten. Seine spitzen Schulterknochen zeichneten sich unter dem leichten Stoff deutlich ab. Er murmelte leise vor sich hin, so als würde er Selbstgespräche führen. Oder beten.

Tonio wartete eine Weile. Er ließ seinen Blick über die Wände schweifen, über die Bilder und Spiegel, die dort immer noch hingen. Vor langer Zeit, so schien es, war das Dach undicht geworden. Dunkle Wasserspuren zogen sich bis zum Boden hin. Überall roch es nach Moder und Verwesung, und Tonio sah, daß auf dem Bett immer noch eine feuchte und verschlissene Bettdecke lag, auch die Vorhänge hingen immer noch an den Fenstern. Ein Stück der Wandvertäfelung war herabgefallen. Auf einem kleinen Tisch neben einem Sessel mit Damastbezug stand ein Glas, in dem sich noch irgendein dunkler Rest befand. Ein Buch lag, mit dem Gesicht nach unten, aufgeschlagen da, andere auf den Regalen waren so aufgequollen, daß sie ihren Ledereinband gesprengt hatten.

Es brauchte ihm niemand zu sagen, daß dies Carlos Zimmer war. Es brauchte ihm niemand zu sagen, daß es hastig verlassen und niemals mehr betreten worden war.

Voller Bestürzung sah er die Pantoffeln am Bett. Er sah die Kerzen in ihren Kerzenhaltern, die von Ratten abgenagt worden waren. Schräg gegen eine Truhe gelehnt, so als hätte es jemand achtlos dorthin geworfen, stand ein Porträt. Es war in einen der vertrauten goldenen ovalen Rahmen eingepaßt, die auch in der Galerie unten und im Großen Salon hingen, aus dem es offensichtlich auch stammte.

Und da war das Gesicht seines Bruders, mit jenen weit auseinanderstehenden schwarzen Augen, die mit vollkommenem Gleichmut in dieses verfallene Zimmer blickten.

»Warten Sie draußen«, sagte Tonio leise zu Signore Lemmo.

Das Fenster stand weit offen und bot einen Ausblick auf rote Ziegeldächer, die sich in alle Richtungen neigten und hier und da von kleinen Gärten und Kirchtürmen unterbrochen wurden. In der Ferne sah man die Kuppeln von San Marco.

Da kam ein pfeifendes Geräusch von Andreas Lippen. Tonio verspürte ein heftiges Pochen in seinen Schläfen.

»Vater?« fragte er, als er näher zu ihm hintrat.

Andrea drehte widerwillig den Kopf herum. Er schien ihn nicht zu erkennen. Sein Gesicht war hagerer denn je und besaß einen fiebrigen Glanz. Der Blick seiner haselnußbraunen Augen, der immer so lebendig, wenn nicht sogar streng war, war verschwommen, so als hätte sich ein Schleier darübergelegt.

Dann erhellte sich Andreas Gesicht langsam. »Ich meine . . . ich meine, ich verabscheue ihn . . .«, flüsterte er.

»Wen, Vater?« fragte Tonio. Er war entsetzt. Irgend etwas passierte gerade, irgend etwas Schreckliches.

»Den Karneval, den Karneval«, stammelte Andrea mit bebenden Lippen. Er legte seine Hand auf Tonios Schulter. »Ich bin . . . ich bin . . . ich muß . . .«

»Vater, kommst du bitte mit hinunter?« fragte Tonio vorsichtig.

Da ging direkt vor seinen Augen eine häßliche Veränderung in seinem Vater vor. Er sah, wie sich seine Augen weiteten, er sah den Mund zucken.

»Was machst du hier!« flüsterte Andrea. »Wie bist du ohne meine Erlaubnis in dieses Haus gekommen?« Er hatte sich in ungeheurem vernichtenden Zorn aufgerichtet.

»Vater!« flüsterte Tonio. »Ich bin es doch . . . Tonio.«

»Ach!« Sein Vater hatte die Hand erhoben. Sie verharrte in der Luft.

Dann folgte ein Augenblick voll unendlicher Qual, in dem er wieder zu sich kam.

Andrea starrte seinen Sohn beschämt und verlegen an. Seine Hand zitterte, sein Mund bebte. »Ach, Tonio«, sagte er. »Mein Tonio.«

Eine Weile schwiegen sie beide. Im Korridor flüsterte jemand, dann wurde es still.

»Vater, komm hinunter ins Bett«, sagte Tonio.

»Nein, noch nicht. Es geht mir gut«, antwortete Andrea. Er war ein wenig grob, als er Tonios Hände von seinen Schultern schob und wieder ans offene Fenster trat.

Weit unten fuhren Gondeln, klein wie Nußschalen, auf dem grünen Wasser dahin. Ein Galaboot bewegte sich langsam auf die Lagune zu. Auf dem Deck spielte fröhlich ein winziges Orchester, die Reling war mit Rosen und Lilien umwunden. Kleine Gestalten tauchten unter einem weißen Baldachin aus Seide auf und verschwanden wieder. Es schien, als würde von dort unten leises Lachen zu ihnen hinaufklingen.

»Manchmal glaube ich, daß es als Geschmacklosigkeit gilt, in Venedig alt zu werden und zu sterben!« sagte Andrea. »Ja, Geschmack, Geschmack, so als wäre alles im Leben nichts als eine Frage des Geschmacks«, tobte er. Seine Stimme war dabei ganz trocken, klang fast wie ein Rasseln in seiner Kehle. »Du große Hure!« sagte er tonlos, während er hinaus auf jene silbernen Kuppeln starrte.

»Papa«, flüsterte Tonio.

Die Hand, die ihn berührte, wirkte wie eine Klaue. »Mein Sohn, es bleibt dir keine Zeit, in Muße erwachsen zu werden. Ich habe dir das schon einmal gesagt. Jetzt denk an meine Worte. Du mußt dich entschließen, jetzt ein Mann zu sein. Dann fügt sich alles von selbst, hast du mich verstanden?«

Andrea sah Tonio an, der Blick seiner hellen Augen, der eben noch scharf gewesen war, trübte sich wieder. »Ich hätte dir ein Königreich zum Geschenk gemacht, fremde Meere, die ganze Welt. Jetzt aber kann ich dir nur dieses geben: Wenn du einmal den Entschluß gefaßt hast, ein Mann zu sein, dann bist du auch einer. Alles andere wird sich von selbst fügen. Denk daran.«

Zwei Stunden vergingen, bevor sich Tonio überreden ließ, zur Brenta aufzubrechen. Alessandro ging zweimal zu Tonios Vater ins Zimmer, und jedesmal kam er wieder, um ihnen zu versichern, daß Andreas Anordnung immer noch uneingeschränkt galt.

Sie sollten zur Villa Lisani aufbrechen. Andrea wollte, daß sie sich unverzüglich auf den Weg machten.

Schließlich ordnete Signore Lemmo an, daß man alle Sachen in die Gondeln bringen sollte, und nahm Tonio beiseite.

»Er hat Schmerzen, Tonio«, sagte er. »Er möchte nicht, daß du oder deine Mutter ihn so sehen. Jetzt hör mir mal zu. Du darfst ihn nicht wissen lassen, daß du dir Sorgen machst. Ich werde dich holen lassen, wenn irgendeine Veränderung bei ihm eintreten sollte.«

Tonio kämpfte mit den Tränen, als sie den kleinen Kai überquerten.

»Trockne dir die Augen«, flüsterte Alessandro, während er ihm ins Boot half. »Dein Vater steht oben auf dem Balkon, um uns Lebewohl zu sagen.«

Tonio blickte nach oben. Dort stand eine geisterhafte Gestalt, von beiden Seiten gestützt. Andrea hatte sein scharlachrotes Gewand angelegt. Seine weiße Haarmähne war gezähmt, das Lächeln auf seinem Gesicht eingefroren, so als wäre er aus Marmor.

»Ich werde ihn nicht wiedersehen«, flüsterte Tonio.

Gott sei Dank fuhr das kleine Boot rasch dahin, wand sich der Kanal in Serpentinen. Als er sich schließlich in der *felze* zurücklehnte, weinte er still, aber hemmungslos in sich hinein.

Alessandro hielt die ganze Zeit seine Hand.

Und als er aufsah, merkte er, daß Marianna mit sehnsüchtigem Blick aus dem Fenster starrte.

»Die Brenta.« Sie sang das Wort fast. »Ich habe das Festland nicht mehr gesehen, seit ich ein kleines Mädchen war.«

19

Im Königreich von Neapel und Sizilien fand Guido keinen Schüler, der die Heimreise wert gewesen wäre. Hier und da wurde ihm ein vielversprechender Junge vorgestellt, aber er brachte es nicht über sich, den Eltern »die Operation« zu empfehlen.

Und unter jenen Jungen, die bereits verschnitten waren, hörte er nicht einen, bei dem es sich gelohnt hätte, ihn zu fördern. Also setzte er seine rastlose Suche fort, suchte im Kirchenstaat, sogar in Rom selbst, dann fuhr er weiter nach Norden, in die Toskana.

Die Nächte verbrachte er in lauten Gasthäusern, die Tage in gemieteten Kutschen, gelegentlich speiste er mit dem Gefolge irgendeiner Adelsfamilie. Seine wenigen Habseligkeiten trug er in einem schäbigen Lederkoffer bei sich, den Dolch, den er unter seinem Rock versteckt hatte, hielt er fest umklammert, um sich gegen Wegelagerer, die überall lauerten, verteidigen zu können.

Er suchte die Kirchen der kleinen Städte auf. Er hörte sich in den Dörfern und den Städten Opern an.

Als er Florenz verließ, brachte er zwei Jungen, die über ein gewisses Maß an Begabung verfügten, in einem Kloster unter, wo er sie dann auf dem Rückweg nach Neapel wieder abholen wollte. Es waren zwar keine Wunderkinder, aber sie waren besser als alles, was er bislang gehört hatte. Außerdem fürchtete er sich davor, mit leeren Händen zurückkehren zu müssen.

In Bologna besuchte er die Cafés, traf sich mit berühmten Theateragenten. Er verbrachte viele Stunden mit Sängern, die sich dort versammelt hatten, um ein Engagement für eine Spielzeit zu ergattern, und hoffte dabei, von jenem zerlumpten Jungen mit der großen Stimme zu erfahren, der vielleicht von der Bühne träumte, der vielleicht gerne in den berühmten Conservatorios von Neapel studieren wollte.

Seine Suche blieb jedoch erfolglos.

Als der Frühling kam, als die Luft wärmer und linder wurde und die Pappeln wieder große grüne Blätter trugen, machte Guido sich auf den Weg nach Norden, auf zum tiefsten Geheimnis ganz Italiens: der großen und altehrwürdigen Republik Venedig.

20

Andrea Treschi starb während der schlimmsten Augusthitze. Signore Lemmo setzte sich unverzüglich mit Tonio in Verbindung und informierte ihn darüber, daß nun Catrina und ihr Ehemann seine Vormunde seien. Carlo Treschi, den sein Vater nach Hause zurückgerufen hatte, sobald er seinen Tod nahen spürte, war bereits von Konstantinopel aus in See gestochen.

ZWEITER TEIL

1

Das Haus war erfüllt vom Tod, und es war voller Fremder. Alte Männer in schwarzen und scharlachroten Gewändern, die ständig miteinander flüsterten, gingen umher.

Dann drang aus den Gemächern seines Vaters dieses schreckliche Geräusch, dieses unmenschliche Brüllen. Er hörte, wie es begann, er hörte, wie es lauter wurde.

Und als dann die Türen aufgestoßen wurden, trat sein Bruder Carlo in den Korridor hinaus und begegnete seinem Blick mit einem ganz blassen, ganz schwachen Lächeln. Es war das Lächeln eines Verlierers, hinter dem sich Empörung verbarg.

Er hatte zugesehen, wie sein Bruder den Canal Grande heraufgefahren war. Er hatte ihn im Bug des Bootes stehen sehen. Sein Umhang hatte in der feuchten Brise leise geflattert. Da war dieses schwarze Haar, selbst die Kopfform war ihm vertraut. Er hatte zugesehen, wie Carlo den Kai betrat, während er selbst oben an der Treppe gestanden und auf ihn gewartet hatte.

Carlo war auf ihn zugekommen, hatte seine Hände in einer Willkommensgeste erhoben und Tonio dann in die Arme geschlossen. Er hatte ihn so fest an sich gepreßt, daß Tonio das Seufzen, das sich Carlos Brust entrang, schon spüren konnte, bevor er es hörte.

Was hatte Tonio erwartet? Groll, Bitterkeit? Brennende Wut, die zu Gerissenheit geworden war? Es war ein so offener Gesichtsausdruck, in dem sich nichts als Freundlichkeit und Wärme zu spiegeln schienen. Und diese Hände hatten seinen Kopf so beherzt gestreichelt, diese Lippen hatten sich auf seine Stirn gedrückt. In der

Berührung hatte etwas Liebevolles, Besitzergreifendes gelegen, und Tonio hatte, während sie, einander umarmend, dagestanden hatten, insgeheim einen Moment lang eine herrliche Erleichterung verspürt.

»Du bist da«, flüsterte er.

Und sein Bruder hatte nur ganz sanft seinen Namen gesagt: »Tonio.«

Und dann hatte dieses Brüllen begonnen, dieses entsetzliche Brüllen, das lauter und immer lauter geworden war, dieses zwischen zusammengebissenen Zähnen hervorgestoßene Knurren, diese Faust, die wieder und wieder auf den Tisch seines Vaters herabgesaust war.

»Carlo!« flüsterte Catrina. Mit raschelndem Seidenkleid, den Trauerschleier zurückgeworfen, erhob sie sich, als sich die Türen öffneten, um ihn freizugeben. Ihr Gesicht war voller Traurigkeit.

Leise Geräusche, Flüstern. Catrina ging hinter ihm den Korridor entlang. Signore Lemmo hastete auf geräuschlosen Sohlen hin und her. Und Marianna starrte in ihrem Trauerkleid vor sich hin.

Hier und da sah Tonio das Schimmern der Rosenkranzperlen, die durch ihre Hände glitten, das Schimmern ihrer Augen, wenn sie einmal einen Moment aufsah.

Sie hatte nicht einmal den Kopf gehoben, als Carlo das Zimmer betrat. Er wiederum hatte von ihr nur aus dem Augenwinkel heraus Notiz genommen.

Als er sich dann aber vor ihr verbeugte, verbeugte er sich bis zum Boden. »Signora Treschi«, sagte er. Er sah genauso aus wie auf den Gemälden, lediglich seine Hautfarbe schien durch die brennende Sonne der Levante etwas dunkler geworden zu sein. Auf seinen Handrücken wuchsen schwarze Haare, und ein unbestimmtes orientalisches Parfüm, moschusartig und würzig, schien von ihm auszuströmen. An seiner rechten Hand trug er drei Ringe.

Und irgendwo, wieder hinter einer verschlossenen Tür, bat Catrina ihn flehentlich: »Carlo, Carlo.«

Beppo erschien oben auf der Treppe, hinter ihm war die hochgewachsene Gestalt von Alessandro zu sehen.

Alessandro legte Tonio den Arm um die Schultern. Sie gingen rasch und still zu Tonios Zimmer.

Catrinas Stimme im Nebenraum wurde einen kleinen Augenblick lauter: »Du bist zu Hause, begreifst du das denn nicht. Du bist zu Hause, und du bist immer noch jung. Überall um dich herum ist Leben . . .«

Und dann dieses tiefe, unverständliche zornige Grollen, das sie unterbrach.

Als die Tür sich hinter ihm geschlossen hatte, legte Alessandro seinen dunkelblauen Umhang ab. Regentropfen perlten auf seiner Kleidung. Seine großen, verträumten Augen waren von Sorge umschattet.

»Also ist er schon da«, flüsterte er.

»Alessandro, du mußt hierbleiben, ich brauche dich«, sagte Tonio. »Ich brauche dich noch vier Jahre lang. Ich brauche dich, bis ich Francesca Lisani heiraten darf. Es ist alles im Testament meines Vaters niedergelegt, in seinen Anweisungen an die Nachlaßverwalter. Vier Jahre lang, Alessandro, muß ich mich gegen ihn durchsetzen.«

Alessandro legte Tonio die Finger auf die Lippen. »Nicht du bist es, der sich durchsetzen muß, Tonio. Es ist der Wille deines Vaters, und sie sind es, die ihn ausführen müssen. Ist er enterbt?«

Bei diesem letzten Wort wurde seine Stimme leise. Dies wäre eine Ungeheuerlichkeit gewesen und nur dann gerechtfertigt, wenn Carlo in böser Absicht die Hand gegen seinen Vater erhoben hätte. Das war nie geschehen.

»Das Vermögen ist ungeteilt«, murmelte Tonio. »Aber die Anweisungen meines Vaters sind klar. Ich soll heiraten. Der Großteil des Nachlasses ist für meine Erziehung, meine Ausbildung und all die Anforderungen bestimmt, die ein Leben als Staatsmann mit sich bringt. Carlo bekommt eine geringe Summe zugestanden, und es wird ihm empfohlen, sich dem Wohle meiner Kinder zu widmen . . .«

Alessandro nickte. Das überraschte ihn nicht.

»Alessandro, er ist außer sich! Er will wissen, warum er sich daran halten soll. Er ist schließlich der älteste Sohn . . .«

»Tonio, in Venedig bedeutet das gar nichts«, erinnerte ihn Alessandro. »Dich hat dein Vater dazu ausersehen, zu heiraten. Du darfst dich von alldem nicht ängstigen lassen. Es liegt nicht in deiner Hand, es liegt in der Hand des Gesetzes und in der Hand deines Vormunds.«

»Alessandro, er will wissen, warum das Schicksal dieses Hauses von einem Jungen abhängen soll . . .«

»Tonio, Tonio«, flüsterte Alessandro. »Du könntest dich ihm nicht unterwerfen, selbst wenn du es wolltest. Mach dir keine Gedanken darüber. Und wer weiß, wofür es gut ist. Ich bin jedenfalls hier und bleibe bei dir.«

Tonio holte tief Luft. Er starrte ins Leere, als wären diese beruhigenden Worte gar nicht bis zu ihm durchgedrungen. »Alessandro, wenn ich ihn nur verachten könnte . . .«, begann er.

Alessandro hatte den Kopf zur Seite geneigt. Sein Gesicht zeigte grenzenlose Geduld.

»Aber er scheint nicht . . . er ist so . . .«

»Es liegt nicht in deiner Hand«, sagte Alessandro sanft.

»Was weißt du von ihm?« drängte Tonio. »Du hast doch sicher etwas über ihn erfahren?«

»*Über* ihn, ja«, sagte Alessandro und strich Tonio ganz unbewußt eine Haarsträhne aus der Stirn. Seine Hand ruhte auf Tonios Schulter. »Aber ich weiß nur, was alle anderen auch wissen. Daß er ein ungestümer junger Mann war. Und daß in diesem Haus der Tod gewütet hat, daß seine Mutter gestorben ist, und seine Brüder. Es gibt wenig mehr, was ich dir sagen könnte.«

»Catrina verachtet ihn nicht«, flüsterte Tonio. »Er tut ihr leid!«

»Ach, Tonio, er tut ihr leid, aber sie ist dein Vormund, und sie wird zu dir halten. Wenn du erst einmal soweit bist, um zu begreifen, daß du in dieser Angelegenheit machtlos bist, dann wirst du Frieden finden.«

»Aber Alessandro, sag mir, wer war die Frau, die er abgewiesen hat. Vor vielen Jahren, als mein Vater eine Ehe für ihn arrangieren wollte . . .«

»Von alldem weiß ich nichts«, sagte Alessandro mit einem leisen Kopfschütteln.

»Er weigerte sich, die Braut, die mein Vater für ihn ausgesucht hatte, zu heiraten. Statt dessen ist er mit irgendeinem Mädchen aus dem Kloster durchgebrannt. Aber die Braut, die er damals zurückgewiesen hat, Alessandro, war das meine Mutter?«

Alessandro hatte kurz davor gestanden, das zu verneinen, als er innehielt. Einen Augenblick lang schien es, als würde er die Frage nicht verstehen.

»Wenn sie das Mädchen war, das Carlo zurückgewiesen hat, dann wird das Leben für sie hier unerträglich werden . . .«

Alessandro schwieg einen Moment. »Sie war nicht das Mädchen, das er zurückgewiesen hat«, antwortete er leise.

Das Haus war dunkel, das Haus war leer. Es war voller fremder Geräusche.

Er stieg die Treppe zum oberen Stockwerk hinauf.

Er wußte, daß Carlo in seinem früheren Zimmer war. Er konnte das ungewohnte Tageslicht sehen, das sich von dort in den staubigen Gang ergoß.

An diesem Morgen hatte sein Bruder beim Frühstück nach ihm gefragt, hatte dann seine türkischen Diener geschickt, um ihn zu sich nach unten zu bitten. Tonio aber hatte im Bett gesessen, den Kopf in die Hände gestützt, und all diesen fremden Gesichtern Entschuldigungen entgegengemurmelt.

Jetzt schlich er rasch auf Zehenspitzen dahin, bis er an der Tür stand und sah, wie sein Bruder zwischen all dem Zerfall und dem Moder umherging. Das Bett war nur noch ein Gerüst aus Staub und Lumpen. In der Hand hielt er ein aufgeschlagenes Buch, das vom Regen ganz aufgequollen war. Carlo las leise flüsternd und in einem schleppenden Rhythmus. Der blaue Himmel hinter ihm wurde von den schmutzigen Scheiben verdunkelt, und es schien, als würde der Ton seines Flüsterns zu diesem Ort gehören. Er sprach die Worte jetzt lauter, aber immer noch wie zu sich selbst, während er dabei mit der rechten Hand kleine Gesten vollführte.

Dann sah er Tonio. Sein Gesicht erhellte sich, um seine Augen zeigten sich Fältchen, als er lächelte. Er klappte das Buch zu und legte seine rechte Hand auf den Einband.

»Komm herein, kleiner Bruder«, sagte er. »Du siehst, ich bin... nun, in Verlegenheit. Ich kann dich leider nicht bitten, dich zu mir zu setzen hier in meinen alten Gemächern.«

Das war nicht ironisch gemeint, dennoch schoß Tonio das Blut ins Gesicht. Er blickte beschämt zu Boden, unfähig, seinem Bruder zu antworten.

Warum hatte er die Diener nicht sofort hier heraufgeschickt, um das Zimmer vorbereiten zu lassen? Warum hatte er nicht daran gedacht? Großer Gott, er war doch seit einer kleinen Weile Herr dieses Hauses, oder nicht? Wer hätte denn sonst die Anweisung geben sollen, wenn nicht er? Er starrte die fleckigen und abblätternden Wände an, den kaputten Teppich.

»Ach, aber du siehst, welche Liebe hier an mich verschwendet wurde«, seufzte Carlo. Er legte das Buch weg, während sein Blick über die Risse an der Decke wanderte. »Du siehst, daß meine Schätze für mich verwahrt wurden, daß meine Kleidung vor den Motten geschützt wurde, meine Bücher an trockenen und sicheren Plätzen gelagert wurden.«

»Vergeben Sie mir, Signore!«

»Und wofür?« Carlo streckte seine Hand aus. Als Tonio zu ihm ging, schloß Carlo ihn in die Arme. Wieder spürte Tonio diese Wärme, diese Stärke. Und irgendwo in einem versteckten Winkel seines Bewußtseins formte sich der Gedanke: So werde ich aussehen, wenn ich einmal ein Mann bin. Ich sehe die Zukunft, wie es nur wenigen gestattet ist, sie zu sehen. Sein Bruder küßte ihn sanft auf die Stirn.

»Was hättest du denn tun können, kleiner Bruder?«

Er wartete die Antwort nicht ab. Er hatte das Buch wieder geöffnet und fuhr mit der Hand über die sich auflösenden Buchstaben. *The Tempest*, in englischer Sprache. Seine Stimme verfiel wieder in jenes rhythmische Flüstern.

»*Full fathom five thy father lies*...« Als er wieder aufsah, schien er von Tonios Anblick ausgesprochen verwirrt.

Was ist los, was siehst du? Verachtest du mich? dachte Tonio. Das verwahrloste Zimmer bedrückte ihn, der Staub schien ihn zu erstikken. Zum ersten Mal bemerkte er jetzt, wie sehr es hier nach Moder stank.

Sein Bruder aber blickte ihn mit seinen schwarzen Augen weiter unverwandt an. Er schien sich dessen gar nicht bewußt zu sein.

»Das erste Kind des Ehebundes«, flüsterte Carlo. »Ein Kind, geboren auf der Höhe der Leidenschaft. Gesegnet mit allen Gaben, so sagt man, dieses erste Kind.« Jetzt runzelte er die Stirn, und seine Mundwinkel verspannten sich ein ganz klein wenig.

»Aber damals war ich der letzte vom Blute meiner Eltern«, fuhr er fort, »und wir beide sind uns so ähnlich. Da gibt es doch keine Regel, oder? Erstes Kind, letztes Kind, außer dem, was der Vater für das erste Kind *empfindet*!«

»Bitte, Signore, ich verstehe nicht, was Sie sagen!«

»Nein, warum solltest du auch?« sagte Carlo. Seine Stimme war so ruhig wie zuvor, freundlich und ohne Groll. Erstaunt sah er Tonio an, so als gefiele es ihm, ihn anzusehen. Tonio fühlte sich unter seinem Blick kraftlos und elend.

»Verstehst du dann wenigstens das hier?« fragte Carlo. »Sieh dich um.« Da war unterschwellig wieder jenes schreckliche Brüllen, jenes Brüllen, das versuchte, durch die Sprache durchzubrechen.

»Signore, bitte, lassen Sie mich die Diener anweisen, dieses Zimmer hier zu säubern . . .«

»Ach, das willst du tun? Natürlich, du bist hier ja der Hausherr, nicht wahr?« Seine Stimme klang angespannt und dünn.

Tonio sah seinen Bruder forschend an. Carlo war nicht wütend, er war verletzt. Mit einem hilflosen Kopfschütteln blickte Tonio weg.

»Nein, kleiner Bruder, es ist nicht deine Schuld«, sagte Carlo. »Und was für ein kleiner Prinz du bist«, sagte er mit freundlicher Aufrichtigkeit. »Wie er dich geliebt haben muß. Aber ich wage zu sagen, daß ich dich ebenfalls lieben würde, wenn ich dein Vater wäre.«

»Signore, zeigen Sie uns einen Weg, wie wir einander lieben können!«

»Aber ich liebe dich doch«, flüsterte Carlo. »Und jetzt laß mich hier noch ein wenig allein, bevor ich noch etwas sage, was ich hinterher bereue. Ich bin noch nicht ich selbst, verstehst du? Ich bin heimgekehrt und mußte feststellen, daß man mich in diesem Haus ermordet und begraben hat. Also durchstreife ich diese Räume, als wäre ich ein Geist, und komme in diesem Bewußtseinszustand gefährlich nahe an die schrecklichsten Gedanken und Worte heran.«

»Ach, bitte, dann verlassen Sie diese Räume doch. Bitte . . . SEINE Zimmer im Hauptgeschoß, Signore, Sie können sie haben . . .«

»Oh, du schenkst mir also diese Zimmer, kleiner Bruder?«

»Signore, ich meinte damit nicht, daß ich sie Ihnen schenke. Etwas so Respektloses würde mir nicht einfallen. Ich meinte nur, daß Sie sie ganz selbstverständlich haben können.«

Carlo lächelte, blickte auf und ließ dabei das Buch auf den Tisch fallen. Dann nahm er abermals Tonios Kopf in beide Hände. Er war dabei fast grob.

»Oh, warum konntest du nicht irgendein verzogener und arroganter Junge sein?« flüsterte er. »Dann hätte ich ihn wenigstens weiterhin dafür verdammen können, daß er dich so verwöhnt hat.«

»Signore, über diese Dinge dürfen wir nicht sprechen. Wenn wir es tun, dann können wir einander nämlich nicht mehr ertragen.«

»Und Geist, Weisheit und Mut, ja, Mut, das ist es, was du besitzt, kleiner Bruder. Du kommst, um mir gegenüberzutreten und mit mir zu reden. Was sagtest du gerade eben, daß ich dir einen Weg zeigen solle, wie wir einander lieben können?«

Tonio nickte. Er wußte, daß ihm die Stimme versagen würde, wenn er jetzt zu sprechen versuchte. Ganz steif, weil er diesem Mann so nahe war, beugte er sich langsam nach vorn, bis seine Lippen dessen Wange berührten. Da spürte er wieder jenes Seufzen, das sich Carlos Brust entrang, als ihn dieser in die Arme schloß.

»Verzichtet, nein, er hat nicht verzichtet.« Catrina schüttelte den Kopf. Ihre flinken blauen Augen wurden für einen kurzen Augenblick schmal, als sie sich Tonios Hausaufgaben ansah. Dann gab sie sie Alessandro zurück. Sie hatte eine Ledermappe mit einem Stoß Blätter bei sich, auf denen stand, welchen Lohn der Koch und der

Kammerdiener bekamen, was den Tutoren zu zahlen war, wieviel Lebensmittel eingelagert werden mußten und was sonst noch fehlte.

»Aber du mußt das stillschweigend ertragen«, sagte sie und legte ihre Hand auf die von Tonio. »Und du darfst nichts tun, was ihn provoziert.«

Tonio nickte. Angelo, der, angespannt und ängstlich, irgendwo hinten im Zimmer saß, blickte hier und da von seinem Brevier auf.

»Laß ihn seine alten Freunde um sich sammeln, laß ihn sehen, wer jetzt Einfluß hat und wer welche Ämter bekleidet« – Catrinas Stimme wurde leise, sie rückte nahe an ihn heran und sah ihm in die Augen – »und laß ihn sein Geld ausgeben, wenn er das will, er hat ein Vermögen nach Hause mitgebracht. Er beklagt sich über die dunklen Vorhänge hier. Er hungert nach venezianischem Luxus, nach französischen Kinkerlitzchen und hübschen Tapeten. Laß ihn . . .«

»Ja, ja . . .«, sagte Tonio.

Jeden Morgen beobachtete Tonio, wie er das Haus verließ, sah ihn mit klimpernden Schlüsseln und rasselndem Degen an der Seite die Treppen hinunterrauschen, während seine Stiefel laut auf dem Marmor klapperten. Das waren hier so ungewohnte Geräusche, daß sie ein Eigenleben zu haben schienen. Tonio spähte durch einen Türspalt in Carlos Zimmer und sah weiße Perücken auf polierten Holzköpfen in einer Reihe stehen. Im Geiste hörte er Andrea flüstern: geckenhaft.

»Kleiner Bruder, komm und iß heute mit mir zu Abend.« Er schien manchmal aus den Schatten aufzutauchen, so als hätte er dort gelauert.

»Bitte vergeben Sie mir, Signore, ich bin nicht in der rechten Gemütsverfassung dazu, mein Vater . . .«

Irgendwo hörte Tonio deutlich seine Mutter singen.

Es war später Nachmittag. Alessandro saß so still am Tisch in der Bibliothek, daß er wie eine Statue wirkte. Schwere Schritte ertönten auf der Treppe. Durch die offenen Flügeltüren schwebte ihre

Stimme herein. Sie sang jenes melancholische Lied, das wie ein Kirchenlied klang. Als Tonio sie jedoch gefunden hatte, da war sie gerade dabei, zu gehen.

Das Gebetbuch in der Hand, schlug sie den Schleier übers Gesicht, als wolle sie ihn nicht ansehen. »Lena wird mit mir gehen«, anwortete sie. Heute brauchte sie Alessandro nicht.

»Mamma.« Tonio folgte ihr zur Tür. Sie summte irgend etwas vor sich hin. »Sag, bist du hier jetzt zufrieden?«

»Oh, warum fragst du mich das!« Ihre Stimme klang ganz unbeschwert, ihre Hand jedoch schoß unter dem dünnen schwarzen Spitzengewebe hervor, um ihn ins Handgelenk zu kneifen. Tonio spürte kurz einen Schmerz und war wütend.

»Wenn du hier nicht glücklich bist, dann könntest du bei Catrina wohnen«, sagte er und fürchtete dabei, daß sie diesen Vorschlag tatsächlich annehmen würde.

»Ich bin im Hause meines Sohnes«, sagte sie. »Öffne er die Türen«, wies sie den Pförtner an.

Nachts lag er wach und lauschte in die Stille. Die Welt vor seiner Tür schien wie ein unbekanntes Land. Flure, Zimmer, die er kannte, selbst die feuchten und vernachlässigten Räume, waren ihm fremd geworden. Unten erscholl Gelächter.

Irgendwo draußen in der Nacht rief eine Frau etwas. Es klang sarkastisch, unbeherrscht. Er drehte sich in seinem Bett um und schloß die Augen. Da erkannte er, daß das Rufen von innerhalb dieser Mauern gekommen war.

Er hatte geschlafen. Er hatte geträumt. Als er seine Zimmertür öffnete, konnte er die beiden unten hören. Wieder der alte Wortwechsel, Catrinas Stimme war hoch und schrill. Weinte er?

Es war früher Abend. Der entfernte Lärm des Karnevals vermischte sich mit den Geräuschen der Nacht. Im Palazzo Trimani nebenan fand ein Ball statt. Tonio stand allein im langen Speisezimmer am Fenster, hatte den schweren Vorhang zur Seite geschoben und beobachtete die Boote, die den Kanal hinauf- und hinabfuhren, hinauf und hinab.

Er sah seine Mutter auf dem Kai vor dem Haus, Lena und Alessandro standen hinter ihr. Mariannas langer schwarzer Schleier, der bis hinunter zum Saum ihres Kleides reichte, wurde vom Wind nach hinten geblasen, so daß sich das zarte Gewebe eng über ihr Gesicht legte und es wie eine Skulptur erscheinen ließ. Sie wartete auf die Gondel.

Aber war *er* in diesem Haus?

Der Große Salon war ein Meer aus pechschwarzer Dunkelheit.

Während Tonio noch das Schweigen und die Stille dieses Augenblicks genoß, hörte er schon die ersten Geräusche. Jemand bewegte sich in der Dunkelheit, dann nahm er das nach Moschus riechende, orientalische Parfüm wahr, das Quietschen der Tür, sachte Schritte auf dem Steinboden hinter sich.

Gefangen auf offenem Meer, dachte er. Der Kanal schimmerte, der Himmel über der fernen Piazza San Marco glühte.

Seine Nackenhaare stellten sich ein klein wenig auf, und er spürte den leisen Lufthauch, den der Mann, der nun neben ihn getreten war, mitbrachte.

»Früher«, flüsterte Carlo, »trugen alle Frauen solche Schleier, und sie waren schöner als heute. Sie hatten etwas Geheimnisvolles an sich, wenn sie durch die Straßen gingen, etwas Orientalisches . . .«

Tonio blickte langsam auf. Sein Bruder stand so nahe bei ihm, daß sie einander hätten berühren können. Das Schwarz von Carlos Rock wurde von einem Streifen aus schimmernder weißer Spitze geteilt, die weniger ein Stoff, sondern eher eine blasse Fata Morgana zu sein schien. Seine Perücke mit den perfekten Locken über den Ohren und dem auf so natürliche Weise angepaßten Haaransatz, daß sie wie echtes Haupthaar wirkte, strahlte ein leichtes Schimmern aus.

Er trat näher ans Fenster und blickte zum Wasser hinunter, und wieder war Tonio über die Ähnlichkeit zwischen ihnen beiden erschüttert. In dem schwachen Kerzenlicht erschien Carlos Haut makellos. Der einzige Hinweis auf sein Alter waren die Fältchen um seine Augenwinkel, die sich vertieften, wenn sich das für ihn so typische breite Lächeln auf seinem Gesicht zeigte.

Und solch ein Lächeln machte seine Züge jetzt weich, offenbarte eine tiefe Wärme, so als könne es niemals Feindschaft zwischen ihnen geben.

»Abend für abend weichst du mir aus, Tonio«, sagte er. »Laß uns jetzt zusammen speisen. Der Tisch ist gedeckt, das Essen ist fertig.«

Tonio wandte sich wieder dem Wasser zu. Seine Mutter war fort. Der Abend schien trotz des Gewimmels von Booten leer.

»Meine Gedanken sind bei meinem Vater, Signore«, sagte er.

»Ach ja, deinem Vater.« Aber Carlo drehte sich nicht um. Im Dämmerlicht war zu sehen, wie seine stillen türkischen Diener die kleinen Kerzen nahmen, um damit sämtliche Kandelaber anzuzünden, die auf dem Tisch, auf den Truhen unter dem gespenstischen Gemälde standen.

»Setz dich, kleiner Bruder.«

Ich möchte dich lieben, dachte Tonio, ganz egal, was du getan hast. Vielleicht kann man die Wunden ja irgendwie heilen.

Höflich den Kopf neigend, setzte sich Tonio, wie er es in der Vergangenheit so oft getan hatte, an den Kopf der Tafel. Es dauerte nur einen Augenblick, bis er merkte, was er getan hatte. Unverzüglich hob er den Blick, um seinem Bruder ins Gesicht zu sehen.

Sein Herz schlug schneller. Er musterte dieses Lächeln, dieses freundliche Strahlen. Die schneeweiße Perücke ließ Carlos Haut um so dunkler erscheinen, die Schönheit seiner hoch geschwungenen Augenbrauen war um so bemerkenswerter, als er sich nun niedersetzte und Tonio weder erbittert noch tadelnd anstarrte.

»Es herrscht Uneinigkeit zwischen uns«, sagte Carlo. Jetzt schmolz sein Lächeln und machte einem ruhigeren Gesichtsausdruck Platz. »Ganz gleich, wie sehr wir auch vorgeben, es nicht zu sein, wir sind miteinander uneins. Jetzt ist bereits fast ein Monat vergangen, und wir können nicht einmal das Brot miteinander brechen.«

Tonio nickte, Tränen standen in seinen Augen.

»Sie ist unheimlich«, fuhr Carlo fort, »diese Ähnlichkeit zwischen uns.«

Tonio fragte sich, ob ein Mensch spüren konnte, wenn ihm ein anderer stumm zu vermitteln versuchte, daß er ihn liebte. Konnte Carlo diese Liebe in seinen Augen sehen? Jetzt, da er hier ganz still saß und unfähig war, auch nur die einfachsten Worte zu sagen, wurde ihm zum ersten Mal klar, daß er auf seinen Bruder bauen können wollte. Auf dich bauen, dir vertrauen, deine Hilfe suchen, aber das liegt jenseits des Möglichen. Uneins. Er wollte diesen Raum verlassen, denn er fürchtete sich davor, was sein Bruder ihm in seiner unbekümmerten Eloquenz vielleicht sagen würde.

»Mein hübscher kleiner Bruder«, flüsterte Carlo. »Französische Kleidung«, bemerkte er, während seine dunklen Augen dabei fast unschuldigen Glanz hatten. »Und so eine feine Statur, die hast du von deiner Mutter, denke ich, und ihre Stimme hast du ebenfalls, diesen wunderschönen, wunderschönen Sopran.«

Tonio wandte den Blick ab. Es war unerträglich. Aber wenn wir jetzt nicht miteinander reden, dann wird die Qual nur noch größer.

»Als sie noch ein Mädchen war«, sagte Carlo, »und im Chor sang, rührte sie uns zu Tränen. Hat sie dir das jemals erzählt? Ach, wie man ihr huldigte, die Gondolieri liebten sie.«

Langsam wandte ihm Tonio wieder den Blick zu.

»Sie war eine richtige Sirene«, sagte Carlo. »Hat dir das nie jemand erzählt?«

»Nein«, antwortete Tonio voller Unbehagen. Als er auf seinem Stuhl hin- und herrutschte und dann hastig wieder wegsah, spürte er, wie sein Bruder ihn beobachtete.

»Und wunderschön war sie auch, schöner noch, als sie jetzt ist . . .« Carlo senkte seine Stimme zu einem Flüstern.

»Signore, Sie sprechen besser nicht so von ihr!« Das war Tonio so herausgerutscht.

»Ach, was soll denn passieren« – Carlos Stimme blieb ruhig – »wenn ich so von ihr rede?«

Tonio sah ihn an. Sein Lächeln veränderte sich, wurde breiter, kälter. Es gibt wenige Dinge, die das Gesicht eines Menschen schrecklicher aussehen lassen, als ein solches Lächeln, dachte Tonio.

Dahinter aber lagen Elend, Aufruhr und Zorn, jene Gefühle, die in dem Brüllen, das Tonio durch die verschlossenen Türen hatte dringen hören, ihren stärksten Ausdruck gefunden hatten. Deshalb war das Lächeln auch nicht wirklich kalt. Es war lediglich verzweifelt und zerbrechlich.

Plötzlich flüsterte Tonio: »Es ist nicht meine Schuld!«

»Dann unterwirf dich mir!« antwortete Carlo.

Also war es soweit gekommen.

Diesen Moment hatte er tagein, tagaus gefürchtet. Er hätte sich zum Gehen erhoben, aber die Hand seines Bruders hatte sich auf die seine gelegt. Er kam sich vor, als hätte man ihn an den Tisch gefesselt. Unter seiner Kleidung brach ihm der Schweiß aus, aber das Zimmer kam ihm plötzlich unendlich kalt vor. Er starrte ins Kerzenlicht, ließ sich davon blenden. Er wußte, daß er nichts hätte tun können, um das hier zu verhindern.

»Hast du denn gar kein Verlangen, dir meine Version der Geschichte anzuhören?« flüsterte Carlo. »Kinder sind doch neugierig. Besitzt du denn keine natürliche Neugierde?« Sein Gesicht wurde rot vor Zorn, dennoch verweilte dieses Lächeln auf seinen Lippen. Seine Stimme erstarb bei der letzten Silbe, so als mache ihm ihre Lautstärke Angst.

»Signore, ich bin es nicht, mit dem Sie Streit haben. Beschweren Sie sich nicht bei mir.«

»Oh, kleiner Bruder, du versetzt mich in Erstaunen. Du läßt dich nicht einschüchtern, oder? Ich denke, du besitzt eine ebensolche eiserne Härte wie dein Vater, und die Ungeduld, die deiner Mutter zu eigen ist. Aber du wirst mir zuhören.«

»Signore, Sie irren sich. Ich werde Ihnen nicht zuhören. Sie müssen Ihre Gründe jenen vorlegen, die eingesetzt wurden, über uns beide, über unser Vermögen und über unsere Entscheidungen zu bestimmen.«

Tonio empfand eine übermächtige Abscheu vor seinem Bruder und zog seine Hand unter der Carlos hervor.

»Was wollen Sie von mir, Signore?« fragte Tonio. Er hatte sich aufgerichtet und atmete jetzt langsam ein. »Erklären Sie mir, Signore, was soll ich tun?«

»Unterwirf dich mir, das habe ich dir schon gesagt!« Carlo wurde wieder lauter. »Siehst du denn nicht, was er mir angetan hat? Er hat mich beraubt, das ist es, was er getan hat, und jetzt trachtet er danach, mich abermals zu berauben. Aber ich sage dir, das wird nicht geschehen!«

»Und wie wollen Sie das verhindern?« wollte Tonio wissen. Er spürte, wie er zitterte, aber jetzt hatte ihn jene Heiterkeit erfaßt, die jede Furchtsamkeit überwindet. »Soll ich Hinderungsgründe erfinden, Lügen! Mich dem Willen meines Vaters widersetzen, weil Sie mich darum *gebeten* haben! Signore, ich besitze vielleicht keine eiserne Härte, das weiß ich nicht, aber es fließt das Blut der Treschi in meinen Adern, und Sie haben mich so falsch eingeschätzt, daß ich jetzt gar nicht weiß, wie ich Ihnen diesen Irrtum klarmachen soll.«

»Ach, dann bist du also gar kein Kind, oder?«

»Doch, das bin ich, und das ist auch der Grund dafür, weshalb ich das hier jetzt erdulden muß«, antwortete Tonio. »Aber Sie, Signore, Sie sind ein Mann, und Sie wissen sicherlich, daß ich nicht der Richter bin, vor dem Sie Ihre Berufung einlegen sollten. Ich habe das Urteil nicht verkündet.«

»Ach, Urteil, ja, Urteil!« Carlos Stimme schwankte. »Wie gut du deine Worte wählst, wie stolz dein Vater auf dich gewesen wäre, auf dich, der du jung und klug und, ja, voller Mut bist . . .«

»Mut!« sagte Tonio jetzt leiser. »Signore, Sie drängen mich zu unbesonnenen Worten. Ich will nicht mit Ihnen streiten. Lassen Sie mich gehen, dies hier ist die Hölle für mich, Bruder gegen Bruder!«

»Ja, Bruder gegen Bruder«, antwortete Carlo, »und was ist mit dem Rest dieses Hauses? Was ist mit deiner Mutter? Wo steht sie in der ganzen Sache?« flüsterte er und kam so nahe an Tonio heran, daß dieser zurückwich, dabei aber immer noch unfähig war, den Blick abzuwenden. »Sag es mir«, forderte Carlo. »Was ist mit deiner Mutter?«

Tonio war zu erstaunt, um zu antworten.

Er saß da, an die Rückenlehne seines Sessels gepreßt, und starrte seinen Doppelgänger an. Jenes verschwommene Gefühl der Abscheu kehrte zurück. »Ich verstehe nicht, was Sie damit meinen, Signore.«

»Du verstehst das nicht? Gebrauche deinen Verstand, er ist scharf genug. Deine Hauslehrer führst du ja auch an der Nase herum. Sag mir, ist sie zufrieden damit, als trauernde Witwe hier im Hause ihres Sohnes allein zu leben?«

»Was bleibt ihr denn anderes übrig?« flüsterte Tonio.

Das Lächeln kehrte zurück, es war beinahe freundlich und dennoch so zerbrechlich. In diesem Mann steckt keine wahre Bosheit, redete sich Tonio verzweifelt ein. Da ist keine Bosheit, nicht einmal jetzt. Da ist eine ungeheure Unzufriedenheit. Eine Unzufriedenheit, die so schrecklich ist, daß sie noch nicht an Niederlage oder Bitterkeit gedacht hat.

»Sie ist . . . was?« fragte Carlo. »Doppelt so alt wie du? Und was ist ihr Leben für sie bislang anderes gewesen als eine Strafe. Sie war ein Mädchen, als sie in dieses Haus kam, nicht wahr? Aber du brauchst mir nicht zu antworten, denn ich erinnere mich an sie.«

»Sprechen Sie nicht von meiner Mutter.«

»*Du* sagst *mir*, ich solle nicht von deiner Mutter sprechen?« Carlo beugte sich nach vorn. »Ist sie nicht wie du und ich aus Fleisch und Blut? Und war sie nicht in diesem Haus fünfzehn Jahre lang mit meinem Vater zusammen lebendig begraben? Sag mir eines, Marc Antonio, findest du dich hübsch, wenn du in den Spiegel siehst? Entdeckst du bei mir dieselbe Schönheit, die du bei dir siehst?«

»Was Sie sagen, ist abscheulich!« flüsterte Tonio. »Wenn Sie noch ein weiteres Wort über Sie sagen . . .!«

»Oh, du drohst mir, nicht wahr? Dein Degen ist für mich ein Spielzeug, mein Junge, außerdem hast du bislang noch nicht einmal den Schatten eines Bartes auf deinem hübschen Gesicht, und deine Stimme ist so süß wie die ihre, das hat man mir wenigstens gesagt. Wage nicht, mir zu drohen. Ich werde über sie sagen, was ich will. Und ich frage mich, wie viele Worte nötig sein werden, um sie soweit zu bringen, daß sie diese Jahre bereut!«

»Sie ist die Frau Ihres Vaters, um Himmels willen«, stieß Tonio zwischen den Zähnen hervor. »Sie können mir Gewalt antun, wenn es Ihnen beliebt, ich habe keine Angst vor Ihnen. Aber meine Mutter lassen Sie in Ruhe, sonst rufe ich, auch wenn ich noch ein Kind bin, jene Männer zu Hilfe, die mir beistehen werden!«

Oh, das war die Hölle, genauso, wie sie die Priester oder die Maler immer beschrieben hatten.

»Gewalt?« Carlo gab ein leises Lachen von sich, das aufrichtig schien. Sein Gesicht wurde weich, die Augen weiteten sich ein wenig. »Wer braucht denn Gewalt anzuwenden? Sie ist immer noch eine Frau, kleiner Bruder. Und sie ist einsam, sie sehnt sich nach der Berührung eines Mannes, falls sie sich überhaupt noch daran erinnern kann. Er gab ihr, als sie fast den Verstand verloren hätte, einen Eunuchen zum Liebhaber. Nun, ich bin kein Eunuch. Ich bin ein Mann, Marc Antonio.«

Tonio hatte sich erhoben. Aber Carlo stand schon neben ihm.

»Sie sind tatsächlich ein Teufel aus der Hölle, so wie er es gesagt hat!« flüsterte Tonio.

»Ach, das hat er über mich gesagt?« rief Carlo. Er packte Tonio am Arm und hielt ihn fest. Sein Gesicht war verzerrt, aber es war Schmerz, was darin zu lesen war. »Er sagte, ich wäre ein Teufel, nicht wahr? Und hat er dir auch erzählt, was er mir angetan hat! Hat er dir erzählt, was er mir genommen hat! Fünfzehn Jahre im Exil. Wieviel kann ein Mensch ertragen? Wäre ich doch ein Teufel, dann hätte ich in diesem Inferno auch die Stärke eines Teufels besessen.«

»Sie tun mir leid!« Tonio befreite sich mit einem heftigen Ruck aus seinem Griff. »Sie tun mir leid.« Sie standen, den Tisch zwischen sich, einander direkt gegenüber. Die Diener hatten das Zimmer verlassen, überall strahlten jetzt Kerzen. »Ich schwöre bei Gott, Sie tun mir leid«, sagte Tonio, »aber ich kann nichts tun, und meine Mutter ist ebenso machtlos wie ich.«

»Machtlos? Ist sie das? Wie lang glaubst du, kannst du es in einem Haus aushalten, das gegen dich ist?«

»Sie ist meine Mutter, sie wird sich niemals gegen mich wenden.«

»Sei dir da nicht so sicher, Marc Antonio. Frage dich zuerst einmal, was für ein Verbrechen sie begangen haben könnte, um fünfzehn Jahre lang hier eingesperrt zu sein?« Er kam auf Tonio zu, der nun vor ihm zurückwich.

»Mein Verbrechen war, unter einem anderen Stern geboren worden zu sein, ein anderes Testament in die Wiege gelegt bekommen zu haben. Mein Vater verabscheute mich vom Tag meiner Geburt an, und niemand konnte ihn überzeugen, daß ich auch nur das kleinste Fünkchen Tugend besaß. Das war meine Sünde. Was aber war die ihre, daß er sich dazu herablassen sollte, sie zu seiner kindlichen Braut zu machen und sie, mit einem Kind als einzigem Gefährten, lebendig in diesem Haus einzumauern?«

»Gehen Sie«, sagte Tonio. Er konnte sehen, wie sich jenseits der Tür der dunkle Schacht des Großen Salons öffnete. Obwohl Carlo ihn nicht berührte, konnte er sich nicht losreißen.

»Ich werde dir sagen, was ihre Sünde war«, sagte Carlo. »Bist du bereit, es zu hören? Dann werden wir nämlich sehen, ob du weiterhin sagen darfst, ich dürfe vor dir nicht von ihr sprechen! Ihre Sünde war, daß sie mich liebte, und als ich hinging, um sie aus der Pietà zu holen, da kam sie mit mir!«

»Sie lügen!«

»Nein, Marc Antonio . . .«

»Jedes Wort, das Sie sagen, ist eine Lüge . . .«

»Nein, Marc Antonio, nichts von dem, was ich sage, ist gelogen. Und du weißt es. Du hast es vermutet. Und wenn nicht, dann frag deinen Eunuchen nach der Wahrheit oder deine geliebte Cousine Catrina. Geh auf die Straße, wo sich jeder noch an mich erinnert. Ich habe sie am hellichten Tag aus diesem Kloster geholt, weil ich sie wollte und weil sie mich wollte, und er, er wollte nicht einmal einen Blick auf sie werfen.«

»Ich glaube Ihnen nicht!«

Tonio hob die Hand, so als wolle er Carlo schlagen, aber er konnte ihn nicht einmal mehr richtig sehen. Er sah vor sich nur eine verschwommene Gestalt, die immer näher kam, jetzt das Kerzenlicht verdeckte und dunkel und ausdruckslos vor ihm stand.

»Ich habe ihn angefleht, mir die Erlaubnis zu geben, sie zu heiraten. Auf Knien habe ich ihn angefleht. Weißt du, was er gesagt hat? Festlandadel, höhnte er, ein Mädchen ohne Mitgift, eine Waise. *Er* würde mir eine Frau aussuchen, und dann hat er ein abgetakeltes, zänkisches Weib für mich ausgesucht, weil es Vermögen hatte, weil es aus einer hochgestellten Familie kam, weil er mich haßte. ›Vater‹, bettelte ich. ›Komm zur Pietà und sieh sie dir an.‹ Hier auf diesem Boden habe ich gekniet und ihn angefleht.

Und als das Schlimmste geschehen war und er mich davonschickte, nahm er sie *selbst* zur Frau! Festlandadel, ohne Mitgift, die

Waise, er hat sie geheiratet! Er hat sie mit seinem Vermögen in das Goldene Buch eingekauft. Das hätte er genausogut auch für mich tun können! Aber er hat sich geweigert. Und willst du wissen, was er getan hat, nachdem er mich in die Verbannung geschickt hatte? Er hat sie zu sich genommen! Weine, ja, weine, kleiner Bruder. Weine um sie und weine um mich! Um unsere unbesonnene Liebe und unsere unbesonnenen Mißgeschicke, und darum, wie wir beide dafür bezahlt haben!«

»Hören Sie auf damit, ich will das nicht hören!« Tonio hielt sich krampfhaft die Ohren zu. Die Augen hatte er geschlossen. »Wenn Sie nicht aufhören, dann helfe mir Gott . . .« Er tastete nach dem Türrahmen, fand ihn und lehnte seinen Kopf dagegen, unfähig, noch ein weiteres Wort zu sagen, unfähig, mit seinem hilflosen Weinen aufzuhören.

»Komm heute nacht an ihre Tür«, sagte Carlo hinter ihm leise. »Lausche am Schlüsselloch, wenn du willst. Sie hat mir damals gehört. Sie wird mir auch jetzt gehören. Wenn du es nicht glaubst, dann frage sie selbst!«

Er trug keine Maske, keinen *tabarro*. Er bahnte sich seinen Weg durch die durchnäßte, lärmende Menge, der Regen, der in heftigen Böen kam, peitschte ihm dabei ins Gesicht. Schließlich stand er in dem Café. Heiße, stickige Luft umschloß ihn. »Bettina!« flüsterte er. Einen Augenblick lang hatte es den Anschein, als sei sie sich unsicher, dann aber schob sie sich durch das Gewirr von Schultern und nassen Umhängen, von schrecklichen Bauta-Gesichtern, Clowns und Ungeheuern, und kam auf ihn zu. Ihre kleine schwarze Kapuze bildete über ihrem Kopf eine Spitze, die Hände hatte sie ausgestreckt, um ihn rasch zu packen. »Hier entlang, Exzellenz«, sagte sie und führte ihn hinaus in die *calle* auf den nahegelegenen Anlegesteg zu.

Die Gondel hatte kaum den Kai verlassen, da lag Bettina auch schon in seinen Armen auf dem Boden der *felze*, zog an seiner Weste und seinem Hemd, schob ihre Röcke hoch, während sie die Beine um ihn schlang.

Das Boot schaukelte gefährlich, so schien es, unter Tonios Gewicht. Die *felze* roch nach Staub, nach warmer Haut und dem rauchigen Parfüm zwischen ihren nackten Beinen, wo das Haar heiß und naß war. Er mußte die Zähne zusammenbeißen, als sie seinen Kopf in ihren Schoß drückte. Er spürte die seidige Haut ihrer Schenkel an seinen Wangen, dann ihre eifrigen kleinen Hände, die heftig an ihm zerrten. Dieses unwiderstehliche Kichern lag in seinen Ohren. Ihre Brüste waren so groß, daß sie sich in seine Hände zu ergießen schienen. Sie öffnete seine Hose, es schien ihm, als würde sie weiß und süß aus ihrer Bluse und ihrem Rock herausfließen, während ihre Finger ihn streichelten, ihn hart machten und führten.

Er hatte Angst, sie würde lachen, wenn sie sah, daß er noch ein Junge war und sein Glied trocken war. Aber sie zog ihn wieder zu sich herunter. Er taumelte in sie hinein. Als er sich dann in ihr befand, spürte er wieder jene Explosion in seinem Gehirn, die alle Zeit auslöschte, alle Verlustgefühle, allen Schrecken.

Selbst ein einziger kurzer Gedanke würde ihn vernichten.

Also suchten seine Hände die heiße Haut in ihren Kniekehlen, die nasse Wärme unter ihren Brüsten, ihre gerundeten Waden und ihren Mund, ihren geöffneten, verlangenden Mund, der voller Kühnheit, saugendem Atem und jenem kleinen, ungestümen Kichern war. Da war eine Vielzahl von kleinen Spalten, Falten, Geheimnissen. Das Wasser schlug plätschernd gegen die Bootswände, Musik wurde herangetragen, leise Klänge, schwere Klänge. Manchmal lag er unter ihr, spürte dabei ihr köstliches Gewicht, dann wieder legte er sich auf sie, während seine Hand sie an der heißen Falte ihres Geschlechts hochhob, seine Zunge an ihrem glatten kleinen Bauch leckte.

Als sie schließlich verausgabt dalagen, war selbst der meergrüne Geruch des Wassers mit ihrem Liebesakt verknüpft, der feuchte Geruch der moosbewachsenen Fundamente, die tiefer und tiefer in den Kanal hinabtauchten und in die weiche Erde darunter, die Venedig war. Es war alles mit der Süße und dem Salz verknüpft, mit ihrem kostbaren Lachen und dem schräg herabfallenden silbernen Regen, der durch die kleinen Fenster hereinkam und ihm ins Gesicht schlug, während er sie umschlungen hielt.

Wenn das doch nur für immer andauern könnte, wenn es doch

alle Gedanken, allen Schmerz und alles Unglück auslöschen und er Bettina nur immer wieder und wieder nehmen könnte. Dann würde er nichts mehr mit der Welt zu tun haben und müßte nicht mehr in jenes Haus, in jene Zimmer zurückkehren und jener Stimme zuhören. Er schmiegte sich in die Dunkelheit, legte die Hände auf seinen Hinterkopf, damit sie ihn nicht weinen hörte.

Stimmen drängten sich in sein Bewußtsein.

Es schien, als würden sie auf den schmalen, belebten Wasserstraßen dahintreiben, über denen bei Tag an Leinen die Wäsche aus den Fenstern hing und an deren Kais sich der Abfall stapelte. Wenn man hochblickte, konnte man die Ratten an den Wänden entlangrennen sehen, gedrungen und flink, so als würden sie dahinfliegen. Katzen jammerten und miauten in der Dunkelheit. Er hörte das Wasser schwappen und gurgeln. Und er fühlte eine schwerelose und köstliche Ruhe, selbst als Bettina ihn immer noch aufreizte.

»Ich liebe dich, liebe dich, liebe dich, liebe dich.«

Aber da waren wieder diese Stimmen. Er hob den Kopf. Da war ein Tenor, er hätte ihn überall herausgehört, und, ja, da war der Baß, und die Flöte und die Violine. Er stützte sich auf den Ellbogen, spürte, wie das Boot sich hob und senkte. Es waren *seine* Sänger!

»Was ist los, Exzellenz?« flüsterte sie. Sie lag nackt neben ihm. Ihre Kleidung bildete eine formlose dunkle Masse in ihrem Schoß, ihre Schultern waren erlesen gerundet, und als sie zu ihm hochsah, da waren ihre Augen einfach zwei Stellen, die nicht weiter auffielen in der Weiße ihres Gesichts.

Er setzte sich auf. Sanft entwand er sich ihr. Ich habe sie gehabt, dachte er, habe sie geliebt, habe sie gehabt, habe sie erkannt. Dennoch empfand er jetzt keinen besonderen Reiz, erlebte keinen wunderbaren Schauder. Er nahm sie einen Augenblick in die Arme, roch an ihrem Haar und küßte ihre harte, runde, kleine Stirn. Die Stimmen kamen näher. Es *waren* seine Sänger! Sie befanden sich höchstwahrscheinlich auf dem Heimweg. Wenn er sie nur einholen könnte... Er steckte sein Hemd in die Hose, band sich das Haar zurück.

»Exzellenz, gehen Sie nicht«, bettelte sie.

»Liebste«, sagte er, legte ein paar goldene Münzen in ihre Hand und schloß ihre Finger darüber. »Warte morgen abend, gleich nach Einbruch der Dunkelheit, auf mich.« Er streifte ihr den Rock über den Kopf, zog ihr die weiche, zerknitterte Bluse an, schnürte ihr die Weste zu und spürte dabei mit einem letzten Anflug von Erregung, wie sie sie umfing und umschloß.

Die Sänger waren bereits am Kanal. Es war Ernestino – wie oft hatte er diesen Namen unter seinem Fenster gehört? Und der Baß, das war Pietro. Er besaß einen leichten Baß, der nichts Schwerfälliges an sich hatte. Es war trotz all seiner Tiefe ein reiner Ton. Der Geiger heute nacht war Felix.

Als das Boot unter der nahen Brücke davonschoß und in der Dunkelheit verschwand, wünschte er sich einen winzigen Augenblick lang, völlig betrunken zu sein, wünschte sich, er hätte die Geistesgegenwart besessen und sich auf der Piazza einen Krug Wein gekauft. Er kroch an der Wand entlang auf die *calle* zu. Die Steine waren so glitschig, daß er leicht ins Wasser hätte hineinrutschen können.

Wie sehen sie aus? Er hatte sie von seinem Fenster aus in der Dunkelheit nie richtig ausmachen können. Würden sie ihn erkennen?

Im Lichtschein, der aus einer offenen Tür fiel, erblickte er die kleine Truppe sofort. Der Große, Breite mit dem Bart und der groben Kleidung, das war Ernestino. Er brachte einer molligen Frau, die auf der Treppe saß und ihm freundlich zulachte, gerade ein Ständchen. Der Geiger tänzelte vor und zurück, während sein Bogen wild arbeitete. Die Musik war hell und süß.

Da erhob Tonio seine Stimme, eine Oktave höher als Ernestino, und stimmte in das Lied ein. Ernestinos Stimme schwoll an, Tonio konnte sehen, wie sich sein Gesichtsausdruck veränderte:

»Ach, ist denn das möglich!« rief er. »Das ist ja mein Seraph, mein Prinz aus dem Palazzo Treschi.«

Er breitete die Arme aus, packte Tonio, hob ihn hoch und wirbelte ihn herum, dann stellte er ihn wieder auf die Füße und sagte: »Aber Exzellenz, was machen Sie denn hier?«

»Ich möchte mit euch singen«, sagte Tonio. Er nahm den Krug

Wein, der ihm angeboten wurde, und trank. Der Wein füllte seinen Mund und floß ihm übers Kinn. »Wo immer ihr hingeht, ich möchte mit euch singen.«

Er warf den Kopf zurück. Der Regen fiel auf seine Augenlider, und er sang eine unendliche aufsteigende Reihe von Tönen, eine reine und herrliche Koloratur. Er hörte, wie das Echo seines Gesangs von den Wänden zurückgeworfen wurde. Es schien direkt bis zum Himmel, der über den Dächern zu sehen war, aufzusteigen. Ernestinos tiefere Stimme erhob sich jetzt, gab der seinen Auftrieb, fiel dann wieder zurück, um zu warten, während Tonio sich weiter emporschwang, um dann in verzückter Harmonie in die Schlußphrase einzustimmen.

Jemand rief laut »Bravo«, dann schienen die Mauern selbst Beifall zu klatschen, bis er dann so plötzlich erstarb, wie er begonnen hatte. Als die Münzen auf die nassen Steine aufschlugen, krabbelte Felix auf dem Boden herum, um sie einzusammeln.

Bis zum Morgengrauen zogen sie singend an den windigen Kais entlang, wanderten Arm in Arm durch das Spinnennetz der *calli*. Manchmal waren die Gassen so eng, daß sie hintereinander gehen mußten. Ihre Stimmen jedoch hatten etwas Übernatürliches. Tonio kannte all ihre Lieblingslieder, er brachte ihnen neue bei.

Wohin sie auch gingen, überall wurden die Fenster der Speisekammern aufgestoßen, hier und da verweilten sie auch, um einer verschwommenen Mädchengestalt ein Ständchen zu bringen. Tonio spürte, wie ihm das Blut im Kopf klopfte, aber es schien, als hätte seine Stimme niemals über eine solch schrankenlose Macht verfügt. Ernestino und Pietro paßten perfekt zu ihm. Wann immer er müde wurde, stachelten sie ihn dazu an, noch größere Kunststücke vorzuführen. Sie spendeten ihm sogar höchstpersönlich Applaus, wenn er hohe Töne sang und diese, als seine Lieder getragener wurden und sich in ihnen eine gewisse süße und schmeichelnde Traurigkeit offenbarte, lang und zärtlich anschwellen ließ. Die Nacht besaß weder Form noch Ende, und wenn der Mond sich hier und da aus den dichten Wolken befreien konnte, dann sah der Regen wie ein stiller, silberner Strom aus.

Traurigkeit, das war solch ein fesselndes Gefühl. Man konnte sich beinahe selbst vom Sinn und Zweck großen Kummers überzeugen.

Es war heller Tag.

Abfall lag auf der Piazza, Stimmen bellten unter den Arkaden hervor, kleine Gruppen von Maskierten tanzten Arm in Arm umher, ein ganzes Volk von schwarzverhüllten Menschen mit Gesichtern, die die Farbe von Totenschädeln hatten. Die große Kirche schimmerte und flackerte im Morgenregen, als wäre sie auf einen Seidenstoff gemalt, der vom Himmel herabhing.

Bettinas Gesicht war vom Schlaf noch ganz verquollen, sie steckte sich die Haare hoch und eilte dann auf ihn zu, um ihn zu bedienen.

Sie brachte ihm heißes Brot mit Butter, dazu starken türkischen Kaffee. Sie legte ihm die Serviette auf den Schoß, und als er seinen Kopf nicht heben wollte, nahm sie ihn in ihre Hände.

Er fuhr mit seinen Fingern die blasse Haut an ihrem Hals entlang und fragte:

»Liebst du mich?«

2

Es dauerte eine Woche, bevor er es überhaupt wagte, sich den Gemächern seiner Mutter zu nähern. Dort bekam er gesagt, daß sie in der Kirche sei. Dann wieder hieß es, sie schliefe gerade.

Als er das nächste Mal klopfte, war sie im Palazzo Lisani.

Immer, wenn er sie besuchen kommen wollte, war sie nicht da.

Am fünften Morgen schließlich lachte er laut heraus, als er vor ihrer Tür wieder umkehren mußte.

Dann verfiel er in ein gelähmtes Schweigen. Er konnte und wollte sich nicht mehr auf die Suche nach ihr machen.

Catrina Lisani kam, um ihm zu sagen, daß Carlo mit seinem in der Levante erworbenen stattlichen Vermögen sämtliche Schulden, die die Familie gehabt hatte und die beträchtlich gewesen waren, beglichen hatte und jetzt beabsichtigte, die alte Villa Treschi an der Brenta wiederherzustellen.

Tonio war von den nächtelangen Ausflügen mit den Sängern so müde, daß er ihr gar nicht richtig zuhörte.

»Er benimmt sich anständig, denkst du nicht auch?« fragte sie. »Er kommt seinen Pflichten nach. Dein Vater hätte es sich nicht besser wünschen können.«

In der Zwischenzeit hatte Carlo drei Bravos angeheuert, gedungene Schläger, die auf Bestellung auch einen Mord ausgeführt hätten, und ihn jetzt überallhin begleiteten. Es waren kräftige, schweigsame Leibwächter, die sich im Hause herumdrückten und dabei versuchten, mit den Schatten zu verschmelzen. Sie folgten ihm jeden Morgen, wenn er, gekleidet in seine neuen Patriziergewänder, das Haus verließ, um den Senatoren und Räten auf dem Broglio seine Aufwartung zu machen.

Er schmeichelte sich bei jedermann ein, und es war nun offensichtlich, daß er wieder ins bürgerliche Leben zurückzukehren gedachte.

Tonio hatte sich angewöhnt, allmorgendlich, nachdem er in der Nacht umhergewandert war, zur Piazzetta zu gehen. Dort beobachtete er dann aus der Ferne seinen Bruder. Er konnte nur vermuten, was dort besprochen wurde. Er sah Händeschütteln, Verbeugungen, hörte gedämpftes Lachen. Marcello Lisani erschien, zusammen gingen sie auf und ab, verloren sich vor einem Hintergrund aus Schiffsmasten und matt schimmerndem Wasser in der Menge.

Es dauerte nicht lange, bis Catrina herausfand, was Tonio nachts trieb. Er lebte nur für den Augenblick, wenn die Dunkelheit sich über das Haus legte, wenn sie ganz plötzlich aus dem winterlichen Himmel herabfiel. Dann war er draußen. Er stand in der *calle* und wartete, daß Ernestino und seine Sängertruppe ihn abholen kamen.

Catrina war aufgeregt. »Dann bist du also der Sänger, von dem alle reden. Aber so kannst du nicht weitermachen, Tonio, das ist dir doch klar. Du läßt dich von deinem Groll auffressen . . .«

Ach, aber warum hast du mir nicht davon erzählt, dachte er, sagte jedoch kein Wort. Seine Hauslehrer schimpften, er blickte weg. In Alessandros Gesicht stand deutlich zu lesen, daß er Angst hatte.

Es war fast Abend. Er hielt es nicht länger aus. Das Haus wirkte trübselig, das sanfte Dämmerlicht des Frühlings drang nur zögernd in die Zimmer. Als er an ihrer Tür lehnte, fühlte er sich zuerst ganz schwach, dann aber stemmte er sich, von plötzlichem Zorn erfaßt, gewaltsam gegen die Türflügel, bis der Riegel splitternd aus dem Holz brach. Dann stand er da und starrte in ihre leeren Gemächer.

Einen Augenblick lang konnte er in der Dunkelheit nicht einmal die vertrautesten Gegenstände erkennen. Dann gewöhnten sich seine Augen langsam an das Dunkel, und er sah, daß seine Mutter ganz still am Toilettentisch saß.

Hier und dort glänzte ein Lichtfunken auf ihren silbernen Bürsten und Kämmen. An ihrem Hals schimmerten Perlen. Er erkannte, daß sie in dieser einsamen Dunkelheit nicht ihr schwarzseidenes Trauerkleid trug, sondern ein Gewand in satten, strahlenden Farben, das mit kleinen Juwelen bestickt war, die wie winzige Punkte aus Licht glitzerten und wieder verloschen, als sie die Hände vors Gesicht schlug.

»Warum hast du meine Tür zertrümmert?« flüsterte sie.

»Warum hast du nicht auf mein Klopfen geantwortet?«

Er konnte jetzt ihre weißen Finger ausmachen, die sie ins Haar gekrallt hatte. Dann schien es, als würde sie die Arme über der Brust kreuzen wie eine Heilige und ihren Kopf neigen. Er sah ihren weißen Nacken, ihr Haar, das sich dort teilte und wie ein Schleier vor ihr Gesicht fiel.

»Was wirst du tun?« fragte sie plötzlich.

»Was ich tun werde? Was kann ich denn tun?« entgegnete er wütend. »Warum stellst du mir diese Frage? Stelle sie meinen Vormunden. Stelle sie den Anwälten meines Vaters. Es liegt nicht in meiner Hand, es hat nie in meiner Hand gelegen. Aber du, was tust du?«

»Was *willst* du denn von mir?« flüsterte sie.

»Warum hast du es mir nie gesagt!« Er kam ganz dicht an sie

heran, sein Gesicht mit den entblößten Zähnen eine Grimasse. »Warum! Warum mußte ich es aus seinem Mund erfahren, daß du jenes Mädchen warst, daß ihr beide . . .«

»Hör auf damit, um Himmels willen, hör auf!« rief sie. »Schließ die Tür, schließ die Tür!« Plötzlich sprang sie auf und rannte an ihm vorbei. Sie schloß die Türflügel, die er aufgestemmt hatte, stürzte dann zum Fenster und zog die schweren Samtvorhänge zu, so daß sie beide nun in vollkommene Dunkelheit gehüllt waren.

»Warum quälst du mich?« flehte sie. »Was habe ich denn mit eurer Rivalität zu tun? Großer Gott, Tonio, mein halbes Leben lang habe ich in diesem Haus gesessen und dir Märchen vorgelesen! Damals war ich noch ein Kind. Ich war nicht älter, als du es heute bist! Ich wußte nichts von der Welt, und so ging ich mit ihm, als er mich holen kam!

Aber es dir sagen, wie hätte ich es dir sagen sollen? Nachdem man Carlo in die Verbannung geschickt hatte, hätte mich Seine Exzellenz für den Rest meines Lebens wieder in der Pietà oder irgendeinem schlimmeren Ort einsperren können! Ich besaß keine Ehre mehr und auch sonst nichts, bis er mich hierherbrachte, mich heiratete und mir seinen Namen gab. Lieber Gott, ich habe fünfzehn Jahre lang versucht, jene Signora Treschi, deine Mutter, zu sein, die er sich wünschte. Aber es dir sagen, wie hätte ich es dir denn sagen sollen? Gütiger Himmel, ich habe Carlo angefleht, dir nichts davon zu sagen! Aber Tonio, außer den wenigen Nächten, die ich mit ihm verbrachte, als ich noch ein Mädchen war, habe ich das Leben einer Nonne geführt. Was aber habe ich verbrochen, um das zu verdienen? Siehst du hier das Gesicht und die Gestalt einer Heiligen? Ich bin eine Frau, Tonio.«

»Aber Mamma, jetzt lebst du mit ihm unter dem Dach meines Vaters . . .«

Er spürte ihre Hände, noch bevor er hörte, daß sie sich bewegt hatte. Sie tastete nach seinem Mund, um ihn zum Schweigen zu bringen, sogar die Augen hielt sie ihm zu, obwohl er ohnehin nichts sehen konnte. Ihre Finger lagen nun warm und zitternd auf seinen Lidern, ihre glatte Stirn hatte sie wie einen Stein an seine Lippen gedrückt und sich mit ihrem ganzen Körper an ihn gepreßt.

»Bitte, Tonio . . .« Sie schluchzte leise. »Es spielt keine Rolle, was ich jetzt mit ihm mache. Ich kann an dieser Rivalität nichts ändern. Du bist machtlos, ich bin machtlos. Oh, bitte, bitte . . .«

»Halte zu mir, Mutter«, flüsterte er. »Egal, was gewesen ist, halte jetzt zu mir, ich bin dein Sohn, Mutter, ich brauche dich.«

»Ich halte zu dir, ganz gewiß. Aber ich besitze keine Macht, ich habe nie welche besessen.«

Er spürte ihren Kopf in der Beuge seines Halses, spürte, wie sich ihre weichen Brüste hoben und senkten. Langsam hob er seine rechte Hand und streichelte ihr über die seidige Fülle des Haares.

»Das hier *muß* vorbeigehen«, flüsterte er.

Ende des Monats schließlich erlitt Carlo bei seiner ersten Wahl eine Niederlage. Die älteren Mitglieder des Großen Rates sprachen abermals davon, ihn im Ausland zu stationieren. Seine jungen Gefährten widersetzten sich dem.

An den umfangreichen Klauseln von Andreas Testament gab es nichts zu deuteln. Neben der klaren Verfügung, daß sein älterer Sohn nicht heiraten dürfe, befand sich dort eine weitere Klausel, die unanfechtbar war:

Andrea hatte für seine Besitztümer die Erbfolge bestimmt. Das bedeutete, daß sie niemals geteilt oder verkauft und nur an die Söhne von Marc Antonio Treschi weitervererbt werden durften. Carlo konnte also tun, was er wollte, die Zukunft der Familie gehörte Tonio. Nur wenn Tonio ohne Nachkommen sterben oder er sich als zeugungsunfähig erweisen sollte, sollten Carlos Erben anerkannt werden.

Carlo jedoch lehnte sich diesmal nicht auf. Die alten Freunde seines Vaters hatten ihn gewarnt, daß es ein Skandal wäre, die Wünsche seines toten Vaters anzufechten, und er schien dies zu akzeptieren. Sein Geld verschwendete er weiterhin auf die Haushaltung, einschließlich erhöhter Löhne für die Hauslehrer seines Bruders.

Er akzeptierte sämtliche niedrigen Pflichten, die ihm der Staat auftrug, und machte sich daran, jedermann von Bedeutung zufriedenzustellen. Bald war er das Musterbild eines Patriziers und genoß das Leben. Er tat nichts Ungehöriges, besuchte aber alle und jeden, speiste überall, spielte, wenn er die Zeit hatte, ging ins Theater und ließ alle Leute wissen, daß er ein echtes Kind seiner Heimatstadt war.

Tonio dagegen war niemals zu Hause. Oft schlief er mit Bettina in dem Zimmer über der kleinen Taverne, die ihrem Vater gehörte und nicht weit von der Piazza entfernt lag. Zweimal stauchten ihn seine Cousins, die Lisani, für sein Verhalten zusammen, warnten ihn, daß er den Zorn des Großen Rates auf sich ziehen würde, wenn er nicht langsam anfinge, sich wie ein Patrizier zu benehmen.

Aber sein Leben fand in den schmalen Gassen statt. Es fand in Bettinas Armen statt.

Als am Ostersamstag die Glocken läuteten, war Tonios Stimme in den Straßen von Venedig zur Legende geworden.

In den *calli* jenseits des Canal Grande hatten die Leute begonnen, Ausschau nach ihm zu halten. Sie erwarteten ihn bereits. Ernestino hatte noch nie einen solch goldenen Regen von Münzen gesehen. Tonio schenkte ihm alles.

Das erlesene Vergnügen, das er in diesen Nächten erlebte, war alles, was er sich wünschte, aber nicht einmal er selbst begriff ganz, warum das so war.

Er wußte nur, daß er sich, wenn er zum Himmel voller Sterne hinaufsah, wenn der Wind lind und salzig von der See her wehte, aus voller Kehle den wildesten Liebesliedern hingeben konnte. Vielleicht war seine Stimme alles, was ihm aus jener noch gar nicht so lange zurückliegenden Zeit geblieben war, in der sie Vater, Mutter und Sohn gewesen waren und die Familie der Treschi verkörpert hatten. Manchmal träumte er beim Singen von Caffarelli, stellte sich vor, selbst auf einer solchen Bühne zu stehen. Dies hier jedoch war süßer und unmittelbarer, es lagen mehr Trost, Kummer und Pathos darin.

Oben weinten die Leute. Sie riefen Liebesschwüre, während sie ihre Börsen leerten. Sie wollten den Namen dieses engelgleichen Soprans wissen, man schickte Lakaien hinunter, um ihn und seine kleine Truppe hinauf in elegante Speisezimmer zu bitten. Tonio aber nahm keine dieser Einladungen an.

Wenn es auf die Morgenstunden zuging und der Himmel blasser wurde, folgte er Ernestino jedoch zu dessen Lieblingsplätzen.

»In meinem ganzen Leben«, sagte Ernestino, »habe ich noch keine Stimme wie die Ihre gehört. Sie ist ein Geschenk Gottes. Aber singen Sie, solange Sie noch können, denn es wird nicht mehr lange dauern, bis Sie diese hohen Töne für immer verlieren.«

Tonio spürte durch den angenehmen Schleier seiner Trunkenheit hindurch, wie die Worte ihre offensichtliche Bedeutung annahmen. Ernestino hatte vom Mannesalter gesprochen, dem Verlust von all dem hier und von noch so vielem mehr.

»Passiert das ganz plötzlich?« murmelte er. Er hatte den Kopf gegen die Mauer gelehnt. Er hob den Krug und spürte den Wein die Kehle herunterrinnen. Das war in letzter Zeit zu oft der Fall, aber er mußte die Bitterkeit aus seinem Mund spülen.

»Mein Gott, Exzellenz, kennen Sie denn keinen Jungen, der gerade im Stimmbruch ist?«

»Nein, abgesehen von einem alten Mann und einer sehr jungen Frau hatte ich niemanden um mich«, sagte er. »Über Jungen weiß ich gar nichts, über Männer weiß ich kaum etwas. Letztendlich weiß ich auch nur sehr wenig über das Singen.«

Am anderen Ende der *calle,* in der sie standen, war plötzlich eine Gestalt aufgetaucht. Sie füllte die Gasse aus, schien die Mauern auf beiden Seiten zu berühren, und Tonio hatte plötzlich das Gefühl, daß er vorsichtig sein sollte.

»Manchmal geschieht es rasch«, sagte Ernestino eben. »Manchmal zieht es sich auch über lange Zeit hin, das weiß man vorher nie. Der Betreffende kann dann nur noch unsaubere Töne von sich geben. Aber so groß wie Sie für Ihr Alter sind, Exzellenz, und ... und ...« Er lächelte leise und nahm den Krug. Tonio wußte, daß er Bettina meinte. »... nun, da kommt es vielleicht schneller als bei den meisten.« Dabei ließ er es bewenden. Er legte Tonio seinen schweren Arm auf die Schulter und führte ihn weiter.

Die Gestalt war verschwunden.

Tonio lächelte, doch niemand sah es. Er dachte daran, was sein Vater einst zu ihm gesagt hatte. Es waren beinahe seine letzten Worte gewesen. Plötzlich machte ihn der Schmerz ganz taub.

»Wenn du erst einmal die Entscheidung getroffen hast, daß du ein Mann bist, dann wirst du auch einer werden.« Konnte der Verstand den Körper denn auf diese Weise beeinflussen? Er schüttelte den Kopf. Auf einmal war er fürchterlich zornig auf Andrea.

Sie hatten den Kanal erreicht. Ein Stück weiter vorn sahen sie im düsteren Schatten der Brücke, wo sich die Gondolieri versammelten, Laternen brennen.

Dort sah Tonio den Unbekannten abermals. Er war sich aufgrund der breiten Statur und der Körpergröße sicher, daß es sich um ein und dieselbe Person handelte. Der Mann stand da und beobachtete sie ganz offensichtlich.

Tonio faßte mit der Hand an seinen Degen und stand einen Augenblick wie angewurzelt da.

»Exzellenz, was ist los?« fragte Ernestino. Sie waren nur wenige Schritte von Bettinas Taverne entfernt.

»Der Mann dort«, murmelte Tonio, und ein Verdacht ließ ihm übel werden. Schickst du mir auf diese Weise den Tod, irgendeinen gedungenen Mörder? Er hatte das Gefühl, als hätte er den tödlichen Stoß bereits empfangen und dies wäre nun nicht mehr das Leben, sondern irgendein alptraumhafter Ort, an dem jener Wächter an der Brücke stand und diese Fremden ihn auf eine Pforte ins Nichts zutrieben.

»Das hat nichts zu sagen, Exzellenz«, sagte Ernestino. »Das ist nur der Maestro aus Neapel. Ein Gesangslehrer, der hergekommen ist, um Jungen mit schöner Stimme zu suchen. Haben Sie ihn noch nie zuvor gesehen? Er folgt Ihnen wie ein Schatten.«

Es dämmerte, als Tonio am Tavernentisch seinen Kopf aus trunkenem Schlaf erhob. Bettina saß neben ihm. Er spürte ihren Arm, den sie unter seinen Rock geschoben hatte, warm an seinem Rücken. Es hatte den Anschein, als wolle sie ihn vor der aufgehenden Sonne schützen. Ernestino war gerade in einen heftigen, aber völlig zusammenhanglosen Streit mit ihrem Vater verwickelt.

An der Wand bei der Tür stand ein stämmiger Mann mit braunem Haar, großen, drohenden Augen und einer eingedrückten Nase, die wirkte, als hätte sie jemand eingeschlagen. Er war jung, trug einen abgerissenen Rock und einen Degen mit Messingknauf. Als Tonio seinen Humpen hob, starrte er ihn mit wildem Blick an.

3

In San Marco herrschte fast völlige Dunkelheit. Nur ein paar verstreute Kerzen schickten ihr pulsierendes Licht durch die riesige Kirche und verliehen den goldenen Mosaiken einen ganz schwachen Schimmer. Der gute Beppo, der alte Kastrat, der Tonios Lehrer war, hielt eine einzelne Wachskerze in der Hand, während er den jungen Maestro aus Neapel, Guido Maffeo, ängstlich anstarrte.

Tonio stand allein im linken Chor. Er hatte gerade aufgehört zu singen. Das entfernte Echo seines letzten Tons hing noch in der Luft. Alessandro verharrte still. Er hatte die Hände hinter dem Rücken verschränkt und blickte zu Beppo und Guido Maffeo, die er beide überragte, hinunter. Er war der erste, der sah, wie sich Maffeos Gesichtszüge verzerrten. Beppo hatte es nicht bemerkt und war deshalb beim ersten kehligen Wort, das der Süditaliener ausstieß, sichtlich verblüfft.

»Aus einer der einflußreichsten Familien Venedigs!« Guido wiederholte Beppos Worte. Er beugte sich leicht nach vorn, um dem alten Eunuchen wütend ins Gesicht zu starren. »Sie haben mich hierhergebracht, damit ich einen venezianischen Patrizier singen höre!«

»Aber Signore, das ist die schönste Stimme in ganz Venedig.«

»Ein venezianischer Patrizier!«

»Aber Signore . . .«

»Signore«, mischte sich Alessandro sanft ein, »Beppo war vermutlich nicht klar, daß Sie Schüler für das Conservatorio suchen.« Alessandro hatte von Anfang an geahnt, daß da ein Mißverständnis vorlag.

Beppo aber verstand immer noch nicht. »Aber Signore«, beharrte er, »ich wollte . . . ich wollte, daß Sie diese Stimme zu Ihrem Vergnügen hören!«

»Zu meinem Vergnügen hätte ich auch in Neapel bleiben können«, knurrte Guido.

Alessandro drehte sich zu Beppo um und sagte, wobei er diesen unmöglichen Süditaliener gar nicht beachtete, in seinem weichen venezianischen Dialekt: »Beppo, der Maestro sucht nach kastrierten Kindern.«

Beppo war ganz elend zumute.

Tonio war von der Chorempore herabgestiegen. Seine schlanke, dunkel gekleidete Gestalt tauchte in der Düsternis auf.

Er hatte ohne Begleitung gesungen. Seine Stimme hatte die Kirche mühelos gefüllt und eine fast gespenstische Wirkung auf Guido ausgeübt.

Der Junge war dem Mannesalter schon so nahe, daß seine Stimme bereits ihre Unschuld verloren hatte. Offensichtlich hatte langjähriges Üben zu deren Vollkommenheit beigetragen. Es war jedoch eine natürliche Stimme, die über eine große Tonreinheit verfügte. Obwohl es der Sopran eines Jungen war, lagen bereits die seelischen Empfindungen eines Mannes darin.

Tonios Vortrag hatte noch weitere Qualitäten, die genauer zu definieren sich Guido, der ärgerlich und erschöpft war, jedoch weigerte.

Er starrte den Jungen an, der fast so groß war wie er selbst. In jenem Augenblick, in dem er die Stimme von der Chorempore her gehört hatte, erkannte er, daß es in der Tat so war, wie er vermutet hatte: Dies war der herumstreunende Edelmann, der nachts durch die Straßen zog, der dunkeläugige, weißhäutige Junge mit einem Gesicht, das wie aus reinstem Marmor gemeißelt wirkte. Er besaß eine schmale, elegante Statur, wirkte wie von Botticelli gemalt. Als er sich vor seinen Lehrern verbeugte – so als wären sie gar nicht seine Untergebenen –, zeigte er nichts von jener angeborenen Überheblichkeit, die Guido bei den Aristokraten sonst stets beobachtet hatte.

Ihm fiel jedoch auf, daß der Junge trotz all seiner Höflichkeit einen unnahbaren Gesichtsausdruck zeigte. Er verließ die Versammlung mit einer respektvollen, aber gleichgültigen Entschuldigung.

»Sie müssen meine Entschuldigung akzeptieren, Signore«, sagte

Alessandro. »Beppo hatte nicht die Absicht, Ihnen Ihre Zeit zu stehlen.«

»O nein. Nein, nein, nein ... neineinein!« murmelte Beppo in allen Betonungsvarianten, die in einem Satz möglich waren.

»Und dieser arrogante Junge, wer ist das?« wollte Guido wissen. »Dieser Patriziersohn mit der Kehle aus Gold, den es nicht einmal kümmert, welchen Eindruck seine Stimme gemacht hat?«

Das war zuviel für Beppo, Alessandro ergriff die Initiative und schickte ihn fort.

»Wenn Sie mir verzeihen wollen, Maestro«, sagte er dann und bückte sich, um in dieses grimmige, dunkle Gesicht vor ihm zu blicken. Er hatte Beppos Kerze genommen. »Der Junge hat nicht den leisesten Zweifel daran, daß seine Stimme jedem gefällt, der sie hört, obwohl er natürlich niemals ein so schlechtes Benehmen an den Tag legen und es auch sagen würde. Und bitte verstehen Sie, daß er heute nur hierhergekommen ist, um seinem Lehrer eine Gefälligkeit zu erweisen.«

Dieser Bauer aber war nicht nur ungehobelt, man konnte ihn auch nicht beleidigen. Er hörte Alessandro nicht einmal zu. Statt dessen rieb er sich mit beiden Händen an den Schläfen, als hätte er Kopfschmerzen.

Erst in diesem Augenblick, als er, die Kerze in der Hand, ganz nahe vor dem Fremden stand, erkannte Alessandro plötzlich, daß er einen ungewöhnlich stämmigen Kastraten vor sich hatte. Er musterte das glatte Gesicht. Nein, da war nie ein Bart gewachsen. Das hier war auch ein Eunuch.

Fast hätte er gelacht. Er hatte ihn, der ein Messer in seinem Gürtel trug, für einen unversehrten Mann gehalten. Alessandro hatte plötzlich merkwürdig gemischte Gefühle. Seine Haltung gegenüber Guido wurde ein wenig milder, nicht weil er ihm leid tat, sondern weil er ein Mitglied einer großen Bruderschaft war, die die klare Schönheit von Tonios Stimme wahrscheinlich mehr zu schätzen wußte als irgendwer sonst.

»Wenn Sie mir gestatten, Signore, dann könnte ich Ihnen einige andere Jungen empfehlen. In San Giorgio gibt es einen Eunuchen ...«

»Ich habe ihn gehört«, sagte Guido leise und mehr zu sich selbst als zu Alessandro. »Gibt es die geringste Chance, daß dieser Junge ... Ich meine, was genau bedeutet ihm seine Begabung?« Aber bevor er noch zu Alessandro hochsah, wußte er, daß seine Frage vollkommen lächerlich war.

Alessandro hielt sie nicht einmal einer Antwort würdig.

Schweigen breitete sich zwischen ihnen aus. Guido hatte ihm den Rücken zugewandt und war auf dem unebenen Steinboden ein paar Schritte weit gegangen. Die Flamme der Wachskerze zitterte in Alessandros Hand. Und in diesem schlechten Licht schien es, als könne er das Seufzen, das dem Gesangslehrer entschlüpfte, um so deutlicher hören.

»Würden Sie Ihrem jungen Freund, dem Patrizier, bitte meinen Dank übermitteln?« murmelte Guido niedergeschlagen.

Sie gingen zusammen zur Tür.

Als Alessandro jedoch seine Hand schon auf dem Türknauf hatte, hielt er inne.

»Aber sagen Sie mir«, meinte er vertraulich. »Was halten Sie wirklich von seiner Stimme?«

Sofort bereute er seine Worte. Dieser dunkle, kleine Mann war zu allem fähig. Zu seiner Überraschung jedoch sagte Guido nichts. Er stand da, funkelte die halb abgebrannte Kerze an, dann wurde sein Gesicht glatt und philosophisch. Abermals spürte Alessandro, daß der andere von heftigen Gefühlen bewegt wurde. Es waren sehr starke und verwirrende Gefühle.

Dann lächelte Guido Alessandro wehmütig an: »Was ich davon halte? Ich wünschte, ich hätte sie nie gehört.«

Und Alessandro lächelte ebenfalls.

Sie waren Musiker, sie waren Eunuchen, sie verstanden einander.

Es regnete, als er schließlich am Palazzo ankam. Er hatte gehofft, daß Tonio vor der Kirche auf ihn warten würde, aber das war nicht der Fall gewesen. Als Alessandro dann die Bibliothek neben dem Großen Salon betrat, sah er, daß Beppo immer noch ganz außer sich war. Er hatte die ganze demütigende Geschichte Angelo geklagt, der ihr lauschte, als wäre er Zeuge irgendeines Frevels, der dem Namen der Treschis angetan worden war.

»Es ist alles Tonios Schuld«, sagte Angelo schließlich. »Er sollte diese Singerei aufgeben. Haben Sie mit der Signora gesprochen? Wenn Sie nicht mit ihr sprechen, dann werde ich es nämlich tun.«

»Es hat nichts mit Tonio zu tun«, sagte Beppo. »Wie sollte ich denn auch wissen, daß er auf der Suche nach kastrierten Kindern war? Ich hatte keine Ahnung, daß er nach kastrierten Kindern suchte. Er hat mir gegenüber von Stimmen gesprochen, beispielhaften Stimmen. Er sagte zu mir: ›Sagen Sie mir, wo ich die . . .‹ Ach, das ist schrecklich, so schrecklich.«

»Es ist aber auch vorbei«, meinte Alessandro ruhig.

Er hatte gerade gehört, wie sich die Eingangstür des Palazzo geschlossen hatte. Inzwischen kannte er Carlos Schritt ganz genau.

»Eigentlich sollte Tonio jetzt hier in der Bibliothek sein«, erklärte Angelo entschieden, »bei seinen Studien.«

»Aber woher sollte ich das denn wissen? Er sagte: ›Sagen Sie mir, wo ich die schönsten Stimmen finden kann!‹ Ich antwortete ihm: ›Signore, Sie sind in eine Stadt gekommen, in der Sie an jeder Ecke die schönsten Stimmen finden können, aber wenn Sie . . . wenn Sie . . .‹«

»Werden Sie mit der Signora reden?« fragte Angelo und sah zu Alessandro auf.

»Und Tonio war wunderbar, Alessandro, du weißt, daß er das war . . .«

»Werden Sie mit der Signora sprechen?« Angelo schlug mit der Faust auf den Tisch.

»Worüber soll er mit der Signora sprechen?«

Angelo war aufgestanden. Es war Carlo, der das gesagt hatte, als er den Raum betrat.

Alessandro bat mit einer raschen Geste um Stillschweigen. Er sah Carlo nicht an. Diesem Mann wollte er nicht das geringste bißchen Macht über Tonio geben, und so sagte er jetzt leise: »Tonio war mit mir auf der Piazza, obwohl er sich seinen Studien hätte widmen sollen. Es war meine Schuld, Exzellenz, vergeben Sie mir. Ich werde dafür sorgen, daß das nicht wieder vorkommt.«

Wie erwartet, ließ das den Herrn des Hauses gleichgültig.

»Aber worum ging es denn eben bei Ihrem Gespräch?« sagte er und zeigte dabei fast hartnäckiges Interesse.

»Ach, um einen gräßlichen Irrtum, einen dummen Irrtum«, sagte Beppo, »und jetzt ist dieser Mann böse auf mich. Er hat mich beleidigt. Außerdem war er ganz grob zu unserem jungen Herrn, was soll ich jetzt nur zu ihm sagen?«

Das war zuviel für Alessandro. Er hob seine Hände und zog sich mit einer Entschuldigung zurück, als Beppo begann, die ganze Geschichte in allen Einzelheiten zu erzählen. Nicht einmal den Namen des Kirchenliedes, das Tonio in der Kirche gesungen hatte, vergaß er zu erwähnen, auch nicht, wie schön sein Gesang geklungen hatte.

Carlo gab ein kurzes Lachen von sich und wandte sich der Treppe zu. Dann hielt er, die Hand auf dem marmornen Geländer, plötzlich inne. Er blieb reglos stehen und wirkte dabei wie jemand, der auf einmal einen so heftigen Schmerz in der Seite verspürt, daß er sich nicht mehr bewegen kann.

Schließlich drehte er ganz langsam den Kopf und starrte den alten Kastraten an.

Der entrüstete Angelo las bereits wieder in seinem Buch. Der alte Eunuch stand da und schüttelte den Kopf.

Carlo machte ein paar Schritte auf sie zu.

»Erzählst du mir das Ganze noch einmal?« fragte er leise.

4

Der Himmel war perlmuttfarben. Tonio saß am Eßtisch und blickte durch das nächstgelegene Fenster, das aus mehr als vierzig einzelnen Glasscheiben bestand und dessen himmelblauer Vorhang zurückgebunden war. Regen lief an den Scheiben herunter. Manchmal, wenn draußen jemand mit einer Laterne vorbeiging, glitzerte er golden, während der Hintergrund dunkel wurde. Sobald das Licht dann vorbeigezogen war, zeigten sich auf der anderen Seite des Wassers wieder die düsteren Häusergebilde, und der Himmel schimmerte so perlmuttfarben wie zuvor.

Er war gerade dabei, zu einer Melodie ein paar Verse zu dichten, in denen es hieß, die Dunkelheit solle früh hereinbrechen, sie solle ihm die Türen und Straßen öffnen, so daß er dieses Haus verlassen konnte. Er war müde und sehr beschämt. Wenn Ernestino und die anderen den Regen scheuten, dann würde er allein losziehen, er würde sich einen Ort zum Singen suchen, einen Ort, wo er, anonym und vom Wein betäubt, singen konnte, bis er alles vergessen hatte.

An diesem Nachmittag hatte er San Marco mit dem Gefühl der Verzweiflung verlassen. An diesem Ort hatte er an die vielen Prozessionen seiner Kindheit denken müssen, an seinen Vater, wie er hinter dem Baldachin des Dogen einhergeschritten war, an den Geruch von Weihrauch, an jene endlosen, glasklaren Wellen ätherischen Gesangs.

Danach war er mit seiner Cousine Catrina deren Tochter Francesca in dem Kloster besuchen gegangen, in dem sie untergebracht war, bis sie seine Frau werden sollte. Schließlich waren sie in dem unablässigen Regen wieder nach Hause gegangen, wo er mit Catrina allein war.

Sie hatten ganz gewiß nicht vorgehabt, sich zu lieben, diese Frau, die älter als seine Mutter war, und er. Aber sie hatten es getan. Das Zimmer war warm gewesen, erfüllt vom Schein des Kaminfeuers und ihrem Parfüm. Sie hatte über seine Geschicklichkeit gestaunt und über die Kraft, mit der er sich zwischen ihren Beinen bewegte. Ihr Körper war so sinnlich und üppig gewesen, wie er ihn sich stets vorgestellt hatte. Hinterher hatte er eine entsetzliche Scham verspürt und das Gefühl gehabt, die Grundfesten seines Lebens seien erschüttert.

»Warum benimmst du dich so?« hatte sie wissen wollen. Er müsse dieses nächtliche Umherziehen aufgeben, es hätte nie eine Zeit gegeben, in der vorbildliches Verhalten so wichtig war wie jetzt. Eine merkwürdige Strafpredigt, bemerkte er leise aus seiner Laube aus duftenden Kissen hervor. »Wie kann es sein, daß sein Groll dir so zusetzt?« beharrte sie.

Er wußte darauf keine Antwort. Was sollte er sagen? Warum hast du mir nicht gesagt, daß Marianna jenes Mädchen war? Warum hat es mir denn niemand gesagt?

Aber er brachte kein Wort heraus, denn langsam wuchs in ihm Angst. Sie wuchs mit jedem Tag, der verging, und wurde immer schrecklicher. Er wandte sich von Catrina ab.

»Ist schon gut, mein Troubadour«, hatte sie geflüstert. »Sing, solange du noch kannst. Es gibt junge Männer, die weit Schlimmeres getan haben.« Und während sie ihn sanft und aufreizend zwischen den Beinen streichelte, sagte sie: »Dir bleibt, weiß der Himmel, nicht mehr viel Zeit, um diesen wunderschönen Sopran zu genießen.«

Eine Stimme in der leeren Kirche, von den goldenen Wänden zurückgeworfen, kam ihm in den Sinn, wie um sich über ihn lustig zu machen.

Aber er war nach Hause gegangen. Warum? Um von Lena zu hören, daß Alessandro mit der Begründung, seine Dienste als Tonios Hauslehrer seien überflüssig, von seinem Bruder entlassen worden war? Alessandro war fort. Seine Mutter befand sich irgendwo für ihn unerreichbar hinter verschlossenen Türen.

Als er jetzt allein am Eßtisch saß, an dem er seit Monaten nicht mehr gesessen hatte, vernahm er Schritte, Schritte, die dieses Zimmer betraten. Aber er rührte sich nicht, als er hörte, wie sich jene massiven Türen knarrend schlossen, zuerst die eine Flügeltür, dann eine weitere.

Das Licht veränderte sich, oder?

Ich kann ihm nicht ewig aus dem Weg gehen.

Der Himmel verdunkelte sich. Von dem Platz aus, an dem er saß, konnte er bis zum Rand des Wassers sehen. Er hielt seinen Blick fest dorthin gerichtet, selbst als sich ihm zwei Gestalten näherten. Beinahe verzweifelt leerte er den silbernen Becher mit Wein. Sie ist ebenfalls gekommen, dachte er. Das hier ist die reinste Höllenqual.

Eine Hand wurde ausgestreckt, um den Becher wieder mit Wein zu füllen.

»Laß uns jetzt allein«, sagte sein Bruder.

Er hatte diese Worte an den Diener gerichtet, der die Flasche Wein abstellte und sogleich verschwand.

Tonio drehte sich langsam um. Ah, ja, sie ist es, sie ist bei ihm. Die Kerzen blendeten ihn. Er hob die Hand, um seine Augen abzuschirmen, dann sah er, was er zu sehen geglaubt hatte, nämlich daß ihr Gesicht rot und geschwollen war.

Sein Bruder schien ungewöhnlich grob, so als hätte ihn irgendein Streit an den Rand seiner Beherrschung gebracht. Als er sich dann, die Hände fest auf den Tisch gestützt, nach vorn lehnte, dachte Tonio zum ersten Mal: Ich verachte dich! Ja, es ist wahr, ich verachte dich!

Diesmal aber war da kein Lächeln. Da war keine Verstellung. Sein Gesicht war hart.

»Sag es ihm«, meinte sein Bruder.

Tonio blickte langsam auf.

Seine Mutter starrte Carlo an.

»Sag es ihm!« sagte Carlo immer wieder. Sie aber drehte sich um und wollte das Zimmer verlassen. Carlo war jedoch schneller und packte sie am Handgelenk. »Sag es ihm.«

Sie schüttelte den Kopf und sah Carlo dabei an, als könne sie nicht glauben, daß er ihr das antat.

Tonio erhob sich langsam vom Tisch, damit ihn die Kerzen nicht mehr blendeten und er sie besser sehen konnte, besser sehen konnte, wie ihr Gesicht zornig wurde.

»Sag es ihm jetzt in meiner Gegenwart!« brüllte Carlo.

Sie jedoch schrie, als hätte sie sich von ebendieser Wut anstecken lassen: »So etwas tue ich nicht, jetzt nicht, niemals.« Sie begann zu zittern. Ihr Gesicht verknitterte wie das eines kleinen Kindes. Carlo packte sie plötzlich mit beiden Händen und begann sie zu schütteln.

Tonio rührte sich nicht. Er wußte, daß er für nichts mehr garantieren konnte, wenn er es tat. Daß seine Mutter diesem Mann gehörte, stand jetzt außer Zweifel.

Aber Carlo hatte aufgehört.

Marianna stand da und hielt sich die Ohren zu. Dann sah sie Carlo wieder an. Ihr Mund sagte »nein«, aber ihr Gesicht war dabei so verzerrt, daß sie fast nicht mehr wiederzuerkennen war.

Es schien, als würde wieder jenes Brüllen in Carlo aufsteigen, das wie der Schrei eines Mannes klang, der einen Tod beklagte, den er niemals akzeptieren konnte. Er schlug ihr mit voller Kraft ins Gesicht.

Sie taumelte mehrere Schritte rückwärts.

»Carlo, wenn du sie noch einmal schlägst«, sagte Tonio, »dann ist es zwischen uns entschieden, und zwar für immer.«

Das war das erste Mal, daß Tonio ihn beim Namen genannt hatte, aber es war nicht zu erkennen, ob Carlo das gemerkt hatte.

Er starrte geradeaus und schien nicht zu hören, daß Marianna weinte. Sie zitterte immer heftiger und begann plötzlich zu schreien:

»Ich werde nicht zwischen euch wählen, nein, das werde ich nicht!«

»Sag ihm vor Gott und mir jetzt die Wahrheit!« brüllte Carlo.

»Es reicht!« sagte Tonio. »Quäle sie nicht. Sie ist genauso hilflos wie ich. Was könnte sie mir sagen, das irgend etwas ändern würde? Daß du ihr Liebhaber bist?«

Tonio sah sie an. Er konnte es nicht ertragen, sie so leiden zu sehen. Ihr Schmerz schien jetzt viel größer zu sein als in all den Jahren voller Einsamkeit.

Er wünschte, er könnte sie auf irgendeine Weise, durch einen stummen Blick, durch die Färbung seiner Stimme, wissen lassen, daß er sie liebte und daß er nichts weiter von ihr erwartete.

Er sah wieder weg, dann blickte er wieder zu dem Mann hoch, der sich ihm jetzt zugewandt hatte.

»Es hat keinen Zweck«, sagte Tonio. »Nicht einmal euch beiden zuliebe kann ich meinem Vater zuwiderhandeln.«

»Deinem Vater?« flüsterte Carlo. »Deinem Vater!« Er spuckte die Worte förmlich aus, dann schrie er, so als würde er sich kurz vor einem hysterischen Anfall befinden:

»Sieh mich an, Marc Antonio!« Er trat rasch auf Tonio zu. »Sieh mich an. Ich bin dein Vater!«

Tonio schloß die Augen.

Die Stimme aber, die jetzt lauter und dünner wurde und kurz davor stand zu brechen, fuhr fort:

»Sie hat dich bereits unter ihrem Herzen getragen, als sie in dieses Haus kam. Du bist die Frucht unserer Liebe! Ich bin dein Vater, und jetzt stehe ich hier, und man hat mir meinen unehelichen Sohn vor die Nase gesetzt. Es ist unglaublich! Du bist mein Sohn, aber man hat dich mir vor die Nase gesetzt. Das ist es, was sie dir sagen kann und muß!«

Er hielt inne, die Stimme erstarb ihm in der Kehle.

Als Tonio die Augen öffnete, sah er durch seinen Tränenschleier, daß Carlos Gesicht voller Qual war und daß Marianna neben ihm stand und ihm den Mund zuhielt. Carlo stieß sie heftig von sich, so daß sie rückwärts taumelte.

»Er hat mir meine Frau genommen«, rief Carlo. »Er hat mir meinen Sohn genommen, dieses Haus hat er mir genommen, Venedig und meine Jugend, und ich sage dir, er wird nicht länger die Oberhand haben! Sieh mich an, Tonio, sieh mich an! Unterwirf dich mir! Sonst kann ich, so wahr mir Gott helfe, nicht mehr für deine Sicherheit garantieren!«

Tonio schauderte.

Es war, als würden ihm diese Worte einen körperlichen Schlag versetzen, dennoch waren sie so rasch verklungen, daß er sich kaum mehr an sie, an ihre genaue Bedeutung, erinnern konnte. Da war nur ein unbarmherziges, gedämpftes Hämmern.

Überall im Zimmer ringsum schien sich Traurigkeit zu verbreiten. Sie war wie eine große Wolke, die an tödlicher Kraft gewann, sie hüllte ihn ein wie in ein Leichentuch.

Er hatte es *gewußt*. Er hatte es gewußt, als ihn dieser Mann zum ersten Mal in die Arme geschlossen hatte, in seinen Träumen war es ihm klar gewesen. Er hatte es gewußt, als seine Mutter in ihrem abgedunkelten Zimmer umhergerannt war und dabei geflüstert hatte: »Schließ die Tür, schließ die Tür«, ja, er hatte es gewußt.

Es spielte keine Rolle, was hier geschah. Es spielte keine Rolle, wenn er sich umdrehte und ging, es war egal, was er sagte. Es schien, als hätte er keinen eigenen Willen, keine Entschlußkraft mehr. Es spielte keine Rolle, daß irgendwo jemand dieser Traurigkeit eine Stimme verliehen hatte. Es war seine Mutter, die weinte.

»Merk dir, was ich dir sage«, flüsterte Carlo.

Er nahm vor ihm wieder schwach Gestalt an.

»Ach, und was willst du mir sagen?« seufzte Tonio. Dieser Mann ist mein Vater. Dieser Mann! »Drohst du mir mit dem Tod?« flüsterte Tonio. Er richtete sich auf und starrte dabei stur geradeaus. »Das also ist der erste Rat, den du mir gibst, wo wir beide uns erst seit so kurzer Zeit als Vater und Sohn gefunden haben!«

»Merk dir meinen Rat!« rief Carlo. »Sag, daß du nicht heiraten kannst. Sag, daß du die heiligen Weihen empfangen willst. Sag, daß die Ärzte festgestellt haben, du seist mißgebildet, das ist mir egal! Aber sag es und unterwirf dich mir!«

»Das wäre aber gelogen«, antwortete Tonio. »Solche Unwahrheiten kann ich nicht erzählen.« Er war sehr müde. Mein Vater. Dieser Gedanke löschte alle Vernunft aus. Irgendwo weit, weit außerhalb seiner Reichweite stand Andrea und wich immer weiter ins Chaos zurück. Tonio empfand eine bittere, schreckliche Enttäuschung darüber, daß er nicht Andreas Sohn war. Und dieser Mann, so rasend, so verzweifelt, stand vor ihm und flehte ihn an.

»Ich bin nicht als dein unehelicher Sohn geboren«, wehrte sich Tonio. Es war solch eine Qual, diese Worte auszusprechen. »Ich kam als Andreas rechtmäßiger Sohn unter diesem Dach zur Welt. Und ich kann nichts tun, um das zu ändern, auch wenn du deine Gemeinheiten von einem Ende des Veneto bis zum anderen verbreitest. Ich bin Marc Antonio Treschi, Andrea hat mir diese Verantwortung übertragen, und ich werde nicht seinen Fluch aus dem Himmel auf mich laden, noch den Fluch jener in unserer Umgebung, die nicht einmal die Hälfte von alldem wissen!«

»Widersetze dich deinem Vater!« brüllte Carlo. »Sonst trifft dich mein Fluch!«

»Dann sei es so!« Tonios Stimme wurde lauter. Hier zu bleiben, fortzufahren, eine entschiedene Antwort zu geben, fiel ihm schwerer als alles, was er in seinem Leben je hatte tun müssen. »Ich kann mich diesem Haus, dieser Familie und dem Mann, der das alles wußte und der entschied, den Kurs für uns beide abzustecken, nicht widersetzen!«

»Oh, welche Loyalität.« Carlo schien zu seufzen und zu zittern, seine Zähne hatte er zu einem Lächeln entblößt. »Egal, wie groß dein Haß auf mich ist, wie stark dein Wille auch ist, mich zu zerstören, diesem Haus also würdest du dich niemals widersetzen!«

»Ich hasse dich nicht!« erklärte Tonio.

Es schien, als würde bei Carlo, überrumpelt durch die Heftigkeit dieser Äußerung, einen einzigen verzweifelten Augenblick lang ein Gefühl durchbrechen.

»Und ich habe *dich* niemals gehaßt«, stieß er hervor, als würde ihm das jetzt zum ersten Mal bewußt. »Marc Antonio«, sagte er und hatte Tonio, bevor dieser etwas dagegen tun konnte, an beiden Armen gefaßt. Sie standen sich jetzt so nahe gegenüber, daß sie sich hätten umarmen, küssen können.

Der Ausdruck auf Carlos Gesicht zeigte Erstaunen und beinahe Entsetzen. »Marc Antonio«, sagte er, wobei ihm die Stimme fast versagte, »ich habe dich niemals gehaßt . . .«

5

Guido war nicht ganz so betrunken, wie er es sein wollte. Der Lärm und das grelle Licht hier gefielen ihm nicht, doch er fühlte sich hier sicher. Eben hatte er aus Neapel eine weitere Rate des ihm bewilligten Geldes erhalten und fragte sich, ob er nach Verona oder Padua aufbrechen sollte. Venedig war eine herrliche Stadt. Von allen Städten, die er auf seiner Wanderschaft kennengelernt hatte, war sie die einzige, die genauso war, wie man es ihm erzählt hatte. Dennoch empfand er sie als zu dicht bevölkert, zu dunkel, zu beengend. Abend für Abend kehrte er zur Piazza zurück, nur um diese riesige Fläche von Boden und Himmel zu sehen, und zu spüren, daß er frei atmen konnte.

Er sah, wie der Regen schräg unter die Arkaden geweht wurde. Eine dunkle Gestalt tauchte in der Tür auf, blieb dort stehen, ging dann aber in den Raum hinein. Wieder wurde der Regen vom Wind hereingepeitscht. Fast konnte er ihn auf seinem warmen Gesicht spüren, auf seinen gefalteten Händen auf dem Tisch. Er leerte sein Glas. Er schloß die Augen.

Dann öffnete er sie unvermittelt wieder. Jemand hatte sich neben ihn gesetzt.

Als er sich langsam und vorsichtig umdrehte, sah er einen Mann mit einem gewöhnlichen und brutalen Gesicht, dessen Bart so nachlässig rasiert war, daß ein Fell aus bläulichen Stoppeln stehengeblieben war.

»Hat der Maestro aus Neapel gefunden, was er suchte?« fragte der Mann leise.

Guido ließ sich Zeit, bevor er antwortete. Er trank einen Schluck Weißwein, dann ließ er einen Schluck brühheißen Kaffee folgen.

»Ich kenne Sie nicht«, sagte er, wobei er die offene Tür ansah. »Wie kommt es, daß Sie mich kennen?«

»Ich habe einen Schüler, der Sie interessieren wird. Er wünscht, von Ihnen unverzüglich nach Neapel gebracht zu werden.«

»Seien Sie sich nicht so sicher, daß er mich interessieren wird«, sagte Guido. »Und wer ist er, daß er mir befiehlt, ich solle ihn nach Neapel bringen?«

»Sie wären ein Narr, wenn Sie nicht interessiert wären«, sagte der Mann. Er war so nahe zu Guido gerückt, daß dieser seinen Atem spüren konnte. Und auch riechen.

Guido drehte mechanisch die Augen zur Seite, bis er den Mann anstarrte. »Kommen Sie auf den Punkt«, sagte er, »oder verschwinden Sie.«

Der Mann zeigte ein kleines Lächeln, das sein Gesicht entstellte. »Sie sind mir vielleicht ein Eunuch«, murmelte er.

Guido schob seine Hand ganz langsam, aber auffällig unter seinen Umhang, bis sich seine Finger um den Griff seines Stiletts schlossen. Er lächelte.

»Hören Sie mir zu«, murmelte der Mann leise. »Aber wenn Sie jemals irgend jemandem erzählen, was ich Ihnen jetzt sage, dann wäre es besser für Sie, Sie hätten nie einen Fuß in diese Stadt gesetzt.« Er warf einen raschen Blick zur Tür, dann fuhr er fort. »Der Junge ist von hoher Geburt. Er wünscht, für seine Stimme ein großes Opfer darzubringen. Es gibt jedoch Menschen, die möglicherweise versuchen werden, ihn davon abzubringen. Es muß diskret und sehr schnell geschehen. Südlich von Venedig gibt es eine Stadt namens Flovigo. Reisen Sie heute abend dorthin, gehen Sie ins Wirtshaus dort. Der Junge wird zu Ihnen kommen.«

»Welcher Junge? Wer?« Guidos Augen wurden schmal. »Die Eltern müssen in einem solchen Fall ihre Zustimmung geben. Die Inquisitoren des Staates würden –«

»Ich bin Venezianer.« Das Lächeln des Mannes blieb unverändert. »Sie sind kein Venezianer. Bringen Sie den Jungen nach Neapel, das reicht.«

»Sagen Sie mir jetzt, wer dieser Junge ist!« Guidos Stimme klang drohend.

»Sie kennen ihn. Sie haben ihn heute nachmittag in San Marco gehört. Sie haben ihn mit seinen herumziehenden Sängern auf der Straße gehört.«

»Ich glaube Ihnen nicht!« flüsterte Guido.

Der Mann schob Guido eine lederne Börse zu. »Gehen Sie zu Ihrem Gasthaus«, sagte er. »Machen Sie sich unverzüglich zum Aufbruch bereit.«

In der Taverne erblickte Tonio die drei zum ersten Mal.

Er war sehr betrunken. Er war mit Bettina oben gewesen; als er dann ins rauchige Gästezimmer heruntergekommen war, hatte er sich auf eine Bank an der Wand fallen gelassen, unfähig, noch einen Schritt weiter zu gehen. Er mußte mit Ernestino reden, mußte ihm erklären, daß er ihn und die anderen heute abend nicht begleiten konnte. Bei all dem Schrecklichen, was er erfahren hatte, konnte er nicht singen. Eine Musik, die dazu paßte, war noch nicht komponiert worden.

Als er in die schmutzige Düsternis spähte, kam ihm ein merkwürdiger Gedanke: Eigentlich hätte er inzwischen schon das Bewußtsein verloren haben müssen. Noch nie zuvor hatte er so viel getrunken und war dabei wach geblieben. Alles in diesem Zimmer flakkerte, schwere Körper bewegten sich unter rußgeschwärzten Lampen. Der Humpen, der vor ihm stand, schwankte.

Er wollte gerade trinken, als er die Gesichter jener Männer entdeckte. Er machte einen nach dem anderen aus, und jeder, so schien es, starrte ihm aus einem anderen Winkel der Stube düster entgegen.

In dem Augenblick, in dem er diese drei Männer miteinander in Verbindung brachte und erkannte, wer und was sie waren, spürte er trotz seiner Trunkenheit Panik in sich aufsteigen.

Nichts veränderte sich in dem Zimmer. Er mühte sich ab, die Augen offenzuhalten. Er hob sogar den Krug mit Wein und trank ihn leer, ohne dabei zu merken, was er tat. Er spürte, wie er nach vorn kippte und dabei einen dieser Männer herausfordernd anfunkelte, dann schlug er mit dem Hinterkopf gegen die Wand hinter sich.

Ein Plan wollte in seinem Bewußtsein Gestalt annehmen, blieb jedoch trotz aller Bemühungen verschwommen. Er hatte etwas damit zu tun, wie er am sichersten in den Palazzo Lisani kam. Er sah einen jener Männer auf sich zukommen.

Er bewegte die Lippen und formte damit Worte, die er bei all dem Lärm um sich herum jedoch nicht hören konnte: »Mein Bruder will mich töten lassen.« Er sagte dies voller Erstaunen. Erstaunen darüber, daß es tatsächlich so war, und Erstaunen darüber, daß er es bis zu eben diesem Augenblick nicht wirklich für möglich gehalten hatte!

Carlo? Carlo, der den verzweifelten Wunsch hatte, daß Tonio ihn *verstand*? Das war unbegreiflich. Aber es war so! Er mußte von hier fort.

Dieser Dämon von einem Bravo hatte sich jedoch ihm gegenüber aufgepflanzt. Als er mit seinem riesigen Gesicht näher kam, füllte er mit seinen breiten Schultern Tonios gesamtes Blickfeld aus: »Kommen Sie nach Hause, Signore . . .«, flüsterte er. »Ihr Bruder muß mit Ihnen reden.«

»Ooooh, nein.« Tonio schüttelte den Kopf.

Er hob den Arm, um Bettina heranzuwinken, spürte dabei, wie er nach oben gezogen wurde, als besäße er kein Gewicht. Seine Füße stolperten über wirre Glieder, bis er sich plötzlich in der *calle* befand. Er schnappte nach Luft. Regen peitschte ihm ins Gesicht. Er versuchte, aufrecht stehenzubleiben, rutschte aber gegen die feuchte Mauer.

Als er jedoch vorsichtig den Kopf wandte, merkte er, daß ihn niemand hielt.

Er fing zu rennen an.

Er konnte in seinen Füßen einen Schmerz fühlen, der durch die Taubheit durchdrang, aber er wußte, daß er schnell vorankam, ja, daß er in der Tat davonstürmte, auf den Nebel zu, in dem sich der Kanal verbarg. Schon sah er die Laternen an der Anlegestelle, da wurde er ins Dunkel zurückgerissen. Er wehrte sich, hatte sein Stilett gezogen und grub es in irgend etwas Weiches. Dann fiel es klappernd zu Boden. Er wurde festgehalten, jemand zwängte ihm den Mund auf.

Er krümmte und wand sich, versuchte sich loszureißen. Ein Keil wurde ihm zwischen die Zähne geschoben, und er spürte, während er würgte und nach Atem rang, den ersten Schluck Wein.

Einmal gelang es ihm noch, ihn mit einer krampfhaften Anstrengung, bei der seine Rippen schmerzten, wieder auszuspucken. Dann aber kam mehr Wein, und er hatte das Gefühl, daß er, wenn es ihm nicht gelang, seinen Mund zu schließen oder sich zu befreien, verrückt werden würde. Oder ertrinken.

Guido schlief nicht. Er befand sich in jenem Stadium, das unter Umständen friedvoller ist als Schlaf, weil man es bewußt genießen kann. Er lag in einem winzigen, kargen Zimmer in der kleinen Stadt Flovigo auf dem Bett und starrte zum Fenster. Er hatte die hölzernen Fensterläden weit geöffnet. Draußen fiel der Frühlingsregen.

Am Himmel wurde es langsam heller. Mehrere Stunden lang hatte er nun überlegt und gleichzeitig auch wieder nicht überlegt. Im Grunde war ihm sein Kopf noch nie so leer und dennoch so voll erschienen.

Da waren ein paar Dinge, die er wußte, über die er aber nicht nachdenken wollte, obwohl sie ihm immer wieder in den Sinn kamen.

Er wußte zum Beispiel, daß die Inquisitoren des Staates in Venedig überall ihre Spione hatten. Sie wußten, wer am Freitag Fleisch aß und wer seine Frau schlug. Die Beamten der Inquisitoren konnten jederzeit jedermann heimlich gefangennehmen und ins Gefängnis werfen, wo er dann vielleicht mittels Gift, durch Strangulation oder durch Ertränken in der Nacht hingerichtet wurde.

Er wußte, daß die Treschi eine mächtige Familie waren. Er wußte, daß Tonio der begünstigte Sohn war.

Er wußte, daß die Gesetze vieler Städte in Italien die Kastration von Kindern verboten, es sei denn, es gab einen medizinischen Grund dafür, es sei denn, die Eltern und der Junge stimmten zu.

Er wußte, daß das bei den Armen absolut keine Bedeutung hatte.

Er wußte, daß bei den Reichen diese Operation ein Ding der Unmöglichkeit war.

Er wußte, daß dieses Dorf, in dem er sich jetzt befand, immer noch auf venezianischem Staatsgebiet lag.

Und er wußte auch, daß alle Eunuchen, die er kannte, als kleine Jungen verschnitten worden waren, gleich nachdem die Hoden schwerer zu werden begonnen hatten. Den Grund, weshalb es hier nun geschehen sollte, kannte er jedoch nicht, er wußte nicht, ob es wegen der Stimme oder aus gesundheitlichen Gründen geschah.

Er wußte, daß Tonio Treschi fünfzehn war. Er wußte, daß die Stimme im allgemeinen drei Jahre später tiefer wird, und er wußte, daß jene Stimme, die er in der Kirche gehört hatte, immer noch unverändert und absolut rein war.

All das wußte er.

Dann schob er von Zeit zu Zeit all dieses Wissen von sich weg und gab sich Erinnerungen hin – wieder ohne sie zu analysieren –, Erinnerungen an jenes erste Mal, als er Tonio Treschis Stimme gehört hatte.

Ich lebe, dachte Tonio, ich befinde mich in einem Zimmer. Leute bewegten sich, redeten. Und wenn er jetzt noch am Leben war, dann konnte er auch weiter am Leben bleiben. Er hatte recht gehabt: So etwas würde Carlo ihm nicht antun, nicht Carlo. Unter ungeheurer Anstrengung gelang es ihm, die Augen zu öffnen, dann spülte wieder Dunkelheit über ihn hinweg. Abermals öffnete er die Augen, sah Schatten über die Wände und die Decke gleiten, hörte, wie sich Leute unterhielten.

Eine Stimme kannte er. Es war Giovanni, der Bravo, der immer vor Carlos Tür stand. Er sagte gerade etwas in leisem, drohendem Ton.

Warum hatten sie ihn denn noch nicht umgebracht? Was ging hier vor? Er wagte nicht, sich zu bewegen, hatte aber seine Augen einen Spaltweit geöffnet. Er sah einen hageren, schmutzigen Mann, der eine Art Koffer in der Hand hielt und sagte:

»Das mache ich nicht! Der Junge ist zu alt!«

»Er ist nicht zu alt.« Giovanni, der Bravo, verlor langsam die Geduld. »Tun Sie, was Ihnen aufgetragen wurde, und machen Sie es ordentlich.«

Worüber redeten sie nur? Was sollte der Mann tun? Der Bravo namens Alonso stand links von ihm, dahinter war eine Tür zu sehen. Der hohlwangige Mann sagte jetzt: »Damit will ich nichts zu tun haben«, und begann, sich rückwärts auf die Tür zuzubewegen. »Ich bin kein Metzger, ich bin Chirurg . . .«

Giovanni hatte ihn jedoch grob gepackt und schubste ihn vorwärts. »Neiiin . . .«

Tonio setzte sich gerade in dem Augenblick auf, in dem Alonso die Hände ausstreckte, um ihn festzuhalten. Er riß ihn mit seinem Schwung nach vorn, so daß dieser wiederum den hageren Mann zur Seite stieß. Tonio begann um sich zu schlagen, wehrte sich mit Händen und Füßen, als man ihn vom Boden hochhob. Er sah, wie der Koffer aufsprang, sah die Messer herausfallen, hörte den hageren Mann ein verzweifeltes Gebet murmeln. Dann hatte er das Gesicht eines Mannes zwischen seinen Fingern. Er krallte sich hinein, während er dem Mann gleichzeitig mit der Faust in den Bauch schlug, auf ihn einprügelte. Ringsum gingen Gegenstände zu Bruch, Holz splitterte. Plötzlich hatte er sich befreit. Es war so unerwartet gekommen, daß er der Länge nach hinstürzte. Regen fiel auf ihn herab, er war entkommen, er rannte!

Feuchte Erde gab unter seinen Füßen nach, Felsen schnitten durch seine Stiefel, und einen Augenblick lang schien es, als könnte er gewinnen. Die Nacht würde ihn verschlucken, verbergen. Aber da hörte er sie schon mit schweren Schritten hinter sich herkommen.

Sie hatten ihn wieder ergriffen, er knurrte, fauchte, schrie. Sie trugen ihn in jenes Zimmer zurück, ein Mann drückte ihn mit seinem vollen Gewicht auf den Strohsack nieder.

Er grub seine Zähne in Muskeln und Haare, wand sich mit all seiner Kraft, als er spürte, wie man ihm die Beine auseinanderzwang. Er hörte den Stoff seiner Hose reißen, noch bevor er die kalte Luft an seiner Blöße fühlte.

»NEIIIN!« Er brüllte es zwischen zusammengebissenen Zähnen hervor, dann riß sich das Brüllen von allen Wörtern los, wurde unmenschlich, ungeheuer, blendete ihn, machte ihn taub.

Mit dem ersten Schnitt des Messers wußte er, daß er den Kampf verloren hatte, und er wußte auch, was sie mit ihm taten.

Guido sah, daß der Himmel über der kleinen Stadt Flovigo langsam ein blasses Gelb annahm. Er lag da wie tot, sah zu, wie der Regen gerade soviel von diesem Licht einfing, daß er als sichtbarer Schleier über dem Feld hing, das sich vor dem Fenster erstreckte.

Es klopfte an der Tür. Er hatte nicht gedacht, daß ihn solche Erregung packen würde, als er aufstand, um zu öffnen. Draußen stand jener Mann, der ihn im Kaffeehaus in Venedig angesprochen hatte. Er drängte ihn ins Zimmer und öffnete wortlos ein in Leder gewickeltes Bündel, das mehrere Dokumente enthielt.

Guido wandte ihnen seine Aufmerksamkeit zu. Sie waren alle in Latein abgefaßt, von Marc Antonio Treschi unterzeichnet und erklärten seine Absicht, sich zur Bewahrung seiner Stimme einer Kastration unterziehen zu wollen, wobei sie alle und jeden davon freisprachen, seine Entscheidung beeinflußt zu haben. Der Arzt blieb zu seinem eigenen Schutz ungenannt.

Das letzte Schriftstück war an seine Familie adressiert. Das Papier in Guidos Händen war nur eine Abschrift davon. Dort wurde eindeutig dargelegt, daß der Junge die Absicht hatte, im Conservatorio San Angelo in Neapel als Schüler von Maestro Guido Maffeo Gesang zu studieren.

Guido starrte die Unterlagen wie betäubt an.

»Aber das habe ich nicht veranlaßt!« sagte er.

Der Bravo grinste nur. »Draußen wartet eine Kutsche auf Sie, die Sie nach Neapel bringen wird. Es ist Geld genug da, um Pferde und Kutscher zu wechseln, wann immer Sie wollen«, sagte er. »Dies hier ist die Geldbörse des Jungen. Er ist, wie ich Ihnen schon gesagt habe, reich. Aber er wird keine weitere Zechine sehen, bevor er nicht in Ihrem Conservatorio eingeschrieben ist.«

»Seine Familie muß erfahren, daß ich nichts mit dieser Sache zu tun hatte!« stammelte Guido. »Die venezianische Regierung muß erfahren, daß ich nichts damit zu tun hatte.«

Der Schläger gab ein kurzes Lachen von sich. »Wer wird das schon glauben wollen, Maestro?«

Guido kehrte dem Mann plötzlich den Rücken zu. Mit wildem Blick starrte er auf die Dokumente.

Der Bravo stellte sich wie ein böser Engel neben ihm auf.

»Maestro«, sagte er, »an Ihrer Stelle würde ich nicht darauf warten, bis dieser Junge aufwacht. Das Opium, das man ihm gegeben hat, war sehr stark. Ich würde ihn jetzt nehmen und von hier verschwinden. Ich würde die Grenzen des venezianischen Staates so weit wie möglich und so schnell wie möglich hinter mir lassen. Und, Maestro, passen Sie gut auf den Jungen auf. Er ist der einzige, der Sie entlasten kann.«

Guido betrat das kleine Haus, in dem Tonio lag. Er sah das Blut auf Tonios Gesicht, Mund und Hals waren mit blauen Flecken übersät. Dann sah er, daß Tonio an Händen und Füßen mit einem groben Hanfseil gefesselt war. Sein Gesicht wirkte leblos.

Guido machte unwillkürlich einen Schritt rückwärts und stieß ein leises Stöhnen aus. Er verdrehte die Augen und entblößte die Zähne. Er starrte auf die blutbefleckte Matratze. Er starrte die Messer an, die im Stroh und auf dem schmutzigen Boden lagen wie anderer Abfall auch. Während er am ganzen Leib bebte, spürte er, wie das Stöhnen wieder aus ihm herausbrach.

Als er schließlich ruhig wurde, war er mit Tonio allein. Der Bravo war fort, die Tür stand offen und gab den Blick auf eine Stadt frei, die so still dalag, als wäre sie menschenleer.

Er ging näher an das Lager heran. Der Junge ähnelte so sehr einer Leiche, daß Guido sich zuerst gar nicht überwinden konnte, die Hand vor Tonios geöffneten Mund zu halten, um zu überprüfen, ob er noch atmete.

Aber der Junge lebte. Seine Haut war feucht und fiebrig.

Dann schlug Guido das zerfetzte Laken zurück, um sich die Verstümmelung anzusehen.

Der Hodensack war aufgeschlitzt, der Inhalt herausgeschnitten und die Wunde grob ausgebrannt worden. Aber es war eine kleine Wunde, die Operation war auf die sicherste Art durchgeführt worden, die zur Verfügung stand, und es gab keine Schwellung. Der Hodensack würde mit der Zeit zu einem Nichts zusammenschrumpfen.

Als er seine Hand zurückzog, zuckte Guido angesichts einer weiteren offensichtlichen Entdeckung zusammen.

Er starrte den schlaff daliegenden Penis des Jungen an und sah, daß er bereits die ersten Zoll der Männlichkeit gewonnen hatte.

Inmitten all des Schreckens, den er in diesem Zimmer angesichts des blutverschmierten, mit blauen Flecken übersäten Jungen, des höhnisch grinsenden Bravos draußen vor der offenen Tür empfand, packte ihn ein neues Entsetzen.

Vorsichtig berührte er das weiße Gesicht des schlafenden Jungen, forschte nach dem leisesten Anzeichen eines Bartes.

Aber er fand keines.

Auch die Brust war unbehaart. Während er die Augen schloß, rief sich Guido mit seinem unfehlbaren Gedächtnis wieder jene hohe klare Stimme in Erinnerung, die er unter den Kuppeln von San Marco gehört hatte.

Sie war rein, sie war vollkommen.

Dennoch lag hier der erste Beweis der Manneskraft.

Hinter ihm erschien der Bravo in der Tür. Seine wuchtigen Schultern füllten den Türrahmen aus, so daß das Licht erstarb und Guido nicht erkennen konnte, was für ein Gesicht der Mann machte, als er nun mit leiser, drohender Stimme sagte:

»Bringen Sie ihn nach Neapel. Geben Sie ihm Gesangsunterricht. Sagen Sie ihm, daß er verhungern wird, wenn er nicht dort bleibt, da er in diesem Fall von seiner Familie keine Unterstützung mehr bekommen wird. Und lehren Sie ihn außerdem, dankbar dafür zu sein, daß er noch am Leben ist. Das aber wird er gewiß verlieren, sollte er jemals wieder in den Veneto zurückkehren.«

6

Zur selben Stunde wurde Carlo Treschi in Venedig von einer völlig außer sich geratenen Catrina Lisani aus dem Schlaf gerissen. In der Hand hielt sie einen langen und ausgefeilten Brief von Tonio, in dem stand, daß er die Absicht habe, sich um seiner Stimme willen einer Kastration zu unterziehen und sich am neapolitanischen Conservatorio San Angelo einzuschreiben.

Sofort wurden Boten zum Dogenpalast geschickt, mittags suchte bereits jeder Spion der Regierung von Venedig nach Tonio Treschi.

Ernestino und seine Musiker wurden verhaftet.

Angelo, Beppo und Alessandro wurden zum Verhör bestellt.

Bei Sonnenuntergang schließlich hatte sich die Nachricht von dem »Opfer«, das der umherziehende Patrizier für seine Stimme erbracht hatte, bereits in allen Vierteln verbreitet. Es war das Stadtgespräch, und ein Arzt nach dem anderen wurde zum Verhör vor das Höchste Tribunal geschleift.

In der Zwischenzeit gestanden nicht weniger als sieben Patrizier und Patrizierinnen, den jungen Maestro aus San Angelo in Neapel, der sich wiederholt nach dem adeligen Straßensänger erkundigt hatte, fürstlich bewirtet zu haben. Beppo schließlich gestand, in Tränen aufgelöst, daß er jenen Mann in San Marco mit Tonio zusammengebracht hatte. Er wurde sofort ins Gefängnis geworfen.

Carlo gab sich unter aufrichtigen Tränen und mit unbeholfenen Worten die Schuld für diese schreckliche Wendung, weil er der närrischen Hingabe seines Bruders an die Musik nicht Einhalt geboten hatte. Er hatte nicht erkannt, welche Gefahr darin lag. Er hatte sogar von diesem Treffen zwischen Tonio und dem Maestro aus Neapel gehört und dem Ganzen törichterweise keine Beachtung geschenkt.

Er schien untröstlich, während er vor den Vernehmungsbeamten diese Selbstanschuldigungen ausstieß, das Gesicht vom Weinen geschwollen, die Hände zitternd.

Er schauspielerte nicht einmal, denn an diesem Punkt begann er sich zu fragen, ob das Ganze auch funktionieren würde. Er hatte fürchterliche Angst.

Inzwischen versuchte Marianna Treschi, sich aus einem Fenster des Palazzo in den Kanal zu stürzen, und mußte von den Dienern eingesperrt werden. Bettina, das kleine Serviermädchen, weinte, als sie schilderte, wie sich Tonio weder durch Essen noch Trinken, weder durch Schlaf noch die Freuden der Fleischeslust vom Singen hatte abhalten lassen.

Bis Mitternacht hatte man weder den Maestro aus Neapel noch Tonio gefunden. Die Polizei suchte jetzt in all den kleinen Städten in der Umgebung von Venedig nach ihnen und holte jeden Arzt, der auch nur im entferntesten mit der Kastration von Sängern in Verbindung gebracht werden konnte, aus dem Bett.

Ernestino war freigelassen worden und erzählte jetzt jedem, wie besorgt Tonio wegen des drohenden Verlusts seiner Stimme gewesen sei. In den Kaffeehäusern und Tavernen wurde von nichts anderem geredet als vom Talent des Jungen, seiner Schönheit und seiner Verwegenheit.

Als Senator Lisani in den frühen Morgenstunden endlich in sein Haus zurückkehrte, war seine Frau Catrina hysterisch.

»Sind denn alle Leute in dieser Stadt verrückt geworden, daß sie das glauben!« schrie sie. »Warum haben Sie Carlo nicht verhaften lassen und ihn des Mordes an seinem Bruder angeklagt! Warum ist Carlo immer noch am Leben!«

»Signora . . .« Ihr Mann ließ sich müde in einen Sessel sinken. »Wir leben im achtzehnten Jahrhundert und sind nicht die Borgias. Es gibt keine Hinweise auf einen Mord, übrigens auch auf kein anderes Verbrechen.«

Catrina begann unbeherrscht zu schreien. Schließlich stieß sie hervor, daß Carlo ein toter Mann wäre, wenn man Tonio morgen nicht lebend und gesund auffinden würde. Sie würde höchstpersönlich dafür sorgen.

»Signora«, sagte ihr Mann wieder, »es ist wahr, daß der Junge aller Wahrscheinlichkeit nach tot oder kastriert ist. Wenn Sie aber veranlassen wollen, Carlo Treschi dafür vom Leben zum Tode zu befördern, dann nehmen Sie für alle Ewigkeit eine Verantwortung auf sich, die keiner meiner Amtsbrüder mit Ihnen teilen wird: die Verantwortung für die Auslöschung des Hauses Treschi.«

DRITTER TEIL

1

Sie erreichten Ferrara vor Einbruch der Nacht. Tonio hatte das Bewußtsein noch nicht wiedererlangt. Von der Kutsche, die über die fruchtbare Ebene dahinjagte, durchgerüttelt, öffnete er zwar von Zeit zu Zeit die Augen, schien aber nichts wahrzunehmen. Als sie in einem kleinen Wirtshaus am Rande der Stadt angelangt waren, trug Guido ihn sofort ins Bett.

Ein Wäldchen aus grünen Zitterpappeln schirmte die kleinen, niedrigen Fenster des Gasthauses ab. Als die Sonne unterging, regnete es immer noch.

Guido besorgte sich eine Flasche Wein. Er steckte eine einzelne Kerze in den Kerzenhalter am Kopfende von Tonios Bett, setzte sich selbst ans Fußende und wartete.

Während der Abend verstrich, nickte er immer wieder ein.

Einmal öffnete er die Augen und wußte nicht, warum er aufgewacht war. Einen Augenblick lang dachte er, er wäre noch in Venedig. Dann fiel ihm alles wieder ein. Blinzelnd blickte er in die winzige Aureole der Kerze, dann stieß er einen Laut des Erstaunens aus.

Tonio Treschi saß, den Rücken an die Wand gelehnt, aufrecht im Bett. Seine Augen wirkten in der Dunkelheit wie zwei glitzernde Schlitze. Wie lange er schon wach war, wußte Guido nicht.

Aber er spürte, daß da eine Gefahr lauerte. Er sagte auf italienisch: »Trink einen Schluck Wein.« Der Junge aber gab keine Antwort.

Guido trank aus seinem Humpen, den er neben sich stehen hatte. Dann holte er die Dokumente aus seinem Koffer hervor und legte sie auf die große weiße Decke vor Tonio hin.

Der Blick des Jungen wanderte langsam nach unten, um die lateinischen Buchstaben anzustarren, aber er las die Dokumente nicht, er blickte sie lediglich an.

Dann sah er zu Guido auf.

Plötzlich war er von seinem Bett aufgesprungen, hatte Guido rückwärts gegen die Wand gestoßen, bevor dieser überhaupt merkte, wie ihm geschah. Er hatte Guido an der Gurgel gepackt, und es kostete diesen all seine Kraft, um ihn von sich zu stoßen. Er versetzte ihm einen kräftigen Schlag auf den Kopf. Der Junge, der offensichtlich wackelig auf den Beinen stand und nicht in der Lage war, sich zu verteidigen, brach, am ganzen Körper zitternd, zusammen. Sein Gesicht lief rot an, er schloß die Augen.

Er leistete keinen Widerstand, als Guido ihn hochzog und gegen die Wand drückte. Seine Lider öffneten sich so langsam, daß es schien, als würde er abermals das Bewußtsein verlieren.

Guido packte ihn mit beiden Händen an den Schultern. Er blickte ihm in die Augen, und was er dort sah, war der Blick des Teufels oder aber des Wahnsinns.

»Hör mir zu«, sagte er leise. »Ich habe nichts mit dem, was man dir angetan hat, zu tun. Der Arzt, der dich verschnitten hat, ist höchstwahrscheinlich schon tot. Diejenigen, die ihn umgebracht haben, hätten mich ebenfalls getötet, wenn ich mich nicht einverstanden erklärt hätte, dich aus dem Veneto wegzubringen. Dich hätten sie genauso getötet. Das haben sie mir jedenfalls zu verstehen gegeben.«

Der Mund des Jungen arbeitete, als würde er auf den Innenseiten seiner Wangen herumkauen, Speichel sammeln.

»Ich weiß nicht, wer diese Männer waren. Weißt du es?« fragte Guido.

Der Junge spuckte Guido einen solchen Speichelregen ins Gesicht, daß dieser ihn losließ, um seine Augen mit den Händen zu schützen.

Guido ging rückwärts. Er setzte sich auf den Holzstuhl, auf dem er vorher gesessen hatte, und ließ seinen Hinterkopf am Putz der Wand ruhen.

Der Blick des Jungen blieb unverändert, aber sein Körper, der in der Dunkelheit fast zu leuchten schien, hatte heftig zu zittern begonnen. Schließlich war es ein Schlottern.

Als Guido sich erhob, um ihm eine Decke umzulegen, wich Tonio zurück und zischte in venezianischem Dialekt etwas, das wie »Faß mich nicht an« klang.

Guido zog sich wieder zurück. Es schien eine geschlagene Stunde zu vergehen, während der Guido still dasaß und diesen Jungen beobachtete, der nicht ein einziges Mal seinen Gesichtsausdruck veränderte. Nichts änderte sich. Nichts geschah. Dann schließlich gewannen Schwäche und Krankheit die Oberhand, und der Junge rutschte wieder hinunter auf die Matratze. Als Guido die Decke über ihn breitete, war er nicht mehr in der Lage, Widerstand zu leisten, auch nicht, als Guido seinen Kopf anhob und ihm sagte, er solle den Wein trinken, den er ihm gab.

Als er sich wieder hinlegte, wirkten seine Augen, als wären sie aus Glas. Sein Blick huschte jetzt hin und wieder ein wenig über die Decke, während Guido mit ihm redete.

Guido ließ sich Zeit. Im Wirtshaus war alles ruhig. Ab und zu erschienen hinter den schwankenden Schatten der Pappeln strahlend und winzig ein paar Sterne. Mit leiser, gemessener Stimme beschrieb Guido den Mann, der ihn in Venedig angesprochen hatte, und die Leute, die ihn schon fast gewaltsam nach Flovigo gebracht hatten. Dann berichtete er von den Schriftstücken, die Tonios Unterschrift trugen.

Ohne Umschweife erklärte er ihm genau, wie er in diese Sache verwickelt worden war und wie diese Männer das ausgenutzt hatten, um ihn zu zwingen, Tonio aus dem Veneto fortzuschaffen. Zum Schluß erzählte er Tonio von der Kutsche, die ihm gehörte, und der Geldbörse, und sagte, daß er Tonio, wenn dieser das wünsche, zum Conservatorio San Angelo bringen würde.

Tonio hätte die Wahl, erklärte er. Dann aber hielt er inne und gestand schließlich fast murmelnd, daß der Bravo angekündigt habe, Tonio würde keine weitere finanzielle Unterstützung erhalten, wenn er nicht ins Conservatorio ginge und dort auch bliebe.

»Nichtsdestotrotz kannst du frei entscheiden, ob du mit mir kommen willst oder nicht«, sagte Guido.

Daraufhin drehte der Junge den Kopf beiseite und schloß die Augen. Die Geste war eine so beredte Bitte um Schweigen, daß Guido danach nichts mehr sagte.

Er blieb mit verschränkten Armen an der Wand stehen, bis er hörte, daß der Atem des Jungen gleichmäßig wurde.

Aller Wahnsinn war nun aus seinem weißen Gesicht verschwunden. Der Mund war nun wieder der Mund eines Jungen.

Guido rückte näher heran. Lange Zeit betrachtete er die langen, schlanken Glieder des Jungen, die im Schlaf entspannt dalagen, und die eine Hand, die halb geschlossen oben auf der Decke ruhte.

Die Stirn war jetzt warm. Der Junge rührte sich nicht einmal, als er sie anfaßte. Guido schlüpfte aus der Tür und ging auf das offene Feld hinaus, das vor dem Fenster lag.

Der Mond war wolkenverhangen. Von dort, wo Guido stand, waren die Lichter der Stadt nicht zu sehen.

Guido, der durch das feuchte Gras ging, fand bald eine trockene Stelle, wo er sich hinlegen konnte, um die wenigen Sterne, die hier und da zu sehen waren, zu betrachten.

Eine schreckliche Verzweiflung stieg in ihm auf.

Sie kam wie die Kälte des Winters. Er erkannte sie an dem Frösteln, das sie stets begleitete, und dem merkwürdigen Geschmack in seinem Mund, der fast wie Übelkeit war, so als wäre er krank.

Nur daß er nicht krank war. Er war unversehrt und leer, und sein ganzes Leben war schlicht und einfach bedeutungslos. Es war nie mehr als ein Geflecht aus absurden Zufällen gewesen, und es gab nichts, das da edel, nichts, das da gut, und nichts, das tröstlich gewesen wäre.

Ohne es zu wollen, fühlte er sich in jenes Zimmer in Neapel zurückversetzt, wo er vor langer Zeit versucht hatte, seinem Leben ein Ende zu setzen und sich die Pulsadern aufgeschnitten hatte.

Er konnte sich an dieses Zimmer genau erinnern. An die bemalten Wände, die Blumenborte, die sich an der Decke entlanggezogen hatte. Er konnte sich auch daran erinnern, daß er in diesen letzten Augenblicken geradezu zwanghaft ans Meer hatte denken müssen, und wie angenehm er sich den Tod vorgestellt hatte.

Seine Augen wurden feucht. Er spürte, wie ihm Tränen übers Gesicht liefen. Der Himmel über ihm war ein wenig heller und milchig geworden, und Guido wünschte sich, es wäre wieder ganz dunkel.

Plötzlich wußte er, was sich hinter dieser wüsten, bodenlosen Dunkelheit in seiner Seele verbarg, die ihn zu verschlingen drohte.

»Wenn dieser Junge stirbt, wenn es ihm nicht irgendwie gelingt, die Gewalttat, die ihm zugefügt wurde, zu überstehen, dann gehe ich mit ihm zugrunde.«

Nicht lange danach erhob er sich von seinem Lager aus Gras und ging zum Wirtshaus zurück. Er war jedoch nicht in der Lage, sofort in sein Zimmer hinaufzugehen, sondern setzte sich auf eine der Steinstufen, legte den Kopf in die Arme und weinte still vor sich hin.

Es war schon Jahre her, daß er Tränen vergossen hatte, so schien es ihm jedenfalls.

Der Himmel war jetzt heller, die ersten Streifen Blau woben sich durch die endlose Wolkendecke. Guido wischte sich mit dem Ärmel die Tränen weg, bevor er aufstand.

Als er sich jedoch umdrehte und die steinerne Treppe hinaufblickte, die sich eng an die Wand schmiegte, sah er oben Tonios schlanke und etwas zerbrechlich wirkende Gestalt stehen.

Der Junge sah zu ihm hinunter. Der Blick seiner sanften schwarzen Augen war auf Guido geheftet, als dieser die Stufen zu ihm hochstieg.

»Ich bin Ihnen schon einmal begegnet, nicht wahr?« fragte Tonio leise. »Sie sind der Maestro, dem ich in San Marco vorgesungen habe!«

Guido nickte. Er musterte das weiße Gesicht, die feuchten Lippen, die Augen, die immer noch einen fiebrigen Glanz hatten.

»Sie haben geweint«, sagte Tonio, »haben Sie um mich geweint?«

Einen Augenblick schwieg Guido. Er spürte wie üblich Zorn in sich aufsteigen. Der Zorn rötete sein Gesicht und ließ seine Mundwinkel zucken, dann plötzlich hörte er eine innere Stimme ganz deutlich sagen: Ja, es stimmte, er hatte um diesen Jungen geweint.

Aber er schluckte und sagte nichts. Er starrte Tonio in verdrossenem Erstaunen an.

Da nahm das Gesicht des Jungen, das einen Augenblick zuvor noch ausdruckslos und beinahe engelhaft gewesen war, einen bitteren Ausdruck an, der ebenso kalt wie erschreckend wirkte. In seinen Augen lag ein drohendes, böses Glitzern, das Guido dazu veranlaßte, langsam den Blick abzuwenden.

»Wir müssen fort von hier«, flüsterte der Junge. »Wir müssen weiterreisen. Es gibt da ein paar Dinge, um die ich mich kümmern muß.«

Guido sah, wie er sich umdrehte und ins Zimmer ging. Sämtliche Dokumente waren auf dem Tisch ausgebreitet. Der Junge sammelte sie jetzt ein und gab sie dem Maestro zurück.

»Wer waren die Männer, die das getan haben?« wollte Guido plötzlich wissen.

Tonio legte sich seinen Mantel um die Schultern. Er blickte auf, als wäre er bereits tief in Gedanken.

»Narren«, antwortete er, »die dem Befehl eines Feiglings gehorchten!«

2

Bis sie Bologna, die große, geschäftige Hauptstadt des Nordens, erreichten, sprach Tonio kaum ein Wort.

Falls er Beschwerden hatte, dann war ihm das nicht anzumerken, und als Guido ihn drängte, einen Arzt aufzusuchen, da immer noch Infektionsgefahr bestand, drehte er entschlossen den Kopf weg.

Sein Gesicht schien wie verwandelt. Es war länger geworden, die Linie des Mundes verhärtet. Die Augen besaßen weiterhin jenes fiebrige Glitzern. Obwohl Tonio sie weit geöffnet hatte, schien er gegenüber dem sich entfaltenden Frühling in der italienischen Landschaft blind zu sein.

Auch die Brunnen, Paläste und die wimmelnden Straßen schien er nicht wahrzunehmen.

Nachdem er darauf bestanden hatte, ein juwelenbesetztes Schwert, ein Stilett und zwei Pistolen mit Perlmuttgriff zu erwerben, was ein recht extravaganter Wunsch war, kaufte sich Tonio noch neue Kleidung und einen dazu passenden Umhang. Dann bat er Guido höflich, einen Rechtsanwalt für ihn ausfindig zu machen, der sich, was die Geschäftsangelegenheiten von Musikern betraf, gut auskannte.

Das war in Bologna kein Problem. In den Cafés dieser Stadt wimmelte es von Sängern und Musikern aus ganz Europa, die eigens deshalb hierhergekommen waren, um sich mit Agenten und Impresarios zu treffen und auf diese Weise in der kommenden Saison vielleicht an ein Engagement heranzukommen. Nachdem sie ein wenig herumgefragt hatten, saßen sie bald in der Kanzlei eines qualifizierten Anwaltes.

Tonio begann einen Brief an das Oberste Tribunal in Venedig zu diktieren. Er hätte seiner Stimme das erwähnte Opfer bereits dargebracht, erklärte er, und es sei unbedingt erforderlich, daß niemand in Venedig für sein Handeln beschuldigt werde.

Nachdem er seine früheren Lehrer und alle, die ihn in seiner Liebe zur Musik ermutigt hatten, entlastet hatte, sprach er auch Guido Maffeo und all jene, die mit dem Conservatorio San Angelo in Verbindung standen und von seinem Vorhaben erst erfahren hatten, nachdem es in die Tat umgesetzt war, von jeglicher Schuld frei.

An vorderster Stelle war ihm jedoch daran gelegen, daß seinem Bruder keine Schuld zugewiesen wurde.

»Da dieser Mann nunmehr der einzige überlebende Erbe unseres verstorbenen Vaters ist, da er des weiteren körperlich gesund ist und in der Lage zu heiraten, ist es unverzichtbar, daß er von jeglicher Verantwortung für mein Handeln losgesprochen wird, damit er seinen Pflichten gegenüber einer zukünftigen Frau und Kindern nachkommen kann«, sagte Tonio.

Dann unterzeichnete er den Brief. Der Anwalt, der angesichts dieses merkwürdigen Inhalts nicht mit der Wimper zuckte, unterschrieb als Zeuge, ebenso tat das Guido.

Eine Abschrift davon ging an Catrina Lisani, zusammen mit der Bitte, daß Tonios gesamtes Eigentum unverzüglich nach Neapel überstellt werden solle. Außerdem sollte sofort eine kleine Mitgift an eine gewisse Bettina Sanfredo, Serviermädchen im Café ihres

Vaters auf dem Markusplatz, ausgezahlt werden, damit sie sich ordentlich verheiraten könnte.

Als sie dann wieder in das Kloster zurückgekehrt waren, in dem sie Unterkunft gefunden hatten, fiel Tonio erschöpft auf sein Bett.

Als sie auf ihrem Rückweg nach Neapel in Florenz die beiden Jungen abholten, die Guido dort zurückgelassen hatte, war Tonio von ihrer Gegenwart in der Kutsche sichtlich beunruhigt. Er schien nicht damit aufhören zu können, sie anzustarren.

In Siena jedoch kaufte er den beiden neues Schuhwerk und Umhänge und bestellte bei Tisch Süßigkeiten für sie. Es waren scheue, gehorsame Jungen. Der eine war neun Jahre alt, der andere zehn, und keiner von beiden wagte etwas zu sagen oder sich zu rühren, es sei denn, er wurde dazu aufgefordert. Paolo aber, der jüngere der beiden, besaß Sinn für Humor, das war deutlich zu erkennen. Hin und wieder konnte er sich nicht verkneifen, Tonio breit anzulächeln, worauf dieser dann stets abrupt den Blick abwandte. Einmal sah Guido, als er nach kurzem Schlummer erwachte, daß der Junge sich neben Tonio gekuschelt hatte. Es regnete, Blitze zuckten über die sanften grünen Hügel, und mit jedem Donnerkrachen rutschte der Junge ein Stückchen näher an Tonio heran, so daß dieser schließlich, ohne ihn anzusehen, den Arm um ihn legte. Tonios Blick wurde verschwommen, und als seine Finger das Bein des Kindes umklammerten, um Paolo festzuhalten, schien es plötzlich, als würde eine unkontrollierbare Emotion in ihm aufwallen. Dann aber schloß er die Augen und neigte den Kopf zur Seite, als hätte er sich den Hals gebrochen. Und die Kutsche holperte im warmen Frühlingsregen auf die Ewige Stadt zu.

Als sie schließlich die Porta del Populo in Rom erreichten, starrte Tonio, der für den würdevollen Glanz der Stadt blind zu sein schien, nicht mehr die beiden Jungen an, sondern hatte seine zwanghafte Aufmerksamkeit nun auf Guido gerichtet. Sein Blick hatte jedoch nichts von seiner stillen Düsternis verloren. Gnadenlos war er auf Guido geheftet, auf seinen Gang, seine Art zu sitzen, selbst auf das spärliche dunkle Haar auf seinen Handrücken. Wenn sie abends zu

Bett gingen, sah Tonio dreist zu, wenn Guido in dem Zimmer, das sie teilten, seine Kleidung ablegte, starrte dabei dessen lange und anscheinend kräftige Arme an, seine breite Brust und seine breiten Schultern.

Guido ertrug dies alles schweigend.

Dennoch begann es ihn zu zermürben, ohne daß er wußte, warum das so war. Sein Körper bedeutete ihm im Grunde wenig. Schon als kleiner Junge hatte er auf der Bühne des Conservatorio gestanden, hatte sich dabei kostümiert, geschminkt und anderweitig verhüllt und verkleidet, so daß seine Eigentümlichkeiten für ihn eher etwas Alltägliches waren. Er wußte zum Beispiel, daß er mit seinem kräftigen Körperbau in Männerrollen gut aussah und daß seine riesigen Augen geradezu übernatürlich wirkten, wenn sie zu kräftig geschminkt waren.

Nacktheit aber, forschende Blicke und da und dort ein Gebrechen bedeuteten ihm nichts.

Dennoch war der starrende Blick dieses Jungen so forsch und gnadenlos, daß er ihn zu irritieren begann. Als er es eines Abends nicht länger ertragen konnte, legte er seinen Löffel weg und sah Tonio an.

Tonio starrte ihn so feindselig und so unverwandt an, daß Guido einen Moment lang dachte: Diesen Jungen hat man in den Wahnsinn getrieben. Dann erkannte er, daß Tonio so sehr damit beschäftigt war, ihn zu studieren, daß er nicht einmal merkte, wie Guido seinen Blick erwiderte. Es war, als wäre Guido ein lebloses Objekt. Tonios Blick wanderte weiter, heftete sich auf Guidos Hals. Oder auf die weiße Leinenkrawatte dort? Guido hatte keine Ahnung. Jetzt starrte Tonio direkt auf seine Hände, und dann wieder genau in seine Augen, so als wäre Guido ein Gemälde.

Die Gleichgültigkeit, die er Guido gegenüber zeigte, war so vollkommen, so eklatant, daß Guido spürte, wie Zorn in ihm aufstieg. Guido besaß in der Tat ein sehr aufbrausendes Temperament, was jeder seiner Schüler im Conservatorio hätte bezeugen können. Und jetzt richtete sich sein Zorn zum ersten Mal gegen diesen Jungen.

Immerhin war er den Befehlen dieses Kindes gefolgt, als wäre er Tonios Lakai.

Sein tief verwurzelter Haß gegenüber allem und jedem, was aristokratisch war, begann an die Oberfläche zu kommen. Plötzlich merkte er, daß er alles durcheinanderbrachte.

Außerdem sah er, daß Tonio seine Serviette hingelegt hatte und vom Tisch aufgestanden war.

Wie immer waren sie für die Nacht mit den luxuriösesten Räumlichkeiten versorgt worden, die die Stadt zu bieten hatte – in diesem Fall war es ein wohlhabendes Kloster, das große und erlesen möblierte Zimmer an Herren vermietete, die sich das leisten konnten.

Tonio hatte ihr privates Speisezimmer verlassen, wo die beiden Jungen immer noch am Tisch saßen und ihre Teller leerkratzten, und war in den schmalen, von hohen Mauern umgebenen Garten hinausgegangen.

Lange Zeit saß Guido da und dachte nach. Als er schließlich die Jungen zu Bett gebracht und dafür gesorgt hatte, daß sie gut zugedeckt waren, dachte er immer noch nach.

Als er dann in den nächtlichen Garten hinaustrat, begriff er immer noch nicht, warum er so zornig war. Er wußte nur, daß er sich über diesen Jungen ärgerte, daß er ihm sein respektloses Starren, sein ewiges Schweigen übelnahm. Er versuchte sich ins Bewußtsein zu rufen, welch unvermeidliche Qual der Junge durchstand, welch unvermeidliche Angst.

Jedesmal aber, wenn sein Bewußtsein ihn zwang, zu fragen, was mit diesem Jungen jetzt gerade geschah, was er dachte, was er fühlte, sagte eine hartnäckige kleine Stimme in seinem Inneren: Ach, du bist doch schon immer ein Eunuch gewesen, du kannst es niemals nachfühlen. All das sagte die Stimme in einem spöttischen, überlegenen Ton.

Was immer der Grund war, er empfand Wut, als er in den Garten hinaustrat. Im Mondlicht sah er über einem muschelförmigen Brunnen eine riesige Statue und davor die schlanke, ganz aufrechte Gestalt Tonio Treschis.

Tonio Treschi starrte die nackte Brust des Gottes an, die breiten Hüften, die in einen lockeren Faltenwurf übergingen, unter dem sich dann ein kräftig bemuskeltes Bein zeigte, auf dem das volle Gewicht des Giganten ruhte.

Guido blickte von diesem monströsen Gott weg. Er sah, wie sich das Mondlicht im Wasser brach, dann bemerkte er aus dem Augenwinkel, daß der Junge sich zu ihm umgedreht hatte. Er spürte, wie dieser gierige Blick ihn unbarmherzig abtastete.

»Warum starrst du mich so an!« wollte er plötzlich wissen. Noch bevor er sich zurückhalten konnte, hatte sich seine Hand um den lockeren Stoff an Tonios Schulter geschlossen.

Er konnte spüren, wie erstaunt der Junge darüber war. Im Mondlicht war deutlich zu sehen, daß er sein Gesicht verzog, daß sein Mund erst schlaff wurde und dann stumm, benommen zu arbeiten begann. Die verhärteten Züge in seinem jungen Gesicht lösten sich in Hilflosigkeit auf, in absolute Reue. Es schien, als wolle er irgendeine Verneinung stammeln. Er begann, brach ab und gab es dann kopfschüttelnd ganz auf.

Guido war ebenfalls hilflos. Er streckte abermals die Hand aus, so als wolle er den Jungen berühren, verharrte jedoch mitten in der Bewegung und beobachtete angsterfüllt, wie den Jungen alle Kraft zu verlassen schien. Der Junge hatte zu Boden geblickt. Er hatte die Hände erhoben und starrte jetzt seine geöffneten Handflächen an, zuerst die eine, dann die andere. Er streckte die Arme aus, als wolle er irgend etwas aus der Luft fangen, vielleicht aber auch, um seine Arme zu betrachten. Plötzlich war da ein Rasseln in seiner Kehle, ein halb ersticktes Stöhnen.

Sein Atem ging stoßweise, als er sich Guido zuwandte, so als wäre er ein stummes Tier, während seine Augen sich immer mehr weiteten, sein Blick immer verzweifelter wurde.

Und plötzlich begriff Guido alles.

Der Junge keuchte immer noch, starrte immer noch auf seine erhobenen Hände, dann plötzlich schlug er sich auf die Brust, und jenes halb erstickte Stöhnen wurde zu einem kehligen Schrei, der immer lauter wurde. Guido zog ihn an sich und hielt seinen steifen Körper mit aller Kraft fest, bis er plötzlich spürte, wie der Junge in seinen Armen schlaff und ruhig wurde.

Tonio, der so still an seiner Schulter lag, bevor er sich schweigend zu Bett hatte bringen lassen, hatte Guido ein einziges Wort ins Ohr geflüstert: »Monstrum.«

3

Am ersten Mai kamen sie in Neapel an, und selbst die lange Fahrt durch die grünen Weizenfelder hatte sie nicht auf diesen herrlichen Anblick vorbereiten können. Die große, sich unregelmäßig ausbreitende Stadt lag in Sonnenlicht getaucht da, ein Schwall pastellfarbener Mauern und knospender Dachgärten ergoß sich über den Hügel und umarmte dabei das Panorama der klaren blauen Bucht. Der Hafen war voller weißer Segel, und der Vesuv schickte seine Rauchfahne in den wolkenlosen Himmel.

Der Kutscher knallte mit der Peitsche, die Pferde mühten sich bergan, und mit jeder Biegung der gewundenen Straße eröffnete sich ihnen auf wunderbare Weise ein neuer Ausblick auf die Gegend.

Dies war der Garten Eden. Guido hatte plötzlich nicht den leisesten Zweifel daran und war auf das Wohlgefühl, das ihn durchströmte, gar nicht vorbereitet.

Man konnte diese Landschaft mit ihrer Fülle an Blattwerk und Blüten, die zerklüftete Küste und den bedrohlichen Berg nicht betrachten, ohne dabei eine tiefe Freude zu empfinden.

Er konnte sehen, wie begeistert die kleinen Jungen waren, vor allem Paolo, der jüngere. Er war über Tonio hinweggekrabelt und hatte sich mit dem Oberkörper aus dem Fenster gelehnt. Aber auch Tonio wirkte völlig selbstvergessen. Er bemühte sich, aus jedem Winkel einen Blick auf den Vesuv zu erhaschen.

»Er raucht ja«, flüsterte er.

»Er raucht!« wiederholte Paolo wie ein Echo.

»Ja«, antwortete Guido. »Das macht er schon seit langem immer wieder einmal. Es hat nicht unbedingt etwas zu bedeuten. Wir wissen nie, wann der Berg auf die Idee kommt, wieder richtig auf sich aufmerksam zu machen.«

Tonios Lippen bewegten sich, als würde er ein stilles Gebet sprechen.

Als die Pferde in den von Stallungen umgebenen Innenhof trappelten, war Tonio der erste, der, Paolo im Arm, von der Kutsche sprang. Nachdem er den Jungen abgesetzt hatte, folgte er ihm sofort in den Klosterhof, der von einem viereckigen Säulengang mit römischen Gewölbebögen umgeben war. Das Ganze war fast vollständig von widerspenstig flatterndem grünen Wein bewachsen. Er war übersät mit kleinen glockenförmigen weißen Blüten, Tausende von Bienen summten darin.

Aus den offenen Türen drang das Getöse verschiedenster Instrumente. Neugierige kleine Gesichter erschienen an den Fenstern. Aus einem Springbrunnen, den einige schon etwas mitgenommene, mit der Zeit fleckig gewordene Cherubime mit Füllhörnern zierten, sprühte ein üppiger, atemberaubender Regen aus Wassertröpfchen, in denen sich das Sonnenlicht brach.

Sofort trat Maestro Cavalla aus der Tür seines Arbeitszimmers und umarmte Guido.

Als Witwer, dessen Söhne schon lange an fremde Höfe gegangen waren, hatte der Maestro Guido besonders ins Herz geschlossen. Guido hatte das stets gewußt. Jetzt empfand er plötzlich eine große Zuneigung zu diesem Mann. Der Maestro schien älter, ob das unvermeidlich war? Sein Haar war völlig weiß geworden.

Er schickte die beiden kleinen Jungen mit einem flüchtigen Gruß davon, dann fiel sein Blick auf die elegante und unnahbare Gestalt des Venezianers, der zwischen den Orangenbäumen umherwanderte, deren Blüten sich bereits in kleine heranreifende Früchte verwandelt hatten.

»Du mußt mir sofort sagen, was hier vor sich geht«, meinte der Maestro leise.

»Du hast doch sicher den Brief, den ich dir aus Bologna geschrieben habe, erhalten«, meinte Guido sofort hitzig.

»Ja, und ich werde täglich von Männern von der venezianischen Botschaft besucht. Es hätte nicht viel gefehlt, und sie hätten mich angeklagt, diesen kleinen Prinzen hier unter diesem Dach kastriert zu haben. Jetzt drohen sie uns damit, eine Hausdurchsuchung zu erwirken.«

»Nun, dann laß sie holen«, knurrte Guido. Aber er hatte Angst.

»Warum hast du dich um diesen Jungen so bemüht?« fragte der Maestro geduldig.

»Wenn du seine Stimme hörst, dann weißt du es«, antwortete Guido.

Der Maestro lächelte. »Nun, ich sehe, daß du wieder ganz der Alte bist, da hat sich nichts geändert.«

Dann stimmte er nach kurzem Zögern zu, daß Tonio, zumindest vorläufig, ein privates Zimmer oben unterm Dach bekommen würde.

Tonio ging langsam die Treppe hinauf und warf dabei immer wieder einen Blick zu den überfüllten Übungsräumen zurück, deren Türen offenstanden. Hundert oder mehr Jungen waren dort an den verschiedenen Instrumenten zu sehen. Cellos, Kontrabässe, Flöten und Trompeten ertönten laut inmitten des allgemeinen Lärms, während hier und da mindestens ein Dutzend Kinder auf ihre Cembalos einhämmerten.

Auch in den Sälen selbst saßen die Jungen an zahlreichen Bänken bei ihren Übungen. Einer übte sogar in einer Ecke des Treppenhauses, ein anderer hatte das Geländer zu seinem Pult gemacht. Als Tonio und Guido an ihm vorbeigingen, neigte er grüßend den Kopf, unterbrach aber nur kurz seine Arbeit, die darin bestand, eine Komposition mehrstimmig zu setzen.

Die Treppenstufen waren über viele Jahrhunderte hinweg von einer Unzahl von Füßen ausgetreten worden. Alles sah kahl und geschrubbt aus, was Guido noch nie zuvor aufgefallen war.

Er konnte nicht ahnen, was Tonio dachte, auch wußte er nicht, daß dieser Junge in seinem ganzen Leben noch keinen einzigen Tag den Regeln oder der Disziplin irgendeiner Institution unterworfen gewesen war.

Zudem waren Tonio Kinder fremd. Er starrte sie an, als wären sie ein ganz ungewöhnliches Phänomen.

Hilflos hielt er an der Tür des langgestreckten Dormitoriums inne, in dem Guido als Junge geschlafen hatte, drehte sich dann durchaus bereitwillig um und ließ sich durch einen Korridor im Obergeschoß zu dem kleinen Zimmer mit Dachschräge entlangführen, das ihm gehören sollte.

Tatsächlich hatte Guido einst selbst in dieser Kammer geschlafen.

Die Fensterläden des Gaubenfensters öffneten sich nach innen und waren mit grünen Blättern und lieblichen, voll erblühten Rosen bemalt, während sich eine ähnliche Blumenborte oben an den Wänden entlangzog.

Bunte Lackverzierungen bedeckten den Schreibtisch und den Sessel, ein dunkelroter kleiner Kabinettschrank mit vergoldeten Kanten stand bereit, um Tonios Besitztümer aufzunehmen.

Der Junge ließ seinen Blick umherschweifen, sah zum offenen Fenster und entdeckte in der Ferne plötzlich wieder die bläuliche Rauchfahne des Berges. Er bewegte sich wie willenlos darauf zu.

Eine Ewigkeit stand er da und starrte die Rauchfahne an, die in einer ganz geraden Linie zu den feinen, sich auflösenden Wolken hinaufstieg. Schließlich dreht er sich zu Guido um. In seinen Augen lag stummes Staunen, dann glitt sein Blick wieder über die Möblierung dieses kleinen Zimmers, und einen Moment lang schien es, als würde ihm das, was er sah, gefallen. Er drehte sich wieder zu dem Berg um.

»Würdest du gerne den Vesuv besteigen?« fragte Guido.

Tonio wandte sich mit einem so strahlenden Gesicht um, daß Guido verblüfft war. Plötzlich wirkte er wieder wie ein Junge, und die Freude stand ihm gut zu Gesicht.

»Wenn du willst, dann steigen wir eines Tages dort hinauf«, sagte Guido.

Und zum ersten Mal lächelte Tonio ihn an.

Als Guido ihm jedoch erklärte, daß er sich mit den venezianischen Abgeordneten treffen müsse, sah er entsetzt, wie das Leuchten aus dem Gesicht des Jungen verschwand.

»Ich wünsche mich nicht mit ihnen zu treffen«, flüsterte Tonio.

»Es ist unausweichlich«, antwortete Guido.

Als sie sich in Maestro Cavallas großem Arbeitszimmer im Erdgeschoß versammelten, verstand Guido, warum Tonio so zurückhaltend war.

Diese beiden Venezianer, die der Junge offensichtlich nicht kannte, betraten den Raum mit dem ganzen Prunk, der für das letzte

Jahrhundert typisch war. Besser gesagt, sie ähnelten mit ihren großen Perücken und in ihren Röcken zwei Galeonen, die mit geblähten Segeln in einen engen Hafen einfahren.

Sie musterten Tonio mit unverhüllter Verachtung. Ihre Fragen waren hastig, feindselig.

Tonios Blick war ein klein wenig unstet, er war totenbleich geworden, und seine Hände, die er hinter dem Rücken verschränkt hatte, arbeiteten krampfhaft. Ja, erwiderte er, er hätte sich ganz allein für diesen Lebensweg entschieden, nein, niemand aus dem Conservatorio hätte ihn beeinflußt, ja, die Operation sei bereits durchgeführt worden, nein, er würde sich *keiner* Untersuchung unterziehen, und nein, er könne den Namen des Arztes nicht preisgeben. Noch einmal, nein, niemand aus diesem Conservatorio hatte irgend etwas von seinen Plänen gewußt . . .

An dieser Stelle fiel ihnen Maestro Cavalla in venezianischem Dialekt, den er ebenso sicher und schnell sprach wie Tonio, wütend ins Wort und erklärte, daß dieses Conservatorio aus Musikern, nicht aus Chirurgen bestünde. Hier wäre noch kein einziger Junge operiert worden! »Damit haben wir nichts zu tun.«

Die Venezianer grinsten angesichts dieser Behauptung höhnisch. Auch Guido konnte sich ein Hohnlächeln gerade noch verkneifen.

Das Verhör war offensichtlich vorbei. Jetzt legte sich ein unbehagliches Schweigen über alle Anwesenden. Es hatte den Anschein, als versuche der ältere der beiden Venezianer irgendein verborgenes Gefühl niederzukämpfen.

Schließlich räusperte er sich und fragte mit leiser, beinahe heiserer Stimme:

»Marc Antonio, steckt da noch etwas anderes dahinter?«

Tonio war überrumpelt. Er preßte die Lippen aufeinander, bis sie weiß wurden, dann schüttelte er, offensichtlich unfähig, etwas zu sagen, den Kopf. Er wendete den Blick ab, seine Augen weiteten sich dabei ein wenig, so als würde er absichtlich ins Leere blicken.

»Marc Antonio, hast du dies aus freiem Willen getan?« Der Mann machte einen weiteren Schritt auf ihn zu.

»Signore«, sagte Tonio mit einer Stimme, die kaum wiederzuerkennen war, »dies ist ein Entschluß, der nicht wieder rückgängig zu machen ist. Haben Sie die Absicht, mich soweit zu bringen, daß ich ihn bereue?«

Daraufhin hob der Mann eine kleine Schriftrolle hoch, die er die ganze Zeit schon in seiner rechten Hand gehalten hatte, und erweckte den Eindruck, als wäre ihm das, was er nun zu sagen hatte, höchst unangenehm. Mit matter Stimme erklärte er hastig und bitter:

»Marc Antonio, ich habe mit deinem Vater zusammen in der Levante gekämpft. Ich stand bei Piraeus an Deck seines Schiffes. Es macht mir kein Vergnügen, dir zu sagen, was du sicher bereits weißt, nämlich, daß du deinen Vater, deine Familie und dein Heimatland im Stich gelassen hast. Von jetzt an bist du auf immer aus Venedig verbannt. Was das übrige angeht, so vertraut dich deine Familie diesem Conservatorio an. Du darfst es nicht verlassen, wenn du von ihr weiterhin finanzielle Unterstützung erhalten willst.«

Der Maestro war außer sich. Er war wütend. Er starrte den Gesandten wie betäubt nach, als sich die Türen schlossen.

Dann setzte er sich an seinen Schreibtisch, sammelte Tonios Papiere zusammen, steckte sie in eine schwarze Lederhülle und schob sie ärgerlich zur Seite.

Guido deutete mit einer Geste an, Tonio solle sich einen Augenblick gedulden.

Tonio hatte sich nicht gerührt. Als er sich schließlich zum Maestro umdrehte, hatte er eine absolut leere Miene aufgesetzt. Nur seine geröteten Augen verrieten ihn.

Maestro Cavalla jedoch war zu gekränkt, zu empört und verärgert, um seiner Umgebung Aufmerksamkeit zu schenken. »Verbannung! Für ein Kind!« stieß er hervor.

Er leerte Tonios Geldbörse auf dem Schreibtisch aus, notierte, was sie enthielt, legte dann alles in die oberste Schublade, die er wie selbstverständlich absperrte, und setzte sich wieder gerade, um das Wort an Tonio zu richten.

»Du bist jetzt ein Schüler dieser Anstalt«, begann er. »Wegen deines fortgeschrittenen Alters habe ich zugestimmt, daß du nicht bei den anderen Kastraten untergebracht wirst, sondern vorläufig dein eigenes privates Quartier im Dachgeschoß erhältst. Du bist jedoch verpflichtet, unverzüglich die schwarze Tunika mit der roten Schärpe anzulegen, wie sie von allen kastrierten Kindern getragen wird. Wir stehen in diesem Conservatorio zwei Stunden vor Sonnenaufgang auf, der Unterricht endet um acht Uhr abends. Nach dem Mittagessen dürfen sich die Schüler eine Stunde lang erholen, ebenso halten wir zwei Stunden Siesta. Sobald deine Stimme geprüft ist und –«

»Aber ich habe nicht die Absicht zu singen«, sagte Tonio ruhig.

»Was?« Der Maestro hielt inne.

»Ich habe nicht die Absicht, Gesang zu studieren«, sagte Tonio.

»Was?«

»Wenn Sie bitte noch einmal einen Blick in diese Papiere werfen würden, dann werden Sie sehen, daß ich zwar die Absicht habe, Musik zu studieren, daß darin aber nirgends etwas von einem Gesangsstudium steht ...« Tonios Gesicht verhärtete sich wieder, obwohl seine Stimme zitterte.

»Maestro, erlaube mir, mit diesem Jungen zu sprechen ...«, begann Guido.

»Außerdem habe ich nicht die Absicht«, fuhr Tonio fort, »eine Tracht zu tragen, die verkündet, daß ich ein ... ein Kastrat bin.«

»Was soll das heißen?« Der Maestro erhob sich, seine Fingerknöchel wurden weiß, als er sich auf der Schreibtischplatte abstützte.

»Ich werde Musik studieren ... Tasteninstrumente, Streichinstrumente, Komposition, was immer Sie wollen, aber Gesang werde ich nicht studieren!« sagte Tonio. »Ich werde niemals wieder singen. Und ich werde mich nicht wie ein Kapaun kostümieren.«

»Das ist doch Wahnsinn!« Der Maestro wandte sich an Guido. »Haben denn in diesem Sumpfland im Norden alle den Verstand verloren! Warum in Gottes Namen hast du zugestimmt, dich kastrieren zu lassen! Hol den Arzt!« sagte er zu Guido.

»Maestro, der Junge ist bereits verschnitten, bitte erlaube mir, mit ihm zu reden.«

»Mit ihm zu reden!« Der Maestro funkelte Tonio zornig an. »Du stehst unter meiner Obhut und Amtsgewalt«, sagte er, griff nach der sauber zusammengelegten schwarzen Uniform, die neben ihm auf dem Schreibtisch lag, und warf sie Tonio zu. »Und du wirst die offizielle Kleidung eines Kastraten tragen.«

»Das werde ich niemals. In allen anderen Dingen werde ich gehorchen, aber ich werde nicht singen, und ich werde niemals dieses Kostüm tragen.«

»Maestro, schicke ihn hinaus, bitte«, sagte Guido.

Sobald Tonio gegangen war, ließ sich der Maestro wieder in seinen Sessel fallen.

»Was geht hier vor?« wollte er wissen. »Ich habe hier unter diesem Dach zweihundert Schüler, ich beabsichtige nicht –«

»Maestro, laß den Jungen an dem allgemeinen Programm teilnehmen, und erlaube mir bitte, vernünftig mit ihm zu reden.«

Der Maestro schwieg eine Weile. Als sich sein Zorn schließlich gelegt hatte, fragte er: »Du hast diesen Jungen singen gehört?«

»Ja«, antwortete Guido. »Mehr als einmal.«

»Und wie ist seine Stimme?«

Guido überlegte. »Wenn man allein ist und eine neue Partitur liest und dabei einen Augenblick lang die Augen schließt, um sie perfekt gesungen zu hören . . . dann ist es diese Stimme, die man in seinem Kopf hat.«

Der Maestro überlegte. Dann nickte er. »In Ordnung, rede mit ihm. Ich hoffe, es nützt etwas, denn ich werde mich nicht von einem venezianischen Patrizier herumkommandieren lassen.«

4

Es war ein Alptraum, doch es war Tonio nicht möglich, daraus zu erwachen.

Zwei Stunden vor Sonnenaufgang läutete die erste Glocke. Er fuhr, wie an einer Kette hochgerissen, in seinem Bett auf, saß dann aufrecht und schwitzend da und starrte hinaus zum schwarzen, sternenübersäten Himmel. Die Sterne glitten langsam ins Meer hinunter, und einen Augenblick lang – einen kurzen Augenblick lang –

war da diese unbeschreibliche Schönheit, die sich wie eine tröstende Hand sanft auf seinen Kopf legte.

Es war nicht möglich, daß ihm das widerfuhr, daß er sich hier in diesem Zimmer mit der niedrigen Decke befand, fünfhundert Meilen von Venedig entfernt, und daß man ihm *das* angetan hatte.

Er stand auf, wusch sich das Gesicht, stolperte in den Korridor hinaus und stieg dann zusammen mit den anderen Kastraten, die im Gänsemarsch aus dem Schlafsaal kamen, die steinerne Treppe hinunter.

Zweihundert Schüler marschierten wie kleine Termiten durch diese Flure, irgendwo weinte ein kleines Kind – es war ein leise wimmerndes, verzweifeltes Weinen –, und alle nahmen wortlos ihren Platz an Cembalos, Cellos, Studierpulten ein.

Das Haus erwachte mit schrillen Tönen zum Leben, wobei ein jedes Melodiefragment in der allgemeinen Dissonanz unterging. Türen knallten. Er bemühte sich, den Ausführungen des Maestro zuzuhören, doch vor seinen Augen verschwamm alles. Er verstand kaum die Begriffe, die dieser Mann so eilig aneinanderreihte. Die anderen Schüler tauchten eifrig ihre Federn in die Tinte, und auch er stürzte sich auf die Übungen, in der Hoffnung, daß er damit zurechtkommen würde, wenn er nur einmal zu schreiben angefangen hatte.

Als er schließlich am Cembalo saß, spielte er, bis ihm der Rücken weh tat. Für diese wenigen süßen Stunden, in denen er etwas machte, was er konnte und immer gekonnt hatte, wurden die Drangsal und das Elend des Tages gelindert. In dieser kleinen Zeitspanne war er jenen Jungen in seinem Alter ebenbürtig, die entweder schon seit früher Kindheit in diesem Conservatorio waren oder die man aufgrund ihres ungeheuren Könnens und Talents später aufgenommen hatte.

»Du weißt nicht einmal, wie man eine Violine hält? Du hast niemals Violine gespielt?« Er bemühte sich, den Bogen über die Saiten zu ziehen, ohne dabei ein mißtönendes Kratzen zu verursachen. Seine Schulter schmerzte so sehr, daß er sich von Zeit zu Zeit nach vorn krümmte, ganz gleich, wie heftig er dafür gescholten wurde, wie heftig die Rute auf den Notenständer vor ihm niedersauste.

Wenn er sich nur für eine Minute in die Musik hätte fallen lassen können, wenn er hätte fühlen können, wie sie ihn emporhob. Aber das kam in seinem Alptraum nicht vor, denn in diesem Alptraum war Musik Lärm, war Musik Strafe, war Musik zu zwei Hämmern geworden, die an seine Schläfen pochten. Er spürte den schmerzhaften Schlag der Rute auf seinem Handgelenk und starrte auf den Striemen. Das Gefühl hallte in seinem ganzen Körper wider, der Striemen schien ein Eigenleben zu haben, während er anschwoll.

Dann kam das Frühstück. Schüsseln mit dampfend heißem Essen, bei dessen Anblick ihm übel wurde. Auf seiner Zunge verwandelte sich alles, was er aß, zu Sand, so als müsse ihm auch das kleinste Vergnügen versagt bleiben. Er weigerte sich, bei den anderen Kastraten am Tisch zu sitzen. Er bat höflich, freundlich darum, woanders sitzen zu dürfen.

»Dein Platz ist *dort*.« Er wich vor der Gestalt, die auf ihn zutrat, der Hand, die ihn an der Schulter schubste, dem entschiedenen »Dein Platz ist dort« zurück.

Er spürte, wie sein Gesicht brannte, brannte. Es konnte unmöglich eine Haut geben, die diesem Feuer standhielt. Die Blicke aller in diesem stillen Raum streiften ihn leicht – »der venezianische Prinz«, soviel verstand er von ihrem neapolitanischen Dialekt –, und jeder wußte genau, was man mit ihm gemacht hatte, *daß er einer von ihnen war*. Diese geneigten Köpfe, diese verstümmelten Körper. Er gehörte zu diesen *Neutren*, die keine Männer waren und es niemals sein würden.

»Leg die rote Schärpe an!«

»Das mache ich nicht!«

All das war ein Traum, nichts von alledem geschah in Wirklichkeit. Plötzlich verspürte er den Wunsch, aufzustehen und in den Garten hinauszugehen, aber selbst dieses bißchen Bewegungsfreiheit auszukosten, war hier verboten. Schweigend saßen die Jungen jeder an seinem angestammten Platz, dann aber hörte er neben sich ein verächtliches Flüstern: »Warum nehmen Sie die Schärpe nicht und stopfen Sie sich in die Hose, Signore, dann weiß es niemand!« Er drehte sich hastig um. Wer hatte das gesagt? Das spöttische und verschlagene Lächeln, das er ringsum sah, verschwand plötzlich von den Gesichtern.

Guido Maffeos Tür öffnete sich. Tonio trat ein. Gesegnetes Schweigen herrschte jetzt, selbst wenn er nun zwei Stunden lang in dieses kalte, gefühllose Gesicht blicken mußte, in jene tückischen Augen! Der kastrierte Meister der Kastrierten. Und das Schlimmste war, daß er *wußte*, genau *wußte*, was geschehen war und daß dies ein Alptraum für ihn war. Hinter dieser gefühllosen Maske des Zorns lag Wissen.

»Warum starrst du mich so an?«

Warum glaubst du, starre ich dich wohl an? Ich starre dich an, weil ich ein Monstrum bin und weil du ein Monstrum bist, und weil ich sehen möchte, was aus mir einmal werden wird!

Warum schlug er Tonio nicht? Worauf wartete er? Was verbarg sich hinter diesem unwandelbar grausamen Gesichtsausdruck, warum wirkte dieser Mann gleichzeitig so faszinierend? Warum kann ich nicht aufhören, ihn anzusehen, obwohl ich es unerträglich finde? Einmal, als Tonio noch ein Kind war, hatte ihm seine Mutter eine Ohrfeige nach der anderen versetzt, hör auf zu weinen, hör auf zu weinen, was willst du in Gottes Namen von mir, hör auf! Als er Guido Maffeo ansah, dachte er, jetzt verstehe ich das zum ersten Mal. Ich kann nicht ertragen, daß du mich ausfragst, laß mich in Ruhe!

Herrgott, wenigstens jetzt laß mich in Ruhe, bitte.

»Setz dich hin. Paß auf und hör zu.«

Jetzt bringt er dieses weißgesichtige Eunuchenmonstrum ins Zimmer. Ich will das nicht hören, das ist Folter. Und er beginnt mit seinen Anweisungen. Er ist kein Narr, der da, vielleicht ist er sogar besser als alle anderen zusammen, aber er wird mich niemals unterrichten.

Um acht Uhr, wenn die letzte Glocke schlug und er so müde die Treppe hinaufschlich, daß er kaum mehr einen Fuß vor den anderen setzen konnte, fiel er dann wieder tief hinein, hinein in die Alpträume innerhalb des Alptraums. Bitte, laß mich nur diese eine Nacht nicht träumen. Ich bin so müde. Ich kann im Schlaf nicht auch noch kämpfen, ich werde noch verrückt.

5

Was versuchst du damit zu erreichen? Weißt du denn überhaupt, was du willst!«

Guido schritt auf und ab, sein Gesicht war wutverzerrt. Er sperrte die Tür seines Übungszimmers zu und steckte sich den Schlüssel in den Gürtel. »Warum hast du diesen Jungen niedergestochen?«

»Ich habe ihn nicht niedergestochen. Er hat lediglich eine Schnittwunde, er lebt noch!«

»Ja, diesmal lebt er noch!«

»Er ist in mein Zimmer eingedrungen. Er hat mich schikaniert!«

»Und was wird es das nächste Mal sein? Der Maestro hat dir deinen Degen weggenommen, dein Stilett und die Pistolen, die du gekauft hast, aber du läßt dich davon nicht beirren, oder?«

»Nicht, wenn man mich schikaniert, nicht, wenn ich von Peinigern umgeben bin, nein, dann lasse ich mich davon nicht beirren!«

»Begreifst du denn nicht? Du kannst so nicht weitermachen. Du wirst vom Conservatorio verwiesen, wenn du so weitermachst! Lorenzo hätte an der Wunde, die du ihm beigebracht hast, sterben können!«

»Lassen Sie mich in Ruhe.«

»Ach, das treibt dir also Tränen in die Augen, nicht wahr? Sag es noch einmal, ich will es hören.«

»Lassen Sie mich in Ruhe!«

»Ich werde dich nicht in Ruhe lassen, ich werde dich niemals in Ruhe lassen, nicht, solange du nicht singst! Glaubst du denn, ich würde nicht verstehen, was dich davon abhält? Gütiger Himmel, bist du denn wirklich so dumm und erkennst nicht, daß ich mein Leben riskiert habe, um dich hierherzubringen, obwohl es für mich besser gewesen wäre, ich hätte mich vor dir und deinen Peinigern aus dem Staub gemacht? Dennoch habe ich dich aus dem Veneto herausgeholt, ich habe dich hierhergebracht, obwohl die Spione deiner Regierung ihre Bravos hätten schicken können, um draußen auf der Straße über mich herzufallen.«

»Warum haben Sie es dann getan? Ich habe Sie nicht darum gebeten! Was wollen Sie überhaupt von mir?«

Da schlug Guido zu. Bevor er sich zurückhalten konnte, hatte er Tonio eine so kräftige Ohrfeige verpaßt, daß dieser rückwärts taumelte und sich dabei an den Kopf griff, als könne er nichts mehr sehen. Guido schlug abermals zu, dann packte er Tonio mit beiden Händen und stieß ihn mit dem Kopf gegen die Wand.

Tonio gab ein kurzes, kehliges Keuchen von sich. Wieder hatte Guido ihn gepackt und zerrte an ihm, als wolle er ihm den Kopf abreißen.

Dann wich Guido zurück, umklammerte dabei mit der rechten Hand sein linkes Handgelenk, wie um sich davon abzuhalten, Tonio wieder zu schlagen. Er hatte Tonio jetzt den Rücken zugekehrt, stand leicht vornübergebeugt da, so als versuche er, sich wieder zu fangen.

Tonio, der sich selbst haßte, konnte die Tränen nicht zurückhalten. Schließlich zog er mit langsamer Resignation sein Taschentuch hervor und wischte sie mit einer groben Geste weg.

»Also gut«, war Guidos Stimme kaum hörbar über seine Schulter hinweg zu vernehmen. »Setz dich wieder dorthin und paß auf.«

Die Nachmittagssonne brannte heiß auf den Steinboden und die Zimmerwand. Tonio rückte die Bank so, daß er in der Sonne sitzen konnte, dann lehnte er sich zurück und schloß die Augen.

Der erste Schüler war der kleine Paolo, dessen kräftige Stimme den Raum erfüllte wie eine helle, goldene Glocke. Mit Leichtigkeit turnte er die Arpeggios hinauf und hinunter, und während er die Töne anschwellen ließ, legte er etwas in seinen Gesang, das beinahe Freude zu sein schien.

Tonio öffnete die Augen und sah den Hinterkopf des Jungen mit seinem braunen Haar. Während er zuhörte, begann er langsam einzuschlafen. Er empfand eine unbestimmte Überraschung angesichts Guidos Ermahnungen und begriff genau, was der Junge falsch machte. Es war doch falsch? Gerade sagte Guido, ich kann deinen Atem hören, ich kann ihn sehen. Jetzt mach das Ganze noch einmal, aber langsamer, und stoß deinen Atem nicht so heftig aus, und diesmal . . . diesmal . . . diesmal . . . die kleine Stimme hob und senkte sich, lange, klare Töne reihten sich aneinander . . .

Als Tonio wieder erwachte, befand sich ein anderes, ein älteres

Kind im Raum. Das war eine Kastratenstimme, oder? Sie war ein kleines bißchen üppiger, vielleicht auch härter als die eines Jungen. Guido war zornig. Er knallte das Fenster zu. Der Junge war jetzt verschwunden, Tonio rieb sich die Augen. War es kühler geworden? Die Sonne war weg, dort wo er saß, war es jedoch immer noch angenehm warm. Am Fenstersims dieses tief eingeschnittenen Fensters im ersten Stock rankte sich der wuchernde Wein mit seinen üppigen weißen Blüten.

Er stand auf. Schmerz schoß ihm plötzlich durch den Rücken. Was machte Guido da am Fenster? Er konnte nicht einmal seinen Kopf sehen, lediglich seine gebeugten Schultern und jenseits davon irgendeine unbestimmte Bewegung unten im Garten, Kinder, die rannten, herumschrien.

Er drehte sich zu Tonio um. Vor dem hellen Hintergrund des Klostergartens mit seinen Orangenbäumen, die noch von der Sonne beschienen waren, wirkte sein Gesicht dunkel. »Wenn du deine Absicht nicht änderst«, begann er, »dann wird dich der Maestro di Cappella in einer Woche fortschicken.« Seine Stimme war so leise und so heiser, daß Tonio sie nicht als Guidos Stimme erkannt hätte, wenn er ihn nicht selbst vor sich gesehen hätte. »Ich kann es nicht verhindern. Ich habe alles getan, was ich konnte.«

Tonio starrte ihn ein wenig erstaunt an. Er sah, daß diese ausdrucksvollen Gesichtszüge, in denen so oft nichts als purer Zorn lag, von irgendeiner schrecklichen Niederlage, die er nicht begriff, weich geworden waren. Er wollte fragen: Aber warum spielt das für dich eine Rolle, warum mußt du dich um mich kümmern? Warum hast du dich in Ferrara um mich gekümmert? Warum kümmerst du dich jetzt um mich? Er kam sich so hilflos vor wie damals in jener Nacht in Rom in dem kleinen Klostergarten, als dieser Mann ihn wütend gefragt hatte. »Warum starrst du mich so an?«

Er schüttelte den Kopf, er versuchte etwas zu sagen, aber er brachte kein Wort heraus. Er wollte anführen, daß er jedes andere Fach studiert hatte, daß er sich an Regeln gehalten hatte, die er als erdrückend und unbarmherzig empfand. Warum also, warum... Aber er wußte, warum. Sie forderten von ihm lediglich, zu sein, was er war! Und sie würden sich mit nichts Geringerem zufriedengeben.

»Maestro!« flüsterte er. Die Worte schienen ihm im Hals zu vertrocknen. »Verlangen Sie das nicht von mir. Es ist *meine* Stimme, ich kann sie Ihnen nicht abtreten. Sie gehört Ihnen nicht, ganz gleich, wie lange und wie weit Sie gereist sind, um sie hierherzuholen, ganz gleich, was Sie in Venedig ertragen haben, um sie hierherzubringen und sie für Ihre eigenen Zwecke zu verwenden! Sie gehört mir, und ich kann nicht singen. Ich kann es nicht! Begreifen Sie denn nicht, daß das, was Sie von mir verlangen, unmöglich ist!

Ich werde niemals wieder singen, für Sie nicht, für mich nicht, für niemanden!«

Im Zimmer war es dunkel, obwohl der Himmel draußen über den höchsten Giebeln des Klosterbaus gleichmäßig purpurn war. Schatten lagen auf dem vierstöckigen Gebäude und fielen in den Garten, wo man nur hin und wieder ein paar Umrisse erkennen konnte, Zweige, schwer von Orangen, und Lilien, die in der Dunkelheit glänzten wie Wachskerzen. Hier und dort sah man hinter den Fenstern Kerzen schimmern. Aus allen Winkeln und Ecken, aus allen Stockwerken ertönten die spätnächtlichen Klänge der fortgeschrittenen Musiker, die auf ihren Instrumenten rhythmischere, zusammenhängendere Melodien spielten als die Anfänger.

Es war kein Mißklang. Es war lediglich ein großes Summen zu hören, so als wäre dieses Gebäude ein lebendiges Wesen, das vor sich hinsummte. Tonio überkam ein merkwürdiges Gefühl des Friedens.

War er der Wut und Bitterkeit so überdrüssig geworden, daß er diesen Gefühlen erlaubt hatte, sich für eine Weile fortzustehlen? War das möglich? Er hatte gesagt: Gib mir nur diesen einen Augenblick! Er dachte nicht an Venedig, er dachte nicht an Carlo, er stöberte nicht in allen Winkeln seines Gedächtnisses, wo diese Gedanken lauerten. Statt dessen war sein Gedächtnis lediglich eine Abfolge leerer Zimmer.

Er verspürte Frieden an diesem Ort, einem Ort, der ihm, hätte er die ganze Zeit so empfunden, wunderschön vorgekommen wäre.

Ja, laß los, nur für den Augenblick.

Stell dir vor, wenn du willst, das Leben wäre immer noch erträglich, stell dir vor, es wäre sogar – nun, schön. Stell dir vor, daß du dich, wenn du wolltest, an dieses Instrument, das immer noch aufgeklappt dasteht, setzen könntest und daß du, wenn du wolltest, die Finger auf die Tasten legen, daß du singen könntest. Du könntest von der Traurigkeit singen, du könntest vom Schmerz singen, von unaussprechlichem Schmerz, aber du könntest singen. Du könntest all das tun, was du tun möchtest, weil das, was dich daran gehindert hat, von dir abgefallen ist wie Schuppen von einem Körper, der in Wirklichkeit menschlich ist, aber durch ein unmenschliches Unrecht ein monströses Aussehen bekommen hat. Jetzt aber ist er frei, zu sich selbst zurückzukehren.

Er lag mit offenen Augen auf der schmalen Bank, auf der sich auch Guido in den Pausen zwischen seinen anstrengenden Unterrichtsstunden manchmal ausruhte, und dachte, ja, stell dir all das vor, solange du kannst.

Der Himmel wurde dunkler. Der Garten veränderte sich. Der Orangenbaum jenseits des Fensterbogens, der vorhin voller Schatten gewesen war, hatte jetzt seine Form verloren. Vom Brunnen war nichts mehr zu sehen, nichts mehr von den weißen Lilien. Allein die Lichter in den Fenstern auf der anderen Seite des Hofes besaßen jetzt noch Klarheit, waren wie Leuchtfeuer in der Dunkelheit.

Er lag still da, wunderte sich darüber, daß man ihm erlaubte, hier zu bleiben, wunderte sich darüber, daß man ihm erlaubte, in diesem leeren Zimmer in solch einen tiefen, traumlosen Schlaf zu fallen.

Langsam nahm bei ihm ein Gedanke Gestalt an: Er könnte, da Fenster und Türen geschlossen waren, einfach zum Cembalo gehen und seine Hände auf die Tasten legen, und vielleicht . . . Aber nein, wenn er dies hier zu weit triebe, dann würde er es ganz und gar verlieren. Wieder schloß er die Augen.

Schon der Gedanke an seine Stimme war ihm unerträglich. Es war ihm unerträglich, auch nur einen Augenblick an jene Nächte zu denken, in denen er durch die *calli* von Venedig gezogen war, so verliebt ins Singen, daß er seinem Bruder direkt in die Hände gespielt hatte. Wenn er diese Gedanken jetzt nicht sofort unterband, dann würde er wieder in jener zwanghaften, schonungslosen Weise darüber nachgrübeln. Er würde sich fragen, was sie jetzt über ihn sagten, falls überhaupt irgend jemand der Lüge, daß er das aus eigenem Antrieb getan hatte, Glauben schenkte.

Aber das war es nicht. Es war die Tatsache, daß diese Stimme, wenn er sie sich entfalten ließ, wenn er sie losließ, nicht mehr die Stimme des Jungen sein würde, der mit solcher Begeisterung gesungen hatte. Es würde jetzt die Stimme einer Kreatur sein, die sich niemals verändern würde. Dieser Gedanke war zuviel für ihn. Es war, als würde er nachgeben und genau jene alptraumhafte Rolle übernehmen, die für ihn geschrieben worden war, so als wäre dieses Leben eine Oper, in der man ihm diese entsetzliche Rolle zugewiesen hatte.

Es war Scham, Scham, was er empfand. Genausogut hätte er seine Hose öffnen und ihnen die Narben zeigen können, diesen verschrumpelten, leeren ...

Er erschrak, dann setzte er sich auf.

Als er jedoch hörte, wie sich die Tür öffnete, stütze er den Kopf in die Hände.

Er wußte, daß es Guido war, der da hereingekommen war, aber er hatte keine Ahnung, warum er das wußte. Er spürte, wie sich die reale Welt wieder in sein Bewußtsein drängte, bereit, von ihm Besitz zu ergreifen.

Er hob den Blick und hatte sich schon damit abgefunden, sich ein weiteres Mal ergeben zu müssen, da erkannte er, daß der Maestro di Cappella, Signore Cavalla, vor ihm stand. Er hielt Tonios Degen in seinen ausgestreckten Händen. »Nimm ihn«, flüsterte er.

Tonio begriff gar nichts. Dann sah er das Stilett auf dem Schreibtisch liegen, seine Pistolen und die Börse, die der Maestro ihm damals bei seinem Eintreffen abgenommen hatte.

Das Gesicht des Mannes war aschfahl. Aller Zorn war daraus gewichen, statt dessen war es von irgendeiner schrecklichen Gemütsbewegung gezeichnet, die Tonio nicht einordnen konnte. Er begriff immer noch nichts.

»Es gibt keinen Grund dafür, weshalb du noch länger an diesem Ort verweilen solltest«, sagte der Maestro. »Ich habe deiner Familie in Venedig geschrieben, sie solle anderweitige Vorkehrungen treffen. Du brauchst nicht länger hierzubleiben. Du mußt das Conservatorio verlassen.«

Er hielt inne. Selbst in der Dunkelheit konnte Tonio sehen, daß sein Unterkiefer zitterte. Aber das war kein Zorn. »Deine Koffer sind eingetroffen. Deine Kutsche steht vor den Stallungen. Du mußt gehen.«

Tonio schwieg. Er nahm nicht einmal den Degen an sich.

»Das ist wohl Maestro Guidos Entscheidung?« fragte er.

Der Maestro trat zur Seite und legte den Degen auf das Bett, dann richtete er sich wieder auf und sah Tonio lange an.

»Ich würde gerne ... mit ihm sprechen«, sagte Tonio.

»Nein.«

»Ich kann nicht gehen, ohne mit ihm gesprochen zu haben!«

»Nein.«

»Aber Sie können mir doch nicht verbieten ...«

»Solange du dich unter diesem Dach befindest, kann ich dir alles verbieten!« sagte der Maestro. »Verlasse jetzt diesen Ort und nimm den Kummer mit, den du gebracht hast! Geh.«

Tonio starrte dem Maestro verwirrt hinterher, als dieser das Zimmer verließ.

Er stand reglos da.

Dann schnallte er sich den Degen um, steckte seine Pistolen und das Stilett ein, nahm die Börse an sich und öffnete langsam die Tür.

Der Korridor, der zum Haupteingang des Conservatorio führte, war leer. Die Tür zum Arbeitszimmer des Maestro stand offen, der Raum dahinter gähnte wie eine dunkle Höhle, die ein merkwürdig vernachlässigtes Aussehen hatte, weil er normalerweise stets verschlossen war.

Es war still in dem Gebäude. Eigentlich war das Schweigen bemerkenswert, denn selbst in dem langgestreckten Übungssaal, in dem sich zu dieser Stunde stets ein paar Jungen aufhielten, war es vollkommen ruhig.

Tonio ging den Korridor entlang und blickte den Flur hinunter, der sich bis zur Rückseite des Gebäudes erstreckte. Ganz hinten brannte Licht hinter einer Tür.

Er glaubte, die Silhouette des Maestro di Cappella zu sehen. Die in Schatten gehüllte Gestalt begann mit langsamen, rhythmischen Schritten auf ihn zuzugehen. Es wirkte schaurig, wie zielstrebig sie auf ihn zukam. Tonio sah mit einem Gefühl unbehaglicher Neugierde zu, bis ihm dieser Mann von Angesicht zu Angesicht gegenüberstand.

»Möchtest du sehen, was du mit deinem Starrsinn angerichtet hast? Möchtest du es mit eigenen Augen sehen?«

Die Hand des Mannes schloß sich um sein Handgelenk und riß ihn vorwärts. Tonio wehrte sich, wurde aber weitergezerrt.

»Wohin bringen Sie mich?« wollte er wissen. »Was soll das?«

Schweigen.

Er ging schnell, ignorierte dabei den Schmerz in seinem Handgelenk und hatte den Blick auf das Profil des Maestro geheftet.

»Lassen Sie mich los!« sagte er, als sie die letzte Tür im Flur fast erreicht hatten. Der Maestro gab ihm jedoch einen heftigen Ruck und stieß ihn in das erleuchtete Zimmer.

Einen Augenblick lang war er geblendet. Er hob die Hand, um seine Augen vor dem grellen Lichtschein abzuschirmen. Jetzt erkannte er eine Reihe von Betten und sah an der Wand ein riesiges Kruzifix hängen. Neben jedem Bett stand ein Schränkchen. Der Boden war kahl. In dem langgestreckten Raum, in dem rechts hinten zwei Jungen lagen, die beide zu schlafen schienen, hing der Geruch von Krankheit.

In einem Bett ihnen gegenüber zur Linken lag noch eine weitere Gestalt, die unter der Bettdecke groß und wuchtig wirkte. Das Gesicht war so reglos wie das eines Toten.

Tonio war plötzlich nicht mehr fähig, sich zu rühren. Der Maestro di Cappella gab ihm einen heftigen Stoß zwischen die Schulterblätter. Da Tonio sich immer noch nicht rührte, zerrte er ihn zum Fußende des Bettes.

Es war Guido.

Sein Haar war glatt aus dem Gesicht gestrichen, so als wäre es klatschnaß, und sein Gesicht war selbst in diesem matten Licht totenbleich.

Tonio öffnete den Mund, um etwas zu sagen, preßte dann aber

die Lippen aufeinander. Er merkte, daß er zitterte, und empfand ein Gefühl der Leichtigkeit in seinem Kopf. Er fühlte sich leichter und leichter. Es war, als wäre er plötzlich schwerelos und würde gleich von einem Windstoß aus diesem Zimmer getragen. Abermals versuchte er etwas zu sagen. Er spürte, wie sich sein Mund öffnete, spürte, wie er damit ein Wort formte, während das Bild der totengleichen Gestalt vor seinen Augen verschwamm wie hinter einer regennassen Scheibe.

Überall um ihn herum waren Gesichter. Es waren die Gesichter jener jungen Lehrer, die ihn durch so viele Unterrichtsstunden geschleift hatten. Sie starrten ihn stumm und vorwurfsvoll an. Plötzlich hörte er ein schreckliches Stöhnen, ein unmenschliches Stöhnen, und erkannte, daß er selbst es war, der da gestöhnt hatte.

»Maestro«, stammelte er. Er hatte einen galligen Geschmack im Mund. Dann offenbarte sich vor seinen Augen ein kleines Wunder. Die Gestalt in dem Bett war gar nicht tot. Die Augen bewegten sich unter den Lidern, und es war zu sehen, wie sich die Brust beim Atmen ganz leicht hob und senkte.

Tonio hatte gar nicht gemerkt, daß er über das Bett gebeugt dastand. Wenn er gewollt hätte, dann hätte er das Gesicht des Maestro berühren können. Niemand würde es verhindern. Niemand würde den Maestro schützen, und abermals sagte er dieses eine Wort. Die Augenlider klappten nach oben, und die riesigen braunen Augen starrten ihn blind an. Dann schlossen sie sich langsam wieder.

Grobe Hände packten Tonio. Sie schleiften ihn den Korridor entlang und in die Eingangshalle. Der Maestro di Cappella verfluchte ihn.

»Es waren die Fischer, die ihn gesehen haben. Sie sahen im Mondlicht, wie er aufs offene Meer hinausschwamm, und wenn der Mond nicht geschienen hätte, wenn sie ihn nicht gesehen hätten . . .«

Die Augen des Mannes schimmerten feucht, sein schwerer Unterkiefer bebte.

»Dieser Junge, den ich aufgezogen habe, als wäre er mein eigenes Kind, konnte singen wie ein Engel. Zweimal habe ich ihn dem

Schlund des Todes entrissen. Einmal, als er seine Stimme verlor und nichts und niemand sie ihm zurückgeben konnte, und jetzt wieder, deinetwegen!«

Er drängte Tonio zum Ausgang und hielt ihn dort fest, spähte in die Dunkelheit, als müsse er Tonios Gesicht sehen.

»Glaubst du denn, ich weiß nicht, was man dir angetan hat? Glaubst du denn, ich habe so etwas nicht immer wieder gesehen?

Aber natürlich ist es eine große Tragödie, daß man das ausgerechnet dir, einem venezianischen Prinzen, angetan hat! Reich warst du, hübsch, standest kurz davor, ein Mann zu werden, und hattest ein Leben vor dir, das eine einzige Abfolge von Vergnügungen gewesen wäre, die du dir nach Belieben wie Früchte von den Bäumen hättest pflücken können.

Oh, welche Tragödie, welche Tragödie!« Er spuckte die Worte förmlich aus. »Und was war es für ihn? Und für all die anderen hier? Sind sie doch nur gewöhnliche Monstren, die in der Kindheit schon von dem abgeschnitten wurden, was zu beginnen gar nicht wert war? So denkst du doch?

Aber du, was sollte aus dir werden? Ein einherstolzierender Pfau auf dem Broglio dieser eitlen und herrischen Stadt, die bis ins Mark verfault ist? Einer Regierung aus Perücken und Roben, die vor dem Spiegel auf und ab marschiert und ganz verliebt in das ist, was sie dort sieht, während jenseits ihres kleinen Dunstkreises die Welt . . . ja, die Welt . . . seufzt und keucht und vorbeizieht.

Nun, was würdest du denken, mein stolzer, eleganter junger Prinz, wenn ich dir sagte, daß ich mich keinen Deut um dein verlorenes Königreich schere, um deinen blinden und aufgeblasenen Adel, um deine finsteren Männer und grell geschminkten Huren. Ich habe zwischen jenen Schenkeln gelegen, ich habe mich satt getrunken auf dem Maskenball, zu dem ihr das Leben gemacht habt, und ich sage dir, das Ganze ist nicht den Staub an deinen Füßen wert.

Mein gesamtes Leben bin ich solchen arroganten und korrupten Müßiggängern begegnet, die hochmütig auf ihr Recht pochen, ein Leben von äußerster Wertlosigkeit führen zu dürfen, die ihr Privileg in Anspruch nehmen, von der Wiege bis zum Grab nichts zu tun, was irgendwelche Bedeutung hätte.

Aber deine Stimme! Ach, deine Stimme, deine Stimme, die der nächtliche Incubus meines geliebten Guido geworden ist und ihn in den Wahnsinn getrieben hat, das ist etwas anderes, deine Stimme! Denn wenn du nur halb soviel Begabung hast, wie er mir geschildert hat, nur halb soviel von dem heiligen Eifer, dann hättest du aus gewöhnlichen Menschen Zwerge und Monstren machen können! London, Prag, Wien, Dresden, Warschau, nenn mir noch andere Städte, ist denn in irgendeiner vergessenen Ecke deiner stinkenden Stadt nicht ein Globus gestanden? Hast du denn nicht gewußt, wie groß Europa ist, hat dir das nie jemand gesagt?

In all diesen großen Städten hättest du die Leute dazu bringen können, vor dir auf die Knie zu fallen, Tausende und Abertausende hätten dich gehört, hätten deinen Namen aus den Opernhäusern und den Kirchen in die Straßen hinausgetragen. Auf dem ganzen Kontinent hätten sie ihn voller Erfurcht geflüstert, so wie man von Herrschern, von Helden oder von den Unsterblichen spricht.

Das ist es, was deine Stimme hätte sein können, hättest du ihr nur gestattet, sich aus den Trümmern deines Lebens zu erheben, hättest du sie nur aus all deinem Leid und deinem ganzen Schmerz herausgemeißelt, um Gott das zurückzugeben, was Er dir geschenkt hat!

Aber du gehörst zu jener altmodischen Sorte von Menschen, die nur den eigenen Adel anerkennt, zu den goldgeschmückten Maden, die sich vom Leichnam des venezianischen Staates nähren, den tapferen Streitern für das Privileg, nichts, nichts und abermals nichts zu tun! Und so verlierst du die eine Stärke, mit der du jeden normalen Mann hättest bezwingen können!

Nun, ich werde dich nicht länger unter meinem Dach dulden. Ich empfinde für dich jetzt kein Mitleid mehr. Ich kann dir nicht helfen. Du bist lediglich eine Laune der Natur ohne die für sie bestimmte Gabe, und es gibt nichts Niedrigeres als das! Verlasse diesen Ort, geh. Du besitzt die Mittel, anderswo eine Heimat für dein Elend zu finden.«

6

Der Berg sprach wieder.

Er schickte ein entferntes Grollen über die mondbeschienenen Hänge, ein schwaches, formloses und schreckliches Geräusch, das aus der Erde selbst aufzusteigen schien. Es war ein tiefes Seufzen, das aus den Ritzen und Spalten in diesen uralten gewundenen Straßen sickerte, so als wolle der Boden, wie schon so oft in der Vergangenheit, jeden Augenblick zu bocken und zu rütteln beginnen.

Im schwachen Lichtschein waren überall auf den Balkonen und Dächern erregte Gesichter zu sehen. Sie waren den Blitzen und Rauchwolken am weiten, offenen Himmel zugewandt, der vom Vollmond so strahlend erleuchtet war, daß es fast taghell war. Tonio stieg währenddessen den Hügel hinab, und seine Füße trugen ihn blindlings auf die weiten Plätze und Straßen der unteren Stadt zu. Er ging aufrecht, langsam und würdevoll. Den schweren seidengefütterten Umhang trug er über der Schulter, die rechte Hand ruhte auf dem Schwertknauf, so als wisse er genau, wohin er gehen sollte, was er tun sollte, was aus ihm werden sollte.

Doch er war vom Schmerz wie betäubt. Wie ein heftiger Stoß eisigen Windes hatte der Schmerz seine Haut erstarren lassen, so daß er sich jeder Dimension seines Körpers bewußt war: kaltes Gesicht, kalte Hände, kalte Gliedmaßen, die sich gedankenlos aufs Meer und den Molo zubewegten, der von Kutschen und davor hergaloppierenden, federgeschmückten Pferden donnernd widerhallte.

Hier und da durchlief ihn ein heftiges Zittern, ließ ihn anhalten, drohte, ihm den Boden unter den Füßen zu entziehen, so daß er desorientiert innehielt, während sein unbewußtes Stöhnen in der Menge unterging, die sich überall drängte und ihn vorwärtsstieß.

Er schob sich zwischen Scharen von Hausierern und Straßenverkäufern hindurch, Männern, die Fruchtgetränke und Weißwein anboten, herumziehenden Musikanten und schönen Huren, die ihn streiften und deren Lachen wie der Ton Hunderter von Glöckchen klang. Alle benahmen sich, als wäre es heller Tag und als müßten sie, bevor dieser Vulkan schließlich ausbrach und alle unter seiner Asche begrub, leben, leben, leben, so als gäbe es kein Nachher.

Aber der Vulkan sollte in dieser Nacht niemanden unter seiner Asche begraben. Er brüllte und spie lediglich heißes Gestein und Dampf in den wolkenlosen Himmel, von dem hell der Mond herabschien und die Menschen, die in der warmen See badeten und am Strand spielten, in ein wunderbar glänzendes Licht tauchte.

Dies hier war nur Neapel, dies hier war nur das Paradies, dies hier waren Erde, Himmel und Meer, Gott und Mensch, aber nichts davon, nichts davon vermochte Tonio zu berühren.

Nichts vermochte ihn zu berühren. Er spürte nur diesen Schmerz, diesen Schmerz, der wie Eis seine Haut bis auf die Knochen erstarren ließ und ihn wie ein Panzer umschloß, so daß seine Seele verdorrt und versiegelt in seinem Inneren lag. Als er schließlich in den Ufersand stolperte, ins Wasser des Mittelmeeres, brach er zusammen, krümmte sich wie unter einem letzten tödlichen Schlag und spürte, wie das Wasser ihn warm umspülte.

Es füllte seine Stiefel. Er bespritzte sich damit das Gesicht, dann hörte er durch das Klatschen der Wellen hindurch in der geheimen Kammer seiner Ohren sein eigenes Weinen.

Er war dort, am schäumenden Saum des Meeres, und starrte hin und wieder zu den dahinrollenden vergoldeten Kutschen zurück, zu den Lakaien, die wie Gespenster über die Steine jagten, während ihre Füße kaum die Erde berührten, zu den Pferden, deren Geschirr mit klingelnden Glöckchen, Federbüschen und frischen Blumen geschmückt war. Da löste sich aus diesem Verkehrsstrom, der sich von einem Ende der Stadt zum anderen hinzog, plötzlich eine Kalesche und kam auf ihn zugeschaukelt. Der Kutscher sprang vom Bock, packte Tonio am Umhang, rüttelte ihn voller Besorgnis und bot ihm wild gestikulierend den kleinen gepolsterten Sitzplatz in seiner Kutsche an.

Tonio starrte ihn lange an. Das neapolitanische Kauderwelsch versetzte ihn in leises Erstaunen. Die See umspülte seine Füße. Der Mann zog ihn auf den trockenen Strand zurück und zeigte besorgt auf Tonios feine Kleidung, den Sand, der an seiner Hose hing, die Wassertropfen, die auf seinem Spitzenhemd schimmerten.

Tonio fing plötzlich zu lachen an. Dann richtete er sich auf und sagte, das Brüllen der See und den Lärm des Verkehrs übertönend, in neapolitanischem Dialekt, von dem er ein paar Brocken beherrschte:

»Bringen Sie mich auf den Berg hinauf.«

Der Mann wich zurück. Jetzt? Zu dieser Stunde? Es wäre am besten, ihn bei Tag zu besteigen, wenn . . .

Tonio schüttelte den Kopf. Er holte zwei Goldmünzen aus seiner Börse und drückte sie dem Mann in die Hand. Auf seinem Gesicht lag dabei das gespenstische Lächeln eines Menschen, der ganz genau weiß, daß er alles bekommt, was er will. Er sagte:

»Bringen Sie mich jetzt so hoch es geht auf den Berg hinauf.«

Durch die Randgebiete der Stadt kamen sie rasch voran, aber es war noch ein gutes Stück Weg, bis sie den Berg erreicht hatten. Obstgärten und Olivenhaine lagen an seinen sanft ansteigenden Hängen im Mondlicht ausgebreitet da. Während sie den Berg hinauffuhren, wurde das Grollen des Vulkans beständig lauter.

Tonio konnte bereits die Asche riechen. Er konnte sie auf seinem Gesicht und in seinen Lungen spüren. Von Husten geschüttelt, bedeckte er seinen Mund. In der blauen Nacht tauchten immer wieder kleine Häuser auf. Ihre Bewohner, die an offenen Türen saßen, erhoben sich beim Anblick der dahinzuckelnden Laterne, nur um sich dann wieder niederzusetzen, wenn der Kutscher die Pferde mit der Peitsche vorwärtstrieb.

Der Aufstieg wurde jedoch immer steiler und schwieriger. Schließlich kamen sie an eine Stelle, an der die Pferde nicht mehr weiterkonnten. Unter einem Gewirr von Olivenbäumen kamen sie zum Stehen. Weit unten konnte Tonio den großen glitzernden Halbmond Neapels erkennen.

Da ertönte ein schwaches Brüllen, so diffus und alarmierend, daß Tonio plötzlich merkte, wie er sich an seinem Sitz festklammerte. Der Himmel wurde plötzlich hell, es war eine riesige Rauchsäule zu sehen, die von einem grellen Blitz genau in zwei Teile geteilt wurde, während das Grollen zu einem ohrenbetäubenden Röhren anschwoll.

Tonio sprang von der Kalesche hinunter und befahl dem Kutscher, er solle umkehren. Dieser schien ihn jedoch nicht allein lassen zu wollen. Als Tonio sich zu entfernen versuchte, tauchten aus dem Gestrüpp am felsigen Abhang zwei dunkle Gestalten auf. Es waren Führer, die die Leute bei Tag zum Bergkegel hinaufbrachten, und sie waren bereit, Tonio jetzt ins Schlepptau zu nehmen.

Der Fahrer wollte ihn jedoch nicht gehen lassen, auch einer der beiden Führer schien zu zögern. Bevor jedoch eine Diskussion aufkommen konnte, bezahlte Tonio einen der Männer. Dann packte er den Lederriemen, der hinten am Gürtel des Führers befestigt war, verwendete den Stock, den man ihm anbot, als Krücke, und ließ sich, so abgesichert, in die Dunkelheit hinaufziehen.

Ein weiteres Röhren brach aus der Erde hervor. Wieder war ein Lichtblitz zu sehen. Die verstreut wachsenden Bäume wurden taghell erleuchtet, mittendrin war weiter oben ein kleines Haus zu erkennen. Wieder tauchte eine Gestalt auf, gerade als die Luft von einem Hagel aus kleinen Steinen erfüllt wurde, die ringsum mit dumpfen Schlägen zu Boden prasselten. Tonio wurde von einem Felsstück an der Schulter getroffen, aber nicht verletzt. Er rief dem Führer zu, er solle weitergehen.

Der Mann, der gerade eben erschienen war, ruderte mit den Armen.

»Sie können nicht höher hinaufsteigen!« erklärte er. Als er näher herankam, konnte Tonio ihn im Mondlicht genauer sehen. Er hatte ein hageres Gesicht und hervorquellende Augen, so als würde er an irgendeiner auszehrenden Krankheit leiden. »Steigen Sie wieder hinunter. Sehen Sie denn nicht, daß Sie in Gefahr sind?« rief er ihnen zu.

»Gehen Sie weiter«, sagte Tonio zu seinem Führer.

Der Führer aber war stehengeblieben.

Da deutete der Mann auf einen großen Hügel, der vor ihm aufragte.

»Letzte Nacht war das noch ein Wäldchen so flach wie dieses hier«, sagte er. »Ich habe gesehen, wie es sich in wenigen Stunden zu diesem Hügel aufgeworfen hat. Ich sage Ihnen, Sie spielen mit Ihrem Leben, wenn Sie höher hinaufsteigen.«

Er duckte sich, als es wieder Steine regnete. Diesmal fühlte Tonio, wie ihm Blut über die Wange lief, obwohl er den Stein, der ihn getroffen hatte, weder gehört noch gespürt hatte.

»Gehen Sie weiter«, sagte er zu dem Führer.

Der Führer grub seinen Stab in den Boden. Er zog Tonio noch ein paar Meter weiter den Hang hinauf, dann hielt er an. Er gestikulierte, aber bei dem Lärm, den der Berg machte, konnte Tonio nicht verstehen, was er sagte. Wieder rief er ihm zu, weiterzugehen, sah aber jetzt, daß der Mann am Ende seiner Kräfte war und ihn nichts dazu bewegen würde, weiter hinaufzusteigen. Der Führer flehte Tonio auf neapolitanisch an, stehenzubleiben. Als Tonio daraufhin die Lederschlinge losließ und begann, auf Händen und Füßen weiterzuklettern und dabei die Finger in die Erde grub, rief ihm der Mann auf Italienisch zu:

»Signore, heute nacht spuckt der Vulkan Lava. Sehen Sie doch nach oben. Sie können nicht weitergehen!«

Tonio lag auf dem Boden, hatte den rechten Arm über die Augen gelegt und hielt sich die linke Hand vor den Mund. Durch den Schleier von Ascheteilchen, die in der Luft hingen, konnte er verschwommen einen schwach schimmernden Strom aus Lava sehen, der den Hang zu seiner Rechten hinunterströmte und im Wust des Unterholzes verschwand. Tonio starrte den Lavastrom an, ohne sich zu rühren. Von oben her kam jetzt noch mehr Asche, dann hagelte es wieder Steine. Tonio schützte seinen Kopf mit beiden Händen.

»Signore!« schrie der Führer.

»Kehren Sie um!« rief Tonio. Ohne zurückzublicken erhob er sich auf alle viere und rannte den Hang hinauf. Da er sich dabei an Wurzeln und versengten Ästen festhielt und seine Stiefelspitzen in die weiche Erde grub, wurde er immer schneller.

Wieder regnete es Steine. Die Eruptionen traten in ganz bestimmten Abständen auf. Er konnte deren Rhythmus jedoch nicht bestimmen, aber es war ihm auch egal. Immer wieder warf er sich zu Boden, um sein Gesicht zu schützen, und stand auf, sobald er konnte, während der Feuerschein trotz des Schleiers aus Asche, der zu einer richtigen Wolke geworden war, den Himmel über ihm erleuchtete.

Ein Hustenkrampf zwang ihn anzuhalten. Als er weiterkletterte, hielt er sich sein Taschentuch vor den Mund und kam deshalb nun langsamer voran. Seine Hände waren übel zugerichtet, ebenso seine Knie. Die Gesteinsbrocken, die diesmal auf ihn niederregneten, verletzten ihn an der Stirn und der rechten Schulter.

Der Berg gab erneut ein Brüllen von sich, ein Grollen, das immer lauter wurde, bis es abermals zu einem entsetzlichen Röhren wurde. Die Nacht war wieder hell erleuchtet.

Als sein Blick auf die halb abgestorbenen Bäume, die ein Stück weiter oben standen, fiel, sah er, daß er jetzt den Fuß des eigentlichen Vulkankegels erreicht hatte. Er war fast am Gipfel des Vesuvs angelangt.

Er grub seine Hände fest in die Erde über sich, nahm ganze Hände voll davon, aber sie bröckelte ab, Kiesel und Gesteinsstücke kamen ihm entgegen, fielen ihm ins Gesicht. Plötzlich spürte er, wie sich der Boden unter ihm bewegte! Er wurde nach oben gehoben. Das wütende Röhren machte ihn fast taub. Rauch und Asche wirbelten, begleitet von einem heftigen, blendenden Blitz, in die Luft. Im Lichtschein war der hohe, kahle Bergkegel zu erkennen, der gen Himmel ragte. Wieder arbeitete Tonio sich ein Stück weiter hinauf. Er ging auf einen Baum zu, einen letzten knorrigen und gequälten Wachtposten, den er in nur wenigen Metern Entfernung vor sich sah. Aber er stürzte, fühlte, wie er abermals emporgeschleudert wurde. Der Baum vor ihm brach mit einem gewaltigen Krachen auseinander.

Die eine Hälfte des Stammes klappte nach rechts weg, schien sich wieder zu fangen, knallte dann mit donnerndem Krachen zu Boden. Kochendheißer Dampf stieg aus den Rissen auf, die sich überall auftaten. Jetzt kletterte Tonio verzweifelt rückwärts.

Er rutschte ab. Er fühlte Erde im Mund, tote Blätter klebten an seinen Augenlidern. Aber selbst so blind, wie er jetzt war, konnte er immer noch den roten Blitz einer Explosion sehen. Er preßte sich fest auf den Boden, wurde mitsamt dem Untergrund hochgehoben, zur Seite geschoben, aber er blieb bewegungslos liegen. Das Röhren erhob sich abermals, machte ihn fast taub.

Obwohl sein Hals sich in krampfhaftem Schreien zusammenzog, obwohl seine Hände sich in das lose Gestein krallten, hörte er von sich keinen Ton, fühlte er kein Leben in sich, als er Teil des Berges und des brodelnden Kessels in dessen Innerem wurde.

7

Die Sonne schien warm auf sein Gesicht.

Rauch hing in Tausenden und Abertausenden von winzigen Partikeln in der Luft. Dennoch sangen weit entfernt die Vögel. Es war Mittag, das konnte er am Sonnenstand erkennen. Der Berg gab jetzt nur noch ein schwaches Murmeln von sich.

Er hatte gerade die Augen aufgeschlagen. Eine Weile lag er ganz still da, dann erkannte er, daß ein Mann vor ihm stand.

Die Gestalt ragte schwankend vor einem Hintergrund aus blauem Himmel und üppig grünen Hängen auf. Die Hänge waren von knorrigen Bäumen bewachsen und erstreckten sich zur fruchtbaren Ebene hinunter, in der die bunten Facetten aus Farbe und Licht lagen, aus denen Neapel bestand. Die Gestalt hingegen war so ausgezehrt, so bleich und hatte einen so wilden Blick, daß sie das Antlitz des Todes selbst zu sein schien.

Es war jedoch nicht der Tod. Es war nur jener Mann, der in der vergangenen Nacht aus seiner Hütte gekommen war, um Tonio davor zu warnen, noch weiter hinaufzusteigen.

Stumm streckte er seine Hand aus, half Tonio beim Aufstehen und führte ihn dann langsam den Berg hinunter.

Sobald Tonio die Stadt erreicht hatte, ging er zu einem der besseren *alberghi* am Molo und mietete dort eine teure Suite. Nachdem er einen Diener losgeschickt hatte, um frische Wäsche zu besorgen, nahm er ein Bad. Als er gebadet hatte, ließ er die Wanne hinausbringen und stand dann eine Weile allein und nackt vor dem Spiegel. Schließlich zog er ein sauberes Hemd an, zupfte die Spitze am Kragen und an den Manschetten sorgfältig zurecht, zog dann seinen Rock, den er hatte ausbürsten lassen, seine Hose und Strümpfe an und ging hinaus auf die Veranda.

Man brachte ihm Obst und Schokolade zum Frühstück, außerdem den türkischen Kaffee, den er in Venedig stets so gern getrunken hatte.

Da saß er nun im Freien und ließ seinen Blick über den morgendlichen Verkehr hinweg zum weißen Strand und dem blaugrünen Wasser schweifen.

Auf dem Meer wimmelte es von Fischerbooten und Schiffen, die in den Hafen einliefen.

Auf dem Largo, dem großen, weiten Platz unter ihm, herrschte geschäftiges Treiben, wie er es hier zu sehen gewöhnt war.

Tonio dachte nach.

Seit vierzehn Tagen befand er sich nun in Neapel. Davor war er, nachdem er jenes schmutzige Zimmer in Flovigo verlassen hatte, vierzehn Tage lang unterwegs gewesen. Es war durchaus möglich, daß er während all dieser Zeit nicht ein einziges Mal wirklich seinen Verstand gebraucht hatte.

All das, was ihm widerfahren war, lastete *in seiner Gesamtheit* auf ihm. Dennoch konnte er es nicht als Ganzes sehen. Vielmehr bedrängten ihn alle Einzelheiten davon wie eine höllische Heerschar summender Fliegen, um ihn um den Verstand zu bringen. Fast hatten sie das auch geschafft. Von Haß zerfressen, von Kummer um den Mann zerfressen, der er jetzt niemals mehr werden würde, hatte er blindlings um sich geschlagen, hatte dabei allen Menschen in seiner Nähe, auch sich selbst, weh getan.

Nun, das war vorbei.

Das hatte sich geändert.

Er war sich jedoch nicht ganz sicher, warum das so war.

Im Zentrum dieser Veränderung stand die Erkenntnis – eine Erkenntnis, die er nicht in der Hitze der Wut und des Schmerzes gewonnen hatte, sondern kühl, inmitten der Gefahr –, daß er jetzt vollkommen allein war.

Er hatte niemanden.

Carlo hatte ihm Böses angetan, unwiderruflich Böses.

Und dies hatte Tonio von all jenen, die er liebte, getrennt, und zwar völlig. So, wie er jetzt war, konnte er niemals wieder bei seiner Familie oder seinen Freunden leben. Wenn er es täte, dann würden ihr Mitleid, ihre Neugierde, ihr Entsetzen ihn schlicht zugrunde richten.

Selbst wenn man ihn nicht aus Venedig verbannt hätte – was allerdings eine unabänderliche Tatsache war und eine quälende Erniedrigung für ihn darstellte –, konnte er nicht dorthin zurückkehren. Venedig und all jene, die er kannte und liebte, waren für ihn verloren.

In Ordnung. Das war der einfachere Teil.

Jetzt kam der schwierigere.

Andrea hatte ihn ebenfalls verraten, denn er hatte sicherlich gewußt, daß Tonio nicht sein Sohn war. Dennoch hatte er Tonio glauben lassen, daß es so wäre, und er hatte ihn gegen Carlo aufgehetzt, damit er nach seinem Tod seine Schlacht weiterkämpfte. Das war ein schrecklicher, schrecklicher Verrat.

Doch selbst jetzt wußte Tonio, was Andrea zu seiner Verteidigung sagen würde. Was wäre Tonio ohne Andrea denn gewesen? Der erste einer elenden Brut von Bastarden, Kind eines in Ungnade gefallenen Edelmannes und eines zugrunde gerichteten Mädchens aus dem Kloster? Wie wäre Tonios Leben dann verlaufen? Andrea aber hatte seinen rebellischen Sohn bestraft, hatte die Ehre seiner Familie gerettet und Tonio zu seinem Sohn *gemacht*.

Aber selbst Andreas letzter Wille konnte keine Wunder bewirken. Mit seinem Tod waren die Illusionen und Gesetze, die er geschaffen hatte, in sich zusammengefallen. Außerdem hatte er Tonio niemals begreiflich gemacht, was vor ihm lag. Er hatte Tonio in den Kampf geschickt und ihm als Rüstzeug lediglich Lügen und Halbwahrheiten mitgegeben. Ja, er hatte Andrea verloren.

Und was war von den Treschi geblieben? Carlo, Carlo, der ihm das angetan hatte, Carlo, der zwar nicht den Mut besaß, ihn zu töten, aber die Gerissenheit, zu wissen, daß Tonio ihn um des Hauses der Treschi willen niemals verklagen würde.

Feige war er, aber sehr schlau. Dieser verdorbene und rebellische Mann, der einst aus Liebe zu einer Frau gedroht hatte, seine Familie zum Aussterben zu verdammen, würde ebendiese Familie nun auf der Grausamkeit und Gewalt, die er seinem schuldlosen Sohn zugefügt hatte, wieder aufbauen.

Die Treschi waren also von ihm gegangen: Andrea, Carlo.

Dennoch floß das Blut der Treschi in seinen Adern. In ihm lebte die Liebe zu jenen Treschi weiter, die es vor diesen beiden Männern, Vater und Großvater, gegeben hatte, und zu jenen, die danach kommen würden, nämlich den Kindern, die die Erben der Traditionen und der Stärke einer Familie waren in einer Welt, die sich kaum oder gar nicht an Tonio, Carlo, Andrea, an dieses schreckliche Durcheinander von Ungerechtigkeit und Leid erinnern würde.

In Ordnung, das war schwer.

Aber was jetzt kam, war das Schwerste.

Tonio Treschi war ein Eunuch.

Tonio Treschi war dieser halbe Mann, dieses Wesen, das weniger als ein Mann war und dem jeder unversehrte Mann Verachtung entgegenbrachte. Tonio Treschi war dieses Ding, das die Frauen faszinierte und das die Männer höchst beunruhigend, erschreckend und bemitleidenswert fanden, eine Zielscheibe des Spottes und endloser Schikanen, das notwendige Übel in Kirchenchören und auf Opernbühnen, etwas, das außerhalb dieser Kunstfertigkeit, Eleganz und Musik ganz einfach monströs war.

Sein ganzes Leben lang hatte er gehört, wie hinter den Rücken der Eunuchen geflüstert wurde, hatte das höhnische Lächeln gesehen, die hochgezogenen Augenbrauen, die nachäffenden Gesten! Nur allzu gut hatte er den Zorn des stolzen Sängers Caffarelli verstanden, der im Rampenlicht stand und die Venezianer wütend anfunkelte, die dafür bezahlt hatten, um ihn wie ein Äffchen Kunststücke vorführen zu sehen.

Bereits innerhalb der Grenzen des Conservatorio, an das er sich geklammert hatte wie ein schiffbrüchiger Gefangener an die Wrackteile seines Gefängnisbootes, hatte er den Selbsthaß dieser zur Geschlechtslosigkeit verdammten Knaben gesehen, die ihn voller Hohn dazu bringen wollten, ihren entwürdigenden Zustand zu teilen. »Du bist genau wie wir«, hatten sie ihm nachts, wenn sie in sein Zimmer geschlichen waren, in der Dunkelheit zugezischt.

Ja, er war genau wie sie. Und wie die Welt davon Kenntnis nahm! Der Ehestand war ihm für immer verweigert, er durfte seinen Namen weder der geringsten Frau noch dem bedürftigsten Stiefkind geben. Auch die Kirche würde ihn niemals aufnehmen, lediglich die niedrigsten Weihen konnte er erhalten und selbst das nur mit besonderem Dispens.

Nein, er war verstoßen, von der Familie, von der Kirche, von jeder großen Institution auf dieser Welt, die seine Welt gewesen war. Mit einer Ausnahme:

Das war das Conservatorio. Das war die Welt der Musik, auf die das Conservatorio ihn vorbereiten würde.

Keines von beidem stand in Verbindung mit dem, was ihm von den Schergen seines Bruders angetan worden war.

Hätte es nicht das Conservatorio gegeben, hätte es nicht die Musik gegeben, dann wäre das, was man ihm angetan hatte, schlimmer als der Tod gewesen.

So wie es sich jetzt verhielt, war es nicht schlimmer.

Als er damals auf jenem Bett in Flovigo gelegen und ihm dieser Alonso eine Pistole an den Kopf gehalten und gesagt hatte: »Du hast dein Leben, nimm es und verschwinde von hier«, da hatte er geglaubt, daß es schlimmer als der Tod wäre. »Töte mich«, hatte er antworten wollen, aber selbst dazu hatte ihm damals der Wille gefehlt.

Auf dem Berg aber, an ebendiesem Tag, hatte er nicht sterben wollen. Da war das Conservatorio und da war die Musik, die, selbst in den Momenten seiner schlimmsten Qual, rein und herrlich in seinem Kopf erklungen war.

Eine winzige Gefühlsregung huschte über sein Gesicht. Er starrte aufs Meer hinaus, wo Kinder in den Wellen planschten wie ein großer Schwarm von Schwalben.

Was also würde er tun?

Er wußte es. Er hatte es gewußt, als er von diesem Berg heruntergekommen war. Vor ihm lagen jetzt zwei Aufgaben.

Die erste war, sich an Carlo zu rächen. Aber das würde Zeit brauchen.

Denn Carlo mußte heiraten. Carlo mußte zuerst Kinder bekommen, gesunde, kräftige Kinder, die sich prächtig entwickelten, damit sie eines Tages heiraten und selbst Kinder bekommen konnten.

Dann aber würde er sich an Carlo rächen. Ob er dabei selbst mit unterging, spielte keine Rolle. Vermutlich würden ihn die Schergen des Staates schnappen, vielleicht würde er auch Carlos Bravos in die Hände fallen, aber nicht bevor er zu Carlo vorgedrungen war und ihm ins Ohr geflüstert hatte: »Wir haben noch eine alte Rechnung zu begleichen.«

Er war sich noch nicht sicher, was er dann tun würde. Als er an jene Männer in Flovigo dachte und ihm bewußt wurde, mit welcher Gerissenheit Carlo vorgegangen und wie endgültig all das war, dann schien ihm der Tod für seinen Vater, der in seinen fünfunddreißig Jahren bereits soviel gelebt und geliebt hatte, eine viel zu geringe Strafe.

Er wußte nur, daß er Carlo eines Tages in seine Gewalt bringen würde, so wie jene Männer in Flovigo ihn in ihre Gewalt gebracht hatten. Und wenn dieser Augenblick kam, würde sich Carlo den Tod wünschen, so wie Tonio ihn sich gewünscht hatte.

Dann konnten Carlos Leibwächter ihn gefangennehmen. Venedig konnte ihn gefangennehmen, Carlos Söhne, es spielte keine Rolle. Carlo würde dann bezahlt haben.

Jetzt die zweite Aufgabe.

Er würde singen.

Das würde er für sich selbst tun, weil er es wollte. Es spielte dabei keine Rolle, ob das nun das einzige war, was ein Eunuch überhaupt *konnte*, ob es das war, was sein Bruder und seine Handlanger für ihn ausersehen hatten. Er würde es tun, weil er das Singen liebte und brauchte. Außerdem war seine Stimme von allen Dingen, die er auf dieser Welt einst geliebt hatte, das einzige, was er jetzt noch besaß.

Oh, welche Ironie darin lag. Jetzt würde seine Stimme ihn niemals verlassen, würde sich niemals ändern.

Ja, er würde es für sich selbst tun. Er würde seiner Stimme alles geben, was er hatte, und würde mit ihr auf dieser Erde gehen, wohin er mit ihr gehen konnte.

Wer wußte denn, wie herrlich das vielleicht war? Es winkten ihm der himmlische Glanz der Kirchenchöre, vielleicht sogar das großartige Spektakel des Theaters. Er wagte jetzt nicht wirklich daran zu denken, möglicherweise aber würde ihm dadurch die einzige Zeit geschenkt, die er je mit Gottes Engeln verbringen würde.

Die Sonne stand hoch am Himmel. Die Schüler des Conservatorio hatten sich in der Hitze schon längst zur Siesta zurückgezogen und waren in einen unruhigen Schlaf gefallen.

Das Conservatorio ragte, an die Hügel von Neapel geschmiegt, schemenhaft über ihm auf. Es besaß etwas von dem Reiz einer Geliebten.

8

Er erreichte zur stillen, ruhigen Zeit der Siesta das Tor und stieg die Treppe hinauf, ohne daß er gesehen wurde. Sein kleines Zimmer fand er fast genauso vor, wie er es verlassen hatte. Als er seinen Koffer und die wenigen Kleidungsstücke sah, die irgend jemand aus dem Schränkchen geholt und sorgfältig zurechtgelegt hatte, damit er sie mitnehmen konnte, empfand er plötzlich eine tiefe Ruhe.

Die schwarze Tunika war immer noch da. Er zog seinen Rock aus und legte sie an, hob die rote Schärpe vom Boden auf, schlang sie um seine Taille und machte sich, leise am schlummernden Schlafsaal vorbeigehend, wieder nach unten auf den Weg zu Guidos Arbeitszimmer.

Guido ruhte nicht.

Er sah mit dem unverzüglich aufflammenden Zorn, mit dem er jeder Störung begegnete, vom Cembalo auf. Als er Tonio in der Tür stehen sah, war er jedoch sprachlos.

»Wäre der Maestro dazu zu bewegen, mir noch eine Chance zu geben?« fragte Tonio.

Er stand, die Hände hinter dem Rücken verschränkt, da und wartete.

Guido gab keine Antwort. Tatsächlich wirkte sein Gesicht so bedrohlich, daß sich Tonio einen Augenblick lang seiner aufs Heftigste wiederstreitenden Gefühle für diesen Mann bewußt wurde. Ein einziger Gedanke jedoch trat klar hervor: Dieser Mann hier mußte sein Lehrer sein. Es war undenkbar, daß er bei irgend jemand anderem studierte. Als er daran dachte, daß Guido ins Meer gegangen war, um seinem Leben ein Ende zu setzen, überkam ihn einen kleinen Moment lang ein unausgesprochenes Gefühl, das ihn seit achtundzwanzig Tagen immer wieder beunruhigt hatte. Er verschloß davor sein Herz. Er wartete.

Guido winkte ihn zu sich heran, blätterte dabei wie wild durch seine Noten.

Auf einem kleinen Tischchen neben dem Cembalo sah Tonio ein Glas Wasser stehen. Er trank es leer.

Als er sich die Noten ansah, merkte er, daß es sich um eine Kantate von Scarlatti handelte. Das Stück kannte er zwar nicht, aber er kannte Scarlatti.

Guido stürzte sich in die Introduktion, wobei seine ein wenig kurzen Finger auf den Tasten regelrecht zu hüpfen schienen, dann stimmte Tonio den ersten Ton an, den er absolut genau traf.

Seine Stimme kam ihm riesig und unnatürlich vor, schien völlig unkontrollierbar. Nur mit ungeheurer Willensanstrengung gelang es ihm, weiterzusingen, die Läufe nachzuvollziehen, die sein Lehrer eingefügt hatte, die Verzierungen und Ausschmückungen, mit denen er die Partitur des Komponisten ergänzt hatte.

Schließlich hatte er den Eindruck, daß seine Stimme wieder normal klang. Sie hörte sich beinahe schon gut an. Als er zu Ende gesungen hatte, hatte er das merkwürdige Gefühl zu schweben. Es war, als wäre sehr viel Zeit verstrichen.

Er sah, daß Guido an ihm vorbeiblickte. Der Maestro di Cappella war durch die offene Tür getreten, und nun starrten er und Guido sich an.

»Sing mir das noch einmal vor«, sagte der Maestro und kam näher.

Tonio zuckte leicht mit den Achseln, konnte sich dabei jedoch nicht überwinden, diesem Mann ins Gesicht zu sehen. Er senkte den Blick, griff dann an den schlichten Kragen seiner schwarzen Tunika, um ihn wie beiläufig zurechtzurücken. Er spürte, wie das Gewand ihn umschloß, ihn dabei auf eine Weise, die er noch nie erlebt hatte, kennzeichnete. Einen unaussprechlichen Augenblick lang konnte er sich an all die scharfen Worte erinnern, mit denen dieser Mann ihn getadelt hatte.

Es schien in einem anderen Zeitalter gewesen zu sein. Was dort gesagt worden war, war nicht mehr von Bedeutung.

Er sah die großen Hände des Maestro, das Haar auf seinen Fingerrücken. Er sah den breiten Ledergürtel, mit dem seine Soutane zusammengehalten wurde. Die unverstümmelte Anatomie des Mannes darunter konnte er sich mühelos vorstellen. Als er dann langsam wieder aufblickte, sah er den Bartschatten, der Gesicht und Hals des Maestro verdunkelte.

Schließlich wagte er es, dem Maestro in die Augen zu blicken. Er war überrascht: Diese Augen waren sanft und vor Ehrfurcht und Erwartung ganz groß geworden. Guido sah Tonio genauso an. Sie warteten.

Er holte Luft und begann zu singen. Diesmal hatte er seine Stimme sofort unter Kontrolle.

Er ließ die Töne aufsteigen, folgte ihnen im Geiste, modulierte sie ohne die geringste Schwierigkeit. Dann kamen die einfacheren, kräftigeren Passagen des Liedes. Seine Stimme erhob sich. Und in einem unbestimmbaren Augenblick war ihm die Freude in all ihrer Reinheit zurückgegeben.

Er hätte weinen mögen.

Hätte er Tränen gehabt, dann hätte er geweint, und es spielte keine Rolle für ihn, daß er nicht allein war, daß sie es gesehen hätten.

Seine Stimme gehörte ihm wieder.

Das Lied war zu Ende.

Er blickte in den Klostergarten hinaus auf das Licht, das in den Blättern flimmerte, und spürte, wie ihn eine heftige, köstliche Müdigkeit übermannte. Es war ein warmer Nachmittag. In großer Ferne glaubte er spielende Kinder zu hören.

Vor ihm jedoch erhob sich ein Schatten. Als er sich beinahe zögernd umdrehte, blickte er in das Gesicht von Maestro Guido.

Dann legte Guido die Arme um ihn, und Tonio überließ sich langsam, zaghaft dieser Umarmung.

Ihm war, als würde er sich an einen anderen Augenblick erinnern, an eine andere Zeit, als er jemanden in seinen Armen gehalten hatte. Das war genau dasselbe süße, heftige und verborgene Gefühl gewesen. Was immer es aber gewesen war – wann immer es gewesen war –, es war weg. Er konnte es sich nicht mehr ins Gedächtnis zurückrufen.

Maestro Cavalla trat auf ihn zu.

Er sagte: »Du hast eine herrliche Stimme.«

VIERTER TEIL

1

Als Tonio an jenem ersten Nachmittag im Conservatorio seinen Koffer auspackte (seine Famile hatte ihm in der Tat *alles* geschickt, was ihm gehörte), ein paar seiner Lieblingskleidungsstücke in das rote, goldverzierte Schränkchen räumte und seine Bücher auf die Regale im Zimmer stellte, war er sich bewußt, daß die Verwandlung, die er auf dem Vesuv durchgemacht hatte, erst noch die Bewährungsprobe bestehen mußte.

Dies war auch einer der Gründe dafür, weshalb er dieses kleine Zimmer nicht aufgeben wollte, obwohl der Maestro di Cappella erklärt hatte, er könne, wenn er das wünsche, sofort ein ungenutztes Zimmer im ersten Stock beziehen. Tonio wollte von seinem Fenster aus den Vesuv sehen können. Er wollte nachts im Bett liegen und das Feuer des Berges vor dem Hintergrund des mondhellen Himmels betrachten. Er wollte sich stets daran erinnern können, daß er auf diesem Berg gelernt hatte, was es bedeutete, vollkommen allein zu sein.

Es würde Augenblicke geben, in denen er den heftigsten Schmerz empfinden würde, und er ahnte dunkel, daß ihm, ganz gleich, wie ergeben er sich jetzt in sein Schicksal fügte, ganz gleich, welch entsetzliche Qual er in den letzten Monaten empfunden hatte, das Schlimmste noch bevorstand.

Und er hatte recht.

Kleine schmerzliche Augenblicke erlebte er unverzüglich.

Er erlebte sie im warmen Sonnenlicht des Nachmittags, als er seine Brokat- und Samtröcke aus dem Koffer nahm, die er in Venedig einst bei festlichen Abendessen und auf Bällen getragen hatte, er erlebte sie, als er den pelzgefütterten Mantel in den Händen hielt, in den er sich damals gehüllt hatte, als er im zugigen Parkett des Theaters gesessen und in das Gesicht des Sängers Caffarelli hinaufgestarrt hatte.

Auch als er an diesem Abend im Speisesaal seinen Platz unter den anderen Kastraten einnahm und dabei so tat, als würde er die Bestürzung auf ihren feindseligen Gesichtern nicht sehen, empfand er Schmerz.

All das jedoch ertrug er mit gelassenem Gesicht. Er begrüßte seine Mitschüler mit einem Nicken. Jenen, die ihn verspottet hatten, warf er ein entwaffnendes Lächeln zu. Paolo, dem kleinen Jungen, der mit ihm aus Florenz gekommen war, strich er übers Haar.

Genauso ruhig übergab er dem Maestro di Cappella auch seine Börse.

Als man ihn dann aufforderte, auch seinen Degen und sein Stilett abzugeben, lächelte er wieder freundlich, schüttelte aber, innerlich zitternd, leicht den Kopf, so als würde er kein Italienisch verstehen. Die Pistolen, die würde er selbstverständlich abgeben. Aber seinen Degen? Nein. Er lächelte. Niemals.

»Du bist doch kein Student der Universität«, meinte der Maestro barsch. »Du ziehst doch nicht nach Lust und Laune durch die Tavernen hier am Ort. Ist es wirklich nötig, dich daran zu erinnern, daß Lorenzo, der Schüler, den du verwundet hast, das Bett immer noch nicht verlassen kann? Ich will hier keine weiteren Streitereien mehr haben. Gib mir deinen Degen und dein Stilett.«

Wieder dieses freundliche Lächeln. Tonio täte es leid, was Lorenzo passiert ist. Aber Lorenzo sei in sein Zimmer eingedrungen. Er sei gezwungen gewesen, sich zu schützen. Er könne seinen Degen nicht abgeben. Und das kleinere und nützlichere Stilett würde er ebenfalls nicht freiwillig herausgeben.

Niemand merkte, wie erstaunt er war, als der Maestro di Cappella ihn beides behalten ließ.

Erst als er sich wieder in seinem Mansardenzimmer befand und ungestört war, begann er darüber zu lachen. Er hatte erwartet, daß der ausdrückliche Befehl »Verhalte dich wie ein Mann« sein Schutzpanzer gegen Demütigungen sein würde. Was er nicht erwartet hatte, war, daß er damit auch andere Menschen beeinflussen konnte! Langsam fing er zu begreifen an, daß das, was er vom Vesuv mit heruntergebracht hatte, eine Verhaltensweise war. Egal, was er gerade *fühlte*, er würde sich so verhalten, als hätte er keine Gefühle, und alles würde leichter sein.

Natürlich bedauerte er es sehr, daß er Lorenzo verletzt hatte. Es war nicht so, daß der Junge das nicht verdient hätte, aber es bedeutete, daß Lorenzo ihm später möglicherweise Ärger machte.

Es war bereits seit einer Stunde dunkel. Tonio dachte immer noch über die Sache mit Lorenzo nach, als er draußen im Korridor die älteren Kastraten hörte. Es waren jene Jungen, die dafür zu sorgen hatten, daß im Schlafsaal Ruhe herrschte, jene, die Lorenzo damals in Tonios Zimmer begleitet hatten, um ihn zu schikanieren.

Jetzt war er für sie bereit. Er bat sie, einzutreten, und bot ihnen eine Flasche vorzüglichen Wein an, den er in dem *albergho* am Meer gekauft hatte, und entschuldigte sich gleichzeitig dafür, daß er weder Becher noch Gläser hatte. Er würde diesen Mangel schon bald beheben. Würden sie ihm bei einem kleinen Schluck Wein Gesellschaft leisten? Er ließ sie auf seiner Bettkante Platz nehmen, holte sich selbst den Stuhl von seinem Schreibtisch und ließ die Weinflasche herumgehen. Als er sah, daß der Wein ihnen schmeckte, reichte er ihnen die Flasche ein weiteres Mal.

Tatsächlich konnten sie nicht widerstehen.

Tonio sah sie sich jetzt zum ersten Mal genau an, und während er das tat, begann er zu sprechen. Mit leiser Stimme redete er gerade soviel über das Wetter in Neapel und über ein paar Besonderheiten der Stadt, daß das Schweigen sie nicht bedrückte. Dennoch vermittelte er dabei nicht den Eindruck, redselig zu sein, was er im Grunde ja auch nicht war.

Er versuchte sie einzuschätzen, versuchte herauszufinden, wer von ihnen sich Lorenzo gegenüber, der immer noch im Bett lag, weil sich die Wunde entzündet hatte, loyal verhalten würde.

Der größte war Giovanni. Er kam aus Norditalien, war ungefähr achtzehn Jahre alt und besaß eine leidlich gute Stimme, wie Tonio in Guidos Studierzimmer gehört hatte. Er würde niemals in der Oper auftreten, aber als junger Maestro bewies er viel Geschick bei den kleineren Jungen, und so mancher Kirchenchor würde ihn später gerne aufnehmen. Sein schlaffes schwarzes Haar trug er streng zu einem Zopf zurückgebunden. Sein Blick war sanft, uninteressant, vielleicht sogar feige.

Er schien uneingeschränkt bereit, Tonio zu akzeptieren.

Dann war da Piero, der Blonde, der ebenfalls aus Norditalien stammte. Er hatte Tonio oft Schimpfworte zugezischt und dann immer den Kopf weggedreht, so als hätte er nichts gesagt. Er besaß eine bessere Stimme, einen Alt, der eines Tages vielleicht sogar berühmt werden würde. Doch nach dem zu urteilen, was Tonio in der Kirche von ihm gehört hatte, fehlte ihm irgend etwas. Vielleicht Leidenschaft, vielleicht Phantasie. Er trank den Wein jetzt mit einem leicht höhnischen Grinsen, sein Blick war kalt und argwönisch. Als Tonio jedoch das Wort an ihn richtete, schien er unverzüglich weich zu werden. Tonio fragte ihn etwas, und er gab überaus bereitwillig und ausführlich Antwort. Also brauchte er schlicht und einfach Aufmerksamkeit.

Und schließlich war da der sechzehnjährige Domenico. Er besaß eine so auserlesene Schönheit, daß man ihn sowohl für einen Mann als auch für eine Frau hätte halten können. Da sich sein Brustkorb durch das Singen und aufgrund der Flexibilität seiner Eunuchenknochen geweitet hatte, besaß er tatsächlich weibliche Formen, eine schmale Taille und darüber eine Ausbuchtung, die einen Busen hätte vermuten lassen können. Seine dunklen Wimpern und rosa Lippen glänzten, als wären sie geschminkt. Natürlich waren sie das nicht. An seinen Fingern trug er ein Sortiment von Ringen, in denen sich das Licht brach, wenn er mit bedächtiger Eleganz und überaus schleppenden Bewegungen gestikulierte. Sein schwarzes Haar ließ er in natürlichen Locken auf die Schultern herabfallen; es war lediglich ein klein wenig zu lang. Domenico sagte überhaupt nichts. Das brachte Tonio zu Bewußtsein, daß er noch nie gehört hatte, wie Domenicos Stimme klang, weder beim Singen noch beim Sprechen. Es machte ihn neugierig. Domenico war einfach immer nur da und sah zu. Er hatte mit ausdruckslosem Gesicht zugesehen, wie Lorenzo niedergestochen wurde.

Als er jetzt die Flasche Wein entgegennahm, sich zuerst die Lippen mit einer Spitzenserviette abwischte, heftete er seinen Blick auf Tonio, so als würde er ihn ganz neu beurteilen. Dieses Starren war entnervend. Tonio dachte: Diese Kreatur ist sich ihrer Schönheit so deutlich bewußt, daß sie sich schon jenseits der Eitelkeit befindet.

In der kommenden Opernproduktion auf der kleinen Bühne des Conservatorio würde Domenico die weibliche Hauptrolle übernehmen. Tonio stellte plötzlich fest, daß ihn die Aussicht, diesen Jungen in ein Mädchen verwandelt zu sehen, faszinierte. Er stellte sich vor, wie die Korsettstäbchen Domenicos Taille umschlossen, und wurde rot. Plötzlich konnte er dem, was Giovanni gerade zu ihm sagte, nicht mehr folgen.

Er holte kurz und verlegen Luft. Domenico hatte den Kopf ein wenig schief gelegt. Er lächelte fast. Im Kerzenschein wirkte seine Haut wie Porzellan, sein Kinn war ein wenig gespalten, was ein typisch männliches Attribut war und das Ganze um so verwirrender machte.

Als seine Gäste gegangen waren, setzte sich Tonio auf die Bettkante und dachte nach. Dann blies er die Kerze aus, legte sich hin und versuchte zu schlafen. Da es ihm nicht sofort gelingen wollte, stellte er sich vor, wieder auf dem Vesuv zu sein. Er spürte wieder die erzitternde Erde, spürte, wie sie an seinen Augenlidern zog.

Sich daran zu erinnern, wie sich diese Erde angefühlt hatte, wie der Berg gegrollt hatte, wurde ein Ritual, das er viele Jahre lang allnächtlich wiederholte.

2

Am nächsten Morgen erwachte er, obwohl er von der Nacht, die er auf dem Berg verbracht hatte, immer noch überall blaue Flecken hatte, in außergewöhnlich guter Laune. Er würde seine Studien bei Guido unverzüglich beginnen.

Der Maestro saß an seinem Cembalo und machte Notizen.

Anscheinend arbeitete er schon seit Stunden, denn seine Kerze war weit heruntergebrannt. Die Dunkelheit draußen vor seinem Fenster verwandelte sich in Nebel. Tonio, der sich auf eine Bank an der Wand setzte, um zu warten, nahm zum ersten Mal die Einzelheiten in diesem kleinen Raum wahr.

Das Zimmer besaß einen Steinboden, auf dem lediglich eine Binsenmatte lag. Dennoch war das gesamte Mobiliar – das Cembalo, das Stehpult, Stuhl und Bank – üppig mit Blumenmotiven und schimmerndem Lack verziert. Die Farben schienen vor den kahlen Wänden regelrecht zu pulsieren. Der Maestro in seinem schwarzen Rock und der kleinen Halsbinde aus Leinen wirkte düster und klerikal, aber so, als würde er zu allem hier dazugehören.

Sie begannen an diesem Tag mit einem einfachen *Accentus*.

Tonio bekam sechs Noten in aufsteigender Tonfolge gezeigt, »Ut, Re, Mi, Fa, Sol, La«. Dann sollte er diese Töne mit einer komplizierten Verzierung singen, so daß das Ganze eine sanft ansteigende Melodie mit kleinen Aufwärts- und Abwärtsbewegungen wurde, wobei um jeden einzelnen Ton mindestens vier Noten gruppiert waren, drei davon aufsteigend und eine wieder absteigend.

Das Ganze war in einem Atemzug zu singen, wobei jedem Ton dieselbe Aufmerksamkeit gewidmet werden mußte. Gleichzeitig mußten die Vokale perfekt artikuliert werden, und der Vortrag sollte absolut flüssig sein.

Dies sollte nun immer und immer wieder gesungen werden, Tag für Tag, in diesem stillen, leeren Zimmer, ohne Cembalobegleitung, bis die Töne natürlich und gleichmäßig wie ein goldener Strom aus Tonios Kehle flossen, ohne einen Hinweis auf den Atemzug, den er zu Beginn gemacht hatte, oder darauf, daß ihm am Ende vielleicht die Luft fehlte.

Am ersten Tag glaubte Tonio, die ständige Wiederholung würde ihn um den Verstand bringen.

Am zweiten Tag aber, als er, überzeugt davon, daß diese Monotonie eine subtile Form der Folter darstellte, mit den Übungen begann, bemerkte er eine Veränderung. Es war, als hätte sein Zorn eine Blase geschaffen, die irgendwann an diesem Nachmittag zerplatzte. Die

Haut dieser Blase fiel auseinander wie die Blütenblätter einer Knospe, und eine große Blüte erhob sich aus deren Mitte.

Diese Blüte war die Tatsache, daß die Töne, die Tonio sang, plötzlich eine hypnotische Anziehungskraft auf ihn ausübten, daß er mit ihnen schwebte und sich langsam und verschwommen bewußt wurde, daß er mit jedemmal, mit dem er wieder mit dem *Accentus* begann, einen neuen und faszinierenden kleinen Aspekt davon in den Griff bekam.

Als die Woche schließlich zu Ende ging, hatte er den Überblick über die verschiedenen Probleme, die er löste, längst verloren. Er wußte nur, daß sich seine Stimme vollkommen veränderte.

Immer wieder wies Guido ihn darauf hin, daß er Ut, Re und Mi liebevoller gesungen hatte als die anderen Töne. Liebte er sie denn mehr? Er mußte sie alle in gleichem Maße lieben. Immer wieder erinnerte Guido Tonio daran, *Legato* zu singen, also alle Töne sorgfältig und makellos miteinander zu verbinden. Die Lautstärke spielte dabei keine Rolle. Der Ausdruck spielte keine Rolle. Aber jeder einzelne Ton *mußte* schön sein. Es war nicht genug, daß er ihn genau traf, der Ton selbst mußte so schön sein wie ein goldener Tropfen.

Dann lehnte er sich zurück und sagte: »Noch einmal von vorn«, und Tonio begann mit verschwommenem Blick und schmerzendem Kopf wieder mit dieser ersten Note.

Aber immer dann, wenn Tonio so erschöpft war, daß er am ganzen Körper ein Kribbeln verspürte, erlöste Guido ihn mit unfehlbarem Gespür und schickte ihn ans Stehpult, damit er dort ein paar Kompositionsprobleme oder einen mehrstimmigen Satz ausarbeitete.

»Du darfst nicht mehr am Schreibtisch sitzen. Es tut deinem Brustkasten nicht gut, wenn du vornübergebeugt dasitzt. Du darfst niemals, niemals etwas tun, das deiner Stimme oder deinem Brustkasten schadet«, sagte er. Und Tonio, dem die Beine weh taten, neigte nur den Kopf, dankbar dafür, daß er den *Accentus* für eine Weile aus seinem Kopf verbannen durfte.

Er wußte nicht, wie lange er diese elementare Passage bereits sang, als Guido schließlich oben und unten jeweils zwei Töne hinzufügte und ihm erlaubte, das Ganze etwas schneller zu singen. Vier neue Töne! Das war ein richtiges Ereignis! Tonio verkündete sarkastisch, daß er sich zur Feier des Tages jetzt wohl betrinken dürfe.

Guido ignorierte seine Bemerkung.

An einem heißen Nachmittag jedoch, als Tonio kurz davor war, aufzubegehren, gab Guido ihm plötzlich mehrere Arien, die ganz frisch komponiert und voller Veränderungen waren.

Tonio hatte sich die Notenblätter geschnappt, bevor er sich noch richtig bedankt hatte. Er hatte das Gefühl, unter einem sommerlichen Sternenhimmel ins warme Meer zu tauchen, und war mit dem zweiten Stück schon fertig, als ihm klar wurde, daß Guido selbstverständlich zuhörte. Gleich würde Guido sagen, daß er schrecklich war.

Also versuchte er jetzt, das, was er beim *Accentus* gelernt hatte, ganz bewußt anzuwenden. Da merkte er, daß er die ganze Zeit nichts anderes getan hatte. Er hatte mit einer neuen Geschmeidigkeit und Beherrschung gesungen, die ihm den unmittelbaren Zugang zur Musik unglaublich erleichterte.

In diesem Augenblick empfand er zum ersten Mal ein wirkliches Gefühl von Macht.

Als er zu seinen Übungen zurückkehrte, war ihm klargeworden, daß seine Stimme auch etwas mit Macht zu tun hatte.

Später an diesem Abend, als er so müde war, daß er schon ins Stolpern kam, wenn er auch nur an sein Bett dachte, hatte er das Gefühl, sich in etwas verwandelt zu haben, das nicht mehr menschlich war. Er war zu einem Instrument geworden, aus dem sich seine Stimme erhob, als würde jemand anderes darauf spielen. Er konnte spüren, wie seine Stimme aus ihm aufstieg, er konnte spüren, wie gleichmäßig, wie glatt sie war.

Ihm war schwindelig, als er schließlich die Stufen zu seinem Zimmer emporstieg. Im Bett stellte er dann fest, daß er seit mindestens zehn Tagen nicht ein einziges Mal an jene Dinge gedacht hatte, die ihm geschehen waren, bevor er hierhergekommen war.

Am nächsten Morgen informierte ihn Guido darüber, daß sie aufgrund seiner ausgezeichneten Fortschritte mit der *Esclamazio* beginnen würden. Bei jedem anderen Schüler wäre ein solcher Sprung undenkbar gewesen, Guido hatte jedoch eigene Vorstellungen davon, wie schnell man vorgehen sollte.

Die *Esclamazio* war das langsame und vollkommen kontrollierte Anschwellen eines Tones, der leise begann, immer lauter wurde, dann langsam zurückgenommen wurde, um leise auszuklingen. Oder man begann laut, nahm ihn in der Mitte zurück und ließ ihn zum Ende hin wieder lauter werden.

In beiden Fällen war es absolut wichtig, sich genau auf das zu konzentrieren, was man tat. Wieder spielte die Lautstärke keine Rolle. Wieder mußte der Ton absolut schön sein. Und wieder würde Tag um Tag vergehen, während Tonio diese Übung immer und immer wieder sang, zuerst auf dem A, dann auf dem E, dann auf dem O, bevor er dann stets zum *Accentus* zurückkehrte.

Manchmal wurde es zehn Uhr abends, bis Guido ihn entließ. Die *Esclamazio* verfolgte Tonio noch im Schlaf, und wenn er aufwachte, hatte er immer noch diese klaren Töne im Ohr.

Schließlich kam er zur ersten der Verzierungen.

Was Tonio bislang gelernt hatte, waren die Grundlagen der Atemtechnik und der Stimmbeherrschung. Außerdem hatte er gelernt, sich auf das, was er sang, genau zu konzentrieren. Eine Melodie auszuschmücken war jedoch komplizierter. Es bedeutete nicht nur, daß er neue Töne oder Kombinationen von Tönen erlernen mußte, er mußte sich auch ein gewisses Gefühl dafür aneignen, wann er sie eigenständig zu einer Melodie hinzufügen mußte.

Die erste Verzierung, die er lernte, nannte sich *Tremolo*. Man ließ dabei einen Ton rasch an- und abschwellen, so daß er auf diese Weise in eine Folge von Einzeltönen aufgeteilt wurde. Das bedeutete, man nahm einfach ein A und sang A A A A A. Auch dies mußte wieder vollkommen kontrolliert und vollkommen flüssig geschehen, wobei die Töne zwar einer in den anderen übergingen, die Einzeltöne dabei jedoch noch deutlich herauszuhören waren.

Wenn ihn das dann geistig erschöpft hatte, wenn ihm das *Tremolo* mit einer gewissen Natürlichkeit gelang, ging er zum *Trillo* über. Dabei wechselte er schnell von einer Note zu einer höheren und wieder zurück, immer und immer wieder in einem einzigen langen Atemzug, so daß es wie ABABABABABABABA klang.

Nach den langen Wochen, in denen er den *Accentus* und die langsame, üppige *Esclamazio* geübt hatte, machte ihm das tatsächlich großen Spaß. Seine Stimme zu beherrschen, Macht über sie auszuüben, empfand er allmählich als eine Herausforderung, die ihn ganz und gar fesselte.

Mit jedem Tag stellte sich die Phase, in der sich Tonio wie hypnotisiert in die Musik fallenlassen konnte, früher ein und schien länger anzudauern.

Er machte immer weiter. Er drängte voran.

Es wurde immer später.

Manchmal trat der Maestro di Cappella ins Zimmer und sagte ihm, daß es Zeit zum Aufhören wäre. Tonio ließ sich dann auf die Bank fallen, rollte seinen Hinterkopf an der Wand hin und her. Manchmal ließ Guido dann am Cembalo seinen Fingern freien Lauf. Üppige, perlende Töne erfüllten das Zimmer. Und während Tonio ihm zusah, fühlten sich sein Körper und seine Seele leer an.

Dann pflegte Guido zu sagen: »Verschwinde.« Und Tonio, ein wenig erschrocken und gedemütigt, ging nach oben, um sofort einzuschlafen.

Es schien, als würde Tonio niemals wieder Arien zu singen bekommen. Selbst die Zeit, in der er sich eigentlich mit Komposition beschäftigen sollte, wurde eingeschränkt, so daß er sich ganz seinen Gesangsübungen widmen konnte.

Wenn sich in Tonios Stimme aber nur das leiseste Anzeichen von Anstrengung zeigte, hörte Guido unverzüglich auf. Manchmal ruhte Tonio sich dann einfach aus, während andere Schüler von Guido unterrichtet wurden. Dabei fiel ihm auf, welche Fehler sie machten und wo ihre Grenzen lagen, über die sie überhaupt nicht oder nur sehr langsam hinauswuchsen.

Wenn Tonio bei diesen oder anderen Unterrichtsstunden zusah, tröstete es ihn, daß Guido diese Schüler ebensosehr zu verachten schien wie ihn. *Manchmal* tröstete ihn das. Manchmal fühlte er sich nur noch schlechter, und wenn Guido seine Schüler schlug, was oft vorkam, machte Tonio das wütend.

Eines Tages, nachdem Guido den kleinen Paolo, den Jungen, den sie aus Florenz mitgenommen hatten, geschlagen hatte, riß Tonio der Geduldsfaden. Er erklärte Guido rundheraus, daß er ein ungehobelter Flegel sei, ein Bauer, den man in einen feinen Rock gesteckt hätte.

Von all den Kleinen, die oft seine Zuneigung oder sogar sein Mitleid weckten, war es Paolo, den Tonio niemals ganz vergessen konnte. Paolo hatte sich unter Guido so sehr ins Zeug gelegt, wie er konnte. Er war von Natur aus ein Schelm, lachte und lächelte gerne. Es war mehr dieses Naturell, das ihm jetzt die Prügel eingetragen hatte, nicht die Tatsache, daß er sich irgend etwas hätte zuschulden kommen lassen. Tonio war weiß vor Zorn.

Guido aber lachte nur. Er führte Tonio in den letzten Höhepunkt aller früheren Lektionen ein, das Singen von Passagen:

Es bedeutete, eine Notenzeile in viele einzelne Töne aufzubrechen, während man gleichzeitig den Wortsinn der Passage und dessen eigentliche thematische Reinheit unangetastet ließ. Guido gebrauchte das Wort *Sanctus* als Beispiel. Der Komponist hatte dafür vielleicht zwei Töne notiert, wovon der zweite höher als der erste war. Tonio mußte nun in der Lage sein, den ersten Ton, *Sanc*, in sieben oder acht Töne aufzuteilen. Diese Töne sollten von unterschiedlicher Länge sein, sich auf und ab bewegen, schließlich jedoch weich zur zweiten Note, dem *tus*, aufsteigen. Dieses mußte er dann ebenfalls mit sieben oder acht Tönen umspielen, um dann mit erfreulicher Endgültigkeit wieder zu dieser zweiten Note zurückzukehren und darauf zu schließen.

Diese Verzierungen und Passagen zu üben, wie Guido sie aufgeschrieben hatte, stand am Anfang. Dann aber mußte Tonio lernen, das nackte Gerüst einer beliebigen Komposition herzunehmen und seine eigenen Verzierungen zu erfinden, um es damit geschmackvoll und rhythmisch präzise auszufüllen. Er mußte wissen, wann er einen Ton anschwellen lassen sollte, wie lange er ihn halten sollte, ob er eine Passage in Töne von ungleichem oder gleichem rhythmischen Wert aufbrechen sollte und wie weit er sich von der ursprünglichen Note aufsteigend oder absteigend entfernen durfte. Und er mußte die Worte einer Kantate oder Arie zu jeder Zeit so deutlich artikulieren, daß die Bedeutung der Worte trotz all dieser erlesenen Verzierungen für jedermann klar war.

Das war im wesentlichen alles, was Guido Tonio beibringen konnte. Der Rest war Variation, Verfeinerung.

Normalerweise dauerte es fünf Jahre, bis ein Schüler dies meisterte. Guido hatte Tonio aus offensichtlichen Gründen sehr schnell vorankommen lassen: Tonio sollte sich nicht langweilen.

Er konnte sofort an allen Aspekten seiner Gesangstechnik arbeiten, und so begann Guido für ihn immer kompliziertere Vokalisen zu schreiben. Natürlich besaß er viele alte Lehrbücher, die im letzten Jahrhundert und am Anfang seines eigenen Jahrhunderts verfaßt worden waren. Wie die meisten Gesangslehrer schrieb er jedoch seine Übungen lieber selbst, da er wußte, was Tonio am meisten brauchte.

Als Tonio sah, daß dies die Basis seiner Ausbildung war und daß das, was vor ihm lag, dazu diente, seine Stimme durch diese Übungen so zu vervollkommnen, daß sie so stark, so fest und so schön klang wie eine Reihe von perfekt gegossenen Glocken, die immer und immer wieder mit genau derselben Kraft angeschlagen wurden, legte er, am Cembalo sitzend, den Kopf in die Arme und brach in Tränen aus.

Er hatte das Gefühl, daß ihm erst jetzt klar wurde, was Schlaf oder Erschöpfung eigentlich bedeuteten, so müde war er geistig und körperlich. Es war ihm egal, ob Guido Maffeo ihn zornig ansah.

Er haßte Guido! Ebensosehr, wie Guido ihn haßte, sei's drum. Er hatte geschworen, all das hier für sich selbst zu tun, zu seinem eigenen Vergnügen! Plötzlich bekam er Angst. Wenn er jetzt aufgab, was blieb ihm dann noch?

Es kam ihm so vor, als würde er das Gleichgewicht verlieren. Plötzlich wurde er sich seines Bodensatzes von Träumen bewußt, die er am Morgen stets vergessen hatte. Eine kleine Tür, hinter der Alpträume und das Nichts lagen, drohte aufzuschwingen. Er konnte nicht aufhören, bitterlich zu weinen, und wünschte sich, Guido Maffeo würde aus dem Zimmer gehen, würde ihm voller Abscheu den Rücken kehren, geh schon. Verschwinde hier!

Das war es, was der Maestro gleich sagen würde. »Verschwinde hier.«

»Meine Stimme ist rauh«, sagte Tonio schließlich. »Sie ist ungleichmäßig, sie schnappt über, wie es ihr gefällt. Was ich bis jetzt gelernt habe, ist schlicht und einfach, zu hören, wie schlecht sie ist!«

Guido blickte ihn finster an. Dann wurde sein Gesicht merkwürdig leer.

»Darf ich zu Bett gehen?« flüsterte Tonio.

»Noch nicht«, sagte Guido. »Geh in dein Zimmer hinauf und zieh dich um. Ich nehme dich in die Oper mit.«

»Was?« Tonio hob den Kopf. Er konnte kaum glauben, was er da gehört hatte. »Wir gehen aus, wir gehen in die Oper!«

»Wenn du aufhörst, zu greinen wie ein kleines Kind, dann ja. Geh dich unverzüglich umziehen.«

3

Tonio nahm immer zwei Stufen auf einmal. Er kühlte sich das Gesicht mit kaltem Wasser und begann seine feinen Kleider, die er seit Venedig nicht mehr getragen hatte, aus dem Schrank zu holen. In Windeseile hatte er einen dunkelblauen Brokatrock und sein feinstes weißes Spitzenhemd angezogen, dazu Schnallenschuhe mit falschen Steinen. Mit umgeschnalltem Degen stand er jetzt im unteren Stockwerk, in dem sich Guidos Wohnräume befanden.

Erst jetzt erinnerte er sich wieder daran, daß er Guido eigentlich verachtete. Und daß er kein Kind war, das noch nie in der Oper gewesen war. Aber das vergaß er sofort wieder. Tatsächlich war er so glücklich, daß er es kaum fassen konnte. Er lachte beinahe.

Dann erschien Guido, und Tonio, der lediglich auf sein klerikales Schwarz vorbereitet war, war erstaunt. Der Maestro trug einen Rock aus schokoladenbraunem Samt, der genau dasselbe Braun wie seine Augen und sein ordentlich gekämmtes Haar hatte, und darunter eine Weste aus goldfarbener Seide. Seine Augen waren so groß, daß sie beunruhigend wirkten. Hätte er die geringste Liebenswürdigkeit an den Tag gelegt, hätte sich das allerkleinste Lächeln auf seine Lippen gestohlen, dann hätte er ganz außer Zweifel hübsch ausgesehen. Aber er war so säuerlich und grüblerisch wie immer.

Tonio versteifte sich, als er seinen bösen Gesichtsausdruck sah. Er folgte ihm schweigend zur ersten belebten Straßenecke, wo sie ein Kabriolett herbeiwinkten, das sie zum Teatro San Bartolommeo brachte.

Das Opernhaus war alt, strahlend hell erleuchtet und wimmelte von Menschen. Die Spielezimmer waren voller Rauch und Lärm. Das Publikum war unruhig und schnatterte, obwohl sich die Vorstellung bereits in vollem Gang befand. Das Teatro San Bartolommeo war in Neapel das Opernhaus, in dem heroische Opern – das bedeutete, ernste Opern – gegeben wurden und das von den Aristokraten besucht wurde, die jetzt auch den ersten Rang im rechteckigen Zuschauerraum füllten.

Für Tonio war es wie ein Traum. Es hatte geradezu den Anschein, als hätte er niemals zuvor solchen Glanz gesehen, wäre niemals von Kronleuchtern aus Muranoglas umgeben aufgewachsen, hätte niemals solch einen Reichtum an Wachskerzen gesehen.

Guido hatte in seinen Augen eindeutig an Würde und Eleganz gewonnen. Jetzt kam er ihm fast wie in feiner Herr vor. Er kaufte sowohl das Libretto als auch die Partitur und führte Tonio nicht hinauf zu den lauten Logen, sondern hinunter zu den teuersten Plätzen im Parterre, direkt vor der Bühne.

Der erste Akt lief erst seit einer halben Stunde, die wichtigsten Arien standen also noch bevor. Sobald Guido sich bequem hingesetzt hatte, zog er Tonio dicht neben sich.

Das soll das Biest sein, das mich über einen Monat lang angefaucht hat, dachte Tonio. Er war ein wenig verwirrt. Und er konnte nicht aufhören, Guido anzusehen.

Es würden zwei Kastraten auftreten, erklärte Guido, und eine reizende Primadonna. Der alte Eunuch würde jedoch besser als alle anderen singen, und zwar nicht, weil er eine ordentliche Stimme hatte, das war nämlich gar nicht der Fall, sondern weil er die nötige Kunstfertigkeit besaß.

Sobald der Kastrat zu singen begann, war Tonio gefesselt. Seine Stimme war seidig, voller Zärtlichkeit und brachte ihm ungeheuer viel Applaus ein. »Und das ist keine große Stimme?« flüsterte Tonio.

»Die hohen Töne hat er sämtlich im Falsett gesungen, weil seine

Bruststimme nicht so weit hinaufreicht. Aber er beherrscht die Falsettöne so gut, daß du es nicht bemerkt hast. Hör das nächste Mal genau hin, und du wirst sehen, was ich meine. Was das Tempo angeht, so ist es ihm angepaßt worden. Es ist langsam, damit er das Ganze mit großer Sorgfalt angehen kann. Das mittlere Register ist alles, was ihm tatsächlich geblieben ist, der Rest ist reine Kunstfertigkeit.«

Im Verlauf des Abends erkannte Tonio, daß das stimmte. Inzwischen bezauberte die kleine Primadonna jedermann mit ihrem ungekünstelten und gefühlvollen Gesang, aber sie war auf der Straße aufgewachsen, sagte Guido, und sang deshalb, wie Tonio gesungen hatte. Ihre hohen Töne waren zwar berückend, aber mit den tieferen kam sie überhaupt nicht zurecht. Sie verloren sich in den Klängen des Cembalos. Man sah, wie sich ihre Lippen bewegten, aber man hörte nichts.

Der jüngere Kastrat war eine Überraschung, insofern, als er eine schöne Altstimme besaß, was Tonio bei einem Mann selten gehört hatte. Seine Stimme war strahlend, sie ließ einen an Samt denken, wenn es aber hoch hinaufging, wurde sie rauh.

Die beiden jungen Leute hätten aufgrund ihrer natürlichen Begabung besser als der ältere Mann singen können, aber keiner von beiden besaß die Ausbildung dazu. So war es immer wieder der alte Kastrat, der vor die Rampenlichter trat und das Publikum zum Schweigen brachte.

Guido gab sich jedoch nicht allein mit dem Gesang zufrieden. Er lenkte Tonios Aufmerksamkeit auf die Partitur. Er zeigte ihm, daß verschiedene Arien für verschiedene Stimmen offensichtlich hinzugefügt worden waren. Er machte ihn auf den Wettstreit aufmerksam, der sich zwischen dem jüngeren Kastraten und der Primadonna abspielte, und darauf, daß der alte Kastrat beim Singen ganz still dastand, weil er, wenn er mit seinen ungewöhnlich langen und dünnen Armen gestikuliert hätte, wie ein Narr ausgesehen hätte. Der junge Kastrat war hübsch, das Publikum hatte das gern, und er zeigte sich in eleganten Posen, die jene antiker Statuen nachahmten. Die kleine Primadonna wußte nicht, wie man atmete, aber sie besaß große Wärme.

Als der Vorhang schließlich fiel, stritt sich Tonio, der zwischen den einzelnen Akten viel zuviel Wein getrunken hatte, mit Guido gerade heftig darüber, ob die Musik nur eine offenkundige Imitation von Scarlatti war oder tatsächlich etwas Neues darstellte. Guido erklärte eben, sie besäße Originalität, Tonio müsse einfach mehr neapolitanische Komponisten hören, da wurden sie plötzlich von der begeisterten Menge ins Foyer gedrängt.

Guido unterhielt sich mit einigen Männern und Frauen, vor den geöffneten Türen fuhr eine Kutsche nach der anderen vor.

»Wohin gehen wir?« fragte Tonio, als er endlich in der Kutsche saß. Ihm war schwindelig. Als die Kutsche einen Ruck vorwärts machte, verlor er fast das Gleichgewicht. Eine Frau ihm gegenüber lachte ihn aus. Sie hatte schwarzes Haar und einen milchweißen Hals. Die Arme bedeckte lediglich ein hauchdünner Ärmel, und auf ihren Handrücken waren kleine Grübchen zu sehen.

Tonio konnte sich nicht mehr daran erinnern, wie er in dieses Haus gelangt war. Er bewegte sich durch eine endlose Reihe riesiger Zimmer, die alle in jene kräftige Farben getaucht waren, die die Neapolitaner so sehr zu lieben schienen. Hunderte von Musikern hatten sich zu verschiedenen Orchestern versammelt, strichen die Saiten auf ihren glänzenden Violinen, stießen in ihre goldenen Hörner, um die breiten marmornen Flure mit wogenden, gewaltigen Klängen zu erfüllen.

Tabletts mit Weißwein schwebten durch die Luft. Tonio schnappte sich ein Glas und trank es leer, nahm dann ein weiteres, während der Bedienstete in seinem blauen Satinrock und der Perücke still wie eine Statue dastand, dann wieder verschwand.

Plötzlich hatte er sich verirrt. Guido hatte er schon seit längerem nicht mehr gesehen, und es kam ihm so vor, als würde er ständig von irgendwelchen Frauen auf französisch, englisch oder italienisch angesprochen. Eine ältere Frau schwebte auf ihn zu und streckte dann ihren langen Arm aus, als wäre er ein Spazierstock. Sie packte ihn und zog ihn an sich, bis ihre trockenen Lippen seine Brust berührten. »Strahlendes Kind«, sagte sie in neapolitanischem Dialekt zu ihm.

Er entwand sich ihr und verlor das Gleichgewicht. Plötzlich wollte er nur noch weg von hier. Es kam ihm so vor, als sähe er, wohin er auch blickte, makellose Haut, üppige Dekolletés über schleifenbesetzten Miedern. Eine Frau, die so heftig lachte, daß sie keine Luft mehr bekam, hielt ihre rüschenumrahmten Brüste mit den Händen fest, als drohten sie, aus dem Oberteil ihres geblümten Taftkleides zu hüpfen. Als sie ihn sah, ließ sie ihre Lippen hinter einem weißen Spitzenfächer verschwinden, den ein Bogen roter Rosen zierte.

»Ich möchte hier raus«, flüsterte Tonio. »Ich muß hier weg.« Eine Frau, die sich ihm näherte, sah er so böse an, daß sie verletzt zurückschrak. Er hatte sich abgewandt, stolperte jetzt in ein leeres Speisezimmer, in dem eine lange Tafel stand. Dort war für etwa hundert Personen gedeckt, kostbares Geschirr und frischgeschnittene Blumen schmückten den Tisch.

An der Wand am anderen Ende stand in einem der tief eingelassenen Fensterbogen eine einzelne junge Frau und beobachtete ihn.

Einen winzigen Augenblick lang dachte er, es sei die kleine Primadonna aus der Oper, und eine Welle der Verzweiflung überkam ihn. Er hörte wieder ihre volle Stimme, sah wieder ihre kleinen Brüste, die sich bei jedem untrainierten Atemzug hoben und senkten. Seine Verzweiflung verwandelte sich langsam in Panik.

Aber es war nicht die Primadonna. Diese junge Frau besaß zwar ebenso blondes Haar wie die Primadonna und blaue Augen, aber sie war hochgewachsen und hatte eine schlanke Statur. Ihre Augen waren sehr dunkel, fast rauchgrau. Sie trug ein schlichtes Kleid aus violetter Seide, ohne all die Verzierungen und Schleifen, die er auf der Bühne gesehen hatte. Das Kleid modellierte ihre Arme und Schultern auf erlesene Weise. Sie schien ihn schon seit einiger Zeit zu beobachten. Außerdem hatte es den Anschein, als hätte sie, bevor er das Zimmer betreten hatte, geweint.

Er wußte, daß er diesen Raum verlassen mußte. Aber während er sie noch anstarrte, spürte er, wie sich bei ihm Zorn mit einer gewissen trunkenen Leidenschaft vermischte. Sie war geschmeidig, diese junge Frau. Aus ihrer Frisur hatten sich überall widerspenstige Härchen gelöst, die das strenge Aussehen der akkuraten

Locken auf entzückende Weise milderten und ihr im Kerzenschein eine Aureole verliehen.

Ohne es zu wollen, ging er auf sie zu. Es war jedoch nicht nur ihr reizendes Aussehen, das ihn anzog. Sie wirkte irgendwie verlassen, hatte etwas Gleichgültiges an sich. Sie hatte geweint, geweint, dachte er, warum hatte sie geweint? Er stolperte. Er war sehr betrunken. Vor ihm auf dem Tischtuch schwankte eine Kerze, fiel um und erlosch. Duftender Rauch stieg zur Decke hinauf.

Dann stand er vor ihr, staunte über diese dunklen rauchblauen Augen. Es lag keinerlei Furcht vor ihm darin.

Keinerlei Furcht, keinerlei Furcht. Und warum in Gottes Namen sollte sie sich auch vor ihm fürchten? Er spürte, wie er die Zähne zusammenbiß. Er hatte nicht die Absicht gehabt, sie zu berühren, dennoch hatte er die Hand nach ihr ausgestreckt.

Und dann plötzlich, ohne Grund, traten ihr frische Tränen in die Augen. Sie weinte hilflos.

Dann war sie es, die ihren Kopf an seine Schulter lehnte.

Es war ein qualvoller Augenblick voller Entsetzen. Ihr weiches blondes Haar, das sich dicht vor seinem Gesicht befand, roch nach Regen. Zwischen den Rüschen ihres Mieders hindurch konnte er sehen, wie ihr Busen an seiner Brust ruhte. Er wußte, daß er sie, wenn er sich jetzt nicht sofort von ihr entfernte, schlagen, daß er ihr entsetzliche Gewalt antun würde. Dennoch hielt er sie so fest, daß er ihr wahrscheinlich sogar weh tat.

Er faßte ihr unters Kinn und hob es an. Er preßte seinen Mund auf den ihren, dann hörte er sie aufschreien. Sie wehrte sich.

Es schien, als wäre er rückwärts gefallen. Sie war weit, weit entfernt von ihm, und ihr Gesichtsausdruck war so unschuldig und so betroffen, daß er sich nur noch umdrehen und aus diesem Zimmer fliehen konnte. Er rannte, bis er sich mitten im Ballsaal, der voller Tänzer war, wiederfand.

»Maestro«, murmelte er und wandte sich dabei suchend hierhin und dorthin. Als Guido ihn dann plötzlich am Arm nahm, bestand er darauf, sofort gehen zu wollen. Eine ältere Frau nickte Tonio zu, und Guido erklärte ihm, daß die Marchesa mit ihm zu tanzen wünsche. »Ich kann nicht . . .« Er schüttelte den Kopf.

»O doch, du kannst«, grollte Guido ihm leise ins Ohr. Er spürte Guidos Hand auf seinem Po.

»Verdammt«, flüsterte er. »Ich muß hier raus . . . Sie müssen mir helfen . . . zum Conservatorio zurückzukehren.«

Aber dann verbeugte er sich vor dieser uralten Frau, küßte ihr die Hand. In ihrem Gesicht, das einstmals hübsch gewesen war, lag eine solche Freundlichkeit, selbst in dem schrumpeligen Arm, der sich ihm entgegenstreckte, lag Anmut.

»Nein, Maestro . . . !« flüsterte er.

Sie tanzte in ihren weißen Pantoffeln leichtfüßig dahin. Er spürte, wie sich das Zimmer um ihn herum drehte und drehte. Er durfte jenes blonde Mädchen nicht zu Gesicht bekommen. Er durfte sie auf keinen Fall sehen! Er würde verrückt werden, wenn sie plötzlich auftauchte.

Sie standen einander gegenüber, die Marchesa und er, die Musiker spielten gerade eine Quadrille, und wie durch ein Wunder gelang es ihm, vorwärts zu gehen, sich vor seiner Partnerin zu verbeugen, mit ihr gemeinsam die lange Reihe von Paaren entlangzuschreiten, wie er es schon Tausende von Malen getan hatte.

Guido tauchte auf, seine braunen Augen waren zu groß für sein Gesicht.

Und dann hielt Tonio sich an Guido fest, sagte zu irgend jemandem irgend etwas, entschuldigte sich. Er mußte weg hier, er mußte diesen Ort verlassen, er mußte in sein Zimmer zurückkehren, sein eigenes Zimmer, vielleicht sollte er auch auf den Berg hinaufsteigen. Ja, auf den Berg hinaufsteigen. Dies war die eine Sache, die er vor sich selbst nicht eingestehen konnte! Es war unerträglich.

Nein, nein, nein. Er schüttelte den Kopf. Er konnte es unmöglich jemandem erzählen, aber der Gedanke, daß er niemals wieder bei einer Frau liegen konnte, war unerträglich. Er würde laut zu schreien anfangen, wenn er nicht aufhörte, daran zu denken. Wo war sie? Er hatte keinen Augenblick geglaubt, daß Alessandro wirklich dazu in der Lage war! Er hatte seine Mutter für solch ein Kind gehalten. Und Beppo? Unvorstellbar. Und Caffarelli, was hatte er wirklich getan, wenn er mit den Frauen allein war?

Guido hievte ihn in die Kutsche. »Ich will auf den Berg hinauf!«

wiederholte Tonio wütend. »Lassen Sie mich in Ruhe. Ich will gehen, ich weiß, wohin ich gehe.«

Die Kutsche fuhr los. Er sah die Sterne oben am Himmel, spürte den warmen Wind auf seinem Gesicht und sah die belaubten Zweige nicken, als wollten sie ihn streicheln. Wenn er jetzt an die kleine Bettina in der Gondel dachte, das weiche Nest weißer Glieder, die seidige Haut an der Innenseite ihrer Schenkel, würde er den Verstand verlieren. Verbannt ihn! Er würde nie wieder einen Fuß dorthin setzen, bis ... ja bis ...

Er verlor die Balance, kippte gegen Guido. Sie standen vor den Toren des Conservatorio, und er sagte: »Ich will sterben.« Bevor ich dir anvertraue, was mich quält, sterbe ich lieber. Da sprach wieder jene Stimme in seinem Inneren zu ihm. Sie sagte: »Verhalte dich, als wärst du ein Mann«, und er ging die Treppe hinauf und zu Bett, als würde er gar nichts fühlen, rein gar nichts.

4

Es war bald klar, daß, wann immer Tonio zu müde zum Arbeiten war, Guido irgendeine Belohnung für ihn bereithielt. Sie besuchten dann die Oper, oder Tonio bekam irgendwelche einfachen Arien zu singen, an denen er Spaß hatte. Aber Guido ließ sich nicht täuschen, er wußte genau, wann sein Schüler nicht mehr konnte. Eines Nachmittags, als Tonio ungewöhnlich mutlos war, führte Guido ihn aus dem Übungszimmer hinaus, den Korridor entlang zum Theater des Conservatorio.

»Setz dich hin und paß auf«, sagte er und ließ Tonio in der hintersten Stuhlreihe Platz nehmen, wo er seine schmerzenden Glieder ausstrecken konnte, ohne daß es jemand merkte.

Tonio war von den Klängen, die er aus diesem Raum hatte dringen hören, stets mehr als nur fasziniert gewesen.

Er war begeistert, als er feststellte, daß dieses kleine Theater ebenso luxuriös war wie jene, die er in venezianischen Palazzi gesehen hatte. Es besaß einen Rang mit Logen, die alle mit smaragdgrünen Vorhängen ausgestattet waren. Etwa fünfundzwanzig Musiker spielten im Orchestergraben, was eine beeindruckende Zahl war, da auch das Opernhaus für manche Vorstellungen kein größeres Orchester zur Verfügung hatte. Alle spielten sie vor sich hin, ohne auf die Sänger zu achten, die ihre Tonleitern übten. Der junge Komponist Loretti, ein Schüler des Conservatorio, erklärte aufgebracht, daß die Inszenierung bis zur Premiere, die in zwei Wochen stattfinden sollte, niemals fertig sein würde.

Guido, der an der Tür stand, lachte darüber kurz und erklärte Tonio, daß alles wunderbar liefe.

Tonio schrak auf, als hätte man ihn aus einem Traum geweckt, denn er hatte unter den Mitwirkenden, die auf der Bühne ziellos umherliefen, bereits Domenico entdeckt, diese erlesene Sylphe von einem Jungen, den er in letzter Zeit nur am Abendbrottisch gesehen hatte.

Er hatte nicht ein einziges Mal an diesen Theaterraum oder die kommende Produktion gedacht, ohne dabei auch an Domenico zu denken.

Jetzt bat der Komponist um Ruhe.

Die Pause war vorbei, und innerhalb von wenigen Minuten legte sich Schweigen über das kleine Theater. Die Musiker setzten mit der Overtüre ein.

Tonio war über die Klangfülle erstaunt. Diese Jungen waren besser als die Berufsmusiker, die er in Venedig gehört hatte, und als die ersten Sänger auf der Bühne erschienen, wurde ihm klar, daß diese Schüler wahrscheinlich schon so weit waren, daß sie überall in Europa auftreten hätten können. Neapel war zweifellos die musikalische Hauptstadt Italiens, wie es stets hieß, obwohl die Venezianer angesichts solcher Worte nur höhnisch lächelten. Während Tonio dieser wunderschönen Musik lauschte, überkam ihn ein Gefühl heiterer Ruhe, und er dachte: Neapel ist meine Stadt.

Domenico trat auf. Obwohl er seine schlichte schwarze Tunika mit der roten Schärpe trug, schien er sich in jene Frau verwandelt zu haben, deren Rolle er spielte. In jeder seiner Gesten lagen ein Schmelz und eine Anmut, die in Tonio plötzlich Anspannung und Groll weckten.

Lediglich die Stimme des Jungen lenkte ihn ab. Sie war hoch, rein und absolut transparent. Sein Sopran besaß einen geradezu phänomenalen Stimmumfang, und die Art, wie er seine gerundeten Töne geschmeidig miteinander verband, ließ Tonio angesichts seiner eigenen kläglichen Bemühungen beim *Accentus* Scham empfinden.

»Mit dieser Stimme wird er noch von sich reden machen«, seufzte er, als Domenico geendet hatte und von der Bühne abging. Er schien Tonio quer durch den ganzen Zuschauerraum anzustarren.

Tonio war von der graziösen, mageren Gestalt des Jungen und diesen hohlen Wangen und tiefliegenden schwarzen Augen so gefesselt, daß er gar nicht merkte, wie jemand auf ihn zukam.

Dann plötzlich wurde er gewahr, daß ein Schatten auf ihn gefallen war. Er blickte auf, gerade als die Musik verstummte und sich Schweigen über das Theater legte.

Lorenzo, der Kastrat, den er vor einem Monat niedergestochen hatte, weil er von ihm schikaniert worden war, stand neben ihm.

Tonio versteifte sich.

Er erhob sich langsam. Wachsam musterte er diesen Jungen. Lorenzo war größer als er, hatte dunkle Haut und dunkles Haar und wirkte von seinem Äußeren her ein wenig grob. Wie bei vielen Kastraten zeigte sein Gesicht jedoch eine rosige Frische, obwohl es reizlos und ohne Kontraste war.

Lorenzo hatte seinen Blick auf Tonio geheftet. Die Probe war gerade zu Ende gegangen.

Und Tonio hatte keine Waffe.

Als er dem Jungen langsam einen Gruß zunickte, hob er jedoch seine Hand ein wenig, wie um etwas, das sich an seiner Taille befand, zu berühren. Dann senkte er sie wieder, so als wolle er unter seine Tunika fassen und nach seinem Stilett greifen. Die Geste war in die Länge gezogen, berechnend.

Der Junge aber schien das nicht zu bemerken. Mit angespanntem Körper, die Arme an die Seiten gelegt, die Fäuste geballt, erwiderte er Tonios Nicken seinerseits nun mit einer Verbeugung. Sein Mund verzog sich dabei zu einem breiten, häßlichen Lächeln.

Niemand in dem kleinen Theater gab einen Ton von sich.

Dann ging Lorenzo vorsichtig rückwärts, drehte sich um und ließ Tonio einfach stehen.

Tonio rührte sich nicht und überlegte. Er hatte erwartet, daß ihn dieser Junge in irgendeiner Weise angreifen würde. Aber das hier war schlimmer. Dieser Junge hatte vor, ihn zu töten.

Nichts jedoch geschah in den folgenden Wochen. Lorenzo hatte lediglich seinen Platz am Tisch gewechselt, so daß Tonio ihn jetzt sehen konnte. Wenn er sich setzte, versäumte er es nie, Tonio mit einer anmutigen Geste düster zuzulächeln.

Tonios Unterrichtsstunden bei Guido nahmen ein festes Schema an. Guido war zwar kälter denn je, nahm Tonio am Abend aber trotzdem immer öfter mit.

Sie sahen sich komische Opern an, die Tonio besser gefielen, als er gedacht hätte (obwohl in ihnen nur selten Kastraten auftraten), und noch einmal eine Vorstellung der tragischen Oper im San Bartolommeo, die er schon kannte.

Wenn Guido hinterher jedoch zu irgendeinem Ball oder Souper ging, begleitete ihn Tonio nie. Guido war darüber verwundert. Er schien ein wenig enttäuscht. Dann bemerkte er kühl, daß es Tonio guttäte, wenn er solche Gesellschaften besuchte. Tonio jedoch erwiderte, er sei müde oder er würde am nächsten Tag lieber ganz zeitig aufstehen, um zu üben. Und Guido zuckte mit den Achseln und akzeptierte das.

Tonio fror und schwitzte gleichzeitig, wenn sich diese kleinen Diskussionen ergaben. Allein beim Gedanken, von Frauen umgeben zu sein, packte ihn Angst.

Als er eines Nachts vom San Bartolommeo zurückkehrte, kam ihm in den Sinn, daß er erst dann vollkommen sicher sein würde, wenn er sich im Conservatorio befand. Eine seltsame Vorstellung, da doch Lorenzo, der ihm stets hinterhältig zulächelte, wenn sich ihrer beider Wege kreuzten, dort nur auf eine Gelegenheit wartete, ihm etwas anzutun.

Der erste Teil dieser Abende, an denen sie ausgingen, bedeutete Tonio jedoch mehr als alles andere. Er liebte die Theater Neapels und genoß die Vorstellungen in allen Einzelheiten. Es kam vor, daß er nach mehreren Gläsern Wein gesprächig wurde, und dann fielen er und Guido sich in ihrem Ungestüm einander ständig ins Wort.

Manchmal kam Tonio auch zu Bewußtsein, wie merkwürdig das alles war, denn er und Guido verhielten sich meistens so, als wären sie Feinde. Tonio war oftmals ebenso hochmütig, wie Guido mürrisch war.

Eines Nachts fuhren sie in einer offenen Kutsche an der Küste entlang. Die Luft war salzig und warm, Guido hatte für sie beide eine Flasche Wein gekauft, und die Sterne am klaren Himmel schienen besonders nah und strahlend zu sein, da wurde Tonio mit einem Mal klar, daß ihm die Kälte, die zwischen ihnen herrschte, insgeheim weh tat. Er starrte Guidos Profil an, das sich vor dem Hintergrund der weißen Schaumkronen auf dem Wasser abhob, und dachte: Das also ist der schroffe Tyrann, der mich meine Tage so kärglich fristen läßt, wo doch wenige Worte des Lobes genügten, um mir alles viel leichter zu machen. Und dennoch sitzt er jetzt hier, schön gekleidet wie ein feiner Herr, und unterhält sich mit mir, als wären wir einfach gute Freunde, die in einem Salon miteinander plaudern. Er hat zwei Gesichter. Tonio seufzte.

Guido hatte keine Ahnung von dem, was Tonio eben dachte. Er erzählte ihm gerade mit leiser Stimme von einem begabten jungen Komponisten namens Pergolesi, der langsam an Schwindsucht starb. Seine Oper war in Rom bei der Premiere mit Pauken und Trompeten durchgefallen, und er hatte sich von diesem Debakel nie mehr richtig erholt. »Das römische Publikum ist das schlimmste«, seufzte Guido. Dann blickte er gedankenverloren aufs Meer hinaus. Er fügte hinzu, daß Pergolesi vor Jahren in das Gesù Cristo Conservatorio eingetreten und so alt wie er selbst war. Wenn Guido sich voll und ganz dem Komponieren gewidmet hätte, dann müßte er sich jetzt vielleicht auch über das römische Publikum Gedanken machen.

»Und warum haben Sie sich dem Komponieren nicht voll und ganz gewidmet?« fragte Tonio.

»Ich war Sänger«, murmelte Guido. Da erinnerte sich Tonio an die flammende Rede, die Maestro Cavalla ihm in jener Nacht gehalten hatte, in der er auf den Berg gestiegen war. Er schämte sich plötzlich, daß er das vergessen hatte. Er dachte so viel an sich selbst, an seine Qual, seine Genesung, seine kleinen Triumphe, daß er fast keinen Gedanken an diesen Mann, der da neben ihm saß, verschwendet hatte. Er dachte: Und deshalb also verachtet er mich?

»Die Stücke, die Sie mir oft zum Singen geben . . . Sie stammen von Ihnen, nicht wahr?« fragte Tonio. »Sie sind wunderbar!«

»Glaub ja nicht, du könntest beurteilen, was ich gut oder schlecht mache!« Guido war plötzlich erbost. »Du erfährst es schon von mir, wenn meine Kompositionen gut sind, genauso wie ich dir sagen werde, wenn dein Gesang gut ist!«

Tonio war verletzt. Er trank einen großen Schluck Wein und warf dann, ohne daß er es geplant hatte, ganz überraschend seine Arme um Guido.

Guido reagierte wütend. Er stieß ihn grob weg.

Tonio zuckte lachend mit den Achseln. »Sie haben mich einmal umarmt, zweimal, falls Sie sich daran erinnern«, sagte er. »Also umarme ich Sie von Zeit zu Zeit . . .«

»Aus welchem Grund!« meinte Guido barsch. Er nahm Tonio die Weinflasche aus der Hand und trank einen Schluck.

»Weil ich Sie nicht so verachte, wie Sie mich verachten. Ich bin keine derart gespaltene Persönlichkeit!«

»Dich verachten?« knurrte Guido. »Du bist mir in jeder Hinsicht egal. Es ist deine Stimme, die mich interessiert. Bist du jetzt zufrieden?«

Tonio lehnte sich in den schwarzen Ledersitz zurück, den Blick auf die Sterne gerichtet. Seine Stimmung verdüsterte sich allmählich. Warum kümmert es mich, was dieser Bauer für mich empfindet, dachte er, warum soll es denn notwendig sein, daß ich ihn mag? Warum kann ich nicht einfach nehmen, was er mir gibt . . . Aber dann durchstömte ihn ein Gefühl der Kälte. Er spürte einen eisigen Schauer, der den altbekannten Schmerz ankündigte. Um sich abzulenken, dachte er an die Oper, die sie gehört hatten, an das eine oder andere kleine musikalische Problem, an alles mögliche, nur nicht daran, wie einsam er sich plötzlich fühlte. Einen Moment lang kam es ihm ganz unwirklich vor, daß er jemals in einem großen Haus in Venedig gelebt haben sollte, zusammen mit einem Vater, einer Mutter und von Dienern umgeben, die so unverrückbar zu seinem Leben gehört hatten, daß er das als selbstverständlich genommen hatte und ... hier war Neapel, hier war das Meer, hier war jetzt seine Heimat.

Zwei Tage später informierte Guido Tonio, der einen besonders anstrengenden Tag hinter sich hatte, daß er im Opernchor des Conservatorio eine ganz kleine Partie singen dürfe.

»Aber die Oper soll doch schon morgen abend aufgeführt werden«, sagte Tonio.

»Du wirst nur zwei Zeilen am Schluß singen«, sagte Guido. »Du kannst sie im Nu lernen, und es ist gut für dich, wenn du jetzt schon deine Erfahrungen auf der Bühne sammelst.«

Tonio hätte sich nie träumen lassen, daß das schon so bald sein würde.

Hinter den Kulissen ging es wirklich aufregend zu. Er konnte sich an dem, was um ihn herum passierte, gar nicht satt sehen. Er spähte in die Garderoben, die vollgestopft mit Federbüschen und Kostümen waren. Auf Tischen stapelten sich Puderdosen und Farbtöpfchen. Er sah ehrfürchtig zu, als eine lange Reihe gemalter Bögen an beschwerten Seilen langsam in die schwarze Leere über der Bühne gezogen und dann lautlos wieder heruntergelassen wurde. Er stieß auf eine goldene Kutsche, bedeckt mit Papierblüten und einem durchsichtigen Leinengewebe, auf dem eine ganz zarte Spur von Sternen und Wolken zu sehen war.

Knaben mit Degen in der Hand rannten hin und her oder zerrten goldene Urnen aus Pappe herum, die voller Blattwerk waren, das ebenfalls aus Pappe bestand.

Als die Probe begann, sah Tonio staunend, wie sich das Chaos ordnete. Die Sänger erschienen auf ihr Stichwort hin auf der Bühne, das Orchester begleitete sie schwungvoll, und eine köstliche Arie folgte der anderen.

Am nächsten Tag konnte er sich kaum auf seine gewohnten

Übungen konzentrieren, so daß Guido sie schießlich auf jene Zeilen beschränkte, die Tonio am Abend im Chor singen sollte.

Erst eine Stunde, bevor sich der Vorhang hob, sah er die Besetzung in Kostüm und Maske.

Das Publikum begann bereits einzutreffen. Kutsche um Kutsche rollte durch das Tor. In den Korridoren wurde lebhaft geplaudert, Kerzenschein verlieh dem Gebäude überall eine festliche Wärme, brachte Leben in die Winkel und Ecken, die sonst stets in abendliche Dunkelheit gehüllt waren. Im großen Salon drängten sich die neapolitanischen Adeligen, die gekommen waren, um eine Vorschau auf Sänger und Komponisten zu erleben, die später vielleicht einmal berühmt werden würden.

Tonio begab sich eilig in die Seitenkulissen und wurde sofort von dem wilden Treiben erfaßt. Da er in dem Stück einen Soldaten verkörperte, hatte er einen seiner venezianischen Röcke in Rot mit Goldstickerei angelegt.

»Setz dich«, sagte eine Stimme und zeigte dabei auf einen Stuhl, der vor einem kleinen Tisch mit Spiegel stand. Dann bekam er rasch ein Tuch umgelegt, und sein schwarzes Haar wurde mit einer Unmenge von Puder bedeckt, so daß es schließlich ganz weiß war. Er zuckte zusammen, als flinke Hände sein Gesicht zu pudern begannen. Als er fertig geschminkt war, starrte er wie gebannt in den Spiegel.

Der Anblick seiner Augen, die schwarz umrandet waren, faszinierte und beunruhigte ihn zugleich.

Als er durch eine kleine Spalte in den Zuschauerraum hinausspähte, sah er, daß sämtliche Logen besetzt waren. Überall weiße Perücken, Juwelen, glänzender Satin und Taft. Tonio zog sich wieder zurück und spürte dabei ein merkürdiges Pochen in seinem Inneren, eine seltsame Verwundbarkeit.

Es konnte doch nicht sein, daß er hier auf dieser Bühne vor all diesen Männern und Frauen auftrat, die nur sechs Monate zuvor . . . Er hielt inne und schloß die Augen. Er befahl seinen Gliedern, mit dem Zittern aufzuhören, befahl seinem Herzen, nicht so zu hämmern. Aber bevor er es noch verhindern konnte, spürte er schon die ersten Tränen in seinen Augen brennen.

Dann jedoch drehte er sich abrupt um und überließ sich dem Trubel hinter dem Vorhang. Mit jedemmal, dachte er, wird es vielleicht leichter werden.

Tatsache war, daß er von dem ganzen Geschehen begeistert war! Und wenn er sich dabei auch ein ganz klein wenig gedemütigt fühlte, dann war das lediglich eine Baßsaite, die unter einer lieblicheren, stärkeren Musik nur leise brummte. Er berührte den Puder auf seinem Gesicht, er warf seinem entfernten Spiegelbild einen letzten, bedächtigen Blick zu, und sein Lächeln wurde voller. Er blickte weg.

Der Maestro di Cappella kam in die Seitenkulissen und streckte beide Hände einer jungen Göttin entgegen, die eben erschienen war. Weiße Locken wallten ihr über den Rücken, ihre Haut war wie Biskuitporzellan, und auf ihren Wangen lag eine so feine und frische Röte, daß Tonio bei ihrem Anblick der Atem stockte.

Er schien dieses Luxusgeschöpf schon eine Ewigkeit angestarrt zu haben, bevor ihm mit einem Mal klar wurde, daß es auf dieser Bühne keine Frauen gab. Das hier war Domenico!

Der Maestro di Cappella gab gerade seine letzten Anweisungen. Domenicos Blick wanderte zur Seite, und seine dunklen Augen weiteten sich ein klein wenig, als er Tonio sah. Ein freundliches Lächeln erschien auf seinen rosa Lippen.

Aber Tonio war zu überwältigt, um zurückzugrüßen. Er musterte diese Kreatur, ihre Figur, die schmale Taille, die Rüschen aus rosa Spitze, die zum Ausschnitt hin immer breiter wurden. In seinem hinreißenden Dekolleté, das von dem rosa Mieder zusammengepreßt wurde, war sogar ein kleiner Brustansatz zu sehen. Das ist unmöglich, dachte Tonio.

Dann raffte Domenico seine üppigen weißen Satinröcke mit beiden Händen, ging am Maestro di Cappella vorbei und gab Tonio vor aller Augen einen Kuß auf die Wange, so daß dieser zurückwich, als hätte er sich verbrannt. Alles lachte.

»Genug jetzt!« sagte der Maestro.

Domenico war zu einer Frau geworden! Als er sich jetzt mit anmutiger und ein wenig koketter Miene umdrehte, flüsterte er mit heiserer, zärtlicher Simme, daß das natürlich schon zu seiner Rolle als Frau gehörte, die er auf der Bühne zu spielen habe. Wieder lachte alles.

Tonio jedoch hatte sich in die Dunkelheit zurückgezogen. Der erste Prospekt mit gemalten Gewölbebögen war heruntergelassen worden. Vor diesem klassischen Garten sollte der Großteil der Handlung spielen, obwohl diese in einer ländlichen Gegend des alten Griechenlands angesiedelt war. Auch daß die mit Rock und Perücke ausgestatteten Jungen eigentlich Bauern darstellten, störte niemanden!

Giovanni, Piero und andere Kastraten, die in dieser Aufführung eine tragende Rolle hatten, standen bereits an ihren Plätzen, während Diener ihnen noch rasch Puder vom Revers bürsteten.

Jemand sagte, daß dies Lorettis große Chance sei, sogar die Contessa sei gekommen. Wenn das Ganze nur halb so gut lief, wie es sollte, dann würde er im nächsten Jahr als Komponist für das San Bartolommeo tätig sein.

Loretti war inzwischen hinter die Bühne gekommen, um Domenico inständig zu bitten, er solle sich an das Tempo halten, das er vorgab. Domenico hatte gnädig genickt.

Jetzt saß Loretti wieder am Cembalo. Die Lichter im Haus waren gelöscht, nur ein paar vereinzelte Diener mit Wachskerzen standen an den Türen. Irgend jemand stürzte im Dunklen hinter der Bühne, der Vorhang erzitterte an seinen Seilen, und die Musiker begannen mit solch strahlender Kraft zu spielen wie ein großes Orchester im königlichen Theater.

Tonio kam es so vor, als sei dieser Abend mit all seinen Mißgeschikken hinter den Kulissen und dem Zauber der Vollkommenheit, der sich im Rampenlicht entfaltete, der längste, den er je erlebt hatte. Die Arien erhoben sich strahlend über die perlenden Töne des Generalbasses auf dem Cembalo, Domenicos Stimme stieg empor wie die eines Gottes in einem mythischen Wald. Die Beleuchtung tauchte ihn in unirdisches Licht, er ging mit außerordentlicher Anmut von der Bühne ab und warf Tonio Mal um Mal sein strahlendes Lächeln zu.

Tonio schmerzte der Kopf, als er schließlich seinen Auftritt hatte.

Als er dann mit jeder Faser seines Körpers spürte, daß er jetzt Teil dieser herrlichen Illusion war, erfaßte ihn Begeisterung. Er hörte, wie seine Stimme von den Stimmen ringsum verstärkt wurde, und fühlte die Gegenwart des Publikums, das er in der Dunkelheit kaum sehen konnte. Dem Finale folgte donnernder Applaus.

Wieder und wieder verbeugten sie sich. Jemand flüsterte, daß Domenico von nun an berühmt sein würde. Er hätte besser gesungen als alle Sänger, die gegenwärtig auf Neapels Bühnen standen, und was Loretti anbetraf, man brauchte ihn sich doch nur anzusehen!

Maestro Cavalla kam hinter den Vorhang und umarmte seine Sänger einen nach dem anderen, bis er zu Domenico kam. Er tat so, als wolle er diesem erlesenen Mädchen eine Ohrfeige versetzen, worauf sich dieses mit einem leise dahinplätschernden, heiseren Lachen duckte.

Sie alle seien jetzt bei der Contessa eingeladen, erklärte er, sie alle. Der Maestro nahm Tonio bei den Schultern und küßte ihn auf beide Wangen, wischte ihm dabei ein wenig Farbe vom Gesicht und sagte: »Glaub mir, jetzt, da du erst einmal Theaterblut geleckt hast, wirst du stets danach dürsten.«

Tonio lächelte. Der Applaus klang noch in seinen Ohren nach.

Aber er wußte, daß er mit den anderen nicht zur Contessa gehen durfte, wußte, daß er es nicht konnte.

Tonio machte sich, nachdem er das blaue Band von seinem Degen entfernt hatte, eilig auf den Weg, um durch den Bühnenausgang in den Garten hinauszugelangen, da winkte ihm jemand aus einer Garderobe, die kaum beleuchtet war, zu. Er tastete nach seinem Stilett, das er unter seinem Umhang trug. »Komm rein!« flüsterte es hinter der Tür.

Langsam näherte er sich der Tür, stieß sie dann mit seiner linken Hand weit auf.

Zu beiden Seiten eines großen Standspiegels brannte eine Kerze, überall ringsum hingen prächtige Kleider auf Haken, saßen Perücken auf ihren blinden Holzköpfen, lagen Haufen von Pantoffeln herum. Es war Domenico, der ihn hereingerufen hatte. Er schloß jetzt rasch die Tür und schob den Riegel vor.

Tonios Finger ließen den Griff seines Stiletts nicht los.

«Ich muß jetzt gehen«, sagte er, wobei er den Blick von jener kleinen Wölbung, die die vollkommene Illusion eines weiblichen Busens erweckte, abwendete.

Domenico hatte sich gegen die Tür gelehnt. Sein zartes Gesicht leuchtete in der Dunkelheit. Als er lächelte, vertiefte sich die Höhlung seiner Wangen, der Kerzenschein spielte auf seinen Gesichtszügen. Wieder sprach er mit dieser Frauenstimme, die heiser und schmeichelnd war.

»Hab keine Angst vor ihm«, flüsterte er.

Tonio merkte, daß er einen Schritt rückwärts gemacht hatte. Sein Herz schlug laut.

»Vor wem soll ich keine Angst haben?« fragte er.

»Vor Lorenzo natürlich«, erwiderte die rauhe Samtstimme. »Ich würde es nicht zulassen, daß er dir etwas antut.«

»Komm nicht näher!« sagte Tonio barsch. Abermals machte er einen Schritt zurück.

Domenico jedoch lächelte nur. Den Kopf hatte er dabei ein wenig zur Seite geneigt, so daß die weißen, gepuderten Locken über seine Schulter auf seine gewölbte Brust fielen.

»Soll das bedeuten, daß ich derjenige bin, vor dem du Angst hast?«

Tonio sah verwirrt weg. »Ich muß gehen«, sagte er.

Domenico stieß einen langen, betörenden Seufzer aus. Dann schlang er plötzlich seine Arme um Tonio. Er drückte die weichen Rüschen seines Mieders an Tonios Brust. Tonio stolperte rückwärts, fand sich am Spiegel wieder. Er streckte seine Hände nach hinten aus, um sich am Spiegelglas abzustützen.

»Du hast Angst vor mir«, flüsterte Domenico.

»Ich habe keine Ahnung, was du willst!« sagte Tonio.

»Ach, aber ich weiß, was du willst. Warum hast du Angst, es dir zu holen?«

Tonio wollte schon den Kopf schütteln, aber er hielt inne, starrte Domenico dabei in die Augen. Es war unvorstellbar, daß sich hinter diesem Putz, hinter all diesem Zauber irgend etwas Männliches verbarg. Als er die Lippen sah, die sich ihm feucht und geöffnet näherten, schloß er die Augen, entzog sich. Gewiß hätte er diese Kreatur mit einem Schlag zu Boden strecken können, dennoch wich er zurück, als würde er sich an ihr verbrennen.

Da spürte er, wie Domenico sich mit seinem ganzen Körper an ihn preßte, spürte durch den Satinrock hindurch die Rundung seines Schenkels und dann Domenicos Hand, die ihm an die Hose faßte.

Er hätte Domenico fast geschlagen. Aber Domenicos Gesicht berührte das seine. Er spürte seine Wimpern im selben Augenblick, in dem Domenico sein Geschlecht ergriff und es streichelnd zu Leben erweckte.

Tonio war so schockiert, daß er es fast verdorben hätte.

Abermals schloß er die Augen. Als Domenico ihn zu küssen begann, spürte er, wie Leidenschaft in ihm erwachte. Da öffnete ihm Domenico die Hose und befreite sein Geschlecht in seiner ganzen Länge, sah hinab und stieß irgendeinen leisen Fluch aus, bevor er sein Gesicht wieder hob und Tonio stürmisch küßte. Er öffnete dabei seine Lippen, sog den Atem aus ihm heraus und gab ihn wieder zurück, während seine Hände das, was sie da so fest hielten, formten und hart werden ließen.

Tonio konnte nicht widerstehen, unter dem Kleid nach oben zu tasten. Als er dort das kleine harte Organ fühlte, zog er seine Hand zurück, als hätte er sich die Finger verbrannt. Wieder küßte Domenico ihn.

Im Nu befanden sie sich beide auf den Knien, dann lag Domenico auf dem Steinboden unter Tonio und bot sich, ihm zugewandt, dar, als wäre er eine Frau.

Es war eng, oh, so eng, und ganz wie bei einer Frau, direkt am Eingang sogar noch enger und rauh, so daß er die Zähne aufeinanderbiß und ein schreckliches Stöhnen dazwischen hervorstieß. Er stieß härter und härter zu, bis er schließlich den Höhepunkt kommen spürte und dann zitternd dalag.

Er starrte zu Domenico hinüber.

Er war zu benommen, um etwas zu sagen. Es war alles so rasch geschehen. Er verspürte den blinden Drang, aufzustehen, diese Gestalt wieder in seine Arme zu schließen und sie mit Küssen zu überschütten, sie mit Küssen zu verschlingen.

Er wollte diese kleine Schleife über Domenicos Brust lösen und sehen, was sich darunter befand!

Domenico hatte jedoch bereits die Häkchen des Kleides geöffnet, so daß es um ihn herum zu Boden fiel. Beim Anblick des hauchdünnen Hemdes zuckte Tonio zusammen. Dann glitt auch dieses zu Boden. Domenico nahm die große weiße Perücke ab, legte sie zur Seite und schüttelte mit einer ungestümen, maskulin anmutenden Geste seine feuchten schwarzen Locken.

Tonio starrte ihn mit großen Augen an, starrte diesen Körper an, der so gar nicht der einer Frau war, nein, ganz und gar nicht, und dennoch gewiß auch nicht der Körper eines Mannes.

Die Brust war flach. Nur die Größe der Lungen verlieh ihr diese volle Form, und die Haut dort war, wie überall anders auch, wunderschön. Er besaß einen kurzen, aber ziemlich dicken Penis, der jetzt hart und offensichtlich begierig nach etwas war, das noch kommen sollte.

Am verwirrendsten jedoch war, daß das dunkle Haar, das diesen Penis umgab, nicht wie bei einem Mann wild bis zum Bauch hinaufwucherte. Es endete statt dessen oben in einer geraden, waagrechten Linie, so als hätte man es rasiert, und bildete auf diese Weise ein umgekehrtes Dreieck ganz genau wie das Schamhaar bei einer Frau.

Alles an diesem Körper fesselte Tonio, die wunderbare Haut und die schlanken, eleganten Beine, das schöne Gesicht mit den Resten von Schminke und das volle dunkle Haar, das herabwallte wie bei einem großen Marmorengel.

Diese Kreatur kniete sich jetzt vor ihn hin.

Tonio wandte sich ab.

»Denkst du denn, ich würde etwas von dir fordern, das du nicht geben kannst?« flüsterte Domenico. »Nimm mich noch einmal, aber diesmal auf dem harten Boden. Nur deine Hand will ich unter mir haben«, sagte er, legte sich auf den Bauch und zog Tonio dabei auf sich herab.

Tonio richtete sich wieder auf, betrachtete die kleinen festen Pobacken. Die Erinnerung an diese enge Öffnung, den kleinen, rauhen Eingang, der fast schon zu eng war, und an die Wärme dort drinnen stürzte auf ihn ein. Plötzlich ließ er sich auf die nackte

Gestalt fallen, spürte ihre Nacktheit durch seine grobe Kleidung hindurch, nahm die bloße Haut an Domenicos Nacken zwischen seine Zähne. Domenico zog Tonios rechte Hand unter seinen glatten Bauch und legte sein dickes, hartes Geschlecht hinein.

Tonio fühlte, wie er steif wurde, keuchte. Er war wieder in den Jungen eingedrungen und ritt ihn nun mit heftigen Stößen. Seine Hand schloß sich um Domenicos Geschlecht, bearbeitete es, als wolle er es abbrechen, während der Junge auf dem kalten Boden stöhnte. Als Tonio abermals seinen Höhepunkt erreichte, bebte Domenico unter ihm heftig.

Tonio ließ sich zur Seite fallen und drehte sich erschöpft auf den Rücken.

Als er die Augen wieder öffnete, war Domenico schon vollständig angezogen. Über der Schulter trug er seinen scharlachroten Umhang.

»Los jetzt, sie rufen schon nach uns!« Er lächelte. »Du mußt dich noch abschminken. Beeil dich.«

Tonio hörte kaum, was er sagte.

Der Aufruhr in seinem Kopf kam nicht daher, daß er sich Gedanken machte, und was er fühlte, war keine Glückseligkeit. Es war vielmehr die größte Erleichterung, die er je empfunden hatte, und stumm tat er alles, was Domenico ihn zu tun hieß.

Auf dem Weg nach Sorrent zum Hause der Contessa Lamberti überschüttete er Domenico in der dunklen Kutsche mit Küssen. Und als Domenico Tonio in die Hose faßte, als er die Narbe hinter seinem Geschlecht befühlte, wollte Tonio ihn schlagen, dann aber hielt er mitten in der Bewegung inne. Er hielt inne, weil es ausreichte, Domenicos Glied fest in beide Hände zu nehmen, wie etwas, das genau das wollte und brauchte, und ihn dann auf den Sitz niederzudrücken und noch einmal zu nehmen, während die Kutsche im schwachen Schein ihrer Laternen stetig dahinschaukelte.

Es war sehr spät in der Nacht, als Tonio die junge blonde Frau, der er in dem leeren Speisezimmer im Hause der Contessa begegnet war, wiedersah. Diesmal war sie jedoch nicht traurig. Im Gegenteil, sie lachte beim Tanzen, unterhielt sich mit ihrem Partner. Ihre Schultern, die, obwohl sie so gerade waren, hübsch gerundet wirkten, verliehen ihr eine beinahe beschwingte Anmut. In ihrem blonden Haar steckten weiße Blumen.

Wenn sich ihrer beider Augen begegneten, sah er jedoch weg. Warum mußte sie gerade heute abend auch eingeladen sein? Er wünschte sich, sie wäre nicht hier, dennoch konnte er nicht widerstehen, immer wieder einen Blick zu ihr hin zu werfen.

Der Tanz war zu Ende. Ein hochgewachsener Herr mit weißer Perücke flüsterte ihr etwas ins Ohr, und wieder strahlte ihr Gesicht vor Lachen. Er hatte vergessen gehabt, daß sie einen so reizenden Nacken besaß und daß ihre Brüste ihr Mieder auf so hübsche Weise ausfüllten. Als er sah, wie der eng sitzende blaue Stoff ihre schmale Taille umschloß, biß er unwillkürlich die Zähne zusammen. Er bildete sich ein, aus dem Stimmengewirr ringsum ihr Lachen herauszuhören.

Er stellte sich vor, sie wären wieder irgendwo allein und ungestört und er könnte ihr erklären, daß er weder ein ungehobelter noch ein gemeiner Mensch war und niemals beabsichtigt hatte, sie zu beleidigen. Er konnte verdammt froh sein, ging es ihm durch den Kopf, daß da jetzt nicht zwei Männer waren, nämlich Lorenzo und der Vater dieses Mädchens, die danach trachteten, sich an ihm zu rächen.

Es schien, als hätte Domenico ihn gerade in dem Augenblick ausfindig gemacht, als ihm das so richtig zu Bewußtsein gekommen war. Beim Anblick jenes strahlenden Gesichtes, das ihm jetzt so nahe war, wußte er, daß diese verwirrende Erscheinung, die auch von anderen begehrt wurde, nun ihm gehörte, und er spürte abermals heftige Leidenschaft in sich aufwallen. Er hätte Domenico auf der Stelle, hier auf dem blanken Boden nehmen können. Er wünschte sich nichts mehr als irgendein dunkles Zimmer und den Reiz der Gefahr, daß man sie dort entdecken könnte.

Aber er sah das hübsche Mädchen wieder und wieder.

Manchmal saß sie allein auf einem Gobelinsessel, die Hände in den Schoß gebettet, das Gesicht geistesabwesend und ernst.

Einmal jedoch blickte sie auf und sah ihn direkt an. Er war ein großes Stück von ihr entfernt, aber es hatte den Anschein, als hätte sie die ganze Zeit gewußt, daß er sie beobachtete. Er konnte das dunkle Blau ihrer Augen sehen, aber anstatt sich abzuwenden, stand er wie versteinert da und wünschte sich bei Gott, daß er sie niemals gesehen hätte.

5

In den folgenden Wochen kam es Tonio so vor, als wisse Guido von seiner kleinen »Affäre« mit Domenico, obwohl es darauf keinen offensichtlichen Hinweis gab.

Guido war kühl wie immer, aber die erstaunliche Geschwindigkeit, mit der Tonio Fortschritte machte, nahm ihn so in Anspruch, daß ihm weniger Zeit für unbegründete Gemeinheiten blieb. Beide waren sie stets mehrere Stunden am Tag in ihre Arbeit vertieft, denn Tonios Lehrplan hatte sich zu dem eines Studenten im letzten Studienjahr ausgewachsen.

Zuerst hatte er zwei Stunden Gesangsunterricht, dann sang er zwei weitere Stunden vor dem Spiegel, wobei er seine Haltung und seine Gesten korrigierte, so als würde er auf der Bühne stehen. Nach dem Mittagessen widmete er sich dann den Libretti und übte seine Artikulation. Darauf folgte wieder eine Gesangsstunde. Dann ging er zu Kontrapunkt und Improvisation über. Er mußte in der Lage sein, eine beliebige Melodie aufzunehmen und sie eigenständig und angemesssen auszuschmücken. Er arbeitete wie wild an der Tafel, danach korrigierte Guido das Ganze, bevor er ihm erlaubte, es zu singen.

Schließlich hatte er noch eine Stunde lang Unterricht in Komposition, dann endete der Tag mit Gesang. Zwischendrin gab es Pausen, in denen er im Chor des Conservatorio sang oder im Theater für die nächste Oper probte, die Ende des Sommers aufgeführt werden sollte.

Dann waren da noch die Nachmittage, an denen die Jungen in verschiedenen Kirchen sangen oder Prozessionen begleiteten.

Als Tonio sich das erste Mal bereitwillig der doppelten Reihe von Kastraten anschloß, die langsam durch die Straßen schritten, war es genauso schlimm, wie er es erwartet hatte. Ein Teil von ihm, ein Teil, der stolz war und der vielleicht immer noch fürchterlich litt, konnte nicht akzeptieren, daß er der gaffenden Menge als Eunuch vorgeführt wurde.

Jedesmal aber, wenn er sich überwand, wurde sein Wille stärker. Wenn er sich dann von der Verachtung gegenüber dem, was er sah, frei machte, gewann er ganz neue Einblicke in das, was um ihn herum geschah. Er sah Ehrfurcht in den Augen jener, die die Straßen säumten. Sie begegneten den älteren Kastraten mit Respekt, lauschten aufmerksam ihren herrlichen Stimmen, prägten sich sogar einzelne Gesichter ein.

Die Weihegesänge in der Sommerluft, die Kirche, die voller Licht und Duft war, all das nahm seine Sinne gefangen. Und Tonio, der nun endlich von belanglosen Gedanken eingelullt oder in die Vervollkommnung seines Gesangs vertieft war, empfand an all dem ein vages Vergnügen. In diesen reichgeschmückten Kirchen voller lebensecht wirkender Heiliger aus Marmor und voll von schimmernden Kerzen erlebte er heitere Augenblicke des Glücks.

Eines Abends nach einem besonders luxuriösen Souper im Hause der Contessa Lamberti – einem Souper, bei dem hinter jedem Gast am Tisch ein Bediensteter stand und weitere am Rande des Saals warteten, um hier ein Glas zu füllen, dort eine türkische Zigarette an einer Kerze zu entzünden – bekam Tonio einen ungewöhnlichen Einblick darin, wie sich Guido unter Frauen verhielt, die er offensichtlich kannte und mit denen er sich einigermaßen natürlich unterhielt.

Guido war in Rot und Gold gekleidet, was bemerkenswert gut zu seinen braunen Augen und seinem Haar paßte, und er war vollkommen entspannt, so als wäre er ganz und gar von einer bestimmten Frage in Anspruch genommen. Einmal lächelte er, dann lachte er, und in diesem Augenblick sah er so jung aus, wie er tatsächlich war. Er wirkte freundlich und schien eine Empfindungsfähigkeit zu besitzen, die Tonio nie bei ihm vermutet hätte.

Tonio konnte den Blick nicht von ihm wenden. Selbst Domenico, der sich ans Cembalo gesetzt und zu singen begonnen hatte, vermochte ihn nicht abzulenken. Er beobachtete, wie Guido auf die Stimme des Jungen reagierte, und tat dies schon sehr lange Zeit, als Guido ihn in der Menge entdeckte. Sein Gesicht wurde daraufhin wieder hart und alt, und dann auch ein klein wenig ärgerlich.

Tonio zuckte zusammen und sah weg. Er heftete seinen Blick jetzt auf Domenico. Als Domenico mit seinem Vortrag geendet hatte und das Zimmer vom Applaus wiederhallte, warf er Tonio einen seiner anmutigsten Blicke zu. In seinen Augen lag das Wissen, daß er Tonio gehörte.

Ach, wie schändlich, dachte Tonio.

Er haßte sich und alle Menschen ringsum. Er entfernte sich aus dem Saal, betrat irgendein dunkles Zimmer, in dem der Steinboden ein wenig feucht schien, vielleicht, weil der Raum sonst immer abgeschlossen war. Dort wanderte er dann im Mondlicht, das durch die hohen Fensterbögen hereinfiel, umher und dachte nach. Warum verachtet er mich, und warum macht mir das etwas aus? Zum Teufel mit ihm.

Eine häßliche Scham überfiel ihn. Weil er der Geliebte eines anderen Jungen war? Ja, das war entsetzlich. Aber er wußte, warum er das tat. Jedesmal, wenn er mit Domenico schlief, bewies er sich nämlich, daß er dazu noch in der Lage war und deshalb auch mit einer Frau hätte schlafen können, wenn er gewollt hätte.

Er war überrascht, als er hörte, wie sich hinter ihm die Tür öffnete. Also hatte ihn selbst hier irgendein Diener gefunden.

Aber als er sich umdrehte, sah er, daß es Guido war.

Tonio fühlte, wie eine Woge des Hasses auf diesen Mann in ihm aufstieg. Er wollte ihn verletzen. Wilde und törichte Gedanken kamen ihm in den Sinn. Er würde so tun, als hätte er seine Stimme verloren, einfach, um zu sehen, was Guido dann sagen würde. Oder er würde vortäuschen, krank zu sein, nur um Guido einmal besorgt zu erleben. Wie idiotisch! Du bist mir vielleicht jemand, murmelte er leise in sich hinein.

»Hast du von dem Trubel hier genug?« fragte Guido freundlich.

»Warum sollte Sie das kümmern!« höhnte Tonio.

Guido war erstaunt.

»Nun, es kümmert mich auch nicht im speziellen«, sagte er. »Es ist nur so, daß ich davon genug habe. Ich würde gerne für eine Weile in die Stadt hinuntergehen, um in irgendeiner abgelegenen Taverne etwas zu trinken.«

»Es ist spät, Maestro«, sagte Tonio.

»Du kannst morgen früh ausschlafen, wenn du willst«, sagte Guido, »du kannst aber auch allein nach Hause gehen, wenn dir das lieber ist. Also, kommst du mit?«

Tonio gab keine Antwort.

Sollte er sich zusammen mit einem anderen Eunuchen in eine öffentliche Taverne setzen? Er konnte sich das nicht vorstellen. Ungehobelte Männer, das Gedränge und rauhe Gelächter, die Frauen mit ihren kurzen Röcken und ihrem anzüglichen Lächeln.

All die warmen, überfüllten Tavernen von Venedig fielen ihm wieder ein, das Café von Bettinas Vater und die vielen anderen Orte, die er und Ernestino mit den Straßensängern in jenen letzten Tagen besucht hatten.

Er vermißte das alles, er hatte es stets vermißt. Den würzigen Wein, den Tabak, das besondere Vergnügen, in Gesellschaft von anderen Männern etwas zu trinken.

Vor allem aber wollte er gehen können, wohin er wollte, ohne dabei ständig dieses erstickende Gefühl der Verwundbarkeit zu empfinden.

Aber Guido ging gerade aus dem Zimmer. Er war jetzt wieder frostig. »Nun, geh zurück, wenn du willst«, sagte er über die Schulter gewandt. »Ich kann, wie ich annehme, darauf vertrauen, daß du dich anständig benimmst.«

»Warten Sie«, sagte Tonio. »Ich komme mit.«

Es war brechend voll und entsprechend laut, als sie ankamen. Die Musiker des Conservatorio waren da, außerdem eine große Anzahl von Violinisten aus dem Opernhaus, die Tonio sofort erkannte. Auch ein paar Schauspielerinnen waren anwesend. Im großen und ganzen jedoch bestand die Menge aus Männern, zwischen denen hier und da hübsche Schankmädchen zu sehen waren, die versuchten, den Bestellungen, die ihnen von überall her zugerufen wurden, nachzukommen.

Tonio konnte sehen, daß Guido sich hier absolut wohl fühlte. Selbst die Frau, von der sie bedient wurden, kannte er. Er bestellte den besten Wein, dazu etwas Käse und Obst, dann lehnte er sich in dem hölzernen Alkoven, in dem sie saßen, zurück, streckte die Beine aus und betrachtete zufrieden das Gedränge von Gästen im matten Schein der Lampen.

Der Wein in seinem Zinnbecher schien ihm zu schmecken. Guido wirkte so entspannt, daß er ebensogut hätte allein sein können, dachte Tonio.

Tatsache war, daß sich in diesem Raum viele Eunuchen befanden und daß die Gäste genausowenig Notiz davon nahmen, wie es die Leute in den Buchhandlungen in Venedig getan hatten, wenn Alessandro hereinkam, um Kaffee zu trinken und dem Klatsch aus dem Theater zuzuhören.

Tonio trank den Wein in seinem Becher aus und schenkte sich aus der Flasche nach. Er betrachtete das schieferige Holz der Tischplatte, sah zu, wie auf der schmierigen Oberfläche hier und da Feuchtigkeitsbläschen aufstiegen und sie wie poliert glänzen ließen.

Zwei Musiker hatten, begleitet von einer Mandoline, mit einem Duett begonnen. Möglicherweise waren das richtige Straßensänger. Das Lied hatte etwas Wildes, Ungezähmtes an sich und klang ein wenig wie die Musik aus den Bergen, aber ganz anders als die Melodien aus dem Norden. Vielleicht war es eher spanisch beeinflußt.

Tonio schloß die Augen, ließ die Stimme des Tenors durch seine Gedanken gleiten, und als er seine Augen wieder öffnete, war sein Becher leer. Während er sich dann einen dritten Becher eingoß, merkte er, daß Guido ihn dabei beobachtete, aber nichts sagte.

Wann genau Lorenzo an den Tisch gekommen war, wußte er nicht. Er war sich lediglich schon seit einiger Zeit bewußt gewesen, daß dort jemand stand. Als er schließlich aufblickte, sah er, daß es Lorenzo war. Der Junge verdeckte mit seinem Kopf die tiefhängende Lampe, so daß Tonio nicht sehen konnte, war für eine Miene er machte.

»Was soll das, Lorenzo?« fragte Guido kalt.

Lorenzo beugte sich nach vorn und brüllte Guido plötzlich in neapolitanischem Dialekt an.

Tonio war aufgestanden, Lorenzo hatte sein Stilett herausgezogen. Die Gespräche ringsum waren verstummt, und in dieses Schweigen hinein sagte Guido Lorenzo offensichtlich, er solle die Taverne verlassen. Er drohte ihm, soviel verstand Tonio.

Aber er begriff auch, daß das keine Rolle spielte. Der Augenblick war gekommen. Lorenzos Gesicht war haßerfüllt und voller Hinterhältigkeit, aber er war auch sehr betrunken. Als er langsam auf Tonio zukam, sah er so gefährlich aus wie jeder gewöhnliche Mann.

Tonio machte einen Schritt rückwärts. Er konnte nicht klar denken. Er mußte seine Waffe ziehen, doch er wußte, was geschehen würde, wenn er danach griff. Eines der Schankmädchen zog Lorenzo am Ärmel, die Männer, die an dem langen Tisch in der Mitte des Raumes gesessen hatten, erhoben sich jetzt und bildeten einen Kreis um Tonio und Lorenzo. Plötzlich gab Guido Lorenzo einen heftigen Schubs, die Reihe der Zuschauer öffnete sich, aber Lorenzo taumelte nur und fand sein Gleichgewicht sofort wieder.

Tonio aber hatte jetzt ebenfalls seine Waffe gezückt.

»Ich will nicht mit dir streiten«, sagte Tonio auf italienisch.

Der Junge schleuderte ihm Verwünschungen in neapolitanischem Dialekt entgegen.

»Rede so, daß ich dich verstehen kann«, sagte Tonio. Es war, als hätte sich der Wein aus seinen Adern verflüchtigt. Er war kaltblütig, redete, dachte dabei aber etwas ganz anderes. Einen Moment lang empfand er echte Angst: Er stellte sich vor, wie diese Waffe tief in seinen Körper eindrang. Im selben Augenblick aber wußte er, daß er keine Zeit für diese Angst hatte und daß diese Angst ihn nicht besiegen konnte. Er hatte einen Schritt rückwärts gemacht, um die Distanz zwischen sich und Lorenzo, der bereit war, ihn mit seiner tödlichen Klinge zu durchbohren, zu vergrößern. Auf diese Weise konnte er den Jungen, der viel größer war als er und die typischen, scheinbar endlos langen Eunuchenarme besaß, auch besser sehen.

Als Guido sich anschickte, Lorenzo abermals einen Stoß zu versetzen, wirbelte der Junge herum, und jedermann wußte, daß er es ernst meinte. Es hätte nicht viel gefehlt, und er hätte Guido niedergestochen.

Es schien, als würde sich eine weitere Gestalt in das Handgemenge im Dunklen einmischen, ein Mann, der Guido wegzog.

Wieder versuchte Guido, Lorenzo von hinten zu packen, aber als Lorenzo sich umdrehte und auf ihn losgehen wollte, stieß Tonio ein Knurren aus und kam auf ihn zu.

Lorenzo schnellte unverzüglich herum.

Dann geschah alles so schnell, daß Tonio es später nicht mehr rekonstruieren konnte. Der Junge ging auf ihn los, sein langer Arm schoß nach vorn, Tonio bückte sich darunter hinweg, richtete sich wieder auf und spürte, wie seine Klinge in Lorenzo eindrang.

Lorenzo krallte sich mit der linken Hand in Tonios Gesicht, Tonio zog das Stilett mit einem Ruck heraus. Dann taumelte Lorenzo rückwärts.

Ein erschrecktes Aufstöhnen ging durch die Menge. Lorenzos Augen waren schmal vor Haß, er hielt sein Stilett in die Höhe, dann plötzlich weiteten sich seine Augen.

Er fiel vornüber auf den Tavernenboden zu Tonios Füßen. Tonio starrte auf ihn hinunter. Er war tot.

Es schien, als würde die Menge in ihrer Gesamtheit Tonio sanft aus der Taverne schieben. Eine Frau schrie, Tonio wußte nicht, wie ihm geschah. Hände zogen ihn weg, drängten ihn vorwärts, führten ihn durch eine Tür in eine dunkle Gasse hinaus. Jemand erklärte ihm kurz, wie er von hier fortkäme, diesen Weg, los! Und plötzlich schob ihn Guido vorwärts.

Die Leute hatten ganz instinktiv versucht, ihn zu schützen. Man würde zwar die Polizei rufen, aber sie hatten dem Mörder zur Flucht verholfen. Sie erwarteten von der Polizei nicht, daß sie irgend etwas regelte.

Tonio war vor Entsetzen so schlecht, daß Guido ihn in ein Kabriolett zerren und, am Conservatorio angekommen, durch die Eingangstür schleifen mußte. Selbst als Guido ihn in sein dunkles Studierzimmer schob, hörte Tonio nicht auf, in die Richtung zurückzublicken, aus der sie gekommen waren. Er rang um Worte, aber Guido bedeutete ihm mit einem Wink, zu schweigen.

»Aber ich ... ich ...«, keuchte Tonio, als bekäme er keine Luft.

Guido schüttelte den Kopf. Er hob kurz sein Kinn, dann nahm sein Gesicht demonstrativ einen verschlossenen Ausdruck an. Als er aber sah, daß Tonio nicht verstand, was er meinte, flüsterte er: »Sag jetzt nichts!«

Den ganzen nächsten Tag kämpfte sich Tonio durch seine Übungen und wunderte sich dabei, daß er jetzt eine solche Kontrolle über seine Stimme hatte, daß er die Aufgaben bewältigte.

Falls Lorenzos Tod je offiziell bekanntgegeben worden war, so hörte er nichts davon. Falls man die Leiche gefunden und zum Conservatorio zurückgebracht hatte, dann wußte er nichts davon.

Wenn die anderen dann frühstückten oder zu Mittag aßen (der Gedanke, etwas zu essen, stieß ihn ab), lag er in seinem Zimmer und fragte sich, was mit ihm geschehen würde.

Die Tatsache, daß Guido weitermachte wie gewöhnlich, war natürlich der wesentlichste Hinweis darauf, daß man Tonio nicht verhaften würde. Er wußte, *wußte* ganz genau, daß Guido es ihm gesagt hätte, wenn er in Gefahr gewesen wäre.

Als sich dann aber alles zum Abendessen versammelte, merkte er, daß eine feine, aber unmißverständliche Bewegung durch den Speisesaal lief. Jeder blickte irgendwann einmal zu ihm hin.

Die normalen Jungen, denen er standhaft aus dem Weg gegangen war, so als gäbe es sie überhaupt nicht, nickten ihm, wenn sich ihre Blicke begegneten, ganz leicht, aber sehr bedeutsam zu. Der kleine Paolo, der Kastrat aus Florenz, dem es stets gelungen war, einen Platz neben Tonio zu ergattern, konnte seine Augen nicht von ihm abwenden. Schließlich vergaß er sogar zu essen. Auf seinem runden, stupsnasigen Gesicht lag ein Ausdruck höchster Faszination. Nicht ein einziges Mal zeigte er sein so typisches schelmisches Lächeln. Was die anderen Kastraten am Tisch anging, so ordneten sie sich Tonio plötzlich respektvoll unter, reichten ihm als erstem das Brot und den gemeinschaftlichen Krug Wein.

Domenico war nirgendwo zu sehen. Zum ersten Mal wünschte Tonio sich, ihn in seiner Nähe zu haben, nicht nackt oben im Bett, sondern hier unten bei sich.

Bei der abendlichen Theaterprobe dann kam Francesco, der Violinist aus Mailand, auf ihn zu und fragte ihn höflich, ob er in all seinen Jahren in Venedig je den großen Tartini gehört hätte.

Tonio murmelte zustimmend. Ja, und Vivaldi ebenfalls. Beide hatte er in jenem letzen Sommer an der Brenta gehört.

Das hier war alles so unerwartet und seltsam!

Endlich befand er sich wieder in seinem Zimmer. Er war erschöpft. Daß Lorenzo tot war, hatte ihn wie betäubt. Er wollte diese Tatsache nicht aus seinen Gedanken verbannen. Zwischendrin starrte er immer wieder lange den Gipfel des Vesuvs an. Lautlose Lichtblitze erhellten den Himmel in der Ferne, eine Rauchfahne kennzeichnete den Weg, den die Lava zum Meer hin genommen hatte.

Es war, als würde er um Lorenzo trauern, weil es sonst niemanden gab, der um ihn trauerte.

Plötzlich fand er sich weit, weit weg von hier wieder, in jener kleinen Stadt am Rande des venezianischen Staatsgebietes. Er rannte unter dem von Sternen übersäten Himmel dahin, spürte die Erde unter seinen Füßen zerbröckeln und merkte dann, wie ihn jene Bravos packten. Er wurde in jenes schmutzige kleine Zimmer zurückgeschleift. Er wehrte sich mit ganzer Kraft, während sie ihn wie in einem Alptraum immer wieder zu Boden zwangen.

Er schauderte. Er sah den Berg an. Ich bin in Neapel, dachte er, dennoch entfalteten sich seine Erinnerungen mit der ganzen Unwirklichkeit eines Traumes.

Flovigo verschmolz mit Venedig. Er hielt das Stilett in der Hand, und diesmal stand er einem anderen Gegner gegenüber. Seine Mutter weinte und weinte, das Gesicht hinter ihrem Haar verborgen, so wie sie in jener letzten Nacht im Speisezimmer geweint hatte. Sie hatten sich nicht einmal voneinander verabschiedet. Wann würden sie einander Lebewohl sagen können? Niemals hätte er sich damals träumen lassen, vor ihr getrennt zu werden. Und jetzt weinte und weinte sie, als gäbe es niemanden, der sie trösten konnte.

Er hob das Messer. Er spürte das Heft seines Messers fest in der Hand liegen. Da sah er auf Carlos Gesicht einen vertrauten Ausdruck – was war es? Entsetzen? Überraschung? Das Bild zerriß.

Er war in Neapel, sein Kopf ruhte auf dem Fensterbrett, er war erschöpft.

Tonio öffnete die Augen, sah, daß die Stadt langsam erwachte. Die Sonne schickte ihre ersten Strahlen in den Nebel, der die Bäume einhüllte. Die See schimmerte wie Metall.

Lorenzo, dachte er, du warst nicht der einzige, der es auf mich abgesehen hatte. Dennoch gab es bereits nichts mehr, was an den Jungen erinnerte. Tonio war stolz auf jenen abscheulichen Augenblick. Da war die Klinge, der Körper auf dem Tavernenboden.

Betroffen senkte er den Kopf. Er begriff, warum er diesen erbärmlichen Stolz fühlte. Er begriff genau, welchen Ruhm dieser entsetzliche Akt ihm einbrachte, welche Bedeutung er hatte.

Daß er fähig gewesen war, das so leichtfertig zu tun, daß er es wieder tun würde!

Als er eine Stunde später das Übungszimmer betrat, brauchte er die Musik, brauchte er Guido. Er spürte, wie sich seine Stimme erhob, um den Herausforderungen dieses Tages mit neuer Klarheit und neuer Kraft zu begegnen. Hartnäckig ging er die schwierigsten und kompliziertesten Probleme an. Bis Mittag schließlich hatte die Tatsache, daß er dem schlichtesten Ton Schönheit verleihen konnte, das ihre dazu beigetragen, seine Gedanken einzulullen.

Als er an diesem Abend seinen Rock anzog, um auszugehen, merkte er, daß er ihm schon seit einiger Zeit nicht mehr richtig paßte. Er starrte seine ausgestreckten Hände an. Beinahe verstohlen sah er im Spiegel an sich herauf und war erstaunt, daß er in so kurzer Zeit so gewachsen war.

6

Tonio schoß rasch in die Höhe, daran bestand kein Zweifel, und jedesmal, wenn er das bemerkte, überfiel ihn ein Gefühl der Schwäche, eine Atemlosigkeit.

Aber das behielt er für sich. Er ließ sich neue Röcke mit längeren Ärmeln anfertigen, wußte aber, daß er bald auch aus diesen herauswachsen würde. Obwohl Guido ihn im Unterricht forderte, schien es, als würde sich gleichzeitig ganz Neapel selbst übertreffen, um ihn abzulenken.

Im Juli hatte er bereits das beeindruckende Schauspiel von St. Rosalia gesehen, bei dem das ganze Meer von Feuerwerken erhellt wurde und sich tausend strahlend hell erleuchtete Boote auf dem Wasser befanden.

Jetzt im August kamen die Schäfer aus den fernen Bergen Apuliens und Kalabriens herunter. Sie spielten auf Flöten und Saiteninstrumenten, die Tonio noch nie zuvor gehört hatte, und besuchten, in grobe Kleidung aus Schaffellen gehüllt, die Kirchen und die Häuser des Adels.

Im September fand die jährliche Prozession zur Madonna von Piè di Grotta statt, bei der alle Jungen aus Neapels großen Konservatorien mitgingen. Sie zogen unter Balkonen und Fenstern vorbei, die zu diesem Anlaß aufwendig geschmückt worden waren. Das Wetter war jetzt milder, die Sommerhitze war vorbei.

Im Oktober versammelten sich die Jungen neun Tage lang morgens und abends vor der Franziskanerkirche, womit sie einer offiziellen Pflicht nachkamen, für die die Konservatorien von bestimmten Steuern befreit wurden.

Bald verlor Tonio den Überblick über die Namenstage der Heiligen, die Festtage, die Volksfeste und die offiziellen Gelegenheiten, zu denen er auftrat.

Auch bei den sorgsam gestalteten Prozessionen der verschiedenen Zünfte fuhren die Jungen manchmal auf großen Flößen mit, außerdem sangen sie auf Beerdigungen.

Und jede Stunde dazwischen, von früh bis spät, war da Guido. Da waren das Studierzimmer mit den kahlen Wänden und dem Steinboden, die Übungen und Tonios Stimme, die an Geschmeidigkeit und Präzision gewann.

Anfang Herbst jedoch hatte Tonio einen Brief von seiner Cousine Catrina Lisani erhalten und war überrascht, wie wenig ihn das berührte.

Sie kündigte darin an, daß sie nach Neapel kommen wolle, um ihn zu besuchen. Er antwortete ihr umgehend, daß ihm das nicht recht wäre. Er hätte die Vergangenheit hinter sich gelassen, so schrieb er. Wenn sie dennoch hier auftauchte, würde er sie nicht empfangen.

Als er abermals einen Brief von ihr erhielt, antwortete er höflich, daß er, falls nötig, die Stadt verlassen würde, um eine Begegnung zu vermeiden.

Danach veränderten sich ihre Briefe. Bislang hatte sie sich sehr vorsichtig ausgedrückt, da sie jetzt aber die Hoffnung auf einen Besuch aufgegeben hatte, schrieb sie ihm mit einer neuen Offenheit:

> Alle beklagen, daß Du fortgegangen bist. Sag mir, was Du Dir wünschst, dann schicke ich es Dir. Erst als ich Deinen Brief in Händen hielt, konnte ich glauben, daß Du am Leben bist, obwohl man mir etwas anderes gesagt hatte.
>
> Was würdest Du gerne von hier wissen? Ich werde Dir alles berichten. Deine Mutter ist, nachdem Du weg warst, sehr krank geworden und hat sich geweigert, etwas zu essen oder zu trinken. Jetzt aber ist sie wieder gesund.
>
> Und Dein Bruder, Dein treuer Bruder! Mein Gott, er macht sich Deinetwegen so große Vorwürfe, daß ihn nur das schöne Geschlecht, und zwar in großer Zahl, zu trösten vermag. Diese Medizin vermischt er dann mit soviel Wein wie möglich. Allerdings vermag ihn nicht einmal das davon abzuhalten, allmorgendlich im Großen Rat zu erscheinen.

Als Tonio das gelesen hatte, legte er den Brief zur Seite, als würden ihn die Worte versengen. So bald schon ist er ihr also untreu geworden, überlegte er. Ob sie wohl davon weiß? Und sie war krank. Ohne Zweifel war sie durch die Lügen, die er ihr vorgesetzt hatte, vergiftet worden.

Es vergingen Wochen, bis er ihr antwortete. Er hatte sich eingeredet, daß diese wenigen Jahre hier nur ihm gehörten und daß er weder von ihr noch von sonst jemandem aus Venedig jemals wieder etwas hören wollte.

Eines Abends jedoch verspürte er ohne Vorwarnung oder Erklärung das Bedürfnis, sich hinzusetzen und ihr einen kurzen aber höflichen Antwortbrief zu schreiben.

Danach vergingen keine zwei Wochen, in denen er nicht von ihr hörte. Oft verbrannte er allerdings ihre Briefe, damit er nicht in Versuchung kam, sie immer wieder von neuem zu lesen.

Er bekam eine weitere Börse aus Venedig zugeschickt und hatte jetzt mehr Geld, als er ausgeben konnte.

In diesem Winter verkaufte er seine Kutsche, da er sie nie benutzte und nicht unterhalten wollte. Da er der Meinung war, daß er, wenn er schon den langen und schlaksigen Körper eines Eunuchen besaß, wenigstens gut gekleidet sein sollte, ließ er sich prächtigere Kleidung machen als je zuvor.

Der Maestro di Cappella und auch Guido zogen ihn deswegen auf, aber er war stets großzügig, gab den Bettlern auf der Straße Goldmünzen und brachte dem kleinen Paolo Geschenke mit, wann immer er konnte.

Aber selbst jetzt war er noch reich. Dafür hatte Carlo gesorgt. Er hätte sein Vermögen investieren können, aber er fand dazu nie die Zeit.

So ausgefüllt sein Leben auch war, so voller Veranstaltungen, Mühe und Arbeit, so war er doch erstaunt, als Guido ihm eines Morgens verkündete, daß er im Weihnachtsoratorium einen Solopart singen würde.

Weihnachten. Er war jetzt bereits seit einem halben Jahr hier!

Eine Weile sagte er gar nichts. Er dachte daran, daß es bei einer Weihnachtsmesse in San Marco gewesen war, als er, erst fünf Jahre alt, zum ersten Mal mit Alessandro gesungen hatte. Im Geiste sah er, wie die Flotte von Gondeln hinaus aufs Wasser fuhr, um die Reliquien auf San Giorgio zu verehren. Carlo würde jetzt dabeisein. Er versuchte, diesen Gedanken aus seinem Kopf zu verbannen.

Da wurde ihm auf einmal klar, daß Domenico Neapel bald verlassen würde, um nach Rom zu gehen.

Dort würde er an Neujahr, zur Eröffnung des römischen Karnevals, am Teatro Argentina sein Debüt geben.

Was hatte Guido gerade zu ihm gesagt? Daß er singen würde. Was würde er singen? Er murmelte eine Entschuldigung, und als Guido wiederholte, daß er im Weihnachtsoratorium ein Solo singen würde, schüttelte Tonio den Kopf.

»Das kann ich nicht«, sagte er. »Soweit bin ich noch nicht.«

»Wieso glaubst du eigentlich, mir sagen zu können, wann du soweit bist oder nicht?« fragte Guido ernst. »Natürlich bist du soweit. Ich würde dich nicht singen lassen, wenn es nicht so wäre.«

Tonio konnte das Bild der vielen Laternen, die auf der schwarzen Lagune tanzten, während die Flotte der Gondeln ihre weihnachtliche Überfahrt nach San Giorgio machte, nicht abschütteln.

»Maestro, unterwerfen sie mich dieser Prüfung bitte nicht«, murmelte er. Er bot seine ganzen guten venezianischen Manieren auf. »Ich kann mich nicht auf meine Stimme verlassen, und wenn Sie mich zwingen, allein zu singen, dann werde ich Sie enttäuschen.«

Das wirkte bei Guido, der langsam ärgerlich wurde, Wunder.

»Tonio«, sagte er, »ich frage mich, ob *ich* dich vielleicht enttäuscht habe? Du bist soweit, um dieses Solo zu singen!«

Tonio gab keine Antwort. Er war viel zu überrascht, um etwas zu sagen, denn er konnte sich nicht daran erinnern, daß Guido ihn jemals zuvor beim Namen genannt hätte.

Als der Tag zu Ende ging, war er erschöpft. Guido hatte das Solo nicht mehr angesprochen, aber er hatte ihm mehrere weihnachtliche Stücke zum Singen gegeben, und das Solo war, soviel er wußte, eines davon. Seine Stimme kam ihm häßlich und plump vor.

Als er die Treppe zu seinem Zimmer hinaufstieg, war er mutlos und ärgerlich. Er wollte Domenico jetzt nicht sehen, aber unter der Zimmertür schimmerte ein schmaler Lichtstreifen hervor. Domenico war in voller Montur, so als wolle er diesen Abend ausgehen.

»Ich bin müde«, sagte Tonio und drehte ihm, um seinen Worten Nachdruck zu verleihen, den Rücken zu. Oft hatten er und Domenico rasch noch miteinander geschlafen, bevor Domenico das Haus verließ, weil er irgendwo ein Engagement hatte. Heute nacht aber hatte Tonio keine Lust dazu. Schon der Gedanke daran bedrückte ihn.

Er starrte seine Hände an. Die schwarze Tunika war ihm bereits zu kurz. Er vermied es, sein Bild im Spiegel zu betrachten.

»Aber ich habe für heute nacht ganz besondere Vorbereitungen getroffen«, sagte Domenico. »Weißt du das denn nicht mehr? Ich habe dir doch davon erzählt.«

In Domenicos Stimme schwang ein ängstlicher Unterton mit. Tonio drehte sich um, um ihn im Lichte der einzelnen Kerze besser sehen zu können. Er war prächtig herausgeputzt. An seiner schlanken Gestalt wirkte seine Kleidung ebenso anmutig wie bei den Figurinen auf französischen Stichen. Zum ersten Mal bemerkte Tonio, daß er sich mit Domenico auf gleicher Höhe befand, obwohl dieser zwei Jahre älter war als er. Wenn er ihn jetzt nicht los wurde, würde er den Verstand verlieren.

»Ich bin müde, Domenico«, flüsterte er und ärgerte sich dabei über sich selbst, weil er so grob war. »Du mußt mich jetzt allein lassen . . .«

»Aber Tonio!« Domenico war offensichtlich überrascht. »Ich habe alles vorbereitet. Ich habe es dir doch gesagt. Ich reise morgen früh ab. Du kannst das doch nicht vergessen haben . . .« Seine Stimme verlor sich.

Tonio hatte ihn noch nie so aufgeregt gesehen. Es verlieh seinem Gesicht eine prickelnde Würze und erregte in Tonio eine gewisse oberflächliche Leidenschaft.

Plötzlich dämmerte ihm jedoch, was Domenico ihm zu sagen versuchte. Natürlich, dies hier war seine letzte Nacht, weil er unverzüglich nach Rom gehen würde! Alle hatten sie darüber gesprochen, daß er das Conservatorio verlassen würde, und jetzt war der Augenblick gekommen. Maestro Cavalla wollte, daß er schon frühzeitig in Rom war, um mit Loretti, der die Oper komponiert hatte, proben zu können.

Der Augenblick war gekommen, und Tonio hatte keinerlei Notiz davon genommen.

Er begann sich unverzüglich anzukleiden, während er sich vergeblich ins Gedächtnis zurückzurufen versuchte, was Domenico zu ihm gesagt hatte.

»Ich habe im Albergo Inghilterra für uns ein Zimmer mit Abendessen bestellt«, erklärte Domenico. Dies war das luxuriöse Gasthaus am Meer, in dem Tonio sich nach seiner Nacht auf dem Berg ausgeruht hatte. Er hielt einen Moment inne, als er den Namen hörte, dann zog er seine Schuhe an und nahm seinen Degen vom Haken.

»Tut mir leid. Ich weiß nicht, wo ich meinen Kopf habe«, murmelte er.

Er schämte sich noch mehr, als er die Räume betrat, die Domenico gemietet hatte. Es waren nicht jene, in denen Tonio damals gewohnt hatte, aber sie boten freien Ausblick aufs Meer. Durch die frisch geputzten Fenster war der Strand zu sehen, der im Mondlicht in vollkommenem Weiß schimmerte.

Das Bett stand in einem separaten kleinen Zimmer, das bereits von mehreren Kandelabern erhellt wurde. Der Eßtisch befand sich im Hauptzimmer und war mit Leinen und Silber gedeckt.

Alles war sehr hübsch, aber Tonio konnte sich nicht auf ein Wort von dem, was Domenico gerade zu ihm sagte, konzentrieren.

Domenico sprach über die Rivalität zwischen Loretti und seinem Lehrer Maestro Cavalla, und darüber, was für ein schwieriges Publikum die Römer waren. Er erklärte, weshalb er nach Rom gehen mußte und warum er nicht in Neapel debütieren konnte. Schließlich brauchte man nur zu sehen, was die Römer mit Pergolesi gemacht hatten.

Ich hätte ihm irgendein Geschenk kaufen sollen, dachte Tonio. Es war ein schreckliches Versäumnis, daß er das nicht getan hatte. Was zum Teufel sollte er sagen?

»Komm mit!« sagte Domenico wieder.

»Was?« stotterte Tonio.

Domenico legte empört sein Messer weg. Er biß sich auf die Unterlippe und sah dabei aus wie ein zorniges und verwirrtes Kind. Dann sah er Tonio an, als könne er nicht glauben, was sich hier abspielte.

»Komm mit nach Rom«, wiederholte er. »Du mußt mitkommen! Tonio, es ist nicht so, als wärst du Schüler irgendeiner Wohltätigkeitseinrichtung. Wenn du Maestro Maffeo sagst, daß du gehen willst, dann wird er dich gehen lassen . . .«

»Domenico, ich kann nicht mit nach Rom gehen! Warum sollte ich nach Rom gehen –« Aber bevor die Worte ganz heraus waren, kamen ihm kleine Stücke und Fetzen der Unterhaltung wieder zu Bewußtsein.

Domenico machte ein so betroffenes Gesicht, daß Tonio es nicht ertragen konnte, ihn anzusehen.

»Du bist nur ängstlich, dabei hast du gar keinen Grund dazu«, sagt Tonio. »Du wirst eine Sensation sein!«

»Ich bin nicht ängstlich«, flüsterte Domenico. Er hatte sich abgewandt und sah jetzt in die Dunkelheit. »Tonio, ich dachte, du würdest gerne mitkommen . . .«

»Ich würde, wenn ich könnte, aber ich kann nicht einfach meine Sachen packen und von hier fortgehen.«

Es war unerträglich, ihn so zu sehen. Er sah so kläglich aus. Tonio fuhr sich mit der Hand durchs Haar. Er war müde. Die Schultern taten ihm weh, und er wollte unbedingt schlafen. Plötzlich erschien ihm der Gedanke, noch einen Augenblick länger in diesem Zimmer bleiben zu müssen, unerträglich.

»Domenico, wenn du erst einmal in Rom bist, wirst du nicht mehr an mich denken, du weißt, daß das so sein wird«, sagte er. »Du wirst mich und alle anderen hier vergessen.«

Domenico sah ihn nicht an. Er starrte in die Ferne, als wäre nichts von dem, was Tonio gerade gesagt hatte, zu ihm durchgedrungen.

»Du wirst berühmt werden«, sagte Tonio. »Meine Güte, was hat der Maestro gesagt? Du könntest nach Venedig gehen, wenn du wolltest, oder gleich nach London. Du weißt genausogut wie ich . . .«

Domenico legte seine Serviette weg und erhob sich von seinem Stuhl. Er kam um den Tisch herum, und bevor Tonio ihn davon abhalten konnte, ließ er sich neben ihm auf die Knie nieder. Er blickte Tonio in die Augen.

»Tonio«, sagte er, »ich möchte, daß du mit mir kommst, nicht nur nach Rom, sondern überallhin. Ich werde nicht nach Venedig gehen, wenn du nicht dorthin willst. Wir können nach Bologna und Mailand gehen, und dann nach Wien. Nach Warschau, Dresden, ganz gleich wohin, aber ich möchte, daß du mitkommst. Ich wollte dich das eigentlich erst in Rom fragen, wenn ich gesehen hätte, daß alles gut läuft, und falls es nicht gut läuft, also, also . . . daran will ich jetzt nicht denken. Aber wenn es gutgeht, Tonio . . .«

»Nein. Nein, hör auf damit«, sagte Tonio. »Das meinst du doch nicht im Ernst. Es kommt nicht in Frage. Ich kann nicht einfach meine Ausbildung abbrechen. Du weißt nicht, was du da sagst . . .«

»Nicht für immer«, sagte Domenico, »nur für den Anfang, sechs Monate vielleicht, Tonio, du verfügst über die finanziellen Mittel, es ist ja nicht so, daß du arm wärst. Du bist nie arm gewesen, und du –«

»Das hat doch damit nichts zu tun!« sagte Tonio plötzlich wütend. »Ich habe keinerlei Verlangen, mit dir mitzukommen! Wie bist du nur darauf gekommen, daß ich das tun würde!«

Er bereute es sofort.

Aber es war zu spät. Außerdem hatte er das mit zu großer Aufrichtigkeit gesagt.

Domenico war ans Fenster getreten. Er stand da, den Rücken zum Zimmer gekehrt, eine zarte Gesalt, halb verborgen im Schatten. Tonio spürte: Ich muß das bei ihm wiedergutmachen.

Aber erst als Domenico sich umdrehte und auf ihn zukam, erkannte er, wie tief er ihn verletzt hatte.

Domenicos Gesicht war verkniffen, ängstlich und tränenüberströmt. Als er auf Tonio zuging, biß er sich auf die Lippen, und seine Augen schimmerten feucht.

Tonio war wie betäubt.

»Ich hätte mir nie träumen lassen, daß du mich mitnehmen wolltest«, sagte Tonio. Über den ärgerlichen Ton in seiner Stimme bestürzt, hielt er jedoch niedergeschlagen inne.

Wie war das nur gekommen?

Er hatte diesen Jungen für so stark gehalten, für so kalt. Das ließ ihn ebenso reizvoll erscheinen wie dieser erlesene Mund, diese geschickten Hände, der geschmeidige und anmutige Körper, der ihn stets begierig in sich aufnahm.

Tonio war beschämt und unglücklich. Er fühlte sich in Domenicos Gegenwart jetzt einsamer, als er sich je gefühlt hatte. Wenn er doch nur diesen Augenblick so tun könnte, als würde er ihn lieben.

Doch Domenico sagte, so als hätte er seine Gedanken gelesen: »Ich bedeute dir gar nichts.«

»Ich wußte nicht, daß du das wolltest«, sagte Tonio. »Ich schwöre, ich wußte es nicht!« Er stand kurz davor, selbst in Tränen auszubrechen, dann jedoch wurde er plötzlich wütend. In ihm wallte jene Grausamkeit auf, der er im Bett so oft freien Lauf gelassen hatte. »Gütiger Himmel«, sagte er, »was hat uns denn miteinander verbunden?«

»Wir waren ein Liebespaar!« antwortete Domenico mit ganz leiser, vertraulicher Stimme.

»Das waren wir nicht!« entgegnete Tonio. »Es war alles ein törichtes Spiel, nur die schändlichste . . .«

Domenico hielt sich die Ohren zu.

»Und hör um Himmels willen auf zu weinen. Weißt du, wie du dich jetzt benimmst, wie ein unausstehlicher Eunuch!«

Domenico zuckte zusammen. Sein Gesicht war tränennaß und kreidebleich, als er sagte: »Wie kannst du so etwas zu mir sagen? Wie sehr du dich verabscheuen mußt, um so mit mir zu reden! O Gott, ich wünschte, du wärst nie hierhergekommen, ich wünschte, ich hätte dich nie gesehen. Geh zur Hölle! Ich wünschte, du würdest in der Hölle schmoren . . .«

Tonio schnappte nach Luft. Er schüttelte den Kopf und sah hilflos zu, wie Domenico zur Tür ging.

Aber er drehte sich noch einmal um. Sein Gesicht war so vollkommen, daß es selbst in seinem Elend eine unwiderstehliche Schönheit besaß. Seine leidenschaftlichen Gefühle hatten ihm Farbe verliehen. Er sah so unschuldig und verletzt aus, wie ein kleines Kind, das eben zu begreifen begonnen hat, was Enttäuschung ist. »Ich . . . ich kann den Gedanken, dich zu verlassen, nicht ertragen . . .« gestand er. »Tonio, ich dann es nicht . . .« Dann brach er ab. »Die ganze Zeit dachte ich, ich würde dir etwas bedeuten. Als du damals zu uns kamst, da warst du so unglücklich, so allein. Du schienst jedermann zu verachten. Und nachts, wenn du dachtest, alles würde schlafen, konnten wir hören, wie du geweint hast. Wir konnten es hören. Und dann, als du zurückgekommen bist und die rote Schärpe angelegt hast, hast du dich so sehr bemüht, um uns zu täuschen. Aber ich habe gewußt, daß du unglücklich bist. Wir alle wußten es. Wenn man in deiner Nähe war... dann konnte man deinen Schmerz spüren. Ich konnte ihn fühlen! Und ich dachte ... Ich dachte, meine Gegenwart würde dir guttun. Du hast nicht mehr geweint, und du warst bei mir. Ich dachte ... ich dachte ... daß ich dir etwas bedeutet hätte!«

Tonio vergrub das Gesicht in den Händen. Er stieß ein leises Stöhnen aus, dann hörte er, wie sich die Tür schloß. Domenicos Schritte verhallten auf der Treppe.

7

Die Woche war unerträglich gewesen. Seit Domenicos Abreise nach Rom hatten ruhelose Nächte an Tonios Kräften gezehrt. Als er an diesem Abend vom Abendbrottisch zurückkam, wußte er, daß er heute nicht mehr sehr lange würde arbeiten können.

Guido würde ihn beizeiten gehen lassen müssen. Tonio würde sich weder durch seinen Zorn noch durch Drohungen zurückhalten lassen.

Domenico war nach ihrem Abend in dem *albergo* bei Morgengrauen aufgebrochen. Loretti war mit ihm gefahren, Maestro Cavalla sollte nachkommmen. In den Korridoren war Lachen zu hören gewesen, Füßegetrappel.

Domenico würde den Bühnennamen Cellino tragen, und irgend jemand hatte gerufen: »Bravo, Cellino.«

Tonio hatte plötzlich seinen Platz am Fensterbrett verlassen und war ohne anzuhalten die Treppe hinuntergerannt, alle vier Stockwerke. An der Tür mußte er sich durch einen Knäuel von Jungen drängen. Kalte Luft schlug ihm entgegen und ließ ihn kurz innehalten, aber er erreichte die Kutsche noch kurz bevor sie losfuhr. Der Kutscher hielt die Peitsche schon in der Hand.

Domenicos Gesicht erschien am Fenster und erhellte sich auf so unschuldige Weise, daß Tonio einen Kloß im Hals spürte.

»Du wirst in Rom eine Sensation sein«, sagte er. »Dessen sind sich alle sicher. Du brauchst niemanden zu fürchten.«

Da erschien ein solch wehmütiges, unschuldiges Lächeln auf Domenicos Gesicht, daß Tonio spürte, wie ihm Tränen in die Augen stiegen. Er stand auf dem Kopfsteinpflaster und starrte der dahinrumpelnden Kutsche nach, dann begann ihm die Kälte in die Glieder zu kriechen.

Jetzt saß er ganz still auf der Bank in Guidos Zimmer und wußte, daß er heute abend nichts mehr schaffen würde. Er mußte schlafen oder in seinem kleinen Zimmer liegen und sich darauf vorbereiten, daß er Domenico vermißte, darauf, daß da keine warmen Glieder mehr waren, die sich an ihn kuschelten, kein geschmeidiger, duftender Körper, der bereit war, ihm zu geben, was immer er wollte. Aber in Wahrheit war es ihm egal, ob er Domenico jemals wieder zu Gesicht bekam.

Er schluckte und wünschte sich leise lächelnd, daß Guido ihn schlagen würde, wenn er sich weigerte, weiter zu üben. Er fragte sich, was er tun mußte, damit Guido ihn schlug. Er war jetzt größer als Guido. Er stellte sich vor, daß er wuchs und wuchs, bis er mit dem Kopf an die Decke stieß. Der längste Eunuch der Christenheit und von jenen Sängern, die über zwei Meter fünfzehn maßen, bei weitem der beste, hörte er eine Stimme ankündigen.

Müde blickte er auf und sah, daß Guido seine Notation beendet hatte und ihn schon eine Weile forschend anblickte.

Wieder überkam ihn dieses gespenstische Gefühl, daß Guido über das, was zwischen ihm und Domenico gewesen war, Bescheid wußte. Er dachte wieder an jene Zimmer, an all die feinen Wachskerzen. Und an das Meer draußen. Er hätte weinen mögen.

»Maestro, lassen Sie mich für heute abend gehen«, sagte er. »Ich kann nicht mehr singen. Ich bin leer.«

»Du bist gerade richtig aufgewärmt. Deine hohen Töne sind tadellos«, sagte Guido sanft. »Und ich möchte, daß du mir das hier vorsingst.«

In seiner Stimme lag eine ungewohnte Freundlichkeit. Er strich ein Schwefelholz an und entzündete eine Kerze. Die Winternacht war rasch hereingebrochen.

Tonio blickte schläfrig und benommen auf und sah das Notenblatt, auf dem die Tinte noch frisch war.

»Das ist das, was du Weihnachten singen sollst«, sagte Guido. »Ich habe es selbst komponiert, für deine Stimme.« Dann fügte er ganz leise hinzu: »Es ist da erste Mal, daß irgend etwas von mir hier aufgeführt wird.«

Tonio forschte in seinem Gesicht, suchte nach einer Spur von Zorn, aber in dem weichen, unregelmäßigen Flackern der Kerze sah Tonio nur, daß Guido ruhig wartete. In diesem Augenblick schien ein heftiger Gegensatz zwischen diesem Mann und Domenico zu bestehen, dennoch empfand Tonio etwas, ein Gefühl, das sie beide vereinte. Ach, Domenico ist die Sylphe, dachte er, und das hier ist der Satyr. Und was bin ich? Die große weiße venezianische Spinne.

Er lächelte bitter und fragte sich dabei, was Guido wohl denken mochte, denn er sah, daß sich seine Miene verdunkelte.

»Ich würde es gerne singen«, flüsterte Tonio. »Aber es ist noch zu früh. Ich werde Sie enttäuschen, wenn ich es versuche, ich werde mich selbst enttäuschen und all jene, die zuhören.«

Guido schüttelte den Kopf. Da war die Wärme eines flüchtigen Lächelns, dann sagte er leise Tonios Namen.

»Warum hast du so große Angst davor?« fragte er.

»Können Sie mir heute abend nicht meine Ruhe lassen? Lassen Sie mich doch gehen!« fragte Tonio. Er stand plötzlich auf. »Ich möchte von hier fort. Ich möchte überall sein, nur nicht hier.« Er ging auf die Tür zu, drehte sich dann noch einmal um. »Ist es mir gestattet, auszugehen?« wollte er wissen.

»Du bist vor nicht allzulanger Zeit zu einem *albergo* gegangen«, sagte Guido, »auch, ohne jemanden um Erlaubnis zu fragen.«

Tonio war überrumpelt, und das nahm ihm den Wind aus den Segeln. Er starrte Guido einen Augenblick lang voller böser Vorahnungen an, die schon fast in Panik mündeten.

Auf Guidos Gesicht zeigten sich jedoch weder Kritik noch Zorn. Er schien zu überlegen, dann richtete er sich auf, als wäre er zu einem Entschluß gelangt. Er sah Tonio mit einem ungewohnt geduldigen Blick an, und als er zu sprechen anfing, war seine Stimme leise und beinahe verschwörerisch.

»Tonio, du hast diesen Jungen geliebt«, sagte er. »Das wußte jeder.«

Tonio war zu überrascht, um zu antworten.

»Glaubst du denn, mir ist verborgen geblieben, welche Kämpfe du durchgestanden hast?« fragte Guido. »Tonio, du hast schon so viel Schmerz erfahren. Gewiß kannst du dich deiner Arbeit zuwenden, wie du das früher schon getan hast, und du kannst ihn vergessen. Die Wunde wird heilen, vielleicht schneller als du es merkst.«

»Ihn geliebt?« flüsterte Tonio. »Domenico?«

Guido runzelte die Stirn und machte dabei fast eine Unschuldsmiene. »Wen noch?« fragte er.

»Maestro, ich habe ihn nie geliebt! Maestro, ich habe nichts für ihn empfunden. Ach, wenn es bei mir nur die kleinste Wunde gäbe, so daß ich irgendwie dafür büßen könnte!« Er hielt inne und starrte diesen Mann an.

»Und das ist wahr?« fragte Guido.

»Ja, es ist wahr«, sagte Tonio. »Das Unglück daran war nur, daß ich allein es wußte. Und ich mußte es ihm zeigen, ausgerechnet jetzt, da er auf dem Weg nach Rom ist, zum wichtigsten Termin seines Lebens. Gott weiß, ob ich jemals dieselbe Reise machen werde. Wie ich dann jeden verachten würde, der mich davonschickt, so wie ich ihn davongeschickt habe! Ich habe ihn verletzt, Maestro. Ich habe ihn auf gefühllose und dumme Weise verletzt.«

Er machte eine Pause.

All das sagte er zu Maestro Guido. Er starrte vor sich hin, erstaunt über seine eigene Schwäche. Er verabscheute sich deswegen und wegen der Einsamkeit, die hinter all dem stand.

Aber Guidos Gesicht war undurchdringlich. Er saß da und wartete, ohne einen Ton zu sagen. Da kamen Tonio wieder all die kleinen Gemeinheiten in den Sinn, mit denen dieser Mann ihn in der Vergangenheit geplagt hatte.

Er wußte, daß er jetzt gehen sollte, es war genug gesagt worden. Er konnte sich selbst nicht mehr länger trauen.

Dennoch aber redete er plötzlich, ohne es gewollt oder geplant zu haben, weiter: »Mein Gott, wenn Sie nicht so ein roher und gefühlloser Mensch wären«, sagte er. »Warum reden Sie so zu mir! Ich würde so gerne glauben, daß für mich immer noch die Möglichkeit besteht, jemand zu sein, der innerlich gut ist, der Wert hat. Dennoch habe ich mein Leben durch Domenico zu etwas gemacht, das nicht einmal dazu taugt, in die Gosse geworfen zu werden. Wegen Nächten wie diesen hat er Tränen vergossen, und ich bin der Grund dafür.«

Er funkelte Guido wütend an.

»Warum sind Sie ins Meer gegangen?« wollte er wissen. »Was hat Sie dazu getrieben? Der Verlust meiner Stimme? Jener Stimme, für die Sie bis nach Venedig gereist sind, um sie hierherzuholen! Nun, ich bestehe nicht nur aus meiner Stimme, ich bestehe auch aus Fleisch und Blut!« sagte er. »Und dennoch bin ich weder Mann noch Frau, es macht also keinen Unterschied, bei wem ich liege. Aber auf diese Weise verwandle ich mich in Dreck.«

»War es so falsch, bei ihm zu liegen?« flüsterte Guido. »Wem wurde dadurch weh getan, jetzt da du bist, was du bist, und er ist, was er ist? War es so falsch, daß ihr beieinander ein wenig Zuneigung gesucht habt?«

»Ja, es war falsch, weil ich ihn verachtete! Ich bin bei ihm gelegen, als würde ich ihn lieben, aber ich habe ihn nicht geliebt. Und in meinen Augen ist das falsch. Selbst in diesem Zustand gibt es noch Dinge, die zählen!«

Guido starrte geradeaus. Dann nickte er ganz langsam. »Warum hast du es dann getan?« flüsterte er.

»Weil ich ihn brauchte«, sagte Tonio. »Ich fühle mich hier in diesem Conservatorio wie verwaist, und ich brauchte ihn! Ich habe es allein nicht geschafft! Ich habe es versucht, aber es ist mir nicht gelungen. Jetzt bin ich wieder allein, und das ist schlimmer als jeder Schmerz, den ich bislang erfahren habe. Ich habe mich diesem Schmerz tausendmal gestellt und geschworen, ihn zu ertragen. Aber es ist manchmal mehr, als ich aushalten kann. Domenico schenkte mir etwas, das wie Liebe aussah, und ließ mich den Mann spielen, und so habe ich dieses Geschenk angenommen.«

Er drehte Guido den Rücken zu. Na großartig, da wurden all seine

Vorsätze jetzt, wo dieser Damm gebrochen war, davongespült. Alles, woran er noch denken konnte, war, daß er gerade in diesem Augenblick einem anderen sein Herz ausschüttete. Da war auch Haß, Haß und Abscheu, genau wie er ihn für Domenico empfunden hatte.

»Wie soll ich das ertragen?« fragte er. Er drehte sich langsam wieder um. »Wie können Sie es ertragen, jeden Tag Ihres Lebens mit solchem Zorn und solcher Kälte zu arbeiten und nichts als Beschimpfungen von sich zu geben? Gütiger Himmel, haben Sie denn nicht ein einziges Mal das Bedürfnis, jene, die Sie unterrichten, zu lieben, mit jenen, die sich so sehr bemühen, dem gnadenlosen Takt zu folgen, den Sie ihnen vorgeben, Mitleid zu haben!«

»Du willst also von mir geliebt werden?« fragte Guido leise.

»*Ja*, ich will von Ihnen geliebt werden!« sagte Tonio. »Ich würde auf die Knie fallen, um von Ihnen geliebt zu werden. Sie sind mein Lehrer! Sie sind der einzige, der mich leitet und formt, der meine Stimme hört, wie sie noch nie jemand gehört hat. Sie sind derjenige, der danach strebt, sie auf ein Niveau zu heben, das ich allein nie erreicht hätte. Wie können Sie nur fragen, ob ich von Ihnen geliebt werden will? Können Sie mich denn nicht mit Liebe unterrichten? Es wäre doch möglich, daß ich mich, wenn Sie mir gegenüber ein klein wenig Freundlichkeit zeigten, öffnen würde wie die Blüten im Frühling. Vielleicht würde ich mich dann für Sie in einer Weise anstrengen, daß meine bisherigen Fortschritte dagegen bedeutungslos erscheinen!

Ich soll das Stück singen, das Sie komponiert haben. Wenn Sie mich liebten, dann könnte ich alles tun, wofür Sie mich für fähig halten. Wenn Sie mir nur, neben Ihrer harten, ehrlichen Kritik, auch Liebe schenken würden, wenn Sie dies miteinander vermischen würden, dann könnte ich aus dieser Dunkelheit herausfinden, dann könnte ich hier an diesem feuchten, fremden Ort, wo ich eine Kreatur bin, deren Namen auszusprechen ich nicht ertragen kann, auch gedeihen. Helfen Sie mir!«

Tonio hielt inne. Das hier war schlimmer als alles, was er sich vorgestellt hatte. Er fand sich nicht mehr zurecht, fand sich absolut nicht mehr zurecht. Er wollte dieses grausame, gleichgültige Gesicht nicht einmal mehr ansehen, wollte diesen Blick nicht mehr sehen, der stets so wütend funkelte und allen Schmerz und jede Schwäche nur mit Verachtung bedachte. Er schloß die Augen. Er erinnerte sich daran, daß dieser Mann ihn in Rom vor endlos langer Zeit einmal umarmt hatte, und er hätte angesichts all der törichten Dinge, die er eben gesagt hatte, laut auflachen mögen. Als die Kerze plötzlich erlosch und er die Augen wieder öffnete und nur Dunkelheit sah, dachte er: Oh, das sind einfach nur Worte, keine Taten. Auch das wird irgendwie vorbeigehen, wie alles andere ebenfalls vorbeigegangen ist. Morgen wird es nicht anders sein als sonst, jeder von uns beiden wird mit seinen eigenen Dämonen kämpfen. Aber ich werde noch stärker werden und mich noch mehr daran gewöhnen.

Weil das Leben ist, nicht wahr? Das ist das Leben, und Jahre werden so vergehen, denn so ist es bestimmt. Das Messer, das mich hierhergebracht hat, war lediglich ein Vorbote dessen, was uns alle erwartet.

Der Geruch von brennendem Wachs hing in der Luft.

Dann hörte er, wie Guido aufstand, hörte seine Schritte auf dem Steinboden, und dachte: Ach, das ist dann also die endgültige Demütigung, er läßt mich hier allein zurück.

Seine Grausamkeit war ihm niemals so erlesen, so überwältigend erschienen. Ach, die vielen Stunden, die wir beide gemeinsam verbracht haben.

Und was habe ich gelernt? Daß ich hier wie in allem anderen auch allein bin. Doch das habe ich schon gewußt, es ist mir nur mit jedem Tag klarer geworden.

Es schien, als würde er schweben.

Da merkte er ganz plötzlich, daß Guido ihn nicht allein gelassen hatte, er hatte lediglich den eisernen Riegel an der Tür vorgeschoben.

Tonio spürte, wie ihm der Atem stockte. Er konnte im Dunkeln nichts sehen, und im Augenblick hörte er auch nichts. Aber er wußte, daß Guido da war und ihn beobachtete. Da packte ihn ein solches Verlangen, daß es ihn in höchstem Maße entsetzte.

Verlangen strahlte von ihm aus. Es strahlte aus in die Dunkelheit und schien sich bis zu den vier Wänden dieses Zimmers zu erstrekken. Er drehte sich um und wartete, wartete.

»Dich lieben?« vernahm er Guidos Stimme. Sie war so leise, daß Tonio sich angestrengt lauschend nach vorne beugte, so als würde er sich den Worten sehnsuchtsvoll entgegenneigen. »Dich lieben?«

»Ja . . .«, antwortete Tonio.

»Ich brenne vor Verlangen nach dir! Hast du das nie geahnt? Hast du nie hinter die kalte Maske gesehen? Bist du so blind für meine Qual? In meinem ganzen Leben habe ich noch nie jemanden so umworben wie dich, habe ich noch nie wegen jemandem so gelitten wie deinetwegen. Aber es gibt Liebe und Liebe, und ich bin es müde, zu versuchen, das eine vom anderen zu trennen . . .«

»Trennen Sie sie nicht voneinander!« flüsterte Tonio. Er streckte die Arme verlangend nach ihm aus wie ein Kind. »Geben Sie sie mir! Wo sind Sie? Maestro, wo sind Sie?«

Da schien ein Rauschen in der Luft zu liegen, er hörte ein leises Rascheln von Kleidung und Schritte, dann spürte er die beinahe brennende Berührung von Guidos Händen, Händen, die ihn bislang nur geschlagen hatten, und schließlich fühlte er, wie ihn jene Arme umschlossen. In diesem Augenblick begriff er alles.

Er wußte, wie es gewesen war und wie es sein würde. Er spürte Guidos Brust, und dann Guidos stürmischen Mund.

»Ja«, flüsterte er. »Jetzt, ja, alles, ganz und gar . . .« Er weinte.

Guido saugte an seinen Lippen, an seinen Wangen, nahm sein Gesicht in seine Hände, grub seine Finger hinein, als wolle er es verschlingen. Es schien, als wäre alle Grausamkeit plötzlich in den verzweifelten Wunsch nach Vereinigung verwandelt worden.

Tonio sank auf die Knie, zog Guido mit sich. Er zeigte ihm den Weg. Er bot sich dar, gab das, was Domenico ihm stets gegeben, jedoch nie von ihm verlangt hatte.

Daß es weh tat, war dabei nicht von Belang.

Sollte es nur weh tun. Und obwohl er es kaum ertragen konnte, diesen Mund freizugeben, der auf den seinen gepreßt war und selbst an seinen Zähnen saugte, legte er sich flach auf den Steinboden und sagte: »Mach es. Mach es mit mir. Ich will es.« Guidos schwerer Körper kam über ihn, drückte ihn nieder. Tonio spürte, wie seine Kleidung geöffnet wurde, aber als er Guidos Glied spürte, erschreckte ihn das. Er stieß einen langen Seufzer aus, dann öffnete sich sein ganzer Körper, und als es wieder kam, kurz, aber hart, dick und pulsierend, bewegte er sich mit ihm. Einen Augenblick lang waren sie miteinander verbunden, während Guidos Lippen auf seinen Nacken gepreßt waren, Guidos Hände seine Schultern kneteten, ihn fest an sich zogen. Dann merkte er an Guidos kehligem Schrei, daß es vorbei war.

Aber Tonio wischte sich, aufgewühlt und voller Sehnsucht, wie betäubt über den Mund. Er konnte seine Hände nicht von Guido lassen, aber es war Guido, der seine Arme unter Tonios Körper schob, sein Becken anhob, während sein Mund Tonios Organ mit feuchter Wärme umschloß und gierig daran saugte. Es war ein köstliches Gefühl, intensiver, heftiger, als es bei Domenico je gewesen war. Er biß die Zähne zusammen, um nicht laut aufzuschreien. Als Guido ihn wieder freigab, fiel er zurück, drehte sich um, den Kopf in den Armen vergraben, die Knie an den Körper gezogen, während die letzten Wellen der Lust verebbten.

Er hatte Angst.

Er war allein. Er konnte die Stille wieder hören. Die Welt kam wieder zurück, aber er konnte nicht einmal mehr den Kopf heben.

Während er sich einredete, daß er nichts erwartete, wußte er doch, daß er in diesem Augenblick um alles hätte betteln können. Aber er spürte Guido in seiner Nähe. Guidos Hände, kräftig und stark, die jetzt versuchten, ihn zu sich herzuziehen. Tonio erhob sich abrupt und preßte sein erhitztes Gesicht an Guidos Schulter, spürte dabei, wie Guidos staubige Locken seine Wangen streiften. Guido schien ihn mit seinem ganzen Körper zu umfangen. Da war Guido. Hier zusammen mit ihm, Guido, der ihn festhielt, ihn liebte und jetzt ganz zärtlich küßte, und sie waren vollkommen vereint.

Tonio war ganz benommen und schien nicht zu wissen, wohin er ging, nur, daß sie in der Winterkälte durch saubere Straßen schritten und daß der Fackelschein an den Wänden von erschreckender Schönheit war.

Die Luft war erfüllt vom Geruch der Herdfeuer und brennender

Kohlen, die Fenster, die an jeder Biegung aus dem Dunkel tauchten, waren von wunderbarem gelben Licht erhellt. Dann war da wieder Schwärze, das Rascheln trockener Blätter, während Guido und er durch wilde und gierige Küsse, durch Umarmungen, die keine Zärtlichkeit kannten, nur Hunger, aneinandergeschmiegt waren.

Als sie die Taverne erreichten und die Tür aufschwang, schlug ihnen einladende Wärme entgegen. Sie preßten sich inmitten all des Lärms, des Degengerassels, des lauten Krachens, wenn jemand seinen Krug auf dem hölzernen Tisch absetzte, in den tiefsten Alkoven. Eine Frau sang. Ihre Stimme war dunkel und volltönend wie der Klang einer Orgel. Einer der Schäfer aus den Bergen spielte auf seiner Flöte, überall ringsum sangen die Leute.

Sie tranken und tranken. Wann Guido dann zu sprechen angefangen hatte, wußte er nicht, nur, daß er ihm mit leiser, rauher Stimme, mit einem trotzigen Flüstern, das tief aus seiner Brust kam, all jene Geheimnisse erzählte, die er noch nie jemandem zu erzählen gewagt hatte. Abermals spürte Tonio, wie sich sein Mund unwillkürlich zu einem Lächeln formte, und das einzige, was ihm in den Sinn kam, war: Liebe. Liebe, du bist meine Liebe. Irgendwann sagte er diese Worte auch laut und sah daraufhin Guidos Augen aufleuchten. Liebe, Liebe, du bist meine Liebe, und ich bin nicht allein, nicht allein, wenigstens für diese kurze Zeit.

8

Jede Nacht schliefen sie miteinander, getrieben von unstillbarem Hunger und animalischer Grausamkeit. Hinterher zeigten sie jedoch immer eine unaussprechliche Zärtlichkeit, die dem Ganzen Gestalt gab. Sie schliefen eng umschlungen ein, so als wollten sie miteinander verschmelzen, und stets waren da jene wilden, gierigen Küsse. Am Morgen standen die beiden dann gemeinsam auf, um noch vor Tagesanbruch in Guidos Studierzimmer zu arbeiten.

Der Unterricht war jetzt ganz anders.

Nicht, daß er weniger anspruchsvoll gewesen wäre oder daß

Guido weniger streng oder gereizt war, wenn Tonio etwas nicht richtig machte. Ihre gemeinsame Arbeit war jetzt jedoch intensiver, da sie nun vertrauter und aufmerksamer miteinander umgingen.

Tonio hatte Guido, als er damals seinen Schwall unvorsichtiger Worte nicht mehr hatte zurückhalten können, versprochen, daß er sich ihm öffnen würde. Nun aber wurde ihm langsam klar, daß er das stets getan hatte, wenigstens was die Musik anbetraf. Jetzt war es Guido, der sich ihm öffnete. Guido erkannte zum ersten Mal an, daß Tonio nicht nur aus Körper und Stimme bestand, sondern auch einen Verstand hatte, der beides beherrschte, und er begann diesem Verstand die Prinzipien anzuvertrauen, die seinen gnadenlosen, sich ständig wiederholenden Übungen zugrunde lagen.

Eingentlich war dieser Hang zur Gesprächigkeit bei Guido nichts Neues, aber in der Oper oder während der drauffolgenden langen Spazierfahrten am Meer, hatte sich das Gespräch ausnahmslos um andere Sänger gedreht. Außerdem hatte es unpersönlich, manchmal sogar kalt gewirkt, wie Guido all sein Interesse auf fremde Kompositionen, fremde Menschen gerichtet hatte.

Jetzt sprach Guido von der Musik, die sie miteinander teilten, und in jenen frühen Wochen der heftigsten und begierigsten Liebe schien es, als wäre Guido dieses Gespräch sogar noch wichtiger als ihre erotischen Begegnungen.

An manchen Abenden, wenn sie von den Tavernen genug hatten, gingen sie zu einem der vielen Bälle, die ständig irgendwo gegeben wurden. Die Bälle der Contessa Lamberti, die eine große Kunstmäzenin war, bevorzugten sie dabei. Aber auch hier riß ihr intensives Gespräch nicht ab.

Sie suchten sich dann irgendeinen ruhigen Salon, holten sich einen Kerzenleuchter ans Klavichord oder ans Pianoforte, das es seit einiger Zeit gab. Wenn Guido dann seine Finger eine Weile über die Tasten hatte tanzen lassen, machte er es sich auf irgendeinem Sofa bequem. Tonio setzte sich dann zu ihm und begann ihm abermals Fragen zu stellen. Manchmal fing Guido auch von allein zu erzählen an.

In Guidos Augen lag ein sanftes Staunen angesichts solcher Augenblicke. Sein Gesicht, das entspannt war, wirkte jungenhaft und freundlich. Es war nicht zu glauben, daß er früher stets so zornig gewesen war.

Als sie eines Abends in einem der kleinen Musikzimmer der Contessa beim Kartenspiel saßen – sie hatten einen runden Tisch, ein Päckchen Spielkarten und eine Kerze aufgetrieben –, sagte Tonio schließlich:

»Maestro, erzähl mir etwas über meine Stimme!«

»Zuerst will ich aber etwas von dir wissen«, meinte Guido. Tonio bemerkte, daß bei dieser Frage eine Spur von Guidos altem Zorn aufflackerte, und schauderte. »Warum willst du an Weihnachten dieses Solo nicht singen, obwohl ich dir gesagt habe, daß es einfach ist und daß ich es für dich geschrieben habe.«

Tonio sah weg.

Sobald er in der Kapelle seine Stimme allein erhob, würde er wirklich ein Kastrat sein. Das war es doch, nicht wahr? Dies war der eine große Schritt, der mehr bedeutete, als eine schwarze Tunika mit roter Schärpe zu tragen. Dies war der eine riesige Schritt, der mehr bedeutete, als seine Stimme mit den Stimmen anderer in einem Chor verschmelzen zu lassen. Er würde hervortreten, und in diesem Augenblick würde allen klar sein, was er war.

Es war, als würde man ihn nackt ausziehen, damit alle die Verstümmelung sehen konnten, die man ihm beigebracht hatte. Es war unausweichlich, aber es machte ihm zutiefst angst. Als er jetzt im stillen über seine Körpergröße nachsann, über seine lange schlanke Hand, mit der er die Karten auf dem polierten Holz herumschob, dachte er: Werde ich überhaupt noch wie ein Junge klingen? Bin ich noch ein Junge? Oder wäre ich inzwischen schon ein Mann?

Ein Mann. Er lächelte angesichts der grausamen Einfachheit dieses Wortes und angesichts dessen, was es alles an Bedeutung mitbrachte. Zum ersten Mal in seinem Leben erschien ihm das Wort . . . ja, wie denn? Grob. Egal. Du täuschst dich, hätte er fast laut geflüstert. Trotz des großen Spektrums hatte das Wort nur eine einzige verbindliche Bedeutung.

Er war ein Kastrat, und er würde, wenn er in jener Kapelle seine nackte Stimme erhob, ein Kastrat sein.

Er sah Guido an, der von all diesen dunklen und immerwährenden Dingen absolut nichts zu wissen schien. Er liebte Guido. Er würde für ihn singen.

Da fiel ihm ganz plötzlich und unerwartet ein, daß Guido, als er das erste Mal von diesem Solo gesprochen hatte, gesagt hatte: »Es ist das erste Mal, daß irgend etwas von mir aufgeführt wird.« Großer Gott, war er denn so unbedarft gewesen, daß er nicht einmal darüber nachgedacht hatte, was das für Guido bedeuten mochte? War er ein socher Narr gewesen?

Er hatte die ganze Zeit gewußt, daß die herrlichen Arien, die er am Ende des Tages zu singen bekam, Guidos eigene Kompositionen waren.

»Es bedeutet dir sehr viel, daß ich es singe«, sagte Tonio, »weil du es geschrieben hast, ist es nicht so?«

Guidos Gesicht rötete sich, seine Augen wurden schmal.

»Es ist wichtig, weil du mein Schüler bist und weil du soweit bist!« beharrte er.

Aber sein Zorn erlosch so rasch wieder, wie er aufgeflammt war. Er stützte sich, das Kinn in der Hand, mit dem Ellbogen auf den Tisch.

»Du hast mich gebeten, dir etwas über deine Stimme zu erzählen«, sagte er. »Vielleicht war es nicht richtig, dir nicht mehr darüber zu sagen, so hart zu dir zu sein. Nun, es war der einzige Weg, den ich kannte, um . . .«

Einer jener stillen, geisterhaften Diener war ins Zimmer getreten. Blauer Satin blitzte auf, und eine Hand erschien in dem weichen anmutigen Licht der Kerzen, um Wein einzuschenken.

Guido sah zu, wie sich das Glas füllte, bedeutete dem Mann mit einem Wink, zu warten, leerte sein Glas in einem Zug und sah dann zu, wie es sich abermals füllte.

»Ich werde offen mit dir reden«, sagte er. »Du bist, abgesehen von Farinelli, der beste Sänger, den ich je gehört habe. Du hättest dieses Solo schon am ersten Tag, als du ins Conservatorio kamst, singen können. Du hättest es in Venedig singen können.«

Seine Augen verengten sich ein wenig, als er Tonio musterte. Ihn umgab jetzt eine ungewöhnliche Mischung aus Weichheit und Intensität, die der Wein an den Tag gebracht hatte.

»Dieses Solo ist für dich geschrieben«, führ er fort. »Es ist für die Stimme geschrieben, die ich in Venedig gehört habe, für den jugendlichen Sänger, dem ich dort Nacht für Nacht gefolgt bin. Ich kannte damals schon deinen Stimmumfang, deine Kraft. Ich hörte, wo du Schwierigkeiten hattest, die kein anderer bemerkt hätte. Ich wußte, was dir mit ein wenig Unterstützung durch deine Hauslehrer zu lernen gelungen war, und ich war erstaunt über die Tonreinheit und den natürlichen Ausdruck deines Gesangs.« Er schüttelte den Kopf, holte tief Luft.

»Alles, was ich dir gebe, sind Flexibilität und Kraft.« Er seufzte. »In zwei Jahren wirst du soweit sein, um jede beliebige Arie aus jeder beliebigen Oper ausschmücken und sie überall, jederzeit und unter jedem beliebigen Kapellmeister perfekt zu Gehör bringen zu können. Das ist alles, was ich dir gebe . . .« Er hielt inne und wandte den Blick ab. Als er Tonio wieder ansah, waren seine Augen groß und dunkel. Seine Stimme war ein klein wenig tiefer geworden.

»Aber du besitzt noch etwas anderes, Tonio, etwas, das über die Stimme als solche hinausgeht«, sagte er. »Jenen Sängern, die es nicht von Natur aus besitzen, gelingt es fast nie, es sich anzueignen. Andere besitzen es zwar, verfügen aber nicht über deine klangliche Reinheit und Kraft. Dieses Etwas ist eine geheime Macht, die die Leute erschüttert, wenn sie dich hören, eine Macht, die ihre Gefühle aufwühlt, so daß sie von dir und dir ganz allein gefesselt sind. Wenn du Weihnachten in der Kirche singst, dann werden die Leute die Hälse recken, um dein Gesicht zu sehen. Sie werden aus ihren Alltagsgedanken gerissen. Wenn sie die Kirche wieder verlassen, werden sie nach deinem Namen fragen.

Ach, viele Jahre lang habe ich diese besondere Fähigkeit zu analysieren versucht, habe herauszufinden versucht, worin genau sie besteht. Als Junge habe ich sie selbst besessen und weiß deshalb, wie sie sich anfühlt. Aber ich kann sie nicht genau bestimmen. Vielleicht äußert sie sich in einem besonders feinen Taktempfinden, einem unendlich winzigen und unfehlbaren Zögern, dem Instinkt dafür, wann genau man einen Ton stärker anschwellen lassen muß, wann man damit aufhören muß. Vielleicht steht sie auch mit Äußerlichkeiten im Zusammenhang, mit den Augen, dem Gesicht, der

Körperhaltung, die man einnimmt, wenn sich die Stimme erhebt. Ich weiß es nicht.«

Tonio hörte fasziniert zu. Er erinnerte sich an jenen Augenblick, als Caffarelli in Venedig vor die Rampenlichter getreten war. Er erinnerte sich an das erwartungsvolle Raunen, das durch die Mengen gegangen war. Und daran, wie er, nachdem er hinunter ins Parkett geeilt war, von diesem Eunuchen gefesselt gewesen war, selbst als Caffarelli nur vor- und zurückgegangen war und keinen einzigen Ton gesungen hatte.

Konnte er bei anderen Menschen auch eine solche Wirkung hinterlassen? War das möglich?

»Da ist noch etwas«, sagte Guido. »Du hättest dieses besondere Feuer auch in dir gehabt, auch wenn du, so wie ich, im Alter von sechs Jahren verschnitten worden wärst. Aber du bist damals nicht verschnitten worden . . .«

Tonio spürte, wie sich in ihm etwas anspannte, spürte plötzlich Entsetzen in sich hochsteigen.

Guido aber streckte die Hand aus und beruhigte ihn mit einem leisen Streicheln. »Man hat dich«, fuhr er fort, »erzogen, um zu denken und zu handeln wie ein Mann. Und das verleiht dem, was du bist, eine ganz eigene Stärke. Du besitzt nicht die Weichheit mancher Eunuchen. Du bist nicht . . . nun, geschlechtslos.«

Guido zögerte. »Aber natürlich«, fuhr er nun langsam, wie zu sich selbst, fort, »gibt es auch Eunuchen, die sehr früh verschnitten wurden und die diese Macht dennoch besitzen.«

»Aber das ändert sich möglicherweise«, flüsterte Tonio. Er fühlte, wie sein ganzer Körper, vor allem sein Gesicht, von einer Starre überzogen wurde, und er verspürte den Drang, kalt zu lächeln, wie er es in Momenten wie diesen früher stets getan hatte. Aber er fuhr mit gleichmäßiger, freundlicher Stimme fort. »Wenn ich in den Spiegel blicke, dann sieht mir dort bereits ein Domenico entgegen.«

»Ja«, sagte Guido, »du wirst Domenico sehr ähneln.«

Tonio konnte seine Furcht, seinen Abscheu nicht verbergen. Guido berührte seine Hand. Aber ein flüchtiger Gedanke an Carlo verwirrte Tonio. Es war irgendeine bruchstückhafte Erinnerung daran, daß er sein Gesicht an jenen rauhen, kurzgeschnittenen Bart gepreßt hatte, die Erinnerung an ein heiseres und ersticktes Seufzen, das sein Bruder ausgestoßen hatte. Kummer und Müdigkeit hatten darin mitgeschwungen und unvermeidliche und gottgegebene Stärke dieses Mannes.

»Domenico war wunderschön«, schalt ihn Guido. »Und er besaß ebenfalls diese maskuline Kraft.«

»Domenico?« antwortete Tonio. »Maskuline Kraft? Er war eine Circe«, sagte er. Nie würde er jene Liebkosungen vergessen. Selbst jetzt schämte er sich noch, weil er ihn damals so begehrt hatte.

Aber Carlo war bei ihm. Carlo war eben in dieses Zimmer eingedrungen, hatte sich in die Vertrautheit gedrängt, die ihn mit Guido verband und die ihm so kostbar war. Der Klang von Carlos Lachen hing in den Korridoren. Tonio sah Guido an und empfand Liebe für ihn. Als er den Blick wieder senkte, sah er, daß Guidos Finger ihn noch immer berührten. Domenico. Macht. Guido lachte ebenfalls leise.

»Domenico war vielleicht im Bett eine Circe«, sagte Guido. »Unglücklicherweise muß ich mich da auf das verlassen, was du mir sagst. Aber wenn er sang, dann besaß er diese Macht, und die wurde ihm durch seine Schönheit ebenso wie durch seine Stimme verliehen. Selbst gekleidet und frisiert wie eine Frau, war er stahlhart und furchteinflößend. Er machte anderen angst. Ach, du hättest die Gesichter der Männer und Frauen im Publikum beobachten sollen, wenn er sang. Es ist nicht das Haar, das jemand auf seiner Brust hat, oder eine großspurige Haltung, die diese Macht ausmachen, sondern die innere Ausstrahlung. Domenico besaß sie. Domenico fürchtete weder Gott noch Teufel. Und du, mein Kleiner, hast immer noch nicht begriffen, was ein Kastrat sein kann.«

»Ich möchte es gerne begreifen«, flüsterte Tonio. »Aber ich habe Domenico nie so gesehen. Ich sah ihn als Sylphe, manchmal vielleicht als Engel.« Tonio hielt inne. »Oder vielleicht einfach als Eunuchen«, gestand er.

Aber diese Äußerung verletzte Guido nicht.

Guido schien von irgend etwas gefesselt zu sein. »Ein Eunuch«, flüsterte er. »Also hast du in ihm das gesehen, was du werden würdest. Und er wiederum sah in dir jenen Typ von Schönheit und Stärke, den er selbst verkörperte. Domenico schwärmte immer für diejenigen, die ihm sehr ähnlich waren. In den letzten beiden Jahren war er jedoch schrecklich einsam . . .«

»War er das?« fragte Tonio. Er würde den Schmerz, den er empfand, weil er Domenico enttäuscht hatte, niemals loswerden, auch wenn Domenico das alles inzwischen vielleicht vergessen hatte.

»Ja«, fuhr Guido fort, »er war einsam, weil er besser war als alle anderen ringsum, und das ist die schlimmste Einsamkeit von allen. Wo er hinblickte, sah er nur Neid und Furcht. Und dann kamst du, und er hat sich um dich bemüht. Das war auch der Grund, weshalb Lorenzo dich verhöhnt hat, denn Lorenzo liebte Domenico. Domenico wollte jedoch nichts von ihm wissen.«

Tonio war niedergeschlagen. Er starrte die Karten vor sich an, den kalt dreinblickenden König und die ebenso kalt dreinblickende Königin.

»Aber mach dir keine Sorgen wegen Domenico. Wenn du ihn, wie du sagst, verletzt hast, dann hast du ihn etwas gelehrt, was ihn noch niemand zuvor gelehrt hat. Du ähnelst ihm nur in deiner Eleganz. Du besitzt seinen schönen Körperbau und eine Haarpracht, die den Frauen sehr gefällt. Aber du bist größer als er, und du wirst noch größer werden. Außerdem sind deine Gesichtszüge höchst ungewöhnlich, weil sie . . .«

Hier stockte Guido. Er hatte seinen Blick auf Tonio geheftet und war wie gebannt. »Weil sie anders sind, als das bei den meisten Männern der Fall ist. Wenn du auf der Bühne stehst, dann wirst du alle überstrahlen.«

Tonio war still, als sie zum Conservatorio zurückkehrten und Guidos Gemächer betraten.

Das schwere Bett mit dem hölzernen Baldachin war für den Winter mit schlichten dunklen Vorhängen ausgestattet. Tonio kletterte auf die Bettdecke und lehnte seinen Kopf an das vertäfelte Kopfteil, während Guido die Kerzen am Cembalo anzündete, was bedeutete, daß die Liebe erst später kommen würde.

Mit leiser Stimme fragte Tonio: »Wie groß werde ich werden?«

»Das kann man nicht sagen. Es hängt davon ab, wie groß du ursprünglich geworden wärst. Allerdings wächst du recht schnell.«

Tonio spürte einen galligen Geschmack im Mund und hatte das Gefühl, sich gleich übergeben zu müssen. Aber er mußte diese Fragen unbedingt stellen, jetzt oder nie. Sie hatten ihm schon so lange auf der Zunge gelegen.

»Was geschieht sonst noch mit mir?«

Guido drehte sich um. Tonio fragte sich, ob Guido sich an jene Nacht in Rom erinnerte, an den kleinen Garten, als er, nach Luft ringend, so als würde er gleich ersticken, die Hände nach jener Statue ausgestreckt hatte, die im Mondlicht von innen heraus in einem weißen Licht geglüht hatte.

»Was geschieht mit mir!« flüsterte er. »Insgesamt. Du *weißt* schon.«

Wie gleichgültig Guido erschien. Er trat zwischen Tonio und das Kerzenlicht, so daß sein Gesicht in der Dunkelheit nicht mehr zu sehen war.

»Du wirst weiter wachsen. Deine Arme und Beine werden länger werden, wieviel weiß jedoch niemand. Aber denk dran, sie werden dir immer normal erscheinen. Und es ist eben diese Biegsamkeit der Knochen, die dir eine solche Stimmgewalt ermöglicht. Mit jedem Tag, an dem du übst, vergrößerst du deine Lungen. Die elastischen Knochen lassen deinen Lungen Raum zum Wachsen, so daß du im oberen Register bald über eine Kraft verfügen wirst, die eine Frau niemals erreichen kann. Auch kein Junge und kein anderer Mann.

Deine Hände jedoch werden weit herunterhängen, außerdem wirst du Plattfüße bekommen. Du wirst in den Armen so kraftlos sein wie eine Frau. Den natürlichen muskulösen Körperbau eines Mannes wirst du nie besitzen.«

Tonio wandte sich heftig ab, doch Guido packte ihn an den Schultern.

»Vergiß es!« sagte Guido. »Ja, ja, ich meine, was ich sage. Vergiß es. Denn jedesmal, wenn du deswegen Schmerz empfindest, heißt das, daß du nicht akzeptiert hast, was sich niemals mehr ändern läßt! Erkenne, wo deine Stärken liegen.«

Tonio nickte voller Bitterkeit und Hohn. »O ja«, sagte er.

»Jetzt habe ich noch eine Lektion für dich«, sagte Guido. »Und die hast du dringend nötig.«

Tonio nickte leise lächelnd. »Dann lehre mich«, sagte er.

»Du hast dich von den Frauen abgewandt, und das ist nicht gut.«

Tonio war empört. Er wollte schon protestieren, aber Guido küßte ihn stürmisch auf die Stirn.

»In Venedig hattest du ein Mädchen. Du bist mit ihr in einer Gondel davongefahren, wenn die Sänger nach Hause gingen. Ich habe dich dabei beobachtet. Es geschah Nacht für Nacht.«

»Auch das sollte ich wohl besser vergessen.« Tonio lächelte wieder und spürte, wie es sein Gesicht mit Kälte überzog.

»Nein, keinesfalls. Vergiß es niemals. Halte die Erinnerung daran in Ehren, und wann immer dich die Leidenschaft packt, egal wann, egal wo, dann mußt du dieses Ritual, wenn es irgendeine sichere Möglichkeit dazu gibt, wiederholen. Und wenn dich die Leidenschaft in bezug auf einen Mann packt, auf andere Eunuchen, auf wen auch immer, dann ergreife sie, verschwende sie nicht, laß sie nicht vorbeigehen. Tu all das mit Anstand und Vernunft, aber wende dich nicht davon ab, nicht aus Liebe zu mir, nicht aus Liebe zur Musik, nicht aus Gleichgültikeit, sondern lausche immer wieder auf deine inneren Bedürfnisse.«

»Warum sagst du mir das?«

»Weil man nie weiß, wann dieses Verlangen verschwindet. Männer verlieren es nie. Bei uns ist das nicht immer so.«

»Du! Du hast doch keine Angst, es zu verlieren!« sagte Tonio.

»Nein. Jetzt nicht mehr. Aber ich hatte es fast schon verloren. Erst in Ferrara, als ich dich dort in jenem Bett liegen sah, fiebrig und hilfsbedürftig, da kam es zurück.« Guido machte eine Pause. »Ich hatte damals geglaubt, es wäre mir zusammen mit meiner Stimme verlorengegangen.«

Tonios Gesicht war weiß und traurig geworden. Es schien, als wäre er nicht er selbst, sondern irgendein bitterer und erschreckender Schatten seiner selbst.

Dennoch nahm er Guidos Hand und zog ihn an sich.

9

Die Kapelle des Conservatorio war am Weihnachtsabend brechend voll.

Die Luft war kalt und klar, und Tonio hatten den frühen Abend damit zugebracht, durch die Stadt zu wandern und sich überall die lebensgroßen *presepi* oder Krippen anzusehen, die die Neapolitaner so liebten und deren Figuren in den Familien von einer Generation zur nächsten weitergegeben wurden.

Noch nie zuvor war für Tonio die Bedeutung dieser Nacht so klar faßbar gewesen. Seit er den Veneto verlassen hatte, hatte er in sich weder Glauben noch Gnade gefunden. Dennoch schien es ihm in dieser Nacht, als würde, als könnte die Welt sich erneuern. Hinter den weihnachtlichen Zeremonien, den Hymnen, diesen ganzen herrlichen Bildern verbarg sich irgendeine uralte Kraft. Er spürte, wie in seinem Inneren etwas lebendig wurde. Christus kam in diese Welt. Ein Licht erhellte die Dunkelheit, und es besaß eine unheimliche und das Herz anrührende Kraft.

Als er aber in seiner schwarzen Uniform die Treppe hinunterkam, die berühmte Schärpe ordentlich gebunden, spürte er das erste Lampenfieber. Da er wußte, wie sich bei ihm die Nervosität auf die Stimme auswirkte, war er doppelt beunruhigt.

Plötzlich konnte er sich an kein einziges Wort von Guidos Kantate mehr erinnern, auch nicht mehr an die Melodie. Er machte sich bewußt, daß es sich um eine außergewöhnliche Komposition handelte, daß Guido sich bereits zum Cembalo begab, um sein Werk zu dirigieren, und daß er selbst ja die Partitur in Händen hielt und es somit keine Rolle spielte, daß er alles vergessen hatte. Da mußte er fast lächeln.

Was für eine Gabe das doch war. Wenn er keine Angst vor dem Auftritt gehabt hätte, was hätte er dann wohl gefühlt? Gleich würde der Chor der Kastraten seine Stimme zum Himmel erheben!

Aber er hatte Angst, so wie jeder andere Sänger auch. Es würde jedoch nicht lange dauern, bis er sich, genau wie Guido ihm gesagt hatte, beruhigen würde. Er würde die einleitenden Takte hören, und alles würde gut werden.

Doch als er an der Seitenwand entlang und dann durch die versammelte Schar der Jungen zum vorderen Geländer der Empore ging, sah er in der allerersten Reihe der Gemeinde unter sich den kleinen blonden Kopf einer jungen Frau. Sie saß über ihr Programm gebeugt, da, ihr dunkles Taftkleid bauschte sich um sie herum.

Er sah sofort weg. Das konnte sie unmöglich sein, ausgerechnet an diesem Abend! Dann aber blickte er, als würde ihn eine unerbittliche Hand, irgendeine tyrannische, grausame Hand dazu zwingen, wieder zu ihr hinunter. Er sah die kleinen Härchen, die sich überall aus ihrer Lockenfrisur gelöst hatten. Da hob sie langsam den Kopf, und ihrer beider Blick traf sich einen Moment.

Gewiß erinnerte sie sich an die peinliche Situation im Speisezimmer der Contessa, als er ihr betrunken und verwegen gegenübergetreten war. Er selbst jedenfalls würde das niemals vergessen. Doch es lag kein Groll in ihrem Gesicht, sie blickte eher nachdenklich, beinahe schon verträumt drein.

Bitterkeit wallte in ihm auf, vergiftete ihn, vergiftete die ganze betörende Schönheit dieses Ortes, dieser heiligen Stätte mit ihren unzähligen Lichtern, ihrer Unmenge von duftenden Blumen.

Er versuchte, sich zu sammeln. Sie war es, die zuerst weggesehen hatte, um dann mit ihren kleinen Händen raschelnd das Programm in ihrem Schoß zusammenzufalten. Da spürte er, wie ihn langsam alle Kraft verließ. Er hatte den Eindruck, als würde ein Schmerz buchstäblich wie Wasser durch ihn hindurchströmen.

Er konnte an nichts anderes mehr denken als daran, daß er in der Falle saß. Das leise Murmeln der Menschen im Saal war verstummt, Guido hatte sich ans Cembalo gesetzt, und das kleine Orchester hob die Instrumente. Plötzlich formte sich in seinem Kopf ganz deutlich ein Gedanke. »Ich kann es nicht.« Auf den Notenblättern stand lediglich eine Reihe unerforschlicher Zeichen. Und dann kamen die Eröffnungsstöße der Trompete.

Er blickte über die Menge hinweg. Er begann zu singen.

Die Töne kletterten empor, sie stießen herab und erhoben sich wieder, die Worte verflochten sich mühelos damit. Seine Partitur hielt er geschlossen in der Hand. Ganz plötzlich wußte er, daß alles in Ordnung war. Er ging nicht unter, vielmehr ertönte seine Stimme kraftvoll und schön, und er fühlte die erste stille Woge des Stolzes.

Als alles vorbei war, wußte er, daß es ein kleiner Triumph gewesen war.

Das Publikum, das nicht klatschen durfte, rutschte auf den Sitzen herum, hustete, scharrte mit den Füßen. Es waren dies alles feine Signale uneingeschränkter Zustimmung. Außerdem konnte Tonio es überall in den Gesichtern sehen. Als er mit den anderen Kastraten schließlich die Kapelle verließ, wollte er nur noch mit Guido allein sein. Wenn Guido ihn in die Arme nahm, würde das Lob genug sein. Er war erschöpft.

Dennoch kehrte er ganz bewußt zu dem Strom derjenigen zurück, die die Kapelle verließen. Als wie erwartet das blonde Mädchen auftauchte, spürte er, wie ihm im Gesicht ganz warm wurde.

Sie so greifbar vor sich zu sehen, war sehr verwirrend. In seiner Erinnerung war sie verblaßt. Jetzt aber war sie da, ihr goldenes Haar fiel ihr weich über den gerundeten Nacken, und ihre Augen, die so unendlich ernst blickten, schimmerten in einem dunklen Blau. Sie trug ein schmales violettes Band um den Hals, das die Farbe ihres kleinen Mundes widerspiegelte. Er konnte diesen vollen Schmollmund fast spüren, so als hätte er damals, kurz bevor er sie geküßt hatte, seinen Daumen auf ihre Lippen gepreßt. Verwirrt und unglücklich sah er weg.

Sie war in Begleitung eines älteren Herrn. Wer war das, ihr Vater? Und warum hatte sie ihm nicht von dem Vorfall im Speisezimmer erzählt? Warum hatte sie nicht geschrien?

Jetzt befand sie sich direkt vor ihm, und als er aufblickte, sah er in ihre Augen.

Ohne zu zögern machte er eine korrekte Verbeugung. Dann wandte er fast ärgerlich den Blick wieder ab. Er fühlte sich stark und besänftigt, und zum ersten Mal vielleicht wurde er sich bewußt, daß von all den schmerzlichen Gefühlen, die das Leben barg, nur die Traurigkeit einen solch intensiven Glanz hatte. Dann war die junge Frau verschwunden.

Der Maestro di Cappella kam auf ihn zu und nahm ihn bei den

Händen: »Ganz bemerkenswert«, sagte er. »Und ich hatte gedacht, du würdest mit deinen Studien zu rasch voranschreiten.«

Dann sah Tonio Guido, und Guidos Glück war ihm so deutlich anzusehen, daß Tonio einen kleinen Kloß im Hals spürte. Die Contessa Lamberti umarmte ihn. Sobald sie weg war, wandte er sich Tonio zu, schob ihn sanft den Korridor entlang, schien ihn küssen zu wollen, besann sich dann aber klugerweise eines Besseren.

»Was in aller Welt ist dort oben mit dir passiert? Ich dachte, du würdest deinen Einsatz verpassen. Du hast mir angst gemacht.«

»Aber ich habe ihn doch nicht verpaßt«, sagte Tonio. »Sei nicht böse.«

»Böse?« Guido lachte. »Sehe ich so aus, als wäre ich böse?« Er umarmte Tonio spontan und ließ ihn dann wieder los. »Du warst perfekt«, flüsterte er.

Die letzten Gäste waren gegangen, die Eingangstüren wurden geschlossen. Der Maestro di Cappella war in ein Gespräch mit einem Herrn vertieft, den Tonio nur von hinten sehen konnte. Guido hatte schon seine Zimmertür aufgesperrt, aber Tonio wußte, daß er sich nicht zurückziehen würde, bevor er nicht gehört hatte, was der Maestro zu sagen hatte.

Als sich der Maestro dann aber umdrehte und mit seinem Gast auf sie zukam, erschrak Tonio. Dieser Mann war Venezianer, das erkannte er sofort, obwohl er nicht sagen konnte, woran er das gemerkt hatte.

Es war jedoch schon zu spät für Tonio, sich noch wegzudrehen. Da sah er, daß dieser blonde, massige junge Mann Giacomo Lisani war, Catrinas ältester Sohn.

Catrina hatte ihn verraten! Sie war nicht selbst gekommen, aber sie hatte diesen Burschen da geschickt! Tonio wäre am liebsten davongelaufen, aber er merkte sofort, daß Giacomo ebenso erbärmlich zumute war wie ihm. Eine flammende Röte überzog Giacomos Wangen, die hellblauen Augen hatte er niedergeschlagen.

Wie sich der unbeholfene Grünschnabel, den Tonio von Venedig her kannte, dieser ungestüme Student der Universität von Padua, der, wenn er mit seinem Bruder zusammen war, nur Unsinn im Kopf gehabt hatte, verändert hatte.

Auf seinem Gesicht und Hals war ganz leicht ein dunkler Bartschatten zu sehen. Er wirkte sehr pflichtbewußt, als er sich tief und fast feierlich vor Tonio verbeugte.

Der Maestro stellte ihn vor. Es war unmöglich, das zu vermeiden. Giacomo blickte Tonio an und sah dann ebenso schnell auch wieder weg.

Ist es Abscheu? dachte Tonio kalt. Findet er mich widerlich? Seine Überlegungen, die darum kreisten, wie er wohl auf Giacomo wirkte, verwandelten sich langsam in eine stille Feindseligkeit, die jeder Vernunft widersprach.

»Marc Antonio«, begann Giacomo. »Dein Bruder Carlo hat mich zu dir geschickt.«

Der Maestro war gegangen. Guido hatte sich ebenfalls entfernt, hielt sich aber im Hintergrund auf und ließ Tonio nicht aus den Augen.

Und Tonio, der zum ersten Mal seit so langer Zeit den wunderschönen venezianischen Dialekt hörte, mußte die Bedeutung von Giacomos Worten von dem tiefen maskulinen Timbre loslösen, das in diesem Augenblick fast magisch erschien. Wie köstlich dieser Dialekt doch war, wie er den goldenen Verzierungen an den Wänden, auf den Säulen und den bemalten Türen hier glich. Giacomos schwere, matte Stimme schien sich aus einem Dutzend harmonischer Klänge zusammenzusetzen, und jedes volltönende Wort berührte Tonio wie eine weiche Kinderhand, die sich an seinen Hals drückte.

». . . macht sich Sorgen um dich«, fuhr Giacomo fort. »Ihm sind Gerüchte zu Ohren gekommen, in denen es hieß, daß du Ärger gehabt hättest. Angeblich hättest du dir gleich nach deiner Ankunft hier einen anderen Studenten zum Todfeind gemacht. Dieser habe dich dann angegriffen, so daß du gezwungen gewesen seist, dich zu verteidigen.«

Giacomo runzelte in tiefer Besorgnis die Stirn. Ach, die Jugend, dachte Tonio, so als wäre er ein alter Mann.

Schweigen hatte sich zwischen sie gesenkt. Tonio konnte in Guidos Gesicht plötzlich eine deutliche Warnung erkennen. Guidos Gesicht sagte: Gefahr!

»Dein Bruder ist sehr besorgt um deine Sicherheit, Marc Antonio«, sagte Giacomo. »Dein Bruder ist besorgt, weil du meiner Mutter nichts von diesem Vorfall geschrieben hast und . . .«

Ja, Gefahr, dachte Tonio, für mein Herz und meine Seele. Giacomo sah ihm jetzt zum ersten Mal, seit er zu sprechen begonnen hatte, wieder in die Augen.

Plötzlich erkannte Tonio die Zusammenhänge, sah, worum es hier ging, sah, was Carlo beabsichtigte. Um seine Sicherheit besorgt! Und dieser törichte junge Mann ahnte nicht einmal, welcher Natur seine Mission war!

»Wenn du irgendwie in Gefahr bist, Marc Antonio, dann mußt du uns das sagen . . .«

»Ich bin nicht in Gefahr«, sagte Tonio plötzlich. Es erstaunte ihn selbst, wie kalt seine Stimme klang, dennoch fuhr er fort. »Und ich habe mich niemals in Gefahr befunden«, sagte er fast höhnisch. Seine Worte besaßen solch eine Autorität, daß sein Cousin ein wenig vor ihm zurückwich. »Die Sache ist leider ziemlich dumm ausgegangen, aber es war nicht zu verhindern. Sag meinem Bruder, daß er sich unnötig Sorgen macht und daß er sich die Mühe und Kosten, dich hierherzuschicken, hätte sparen können.«

Ein Stück entfernt und halb im Schatten verborgen, schüttelte Guido verzweifelt den Kopf.

Tonio hatte seinen Cousin jedoch fest beim Arm genommen und führte ihn jetzt in Richtung Ausgang.

Giacomo schien ein wenig erstaunt zu sein, aber er war keineswegs beleidigt, daß er so einfach hinauskomplimentiert wurde. Er starrte Tonio mit kaum verhohlener Faszination an. Als er jetzt zu reden anhob, war so etwas wie Erleichterung aus seiner Stimme herauszuhören.

»Dann bist du hier also zufrieden, Tonio«, sagte er.

»Mehr als zufrieden.« Tonio gab ein kurzes Lachen von sich. Er führte Giacomo den Korridor entlang. »Und sage deiner Mutter, daß sie sich ebenfalls keine Sorgen machen soll.«

»Aber dieser Junge, der dich angegriffen hat –«

»Dieser Junge«, sagte Tonio, »wie du es ausdrückst, steht jetzt vor einem strengeren Richter, als wir beide es sind. Sprich in der Messe ein Gebet für ihn. Wir haben Weihnachten, und das willst du doch sicher nicht hier verbringen.«

Giacomo blieb an der Tür stehen. Das alles ging ihm ein wenig zu schnell. Während er noch zögerte, ließ er seinen Blick rasch und beinahe begierig über Tonio hinweghuschen, dann erschien ein kleines, aber sehr warmes Lächeln auf seinem Gesicht. »Ich freue mich, zu sehen, daß du so wohlauf bist, Tonio«, gestand er. Einen kurzen Augenblick lang schien es, als wolle er noch mehr sagen, aber dann besann er sich anders und sah rasch zu Boden. Er schien kleiner zu werden, schien zu dem Jungen zu werden, der er in Venedig gewesen war. Tonio erkannte im stillen, daß sein Cousin ihn liebte und seinetwegen Kummer empfand.

»Auf Wiedersehen, Giacomo«, sagte Tonio leise. Er hielt seinen Cousin fest bei beiden Armen.

Giacomo konnte ihn einen Moment lang nur anstarren. Dann sagte er, während er in seinen Samtrock griff: »Ach, ich habe ja noch einen Brief für dich, Tonio. Meine Mutter wäre sehr böse gewesen, wenn ich den vergessen hätte!« Er gab Tonio den Brief. »Und dein Gesang . . .«, begann er. »Vorhin in der Kapelle. Ich wünschte, ich wünschte, mir wäre die Sprache der Musik geläufig, so daß ich dir sagen könnte, wie schön er war.«

»Die Sprache der Musik sind nur Töne, Giacomo«, antwortete Tonio. Und ohne zu zögern umarmten sie einander.

Guido war gerade dabei, die Kerzen anzuzünden, als Tonio ins Zimmer trat. Sie umarmten einander und standen lange Zeit so umschlungen da.

Aber Tonio hatte den Brief noch in der Hand, und er konnte ihn nicht aus seinen Gedanken verbannen. Als er sich aus Guidos Umarmung löste, um sich mit dem Schreiben an den Tisch zu setzen, sah er zum ersten Mal, wie sich Sorge und Zorn in Guidos Gesicht miteinander vermischten.

»Ich weiß, ich weiß«, flüsterte Tonio, während er den Pergamentumschlag aufriß. Er trug Catrinas Siegel.

»Weißt du wirklich?« Guido kam zu ihm, doch trotz des Ärgers in seiner Stimme waren seine Hände zärtlich. Er preßte seine Lippen auf Tonios Haar. »Dein Bruder hat ihn hergeschickt, um zu sehen, in welcher Gemütsverfassung du dich befindest« flüsterte er. »Hättest du nicht nur dieses eine Mal den scheuen kleinen Schüler spielen können, der keinerlei Selbstvertrauen besitzt?«

»Den scheuen Eunuchen, der keinerlei Selbstvertrauen besitzt«, antwortete Tonio. »Sag es nur, denn das ist es doch, was du meinst. Den werde ich für niemanden spielen. Das kann ich nicht! Laß ihn doch nach Venedig zurückkehren und meinem Bruder erzählen, was er mag. Gütiger Gott, er hat mich zusammen mit Kindern und Engeln singen hören, nicht wahr? Er hat den *gehorsamen* Schüler doch gesehen, den *gehorsamen* Kastraten, genügt das denn nicht?«

Der Brief war im matten Lichtschein kaum zu entziffern. Als er fertiggelesen hatte, blieb er lange einfach so sitzen. Dann las er den Brief noch einmal, und diesmal hielt er ihn danach an die kühle Flamme der Kerze, bis das Feuer heißer brannte, das Pergament zu knistern begann, aufgezehrt wurde und schließlich nur noch Asche war.

Alle Kirchenglocken Neapels läuteten, es war Weihnachtsmorgen. Ihr wunderschönes, gleichmäßiges Läuten drang durch die Wände wie der Schlag eines Pulses. Dennoch konnte er nichts fühlen, konnte nichts schmecken. Dennoch wünschte er sich nichts anderes mehr, als daß diese Zeit zu ihrem unvermeidlichen Ende gelangte.

Warum hatte er zugelassen, daß er vergaß, was vor ihm lag? Wie hatte er es geschafft, zu leben wie andere, zu hungern, zu dürsten und zu lieben?

Guido schenkte ihm Wein ein. Er hatte das Glas neben Tonios rechte Hand gestellt. Der Duft der Trauben erfüllte das Zimmer, und Tonio, der sich im Stuhl zurücklehnte, warf aus dem Augenwinkel einen teilnahmslosen Blick auf das Aschehäufchen, zu dem der Brief verbrannt war, dann auf das Essen, das unberührt, eine Artefakt seiner selbst, auf einem silbernen Teller lag.

Er hatte sie geheiratet.

Sie geheiratet! Das war es, was in dem Brief gestanden hatte.

Eine Mitteilung, kaum mehr als eine schlichte Bekanntgabe. Er hatte sie geheiratet! Tonio spürte, wie er die Zähne aufeinanderbiß, bis sie ihm weh taten. Vor seinen Augen verschwamm alles. Carlo hatte die Ehefrau seines Vaters geheiratet, die Mutter seines unehelichen Sohns, er hatte sie vor dem Dogen, dem Rat und dem Senat, den adeligen Herren und Damen von Venedig geheiratet. Er hatte sie geheiratet! Und jetzt wird er kräftige Söhne zeugen, meine kleinen Brüder! Diese Giacomos, diese Brüder, Brüder, die stets außer Reichweite waren, so als müsse die Vorstellung, Geschwister zu haben, für ihn ewig ein Traum bleiben. Andere dürfen daran teilhaben, andere liegen einander in den Armen. Eine herrliche Illusion.

»Tonio, was immer es war, verbanne es aus deinen Gedanken«, hörte er Guidos Stimme leise und unaufdringlich hinter sich. »Verbanne diese Leute aus deinen Gedanken. Ihr Arm reicht weit. Laß nicht zu, daß sie dir weh tun.«

»Bist du mein Bruder?« flüsterte Tonio. »Sag mir ...« Er nahm Guidos Hand. »Bist du mein Bruder?«

Guido, der diese schlichten Worte hörte, die mit ungewöhnlichem Gefühl gesprochen waren, konnte nur verwirrt nicken: »Ja.«

Tonio erhob sich und zog Guido an sich. Seinen Zeigefinger legte er auf Guidos Lippen, so wie seine Mutter in jener letzten Nacht im Speisezimmer Carlo ihren Finger auf die Lippen gelegt hatte, und bedeutete ihm, er solle schweigen. Guido aber sagte dennoch etwas:

»Vergiß sie, vergiß sie jetzt.«

»Ja, eine Stunde lang«, antwortete Tonio. »Einen Tag lang, eine Woche lang, wie gerne ich das täte«, flüsterte er.

Dennoch sah er Marianna in jenem widerwärtigen, abgedunkelten Schlafzimmer liegen, er sah sie tief in trunkenem Schlaf, das Gesicht die wachsbleiche Maske des Todes, unmenschlich stöhnend. Und jetzt ist das Haus erfüllt von Lichtern; die Flure, die Zimmer, der riesige Salon sind voller Leute, so wie ich es mir immer erträumt habe. Er hat sie im Arm, *er* hat sie gerettet. Ja, so ist es. Er hat sie gerettet! Er hat dich zurechtgestutzt, um sie zu retten. Sie ist nicht verloren, aber du bist es. Du befindest dich in diesem dunklen Zimmer, du kannst nicht heraus, und sie ist nicht mehr da!

»Oh, wenn ich nur den Schmerz aus deinem Kopf holen könnte«, sagte Guido, der seine Hände auf Tonios Schläfen gelegt hatte, ganz leise. »Wenn ich nur dort hineingreifen und ihn herausholen könnte.«

»Ach, aber das machst du doch, und du machst es, wie es kein anderer kann«, antwortete Tonio.

Sie sind verheiratet.

Verheiratet.

Tanzt sie, singt sie, trägt sie Perlen um ihren Hals? Ist das lange Speisezimmer voller Gäste? Ob sie jetzt wohl einen Cavaliere servente hat? Und was glaubt sie, ist mit ihrem Sohn geschehen, was glaubt sie!

Dann aber küßte er langsam und mit allem Anschein echten Gefühls Guidos geöffneten Mund. Danach nahm er Guidos Hände, ließ sie wieder los und wich zurück. Niemals, dachte er, wirst du erfahren, was geschehen ist, was geschehen muß und wie kurz unsere gemeinsame Zeit ist, diese kleine Spanne, die wir Leben nennen.

Es war schon fast hell, als er sich vom Bett erhob und Catrina auf ihren Brief antwortete:

> Im Lagerraum meines Vaters im ersten Stock unseres Hauses liegen mehrere Degen, die zwar alt, aber durchaus brauchbar sind. Erkundige dich bitte bei meinem Bruder, ob ich diese Waffen haben kann und ob es ihm etwas ausmachen würde, sie mir zu schicken. Falls sich darunter auch ein Degen befindet, der einst unserem Vater gehörte, so wäre ich für diese Waffe ebenfalls überaus dankbar.

Er unterzeichnete den Brief und versiegelte ihn, dann saß er da und sah zu, wie das Morgenlicht den kleinen Hof zu erhellen begann. Es war ein langsames und stilles Schauspiel, das ihn jedesmal aufs neue mit außerordentlichem Frieden erfüllte. Zuerst waren die dunklen Umrisse der Bäume zu erkennen, dann brachen überall Flecken aus Licht hindurch, so daß er das Flechtwerk der Zweige und Blätter sehen konnte. Als letztes kam die Farbe hinzu. Dann war es Morgen, und das Haus vibrierte wie eine riesige Orgel, die ihre Töne durch eine weite Kirche schickt.

Der Schmerz war weg.

Der Aufruhr in seinem Inneren hatte sich gelegt. Als er Guido anblickte, dessen Gesicht im Schlaf glatt und entspannt aussah, merkte er plötzlich, daß er das Lied, das er am Abend zuvor gesungen hatte, leise vor sich hinsummte. Da dachte er, Giacomo, du hast mir ein kleines Geschenk gemacht. Bis du gekommen bist, habe ich nämlich gar nicht gewußt, wie sehr ich das alles hier liebe.

10

Domenico war in Rom eine Sensation, obwohl Loretti vom Publikum ausgezischt und angegriffen worden war. Vor allem die *abbati* – die Kleriker, die stets die vorderen Reihen im Opernhaus besetzen – beschuldigten ihn, sein Idol, den Komponisten Marchesca, kopiert zu haben. Während der gesamten Vorstellung zischten sie deshalb: »Bravo Marchesca! Buuuuh Loretti«, und schwiegen nur, wenn Domenico sang.

Das hätte jeden entnervt, und Loretti, der wieder in Neapel war, schwor, niemals mehr einen Fuß in die Ewige Stadt zu setzen.

Domenico aber war an einen Fürstenhof in einem der deutschen Kleinstaaten eingeladen worden. Die Jungen im Conservatorio lachten, als sie hörten, daß er ein amouröses Abenteuer mit einem Grafen und dessen Ehefrau gehabt hätte, wobei er in ein und demselben Bett für ihn die Frau und für sie den Mann gespielt hatte.

Tonio hörte all das mit Erleichterung. Hätte Domenico versagt, dann hätte er sich niemals vergeben. Noch immer empfand er jedoch, wenn er den Bühnennamen »Cellino« hörte, Scham und so etwas wie Kummer. Guido war darüber, wie Loretti aufgenommen worden war, beunruhigt und murmelte wie stets, daß das römische Publikum das schlimmste sei.

Aber Tonio war zu sehr mit seinem eigenen Leben beschäftigt, um an irgend etwas anderes zu denken.

Gleich nach Weihnachten begann er zu jeder Gelegenheit, die sich ihm bot, einen französischen Fechtmeister aufzusuchen. Ganz gleich, wie vielen anderen Verpflichtungen er nachkommen mußte, es gelang ihm stets mindestens dreimal pro Woche, das Conservatorio zu verlassen.

Guido war wütend. »Das kannst du doch nicht machen«, beharrte er. »Du übst den ganzen Tag, probst den ganzen Abend mit den Studenten, gehst jeden Donnerstag in die Oper, besuchst Freitag abends die Contessa. Und jetzt möchtest du die restlichen Stunden auch noch in einem *salle d'armes* verbringen, das ist doch Unsinn.«

Tonios Gesicht nahm jedoch einen entschlossenen Ausdruck an, während ein eisiges Lächeln auf seinen Lippen erschien. Und er gewann.

Er redete sich ein, daß er nach einem Tag voller Musik und nervöser, zankender Stimmen manchmal aus dem Conservatorio wegkommen und sich unter Menschen, die keine Eunuchen waren, begeben mußte, wenn er nicht verrückt werden wollte.

Tatsächlich war jedoch das Gegenteil der Fall. Es fiel ihm unglaublich schwer, zur Fechthalle zu gehen, den Franzosen, der ihn unterrichtete, zu begrüßen und seinen Platz unter den jungen Männern in Spitzenhemden einzunehmen, die mit vom Üben schweißnassen Gesichtern herumstanden und sofort bereit waren, ihm einen Kampf anzubieten.

Er spürte ihren Blick auf sich ruhen und war sich sicher, daß sie hinter seinem Rücken über ihn lachten.

Dennoch nahm er, den linken Arm in vorschriftsmäßiger Haltung angewinkelt, die Beine zum Sprung gebeugt, kühl seine Position ein und begann seine Stöße auszuführen und zu parieren. Während er sich mit offensichtlicher Leichtigkeit und Anmut bewegte, strebte er danach, immer schneller und präziser zu werden, wobei ihm die große Reichweite seiner Arme einen tödlichen Vorteil verlieh.

Wenn andere sich schon verausgabt hatten, machte er weiter. Er spürte dabei das Kribbeln der härter werdenden Muskeln in seinen

Waden und Armen. Der Schmerz verwandelte sich in neue Kraft. Dann drängte er seine Fechtpartner manchmal so wütend an die Wand, daß der Fechtmeister auf ihn zutrat, um ihm Einhalt zu gebieten, und leise zu ihm sagte: »Tonio, komm jetzt, ruh dich eine Weile aus.«

Es war schon beinahe Fastenzeit, als ihm auffiel, daß man in seiner Gegenwart weder über ihn witzelte noch das Wort »Eunuch« laut aussprach.

Hin und wieder luden die jungen Männer ihn ein. Ob er hinterher etwas mit ihnen trinken gehen wolle? Ob er gerne auf die Jagd gehen oder ausreiten würde? Stets lehnte er ab. Er konnte jedoch sehen, daß er von diesen dunkelhäutigen und wortkargen Süditalienern, die gewiß wußten, daß er nicht wie sie war, respektiert wurde. Respekt war jedoch nicht dasselbe wie Herzlichkeit.

Er mied die Gesellschaft junger Männer, richtiger Männer. Selbst den normalen Studenten im Conservatorio, die sich ihm seit Lorenzos Tod unterordneten, ging er aus dem Weg.

Aber mit einem Mann die Klingen kreuzen? Er zwang sich dazu und war bald gut genug, um jeden Gegner, den er bekam, annehmen zu können.

Guido nannte es Besessenheit.

Guido konnte nicht ahnen, wie einsam Tonio sich in der Fechthalle fühlte, wie erleichtert er war, wenn er sich wieder innerhalb der Mauern des Conservatorio befand.

Aber er mußte es tun. Er mußte es tun, bis er zum Umfallen erschöpft war.

In der Zwischenzeit drängte der Maestro di Cappella Tonio, ein kleines Zimmer im Hauptstockwerk in der Nähe von Guidos Gemächern zu beziehen. Lorenzos Tod beunruhigte ihn offensichtlich. Außerdem sah er es nicht gerne, daß Tonio soviel Zeit beim Fechten verbrachte. Die Schüler blickten zu Tonio auf, sahen in ihm eine Art Helden.

Tonio protestierte. Er wollte seinen Ausblick auf den Berg nicht verlieren und sein behagliches Dachzimmer nicht aufgeben.

Als ihm jedoch klar wurde, daß sämtliche Räume im ersten Stock durch Türen miteinander verbunden waren und daß sein Zimmer direkt neben Guidos Schlafzimmer lag, willigte er ein. Er machte sich daran, das Zimmer nach seinen Vorstellungen zu möblieren.

Der Maestro war entsetzt, als er sah, welche Schätze durch die Eingangstür hereingetragen wurden: ein Kronleuchter aus Muranoglas, silberne Kerzenleuchter, lackierte Truhen, ein kassettiertes Bett mit grünen Samtvorhängen, Orientteppiche und schließlich ein herrliches Cembalo mit doppeltem Manual und einem langen dreieckigen Klangkörper. Es war mit galoppierenden Satyrn und Nymphen bemalt und mit einer sanften Lasur in Ocker, Gold und Olivgrün versehen.

Das Cembalo war eigentlich als Geschenk für Guido gedacht, es wäre jedoch indiskret gewesen, wenn Tonio es ihm direkt gegeben hätte.

Nachts, wenn die Vorhänge an den Klosterfenstern zugezogen waren, und die Flure von schwachen und dissonanten Klängen widerhallten, wußte niemand, wer in welchem Bett schlief, wer in welchem Zimmer ein- und ausging. So blieb die Liebe zwischen Guido und Tonio weiterhin unentdeckt.

Guido arbeitete in der Zwischenzeit intensiv an einem *Pasticcio* für Ostern, mit dem der Maestro di Cappella ihn aufgrund seines Erfolges an Weihnachten gerne betraut hatte. Dieses *Pasticcio* war eine vollständige Oper, bei der die meisten Akte jedoch Überarbeitungen der Werke irgendwelcher berühmter Komponisten darstellten. So sollten Kompositionen von Scarlatti zusammen mit einem Teil eines Librettos von Zeno im ersten Akt Verwendung finden, in den zweiten würde etwas Passendes von Vivaldi eingearbeitet sein, und so fort. Darüber hinaus hatte Guido jedoch die Gelegenheit, den letzten Akt selbst zu schreiben.

Das *Pasticcio* würde Partien für Tonio und Paolo, dessen hoher lieblicher Sopran jedermann erstaunte, enthalten, außerdem eine Rolle für einen weiteren vielversprechenden Schüler namens Gaetano, den man Guido gerade erst als Anerkennung für seine Weihnachtskantate geschickt hatte.

An dem Tag, als der Maestro das *Pasticcio* akzeptierte, war Guido so glücklich, daß er tatsächlich alle Seiten der Partitur in die Luft warf.

Tonio ging auf die Knie, um sie aufzusammeln, und nahm Guido dann das Versprechen ab, ihn und Paolo für ein paar Tage auf die Insel Capri, die in der Nähe lag, mitzunehmen.

Als aber die Fastenzeit begann, wurde Tonio klar, was Guidos Sieg bedeutete. Tonio mußte jetzt auf der Bühne auftreten, und zwar nicht im Chor, sondern als Solist.

Warum sollte das schlimmer sein als in der Kapelle? Warum sollte es schlimmer sein als die Prozessionen, die sich mitten durch die Menschenmassen hindurch zur Kirche bewegten?

Dennoch jagte ihm diese Vorstellung einen Schauder über den Rücken. Er konnte sehen, wie sich das Publikum versammelte. Ein fast sinnlicher Schmerz überkam ihn, als er sich vorstellte, wie er ins Rampenlicht hinaustrat: Es war dieses altbekannte Gefühl von Nacktheit, von Verwundbarkeit, von . . . was? Das Gefühl, anderen zu gehören? Etwas zu sein, das dazu da ist, andere zu erfreuen, statt jemand, der selbst erfreut werden soll?

Dennoch brauchte er es so dringend. Er brauchte die Schminke, den Flitter und die Aufregung. Und er erinnerte sich daran, wie er, als Domenico gesungen hatte, gedacht hatte: Eines Tages werde ich es tun, und ich werde noch besser sein.

Als er schließlich Guidos Partitur öffnete, entdeckte er jedoch, daß er eine Frau spielen sollte. Er war wie betäubt.

Zu diesem Zeitpunkt war er gerade allein in dem leeren kleinen Theater. Er hatte die Erlaubnis eingeholt, dort üben zu dürfen, da er hören wollte, wie seine Stimme diesen Raum erfüllte. Ein wenig Sonnenlicht sickerte in die Halle, die leeren Logen gähnten hohl und dunkel, die Bühne selbst war kahl, nicht einmal Vorhänge waren da, so daß die Ausstattung und die Requisiten sichtbar waren.

Aber als er jetzt die Partitur vor sich anstarrte, fühlte er sich hoffnungslos verraten.

Er spürte, wie ihm die Stimme im Hals vertrocknete.

Er wußte, daß er die Partie singen sollte. Er sollte sie akzeptieren, wie sie war. Das war die Lektion, die der Berg ihn gelehrt hatte, denn innerhalb der sich entfaltenden Blütenblätter dieses neuen Schreckens lag das Samenkorn einer noch größeren Stärke. Er wünschte, er könnte wieder auf den Berg hinaufsteigen. Er wünschte, er würde begreifen, warum ihm das bei diesem ersten Mal so geholfen und ihn so verändert hatte.

Doch er war schon, ohne nachzudenken, aufgestanden und hatte das Cembalo geschlossen.

Nachdem er in Guidos Schlafzimmer eine Feder gefunden hatte, schrieb er eine Nachricht auf das Deckblatt der Partitur: »Ich kann keine Frauenrollen spielen, weder jetzt noch später. Wenn du die Partitur nicht für mich umschreibst, dann werde ich überhaupt nicht singen.«

Normalerweise hätte es, als Guido hereinkam, Streit gegeben, aber Tonio schwieg ganz einfach. Er kannte all die Argumente: Überall wurden die Frauenrollen von Kastraten gesungen. Glaubte er denn, nur mit Männerpartien Erfolg haben zu können? Begriff er denn gar nicht, was er da aufgab? Glaubte er, er könne stets so wählerisch sein?

Da blickte Tonio schließlich auf und sagte mit leiser Stimme: »Guido, ich mache das nicht.«

Und Guido war hinausgegangen. Er wollte den Maestro bitten, die Partitur umschreiben und den ganzen letzten Akt neu gestalten zu dürfen.

Es kam Tonio so vor, als wäre Guido eine ganze Stunde weg gewesen.

Da war wieder dieser merkwürdige Kloß, diese Trockenheit in Tonios Hals. Es kam ihm so vor, als könne er nicht mehr singen. All die verschwommenen Erinnerungen an den Berg und an die Nacht, die er dort verbracht hatte, vermochten ihn jetzt nicht zu trösten. Er hatte Angst. Er spürte, daß er da in etwas hineingezogen wurde, das ihn vollkommen zerstören würde. Er hatte das Ganze falsch eingeschätzt. Wenn er schlicht und gedankenlos all das tat, was man von einem Kastraten erwartete, würde das seinen Tod und den Tod seiner Persönlichkeit bedeuten. Er würde stets gespalten sein. Stets würde er Schmerz empfinden. Schmerz und Freude, die sich in seinem Inneren vermischten und ihn einmal in diese, einmal in jene Richtung zerrten, ihn formten, ohne daß das eine das andere jemals besiegen konnte. Er würde niemals Frieden finden.

Als Guido zurückkehrte, war er völlig niedergeschlagen. Tonio, der darauf nicht vorbereitet gewesen war, wußte sofort, daß etwas nicht stimmte.

Guido saß lange Zeit an seinem Schreibtisch, bevor er etwas sagte.

»Er hat die gute Partie Benedetto, seinem Schüler, gegeben«, sagte er schließlich. »Er sagt, daß du die Arie am Schluß, die ich für Paolo geschrieben habe, singen sollst.«

Tonio wollte etwas sagen. Er wollte sagen, daß es ihm leid tat und daß er wußte, wie fürchterlich er Guido enttäuscht hatte.

»Es ist deine Komposition, Guido«, murmelte er, »und alle werden sie hören . . .«

»Aber ich wollte, daß die Leute hören, wie du sie singst. Du bist mein Schüler, ich wollte, daß sie dich hören!«

11

Das *Pasticcio*, das zu Ostern aufgeführt wurde, war ein Erfolg. Tonio hatte bei der Überarbeitung des Librettos mitgeholfen, hatte bei den Kostümen Hand angelegt und sich bei der Probe hinter den Kulissen bis zum Umfallen nützlich gemacht.

Das Haus war voll besetzt. Es war das erste Mal, daß Guido jemals in einem Theater gespielt hatte. Tonio hatte ihm zu diesem Anlaß eine neue Perücke und einen eleganten burgunderfarbenen Brokatrock gekauft.

Guido hatte die Arie für ihn umgeschrieben. Es war nun eine *aria cantabile* voll erlesener Zartheit und wurde Tonios wachsenden Fähigkeiten vollkommen gerecht.

Als Tonio vor die Rampenlichter trat, wünschte er sich inständig, daß sich das altbekannte Gefühl der Verwundbarkeit in Heiterkeit verwandeln würde, daß er sich der berauschenden Schönheit um sich herum bewußt würde, der erwartungsvollen Gesichter überall und der offensichtlichen und verläßlichen Macht seiner Stimme.

Tonio atmete langsam und ruhig durch, spürte dabei die Traurigkeit, die in der Arie lag, und fing dann, in der Erwartung, das Publikum zum Weinen zu bringen, zu singen an.

Als er jedoch sah, daß er es tatsächlich geschafft hatte, daß die Leute vor ihm tatsächlich weinten, war er so erstaunt, daß er fast vergessen hätte, von der Bühne abzugehen.

Das junge blonde Mädchen saß, ganz wie er vermutet hatte, ebenfalls im Publikum. Er sah, wie sie gebannt zu ihm hochstarrte. Der Triumph war fast mehr, als er ertragen konnte.

Aber dies war Guidos Abend, Guidos Premierenvorstellung vor einem Publikum anspruchsvoller Neapolitaner, und als Tonio sah, wie sein Lehrer sich für den Beifall bedankte, vergaß er alles andere.

Später dann, im Hause der Contessa Lamberti, sah er die blonde junge Frau wieder.

Es war sehr voll. Die Fastenzeit war vorüber, und die Leute wollten tanzen und feiern. Da die Vorstellung im Conservatorio sehr schön gewesen war, waren alle Musiker natürlich willkommen. Tonio, der mit einem Glas in der Hand herumwanderte, sah die junge Frau ganz zufällig, als sie durch die Tür kam. Sie hing am Arm eines sehr alten, dunkelhäutigen Herrn, doch als sich ihrer beider Blick begegnete, nickte sie Tonio zu. Dann mischte sie sich unter die Tanzenden.

Natürlich war das keinem Menschen aufgefallen. Niemand hätte es für bemerkenswert gehalten. Tonio jedoch schwebte sofort wie auf Wolken. Er verschwand so schnell er konnte aus ihrer Nähe und fragte sich, plötzlich niedergeschlagen, warum sie überhaupt hier war. Sie war immerhin noch sehr jung. Sicherlich war sie nicht verheiratet. Fast alle italienischen Mädchen ihres Alters waren in Klöstern eingesperrt und besuchten nur ganz selten einmal einen Ball.

Seine zukünftige Braut Francesca Lisani hatte man so gründlich unter Verschluß gehalten, daß er, als er erfuhr, er solle sie heiraten, nicht einmal wußte, wie sie aussah. Als sie sich dann schließlich an jenem Nachmittag in ihrem Kloster getroffen hatten, da hatte er gesehen, daß sie wunderschön war! Warum hatte ihn das damals so überrascht, überlegte er jetzt. Sie war doch Catrinas Tochter. Aber was brachte es, an all das zu denken? Im Grunde erschien es ihm unwirklich, oder vielmehr kam es ihm in einem Augenblick unwirklich und im nächsten dann schmerzhaft real vor. Geradezu überwältigend real aber war, daß ihm, jedesmal, wenn er einen Augenblick stehenblieb, jemand zu seinem Auftritt gratulierte.

Elegante Herren, die er nicht kannte, verbeugten sich vor ihm, den Gehstock in der einen Hand, das Spitzentaschentuch vornehm in der anderen, sagten ihm, daß er ganz wunderbar gesungen hätte und daß sie von ihm noch Großes erwarteten. Großes! Die Damen lächelten ihn an, senkten einen Augenblick ihre kunstvoll bemalten Fächer und signalisierten ihm, daß er sich, wenn er wollte, zu ihnen setzen könne.

Und Guido, wo war Guido? Umgeben von Menschen stand Guido, die kleine Contessa Lamberti am Arm, da und lachte doch tatsächlich.

Als er sah, daß Guido ihm winkte, ging er zu ihm.

»Siehst du den kleinen Mann dort, den Russen, Graf Sherzinski«, flüsterte Guido. »Er ist ein brillanter Amateur, und ich habe eine Sonate für ihn geschrieben. Vielleicht spielt er sie später.«

»Das ist doch großartig«, flüsterte Tonio zurück. »Aber warum spielst du sie nicht selbst?«

»Nein.« Guido schüttelte den Kopf. »Dafür ist es noch zu früh. Gerade eben hat man entdeckt, daß ich mehr bin als . . .« Aber er schluckte die Worte hinunter, und Tonio drückte ihm heimlich und verstohlen die Hand.

Soeben waren noch weitere Musiker aus dem Conservatorio eingetroffen. Guido entfernte sich, und sofort kam Piero, der blonde Kastrat aus Mailand, auf Tonio zu. »Du warst heute abend wunderbar«, sagte er. »Jedesmal, wenn du singst, können wir etwas von dir lernen.«

Dann zog er Tonio ins Billardzimmer. »Ich möchte mit dir reden«, sagte er. »Es geht um Giovanni, Tonio. Du weißt, daß der Maestro ihn noch ein weiteres Jahr hierbehalten möchte. Er möchte ihn gerne auf der Bühne sehen, aber Giovanni hat ein Engagement in einem römischen Chor angeboten bekommen und will es annehmen. Wenn es sich um die Kapelle des Papstes handeln würde, dann hätte der Maestro zugestimmt, aber so wie es sich jetzt verhält, hat er nur die Nase darüber gerümpft ... Wie denkst du darüber, Tonio?«

»Ich weiß nicht«, sagte Tonio. Aber er wußte es genau. Giovanni war niemals gut genug für die Bühne gewesen, das hatte er gewußt, als er ihn zum ersten Mal hatte singen hören.

Ein Stück entfernt war jetzt wieder das Mädchen mit dem blonden Haar aufgetaucht. War es dasselbe violette Kleid, das sie trug? Jenes, das sie vor fast einem Jahr getragen hatte? Ihre Taille schien so schmal, daß er sie leicht mit seinen beiden Händen hätte umschließen können, ihr Dekolleté war makellos, die Haut dort ebenso zart wie die ihrer Wangen. Ihre Augenbrauen schienen nicht hell zu sein, wie das bei Blondinen meist der Fall ist, sondern dunkel, rauchfarben wie das Blau ihrer Augen. Das war es, was sie so ernst erscheinen ließ. Er konnte ganz deutlich sehen, wie sie leicht die Stirn runzelte und ein wenig schmollend die Unterlippe vorschob.

»Aber Tonio, Giovanni möchte gerne nach Rom gehen, das ist ja das Schlimme. Giovanni hat sich auf der Bühne nie wohl gefühlt, und er wird sich dort auch nie wohl fühlen. In der Kirche hat er aber immer sehr gern gesungen, schon, als er noch ganz klein war ...«

Tonio mußte darüber lächeln. »Aber Piero, was kann ich denn da tun?«

»Du kannst uns sagen, was du darüber denkst, Tonio«, meinte er. »Glaubst du, Giovanni könnte sich als Opernsänger je seinen Lebensunterhalt verdienen?«

»Das solltest du Guido fragen.«

»Aber Tonio, du verstehst mich nicht. Maestro Guido würde dem Maestro di Cappella niemals widersprechen. Aber Giovanni möchte wirklich gerne nach Rom gehen. Er ist neunzehn und schon lange genug hier. Das ist das beste Angebot, das er je bekommen hat.«

Ein kurzes Schweigen senkte sich auf sie herab. Das Mädchen drehte sich um, verbeugte sich, nahm die Hand ihres Tanzpartners und schritt mit schwingendem Rock die Reihe der Tänzer entlang.

Plötzlich lachte Piero und gab Tonio einen Stoß in die Rippen. »Ah, hinter der bist du also her«, flüsterte er.

Tonio wurde rot. Zorn flammte in ihm auf, aber er unterdrückte ihn sofort. »Keineswegs, ich weiß nicht einmal, wer sie ist. Sie ist mir nur gerade aufgefallen.«

Er gab sich Mühe, möglichst gleichgültig zu wirken. Nachdem er einen vorbeigehenden Kellner herangewinkt hatte, nahm er sich ein neues Glas Weißwein, hielt es gegen das Licht und betrachtete fasziniert die Flüssigkeit im Kristallkelch.

»Geh hin und mach ihr ein paar Komplimente, dann malt sie vielleicht ein Bild von dir«, sagte Piero. »Sie malt dich auch nackt, wenn du sie läßt.«

»Wovon redest du denn da!« sagte Tonio scharf.

»Sie malt nackte Männer.« Piero lächelte, als mache es ihm ungeheuren Spaß, Tonio zu ärgern. »Natürlich sind es Engel und Heilige, aber sie haben nicht viel auf dem Leib. Wenn du mir nicht glaubst, dann geh in die Kapelle der Contessa und überzeuge dich selbst davon. Die Wandgemälde über dem Altar stammen alle von ihr.«

»Aber sie ist doch noch so jung!«

»Ja, nicht wahr!« flüsterte Piero mit einem breiten Lächeln.

»Und wie heißt sie?«

»Ich weiß es nicht, frag die Contessa. Sie ist mit der Contessa verwandt. Aber warum lachst du dir nicht irgendeine andere hübsche Dame hier an? Mädchen wie dieses bringen einem nämlich nur Ärger . . .«

»Nun, das steht jetzt wirklich nicht zur Debatte«, sagte Tonio heftig.

Eine Malerin. Und sie malt Wandgemälde. Die Vorstellung entsetzte ihn, sie quälte ihn, verlieh dieser jungen Frau ein luxuriöses neues Wesen. Plötzlich schien die gleichgültige Haltung, die sie an sich hatte, um so verführerischer. Es schien ihr vollkommen gleichgültig zu sein, wie sie nach außen wirkte. Dabei war sie so hübsch! War Rosalba, die venezianische Malerin, auch so hübsch? Wenn es so war, warum malte sie dann? Aber solche Überlegungen waren reiner Schwachsinn. Was kümmerte es ihn, wenn sie die bedeutendste Malerin in ganz Italien gewesen wäre! Dennoch machte es ihn auf köstliche Weise wahnsinnig, sie sich mit einem Pinsel in der Hand vorzustellen.

Pieros Gesicht schien plötzlich ganz verwundbar. Tonio sah ihn an, als würde er ihn erst jetzt bemerken. Langsam wurde ihm klar, was Pieros Worte bedeuteten. Diese Sache war für Giovanni entscheidend. Sie bestimmte vielleicht seinen weiteren Lebensweg, und Piero wandte sich auf der Suche nach einer Lösung an ihn, Tonio. Es verwirrte Tonio, aber es war nicht das erste Mal, daß die anderen zu ihm gekommen waren.

»Tonio, wenn du mit ihm redest, dann macht er, was du sagst«, legte Piero dar. »Ich denke, er sollte nach Rom gehen, aber auf mich wird er nicht hören. Er wird nichts als Enttäuschungen erleben, wenn er weiterhin versucht, Opernsänger zu werden.«

Tonio nickte. »In Ordnung, Piero«, sagte er. »Ich rede mit ihm.«

Der Tanz war zu Ende, das blonde Mädchen war verschwunden. Er konnte sie nirgendwo entdecken. Schließlich sah er sie, immer noch am Arm jenes älteren Herrn, auf den Ausgang zugehen. Sie geht, dachte er, und bedauerte das sehr. Natürlich war es nicht dasselbe violette Kleid, es war lediglich ein Kleid in derselben Farbe, und es hatte einen ganz weiten Rock, der durch Sträußchen kleiner Blumen gerafft wurde. Sie mußte diese Farbe lieben . . .

Aber Giovanni, was sollte er Giovanni sagen? Er würde ihn dazu bringen, die Antwort selbst zu finden, dann würde er ihn auffordern, das zu tun, was er für richtig hielt.

Er empfand es als ein wenig beunruhigend, daß man ihm solche Verantwortung übertragen hatte. Vor allem aber fühlte er sich all den Jungen, die sich jetzt oft an ihn wandten, als wäre er ihr Wortführer, in freundschaftlicher Weise verbunden. Es schien, als stünde er sehr vielen von ihnen nahe, nicht nur den Kastraten. Vor noch nicht allzulanger Zeit hatte der junge Morello, der hier Komposition studierte, ihm eine Abschrift seines neuesten *Stabat Mater* gegeben, zusammen mit einer Notiz: »Vielleicht wirst du das eines Tages singen.« Guido hatte Tonio kürzlich zweimal den Unterricht der kleineren Jungen übernehmen lassen, und auch das hatte ihm sehr gefallen, da er sah, wie sehr sie zu ihm aufblickten.

Es befand sich jetzt in einem leeren Salon und wußte, daß er sich eigentlich hinlegen sollte, so betrunken wie er war. Als jedoch wieder ein Diener mit dem unvermeidlichen kühlen Weißwein auf ihn zukam, nahm er abermals ein Glas, faßte dann den Diener beim Arm und fragte: »Die Kapelle, wo befindet sich die? Steht sie den Gästen offen?«

Das nächste, was ihm bewußt wurde, war, daß er dem Mann die breite Haupttreppe des Hauses hinauffolgte, und dann einen langen Gang entlang bis zu einer Flügeltür. Prickelnde Neugier hatte ihn gepackt. Er sah zu, wie der Diener mit seiner Kerze die Kerzen in den Leuchtern anzündete, dann stand Tonio allein in der matt erleuchteten Kapelle.

Sie war wunderschön, üppig ausgestattet und voller wunderbarer Details. Überall glänzte Gold, wie es die Neapolitaner so liebten, hob Bögen und kannelierte Säulen hervor, umrahmte die Decke und die Fenster mit schimmernden Arabesken. Die lebensechten Statuen waren in echten Satin und Samt gekleidet, das Altartuch war mit Juwelen reich verziert.

Still ging er den Gang zwischen den Bänken entlang. Still kniete er sich auf das Samtkissen am Altargitter hin, legte die Handflächen aneinander, so als wolle er beten.

Im matten Licht sah er die Wandgemälde über sich pulsieren. Es schien ihm unmöglich, daß *sie* diese riesigen und herrlichen Gestalten geschaffen haben sollte: die Jungfrau Maria, die in den Himmel fuhr, Engel mit gebogenen Schwingen, grauhaarige Heilige.

Stark und kräftig waren sie, diese Gestalten, schienen lebendig werden zu wollen. Er spürte, wie eine Woge der Liebe zu ihr in ihm aufwallte, als er die Figuren ansah und sich dabei vorstellte, in ihrer Nähe zu sein, vertieft in irgendein leises und leidenschaftliches Gespräch, bei dem er endlich, endlich ihre Stimme hören konnte. Ach, wenn er nur eines Abends im Ballsaal, wenn sie sich gerade mit ihrem Tanzpartner unterhielt, nahe genug an ihr vorbeigehen und ihre Stimme hören könnte. Über sich sah er die Jungfrau Maria, deren schwarzes Haar in Wellen über ihre Schulter fiel. Ihr Gesicht war ein makelloses Oval, die Lider hatte sie ein wenig gesenkt. Hatte *sie* das wirklich gemalt? Plötzlich erschien das Ganze ihm zu erlesen, um überhaupt von irgend jemandem gemalt worden zu sein. Er schloß die Augen.

Er faßte sich mit der rechten Hand an die Stirn. Ein Strom beängstigender Emotionen drohte ihn zu übermannen. Ihm war elend zumute, und er hatte das Gefühl, Guido irgendeine Erklärung dafür geben zu müssen, warum er hierhergekommen war. »Ich liebe nur dich«, flüsterte er.

Ihm war vom Wein ganz schwindelig und übel. Unbeholfen erhob er sich vom Altar und ging auf den Ausgang zu.

Hätte er nicht in einem kleinen Salon im oberen Stockwerk ein Sofa gefunden, dann hätte er sich vielleicht sogar übergeben.

So aber legte er sich hin und schloß die Augen. Da hörte er seine Mutter ganz deutlich sagen: »Ich hätte davonlaufen und zur Oper gehen sollen«, dann war er eingeschlafen.

Als er aufwachte, war alles ganz still. Sicher war das Fest vorbei. Er stand rasch auf und ging zum Treppenabsatz. Guido war gewiß wütend auf ihn. Vielleicht war er sogar ohne ihn nach Hause gefahren.

In den riesigen Räumen unten befanden sich nur noch wenige Gäste. Diener mit Silbertabletts gingen leise umher, sammelten Servietten und Gläser ein. Die Luft roch nach Tabak, ein einsamer Cembalospieler klimperte eine lebhafte kleine Melodie vor sich hin.

Nur drei der Violinisten waren noch da. Sie plauderten miteinander. Als Tonio Francesco bei ihnen stehen sah, eilte er die Treppe hinunter.

»Hast du Guido gesehen?« fragte er. »Ist er schon nach Hause gefahren?«

Francesco war offensichtlich sehr müde, da er an diesem Abend zwei Engagements gehabt hatte, und schien zuerst gar nicht zu verstehen, was Tonio meinte.

»Er wird wütend auf mich sein, Francesco. Ich bin eingeschlafen. Wahrscheinlich sucht er jetzt nach mir«, erklärte Tonio.

Da lächelte Francesco. »Er wird wohl kaum böse auf dich sein«, flüsterte er in einer merkwürdig vertraulichen Art. Er legte seine Violine vorsichtig in den Kasten und erhob sich, nachdem er den Deckel geschlossen hatte, zum Gehen. Als er jedoch den verständnislosen Ausdruck auf Tonios Gesicht sah, lächelte er wieder und warf einen bedeutungsvollen Blick zur Treppe und zum oberen Stockwerk hinauf.

Tonio beugte sich nach vorn, so als bemühe er sich, das zu hören, was Francesco gar nicht ausgesprochen hatte. Francesco rollte noch einmal mit den Augen. »Er ist bei der Contessa«, flüsterte er schließlich. »Warte einfach.«

Eine ganze Weile sah Tonio Francesco einfach nur zu. Er sah zu, wie Francesco seine Notenblätter einsammelte, sah zu, wie er sich von den anderen verabschiedete, sah ihn hinausgehen.

Als Tonio dann allein in dem riesigen Zimmer stand, kam ihm erst richtig zu Bewußtsein, was Francesco da gesagt hatte. Langsam ging er auf die Treppe zu.

Er redete sich ein, daß das nicht stimmen konnte. Es bedeutete nichts. Vielleicht hatte er Francesco auch einfach nur falsch verstanden.

Natürlich konnte der Musiker nicht wissen, daß er und Guido ein Liebespaar waren, das wußte ja niemand.

Als Tonio jedoch oben in dem dunklen Korridor angelangt war, zitterte er am ganzen Leib.

Er lehnte sich an die Wand. Das Schwindelgefühl von vorhin kam zurück. Plötzlich wollte er weg aus diesem Haus, weit, weit weg. Doch er verharrte reglos.

Er mußte nicht lange warten.

Weiter unten im Flur öffnete sich eine Tür. Im Licht, das sich auf den geblümten Teppich ergoß, erschienen Guido und die Contessa. Ihr molliger kleiner Körper steckte immer noch in einem kostbaren Ballkleid, aber ihre Frisur war aufgelöst. Und Guido, der sich ihr zärtlich zuwandte, beugte sich hinunter, um ihr zum Abschied einen Kuß zu geben.

Ihre Silhouetten verschmolzen im Schatten. Dann war die Contessa fort, und mit ihr das Licht. Guido ging auf den obersten Treppenabsatz zu.

Tonio, der das Ganze beobachtet hatte, war sprachlos. Immer noch sprachlos sah er jetzt zu, wie Guidos undeutliche Gestalt näher kam.

Aber dann, als sich ihrer beider Blicke begegneten, bemerkte er den Ausdruck, der auf Guidos Gesicht lag, und es bestand für ihn nicht mehr der geringste Zweifel.

12

Er weinte. Er weinte, als wäre er ein kleiner Junge, aber das war ihm egal. Er konnte das Ganze einfach nicht akzeptieren. Guido hatte ihn hintergangen. Guido hatte ihm ganz bewußt weh getan.

Und jetzt war da Guido und redete mit ihm in diesem kalten, monotonen Ton und ersparte ihm nichts! Was hatte er erwartet? Entschuldigungen, vielleicht sogar Lügen? Guido erklärte Tonio, daß er ihn gewarnt hätte. Er würde sich Frauen nehmen, wann und wo er konnte. Das hätte nichts mit der Liebe zwischen ihnen beiden zu tun.

»Ach, aber du hast mich zum Narren gehalten!« flüsterte Tonio. Er konnte nicht mehr klar denken.

»Wie soll ich dich zum Narren gehalten haben? Glaubst du denn, ich würde dich nicht lieben? Tonio, du bist mein Leben!«

Aber da waren keine Entschuldigungen, da war keine Reue. Da war kein Versprechen, damit aufzuhören. Da war nichts als diese Kälte und diese leise Stimme, die immer wieder dieselben Worte wiederholte.

»War es nur heute abend, oder gab es da noch andere Male?«

Guido wollte nicht antworten. Er stand still da, die Arme verschränkt, den Blick auf Tonio geheftet, so als wäre er völlig unempfänglich für das Unglück, das er angerichtet hatte.

»Also gut, wie lange geht das schon? Wann hat es angefangen?« schrie Tonio. »Seit wann bin ich dir nicht mehr genug, sag es mir?«

»Mir nicht mehr genug? Du bist die Welt für mich«, sagte Guido sanft.

»Aber du willst sie nicht aufgeben . . .«

Guido sagte nichts.

Es hatte keinen Sinn, weiter darüber zu reden. Er wußte, daß die Antworten immer gleich lauten würden. Der Schmerz schien unerträglich. Er vibrierte durch jede Faser seines Wesens, und es schien, als würde die kleine Welt, die er sich hier aufgebaut hatte, ins Schwanken geraten, zerbersten. Was spielte es für eine Rolle, daß er einst einen schlimmeren Schmerz erfahren hatte? Das alles kam ihm unwirklich vor, es war dieser Augenblick, der jetzt für ihn Wirklichkeit war.

Er wollte aufstehen, weggehen. Er wollte Guido niemals wiedersehen, auch nicht die Contessa, noch sonst jemanden hier. Aber das war undenkbar.

»Ich habe dich geliebt . . .«, flüsterte er. »Es hat für mich nie jemand anderen als dich gegeben. Es hat nie jemand anderen gegeben.«

»Du liebst mich auch jetzt noch, und für mich gibt es nur dich«, antwortete Guido. »Das weißt du auch.«

»Sag nichts mehr. Laß es einfach. Je mehr du sagst, desto schlimmer wird es nur. Es ist vorbei.«

Doch sobald er das gesagt hatte, merkte er, daß Guido auf ihn zukam.

Gerade eben war er sich noch sicher gewesen, daß er Guido schlagen würde, doch nun wandte Tonio sich ihm zu. Es war beinahe so, als könne er Guido selbst jetzt, da dieser ihn so unglücklich machte, nicht widerstehen. Als Guido nun abermals flüsterte: »Du bist mein Leben«, da klang es gequält und hungrig, und Tonio gab sich ihm hin.

Guidos Küsse waren bedächtig und genußvoll. Die Leidenschaft schien in ganz klaren Wellen anzurollen, die Tonio emportrugen, dann ganz leicht nachließen, um gleich darauf wieder anzuschwellen.

Als es vorbei war und sie eng umschlungen dalagen, flüsterte Tonio Guido ins Ohr: »Zeige mir, wie ich das verstehen kann. Wie konntest du mir weh tun, ohne etwas dabei zu empfinden? Ich hätte dir um nichts in der Welt so weh getan, das schwöre ich dir.«

Er glaubte Guido in der Dunkelheit lächeln zu sehen. Aber es war kein häßliches, sondern ein eher trauriges Lächeln. Sein Seufzen wirkte, als laste das Gewicht irgendeines alten Wissens auf ihm.

Als er Tonio dann noch enger an sich zog, lag Verzweiflung in seiner Umarmung. Er hielt ihn so fest, als gäbe es da jemanden, der ihn ihm wegnehmen wollte.

»Irgendwann, mein Schöner, wirst du es tun«, sagte er. »Aber bis dahin zeige dich mir weiterhin so freundlich und großzügig.«

Tonio schloß die Augen. Er wollte widersprechen. Doch während er langsam in den Schlaf glitt, kam es ihm so vor, als würde ein riesiger Teil dieses Puzzles noch fehlen und als hätte er gerade eben erst gesehen, wie groß dieser Teil war. In ihm regten sich Ängste, Ängste, die er nicht in Worte fassen konnte. Aber er wußte, daß Guido ihn zumindest in diesem Augenblick liebte und daß er Guido liebte, und daß ihn, wenn er nach dem fehlenden Puzzlestück suchte und es fand, das Elend vielleicht wieder überwältigen würde.

Als die wärmere Jahreszeit begann und all die unvermeidlichen Feste und Prozessionen wieder stattfanden, war klar, daß Guido sehr gefragt war.

Jetzt schickte man ihm fortgeschrittene Kompositionsschüler, die Anfänger nahm man ihm weg. Mit Tonio als seinem Vorzeigeschüler und Paolo, der jedermann überraschte, zog er mehr ausgezeichnete Sänger an, als er annehmen konnte.

Man übertrug ihm fast die gesamte Leitung des Schultheaters, und obwohl er jedermann gnadenlos antrieb, fand ihn Tonio nur um so anziehender. In der eleganten Kleidung, die Tonio ihm gekauft hatte, wirkte er zudem überaus eindrucksvoll.

Dennoch war Guidos Gesicht jetzt nicht mehr so hart und streng. Er war nun auch weniger oft wütend. Er hatte an natürlicher Autorität gewonnen, was bei Tonio bewirkte, daß Guido ihn nur flüchtig zu berühren brauchte und er ein solch heimliches Vergnügen verspürte, daß ihm die Knie weich wurden.

Maestro Cavalla warnte Guido, Tonio nicht zu überfordern. Dennoch begann Guido erst auf der Bühne wirklich mit Tonio zu arbeiten. Im Rampenlicht konnte er Tonios Schwächen und Stärken besser erkennen. Er ließ Tonio gnadenlos üben und schrieb eine Vielzahl von Arien für ihn, und allmählich kristallisierte sich heraus, daß es die *aria cantabile* war – die Arie, in der Traurigkeit und Zartgefühl ausgedrückt wurden –, die Tonio besonders lag. Benedetto beherrschte viele Kunstgriffe. Er vollführte in den hohen Lagen regelrechte Stimmakrobatik, nur um dann mit verwirrender Leichtigkeit wieder in den Alt einzutauchen. Er brachte das Publikum dazu, den Atem anzuhalten, zum Weinen brachte er es nicht.

Tonio aber schaffte es jedesmal, wenn er sang.

In der Zwischenzeit hatte der Bourbonenkönig Karl III., der jetzt seit zwei Jahren über Neapel herrschte, beschlossen, sein Teatro San Carlo zu bauen. Innerhalb nur weniger Monate war der Bau vollendet, und das alte San Bartolommeo wurde abgerissen.

Obwohl schon die Geschwindigkeit, mit der das Haus errichtet worden war, von jedermann für eine Sensation gehalten wurde, war es am Abend der Eröffnung die Innenausstattung, die bewunderndes und ehrfürchtiges Staunen hervorrief.

Das San Bartolommeo war ein alter rechteckiger Bau gewesen. Das neue Opernhaus besaß Hufeisenform und verfügte über sechs Ränge. Das Wunderbare war jedoch nicht so sehr dessen eindrucksvolle Größe, sondern die verschwenderische Beleuchtung: Eine jede Loge war vorn mit einem Spiegel ausgestattet, der rechts und links mit einer Kerze bestückt war. Wenn die Kerzen angezündet waren, dann vervielfältigten die Spiegel die kleinen Flammen tausendfach in alle Richtungen. Es war ein unglaubliches Schauspiel, das nur noch übertroffen wurde von dem Talent der Primadonna Anna Peruzzi und ihrer Rivalin, der Altistin Vittoria Tesi, die dafür bekannt war, in Hosenrollen zu brillieren. Die Oper, mit der das Haus eingeweiht wurde, war *Achille en Sciro* nach einem Libretto von Metastasio und mit der Musik von Domenico Sarri, der bei den Neapolitanern schon seit vielen Jahren beliebt war.

Man hatte einen der größten Bühnenbildner dieser Zeit, Pietro Righini, beauftragt, und die Inzenierung war in der Tat großartig.

Guido und Tonio saßen vorne im Parterre auf ausladenden Sitzen mit Armlehnen, die man für die Spielzeit abonnieren konnte. Der Abonnent konnte seinen Sitz absperren, so daß ihm niemand den Platz wegnehmen konnte. Es war deshalb egal, wie spät er kam. Die Reihen waren außerdem so weit auseinandergezogen, daß man zu seinem Platz gehen konnte, ohne jemanden zu stören.

Natürlich wußte jedermann, daß sich der Monarch nichts aus Opern machte. Man witzelte, er hätte ein so geräumiges Theater bauen lassen, damit er selbst so weit wie möglich von der Bühne entfernt sitzen konnte.

Ganz Europa hatte den Blick jedoch mehr denn je nach Neapel gerichtet. Die Sänger, die Komponisten, die Musik dieser Stadt hatten die Venedigs ganz und gar verdrängt. Rom hatten sie schon vor langer Zeit in den Schatten gestellt.

Rom war jedoch immer noch die Stadt, in der ein Kastrat sein Debüt gab. Rom brachte vielleicht keine Sänger und Komponisten hervor, aber Rom war Rom. Guido erinnerte Tonio ständig daran.

Tonio machte erstaunliche Fortschritte. Obwohl er in der Herbstoper des Conservatorio vier Arien gesungen hatte und am Abend stets mit Guido ausging, nahm er immer noch einige Mahlzeiten mit seinen Mitschülern ein, mit denen er auch die Nachmittagspause verbrachte. Außerdem erledigte er zusammen mit ihnen all die niedrigen Aufgaben, die ihm hinter der Bühne übertragen worden waren.

Einige Zeit nach seinem zweiten Weihnachten in Neapel hatte Tonio jedoch einen Zusammenstoß mit einem anderen Fechtschüler, der sich als ebenso gefährlich erwies wie sein Kampf mit Lorenzo im vorangegangenen Jahr.

Es geschah an einem Tag, an dem Tonio sehr bedrückt war. Er ging mit einer ungewohnten Schwerfälligkeit durch die Welt und war gegenüber allem, was er sah und hörte, gleichgültig.

An diesem Morgen hatte ihn nämlich einer von Catrina Lisanis Briefen darüber informiert, daß seine Mutter einem gesunden Sohn das Leben geschenkt hatte. Das Kind war vor fünf Monaten geboren worden, war also schon seit fast einem halben Jahr auf der Welt.

Eine lähmende Mattigkeit hatte Tonio befallen. Plötzlich merkte er, daß er still ein kleines Gebet zum Himmel schickte. Mögest du kräftig und intelligent sein, flüsterte er lautlos. Mögest du von Gott und den Menschen gesegnet werden. Und wenn ich bei deiner Taufe dabeisein könnte, dann würde ich deine zarte kleine Stirn küssen.

Ein Bild kam ihm, anscheinend ganz von selbst, in den Sinn. Er sah sich, eine große und weiße Gestalt, ein Spinnenwesen, durch die feuchten und modernden Räume des Palazzo Treschi wandern. Er sah seinen endlosen Arm ausgestreckt, um die Wiege des Kindes zu schaukeln. Und er sah seine Mutter weinen.

Warum weinte sie? Seine Gedanken sammelten sich langsam, da erkannte er, daß sie weinte, weil er ihren Mann ermordet hatte. Carlo war tot. Sie trug wieder Trauer, und all die Kerzen, die er sich so herrlich vorgestellt hatte, waren erloschen. Kleine Rauchfäden stiegen von den Dochten auf. Der Gestank vom Kanal zog durch die Flure, so dicht und deutlich sichtbar wie Winternebel.

»Ach«, hatte er schließlich laut gesagt, während er das steife Pergamentblatt zusammenfaltete, »was hast du gewollt, Tonio? Ein bißchen mehr Zeit?«

Ein weiterer Schritt war getan, ein weiterer Schritt. In Catrinas Brief stand, daß Marianna bereits wieder schwanger war!

Als er also in der Fechthalle eintraf, hatte er sich beim Eintreten an einem jungen Toskaner aus Siena vorbeigedrängt. Er war unachtsam gewesen, das war alles.

Während er sich jedoch auf seinen ersten Fechtkampf vorbereitete, hörte er ein wütendes Knurren hinter sich. Als er den Blick hob, spürte er jenes merkwürdige Gefühl der Desorientierung, das ihn damals vor Jahren auf der Piazza San Marco überfallen hatte, als er zum ersten Mal von Carlo gehört hatte. Er stand da und verharrte reglos. Einen erschreckenden Moment lang schien es, als würde er in einen Traum gleiten. Dann heftete er den Blick auf den polierten Boden vor sich, die hohen Fenster, den langen und kahlen Raum.

Deutlich war zu hören: »Ein Eunuch? Ich wußte gar nicht, daß Kapaune einen Degen tragen dürfen.« Das war nichts Unerwartetes, nichts besonders Kluges. Im Geiste sah er Kapaune, jene entmannten Vögel, gerupft und küchenfertig am Fleischerhaken baumeln. Er sah die Spiegel, die ringsum in der Fechthalle angebracht waren, und in ihnen gespiegelt sah er die jungen Männer im Saal, gekleidet in dunkle Hosen und weiße Hemden . . .

Es war still im Raum geworden. Langsam drehte er sich um.

Der junge Toskaner starrte ihn an. Tonio schien es, als höre er ein vielstimmiges Flüstern im Raum, das sich überall unter den jungen Männern erhob, mit denen er hier gewetteifert und gekämpft und die er besiegt hatte. Er stand ganz still da, mit zusammengekniffenen Augen, während er wartete, daß sich das Flüstern zu Worten formte, die er verstehen konnte.

Dann wurde er jedoch undeutlich gewahr, daß der junge Toskaner nervös war. Den anderen war offensichtlich ebenfalls unbehaglich zumute, denn Tonio konnte regelrecht fühlen, wie sich eine große Welle der Vorsicht im Raum ausbreitete. Er sah die ausdruckslosen, beinahe verdrossenen Gesichter dieser Süditaliener, er roch ihren Schweiß.

Er spürte, daß der junge Toskaner Angst hatte, und sah, wie sich diese Angst zu Panik steigerte, begleitet von einem verzweifelten und selbstzerstörerischen Stolz.

»Ich kreuze meine Klinge nicht mit Kapaunen!« rief der Junge jetzt schrill, und selbst die abgebrühten Süditaliener zeigten sich ein wenig erschrocken.

Da kam Tonio ein merkwürdiger Gedanke. Er sah, wie dumm dieser Junge war, sah, daß der Toskaner lieber sterben würde, als vor dieser kleinen Schar sein Gesicht zu verlieren. Tonio zweifelte nicht daran, daß er ihn töten könnte. Niemand beherrschte die Kunst des Fechtens so gut wie er. Aber obwohl ihn ein eisiger Zorn gepackt hatte, kam ihm das Ganze gleichzeitig höchst sinnlos vor. Er wollte diesen jungen Mann nicht töten. Aber war es nicht so, daß ein richtiger Mann den Wunsch verspüren sollte, ihn zu töten? Ein Mann sollte begreifen, daß diese Beleidigung nicht hingenommen werden durfte.

Es verwirrte ihn, es belastete ihn. Der Junge war ihm unterlegen! Er tat ihm leid. Aber wenn er jetzt nicht zu einer Entscheidung kam, dann würde dieses Dilemma ihn auf ewig schwächen.

Es war, als könne er sich aus großer Entfernung beobachten, während seine Augen schmal wurden und er den anderen wütend anfunkelte. Dann hob er langsam seinen Degen.

Der Toskaner zog sein Rapier, es sirrte laut, als es aus der Scheide fuhr, und griff Tonio an. Der Mund des Jungen war von Furcht und Zorn verzerrt. Tonio parierte unverzüglich und schlitzte ihm den Hals auf.

Der Toskaner ließ die Klinge fallen, rang nach Luft, griff sich mit beiden Händen an die Wunde.

Dann kam rasch stummes Leben in den gesamten Raum. Eine Handvoll junger Männer scharten sich um Tonio, um ihn zurückzudrängen, andere umringten den Toskaner. Tonio sah, wie Blut das Hemd des Jungen durchtränkte. Der Fechtmeister bestand darauf, daß sie eine Zeit und einen Ort im Freien festlegten.

Auf dem ganzen Rückweg zum Conservatorio mußte Tonio immer wieder an jene wirren Momente, an die jungen Männer, die ihn umringten, an die zwanglose und freundliche Berührung ihrer Hände denken.

Noch am selben Abend kam ein junger sizilianischer Adeliger zu ihm, um ihm zu sagen, daß der Junge seine Sachen gepackt hatte und geflohen war. Auf dem Gesicht des dunkelhäutigen jungen Mannes lag ein verächtliches Grinsen, als er Tonio das eröffnete, ohne es weiter zu kommentieren. Dann blieb er zögernd in dem formell ausgeschmückten Empfangszimmer des Conservatorio stehen und bat Tonio, irgendwann demnächst einmal mit ihm auf die Jagd zu gehen. Er und seine Freunde ritten regelmäßig in die Berge, und seine Gesellschaft wäre ihnen sehr willkommen, erklärte er. Tonio dankte ihm für die Einladung, ohne jedoch zu sagen, ob er sie überhaupt annehmen würde.

13

Weitere sieben Monate vergingen, bevor Tonio von Marianna persönlich einen Brief bekommen sollte, in dem sie ihm die Geburt ihres zweiten Sohnes mitteilte.

Er war so erschüttert, daß er den Brief den ganzen Tag mit sich herumtrug und ihn erst öffnete, als er allein am Meeresufer stand.

Er hoffte, daß er, wenn er das Tosen der See in den Ohren hatte, ihre Stimme, die für ihn ebenso bedrohlich war wie der Gesang der Sirenen, nicht hören würde.

> Keine Stunde vergeht, in der ich nicht an Dich denke, in der ich keinen Schmerz empfinde, in der ich mir nicht die Schuld für Deine übereilte und schreckliche Entscheidung gebe. Du bist für mich nicht verloren, ganz gleich, wie sehr Du dagegen Einspruch erhebst, ganz gleich, wie rücksichtslos und boshaft der Weg ist, den Du eingeschlagen hast.
>
> Dein kleiner Bruder Marcello Antonio Treschi wurde vor einer Woche in diesem Haus geboren. Kein Kind jedoch nimmt den Platz in meinem Herzen ein, den Du inne hast.

Nur wenige Tage trennten Tonio noch von seiner ersten Hauptrolle in einer Oper, die Guido für die Bühne des Conservatorio geschrieben hatte. Er wußte, daß er nicht würde auftreten können, wenn er diesen Brief nicht vergaß.

Er stürzte sich auf beinahe törichte Weise in die Arbeit, je näher die Premiere rückte, und sein Wille ließ ihn nicht im Stich. An jenem Abend dachte er an nichts anderes als an die Musik. Er war Tonio Treschi aus dem Conservatorio, und hinterher, als nur ein wilder Liebesakt das Echo des Applauses in seinen Ohren zum Schweigen bringen könnte, war er Guidos Geliebter.

Aber an den Tagen, die diesem kleinen Triumph folgten, ließ ihn der Gedanke an seine Mutter nicht mehr los. Obwohl kaum noch etwas von jener Liebe, die er einst für sie empfunden hatte, vorhanden war, war doch die Erinnerung an ihre Schönheit und ihre gelegentliche Zärtlichkeit geblieben.

Sie war jetzt Carlos Frau, sie gehörte ihm. Wie aber war es möglich, daß sie ihm geglaubt hatte! Denn das war ganz zweifellos der Fall.

Obwohl Tonio eine fast blinde Wut empfand, kannte er natürlich die Antwort. Sie hatte Carlo geglaubt, weil sie es *mußte*, sie hatte ihm geglaubt, um weiterleben zu können, sie hatte ihm geglaubt, um ihrem leeren Zimmer und ihrem leeren Bett zu entfliehen. Was hätte es denn außer Carlo in diesem Haus für sie gegeben?

Manchmal, wenn ihm diese Gedanken unablässig im Kopf kreisten, konnte er der Erinnerung an ihr früheres Unglück, ihre Einsamkeit, an ihre plötzlichen Wutausbrüche, an die zu denken ihn selbst jetzt noch frösteln ließ, nicht entkommen.

In einem Kloster eingesperrt, wäre sie gestorben, dessen war er sich sicher, und sein Bruder, sein mächtiger und schlauer Bruder, sein Bruder, dem Unrecht getan worden war, sein selbstgerechter und halsstarriger Bruder hätte sich eine andere Frau genommen.

Nein, sie hatte keine Alternative gehabt. Mit diesem Mann zu leben, ohne von ihm geliebt zu werden, wäre für sie ebenso unerträglich gewesen, wie den Rest ihres Lebens in einer Klosterzelle zu verbringen. Sie brauchte die Liebe dieses Mannes ebensosehr, wie sie seinen Schutz und seinen Namen brauchte. Was hatten ihr denn ein Name und der Schutz, den dieser gewährte, in der Vergangenheit gebracht?

»Und ich werde sie in ihre Einsamkeit zurückschicken«, sinnierte er. »Ich werde sie in ihr Kloster zurückschicken . . .« Er sah sie ein weiteres Mal mit dem schwarzen Witwenschleier.

Das war für ihn Wirklichkeit, wirklicher als die Bilder, die dieser Brief heraufbeschwor, die Bilder von Säuglingen, die getauft wurden, Bilder von einem Leben in jenem Haus, wie er es selbst nie gekannt hatte.

Sie wandte sich ihm zu, sie beschimpfte ihn. Sie hatte die Fäuste geballt, verfluchte ihn. Über die Entfernung von Zeit und Raum und über den verschwommenen Ausblick in eine mögliche Zukunft hinweg hörte er ihre Schreie. »Ich bin hilflos«, und sein Zorn ging unerbittlich an ihr vorbei, so daß sie ein Schatten wurde, nicht in der Lage, das, was vor ihm lag, zu beeinflussen, genausowenig wie sie je die Vergangenheit beeinflußt hatte.

Sie war für ihn verloren, wirklich verloren. Dennoch umflorten sich seine Augen immer wieder, wenn er an sie dachte. Er wandte sich heftig und klopfenden Herzens ab, wenn er dunkel gekleidete Frauen sah, Witwen, alt oder jung, wie sie überall in den Kirchen ihre Kerzen anzündeten, vor den Altären knieten und in schwarzen Trauben mit ihren alten Dienern durch die Straßen gingen.

Von überall her erhielt er jetzt Einladungen, in denen er gebeten wurde, auf privaten Soupers und Konzerten zu singen. Einmal wagte er sich in das Haus der alten Marchesa, die er an seinem ersten Abend bei der Contessa Lamberti getroffen hatte.

Mit der Zeit jedoch lehnte er nur noch bedauernd ab, ganz gleich, von wem die Einladung kam.

Guido war natürlich wütend.

»Es ist wichtig, daß dich die Leute hören!« beharrte er. »Man muß dich in den großen Häusern sehen und hören. Tonio, die Besucher aus dem Ausland müssen dich sehen, begreifst du das denn nicht?«

»Nun, sie können mich ja hier hören und sehen«, sagte Tonio, der sich sofort auf seinen vollen Stundenplan herausredete. »Du erwartest zuviel von mir!« sagte er im Brustton der Überzeugung. »Abgesehen davon beklagt sich der Maestro ständig darüber, daß seine Jungen immer in Schwierigkeiten geraten, wenn sie ausgehen, daß sie zuviel trinken . . .«

»Ach, hör doch auf damit«, meinte Guido verächtlich.

Das Conservatorio jedoch blieb der einzige Ort, an dem Tonio auftreten wollte.

Immer öfters hielt er sich dort auf, wenn er nicht gerade in der Fechthalle war. Aber wenn die jungen Männer, die seine Fechtpartner waren, ihn aufforderten, mit ihnen etwas trinken zu gehen oder sie auf die Jagd zu begleiten, nahm er diese Einladungen nie an.

Immer wieder war er verblüfft, seine blonde Freundin zu sehen. Sie war da, als er mit den anderen Jungen in der Franziskanerkirche sang. Er sah sie im Teatro San Carlo, wo sie wie eine Königin in der Loge der Contessa thronte. Sie hatte sich der Bühne zugewandt, wie das bei den Engländern üblich war, und schien ganz in die Musik versunken.

Und sie war jedesmal anwesend, wenn er im Conservatorio sang.

Von Zeit zu Zeit begleitete er die anderen zur Contessa, wofür es nur einen einzigen Grund gab, obwohl er sich den nie eingestanden hätte. Er suchte dann die Kapelle auf und betrachtete die zarten und dunkelfarbigen Wandgemälde, die Jungfrau Maria mit dem ovalen Gesicht und ihre Engel mit den steifen Schwingen, die muskulösen Heiligen. Es war immer spät, wenn er dies tat, er hatte immer ein wenig zuviel Wein getrunken. Wenn er sie danach manchmal im Ballsaal sah, starrte er sie dann so unverfroren und lange an, daß es kein Wunder gewesen wäre, wenn ihre Familie daran Anstoß genommen hätte.

Das geschah aber nie.

Sein Leben im Conservatorio nahm ihn jedoch immer stärker in Anspruch, und nichts vermochte seine geregelte Lebensweise, sein tagtägliches Glück wirklich zu stören. Lediglich die langen Briefe seiner Cousine Catrina, die trotz der Tatsache, daß er ihr nur selten antwortete, immer unerschrockener wurden, irritierten ihn.

Sie berichtete ihm von der Geburt von Mariannas zweitem Kind, wobei sie ihm schlicht mitteilte, daß dieses so gesund wie das erste war:

> Die Bastarde Deines Bruders übertreffen seine rechtmäßigen Erben zahlenmäßig bei weitem, so wenigstens hat man mir gesagt, da ihn anscheinend nicht einmal seine glänzenden Erfolge im Senat und in den verschiedenen Räten davon abzuhalten vermögen, sich nahezu ununterbrochen mit dem schönen Geschlecht zu vergnügen.
>
> Deine Mutter betet er jedoch an, mach Dir also ihretwegen keine Sorgen.
>
> Alle jedoch staunen, mit welcher Energie, Zähigkeit und Leistungsfähigkeit er sich von Tagesanbruch bis Mitter-

nacht sowohl der Arbeit als auch dem Spiel widmet. Jenen, die ihrer Bewunderung Ausdruck geben, entgegnet er prompt, daß er durch sein Exil und sein Unglück gelernt habe, das Leben, das er jetzt führt, auszukosten. Natürlich bricht er bei der bloßen Erwähnung seines Bruders Tonio sofort in Tränen aus. Oh, wie dankbar er ist, zu hören, daß Du im Süden so großen Erfolg hast. Bei all dieser Dankbarkeit ist er aber nichtsdestotrotz beunruhigt, so viel von Deinem Gesang und Deinen überragenden Fechtkünsten zu hören.

»Die Bühne«, sagte er zu mir, »du glaubst doch nicht wirklich, daß er je auf der Bühne stehen wird?« Und er gestand, daß er sich eingebildet hätte, Du wärest vom Naturell eher Deinem alten Lehrer Alessandro ähnlich. Du hättest sein Gesicht sehen sollen, als ich daraufhin bemerkte, daß Du eher dazu neigen würdest, ein zweiter Caffarelli zu werden.

Er will durchaus, daß jeder Mitleid mit ihm hat! Stell Dir vor! Ob ich nicht wüßte, fragte er, was es für ihn bedeute, so oft an all diese Schande erinnert zu werden.

»Und das mit dem Duell!« sagte er zu mir. »Was sollte das? Ich wünsche mir für ihn doch nur, daß er Frieden findet.«

»Ja, und nichts ist so friedlich wie das Grab, nicht wahr?« bemerkte ich, woraufhin er abermals von heftigen Gefühlen überwältigt wurde und mein Haus unter Tränen verließ.

Aber er kehrte schon bald zurück, mächtig gestärkt vom Wein und angenehm erschöpft von den Kasinos. Mit getrübtem Blick warf er mir dann vor, ich würde ihn schikanieren, und ja, wenn ich es schon wissen wollte, er hätte oft gedacht, daß es für seinen unglücklichen Bruder Tonio besser gewesen wäre, wenn der Chirurg unwissentlich einen größeren Schaden angerichtet hätte, so daß der Junge jetzt seine Ruhe gefunden hätte.

»Ach?« lachte ich. »Was sind denn das für schreckliche

Worte. Warum denn? Nach allem, was man so hört, geht es ihm doch bemerkenswert gut!«

»Aber was ist, wenn er bei irgendeinem törichten Degenkampf getötet wird?« wollte er wissen. »Ich mache mir Tag und Nacht Sorgen um ihn.« Er hätte Dir niemals die Degen schicken sollen, um die Du ihn gebeten hattest.

»Einen Degen kann er überall erwerben«, bemerkte ich.

»Mein kleiner Bruder, mein kleiner Bruder«, sagte er mit soviel Gefühl, daß es die Zuschauer in einem Theater zu Tränen gerührt hätte. »Wenn du wüßtest, was ich ertragen habe!« Dann aber wandte er sich von mir ab, so als könne er jemandem wie mir, der so schlichten Gemüts und so ganz ohne Mitgefühl ist, nicht anvertrauen, *wie sehr er das alles bedauert*!

Aber im Ernst, Tonio, ich bitte Dich, sei vorsichtig und schlau. Wenn er noch mehr von Deiner Fechtkunst hört, dann fühlt er sich vielleicht gezwungen, zu Deinem Schutze ein paar Bravos nach Neapel zu schicken. Ich denke, Du würdest Dich in Gesellschaft solcher Männer eingeengt, wenn nicht sogar erdrückt fühlen. Tonio, sei wachsam und schlau.

Und was die Bühne angeht, wie kann Dir jemand die Gabe, die Gott Dir schenkte, Deine Stimme, mißgönnen? Wenn ich nachts wach liege, dann höre ich Dich singen. Ich wünschte, ich könnte Deine Stimme eines Tages wirklich wieder hören und Dich in meine Arme schließen, um Dir zu zeigen, wie sehr ich Dich liebe und immer geliebt habe. Dein Bruder ist ein Narr, wenn er sich nicht darauf einstellt, daß Du noch Großes vollbringen wirst.

Diesen Brief behielt Tonio lange Zeit bei sich, bevor er ihn schließlich wie so viele vor ihm verbrannte.

Er hatte ihn sehr amüsiert und auf merkwürdige Weise fasziniert. Sein Haß auf Carlo wurde nun mit einer neuen und heißeren Flamme genährt.

Nur zu deutlich sah er seinen Bruder vom Becher jenes Lebens trinken, das Venedig hieß! Nur zu gut konnte er sich vorstellen, wie er vom Ballsaal zum Senat ging, zum Ridotto und dann zu einer Kurtisane.

Doch Catrinas freundliche Warnungen waren bei Tonio alle in den Wind gesprochen. Er änderte an seinem Leben nichts.

In der Fechthalle war er engagiert wie immer. Wenn er die Zeit dazu fand, vervollkommnete er seine Treffsicherheit mit der Pistole. Allein in seinem Zimmer übte er den gekonnten Umgang mit dem Stilett.

Aber es war weder Kampfeslust noch Mut, was ihn dazu veranlaßte, gegenüber Giacomo Lisani ein so gebieterisches Verhalten zu zeigen und sich gerade jetzt um solch offensichtliche Kunstfertigkeit im Gebrauch der Waffen zu bemühen.

Es war einfach die Tatsache, daß er vor niemandem verbergen konnte, was er in jeder Hinsicht war.

Immer deutlicher konnte er in den Blicken jener, denen er begegnete, lesen, daß sie wußten, daß er ein Eunuch war. Aber die Blicke der jungen Neapolitaner sagten ihm auch, daß er ihre uneingeschränkte Achtung gewonnen hatte.

Was die Bühne anging – sein Bestreben, ein zweiter Caffarelli zu werden, wie Catarina es ausgedrückt hatte –, so wünschte er sich, in der Oper zu singen, und fürchtete sich gleichzeitig so sehr davor, daß er sich manchmal über sich selbst wundern mußte.

Er war vom Applaus berauscht, von den Farben, der Pracht der herrlichen Bühnenbilder und dem Augenblick, wenn er hörte, wie sich seine Stimme klar über die der andern erhob und vor dem Publikum ihre unerklärliche und machtvolle Magie entfaltete.

Wenn er jedoch an die großen Theater dachte, erfüllte ihn das mit einer seltsam erregenden Furcht.

»Zwei Kinder innerhalb von zwei Jahren!«

Manchmal traf ihn das mit solcher Klarheit und Gewalt, daß er wie angewurzelt stehenblieb. Zwei Kinder, beides gesunde Söhne!

Manch eine venezianische Familie hatte nur diesen Anspruch auf Unsterblichkeit. Und er wünschte sich, oh, wie er sich von ganzem Herzen wünschte, daß seine Mutter und sein Vater ihm ein klein wenig mehr Zeit zugestanden hätten!

14

Es war Mittag. Tonio ging gerade auf der belebten Via di Toledo spazieren, als ihm klar wurde, daß er an diesem Tag, dem ersten Mai, seit genau drei Jahren in Neapel war.

Es erschien unmöglich. Dann wieder kam es ihm so vor, als wäre er schon sein ganzes Leben hier und hätte nie eine andere Welt kennengelernt.

Er blieb einen Moment wie verloren in der Menge stehen. Dann drehte er sich um, sah zum makellos blauen Himmel hinauf und spürte die Brise so sanft und warm, daß sie ihm wie eine Umarmung schien.

In der Nähe öffnete gerade eine kleine Taverne. Eine Handvoll Tische stand auf dem Kopfsteinpflaster. Das Ganze wurde von zwei alten, knorrigen Feigenbäumen beschattet. Tonio ging hin und bestellte sich eine Flasche Lacrima Christi, den neapolitanischen Weißwein, den er so gern mochte.

Die Feigenblätter warfen riesige handförmige Schatten auf die Steine. Die warme Luft, die sich hier zwischen den engen Mauern gestaut hatte, schien dennoch stets in sanfter Bewegung zu sein.

Im Nu war er betrunken. Er brauchte dazu nicht mehr als einen halben Becher. Ein unglaubliches Glücksgefühl breitete sich in ihm aus, als er sich auf dem groben kleinen Stuhl zurücklehnte und dem nicht abreißenden Menschenstrom auf den Straßen zusah. Neapel war ihm noch nie so wunderschön vorgekommen. Trotz all der Dinge, die er nicht mochte – die erschreckende Armut überall und die große Faulheit der Adeligen –, fühlte er sich als Teil dieser Stadt. Er hatte angefangen, sie zu verstehen, auf seine eigene Weise.

Vielleicht lag es auch daran, daß Jahrestage bei ihm stets ein festliches Gefühl hervorriefen. In Venedig gab es davon so viele, und sie wurden immer gefeiert. Sie waren nicht einfach eine Art, das Leben abzumessen, sie waren eine Art zu leben.

Nach den Besorgungsgängen des Vormittags war diese Glückseligkeit eine stille Erleichterung.

Nun also jährte sich der Tag seiner Ankunft hier zum dritten Mal.

Es war schon fast dunkel, als er zum Conservatorio zurückkehrte. Er war zuerst zum Albergo Inghilterra am Meer gegangen und hatte dort zwei Zimmer gemietet. Er hatte vor, Guido heute abend dorthin einzuladen. Zuvor aber wollte er noch eine nahe gelegene Kirche aufsuchen, um Caffarelli dort singen zu hören. Caffarelli, der jetzt seit über einem Jahr in Neapel war, trat zwar oft im San Carlo auf, Tonio lag aber etwas daran, ihn an diesem besonderen Tag zu hören.

Da er den Übungsraum leer vorfand, ging er in Guidos Zimmer.

Guido hatte sich bereits für den Abend umgezogen und trug jetzt einen eleganten Rock aus Samt, den Tonio ihm gekauft hatte. Gerade steckte er sich einen juwelenbesetzten Ring an die linke Hand. Sein Haar war ordentlich gekämmt, die dichten, schokoladenbraunen Locken schimmerten, und mit seinen neuen weißen Seidenhandschuhen machte er insgesamt einen ungewöhnlich prunktvollen Eindruck. Er trug Schnallenschuhe, die mit Rheinkieseln verziert waren.

»Ach, ich habe schon den ganzen Nachmittag nach dir gefragt«, sagte er. »Ich möchte, daß du heute möglichst früh zum Haus der Contessa kommst«, sagte er. »Nimm ein leichtes Abendessen zu dir, trink aber keinen Wein mehr. Dies ist ein besonderer Abend, tu, was ich dir sage, und mach keine Ausflüchte. Ich weiß, daß du nicht dorthin willst, aber du mußt.«

»Wann habe ich denn nicht dorthin gewollt?« fragte Tonio. Er fand, daß Guido immer besonders gut aussah, wenn er ausging.

»Das letzte halbe dutzendmal, als du eingeladen warst«, sagte Guido, »aber heute mußt du mitkommen.«

»Und weshalb?« fragte Tonio kühl. Welche Ironie! Er konnte es kaum glauben. Er mußte daran denken, was Domenico vor Jahren geplant hatte, es war dasselbe *albergo*, es waren Zimmer mit Seeblick. Er lächelte. Was sollte er sagen?

»Die Contessa hat eine schwere Zeit hinter sich, und dies ist seit ihrer Rückkehr der erste Ball, den sie gibt. Du weißt, daß ihr Cousin, der alte Sizilianer, der viele Jahre in England gelebt hat, gestorben ist. Nun, sie mußte ihn nach Palermo überführen, damit er dort beerdigt werden konnte. Ich nehme nicht an, daß du jemals ein Begräbnis in Palermo gesehen hast.«

»Ich habe in Palermo noch überhaupt nichts gesehen«, sagte Tonio.

Guido blätterte durch die gebundenen Partituren auf seinem Schreibtisch. »Nun, für die Zeremonie in der Kirche hat man den Verstorbenen in einen Sessel gesetzt. Hinterher wurde er dann in den Kapuzinerkatakomben, in denen sich auch die ganze übrige Familie befindet, ausgestellt. Die Katakomben sind eine unterirdische Totenstadt mit Hunderten von Leichnamen, alle schicklich angezogen, einige aufrecht stehend, andere liegend. Die Mönche kümmern sich um das Ganze.«

Tonio zuckte zusammen. Er hatte schon davon gehört. Etwas Derartiges war in Norditalien undenkbar.

»Ja, nun, die Contessa hat genug sizilianisches Blut in ihren Adern, daß ihr das nicht viel ausmachte. Aber die Witwe des alten Mannes, das junge Mädchen aus England, die wurde ziemlich hysterisch, als sie die Katakomben sah. Man mußte sie hinausbringen.«

»Kein Wunder.«

»Wie dem auch sei, die Contessa ist jetzt jedenfalls wieder da. Sie hat ihre Pflicht erfüllt, ihr Cousin ist begraben. Dieser Ball ist jetzt recht wichtig für sie. Sei also bitte rechtzeitig dort.«

»Aber was hat das alles mit mir zu tun?«

»Die Contessa mag dich, sie hat dich immer gemocht«, sagte Guido. »Und« – er legte den Arm um Tonio und hielt ihn fest – »keinen Wein mehr.«

Als er im Hause der Contessa ankam, war dort alles dunkel. Er hatte die Kirche verlassen, sobald Caffarelli seine erste Arie gesungen hatte. Der Gesang des Kastraten hatte ihn gleichzeitig begeistert und gedemütigt, hatte aber keine quälenden Erinnerungen an Venedig heraufbeschworen, denn er hatte Caffarelli seitdem schon zu oft singen hören.

Er hatte auch versucht, sich von Caffarelli auf eine ganz besondere Art beeinflussen zu lassen. Er wollte, daß Caffarelli ihm jenen Mut gab, der ihm selbst fehlte.

Ob das nun geschehen war oder nicht, das wußte er nicht.

Aber er empfand es als angenehm, frühzeitig das Haus der Contessa zu betreten und den Luxus genießen zu können, all den goldverzierten Stuck vom Mondlicht beschienen zu sehen. Er gab dem Portier seinen Mantel, erklärte, daß er noch keinen Wunsch habe, und wanderte allein durch eine Reihe leerer Zimmer. Einfache Möbelstücke nahmen im Schatten gespenstische Formen an, schwebten über Teppichen, deren Muster kaum zu erkennen waren. Die warme Luft, die hereinströmte, roch süß. Da war noch kein Rauch, kein brennendes Wachs und kein französisches Parfüm.

Aber es war nicht so, daß es ihm, wie Guido dachte, tatsächlich etwas ausgemacht hätte, hierherzukommen. Er war des Ganzen einfach müde geworden, vor allem, seit vor etwa vier oder fünf Monaten das blonde Mädchen verschwunden war. Aber vielleicht, *vielleicht*, würde sie heute abend ja hier sein.

Das Haus, dessen Türen und Fenster offenstanden, so daß man die nächtlichen Insekten summen hören, den Rosenduft riechen konnte, schien der Inbegriff des Südens zu sein. Selbst die unglaubliche Vielzahl von Dienern schien für den Süden typisch, eine Heerschar von Hungerleidern, ausstaffiert mit Spitze und Satin, die keinen Lohn bekamen und die nun ihre kleinen Signalfeuer von Zimmer zu Zimmer trugen.

Er spazierte in den Garten hinaus, denn er wollte nicht miterleben, wie das Haus zum Leben erwachte. Als er einen Blick zurück in den dunklen Schlund des Salons warf, den er gerade verlassen hatte, sah er durch den Korridor bereits eine Prozession von Musikern herannahen, riesige Kontrabässe und Celli auf ihren gebeugten Rücken. Francesco war auch dabei. Er hatte seine Violine beim Hals genommen, als wäre sie ein großer toter Vogel.

Tonio wandte den Blick ab und sah zum Halbmond hinauf. Überall ringsum standen sauber beschnittene Zitronenbäume, marmorne Bänke schimmerten schwach auf dem Grasteppich. Direkt vor ihm lag, kaum wahrnehmbar, ein gepflasterter Pfad.

Er begann ihm zu folgen. Während im Haus hinter ihm immer mehr Lichter angezündet wurden, wanderte er durch ein Tor in den großen Rosengarten zu seiner Linken. Dort blühten, von der Contessa persönlich gehegt und gepflegt, die herrlichsten Rosen. Er wollte all diese Lieblichkeit solange wie möglich um sich haben. Heute war der erste Mai, das machte ihm immer noch zu schaffen. Er wollte allein sein, um nachdenken zu können.

Als er jedoch zu den eigentlichen Rosenbeeten kam, sah er, daß aus einem kleinen Nebengebäude jenseits des Gartens und unweit der Rückseite des Hauses helles Licht fiel. Eine Flügeltür stand offen. Als er langsam näherging, dabei hier und da eine besonders große Blüte berührte, erblickte er durch diese Tür eine herrliche Vielfalt von Farben und Gesichtern und etwas, das wie der blaue Himmel aussah.

Er blieb stehen. Es war eine merkwürdige Illusion. Die Flügeltür war ein Portal zu irgendeiner überaus bevölkerten und turbulenten Welt.

Er trat ein kleines Stück näher und erkannte, daß er in einen Raum voller Gemälde blickte! An der Wand geradeaus vor ihm war ein riesiges Bild aufgestellt, davor befanden sich auf Staffeleien weitere Gemälde. Er stand lange Zeit da und betrachtete diese Werke. Aus der Ferne wirkte es, als wären sie bereits fertig gemalt. Es waren biblische Gesichter und Gestalten, die so lebendig und vollkommen wirkten wie jene, die Tonio schon in Palästen und Kirchen gesehen hatte. Da war der Erzengel Michael, der die Verdammten in die Hölle trieb. Sein Umhang bauschte sich hinter seinen erhobenen Schwingen, sein Gesicht war vom Höllenfeuer, das unter ihm loderte, subtil beleuchtet. Daneben stand das Bild einer Heiligen, die Tonio nicht kannte, eine Frau, die ein Kruzifix an ihre Brust drückte. Die Farben pulsierten im Licht. Aber all diese Gemälde schienen dunkler, ernster als jene, die er als Kind in Venedig gesehen hatte.

Er hörte leise Geräusche aus dem Raum kommen.

Die Stille des Gartens, die schützende Dunkelheit, gaben ihm das köstliche Gefühl, unsichtbar zu sein. Er trat jetzt noch näher heran, so daß er nun die Farbe, das Terpentin und das Öl riechen konnte.

Als er jedoch die Türschwelle erreichte, merkte er, daß dort drinnen jemand arbeitete. Nein, das konnte sie nicht sein, dachte er. Diese Gemälde besaßen eine Macht, vielleicht sogar eine Virilität, die den leichten und luftigen Wandgemälden in der Kapelle völlig fehlte. Als er jedoch die schwarzgekleidete Gestalt sah, die sich über die Leinwand beugte, erkannte er, daß es eine Frau war, die da malte, eine Frau, die den Pinsel hielt und über deren Rücken eine Masse schimmernden blonden Haares wallte.

Sie war es.

Und ich bin allein mit ihr, dachte er plötzlich. Er stand ganz still da.

Aber der Anblick ihrer hochgekrempelten Ärmel, des schäbigen, mit Farbe beschmierten schwarzen Kittels ließ ihn sofort in Panik geraten. Sie erschien ihm in dieser unordentlichen Aufmachung so liebreizend. Er stand da und starrte auf ihr zartes Profil, das tiefe Rosenrot ihrer Lippen, das dunkle Blau ihrer Augen.

Gerade als ihm klar wurde, daß er diesen Ort sofort verlassen sollte, drehte sie sich um und blickte ihm direkt ins Gesicht.

»Signore Treschi«, sagte sie. Ihre Stimme ging ihm durch Mark und Bein und bewirkte, daß sich in seiner Brust etwas zusammenzog. Es war ein süßer Sopran, der weich ausklang. Tonio war so überumpelt, daß er zuerst kein Wort herausbrachte.

»Signorina«, murmelte er dann und machte eine leichte Verbeugung.

Sie lächelte, schien plötzlich ganz fröhlich zu werden. Ihre blauen Augen strahlten. Als sie sich von ihrem Stuhl erhob, öffnete sich ihr dunkler Kittel, der am Nacken zugebunden war, so daß Tonio oberhalb des Mieders ihres schwarzen Taftkleides ein großes Stück rosa Haut sehen konnte. Ihre kleinen Wangen wurden vom Lächeln ganz pausbäckig. Alles an ihr erschien ihm plötzlich rund und wirklich, so als hätte er sie bisher nur auf der Bühne gesehen. Jetzt war sie hier.

Aus ihrer Frisur standen wieder lauter Härchen heraus, aber diesmal war ihr Haar nicht zu steifen Locken gelegt, sondern in der Mitte gescheitelt, und hing einfach herab. Er fragte sich, wie es sich wohl anfühlen mochte. Die Strenge hätte bei einem anderen Gesicht hart gewirkt, aber ihre hübschen Gesichtszüge schienen nicht wirklich ihr Gesicht zu sein. Ihr Gesicht, das waren ihre dunkelblauen Augen, die rauchgrauen Augenbrauen darüber und die große Ernsthaftigkeit, die sie jetzt ganz plötzlich zeigte.

Sie rührte sich nicht, aber es kam ihm so vor, als stellte sie plötzlich eine Gefahr für ihn dar. Er war sich sicher, daß sie ihn berühren wollte, und er wollte sie ebenfalls berühren! Er konnte bereits die zarte Haut ihres Halses unter seinen Händen fühlen, ihre Wange an seinem Daumen. Er wollte die delikaten kleinen Bögen ihrer Ohren berühren. Er stellte sich vor, wie er ihr schreckliche Dinge antat, und wurde rot. Es kam ihm absurd vor, daß sie überhaupt Kleider trug. Ihre weichen Arme, ihre schmalen Handgelenke, diese schimmernde rosa Haut unter ihrem Kittel, all das gehörte zu einem köstlichen Wesen, das törichterweise, unnatürlicherweise verkleidet war.

Es war schrecklich.

Das Blut pulsierte in seinem Gesicht. Während er den Kopf einen Augenblick senkte, ließ er seinen Blick über all die gemalten Gesichter ringsum schweifen, über die kräftigen Akzente in Magenta, Umbra, Gold und Weiß, die Farben, aus dem dieses strahlende Universum bestand, das ihr Pinsel offensichtlich geschaffen hatte.

Dennoch konnte er sich ihr nicht entziehen. Sie machte ihm angst. Selbst der schwarze Taft ihres Kleides beunruhigte ihn. Warum malte sie überhaupt in schwarzer Kleidung? Der glänzende Stoff war mit Farbe beschmiert. Sie war so jung und anscheinend so unschuldig. Schwarz war nicht die richtige Farbe für sie. Gleichzeitig hatte sie jedoch diese köstliche Nachlässigkeit an sich, diese sanfte Gleichgültigkeit, die er jedesmal, wenn sich ihrer beide Blicke begegnet waren, bei ihr bemerkt hatte.

Sie lächelte wieder. Tapfer lächelte sie ihn an. Er mußte etwas zu ihr sagen, unbedingt. Er würde irgendeine angemessene und schickliche Bemerkung machen, aber ihm fiel nichts ein. Da streckte sie zu seinem höchsten Entsetzen die Hand aus.

»Wollen Sie nicht hereinkommen, Signore Treschi?« sagte sie mit demselben süßen Sopran. »Wollen Sie nicht hereinkommen und sich eine Weile zu mir setzen?«

»O nein, Signorina.« Diesmal verbeugte er sich tiefer und wich dabei zurück. »Ich möchte Sie nicht stören, Signorina, und ich . . . wir . . . ich würde gerne . . . ich meine, wir sind einander nie wirklich vorgestellt worden, ich . . .«

»Aber jedermann kennt Sie, Signore Treschi«, sagte sie und bedeutete ihm mit einem kleinen Kopfnicken, er möge auf dem Stuhl neben ihr Platz nehmen. Wieder flackerte jene Fröhlichkeit in ihren Augen auf, erlosch dann aber abrupt, als er sich nicht rührte.

Sie starrte ihn jetzt schweigend an, Tonio starrte ebenso stumm zurück.

Er stand immer noch ganz genauso da, als er hinter sich hörte, wie ihn jemand mehrmals beim Namen rief. Es war der Kammerdiener der Contessa, der gekommen war, um ihm zu sagen, daß man ihn oben im Haus erwartete.

Tonio stürzte regelrecht davon, um dieser Aufforderung nachzukommen. Das Haus war bereits erfüllt von Lachen und leiser Musik, als er den Korridor im oberen Stockwerk entlangeilte, wo man ihn dann in die Gemächer der Contessa führte.

Aber dann sah er Guido, das Spitzenhemd über der nackten Brust geöffnet, müßig dastehen. Die Contessa selbst schlüpfte gerade in einen gerüschten Morgenmantel. Hinter ihr befand sich ein großes und üppig drapiertes Bett.

Er war wütend. Fast wäre er wieder gegangen. Aber er konnte dieser Frau nicht vorwerfen, sie hätte versucht, ihn zu verletzen. Sie wußte ja nichts von seiner Beziehung zu Guido, genausowenig wie alle anderen. Als sie Tonio jetzt erblickte, erhellte sich ihre Miene.

»Ah, du wunderschönes Kind«, sagte sie. »Komm her und hör mir zu.« Sie winkte ihn mit beiden Händen zu sich heran.

Tonio warf Guido ein eisiges Lächeln zu und näherte sich ihr mit einer kurzen Verbeugung. Ihr stämmiger kleiner Körper schien ganz warm zu sein, so als hätte sie gerade eben noch in den Kissen oder in den Armen eines Mannes gelegen.

»Wie geht es deiner Stimme heute abend?« fragte sie ihn. »Sing mir etwas vor!«

Er war empört. Er funkelte Guido zornig an. Er war in die Falle gegangen.

»*Pange Linqua*« stimmte sie an und fuhr dann in wunderschön schmelzendem Ton mit der gesamten lateinischen Phrase fort.

»Sing, Tonio«, sagte Guido sanft. »Deine Stimme, wie ist sie heute abend? Gut, schlecht, oder was?« Sein Haar war ganz zerzaust. In seinem offenen Hemd wirkte er beinahe sinnlich. Da ist nun also dein wunderschönes Kind, dachte Tonio, dein Cherub. Und das ist der Lohn dafür, daß ich einen Bauern liebe.

Er zuckte mit den Achseln und hob in voller Lautstärke zu singen an. Es war der Anfang von *Pange Linqua*.

Die Contessa wich zurück und stieß einen leisen Schrei aus. Tonio war nicht überrascht, daß seine Stimme in diesem mit Möbeln vollgestellten Wohnraum ungeheuer und unnatürlich klang.

»Los«, sagte sie und scheuchte dabei die Kammerzofen weg, die, Kerzen in der Hand, neben dem Bett standen. Nachdem sie zwischen den Kissen gesucht hatte, zog sie eine gebundene Partitur hervor. »Kannst du das singen, mein wunderschönes Kind?« fragte sie. »Heute abend?« Sie beantwortete ihre eigene Frage gleich selbst mit einem Nicken. »Hier, zusammen mit mir?«

Tonio starrte einen Moment das Deckblatt an. Er war völlig verwirrt. Ihre Stimme, natürlich, er hatte von ihrer Stimme gehört, und das nicht nur einmal. Sie war eine brillante Amateurin, aber sie sang nicht mehr. Und jetzt sollte er hier, in diesem Haus, vor Hunderten von Leuten auftreten, wo Guido doch wußte, daß er das nicht wollte! Er drehte sich zu Guido um.

Ungeduldig deutete Guido auf die Noten.

»Tonio, würdest du jetzt freundlicherweise aufwachen und einen Blick auf das werfen, was du da in der Hand hältst«, sagte er. »Du hast eine Stunde Zeit, um dich vorzubereiten . . .«

»Das mache ich nicht!« sagte Tonio wütend. »Contessa, ich kann das nicht tun. Es ist unmöglich, ich . . .«

»Liebstes Kind, du mußt es aber tun«, gurrte sie. »Tu es für mich. Ich habe in Palermo eine schwere Zeit durchgemacht. Ich habe meinen Cousin sehr geliebt, aber er war ein fürchterlicher Narr. Und seine kleine Frau, die hat so schrecklich und so unnötig gelitten. Es gibt nur eine einzige Sache, die mich heute abend aufheitern kann, und das ist, wieder zu singen. Ich möchte Guidos Komposition singen, und zwar mit dir zusammen!«

Er starrte sie an. Er forschte in ihrem Gesicht und versuchte herauszufinden, ob das alles eine Lüge war, ein Trick. Doch sie schien es ganz aufrichtig zu meinen. Ohne es zu wollen, sah er auf die Partitur hinunter. Es war Guidos schönste *Serenata a due, Venus and Adonis*, eine entzückende Serie von Liedern. Dann stellte er sich eine Sekunde lang vor, sie zu singen, nicht einfach beim Üben mit Piero, sondern hier . . .

»Nein, es ist unmöglich, Contessa, bitten Sie mich um etwas anderes . . .«

»Er weiß nicht, was er da sagt«, mischte sich Guido jetzt ein.

»Aber Guido, ich habe das noch nie für eine Aufführung geprobt. Ich habe es vielleicht zweimal mit Piero gesungen.« Dann flüsterte er leise: »Guido, wie konntest du mir das antun!«

»Liebstes Kind«, sagte die Contessa. »Ein Stück weiter unten auf diesem Flur befindet sich ein Salon. Dort kannst du üben. Du hast eine Stunde Zeit. Und sei nicht böse auf Guido. Es ist nämlich mein Wunsch.«

»Ist dir denn nicht klar, was für eine Ehre das ist?« sagte Guido. »Die Contessa höchstpersönlich wird zusammen mit dir singen.«

Reingelegt. Man hat mich reingelegt, dachte er. In einer Stunde würden unter diesem Dach dreihundert Leute versammelt sein. Dann dachte er wieder an die Partitur. Er kannte die Partie des Adonis sehr gut, wußte, von welch hoher und süßer Reinheit sie war, und sah die Zuhörer im Geiste schon zu Tränen gerührt. Sie machten es ihm leicht, nicht wahr? Sie ersparten ihm die Gewissensprüfung, ersparten ihm den langen kräftezehrenden Kampf mit sich selbst. Insgeheim war ihm klar, was passieren würde, wenn er es einfach geschehen ließ: Das Entsetzen würde sich in Euphorie verwandeln, wenn er erst einmal all die Blicke sah, die auf ihm ruhten, wenn er erst einmal wußte, daß es einfach kein Entkommen mehr gab.

»Geh dich vorbereiten.« Guido schob ihn auf die Tür zu. Dann flüsterte er: »Tonio, wie kannst *du* mir das antun!«

Tonio machte es sich schwer, sträubte sich, aber sein Gesicht hatte bereits einen leeren, verträumten Ausdruck angenommen. Er spürte, wie sich sein Zorn, jetzt, da die Schlacht verloren war, besänftigte. Er wußte, wußte ganz genau, daß nun der Augenblick gekommen war, um jene Stärke zu erlangen, die er sich so sehr gewünscht hatte, als er Caffarelli an diesem Abend singen gehört hatte.

»Du glaubst also, daß ich es kann?« Er sah Guido an.

»Natürlich«, sagte Guido. »Du hast es perfekt gesungen, als ich es dir damals das erste Mal vorgelegt habe. Da war die Tinte noch nicht ganz trocken.« Dann flüsterte er: »Tonio, das ist der richtige Zeitpunkt.«

Der Augenblick war gekommen, daran bestand kein Zweifel, und er war zu begierig danach, um Angst zu haben. Allerdings brauchte er volle anderthalb Stunden, bevor er sich mit dem Taschentuch die Stirn abwischte, die Kerzen über dem Cembalo ausblies und sich auf den Weg zur Treppe machte.

Dann packte ihn einen Augenblick lang die Angst, nein, mehr als das, es war das nackte Entsetzen. Nun nämlich war der unvermeidliche Moment gekommen, wo jeder geladene Gast anwesend war. Diejenigen, die früh erschienen waren, waren noch nicht gegangen, jene, die später kamen, waren gerade eingetroffen. Stimmengewirr und Lachen schwappte sanft gegen die Wände. Wo er auch hinsah, erblickte er Männer und Frauen, schillernde Seidenstoffe und Perücken. Sie navigierten wie weiße Segel durch diese stürmische See, die durch Spiegel und gähnende Türen brandete.

Er rollte die Notenblätter zusammen und begann, ohne einen weiteren zusammenhängenden Gedanken fassen zu können, die Treppe hinunterzusteigen. Als er jedoch auf das Orchester zuging, erlebte er einen noch größeren Schock. Soeben war Caffarelli persönlich hereingekommen. Er küßte gerade der Contessa die Hand.

Nun, damit war alles vorbei, ganz sicher, das fühlte er. Niemand würde von ihm erwarten, in Caffarellis Gegenwart zu singen. Doch als er eben zu entscheiden versuchte, ob das nun gut oder schlecht war, tauchte Guido auf.

»Brauchst du mehr Zeit?« fragte er sofort. »Oder bist du bereit?«

»Guido, Caffarelli ist gerade gekommen«, flüsterte er. Seine Hände fühlten sich feuchtkalt an. Er wollte singen, gleichzeitig aber wäre er am liebsten davongelaufen. Nein, in Caffarellis Gegenwart konnte er nicht singen.

Aber Guido hatte für den großen Kastraten nur ein höhnisches Lächeln übrig. Tonio konnte einen kurzen Blick auf ihn erhaschen, als die Menge zurückwogte und sich dann wieder schloß. Es schien, als würde dieser Mann selbst hier eine ungeheure Macht ausstrahlen, so wie Tonio es vor Jahren auf der venezianischen Bühne erlebt hatte. Tonio glaubte, ihn lachen zu hören.

»Jetzt tu, was ich dir gesagt habe«, sagte Guido. »Laß die Contessa das Tempo vorgeben. Ich werde mich ihr anpassen, und du machst es ebenso.«

»Aber Guido –« begann Tonio, und dann schien es, als fehle ihm selbst die Kraft zum Sprechen. Das hier war alles ein ungeheurer Irrtum. Doch Guido war schon fast wieder weg.

Da tauchte Maestro Cavalla mit Benedetto auf. Guido drehte sich rasch noch einmal zu Tonio um und sagte: »Geh jetzt zum Cembalo und warte dort.«

Es schien, als wisse er nicht, wohin er mit seinen Armen sollte. Er hatte die Notenblätter in der Hand, aber wie hoch sollte er sie halten? Plötzlich dämmerte ihm, daß jedermann dem Ganzen ungeteilte Aufmerksamkeit schenken *mußte*, da es die Gastgeberin selbst war, die singen würde. Was hatte Guido getan! Da war der Maestro, der ihn ansah, und Benedetto starrte ihn natürlich auch an. Irgend jemand hatte Caffarelli beiseite genommen. Caffarelli nickte, oooo Gott! Warum mußte sich Caffarelli ausgerechnet heute abend so verdammt gnädig zeigen, wo er sonst doch unerträglich war! Caffarelli fixierte Tonio einen kurzen Augenblick, so wie er das vor drei Jahren in einem venezianischen Salon schon einmal getan hatte.

Schweigen fiel über die versammelten Gäste. Diener trugen kleine Polsterstühle herbei. Die Damen nahmen Platz, die Herren drängten sich in den Türrahmen, so als wollten sie jeden möglichen Fluchtweg versperren.

Die kleine mollige Hand der Contessa berührte plötzlich sein Handgelenk. Als er sich herumdrehte, sah er, daß ihr Haar jetzt gepudert und zierlich gelockt war. Sie sah sehr hübsch aus. Sie wiegte den Kopf und summte dazu die ersten paar Takte ihres

Liedes, mit dem die Serenade nach der Introduktion eröffnet wurde, dann zwinkerte sie ihm zu.

Tonio kam es so vor, als hätte er irgend etwas vergessen, als wäre da etwas gewesen, das er sie hatte fragen wollen. Irgend etwas irritierte ihn, aber er kam nicht darauf, was es war. Da wurde ihm bewußt, daß er die junge blonde Frau bis jetzt noch nicht gesehen hatte. Wo war sie? Sie konnten doch nicht ohne sie anfangen, sicher würde sie zuhören wollen. Gewiß würde sie gleich kommen, gleich würde er ihr Gesicht sehen.

Im Raum war es still geworden. Nur hier und da hörte man noch Taft rascheln. Tonio sah plötzlich voller Schrecken, daß Guidos Hände über den Tasten schwebten. Die Geiger hoben ihre Bögen. Das Stück begann mit wundervoll vibrierenden Streicherklängen.

Er schloß für einen Moment die Augen, und als er sie wieder aufschlug, überkam ihn vollkommene Ruhe. Es war eine Wärme, sanft und unendlich tröstlich, die er durch seinen Körper strömen spürte, während er gleichmäßig und entspannt atmete. Vor ihm war jedes einzelne Gesicht deutlich zu sehen, während weiter hinten alles zu einem Meer vielfältiger Farben verschmolz. Einen Augenblick lang sah er sogar zu Caffarelli hinüber, der mitten unter all diesen gewöhnlichen Männern und Frauen saß und dabei bemerkenswerte Ähnlichkeit mit einem Löwen hatte.

Die Violinen tanzten. Die Hörner fielen mit goldenen Tönen ein, dann vereinten sich alle zu einer pulsierenden Melodie, so daß Tonio nicht widerstehen konnte, sich ein wenig im Takt zu wiegen. Als sie dann innehielten, um in einem traurigeren, getrageneren Ton fortzufahren, spürte er, wie er dahinzutreiben begann, während sein Blick verschwamm. Was er als nächstes sah, war die kleine Contessa, die sich vom Cembalo an ihre ersten Töne heranführen ließ. Die Celli spielten so sanft, daß sie wie leises Atmen klangen. Dann wippte die Contessa zuerst mit dem Kopf, daraufhin mit dem ganzen Körper, und eine tiefe, strahlende Stimme kam mit solcher Fülle und solch berauschender Süße aus ihrer Kehle, daß Tonio spürte, wie er plötzlich frei von allen Gedanken war. Ihr Blick löste sich vom Notenblatt. Sie sah zu ihm auf, und in diesem Augenblick konnte er sich eines Lächelns nicht erwehren.

Jetzt strahlte sie ihn an, ihre pausbackigen Wangen sahen aus wie kleine Blasebalge. Sie sang ihm zu, sang ihm zu, daß sie ihn liebte und daß er ihr Geliebter sein würde.

Als sie dann ihr Eröffnungslied beendet hatte, herrschte unvermeintliche Stille. Da begann Tonio, vom Zirpen des Cembalos begleitet, zu singen.

Sein Blick hielt den der Contessa fest. Er sah, wie sie ihn anlächelte und ihm ermutigend zunickte. Dann aber ließ er sich von der weichen hohen Flöte leiten, deren Töne sich mit seiner Stimme verwoben, während er mit ihr auf und ab sang, hoch und höher, dann wieder hinunter. Schließlich führte sie ihn durch eine Reihe von Passagen, die er mit Leichtigkeit bewältigte.

Dennoch war es, als brauche er die Stimme der Contessa, und die Contessa schien das auch zu wissen. Als sie ihm nun antwortete, spürte er, wie er sich tatsächlich verliebte. Von den Streichern getragen, richtete er jetzt eine lebhaftere und schnellere Arie an sie, und es schien ihm dabei, daß selbst die poetischen Worte, die er ihr zusang, vollkommen der Wahrheit entsprachen.

Seine Stimme verführte ihre Stimme, nicht nur, um eine Antwort zu erhalten, sondern auch, um jenen Augenblick herbeizuführen, in dem sich ihrer beider Stimmen in einem einzigen Lied vereinen würden. Selbst seine leisesten, mattesten Töne sagten ihr das, und in ihren langsamen Passagen, die so dunkel schattiert waren, hallte dasselbe bebende Verlangen wider.

Schließlich fanden sie sich im ersten Duett in solch sanfter Heiterkeit vereint, daß er begann, sich genau wie sie leise hin und her zu wiegen. Ihre schwarzen Augen strahlten vor Freude, ihre tiefen Töne verschmolzen auf vollkommene Weise mit seinen emporstrebenden Liebesbeteuerungen. Ein dritter Klang schien sich am Rande der beiden Stimmen zu erheben. Es war der strahlende Klang der Instrumente, der immer wieder anschwoll und verebbte, um ihre Stimmen ungehindert in die Höhe steigen zu lassen.

Es war eine Qual, als er sich wieder von ihr lösen mußte, und ihre Stimme antwortete ihm mit demselben köstlichen Schmerz.

Schließlich tanzten die Geigen wieder, ein Horn übernahm die Führung. Dies war der letzte Ruf nach ihr, seine letzte Aufforderung, mit ihm zu kommen, sich zu ihm zu gesellen, sich mit ihm emportragen zu lassen. Die Contessa beugte sich nach vorn, stellte sich auf die Zehenspitzen. Eine jede Faser ihres Körpers schien seine schwindelerregenden Höhenflüge nachzuvollziehen, bis sie sich beide in schnellem Tempo in das Abschlußduett stürzten.

Ihre Stimme war nun mit seiner Stimme vermählt. Ihre Wangen glühten, und ihre Augen schimmerten feucht. Ihr ganzer Körper hob und senkte sich beim Singen, während sich seine eigene Stimme aus seinen riesigen Lungen ungehindert in immer größere Höhe aufschwang und seinen schlanken Körper in Ruhe und Anmut hinter sich ließ.

Es war vorbei.

Es war zu Ende.

Vor Tonios Augen nahm der Raum wieder Gestalt an. Caffarelli sprang auf und war der erste, der in stürmischen Applaus ausbrach.

Die kleine Contessa stellte sich auf die Zehenspitzen, um Tonio einen Kuß zu geben. Sie nahm sein Gesicht in beide Hände und warf, als sie den unaussprechlich traurigen Ausdruck darin sah, die Arme um ihn und legte ihren Kopf an seine Brust.

Alles geschah so schnell. Caffarelli hatte ihm seinen Arm um die Schultern gelegt und gestikulierte mit dem anderen, während er dem Publikum zunickte, um den Applaus immer wieder von neuem anzufachen. Von allen Seiten erhielt Tonio Komplimente – er hätte so wunderschön gesungen, und daß er die Contessas dazu gebracht hatte, mit ihm zusammen zu singen, war ein kleines Wunder. Seine Stimme sei ja so außergewöhnlich, aber warum hätten sie denn in all den Jahren in San Angelo nichts von ihm gehört. Außerdem: Wo war der Maestro bloß! (Er hätte dieses Libretto selbst nicht besser schreiben können.)

Aber weshalb fiel es Tonio so schwer, sich das alles anzuhören, warum empfand er den unwiderstehlichen Drang, von hier wegzukommen? Guidos Schüler, ja, Guidos Schüler, und was für eine wundervolle Komposition, dieser Guido, wo war er denn? Es hätte alles nicht perfekter sein können, dennoch fand er es fast unerträglich. Wenn nur Guido da wäre!

»Wo ist Guido?« fragte er die Contessa flüsternd, sah dann aber Maestro Cavalla auftauchen. Doch bevor er dessen Gesichtsausdruck deuten konnte, war der Maestro auch schon wieder verschwunden. Die Contessa bemühte sich wieder um Tonios Aufmerksamkeit.

»Tonio, ich möchte, daß du Signore Ruggerio kennenlernst«, beharrte sie, so als wäre es inmitten all dieses Trubels durchaus möglich, sich zu unterhalten.

Er verbeugte sich vor dem Mann, schüttelte die ihm dargebotene Hand. Dann spürte er, wie ihn jemand am Ärmel zupfte. Als er sich umdrehte, sah er, daß es die alte Marchesa war, die ihm jetzt mit ihren trockenen Lippen abermals einen Kuß auf die Wange drückte. Er spürte eine Woge der Zuneigung für die alte Dame mit den trüben Augen und der zerknitterten weißen Haut. Ihre Hand jedoch, mit der sie ihn festhielt, war reptilienartig und überraschend kräftig.

Die Contessa unterhielt sich gerade mit Signore Ruggerio, da wurden sie ganz unerwartet angerempelt, so daß die Contessa haltsuchend ihren Arm um Tonios Taille schlang. Etwas war ihm plötzlich wieder eingefallen:

»Contessa«, flüsterte er, »diese junge blonde Frau.« Er hatte erwartet, sie jeden Augenblick zu sehen, aber sie war einfach nicht da. Beklommen verstummte er plötzlich, während er noch mit hilflosen Gesten ihr widerspenstiges Haar zu beschreiben versuchte. »Sie hat blaue Augen, aber ganz dunkelblaue«, mußte er noch gemurmelt haben, »und so hübsches Haar.«

»Ach, du meinst wohl meine kleine Cousine, die vor kurzem Witwe geworden ist«, sagte die Contessa, während sie ihn weiterzog, um ihn erneut jemandem vorzustellen. Es war diesmal ein Engländer aus der Botschaft. »Sie trauert gerade um ihren Ehemann, mein Lieber, meinen sizilianischen Cousin. Aber davon habe ich dir doch erzählt, oder? Und jetzt möchte sie nicht nach England zurück.« Sie schüttelte den Kopf.

»Eine Witwe . . .!« Hatte er richtig gehört? Er verbeugte sich gerade vor jemandem. Signore Ruggerio sagte in diesem Moment irgend etwas von offensichtlicher Wichtigkeit zur Contessa, so daß sie mit diesem davoneilte.

Eine Witwe! Wo war Guido? Er konnte ihn nirgends entdecken. Dann aber sah er Maestro Cavalla ganz am anderen Ende des Raumes. Guido stand bei ihm, die Contessa ebenfalls und auch der kleine Mann, Ruggerio.

Eine Witwe, dachte er. War es möglich, ein noch sinnlicheres Licht auf sie zu werfen? War es möglich, sie noch verlockender, noch erreichbarer erscheinen zu lassen, als sie in einem einzigen Satz zu verheiraten und zur Witwe zu machen, wodurch sie für immer aus dem unerreichbaren Chor der Jungfrauen, zu dem er sie gezählt hatte, ausgestoßen wurde?

Er entschuldigte sich jetzt bei den Umstehenden und versuchte vergebens, ans andere Ende des Saales zu Guido und dem Maestro zu gelangen.

Dann sah er, wie Paolo, der in seinem Putz wie ein kleiner Prinz wirkte, durch die Menge auf ihn zugestürmt kam. Er umarmte Tonio.

»Was machst du denn hier?« fragte Tonio, während er dem alten russischen Grafen Sherzinski zunickte, der ihn eben gegrüßt hatte.

»Der Maestro hat mir erlaubt mitzukommen, damit ich dich singen hören kann.« Paolo hatte sich an ihn geklammert. Er fand das Ganze offensichtlich so aufregend, daß er kaum ein Wort herausbrachte.

»Was soll das heißen? Wußte er denn, daß ich singen würde?«

»Alle wußten es«, sagte Paolo atemlos. »Piero ist hier und auch Gaetano und . . .«

»Ahhhh, Guido!« flüsterte Tonio.

Aber er mußte fast lachen.

Diesmal gelang es ihm, sich aus dem Menschenknäuel zu lösen. Er zog Paolo hinter sich her, da sah er, daß Guido, der Maestro und Ruggerio gerade den Raum verließen.

Er eilte ihnen nach, doch als er den Korridor erreichte, hatten sich die drei Männer bereits in irgendeinen anderen Salon begeben. Alle Türen waren geschlossen. Er hielt an, um Luft zu schöpfen, aber auch, um einfach die Erregung, die er spürte, auszukosten.

Er war so glücklich, daß er nichts anderes tun konnte, als die

Augen zu schließen und zu lächeln. »Also haben es alle gewußt«, sagte er.

»Ja«, antwortete Paolo, »und du hast niemals besser gesungen. Tonio, das werde ich, solange ich lebe, nicht vergessen.«

Dann verzog er aber plötzlich das Gesicht, als wolle er zu weinen anfangen.

Er schmiegte sich eng an Tonio. Mit seinen zwölf Jahren war er eine Bohnenstange von einem Jungen und konnte schon den Kopf an Tonios Schulter legen. Tonio spürte erschrocken, daß Paolo großen Kummer haben mußte.

»Paolo, was ist los?«

»Es tut mir leid, Tonio, aber weißt du, wir sind gemeinsam nach Neapel gekommen, und jetzt gehst du fort, und ich bin dann allein.«

»Aber was sagst du denn da? Wohin soll ich denn gehen? Nur weil . . .«

Während er noch redete, konnte er hören, wie aus einem der Zimmer weiter unten im Korridor erhobene Stimmen drangen. Er zog Paolo sanft den Flur entlang, wobei er ihm tröstend die Hand auf die Schulter gelegt hatte. Aber Paolo kämpfte offensichtlich immer noch mit den Tränen.

Es wurde gestritten.

»Fünfhundert Dukaten«, erklärte Guido gerade.

»Laß mich das erledigen«, hörte er darauf den Maestro sagen.

Tonio drückte die Tür sacht ein Stück auf. Durch den Spalt konnte er sehen, daß es Ruggerio war, mit dem sie sich unterhielten. Die Contessa, die Tonio entdeckt hatte, kam rasch auf ihn zu.

»Geh nach oben, strahlendes Kind«, sagte sie jetzt, während sie in den Korridor hinaustrat und die Tür hinter sich schloß.

»Wer ist dieser Mann?« flüsterte er.

»Das möchte ich dir erst sagen, wenn alles geregelt ist«, sagte sie. »Komm mit.«

15

Es war drei Uhr morgens. Dennoch befand sich die halbe Festgesellschaft immer noch im Haus.

»Liebstes Kind«, hatte die Contessa gesagt, bevor sie ihn allein ließ, »es ist reiner Zufall, daß Signore Ruggerio hier ist. Wir waren uns aber alle ganz sicher, daß du nicht singen würdest, wenn wir dir davon erzählten!«

Stundenlang hatte Tonio allein in dem geräumigen Zimmer im oberen Stockwerk, dessen Fenster zur lauten Straße hinausging, gewartet.

Fünfhundert Dukaten, dachte er, das ist ein kleines Vermögen. Sicher verhandeln sie über irgend etwas, das mit dem Theater zu tun hatte, aber was?

Im einen Augenblick fürchtete er all das, was da kommen mochte, im nächsten hatte er Angst vor einer Enttäuschung. Aber Caffarelli hatte ihm applaudiert! Nein, das war nur aus Höflichkeit der Contessa gegenüber geschehen. Tonio konnte sich auf nichts mehr einen Reim machen. Was hatte das alles zu bedeuten?

Kutschen kamen, fuhren wieder ab. Gäste blieben unten auf den Eingangstreppen stehen, lachten und umarmten einander. Auf den Treppenstufen der Kirche gegenüber war im flackernden Schein der Fackeln undeutlich eine Gruppe von Lazzaroni zu sehen, die in dieser milden, köstlichen Nacht kein Schutzdach brauchten und sich einfach unter freiem Himmel schlafen gelegt hatten.

Tonio verließ das Fenster und begann im Zimmer auf und ab zu gehen.

Die bemalte Uhr auf dem Kaminsims tickte. Bis zur Morgendämmerung waren es vielleicht noch drei Stunden. Aber er hatte sich noch nicht ausgezogen. Gewiß würde Guido zu ihm kommen.

Was war, wenn Guido mit der Contessa im Bett lag? Nein, das konnte Guido ihm nicht antun, nicht heute nacht. Außerdem hatte die Contessa versprochen, daß sie ihn holen würde, »sobald alles geregelt ist«.

»Das muß nichts bedeuten«, sagte er sich jetzt zum x-ten Male. »Dieser Ruggerio, nun, vielleicht ist er der Direktor irgendeines kleinen Theaters in Amalfi oder sonstwo, und man will dich zu irgendeiner Art von Test dorthinbringen ... Aber für fünfhundert Dukaten?« Er schüttelte den Kopf.

Ganz gleich, wie sehr ihn das alles beunruhigte, konnte er doch nicht aufhören, an das blonde Mädchen zu denken. Von dem Schock, als er erfahren hatte, daß die junge Frau Witwe war, hatte er sich noch nicht ganz erholt. Er brauchte in seinen Gedanken nur einmal kurz innezuhalten, schon sah er sie vor sich, sah jenen Raum voller Gemälde, sah das Trauerkleid aus schwarzem Taft und ihr strahlendes kleines Gesicht.

Kein violettes Band, keine violetten Schleifen. Nur ihr kleiner Mund war diesmal violett. Sie war Witwe!

Es war dumm von ihm gewesen, so zu stottern und sie so anzustarren. Wie oft hatte er sich einen solchen Augenblick mit ihr herbeigesehnt. Sie war Witwe! Und als der Moment endlich gekommen war, was hatte er da getan?

Aber vielleicht, nur vielleicht, hatte sie ihn ja von irgendeinem ungestörten Winkel des Palazzo aus singen hören.

Nun, da er erfahren hatte, daß sie mit diesem alten Mann, den er immer für ihren Vater gehalten hatte, verheiratet gewesen war, sah er ihr ganzes Leben in einem neuen Licht. Er konnte sich lebhaft an ihre erste Begegnung erinnern, an ihre Tränen, die Ahnung eines tiefen Leides, in das er da, betrunken und unachtsam und von ihrem Liebreiz und ihrer Jugend verlockt, hineingestolpert war.

Sie war mit diesem alten Mann verheiratet gewesen, und jetzt war sie frei.

Er stand lauschend in diesem dunklen Schlafgemach, hörte Kirchenglocken schlagen, ein sanftes, feierliches Widerhallen. Die kleine bemalte Uhr ging vor.

Mit einem Mal knöpfte er seine Weste zu, strich sich den Rock glatt und ging zur Tür. Vielleicht hatte man ihn vergessen, und Guido war tatsächlich bei der Contessa. Im Haus war es still.

Das Treppenhaus war jedoch hell erleuchtet. Als er die Ohren spitzte, hörte er schließlich Stimmen. Da drehte er sich um und machte sich auf den Weg zur Hintertreppe. Es war noch genauso warm wie zu Beginn des Abends. Als er ins weiche Gras hinaustrat, sah er über sich zahllose Sterne. Aus den Fenstern des Salons fiel Licht. Er ging näher heran und sah, daß Maestro Cavalla immer noch da war. Guido sprach gerade mit Signore Ruggerio. Signore Ruggerio beschrieb mit seinem Finger auf dem blanken Tisch irgendwelche Figuren, während die Contessa dabei zusah.

Tonio drehte sich um. Trotz seiner ungeheuren Erregung wußte er, daß er nicht hineingehen durfte.

Er durchschritt rasch den Garten, fand seinen Weg zu den Rosenbeeten und steuerte dann, langsamer werdend, auf jenes Nebengebäude zu, das in vollkommener Dunkelheit dalag. Einen Augenblick lang kam hell der Mond hinter den Wolken hervor, und kurz bevor er wieder verschwand, sah Tonio, daß die Tür des Gebäudes immer noch offenstand. Er ging leise darauf zu. Nur das Gras unter seinen Füßen raschelte. Tat er etwas Falsches, wenn er dort hineinging, wo doch alles so einladend offenstand? Er sagte sich, daß er nur bis zur Schwelle gehen würde.

Während er sich mit der Hand zaghaft am Türrahmen abstützte, sah er die Bilder vor sich. Sie waren der Farbe beraubt. Die gemalten Gesichter waren im Halbdunkel nur undeutliche, helle Flecken. Langsam nahm nun der heilige Michael vor seinen Augen Gestalt an, dann erkannte er weiße Flächen auf der Leinwand. Das Bild war noch unvollendet. Seine Schritte hallten laut auf dem Schieferboden, dann ließ er sich vorsichtig auf der Bank vor dem Bild nieder. Unter einem Gebilde, das eine schwarze Masse von Bäumen zu sein schien, konnte er eine Ansammlung von Figuren, weiß und verschlungen, ausmachen.

Es machte ihn wahnsinnig, daß er nichts richtig erkennen konnte, außerdem kam er sich wie ein Eindringling vor. Er wollte ihre Pinsel nicht berühren, die kleinen Farbtöpfe, die luftdicht abgedeckt waren, nicht einmal das Tuch, das zusammengefaltet daneben lag. Aber diese Gegenstände faszinierten ihn. Er erinnerte sich daran, wie sie vornübergebeugt dagesessen hatte, und hörte in Gedanken wieder ihre Stimme, diesen entzückenden Sopran, der ein wenig undurchsichtig war.

Nachdem er einen Moment mit seinem Gewissen gerungen hatte,

nahm er ein Schwefelholz von einem Tischchen in der Nähe und zündete die Kerze zu seiner Rechten an.

Die Flamme zischte, wurde größer. Langsam erfüllte eine gleichmäßige Beleuchtung den Raum. Das große Bild, das an der Wand lehnte, wurde farbig, während auf dem Gemälde vor ihm ein Garten zu sehen war, in dem geschmeidige goldhaarige Nymphen tanzten. Sie hielten dabei Blumengirlanden in den zarten Händen. Ihre hauchdünnen Kleider vermochten sie kaum zu verhüllen.

Das war in keiner Weise so keusch und streng wie ihre Wandgemälde in der Kapelle der Contessa. Es war lebendiger und weitaus kunstvoller. Warum auch nicht? überlegte er. Was hatte er in drei Jahren nicht alles über das Singen gelernt? War es da nicht natürlich, daß sie auch mit dem Pinsel Fortschritte gemacht hatte? Dennoch konnte er in den Gesichtern der Nymphen hier etwas entdecken, das sie fraglos mit jenem der Jungfrau Maria in der Kapelle verband, die er so viele Male bewundert hatte. Er starrte die nackten Glieder dieser Nymphen an, jedoch mit einer leisen summenden Faszination, die ihn plötzlich beschämte.

Die Farbe war noch frisch. Wenn er sie berührte, würde er sie beschädigen, aber er wollte sie ohnehin nicht berühren. Er wollte lediglich alles betrachten und daran denken, daß sie das gemalt hatte.

Ihm kam wieder in den Sinn, was Guido ihm über das Begräbnis in Sizilien erzählt hatte. Also war sie die kleine englische Cousine, die kleine Witwe, die sich in den schrecklichen Katakomben so gefürchtet hatte, daß man sie hatte hinausbringen müssen. Er dachte daran, daß sie nun allein war, keinen Mann mehr hatte, und fragte sich, ob das noch schlimmer für sie war, als es ihre Ehe gewesen sein mußte.

Traurigkeit überfiel ihn, eine leise, aber unermeßliche Traurigkeit. Da wurde ihm bewußt, daß sie jedesmal, wenn er sie gesehen hatte, egal an welchem Ort, egal wie viele Menschen dort gewesen waren, immer einsam gewirkt hatte.

Ihr Liebreiz jedoch war um so augenfälliger, ein leise klopfender Schmerz. Schließlich streckte er die Hand aus, um die Kerzenflamme zu löschen. Absichtlich ließ er sich dabei die Finger versengen. Zögernd erhob er sich dann zum Gehen. Was hatte diese junge Frau im Grunde mit ihm zu tun? Was spielte es für eine Rolle, daß dieses Mädchen durch sein großes Können, seine Kunstfertigkeit, sein künstlerisches Schaffen wie eine verlorene Elfe wirkte? Allerdings ahnte er, daß Unschuld allein keine derart interessanten Gemälde hervorzubringen vermochte, denn er sah darin nichts von der affektierten Süßlichkeit, die er mit Unschuld verband. Ihre Bilder waren ziemlich wuchtig. Und sie waren schön.

Aber noch einmal, was hatte das mit ihm zu tun, und warum schwitzte er? Warum waren seine Hände feucht?

Während er noch zögernd in der Tür stand, wünschte er sich, sie würde ihn in Ruhe lassen. Dann fiel ihm jedoch ein, daß er es ja war, der sie unentwegt anstarrte, und zwar so hartnäckig, daß sie ihm schließlich zugenickt hatte. Nun, warum zum Teufel hatte sie dann nicht irgend jemandem erzählt, wie schlecht er sich benahm? Er war wütend auf sie.

Als er dann aufblickte, sah er sie.

Sie saß im Rosengarten, und ihr langer Morgenrock glänzte weiß im Mondlicht.

Er war so erschrocken, daß er sich wie ein Idiot vorkam. Sie hatte ihn beobachtet! Sie hatte das Licht in ihrem kleinen Atelier gesehen. Gewiß konnte sie ihn jetzt ebenso deutlich sehen wie er sie.

Das Blut schoß ihm ins Gesicht. Da erhob sie sich zu seinem Erstaunen von der marmornen Bank und kam auf ihn zu, so langsam und so geräuschlos, daß sie mehr zu schweben als zu gehen schien. Er sah ihre nackten Füße schimmern, als sie über das Gras ging. Der Wind, der die hauchdünnen Schichten ihres Morgenrocks bewegte, ließ die Konturen ihres Körpers sichtbar werden, so als wäre dieses lockere Gewand eine gespenstische Ansammlung von Licht.

Er hatte das Gefühl, als müsse er ihr um ihretwillen einen kurzen Gruß zunicken und dann, so schnell er konnte, von hier verschwinden. Aber er rührte sich nicht. Er sah ihr nur zu. Da begann ihm die Zielstrebigkeit, mit der sie auf ihn zukam, auf einmal angst zu machen.

Sie kam immer näher, bis er ihr Gesicht schließlich ganz deutlich sehen konnte. Sie verströmte einen Duft, der wie der Geruch des Sommerregens war. Er konnte nicht mehr klar denken. Er sah jetzt weder ihre gerundeten Wangen noch ihren dunklen Schmollmund. Vielmehr sah er sie als Ganzes, sah das pulsierende Wesen, das unter dieser Hülle aus hauchdünnem Leinen und der Fülle goldenen, vernachlässigten Haares steckte: den Körper mit dessen unvermeindlicher Hitze und Feuchtigkeit und diesem Duft, der wie Regen war, der mit voller Macht auf Blumen prasselte, auf Pfade, auf tote Blätter.

Er begehrte sie mit quälender Heftigkeit. Es war, als würde sein ganzes Wesen nach ihr hungern, während er gleichzeitig wie gelähmt war. Er kam sich vor wie in einem Alptraum, in dem er weder schreien noch sich bewegen konnte. Es entsetzte ihn. Wie konnte sie so unvorsichtig, so leichtsinnig sein? Da war dieser große leere Garten, dahinter das schlafende Haus, und sie stand hier allein vor ihm. Hätte sie das bei jedem anderen Mann auch getan? Plötzlich stieg in ihm ein schrecklich gewalttätiger Gedanke auf. Es kam ihm so vor, als wäre sie irgendein gräßliches Ding und nicht das reizendste und zarteste Wesen, das er je gesehen hatte.

Er wollte ihr weh tun, sie fest packen und ihr die Wahrheit zeigen, sie sehen lassen, was er war! Er zitterte, er konnte hören, wie sein Atem ging.

Da veränderte sich ihr Gesichtsausdruck. Er hatte sich verdunkelt und zu einem schrecklichen kleinen Stirnrunzeln verzogen. Sie sah zu Boden und wich, so als drohe sie, aus großer Höhe abzustürzen, vor ihm zurück, dann drehte sie sich um.

Er war betroffen, als er sie zurückschaudern sah. Hilflos blickte er ihr nach, während sie sich entfernte. Das letzte, was er von ihr sah, kurz bevor sie in der Dunkelheit verschwand, war die üppige Masse schimmernden blonden Haares.

Als er wieder in sein Zimmer kam, lehnte er sich matt an die geschlossene Tür. Er preßte seine Stirn gegen das harte, lackierte Holz.

Er war unglücklich und beschämt, konnte nicht glauben, daß es hierzu gekommen war! Es war ihm so vorgekommen, als wären sie über die Jahre hinweg Partner in einem wundersamen Tanz gewesen. Stets war da das bange Versprechen gewesen, daß sie einmal zusammenkommen würden.

Und jetzt war es lediglich hierzu gekommen!

Daß sie sich dargeboten hatte, stand außer Frage. Bitter und gedemütigt wußte er jetzt, was er war, und sie wußte es ebenfalls. Wenn es noch Gnade für ihn gab, dann würden Guido und die Contessa bald kommen, um ihm zu sagen, daß er nach Rom gehen würde, wo er sie niemals wiedersehen würde.

Er war, voll angekleidet und mit einer Decke über den Schultern, eingeschlafen, als Guido kam. Als er aufwachte, sah er Guido und die Contessa vor sich stehen. Die Contessa sagte:

»Setz dich auf, mein schönes Kind, du mußt mir etwas versprechen.«

Guido sah ihn nicht einmal an. Er ging im Zimmer umher, als würde er träumen, preßte dabei die Lippen aufeinander und entspannte sie wieder, als würde er einen stillen Monolog führen.

»Was ist los? Was ist passiert?« fragte Tonio schläfrig. Einen Augenblick lang hatte er sein blondes Mädchen vor Augen, dann war es verschwunden.

Er hatte das Gefühl, dieses Warten nicht länger ertragen zu können.

»Sagen Sie es mir«, bat er.

»Sicher. Zuerst aber, mein schönes Kind«, sagte sie in ihrer getragenen und höflichen Art, »mußt du mir versprechen, daß du, wenn du einmal berühmt bist, jedem erzählen wirst, daß es in meinem Haus in Neapel war, wo du zum ersten Mal gesungen hast.«

»Berühmt?« Er setzte sich auf, als die Contessa zu ihm rückte und ihm einen Kuß auf die Wange drückte.

»Mein schönes Kind«, sagte sie. »Ich habe gerade meinem Cousin, dem Kardinal Calvino in Rom, geschrieben. Er erwartet dich, und du kannst so lange bei ihm wohnen, wie du willst.

Guido möchte sofort aufbrechen. Er will das Publikum dort kennenlernen und gleich vor Ort arbeiten. Ich werde am Premierenabend natürlich dabeisein, um euch beide zu sehen. Schönes Kind, es ist alles vorbereitet. Du wirst am Neujahrstag im Teatro Argentina in Rom dein Debüt als Hauptdarsteller in Guidos Oper geben.«

16

Bis zum Tag der Abreise blieben noch zwei Wochen.

Alles war gepackt. Tonios Zimmer waren bis auf das herrliche Cembalo, das er dem Maestro di Cappella als Geschenk daließ, leergeräumt. Die Kutschen, beladen mit Koffern, warteten im Hof.

Tonio stand allein an seinem Fenster und sah zum letzten Mal hinaus in den Garten.

Er hatte sich vor dem Augenblick, in dem er von Paolo Abschied nehmen mußte, gefürchtet, und es war genauso schlimm geworden, wie er es erwartet hatte. Paolo war schweigsam und bedrückt gewesen. Die Worte, die er gesagt hatte, hatten keine Substanz besessen. Daß Tonio und Guido ihn verließen, war mehr, als er ertragen konnte. Tonio wußte, daß er noch einmal mit Paolo reden mußte.

Tatsächlich formte sich in Tonios Kopf ein Plan, aber er hatte Angst, daß er nicht funktionieren würde. Seine Gedanken hatten sich gerade im Kreis zu drehen begonnen, als Maestro Cavalla das leere Zimmer betrat.

»Nun also ist der schmerzliche Augenblick gekommen«, seufzte der Maestro.

Tonios Blick war voller Zuneigung, aber er sagte nichts. Er sah zu, wie der Maestro mit den Fingern über den kunstvoll verzierten Korpus des Cembalos fuhr. Es freute Tonio sehr, daß der Maestro dieses Geschenk schätzte.

»Ist es dir durch den kleinen Streich, den wir dir bei der Contessa gespielt haben, leichter gefallen?« fragte der Maestro. »Ich hatte gehofft, daß es so sein würde.«

Tonio lächelte nur. Leichter, ja, leichter war es gewesen.

Aber über sein Gesicht huschte ein schmerzliches Zucken, und er fragte sich, ob der Maestro es bemerkt hatte. Plötzlich war ihm unbehaglich zumute, denn ihm lag mehr auf der Seele als die Tatsache, daß er Lebewohl sagen mußte.

Er dachte flüchtig an seine alten Vorsätze, seinen Haß, jene dunklen Schwüre.

Aber das Leben war eine prachtvolle Falle, und alles, woran er jetzt noch denken konnte, war das Leben. Er wünschte sich verzweifelt, schon auf dem Weg nach Rom zu sein.

Guido war so aufgeregt, daß er beim Abschiednehmen kein Gefühl zeigte. Tag und Nacht hatte er Szenen für seine Oper geschrieben. Er summte ständig vor sich hin, und manchmal, wenn sie nicht gerade arbeiteten, blickten sie einander mit einer Mischung aus Angst und Heiterkeit an, wie sie niemand sonst mit ihnen teilte.

»Du wirst nicht versagen«, sagte der Maestro freundlich. »Ich würde dich nicht gehen lassen, wenn ich der Meinung wäre, daß das passieren könnte.«

Tonio nickte. Sein Blick blieb jedoch auf den Garten und den Bogengang voller Blätter geheftet. Andere waren mit großen Hoffnungen von hier weggegangen, sie waren mit dem Segen des Maestro gegangen, nur um dann geschlagen wiederzukehren.

Doch als er hörte, wie der Maestro näher kam, als ihm verschwommen bewußt wurde, daß der Maestro beunruhigt und bedrückt war, da kam Tonio plötzlich ein ganz anderer Gedanke.

Was war, wenn sein Debüt ein Triumph wurde? Was war, wenn es genauso wurde, wie er es sich vorstellte? Wenn ihm das Publikum zu Füßen lag, er Beifallsstürme erntete. Nur eine Sekunde lang stellte er sich vor, daß es vorbei und geschafft war, ein unanfechtbarer Sieg. Er sah, wie sich von diesem Augenblick an eine Straße vor ihm ausbreitete, eine Straße, die das Leben selbst war.

Es war das Leben, das sich da vor ihm ausbreitete, und ihn packte höchstes Entsetzen.

»Großer Gott«, flüsterte er, aber der Maestro hörte ihn nicht. Er hatte sich ja selbst nicht einmal gehört. Tonio schüttelte leise den Kopf.

Der Maestro berührte ihn an der Schulter. Während Tonio sich umdrehte, erlaubte er sich, von seinem geheimen Ich getrennt zu werden. Er blickte dem Maestro ins Gesicht.

Der Maestro *war* beunruhigt.

»Bevor du gehst«, sagte der Maestro entschlossen, »müssen wir noch miteinander reden.«

»Reden?« Tonio wurde unsicher. Es war so schwierig, Lebewohl zu sagen. Was wollte der Maestro noch? Und dann war da auch noch Paolo. Tonio wußte, daß er Paolo nicht hierlassen konnte.

»Ich habe dir einmal erklärt«, sagte der Maestro, »daß ich wüßte, was man dir angetan hat.«

»Und ich habe Ihnen erkärt«, erwiderte Tonio hastig, »daß Sie das nicht wüßten.« Er spürte in sich den alten Zorn aufsteigen und bemühte sich, ihn zu unterdrücken. Er empfand für diesen Mann jetzt nur noch Liebe.

Doch der Maestro fuhr fort.

»Ich weiß, warum du dich all diese Jahre gegenüber jenen, die dich hierhergeschickt haben, so geduldig gezeigt hast . . .«

»Das können Sie gar nicht wissen.« Tonio bemühte sich, höflich zu bleiben. »Warum bedrängen Sie mich jetzt damit, wo Sie so lange geschwiegen haben?«

»Ich versichere dir, ich weiß es, so wie es auch andere wissen. Glaubst du denn, wir sind hier alle dumm, glaubst du, die Intrigen auf der Bühne sind das einzige, wovon wir etwas verstehen? Ich weiß es. Ich habe es immer gewußt. Ich weiß auch, daß dein Bruder in der Republik von Venedig jetzt zwei gesunde Söhne hat. Außerdem weiß ich, daß du niemals Meuchelmörder nach ihm ausgeschickt hast. Im Veneto hat es nicht den kleinsten Hauch eines Gerüchtes über einen solchen Versuch gegeben. Dein Bruder hat stets ruhig schlafen können.«

Die Worte prasselten wie Schläge auf Tonio herab. Drei Jahre lang hatte er mit niemandem darüber gesprochen. Es war eine Qual für ihn, anhören zu müssen, wie diese Worte in diesem Zimmer laut ausgesprochen wurden.

Er wußte, daß sein Zorn ihn veränderte, und er entgegnete dem Maestro so kalt und schroff er konnte: »Hören sie damit auf!« beharrte er. »Ich möchte mit Ihnen nicht über diese Dinge reden.«

Doch der Maestro wollte nicht aufhören.

»Tonio, ich weiß auch, daß dieser Mann Tag und Nacht von

einer Schar übelster Bravos bewacht wird. Man munkelt, daß sie sich immer, selbst in seinem eigenen Haus, in Rufweite befinden . . .«

Tonio bewegte sich auf die Tür zu.

Aber der Maestro hatte ihn gepackt und zwang ihn sanft zum Bleiben. Eine Sekunde lang versuchte jeder von beiden stumm seinen Willen durchzusetzen, dann senkte Tonio, zitternd und wütend, den Kopf.

»Warum müssen wir uns denn streiten?« fragte er leise. »Warum können wir einander nicht einfach umarmen und uns Lebewohl sagen?«

»Aber wir streiten doch nicht miteinander«, sagte der Maestro. »Ich sage dir doch nur, daß ich weiß, daß du deinem Bruder auf eigene Faust nachstellen willst.« Er hatte seine Stimme zu einem Flüstern gesenkt und war Tonio jetzt so nahe, daß dieser seinen Atem auf dem Gesicht spüren konnte. »Aber dieser Mann wartet auf dich, wie eine Spinne auf ihre Beute wartet«, sagte der Maestro. »Und das Dekret der Verbannung, das über dich verhängt worden ist, hat ganz Venedig zu seinem Nest gemacht. Er wird dich zerstören, wenn du gegen ihn vorgehst.«

»Nichts mehr davon«, sagte Tonio. Er war jetzt so zornig, daß er seiner Stimme nicht mehr trauen konnte. Er sah jedoch, daß der Maestro gar nicht begriff, welche Wirkung seine Worte auf ihn hatten.

»Sie wissen gar nichts über mich«, sagte Tonio, »nichts darüber, wo ich herkomme oder warum ich hier bin. Und ich werde nicht hier stehen und Ihnen zuhören, wie Sie davon sprechen, als wären es ganz gewöhnliche Dinge! Sie werden nicht im selben Ton darüber reden, in dem Sie auch Ihre Schüler tadeln. Sie werden Ihre Besorgnis nicht in derselben Weise äußern, als handle es sich lediglich um den Mißerfolg einer Oper oder den Tod eines Monarchen in einem fernen Land!«

»Ich habe nicht die Absicht, leichthin darüber zu sprechen«, beharrte der Maestro. »Um Himmels willen, hör mir doch zu! Schick andere Männer, um diese Tat zu vollbringen! Schick Männer, die ebenso unbarmherzig sind wie diejenigen, die ihn beschützen.

Diese Bravos sind ausgebildete Attentäter, schicke jemanden, der ist wie sie.«

Tonio wollte sich aus dem Griff des Maestros befreien, aber er war nicht imstande, die Hand gegen den Maestro zu erheben. Bravos, dieser Mann erzählte *ihm* etwas von Bravos! War er nicht oft genug in der Nacht hochgefahren, um sich wieder in Flovigo wiederzufinden, im Kampf mit jenen mitleidlosen und grausamen Männern? Er konnte immer noch ihre Hände spüren, er konnte ihren Atem riechen, er konnte sich an seine Wehrlosigkeit erinnern und an das Messer. In seinem ganzen Leben würde er das niemals mehr vergessen.

»Tonio, vielleicht irre ich mich auch«, sagte der Maestro, »und du hast bereits Attentäter geschickt, die gescheitert sind. Wenn das der Fall sein sollte, dann ist dir doch sicher klar, daß du es allein erst recht nicht schaffen kannst.«

Der Maestro hatte seinen Griff gelockert, aber Tonio war jetzt erschöpft. Er sah weg. Selten hatte er sich seit jenen frühen Tagen einsamer gefühlt. Er konnte sich nicht mehr an alles erinnern, was eben gesagt worden war, denn seine Verwirrung hatte vieles davon ausgelöscht. Lediglich das Gefühl, daß der Maestro, der sich einbildete, alles zu verstehen, obwohl er doch so wenig begriff, immer und immer weiterreden würde, war geblieben.

»Wenn du irgendein gewöhnlicher Sänger wärst ...« Der Maestro seufzte. »Wenn du nicht eine Stimme besitzen würdest, von der alle träumen, dann würde ich sagen, tu, was du tun mußt.«

Er ließ Tonio jetzt los. Seine Hand fiel schlaff herunter.

»Ach, ich muß mir Nachlässigkeit vorwerfen«, sagte er, »weil ich erst jetzt versucht habe, dich zu verstehen. Du hast hier einen so zufriedenen, so glücklichen Eindruck gemacht.«

»Und war es etwas so Außergewöhnliches, daß ich zufrieden war?« wollte Tonio wissen. »War es so falsch, Glück zu empfinden? Glauben Sie denn, man hat mir mit allem anderen auch die Seele aus dem Leib geschnitten?

Sie haben zu lange über dieses Fürstentum von Kastraten geherrscht, ohne je dazuzugehören. Sie haben vergessen, wie das Leben ist! Glauben Sie denn, die ganze Welt besteht aus verstümmelten Kreaturen, die blutend ihres Weges ziehen, um ihrer Bestimmung zu folgen! Das ist nicht das Leben!«

»Deine Stimme ist dein Leben! Sie ist dein Leben gewesen, seit du hierherkamst! Willst du behaupten, ich wäre blind und taub?« beschwor ihn der Maestro.

»Nein.« Tonio schüttelte den Kopf. »Das ist Kunst, das ist die Bühne mit ihren Kulissen, die Musik und die kleine Welt, die wir uns geschaffen haben, aber das ist nicht das Leben! Wenn Sie jetzt mit mir über meinen Bruder reden wollen, über das, was man mir angetan hat, dann müssen Sie über das Leben reden. Und ich sage Ihnen, daß das, was man mir angetan hat, gerächt werden *muß*. Jeder Mann dort draußen auf der Straße würde das verstehen. Warum fällt Ihnen das so schwer?«

Der Maestro war nachdenklich geworden, aber er gab nicht nach.

»Du sprichst nicht vom Leben, wenn du nach Venedig gehst, um deinen Bruder zu töten«, flüsterte er. »Du sprichst vom Tod, und es wird nicht sein Tod sein, sondern der deine. Ach, wenn du doch nur einer von den anderen wärst. Wenn du doch nicht wärst, was du bist.«

»Ich bin nur ein Mann.« Tonio seufzte. »Das ist alles, was ich bin. Das ist es, wozu ich geboren bin und was ich geworden bin, ganz gleich, was man getan hat, um es zu verhindern. Und ich sage Ihnen, ein Mann würde das, was man mir angetan hat, nicht hinnehmen.«

Der Maestro wandte sich ab. Er rang um Fassung, und in dieser Zeit senkte sich eine eisige Stille über den Raum. Tonio lehnte sich erschöpft gegen die Wand und sah dabei wieder den Kreuzgang und jene grünen Blätter an.

Es kam ihm so vor, als würde er von tausenderlei willkürlichen Eindrücken heimgesucht, so als könne sich sein Bewußtsein von Gedanken befreien und nur noch Bilder sehen. Diese Bilder bestanden aus konkreten Objekten, die alle eine bestimmte Bedeutung hatten: Tafelsilber, Kerzen auf einem Altar in einer Kapelle, Brautschleier und Kinderwiegen, das leise Rascheln von Seide, wenn Frauen sich umarmten. Das herrliche Gefüge Venedigs bildete den Hintergrund für diese Vision, und da waren auch vermischte

Klänge, das Schmettern von Trompeten und der Geruch des Meeres.

Es dauerte lange Zeit, bis der Maestro sich wieder umdrehte.

Tonios Augen waren tränenfeucht.

»Ich wollte nicht im Zorn gehen«, sagte Tonio leise. »Jetzt sind Sie böse auf mich, dabei liebe ich Sie doch. Ich habe Sie geliebt, seit ich hierherkam.«

»Wie wenig du mich kennst«, sagte der Maestro. »Ich bin niemals böse auf dich gewesen. Nur selten ist mir ein Schüler so ans Herz gewachsen wie du.«

Er ging auf Tonio zu, zögerte aber, ihn zu umarmen. In diesem Augenblick wurde sich Tonio der physischen Gegenwart dieses Mannes, jener Kraft und Rauheit, die einfach zu einem normalen Mann gehörten, deutlich bewußt.

Nicht weniger bewußt war es sich gleichzeitig seiner eigenen Erscheinung, so als spiegelten sich seine unnatürlich zarte Haut und seine Jugend in dem Blick des Mannes wider.

»Ich wollte noch ein paar Worte sagen, bevor wir auseinandergehen«, sagte Tonio. »Ich wollte Ihnen danken –«

»Das ist nicht notwendig. Ich werde schon sehr bald nach Rom fahren, um dich auf der Bühne zu sehen.«

»Aber da ist noch etwas«, sagte Tonio, während er den Maestro, der sich zum Gehen gewandt hatte, immer noch ansah. »Ich wollte Sie um etwas bitten und wünsche mir nun, ich hätte nicht so lange damit gewartet. Möglicherweise schlagen Sie mir nun das ab, was mir die Welt bedeutet.«

»Sag mir, was du willst«, sagte der Maestro. »Wenn es dir die Welt bedeutet, dann bedeutet das auch Zeit, und ich würde dir alle Zeit der Welt geben.«

»Maestro, ich will Paolo. Ich möchte ihn mit mir nach Rom nehmen.«

Als er dann das Entsetzen, das Mißfallen auf dem Gesicht des Maestro sah, fügte er hastig hinzu: »Maestro, ich werde mich um ihn kümmern, und selbst wenn ich ihn eines Tages zu Ihnen zurückschicken sollte, dann wird sein Aufenthalt bei mir ihn nicht zu einem schlechteren Sänger gemacht haben. Wenn es etwas gibt, das dem Haß, den ich gegen jene habe, die mich zu dem gemacht haben, was ich bin, trotzen kann, dann ist das die Liebe, die Liebe zu Guido, zu Paolo und zu Ihnen.«

Paolo saß ganz hinten in der Kapelle, als Tonio ihn fand. Er saß zusammengekauert auf dem Stuhl, das kleine stupsnasige Gesicht war tränenüberströmt. Seine schwarzen Augen blickten unverwandt auf den Tabernakel, und als er sah, daß Tonio noch einmal zurückgekommen war, daß ein Lebewohl nicht gereicht hatte, fühlte er sich verraten.

Er drehte sich weg.

»Paß auf und hör mir zu«, sagte Tonio. Er strich dem Jungen das dunkelbraune Haar aus dem Nacken und legte seine Hand darauf. Der Nacken fühlte sich zerbrechlich an, der ganze Junge fühlte sich zerbrechlich an. Da war er von Liebe zu Paolo so überwältigt, daß er einen Augenblick schwieg. In der warmen Luft hing schwer der Duft von Wachs und Weihrauch. Es schien, als würde der vergoldete Altar aus den staubigen Lichtbalken, die auf den Marmorboden fielen, alles Sonnenlicht in sich aufsaugen.

»Schließ die Augen und träum ein Weilchen«, flüsterte Tonio. »Möchtest du in einem prächtigen Palazzo wohnen? Möchtest du in eleganten Kutschen fahren und von silbernen Tellern essen? Möchtest du Juwelen an deinen Fingern haben? Möchtest du Satin und Seide tragen? Möchtest du mit Guido und mit mir leben? Möchtest du mit uns nach Rom kommen?«

Der Junge wandte sich ihm mit einem so wilden Blick zu, daß Tonio der Atem stockte.

»Das geht doch nicht, das ist doch unmöglich!« sagte Paolo mit erstickter Stimme, so als wäre es ein Fluch.

»Doch, es ist möglich«, sagte Tonio. »Alles ist möglich. Wenn du es am wenigsten erwartest, dann ist es möglich, ganz gewiß.«

Als sich Vertrauen und Hoffnung in Paolos Gesicht zu zeigen begannen und er seine Arme um Tonio schlang, zog ihn Tonio von seinem Platz hoch.

»Komm«, sagte er. »Wenn es hier etwas gibt, das du gerne mitnehmen möchtest, dann mußt du es jetzt holen.«

Es war Mittag, als die Kutschen endlich losfuhren. Guido, Paolo und Tonio saßen in der ersten, während hinter ihnen die Diener und eine Unmenge von Koffern kamen.

Als sie die Via di Toledo in Richtung Meer hinunterfuhren und noch einen letzten Blick auf die Stadt selbst werfen konnten, vermochte Tonio nicht, die Augen von dem bläulichen Kamelrücken des Vesuvs abzuwenden, der seine blasse Rauchfahne in den Himmel schickte.

Die Kutsche schaukelte auf den Molo hinauf. Die schimmernde See schien mit dem Horizont zu verschmelzen. Als sie dann nach Norden abbogen, war der Berg nicht mehr zu sehen.

Stunden später war es Tonio und Tonio allein, der weinte, während sich die Nacht über die endlosen und wunderschönen Weizenfelder der Campania senkte und die Kutsche langsam auf Rom zurollte.

FÜNFTER TEIL

1

Sobald sie in Rom angekommen waren, bat Kardinal Calvino sie zu sich. Weder Tonio noch Guido hatten erwartet, daß der Kardinal sich ihnen gegenüber sofort als so entgegenkommend erweisen würde. Paolo im Schlepptau, folgten sie dem schwarzgekleideten Sekretär des Kardinals die Treppe hinauf.

Nichts von dem, was Guido in Venedig oder Neapel gesehen hatte, hätte ihn auf diesen ungeheuren Palazzo vorbereiten können. Er befand sich im Stadtzentrum von Rom, den Vatikan konnte man zu Fuß in zwanzig Minuten erreichen; wenn man in die andere Richtung ging, war es etwa ebenso weit zur Piazza di Spagna. Seine ockerfarbenen Mauern bargen Korridore, die von antiken Skulpturen gesäumt wurden. An den Wänden hingen flämische Tapisserien, die Innenhöfe waren mit griechischen und römischen Fragmenten bevölkert. Aber auch riesige moderne Statuen bewachten Torwege, Brunnen und Teiche.

Zahllose Adelige liefen umher, Kleriker in Soutanen kamen und gingen. Durch eine offene Flügeltür war eine lange Bibliothek zu sehen, in der sich schwarzgekleidete Sekretäre über ihre Federkiele beugten.

Die größte Überraschung war jedoch, wie sich herausstellte, der Kardinal selbst. Es hieß von ihm, er sei tief religiös, da er aus der Priesterschaft stammte, was für einen Kardinal nicht unbedingt üblich war, und daß er beim Volk, das sich stets am Straßenrand drängte, um seine Kutsche vorbeifahren zu sehen, außerordentlich beliebt war.

Besonders lagen ihm die Armen Roms am Herzen. Er war Schirmherr zahlreicher Waisenhäuser und Wohltätigkeitseinrichtungen, die er regelmäßig besuchte. Manchmal ließ er auch sein Gefolge warten, um zu Fuß, mit im Schmutz schleifender karminroter Robe, die bescheidenen Behausungen der Arbeiter aufzusuchen. Dort trank er Wein mit ihnen und ihren Frauen, küßte die Kinder. Von seinem Reichtum gab er täglich jenen, die Not litten.

Er war jetzt fast fünfzig Jahre alt. Guido hatte erwartet, daß der Kardinal einen frommen Gegensatz zu all der Pracht ringsum bilden und sehr streng wirken würde.

Aber der Kardinal strahlte gute Laune aus.

Er zwinkerte fröhlich. In seinen Augen lag eine Vitalität, die einer allumfassenden Güte und Liebe zu entspringen schien.

Er war ein Mann von magerer Statur und aschfarbenem Haar. Er besaß die glattesten Augenlider, die Guido je gesehen hatte. Da war keine Einbuchtung, keine Falte. Die wenigen Linien, die sich in seinem Gesicht befanden, wirkten, als wären sie mit Bedacht gezogen. Sein Aussehen erinnerte dadurch an die geschnitzten Figuren in ganz alten Kirchen, die dem Betrachter ausgemergelt und verzerrt erscheinen und oft auch grimmig wirken.

Er hatte jedoch nichts Grimmiges an sich.

Von prächtig gekleideten Adeligen umgeben, die ihm auf seinen Befehl hin beflissen Platz machten, winkte er Guido zu sich herein. Nachdem er sich von ihm seinen Ring hatte küssen lassen, umarmte er ihn und verkündete, daß die Musiker seiner Cousine in seinem Haus wohnen könnten, so lange sie wollten.

Sein Körper war voller Bewegung, seine Augen sprühten vor Fröhlichkeit.

»Brauchen Sie irgendwelche Instrumente?« erkundigte er sich. »Ich lasse Sie ihnen gerne schicken. Sie brauchen es nur meinem Sekretär zu sagen, dann wird er Ihnen beschaffen, was Sie haben möchten.«

Er nahm Paolos Gesicht in beide Hände und strich ihm mit den Daumen behutsam über die Wange.

»Und wo ist Ihr Sänger?« fragte er dann.

Als er Tonio jetzt anblickte, schien er ihn zum ersten Mal richtig wahrzunehmen.

Der Kardinal stand einen Augenblick vollkommen versunken da, eine Veränderung ging in ihm vor, die Guido beinahe körperlich fühlen konnte. Es schien, als müßten die Umstehenden es ebenfalls bemerken. Dann trat Tonio vor, um den Ring des Kardinals zu küssen.

Tonio war von der Reise in der Kutsche nur ein wenig zerzaust, sein dunkelgrüner Samtrock war kaum staubig. Guido erschien er wie ein Engel im Gewand eines Sterblichen. Seine wachsende Körpergröße hatte ihn nie linkisch gemacht, und die letzten beiden Jahre Fechtausbildung hatten bewirkt, daß er sich jetzt fast wie ein Tänzer bewegte. All seine Gesten waren beinahe hypnotisierend, obwohl sich Guido nicht sicher war, warum. Vielleicht lag es daran, daß sie so langsam waren. Selbst wenn Tonio die Lider hob und senkte, geschah das sehr langsam.

Der Mund des Kardinals war schlaff. Er beobachtete Tonio überrascht, als würde von diesem irgend etwas Verblüffendes und Ungewöhnliches ausgehen, dann starrte er ihn ausdruckslos an. Seine hellgrauen Augen wurden ein klein wenig dunkler.

Guido spürte, wie es ihm unter seiner Kleidung unangenehm warm wurde. Er hatte das Gefühl, als würde ihm die Hitze in diesem stickigen Zimmer den Atem nehmen. Als er jedoch Tonios Gesichtsausdruck sah, als er sah, wie aufmerksam er den Kardinal betrachtete, als er dann ringsum eine Stille spürte, die bodenlos schien, da packte ihn plötzlich die Angst. Aber selbstverständlich bildete er sich da nur etwas ein, ganz gewiß.

Wem würde ein junger Mann von solch bemerkenswerter Schönheit nicht auffallen, und wer würde einen Mann wie Seine Eminenz nicht mit großer Ehrfurcht ansehen?

Doch Guidos Angst legte sich nur langsam. In ihr hallten all die bedrückenden Gedanken wider, die er auf der Reise nach Rom gehabt hatte, denn er hatte sich über eine Vielzahl praktischer Details, die mit der kommenden Oper zu tun hatten, Sorgen gemacht. Höchst unerwartet hatte er außerdem ständig daran denken müssen, wie er vor Jahren seine Stimme verloren hatte.

»Ich habe nie großen Gefallen an der Oper gefunden«, meinte der Kardinal gerade freundlich zu Tonio. »Ich fürchte, ich weiß von dieser Welt insgesamt sehr wenig, aber ich empfinde es in der Tat als sehr angenehm, einen Sänger um mich zu haben, der nach dem Abendessen für uns singt.«

Tonio versteifte sich. Guido konnte erkennen, daß Tonio sich ein wenig in seinem Stolz verletzt fühlte, was vorherzusehen gewesen war. Tonio tat jetzt das, was er stets tat, wenn er als gewöhnlicher Musiker behandelt wurde: Er blickte eine Weile zu Boden, dann hob er langsam wieder den Blick, bevor er mit subtilem Nachdruck sagte: »Ja, Euer Gnaden?«

Der Kardinal hatte gemerkt, daß etwas nicht stimmte. Es war seltsam anzusehen, aber er nahm abermals Tonios Hand und sagte: »Du wirst doch so freundlich sein, für mich zu singen, nicht wahr?«

»Ich fühle mich geehrt, Euer Gnaden«, sagte Tonio huldvoll. Da redete ein Prinz mit einem Prinzen.

Der Kardinal gab ein ansteckend unschuldiges Lachen von sich, wandte sich daraufhin seinem Sekretär zu und sagte fast wie ein Kind: »Auf diese Weise haben meine Feinde zur Abwechslung einmal etwas, worüber sie reden können.«

Man brachte sie unverzüglich in einer Reihe großer Zimmer mit Blick auf einen Innenhof unter, in dem sich ein Garten befand. Das Gras dort war geschnitten, und die Bäume warfen vereinzelte Schatten auf den Boden. Sie packten ihre Sachen aus, sie wanderten umher. Paolo wurde ganz aufgeregt, als er das Bett mit den braunroten Vorhängen und dem geschnitzten Kopfteil sah, in dem er schlafen sollte. Guido sah ein, daß er und Tonio selbstverständlich separate Zimmer nehmen mußten und Paolo zuliebe getrennt schlafen würden.

Als es später Nachmittag geworden war, hatte Guido seine Partituren vorbereitet und die Empfehlungsschreiben, die die Contessa ihm mitgegeben hatte, noch einmal durchgelesen. Er würde sofort damit beginnen, jede Conversazione, jedes Konzert, jede inoffizielle Akademie, die ihm offenstand, zu besuchen. Er mußte mit den Leuten über die Opern reden, die hier in den letzten Jahren reussiert hatten, und er mußte sich möglichst viele hiesige Sänger anhören. Die Sekretäre des Kardinals hatten bereits die Partituren und Libretti herbeigeschafft, die er brauchte. Heute abend würde er sein erstes kleines Konzert im Hause eines Engländers geben.

Warum also war er dann nicht voll freudiger Erregung, als er sah, wie das Cembalo hereingebracht wurde und die Diener des Kardinals seine Bücher so ordentlich in die Regale stellten?

Tonio, der von Rom ganz gefesselt war, unterhielt sich mit Paolo über alles, was sie auf dem Weg in die Stadt gesehen hatten. Sie wollten sich noch an diesem Abend die Schätze des Papstes im Vatikanmuseum ansehen. Gemeinsam zogen sie jetzt los, um verschiedene Gänge zu erledigen, und selbst das war schon ein Abenteuer.

Guido jedoch, der endlich allein war, konnte die bösen Vorahnungen, die Traurigkeit, die ihn den ganzen Weg von Neapel nach Rom bedrückt hatten, nicht abschütteln.

Was war es nur, das ihn nicht losließ?

Warum hatte Guido während der ganzen Fahrt nach Rom ständig an diese alte Tragödie, an den Verlust seiner Stimme denken müssen? Da er ein Mensch war, der nie über die Vergangenheit nachdachte, wurde er, wenn ihn diese doch einmal einholte, davon stets völlig überwältigt. Er mußte feststellen, daß seine Erinnerungen mit der Zeit keineswegs verblaßt waren.

Ach, vielleicht lag es letztendlich nur daran, daß er nicht an seinen Abschied von Maestro Cavalla und von dem Conservatorio, wo er seit seinem sechsten Lebensjahr gelebt hatte, denken wollte.

Vielleicht beschäftigte sich sein Bewußtsein mit diesem alten Schmerz, um sich vor dem Schmerz des Abschiednehmens zu schützen. Aber das glaubte er nicht. Er hatte keine Ahnung, woran es lag.

Schmerz und Verlustängste bedrückten ihn weiter. Sie waren vermischt mit der Erinnerung an das, was der Maestro in bezug auf Tonio gesagt hatte. »Zeig ihm, was die Welt ihm bieten kann, laß ihn alle Vergnügen genießen, nach denen er verlangt.«

Was also war es schließlich, was Guido fühlte? Die lebhafte Ahnung, daß er kurz davor stand, etwas überaus Kostbares zu verlieren, etwas, das ihm so wie seine Stimme genommen würde? Natürlich würde Tonio ihn niemals verlassen, um diese schreckliche Reise nach Venedig zu unternehmen, denn im Grunde hatte er nie wirklich vorgehabt, dorthin zurückzukehren. Natürlich nicht. Doch das Gefühl, die böse Vorahnung, die Furcht, sie blieben.

Selbst jetzt, als Guido ruhig in seinem Zimmer im Palazzo des Kardinals saß, ließen ihn diese Gedanken nicht los. Hinzu kam, daß er immer wieder daran denken mußte, was für ein Gesicht der Kardinal gemacht hatte, als sein Blick auf Tonio gefallen war. Welche Unschuld dieser Mann gezeigt hatte! Ganz gewiß war er ein Heiliger, so wie alle behaupteten, sonst hätte er gewiß nicht erkennen lassen, wie fasziniert er von Tonio war. Sicher hätte er auch niemals einen solch törichten kleinen Scherz gemacht.

Der Kardinal hatte das Haus verlassen, nachdem er seine Musiker begrüßt hatte.

Guido hatte zugesehen, wie die außergewöhnliche Prozession durch das Tor davonfuhr. Fünf Kutschen mit auserlesenen livrierten Kutschern und Lakaien bildeten das Gefolge des Kardinals, und keine fünf Schritte vom Haus entfernt, hatte der Kardinal schon die erste Handvoll Goldmünzen in die Menge geworfen.

Tonio kam herein. Er war mit Paolo bereits beim Schneider gewesen und hatte ihn ausstatten lassen, als wäre der Junge dazu bestimmt, den Thron eines kleinen Königreiches zu erben. Er hatte ihm ein schön gearbeitetes Schwert gekauft, etwa ein Dutzend Bücher und eine Violine, da dies Paolos Lieblingsinstrument war und Guido darauf bestand, daß er auch ein Instrument richtig lernte, nur für den Fall . .

Verlustängste, Trübsinn. Warum machte sich Guido Gedanken darüber? Nur für den Fall! Kein Unglück würde Paolo heimsuchen, keinen von ihnen würde ein Unglück heimsuchen.

Dennoch fühlte sich Guido in diesem riesigen Zimmer bedrückt und müde. Die Heiligen in ihren goldenen Rahmen vermochten ihm keinen Trost zu spenden.

Tonio zog sich gerade hinter der Tür aus.

Guido sah zu, wie er sich aus seinem weichen, weißen Hemd schälte und seine Hosen zu Boden fallen ließ. Der alte Nino, der

Kammerdiener, den die Contessa ihnen mitgeschickt hatte, sammelte die Sachen auf und räumte sie weg.

Tonio stand still da. Er hatte Guido den Rücken zugekehrt, so als genieße er die kühle Luft, die ihn umschmeichelte. Dann zog er einen Morgenmantel aus grüner Seide über. Er band ihn an der Taille locker zusammen, und als er sich umdrehte und langsam aufblickte, strahlte er eine beinahe orientalische Sinnlichkeit aus. Das Haar war ihm ins Gesicht gefallen, der weiche Stoff umhüllte seinen hochgewachsenen und anmutigen Körper, als wäre dies die übliche und schickliche Tracht eines fremden Landes.

»Warum bist du so melancholisch?« fragte er so leise, daß Guido ihn zuerst gar nicht verstand. Die Bedeutung der Worte mußte erst die Schatten im Zimmer durchdringen.

»Ich bin nicht melancholisch«, erwiderte Guido. Aber ihm war klar, daß er nicht so leicht davonkommen würde. Tonio setzte sich nahe genug zu ihm, daß er gerade noch Guidos Hand berühren konnte. Wieder beobachtete Guido Tonio, so wie er es eben getan hatte.

Sein Gesicht, so schien es, war ein wenig größer geworden. Außerdem war da wie stets jenes hintergründige Geheimnis, das die Anordnung der Augen betraf. Selbst jetzt, als er Tonio ansah, spürte Guido eine leise Verwirrung. Es war die Magie des Messers, dachte er müde. In dem, was es befreit, nicht darin, was es wegschneidet, liegt dieser unerreichbare verführerische Reiz. Er brauchte nicht zu wissen, daß er ihn besitzt, noch darf er versuchen, ihn bewußt einzusetzen. Er ist da. Und da er außerdem die würdevolle Art der Venezianer an sich hat, reicht das aus, um einem den Verstand zu rauben.

»Guido«, hörte er Tonios Stimme wie aus weiter Ferne. »Paolo wird ein hervorragender Sänger werden. Ich weiß es. Ich werde ihn selbst unterrichten.«

Plötzlich haßte Guido ihn. Er wünschte, er würde aus dem Zimmer gehen. Er sah ihn an, brachte aber kein Wort heraus. Er erinnerte sich an einen Augenblick vor vielen Jahren, als er nach seinem ersten Liebesakt auf dem Boden eines Übungszimmers gelegen und sich ganz elend gefühlt hatte. Der Maestro, den er damals so begehrt hatte, hatte sich zu ihm heruntergebeugt und ihm etwas ins Ohr geflüstert. Was war es nur gewesen?

»Um Paolo mache ich mir keine Sorgen«, sagte er jetzt, verärgert über dieses Mißverständnis. »Paolo ist ein guter Sänger«, sagte er schlicht. Paolo hatte einen Platz in seinem Herzen. Er wünschte, Tonio würde ihn in Ruhe lassen.

»Ich bin von der Reise müde«, sagte er knapp. »Es liegt noch sehr viel Arbeit vor mir, und ich habe keine Zeit zu verlieren.«

Tonio beugte sich zu ihm hinüber. Leise flüsterte er ihm etwas Aufreizendes ins Ohr. Guido war sich bewußt, daß sie in diesen Zimmern allein waren. Tonio hatte die Diener fortgeschickt.

»Hab Geduld mit mir«, sagte er ärgerlich. Er konnte sehen, daß Tonio verletzt war, dennoch aber nickte er nur kurz. Es war immer so bei ihm, diese verdammte venezianische Freundlichkeit. Als er Guido jetzt ansah, lag keinerlei Tadel in seinem Blick. Mit einem matten Lächeln erhob er sich zum Gehen.

Innerlich erschüttert, sah Guido ihm zu, wie er durch das Zimmer ging. Er malte sich aus, wie es sein würde, wenn Tonio auf der Bühne stand, wenn sich die Menschen vor der Garderobentür drängten. Wieder sah er das Gesicht des Kardinals Calvino vor sich, diese Unschuld, diese bemerkenswert lebendigen Augen.

Du hast keine Vorstellung davon, wie man dich vergöttern und umschmeicheln wird, du kannst dir das nicht annähernd vorstellen. Natürlich werden sie auch den Komponisten loben. Wenn die Oper gut ist, dann wird man vielleicht sogar meinen Namen auf die Handzettel setzen, vielleicht aber auch nicht. Für dich wird Rom wie ein Ei aufplatzen und sich immer wieder neu erschaffen. Das ist es, was ich mir für dich wünsche.

Warum also fühle ich mich dann so merkwürdig?

Tonio war irgendwo im anderen Zimmer. Guido konnte seine Nähe spüren. Plötzlich stellte er sich vor, wie er Tonio schlug, er sah, wie dieses vollkommene Gesicht von roten Striemen entstellt wurde. Bevor es ihm noch richtig zu Bewußtsein gekommen war, war er schon von seinem Schreibtisch aufgestanden und rasch ins Schlafzimmer hinübergegangen. Er hielt inne, als er Tonio am Fenster stehen und in den Hof hinunterblicken sah.

»Du weißt, wie das römische Publikum ist«, sagte Guido. »Du weißt, was ich vor mir habe. Sei geduldig mit mir.«

»Das bin ich«, sagte Tonio.

»Du mußt alles tun, worum ich dich bitte! Das mußt du mir gewähren.«

Er war streitlustig. Alles, was ihn an Tonio ärgerte und irritierte, wollte hervorbrechen. Aber er wußte, daß jetzt nicht der rechte Zeitpunkt dafür war. Es blieb noch viel Zeit . . .

»Ich werde alles tun, worum du mich bittest«, sagte Tonio mit seiner klangvollen, gemessenen Stimme.

»O ja, alles, außer in Frauenkleidern aufzutreten, obwohl du weißt, daß das unumgänglich ist. Ausgerechnet in Rom, und natürlich wirst du alles tun, außer dieser einen Sache, die absolut lebenswichtig ist!«

»Guido«, unterbrach Tonio ihn. Zum ersten Mal wirkte er ärgerlich und ungeduldig. Die Verwandlung in diesem engelsgleichen Gesicht erstaunte Guido immer wieder. »Das *kann* ich nicht tun. Es hat keinen Sinn, weiter darüber zu debattieren.«

Guido schnaubte leise, verächtlich. Jetzt hatte er, was er wollte, Streit, und zwar richtig. Tonios Gesicht verfärbte sich, sein Blick wurde kalt. Warum tat Guido das nur? An ihrem ersten Tag in Rom, wo er doch noch Zeit hatte, viel Zeit, um Tonio in die verschiedenen Theater mitzunehmen, damit er die Kastraten in Frauenkostümen sehen und ihre große Macht und Anziehungskraft begreifen konnte.

Tonio drehte sich abrupt um und ging ins offene Ankleidezimmer, um den Morgenmantel auszuziehen. Er würde sich jetzt anziehen und ausgehen. Dann waren diese Zimmer leer, und Guido würde allein sein.

Ein Gefühl der Verzweiflung überkam Guido.

»Komm her!« befahl er kalt. Er ging zum Bett. »Nein, verriegle zuerst die Tür«, sagte er, »und dann komm.«

Tonio starrte ihn einen Augenblick nur an.

Er preßte ganz leicht die Lippen aufeinander, dann tat er mit jenem kurzen, geduldigen Kopfnicken, das so bezeichnend für ihn war, was von ihm verlangt wurde. Er blieb neben dem hohen Bett stehen und wartete, die Hand auf der Bettdecke, während er Guido gelassen in die Augen sah. Guido hatte seine Hose geöffnet und spürte, wie seine Leidenschaft all seine anderen Gefühle mitriß und sie zu einer einzigen Kraft vereinte.

»Zieh den Morgenmantel aus«, sagte er schroff. »Und leg dich hin. Auf den Bauch.«

Tonios Augen waren tatsächlich ein wenig schöner, als Augen das sein sollten. Abermals tat er, wie ihm geheißen wurde, wobei ihm sein Mißfallen über all das kaum anzusehen war.

Guido bestieg ihn grob, Tonios Nacktheit, die er durch seine Kleidung hindurch unter sich spürte, machte ihn fast wahnsinnig. Mit dem Handballen drückte er Tonios Gesicht in die Kissen und nahm ihn dann mit rücksichtslosen Stößen.

Dann lag er lange Zeit still neben Tonio, bevor sich dieser zum Gehen erhob.

Ohne zu klagen, zog Tonio sich an. Als er seine juwelenbesetzten Ringe angesteckt und seinen Gehstock genommen hatte, trat er ruhig zu Guido ans Bett. Er beugte sich über ihn, um ihn zuerst auf die Stirn und dann auf den Mund zu küssen.

»Warum erträgst du mich?« flüsterte Guido.

»Warum sollte ich dich nicht ertragen?« flüsterte Tonio zurück. »Ich liebe dich, Guido«, sagte er. »Und wir haben beide ein wenig Angst.«

2

Diese Straße, die Sterne am Himmel, die Zimmerdecke, seine Zähne, die sich in Fleisch gruben, und dann das Messer, der Schnitt und dieses ungeheure Brüllen, das sein eigener Schrei war ...

Dann erwachte er, die Hand auf dem Mund, und merkte, daß er in Wirklichkeit keinen Laut von sich gegeben hatte.

Er befand sich im Hause des Kardinals Calvino, er befand sich in Rom.

Es war wirklich nichts, nur dieser alte Traum und die Gesichter jener Bravos, die er manchmal auf der Straße zu sehen geglaubt hatte. Natürlich hatte er sie niemals wirklich gesehen. Es war einfach eine Wunschvorstellung von ihm, einen von ihnen zu entdekken, ihn zu überrumpeln: »Du erinnerst dich doch an Marc Antonio Treschi, den Jungen, den du nach Flovigo gebracht hast?« und dann das Stilett, das sich zwischen die Rippen bohrte.

Bevor Tonio seine bloßen Füße auf den köstlich kühlen Marmorboden gesetzt hatte, machte er sich noch einmal bewußt, daß er sich im Palazzo des Kardinals mitten in Rom befand. Der Traum war jetzt wie ein schlechter Geschmack in seinem Mund oder wie ein leichter Kopfschmerz. Bald würde er ganz verschwunden sein.

Und die Stadt wartete auf ihn. Zum ersten Mal in seinem Leben war er wirklich frei. Vor Jahren hatte er die Zwänge, die seine Hauslehrer in Venedig auf ihn ausübten, gegen die Obhut Guidos und die Vorschriften des Conservatorio eingetauscht, und er konnte sich noch nicht ganz an die Tatsache gewöhnen, daß das jetzt vorbei war.

Aber Guido hatte es deutlich gemacht. Solange Paolo seine Hauslehrer hatte und Tonio sich am Vormittag seinen Gesangsübungen widmete, hatte Tonio niemandem Rechenschaft abzulegen. Guido hatte das allerdings niemals gesagt. Es war einfach so. Guido selbst pflegte am Nachmittag, wenn andere noch ihr Nickerchen machten, zu verschwinden und kam dann oft nicht vor Mitternacht zurück. Dann erkundigte er sich stets von Mann zu Mann: »Und wo bist du heute gewesen?«

Tonio mußte lächeln. Von dem Traum war nun nichts mehr da, er war jetzt hellwach. Es war noch sehr früh am Morgen. Wenn er sich beeilte, dann konnte er die Frühmesse hören, die Kardinal Calvino las.

Kardinal Calvino hielt in seiner Privatkapelle täglich eine Messe, zu der die Mitglieder seines Haushaltes willkommen waren. Der Altar war mit weißen Blumen geschmückt, die Kandelaber, die unter dem riesigen Bild des Gekreuzigten standen, aus dessen Händen und Füßen reichlich glänzend rotes Blut strömte, erleuchteten strahlend die Kapelle. Der helle Kerzenschein tat Tonio in den Augen weh, als er den Raum betrat und auf einem kleinen Stuhl ganz hinten Platz nahm. Niemand schien Notiz von ihm zu nehmen. Tonio wußte nicht, warum er die Gestalt vorne am Altar beobachtete, die sich jetzt, den goldenen Kelch in der Hand, umdrehte.

Eine Gruppe junger Römer kniete sich hin, um die Kommunion zu empfangen, hinter ihnen die Kleriker, bescheiden und strenger gekleidet. Aber Tonio fühlte sich hier wohl, er lehnte den Kopf an die vergoldete Säule hinter seinem Stuhl und schloß die Augen. Als er sie wieder öffnete, hatte der Kardinal gerade seine Hand zum Ausgangssegen erhoben. Sein Gesicht erschien in seiner Glätte alterslos und auf erhebende Weise unschuldig, so als wisse er nichts vom Bösen und hätte auch nie davon gewußt. In seiner Körperhaltung, in jeder seiner Bewegungen lag Überzeugung, und in Tonios Kopf nahm ein Gedanke Gestalt an, der wie ein Puls in seinen Schläfen klopfte. Es war der Gedanke, daß der Kardinal Calvino mehr Grund zu leben hatte als die meisten anderen Menschen: Er glaubte an Gott, er glaubte an sich, er glaubte an das, was er war und war er tat.

Es war Nachmittag, als Tonio, nachdem er mehrere Stunden lang mit Guido und Paolo geübt hatte, die verlassene Fechthalle des Palazzo betrat.

Schon seit Jahren hatte niemand mehr diese Räume benutzt. Der polierte Fußboden, der durch seine Fußspuren im Staub hindurchschimmerte, hatte für Tonio etwas Vertrautes an sich. Nachdem er den Degen aus der Scheide gezogen hatte, maß er sich mit einem unsichtbaren Gegner. Er summte dabei vor sich hin, als wäre dieser Kampf von festlicher Musik begleitet und gehöre eigentlich zu einem prächtigen Schaubild auf einer großen Bühne.

Selbst als er langsam müde wurde, trainierte er weiter, bis er den ersten angenehmen Schmerz in seinen Unterschenkeln spürte.

Er hatte bereits eine Stunde geübt, da hörte er, überzeugt davon, daß ihn von der Tür her jemand beobachtete, ganz plötzlich auf.

Er wirbelte herum, das Rapier fest in der Hand.

Da war niemand. Durch das riesige Gebäude hallten zwar die Geräusche geschäftigen Treibens, der an die Fechthalle angrenzende Flur war jedoch leer.

Dennoch ließ ihn das Gefühl nicht los, daß eben jemand gekommen und wieder gegangen war. Nachdem er eilig seinen Rock wieder angezogen und seinen Degen in die Scheide gesteckt hatte, wanderte er ziellos im Palazzo umher, nickte jenen, denen er begegnete, zu, verbeugte sich. Er näherte sich dem riesigen Amtszimmer des Kardinals. Als er jedoch sah, daß es verschlossen war, spazierte er durch ein Zwischengeschoß weiter und betrachtete dabei die großen flämischen Tapisserien und die Porträts jener Männer aus dem letzten Jahrhundert, die so gewaltige Perücken getragen hatten. Weißes Haar wallte über ihre Schultern. Ihre fein modellierten Gesichter wirkten fast, als wären sie lebendig. Plötzlich war unten großer Lärm zu hören. Der Kardinal war gerade angekommen.

Tonio sah zu, wie der Kardinal, umgeben von seinen Pagen und Dienern, die breite weiße Marmortreppe emporstieg. Er trug eine kleine Zopfperücke, die von den Proportionen her harmonisch zu seinem hageren Gesicht paßte, und unterhielt sich freundlich mit seinen Begleitern. Einmal blieb er, die Hand auf das marmorne Geländer gestützt und einen gemurmelten Scherz auf den Lippen, stehen, um Atem zu schöpfen.

Tonio trat nach vorn, ohne es eigentlich zu beabsichtigen. Vielleicht wollte er ja nur dem Mann zusehen, wie er weiter die Treppe hochstieg.

Als der Kardinal abermals stehenblieb, sein Blick dabei auf Tonio fiel und er ihn dann eine Weile ansah, verbeugte Tonio sich und zog sich zurück.

Er wußte nicht, warum er zugelassen hatte, daß man ihn sah. Jetzt stand er allein in einem dämmrigen Korridor, an dessen Ende durch ein hohes Fenster die strahlende Sonne zu sehen war, und er schämte sich plötzlich.

Dennoch kostete er die Erinnerung an das leise Lächeln des Kardinals aus, daran, wie der Kardinal seinen Blick auf ihm hatte ruhen lassen, bevor er ihm dann mit großer Herzlichkeit zugenickt hatte. Tonios Herz begann zu hämmern. »Geh hinaus, geh in die Stadt«, flüsterte er bei sich.

3

Guido beschloß, in den nächsten paar Wochen die Sache mit der Frauenrolle Tonio gegenüber nicht mehr zu erwähnen.

Als er sein Werk in Angriff nahm, war er jedoch mehr denn je davon überzeugt, daß Tonio in einer solchen Rolle debütieren mußte.

Er besuchte das Teatro Argentina, sprach mit Ruggerio über die anderen Sänger, die er engagieren wollte, vergewisserte sich, daß sich die Bühnenmaschinerie für alle Szenen, die er vielleicht schreiben mochte, in betriebsfähigem Zustand befand, und traf letzte Vereinbarungen über seinen Gewinnanteil beim Verkauf der gedruckten Partitur.

In der Zwischenzeit kaufte Tonio dem kleinen Paolo alles, was ein Junge überhaupt nur tragen konnte, angefangen bei golddurchwirkten Westen bis hin zu Umhängen für Sommer und Winter – obwohl es Sommer war –, Dutzende von Taschentüchern, Hemden, verziert mit venezianischer Spitze, die Tonio besonders liebte, Pantoffeln aus Saffianleder.

Guido fand es unmöglich, aber er hatte nicht die Zeit, ihn deswegen zu maßregeln, außerdem war Tonio ein ausgezeichneter Lehrer, der Paolo durch seine Vokalisen ebensogut führte wie durch seine Lateinstunden.

Tonio brachte Paolo auch feines Benehmen bei.

Jeden Morgen frühstückten sie alle drei gemeinsam vor einem der hohen Fenster, dessen granatrote Vorhänge zurückgebunden waren. Guido mußte zugeben, daß er den beiden anderen, die von ihm nicht verlangten, daß er sich am Gespräch beteiligte, gern zuhörte. Er mochte es, wenn sich Leute um ihn herum unterhielten, solange er nicht selbst etwas sagen mußte.

Guido mußte am Abend schon genug reden. Er wurde, dank der Contessa, die ihm regelmäßig schrieb, überall empfangen.

In den riesigen Ballsälen, in Kardinalspalästen und den Wohnungen ausländischer Amateure spürte er, daß die Römer ein weit größeres Selbstbewußtsein besaßen und unendlich kritischer waren als die Bewohner anderer Städte.

Warum sollte es aber auch anders sein? Dies hier war Rom, dies war der größte Anziehungspunkt Europas. Hierher kam früher oder später ein jeder, um erhöht oder erniedrigt, aufgesogen oder aber abgelehnt und davongejagt zu werden.

Ganze Gemeinschaften von Ausländern lebten in dieser Stadt. Und obwohl Rom in letzter Zeit, anders als gegenwärtig Neapel oder früher Venedig, keine nennenswerte Zahl von Komponisten hervorgebracht hatte, war dies die Stadt, in der jemand seinen guten Ruf begründete oder ihn verlor. Es konnte geschehen, daß ausgezeichnete Sänger, die im Norden und im Süden Lorbeeren eingeheimst hatten, in Rom ruiniert wurden, daß man berühmte Komponisten aus dem Theater jagte.

Der Süden erschien den Römern als lieblich. Wenn dessen Schönheit sie bei einem Besuch auch berauschte, so konnte diese Schönheit sie doch nicht davon abhalten, nach Rom zurückzukehren. Über die Venezianer machten sie sich lustig und behaupteten, was aus Venedig käme, wären alles *barcarole*, das heißt, jene Art von Liedern, die die Gondolieri zu singen pflegten. Gegenüber jenen, deren Karriere sie zunichte gemacht hatten, empfanden sie kein Mitleid.

Manchmal ärgerte Guido dieser unglaubliche Snobismus, vor allem, da Neapel die ganze Welt mit seinen Talenten versorgte. Der Venezianer Vivaldi zum Beispiel war ein ausgezeichneter Komponist. Aber Guido hielt seinen Mund. Er war hier, um zu lernen.

Und er war fasziniert.

Tagsüber besuchte er häufig die Kaffeehäuser, sog das Leben auf der geschäftigen Via Veneto und der schmalen Via Condotti in sich auf. Nachdenklich beobachtete er die jungen Kastraten, die kamen und gingen, und von denen einige in luxuriösen Frauenkleidern einherspazierten, andere wie wunderschöne Katzen in der betörenden Strenge klerikalen Schwarzes herumschlichen, wobei sie mit ihren frischen Gesichtern und ihrem herrlichen Haar überall die Blicke auf sich zogen.

Als er die Sommertheater besuchte, in denen komische Opern oder Komödien gespielt wurden, und jene Jungen beobachtete, wie sie auf der Bühne herumstolzierten, begriff er besser als in irgendeiner anderen Stadt, weshalb Eunuchen in Mode gekommen und notwendig geworden waren.

Hier hatte die Kirche ihr Verbot, daß Frauen nicht auf der Bühne erscheinen durften, ein Verbot, das einst auf allen Bühnen Europas gegolten hatte, nie gelockert. Das römische Publikum bekam einfach nie ein weibliches Wesen im Rampenlicht zu Gesicht, konnte niemals miterleben, wie eine Frau mit den Jubelrufen und dem Klatschen Tausender, die sich in einem dunklen Saal drängten, gefeiert wurde.

Selbst im Ballett wurden die weiblichen Rollen von Männern in langen Röcken übernommen.

Guido begriff, daß man, wenn man die Frauen aus dem Theater, das ja das Leben abbildete, vollkommen herausnahm, zwangsläufig einen Ersatz für sie finden mußte.

Man brauchte etwas, das an die Stelle des Weiblichen trat. Es mußte etwas entstehen, das weiblich *war*. Somit waren die Kastraten nicht nur einfach Sänger, Schauspieler, Anomalien, sie waren zur Frau als solcher geworden.

Und das wußten sie auch. Wie sie mit den Hüften wackelten, wie sie ihr hungriges Publikum zum Narren hielten und verspotteten. Guido fragte sich, ob Tonio das ebenfalls so sah oder ob es ihn unerträglich leiden ließ? Konnte er denn hier in dieser Stadt nicht erkennen, in welch gewaltigem Ausmaß eine Frauenrolle all seine Kräfte verstärken würde?

Es war wirklich eine unglaubliche Ironie, überlegte Guido, während er sich diese Soprane anhörte. Da war jene Kunstfertigkeit, mit der er schon sein ganzes Leben lang vertraut war, hier jedoch war sie zu einer göttlichen Obszönität geworden, sinnlicher als das, was sie ursprünglich verkörperte.

»Da haben meine Feinde einmal etwas, worüber sie reden können«, hatte der Kardinal in einem unbedachten Augenblick gesagt. Und er hatte recht.

Guido seufzte. Er kritzelte ein paar Notizen in das Büchlein, das er stets in der Tasche bei sich trug. Er notierte sich Naturell, Gewohnheiten und geschmackliche Vorlieben jener, die er sah.

Ihm war klar, daß Tonio am Neujahrstag auf der Bühne des Teatro

Argentina als Frau auftreten mußte. Seine Stimme vermochte zwar die Aufmerksamkeit der Götter zu erregen, in Rom jedoch mußte er und er allein auch jene sinnliche Macht ausstrahlen, über die ein Kastrat in Frauenkleidern verfügte. Er durfte keinesfalls dulden, daß ein anderer junger Sänger, der auf der Bühne neben ihm stand, diesen Vorteil besaß, wenn er ihn nicht hatte. Es war unverzichtbar. Guido mußte sich durchsetzen.

Er ging nach Hause.

Er schrieb, bis ihm die Notenzeilen vor den Augen verschwammen und er nicht mehr wußte, was er da so hastig zu Papier brachte. Er hatte einen ganzen Stapel von Arien komponiert, für alle Gefühlslagen, alle Stimmen.

Aber er hatte noch keine Handlung.

Schließlich bat der Kardinal Tonio zu sich, damit er für ihn sang.

Es war ein kleines Souper für nur etwa fünfunddreißig Personen. Am Tisch strahlten Kerzen, heitere Gesichter waren zu sehen, das Tafelsilber schimmerte, und in einer Ecke des Raumes stand ein Cembalo. Guido hatte Tonio nur eine einfache Arie gegeben, bei der dieser gerade ein Viertel seines Talents zeigen konnte. Jetzt sah er, während er Tonio am Cembalo begleitete, von der Tastatur auf und musterte die kleine Schar von Zuhörern.

Tonios Töne kamen hoch und rein, es lag ein Anflug von Traurigkeit darin, so daß in der Unterhaltung die angemessenen Pausen entstanden. Hier und da drehte sich auch jemand um.

Der Kardinal starrte seinen Sänger an. Seine Augen, deren merkwürdig glatte Lider in den äußeren Winkeln schräg nach unten verliefen, strahlten ein wenig.

Obwohl er ständig abgelenkt wurde, verschlang dieser Mann alles, was sich auf seinem Teller befand. Der Art und Weise, wie er aß, haftete etwas unverhüllt Sinnenhaftes an. Er schnitt sein Fleisch in große Stücke, er trank den Wein in großen Schlucken.

Dennoch war er so schmächtig gebaut, als würde er alles, was er zu sich nahm, sofort verbrennen. Hier verwandelte sich ein Laster anscheinend in eine Notwendigkeit.

Als er das Mahl beendet hatte, stieß er sein langes Messer in die Tischplatte, so daß es aufrecht steckenblieb, umfaßte dann den Perlmuttgriff und stützte das Kinn darauf.

Sein Blick war auf Tonio geheftet, und er wirkte wie jemand, der nachsann. Für seine Tischnachbarn war er eine angenehme Gesellschaft, insgeheim jedoch war er völlig in Gedanken versunken.

Spätnachts saß Guido oft allein an seinem Schreibtisch, obwohl er zu müde zum Arbeiten war. Manchmal war er sogar zu müde, um sich auszuziehen und ins Bett zu gehen.

Er wünschte sich, er könnte wie selbstverständlich neben Tonio liegen, aber die Nächte voller Umarmungen waren vorüber, wenigstens im Augenblick. Wieder verspürte er jene Angst, gegen die er sich in diesen fremden Räumen nicht wehren konnte.

Dennoch empfand er ein unbestreitbares Vergnügen dabei, seinen Geliebten aufzusuchen. Es lag etwas Süßes und Geheimnisvolles darin, die große Strecke kalten Bodens zu überqueren, Türen zu öffnen, sich jenem Bett zu nähern.

Jetzt legte er die Gänsefeder weg und starrte auf die Blätter vor sich. Warum war alles, was er schrieb, so flach, ohne die leiseste Inspiration? Bald mußte er seiner Oper ihre endgültige Form geben. Den ganzen Abend hatte er die Libretti von Metastasio gelesen, der jetzt groß in Mode und glücklicherweise ein gebürtiger Römer war, aber er konnte immer noch keine Handlung finden, nicht, bevor er nicht jenen letzten Sieg errungen hatte, den zu erringen heute nacht keine Aussicht bestand.

Aber das war es gar nicht, was seine Gedanken im Augenblick beschäftigte. Er hatte Verlangen nach Tonio.

Er ließ seine Leidenschaft langsam immer stärker werden.

Er summte vor sich hin, fuhr sich mit den Fingerknöcheln an den Lippen entlang, ließ sich von Wachträumen reizen.

Dann tappte er leise durchs Zimmer. Tonio schlief fest. Das Haar war ihm in lockeren Strähnen über die Augen gefallen, sein Gesicht war so schön und anscheinend leblos wie Michelangelos verschmelzende weiße Gestalten. Als Guido sich über ihn beugte, die Hand unter die Decke schob, um ihn hochzuheben, und ihn küßte, spürte er, daß sein Gesicht warm war. Tonio schlug die Augen auf, er stöhnte, schien eine Weile nichts zu sehen, wand sich. Er fühlte sich so heiß an wie ein Kind, das fiebert. Sein Mund öffnete sich, um Guido zu empfangen.

Danach lagen sie eng umschlungen in der Dunkelheit da. Guido bemühte sich, wach zu bleiben, da er nicht zulassen durfte, daß man ihn in Tonios Bett fand.

»Gehörst du immer noch ganz und gar mir?« flüsterte er, wobei er halb erwartete, nur Schweigen zu ernten.

»Ganz und gar«, antwortete Tonio schläfrig. Es schien nicht seine Stimme zu sein, sondern die Stimme eines Wesens, das in seinem Innern schlief.

»Hat es da nie jemand anderen gegeben?«

»Niemanden.«

Tonio räkelte sich, schlang seinen Arm um Guido, so daß er sich an dessen Brust schmiegen konnte. Tonios glatter heißer Bauch war an Guidos Geschlecht gepreßt. Guido spürte jenes feine schwarze Haar, dessen Beschaffenheit ihn immer wieder erstaunte.

»Und fragst du dich nicht manchmal, wie das wäre?« fragte er langsam. »Mit einem Mann? Einer Frau?«

Er schloß die Augen und wäre fast eingeschlummert, als er, ebenso leise wie vorher, die Antwort hörte.

»Niemals.«

4

Es war sehr spät, als Guido heimkam.

Im Palazzo war es vollkommen still, da der Kardinal früh zu Bett gegangen zu sein schien. Nur in den unteren Räumen brannten noch ein paar Lichter. Die Korridore erstreckten sich in fahler Dunkelkeit, die weißen Skulpturen – antike Götter und Göttinnen – gaben ein gespenstisches Leuchten von sich.

Guido war erschöpft, als er die Treppe hinaufstieg.

Er hatte den Nachmittag bei der Contessa in ihrer Villa am Stadtrand von Rom verbracht. Sie war angereist, um einige Vorbereitungen für die Einweihung des Hauses zu treffen, die später im Jahr stattfinden würde. Jetzt wollte sie nur ein paar Tage bleiben, um dann noch vor Weihnachten zurückzukehren und die Opernsaison hier zu verbringen.

Sie tat das für Guido und Tonio, da sie sich eigentlich viel lieber im Süden aufhielt. Guido war ihr dankbar, daß sie beschlossen hatte, zu ihnen zu kommen.

Als er jedoch sah, daß sie vielleicht keine Gelegenheit haben würden, heute miteinander allein zu sein, war er wütend und beinahe grob geworden.

Die Contessa war überrascht gewesen, hatte aber Verständnis gezeigt und war mit Guido gemeinsam zu jenem Palazzo zurückgekehrt, in dem sie als Gast wohnte. Als sie erst einmal zusammen im Bett lagen, erstaunte es sie beide, wie sehr er nach ihr hungerte.

Sie hatten nie darüber gesprochen, aber sie war diejenige, die bestimmte, wie ihr sexuelles Beisammensein ablief. Die Contessa hatte es stets genossen, Guido furchtlos und liebevoll mit Händen und Mund zu erregen und steif zu machen. Im Grunde aber behandelte sie Guido wie ihr Eigentum. Sie liebkoste ihn besitzergreifend und stieß dabei leise Seufzer aus, als wäre er etwas unendlich Verlockendes und jemand, vor dem sie nicht die leiseste Furcht empfand.

Guido gefiel diese Aufmerksamkeit, denn fast jedermann sonst hatte Angst vor ihm.

Im Grunde war er sich jedoch bewußt, daß sie für ihn etwas rein Symbolisches war. Sie war *Frau*, und Tonio war Tonio, in den er unglücklich verliebt war.

An diesem Nachmittag jedoch benahm er sich ein wenig wie ein Tier. Das neue, ungewohnte Schlafzimmer, sein merkwürdiges Verhalten und die Tatsache, daß sie eine kleine Weile voneinander getrennt gewesen waren, all das wirkte zusammen, um ihr Liebesspiel besonders einfallsreich ausfallen zu lassen.

Danach blieben sie noch eine Weile im Bett. Sie tranken Kaffee, einen kleinen Likör, und sie unterhielten sich.

Im stillen fragte Guido sich, warum er und Tonio so im Streit miteinander lagen. Die Auseinandersetzung, die sie an diesem Morgen wegen der Frauenrolle gehabt hatten, hatte einen häßlichen Höhepunkt erreicht, als Guido den Vertrag hervorgezogen hatte, den Tonio und Ruggerio unterzeichnet hatten. Dort stand ganz klar, daß Tonio als Primadonna engagiert war. Tonio, der das Papier beiseite geschoben hatte, hatte sich verraten gefühlt.

Guido hatte bei ihm jedoch erste Anzeichen dafür entdeckt, daß er vielleicht bald aufgeben würde. Nur wenige Augenblicke später war er allerdings wieder zornig geworden, weil Tonio darauf bestanden hatte, keinen Bühnennamen anzunehmen. Er würde unter dem Namen Tonio Treschi auftreten. Wenn die Zuschauer unbedingt einen Vornamen brauchten, dann konnten sie ihn ja Tonio nennen.

Guido war wütend. Warum wollte Tonio derart gegen die Regeln verstoßen? Man würde Tonio vorwerfen, er wäre hochmütig. Die meisten Leute würden nicht glauben, daß er ein venezianischer Patrizier war! War ihm das denn nicht klar? Sie würden das Ganze für bloße Affektiertheit halten.

Tonio war sehr verletzt.

Nach einer Weile sagte er leise: »Es ist mir gleich, was die Leute glauben. Es hat nichts mit irgendwelchem Stolz auf meine adelige Geburt zu tun. Mein Name ist Tonio Treschi. Das ist alles.«

»Also gut, aber du wirst die Rolle spielen, die ich für dich schreibe«, hatte Guido gesagt. »Du bekommst eine ebenso hohe oder sogar höhere Gage als erfahrene Sänger. Man hat dich hierhergeholt, um einen weibliche Rolle zu übernehmen. Dein Name, lautet er nun Tonio Treschi oder anders, wird, obwohl du bis jetzt noch ein Niemand bist, in großen Buchstaben auf den Plakaten stehen. Es sind nicht zuletzt auch deine Jugend und dein Aussehen, die das Publikum ins Theater locken werden, und das Publikum erwartet, dich in Frauenkleidern zu sehen.«

Nachdem er das gesagt hatte, hatte er Tonio nicht mehr ins Gesicht sehen können.

»Das glaube ich nicht«, hatte Tonio leise erwidert. »Seit drei Jahren erzählst du mir, daß die Römer die strengsten Kritiker sind. Jetzt sagst du, daß sie einen Jungen in Röcken sehen wollen. Hast du je alte Stiche von Folterinstrumenten gesehen? Eiserne Masken und

Handfesseln, äußerst qualvolle Gewandungen? Genau das würden Frauenkleider für mich sein, und du sagst: ›Zieh sie an.‹ Ich werde es nicht tun.«

Guido war das zu hoch. Es entmutigte ihn stets, wie kompliziert Tonio dachte. Er selbst hatte, bevor er achtzehn geworden war, Dutzende Male Frauenrollen verkörpert.

Wie konnte jemand das Singen so lieben, wie Tonio es tat, wie konnte jemand die Bühne so lieben wie er und sich trotzdem weigern, alles zu tun, was erforderlich war?

Davon hatte er der Contessa jedoch nicht erzählt.

Das Schlimmste daran, nämlich daß er sich gegenüber Tonio so kalt zeigte und er sich ärgerte, daß dieser das geduldig hinnahm, konnte er ihr nicht anvertrauen.

Statt dessen hatte er der Contessa zugehört, die eigene Probleme hatte.

Es war ihr nicht gelungen, die Witwe ihres sizilianischen Cousins, die hübsche kleine Engländerin, die so wunderbar malte, zu überzeugen, eine erneute Heirat in Betracht zu ziehen.

Die junge Frau wollte nicht nach England zurückkehren, sie wollte sich auch nicht nach einem neuen Ehemann umsehen. Sie wollte statt dessen als Malerin arbeiten.

»Ich habe sie immer gemocht«, murmelte Guido abwesend. Er dachte gerade an Tonio. »Und sie ist wirklich begabt. Nun, sie malt wie ein Mann.«

Die Contessa konnte nicht begreifen, daß eine Frau den Wunsch haben konnte, ein eigenes Atelier zu besitzen oder in Palästen und Kirchen mit dem Pinsel in der Hand auf Gerüsten herumzuklettern.

»Du wirst sie doch aber nicht im Stich lassen, oder?« fragte Guido sanft. Das Mädchen war noch so jung.

»Lieber Himmel, nein«, sagte die Contessa. »Sie ist immerhin verwandt mit mir. Abgesehen davon war mein Cousin siebzig, als er sie geheiratet hat. Dafür schulde ich ihr einiges.«

Mit einem Seufzen bemerkte sie dann, daß das Mädchen reich genug war, um zu tun, was es wollte.

»Bring sie doch mit nach Rom«, schlug Guido schläfrig vor. »Vielleicht findet sie ja hier einen passenden Ehemann.«

»Es ist hoffnungslos«, sagte die Contessa. »Aber sie wird kommen. Sie würde um nichts in der Welt Tonios ersten Auftritt verpassen wollen.«

Als er jetzt langsam den Korridor zu seinen Gemächern entlangging, sah Guido unter seiner Zimmertür Licht hervorscheinen. Zuerst war er froh darüber, dann aber fiel ihm wieder ein, welche Feindseligkeit zwischen ihm und Tonio herrschte. Ihm war ein wenig bange, als er den Türknopf drehte.

Tonio war wach und voll angezogen. Er saß allein in einer Ecke und trank ein Glas Rotwein. Als Guido eintrat, blieb er zwar sitzen, hob aber den Kopf. In seinen Augen spiegelte sich das Licht.

»Du hättest nicht auf mich zu warten brauchen«, sagte Guido beinahe scharf. »Ich bin müde und gehe zu Bett.«

Tonio gab keine Antwort. Er erhob sich langsam und ging auf Guido zu, blieb dann ein kleines Stück entfernt stehen und sah zu, wie dieser seinen Umhang ablegte. Guido hatte nicht nach dem Kammerdiener geklingelt. Er war im Grunde nicht gern von Dienern umgeben, außerdem brauchte er beim Auskleiden keine Hilfe.

»Guido«, sagte Tonio vorsichtig flüsternd, »können wir dieses Haus verlassen?«

»Was meinst du mit dieses Haus verlassen?«

Guido zog die Schuhe aus und hängte seine Jacke auf einen Kleiderhaken. »Du könntest mir etwas Wein einschenken«, sagte er. »Ich bin sehr müde.«

»Ich meine, dieses Haus verlassen«, wiederholte Tonio. »Ich meine, irgendwoanders wohnen. Ich habe genug Geld.«

»Was soll das heißen?« fragte Guido in beißendem Ton. Aber da war wieder eine Spur jenes Entsetzens, das er unterschwellig schon seit Tagen verspürte. »Was ist los mit dir?« sagte er. Seine Augen waren schmal geworden.

Tonio schüttelte den Kopf. Der Wein ließ seine Lippen glänzen. Sein Gesicht war abgespannt.

»Was ist passiert? Antworte mir«, sagte Guido ungeduldig. »Warum willst du dieses Haus verlassen?«

»Bitte sei mir nicht böse«, sagte Tonio langsam und betonte dabei jedes einzelne Wort.

»Wenn du mir nicht sagst, wovon du überhaupt sprichst, dann prügle ich es aus dir heraus. Ich habe dich seit Jahren nicht mehr geschlagen, aber das wird mich jetzt nicht hindern«, sagte Guido, »wenn du nicht auf den Punkt kommst.«

Er sah die Verzweiflung in Tonios Gesicht, sah ihn zurückschrekken, er durfte jedoch nicht nachgeben.

»Also gut, dann sage ich es dir, wie es ist«, meinte Tonio mit leiser Stimme. »Heute abend hat der Kardinal mich zu sich gebeten. Er sagte, er könne nicht schlafen. Er sagte, er brauche Musik, um sich zu beruhigen. In seinem Schlafzimmer stand ein kleines Cembalo. Er bat mich, ihm etwas vorzuspielen und vorzusingen.«

Er beobachtete Guido. Guido konnte die Worte kaum hören. Er malte sich diese Szene in Gedanken aus und spürte dabei eine unangenehme Wärme in der Brust.

»Und dann?« wollte er ärgerlich wissen.

»Es war nicht Musik, wonach er verlangte«, sagte Tonio. Es fiel ihm unendlich schwer, darüber zu reden, aber er fügte hinzu: »Allerdings bezweifle ich, daß er es selbst gemerkt hat.«

»Und wie hast du es denn gemerkt?« wollte Guido barsch wissen. »Erzähl mir jetzt nicht, du hättest ihn abgewiesen!«

Tonios Gesicht war vor Entsetzen ganz starr.

Guido schlug aufgebracht die Hände zusammen, dann beschrieb er mit hastigen Schritten einen kleinen Kreis. Tonio stand da und sah ihn stumm und vorwurfsvoll an.

»In was für einem Zustand hast du ihn zurückgelassen?« fragte Guido. »War er wütend? Was genau ist passiert?«

Tonio konnte sich offensichtlich nicht zu einer Antwort durchringen. Er starrte Guido an, als hätte dieser ihn geohrfeigt.

»Tonio, hör mir zu«, sagte Guido. Er schluckte. Er wußte, daß er nicht verraten durfte, welche Panik in ihm aufgestiegen war. »Geh zu ihm zurück und zeige um Himmels willen Nachsicht gegenüber seinen Wünschen. Wir befinden uns in seinem Haus, Tonio, er ist unser Mäzen. Er ist der Cousin der Contessa, und er ist ein Kirchenfürst . . .«

»Ein Kirchenfürst, ist er das?« sagte Tonio. »Zeige Nachsicht gegenüber seinen Wünschen! Was bin ich denn, Guido? Was bin ich?«

»Du bist ein Junge, das bist du, und ein Kastrat«, sprudelte Guido heraus. »Es spielt für dich keine Rolle, es macht nichts aus, wenn du es tust! Aber es macht unglaublich viel aus, wenn du es nicht tust! Hast du das denn nicht kommen sehen? Bist du wirklich so blind? Tonio, du ruinierst mich mit deiner Halsstarrigkeit, deinem Stolz. Ich komme dagegen nicht an. Du mußt jetzt wieder zum Kardinal gehen.«

»Ich ruiniere *dich*!« sagte Tonio. »Du sagst mir, ich solle zu ihm gehen und tun, was er wünscht, so als wäre ich nur eine Hure von der Straße.«

»Aber du bist keine Hure. Wenn du eine Hure wärst, dann wärst du nicht in diesem Haus, du würdest nicht vom Kardinal verköstigt werden und ein Dach über dem Kopf erhalten. Du bist ein Kastrat. Gib ihm um Himmels willen, was er will. Ich würde es ohne Zögern tun, wenn er es von mir haben wollte.«

»Du machst mir angst«, flüsterte Tonio. »Du widerst mich an. Es gibt kein anderes Wort dafür. Man hat dich aus Kalabrien geholt und dich in Samt und Seide gesteckt. Auf diese Weise siehst du zwar aus wie ein feiner Herr, in Wirklichkeit aber bist du ein gedankenloses, seelenloses Wesen, das vor nichts zurückschreckt, um seine Ziele durchzusetzen. Du besitzt kein Ehrgefühl, keinen Glauben, keinen Anstand. Du willst mir meinen Namen nehmen, du willst mir meine Gestalt nehmen, und all das im Namen der Musik und weil es unbedingt sein *muß*. Und jetzt schickst du mich im Namen derselben Notwendigkeit ins Bett des Kardinals . . .« »Ja, ja, ja!« sagte Guido. »All das befehle ich dir. Mach nur einen Dämon aus mir, wenn es dir gefällt. Ich sage dir, die Prinzipien, die du über alles stellst, sind zwar schön und gut, aber bedeutungslos. Du bist nicht an Regeln gebunden. Du bist ein Kastrat. Du kannst diese Dinge tun.«

»Und was ist mit dir«, wollte Tonio in demselben Flüsterton wissen, »was bedeutet es dir, wenn ich bei ihm liege?« Es war, als wagte er nicht, die Stimme zu erheben. »Fühlst du denn gar nichts?«

Guido drehte ihm den Rücken zu.

»Du schickst mich aus deinem Bett in das seine«, fuhr Tonio fort, »als wäre das nichts als ein Geschenk für Seine Eminenz, Dankbarkeit gegenüber Seiner Eminenz, Respekt.«

Guido schüttelte lediglich den Kopf.

»Besitzt du denn gar kein Ehrgefühl, Guido?« flehte Tonio leise. »Haben sie dir das in Kalabrien herausgeschnitten? Mir jedenfalls nicht.«

»Ehrgefühl, Ehre.« Guido drehte sich müde zu ihm um. »Was ist denn ehrlos daran, wenn du diesem Mann gibst, worum er dich bittet, und wenn es dich nicht im geringsten herabsetzt? Du bist ein Festmahl, an dem er sich, solange du unter seinem Dach wohnst, einmal, vielleicht zweimal satt essen wird. Wieso soll dich das verändern? Wenn du ein Mädchen wärst, eine Jungfrau, dann könntest du so argumentieren, aber dann hätte er dich auch niemals darum gebeten. Er ist ein heiliger Mann. Und wenn du ein Mann wärst, dann könntest du sagen, daß es dich beschämt, eine solche Veranlagung zugeben zu müssen, oder aber du könntest behaupten, daß dich so etwas abstößt! Aber du bist keines von beidem. Du bist *frei*, Tonio, frei. Es gibt Männer und Frauen, die in jeder Nacht ihres Lebens von solcher Freiheit träumen! Sie gehört dir aufgrund deiner Natur, und du wirfst sie einfach weg. Und er, um Himmels willen, er ist ein Kardinal. Ist das, was Gott dir geschenkt hat, so kostbar, daß du es für jemanden aufsparen mußt, der besser ist als er!«

»Hör auf damit«, beharrte Tonio.

»Als ich dich das erste Mal genommen habe«, sagte Guido, »war das auf dem Boden meines Übungszimmers in Neapel. Du warst allein und hilflos, ohne Vater, Mutter, Verwandte, Freunde. Wo war da damals die Ehre?«

»Da war Liebe«, sagte Tonio. »Und *Leidenschaft*!«

»Dann liebe ihn! Er ist ein großer Mann. Die Leute stehen stundenlang vor den Toren und warten, nur um ihn vorbeifahren zu sehen. Geh und liebe ihn eine kleine Weile, dann wird sich auch die Leidenschaft einstellen.«

Guido drehte ihm abrupt wieder den Rücken zu.

Das Schweigen war unerträglich. Ohne daß es ihm bewußt war, hielt er den Atem an.

Er hatte das Gefühl, der Zorn hätte ihn aufgebläht, häßlich gemacht. Es schien ihm, als bräche nun all der Schrecken, der stets drohend im Hintergrund gelauert hatte, seit sie nach Rom aufgebrochen waren, mit voller Macht über ihn herein. Er konnte sich nicht dagegen wehren.

Inmitten dieser Angst, dieser Verwirrung jedoch begann er zu begreifen.

Als er hörte, wie sich die Tür öffnete und wieder schloß, kam es ihm so vor, als hätte ihn ein Schlag zwischen den Schultern getroffen.

Abrupt ging er zu seinem Schreibtisch.

Er setzte sich vor eine aufgeschlagene Partitur, tauchte seine Feder rasch in die Tinte und begann zu schreiben.

Lange Zeit saß er danach da und starrte die Schriftzeichen auf dem Pergament an. Er starrte die Feder in seiner Hand an. Schließlich legte er sie vorsichtig weg, so als wolle er nicht ein Stäubchen in der Luft aufrühren.

Sein Blick wanderte über die Gegenstände im Raum. Den rechten Arm fest um die Taille gelegt, so als wolle er sich gegen einen schrecklichen Angriff wappnen, lehnte er den Kopf an die Rückenlehne des Stuhls und schloß die Augen.

5

Tonio stand vor der Tür des Kardinals.

Er war zu der schmerzlichen Überzeugung gelangt, daß er sich das Ganze selbst zuzuschreiben hatte. Er wußte nicht genau, warum, aber er hatte das Gefühl, daß er einen Fehler gemacht hatte.

Als der alte Nino vorhin zu ihm gekommen war und ihm gesagt hatte, der Kardinal könne nicht schlafen, hatte Tonio angesichts der Tatsache, daß dieser große Mann nach ihm schickte, eine undefinierbare Erregung verspürt.

Das Verhalten des Dieners, der herbeigeeilt war, um Tonio dabei zu helfen, seinen Rock auszuziehen, und ihm dann einen anderen, der üppig bestickt war, zu reichen, war ihm ein wenig merkwürdig vorgekommen. Die Gesten des alten Mannes hatten etwas Verstohlenes an sich gehabt, so als müsse er aus irgendeinem Grund auf Zehenspitzen gehen, als müsse er sich beeilen, als dürften sie beide nicht gesehen werden.

Aus seiner Jackentasche hatte Nino einen alten Kamm gezogen, dem schon ein paar Zähne fehlten, damit Tonio sich noch rasch kämmen konnte.

Tonio hatte zuerst gar nicht bemerkt, daß er sich in einem Schlafzimmer befand. Er hatte nur die Tapisserien an den Wänden gesehen: antike Gestalten, die durch eine Landschaft dahinjagten, während zwei Dutzend kleiner Tiere zwischen Blumen und Blättern eingewoben waren. Das Kerzenlicht zeigte merkwürdig abstrahierte Gesichter, Männer und Frauen zu Pferd, die aus den Augenwinkeln ins Zimmer starrten.

Als nächstes hatte er das Cembalo entdeckt, ein kleines, tragbares Instrument mit einem einzigen Manual aus schwarzen Tasten. Der Kardinal stand dahinter. Er kam Tonio vor wie eine Anhäufung leiser Bewegungen und Geräusche. Er trug eine Robe, deren Farbe sich im Lichte der wenigen Kerzen zwischen den üppigen Wandbehängen kaum von der Dunkelheit unterschied.

Tonio hörte gar nicht richtig, was der Kardinal zu ihm sagte. Er verspürte in seinem Körper ein Pulsieren, er hatte das Gefühl, etwas Verbotenes zu tun, obwohl er nicht wußte, warum. Ein Satzfetzen war in sein Bewußtsein gedrungen, der Kardinal hatte irgend etwas über ein Lied und die Macht des Gesangs gesagt. Es hatte den Anschein, als wollte der Kardinal, daß Tonio etwas sang.

Tonio setzte sich. Er berührte die Tasten. Das Cembalo besaß einen perlenden Klang von äußerster Zartheit und Reinheit. Dann begann er mit einer Arie, die eine von Guidos süßesten und traurigsten Stücken war. Es war eine Meditation über die Liebe und entstammte einer Serenade, die noch nie öffentlich aufgeführt worden war. Tonio mochte sie lieber als die ungestümeren Stücke, die Guido in letzter Zeit für ihn geschrieben hatte. Der Text, der von einem unbekannten Dichter stammte, verwendete die Sehnsucht nach dem Geliebten als Bild für das Sehnen nach dem Spirituellen. Tonio mochte diesen Text sehr gern.

Während er sang, hatte er einmal aufgeblickt. Er hatte in dem einzigartigen Gesicht des Kardinals mit seiner beinahe wie geschnitzt wirkenden Vollkommenheit jene lebendige Empfindsamkeit gesehen, die diesen Mann so auffallend und anziehend machte. Der Kardinal sagte kein Wort, doch war seine Freude offensichtlich. Tonio merkte, daß er versuchte, dieses Lied so gut zu singen, wie er nur konnte. Während er für diesen Mann sang und spielte, empfand er so etwas wie eine angenehme Erinnerung, ein vertrautes Wohlgefühl.

Als er geendet hatte, war er sitzengeblieben und hatte überlegt: Was kann ich noch singen, um den Kardinal zu erfreuen? Als dann der Kardinal höchstpersönlich einen juwelenbesetzten Becher mit Burgunder vor ihn hinstellte, merkte er erst, daß sie ganz allein waren.

»Euer Gnaden, Sie gestatten.« Er hatte sich erhoben, als er sah, daß der Kardinal sich ebenfalls einen Becher einschenken wollte.

Als er seine Hand nach dem Henkelkrug mit dem schmalen Hals ausstreckte, hatte der Kardinal sie ergriffen und ihn zu sich gezogen, bis sie aneinandergepreßt dastanden und er den Herzschlag des Kardinals spüren konnte.

Er war vollkommen verwirrt. Er hatte die Kraft des Mannes unter seiner dunklen Robe gespürt, hatte seinen heiseren Atem gehört und gemerkt, daß der Kardinal die größten Seelenqualen litt, als er ihn schließlich losließ.

Tonio erinnerte sich daran, daß er zurückgewichen war. Er erinnerte sich daran, daß der Kardinal zum Fenster gegangen war und die Lichter in der Ferne betrachtet hatte. In der Nähe war ein Hügel zu sehen gewesen, kleine Fenster und Dächer zeichneten sich vor einem helleren Himmel ab.

Elend. Elend. Dennoch war da ein schreckliches Gefühl des Triumphs, eine fast berauschende Ahnung von etwas Verbotenem gewesen, so als wäre dies ein Duft, der in der Luft lag. Als sich der Kardinal jedoch wieder zu ihm umgedreht hatte, hatte er einen

Entschluß gefaßt. Er legte seine Hände auf Tonios Nacken, wobei er mit den Daumen sanft seine Kehle berührte, und fragte ihn halb flüsternd und ganz sanft, ob Tonio so freundlich wäre, seine Kleidung auszuziehen.

Der Kardinal hatte diesen Wunsch mit großer Höflichkeit, großer Schlichtheit vorgebracht. Die bloße Berührung seiner Hände schien eine Macht in sich zu bergen, die Tonio alle Kraft nahm, die ihm das Gefühl gab, sich fügen zu müssen.

Aber Tonio hatte sich nicht gefügt. Er war zurückgewichen. Eine Flut von Gedanken, die mächtiger waren als der sanfte Befehl des Kardinals, überdeckte das Verlangen, das in ihm selbst erwachte. Er konnte dem Kardinal nicht in die Augen sehen, als er darum bat, gehen zu dürfen.

Der Kardinal hatte gezögert, dann hatte er ganz ehrlich und freundlich gesagt: »Vergib mir, Marc Antonio. Ja, ja, selbstverständlich kannst du gehen.«

Was war geblieben? Dieses Gefühl, daß Tonio das Ganze irgendwie gewollt hatte, daß er es provoziert hatte und daß er diesem Mann Unrecht getan hatte.

Als Tonio, den Guidos böse Worte gekränkt und erschüttert hatten, nun draußen vor der Tür des Kardinals stand, dachte er: Für dich, Guido, für dich tue ich das. Die Dinge, die er fürchtete, Guido zuliebe überwand er sie stets; die Dinge, die er als Demütigung empfand. Guido zuliebe lernte er sie zu ertragen.

Dies aber, dies war etwas vollkommen anderes. Guido hatte keine Ahnung, was er verlangte, als er Tonio dorthin schickte!

Ganz plötzlich wurde Tonio jedoch klar, daß er den Kardinal vom ersten Augenblick an begehrt hatte. Er hatte ein Verlangen nach ihm verspürt wie sonst noch nach niemandem vor ihm. Bislang hatte er sich in der Wärme und Sicherheit von Guidos Liebe geborgen gefühlt. Aber nun war da der Kardinal, der unversehrt und mächtig war. Es schien, als hätte Tonio sich schon seit langer Zeit auf die Begegnung mit ihm zubewegt.

Die Tür gab nach, als er klopfte. Sie war nicht verriegelt worden. Der Kardinal sagte: »Tritt ein.«

Der Kardinal saß über seinen Schreibtisch gebeugt. Das Zimmer wurde vom Licht einer anscheinend antiken Öllampe erhellt, ansonsten war alles unverändert geblieben. Das Buch, das vor ihm lag, war mit illuminierten Anfangsbuchstaben versehen, in die kleine Figuren eingepaßt waren. Das Ganze schimmerte, als er mit zitternder Hand die Seite umblätterte.

»Ach, stell dir vor«, sagte er lächelnd, als er Tonio sah, »das geschriebene Wort ist der Besitz jener, die so große Mühe darauf verwendet haben, es zu bewahren. Ich bin immer aufs neue von der Art und Weise fasziniert, wie uns Wissen weitergegeben wird, und zwar nicht durch die Natur, sondern durch unsere Mitmenschen.«

Er trug jetzt nicht mehr das lockere schwarze Gewand, sondern hatte seine karminfarbene Robe angelegt. Ein silbernes Kruzifix ruhte auf seiner Brust. Sein Gesicht zeigte eine solch merkwürdige Mischung aus scharfen Linien und lebendigem Humor, daß Tonio einfach nur dastand und ihn anstarrte.

»Mein lieber Marc Antonio«, sagte er verwundert, während auf seinen Lippen ein Lächeln erschien. »Warum bist du zurückgekommen? Es ist dir doch gewiß klar, daß es richtig war, zu gehen?«

»War es das, Euer Gnaden?« fragte Tonio. Er zitterte. Ach, wie merkwürdig es war, zu zittern, ohne es sich anmerken lassen zu dürfen. Er trat an den Schreibtisch. Sein Blick fiel auf die lateinischen Sätze, die sich da in einer schematischen Unordnung verloren, einer Wildnis von winzigen Wesen, die zwischen karminroten, scharlachroten und goldenen Schnörkeln lebten.

Der Kardinal hatte ihm seine geöffnete Hand entgegengehalten.

Tonio ging darauf zu, ließ sich von ihm in die Arme schließen. Bei der Berührung jener Finger spürte er, wie etwas in ihm erwachte, obwohl er, wie schon zuvor auch, dagegen ankämpfte. Frei, dachte er bitter. Wenn er könnte, würde er selbst jetzt noch wegrennen, um sich in Guidos Armen zu verstecken. Er hatte das Gefühl, als ginge etwas kaputt in ihm, etwas, das er lange Zeit verzweifelt beschützt hatte. Dennoch wich er nicht zurück. Er blickte hinunter in das verzückte Gesicht des Kardinals, er blickte in seine Augen und verspürte den Wunsch, jene glatten Lider und die farblosen Lippen zu berühren.

Der Kardinal litt jedoch stumme Qualen. Seine Leidenschaft schien ihn innerlich zu zerreißen, doch er schaffte es nicht, Tonio von sich wegzustoßen.

»Ich habe bislang zu wenige fleischliche Sünden begangen, um andere belehren zu können«, murmelte er halbherzig, so als dächte er über sich nach. Es lag kein Stolz in dem, was er sagte. »Du hast mich beschämt, und das zu Recht. Warum also bist zu zurückgekommen?«

»Euer Gnaden, kommen wir wegen ein paar Umarmungen in die Hölle? Ist das Gottes Wille?« fragte Tonio.

»Du bist der Teufel mit dem Gesicht eines Engels«, sagte der Kardinal, wobei er leicht zurückwich. Doch Tonio konnte hören, wie sein Atem schwer und stoßend ging. Er sah, wie der Kardinal mit sich kämpfte.

»Euer Gnaden, ist das wirklich so?« Tonio ließ sich langsam auf ein Knie herab. Er blickte dem Kardinal jetzt in die Augen. Welch erstaunliche Beschaffenheit dieses Gesicht doch besaß. Es war das Gesicht eines Mannes, ein Gesicht, bei dem die Altersfältchen auf ganz bestimmte Stellen beschränkt, aber doch ganz tief eingegraben waren. Das spitze Kinn war rauh. Die Augen hatten etwas Weiches an sich, ohne daß dabei aber die Klarheit des Blickes gemildert worden wäre. »Euer Gnaden«, flüsterte Tonio. »Da man mir so viel weggeschnitten hat, habe ich oft gedacht, die Fleischeslust wäre der Ursprung von allem.«

Eine hilflose Verwirrung überfiel den Kardinal. Tonio schwieg, erstaunt darüber, von seinen eigenen Lippen ein solches Bekenntnis zu hören. Was hatte dieser Mann an sich, daß er ihm so etwas sagte?

Der Kardinal hielt seinen Blick auf ihn geheftet, so als müsse er verstehen. Wie falsch Tonio ihn doch eingeschätzt hatte. Dieser Mann *war* unschuldig, wirklich unschuldig, und er verlangte verzweifelt danach, geführt zu werden.

»Ich habe genug für uns beide gesündigt«, sagte der Kardinal ohne Überzeugung. »Geh jetzt und laß mich meinen Kampf um Gott und mit mir selbst gewinnen.«

»Aber werden Sie nicht trotzdem der Verlierer sein, Euer Gnaden?«

»Ach nein«, flehte der Kardinal, gleichzeitig jedoch zog er Tonio näher zu sich heran, hielt ihn fest.

»Euer Gnaden«, drängte Tonio, »möge Gott mir vergeben, wenn ich Unrecht habe, aber ist es nicht wahr, daß diese Sünde bereits begangen wurde? Daß wir in unserer Leidenschaft, die wir füreinander empfinden, bereits verdammt sind? Sie haben nicht nach Ihrem Beichtvater geschickt, ich habe keinen. Wenn wir in diesem Augenblick sterben sollten, dann würden wir ebenso sicher in der Hölle brennen, als hätten wir den Akt bereits begangen. Nun, wenn das so ist, Euer Gnaden, dann lassen Sie mich Ihnen jenes kleine Stück vom Himmel schenken, das für uns noch erreichbar ist.«

Er berührte das Gesicht des Kardinals mit seinen Lippen und empfand dabei den unvermeidlichen Schock, den die Begegnung mit der fremden Haut ihm bereitete. Ein Mensch, den er nicht kannte, wandte sich ihm zu, öffnete die Arme. Als sich der Kardinal erhob und sie sich gegenüberstanden, als Tonio ihn umarmte, spürte er die Härte eines Körpers, wie er ihm noch nie begegnet war.

Sein Verlangen machte ihn schwach. Wäre es notwendig gewesen, dann hätte er plötzlich darum gebettelt.

Das Feuer dieses Mannes entflammte auch ihn.

Es erschien ihm, als würde er den Kardinal zum Bett führen. Er holte die Kerzen, stellte sie daneben und löschte sie alle bis auf eine aus. Während er verträumt diese eine Flamme ansah, in deren Licht sein Schatten an der Wand hin- und hersprang, spürte er, wie der Kardinal begann, ihn auszuziehen.

Der Kardinal ging langsam vor, Tonio half ihm nicht. Er blickte ins Zentrum seines Begehrens, spürte, wie sein Entsetzen nachließ. Wie aus großer Entfernung sah er seine Kleidung zu Boden fallen und merkte, wie der Blick des Kardinals über ihn hinwegwanderte. Er hörte ihn mit kaum vernehmbarer Stimme flüstern: »Es ist genug.«

»Euer Gnaden«, sagte Tonio und legte dabei seine Hand auf diese Stärke, diese Festigkeit, »ich brenne. Lassen Sie mich Ihnen Vergnügen schenken, sonst verliere ich den Verstand.«

Er saugte an den Lippen des Kardinals und war dabei über deren Geschmeidigkeit und Unwissenheit erstaunt, dann gab er sich, noch mehr erstaunt, der machtvollen Unbeholfenheit der Hände des Kardinals hin. Der Kardinal leckte an Tonios Brustwarzen, er tauchte in das dunkle Haar zwischen seinen Beinen ein, preßte dabei die Handfläche auf Tonios Narben. Während er sie befühlte, vor Leidenschaft zuckend, konnte er nicht mehr still bleiben. Er stöhnte, als Tonio stöhnte, während jene toten Runzeln aus Fleisch plötzlich von einer bebenden Vibration belebt wurden. Tonio, der seinen Rücken bog, spürte den Mund des Kardinals auf seinem steifen Geschlecht. »Nein, Euer Gnaden, ich bitte Sie . . .« Tonio, die Augen halb geschlossen, die Lippen bebend, als hätte er große Schmerzen, zog sich ganz sanft zurück und flüsterte, während er sich hinkniete: »Euer Gnaden, lassen Sie mich ihn sehen. Bitte, lassen Sie mich ihn sehen.«

Der Kardinal strich Tonio unsicher über den Kopf. Er schien benommen, dann machte er eine Geste, fast so, als schäme er sich. Tonio schlug die rote Robe auseinander.

Er war wie eine Wurzel, er besaß deren Stärke. Er war rund und hart, wie etwas, das aus Holz gefertigt ist. Plötzlich hielt Tonio, dem der Atem stockte, den schweren, seidigen Hodensack in der Hand. Es war gespenstisch, wie leicht und wie schwer er gleichzeitig war, wie zerbrechlich das, was sich in ihm befand, sein mußte. Tonio beugte sich hinunter und versuchte, ihn ganz in seinen Mund zu nehmen. Er schmeckte das Salz auf der behaarten Haut, roch den schweren Duft, spürte die Hitze, die von dort kam. Er richtete sich wieder auf und nahm das Glied des Kardinals in den Mund.

Es stieß an seinem Gaumen an, als Tonio daran auf und nieder glitt, es mit den Zähnen liebkoste. Da spürte er zwischen seinen Beinen die erste heftige Woge der Lust.

Aber er konnte mit seinen Bewegungen nicht innehalten. In ihm begann sich sofort wieder die Leidenschaft aufzubauen. Gierig verschlang er dieses brutale, starre Ding, während seine Hand die sanfte Schwere des Hodensacks hielt, der angespannt und doch gleichzeitig auch weich war. Abermals erreichte Tonio einen Höhepunkt. Dann erhob er sich, sein steifes Glied gegen den Kardinal gepreßt. Er spürte dabei dessen Nacktheit an seiner eigenen Nacktheit, und es war ihm gleich, ob die Welt seinen erstickten Schrei hörte. Der Kardinal wand sich hin und her, er war verrückt nach Tonio und dennoch so unschuldig, als wisse er nicht, was er tun sollte. Ihm blieb nichts anderes übrig, als Tonios Geheiß zu folgen.

Tonio legte sich bäuchlings auf das Bett, streckte die Hände nach dem Kardinal aus, als wäre dieser ein Mantel, mit dem er sich bedecken wollte, während er die Beine spreizte. Er spürte, wie der Kardinal seinen nackten Rücken küßte, wie er mit den Händen seine Pobacken massierte. Tonio selbst griff nach der Waffe und zeigte ihr, wohin sie zielen mußte.

Dies war Schmerz. Ihm war, als würde er gepfählt. Dennoch war es unwiderstehlich, ein köstliches Gefühl, bezwungen zu werden. Der erste Stoß entlockte ihm ein Stöhnen, dann spürte er, wie sich ihre Körper in ein und demselben Rhythmus bewegten. Es kam ihm so vor, als würde ihn, ausgehend von dieser Körperöffnung und dieser Grausamkeit, ein pulsierendes Vergnügen durchströmen. Mit zusammengebissenen Zähnen gab er die gotteslästerlichste Zustimmung.

Als der Kardinal mit einer letzten qualvollen Reihe von Zuckungen zur Erfüllung kam, da geschah dies mit einem wehklagenden Schrei. Dann löste er sich von Tonio, hielt diesen aber immer noch fest, so als befürchte er, irgendeine fremde Kraft könnte ihn ihm entreißen.

Vielleicht eine Stunde später erwachte Tonio. Einen Moment lang wußte er nicht, wo er war. Dann sah er den Kardinal am Bett stehen und zu ihm herabblicken. Durch das geöffnete Fenster hinter ihm war das langsame Kreisen der Sterne zu sehen.

Der Kardinal sagte etwas und legte dabei die Hand auf Tonios Schulter. Als er sah, daß Tonio die Augen geöffnet hatte, berührte er dessen Wangen. »Kann Gott mich für diese Ekstase verdammen?« flüsterte er. »Was ist es, das ich daraus lernen soll?« Wieder hatte er mit erstaunlicher Unschuld gesprochen. In seinen Augen lag eine solche kindliche Frische, das Gesicht mit seinen glatten, ein wenig schräg nach unten verlaufenden Lidern und den gesenkten Mundwinkeln war dabei aber so majestätisch wie eh und je.

»Ich wurde dafür schon vor langer, langer Zeit verdammt«, flüsterte Tonio und schlummerte sofort wieder ein.

Als er das nächste Mal erwachte, hatte der Himmel jenseits der Dächer ein dunkles Rosa angenommen, während die Wolkenstreifen ihn über und über mit Gold äderten. Schwache, entfernte Gänserufe lagen in der Luft, irgendwo brüllten Kühe. Als ein Hahn krähte, schien das Zimmer entzweizubrechen, so daß der ganze Brokat und Lack dort in sich zusammenfiel und so schäbig wirkte wie die mit einer Staubschicht überzogenen Waren im Hinterzimmer eines Tuchhändlers. In den ersten Sonnenstrahlen, die auf den Teppich fielen, schwebten kleine Staubteilchen. Jeder Luftzug brachte den Geruch frisch umgebrochener Erde mit. Er überlagerte den Duft von Weihrauch und Wachs, der vorher im Zimmer vorgeherrscht hatte.

Tonio erhob sich sofort. Er fragte sich, warum ihn der Kardinal nicht fortgeschickt hatte. Es erschien Tonio überaus gütig und freundlich von ihm. Aber der Kardinal lag in seinen Kissen und schlief. Selbst jetzt streckte er träge den Arm nach der warmen Mulde aus, die Tonio eben verlassen hatte.

Tonio zog sich still an und machte sich auf den Weg durch die düsteren grauen Flure.

Als er Guidos Schlafzimmer betrat, sah er, daß Guido an seinem Schreibtisch eingeschlafen war. Er hatte das Gesicht in der Armbeuge vergraben. Die einzige Kerze, die gebrannt hatte, war in ihrem eigenen Wachs ertrunken.

Lange Zeit starrte Tonio den gebeugten Kopf an, die dichten, staubigen Locken. Dann weckte er Guido auf. Guido fuhr zusammen, erhob sich dann langsam und ging unbeholfen zu seinem Bett. Der alte Nino kam leise ins Zimmer, zog Guido die Schuhe aus und deckte ihn zu.

Tonio stand da und starrte ihn an, dann drehte er sich um und ging in seine eigenen Gemächer.

Er schloß die Augen und spürte wieder, wie er die Arme um den Kardinal geschlungen, wie er sein Gesicht an diesen mageren und steifen Körper gepreßt hatte, spürte den inneren Aufruhr darin, spürte erneut diese grobe und dennoch perfekte Haut. Sein Mund öffnete sich wieder jenen Geheimnissen, bis er es nicht länger ertragen konnte und im Zimmer auf und ab zu gehen begann.

Ein bestimmter Rhythmus packte ihn und zwängte ihn in eine Kreisbahn, bis er schließlich das Fenster aufriß und sich weit hinauslehnte, so daß er die frische Luft in sich einsaugen konnte. Ein runder Springbrunnen glitzerte unter ihm. Das Wellenmuster im Wasser fesselte ihn, bis er merkte, daß er von hier aus das Plätschern gar nicht hören konnte.

Es würde zwischen ihm und Guido nie mehr so wie früher sein!

Aber Guido hatte das sicher gewußt. Was hatte Guido getan? Tonio hatte mit seinem Geliebten zusammen in einem verschlossenen Zimmer gelebt, aber Guido hatte ihn hinausgeschickt. Er hatte ihm die Tür geöffnet. Alle die freundliche Vielschichtigkeit, die verletzende Zärtlichkeit war verblaßt und hatte ihn leer zurückgelassen. Plötzlich konnte er nichts mehr davon heraufbeschwören, da war nichts mehr, das ihn beruhigt oder getröstet hätte. Es war Vergangenheit, schien bereits eine Ewigkeit zurückzuliegen. Das Feuer des Kardinals hatte ihn zu sehr verbrannt.

Er hätte gerne geweint, aber selbst dazu war er zu müde und zu leer. Trotz der wärmenden Morgensonne fröstelte er.

Rom schien weniger ein Ort als eine Vorstellung zu sein, als er am Fenster kniete, die Stirn gegen das Fensterbrett gepreßt. »Was ist es, das ich daraus lernen soll?« hatte der Kardinal gefragt.

Nun, was ihn selbst anging, so wußte er, was er daraus lernen sollte: Er war dabei, Guido zu verlieren. Er hungerte nach dem Kardinal, nach jener zermalmenden Leidenschaft, und wußte gleichzeitig, daß er alles tun würde, um zu verhindern, daß Guido das erfuhr. Das Schwierige daran war, Guido zu finden, indem er ihn verlor, und ihn so auf immer in einer neuen Umarmung zu halten.

6

Er war schläfrig geworden, seit er in diesem Zimmer saß. Der Duft, der in der Luft hing, und das Licht erinnerten ihn an einen anderen engen Raum voller Stoffe und künstlicher Edelsteine, in dem er sich einst aufgehalten hatte. Er war dort allein gewesen und hatte eine köstliche Sonnenwärme auf seinen blanken Schultern und seinem Rücken gespürt.

Aber er verdrängte die Erinnerung daran. Es war nicht wichtig. Wichtig war dagegen, zu vollenden, was er angefangen hatte.

Außerdem wartete diese Frau auf ihn und glaubte offensichtlich, daß sie ihm behilflich sein müsse. Ihre Dienstmädchen huschten durch das Zimmer und regten geschäftig ihre kleinen braunen Hände, sammelten hier ein Stück Band ein, dort einen Faden, rückten eine Perücke auf ihrem hölzernen Kopf zurecht. Plötzlich belustigte es ihn, daß sie erwartete, er solle sich hier seiner Männerkleidung entledigen und ihr seine Gliedmaßen entgegenstrecken, als wäre sie seine Amme.

Er stützte sich auf den Ellbogen, sah sein Spiegelbild in der verdunkelten Fensterscheibe. Sein Gesicht kam ihm meistens merkwürdig ausdruckslos vor, ganz gleich, wie bizarr seine Gedanken auch waren. Es war, als hätte ihn die weiche feminine Haut, die er bekommen hatte (wenn man sie zwischen zwei Finger nahm und kniff, dann war sie so elastisch wie die einer Frau), seiner Ausdruckskraft beraubt, hätte ihm ewige Jugend verliehen.

Wie soll ich dieses Kleid demnächst ohne fremde Hilfe anziehen, dachte er gerade. Wie schließt man dieses Mieder, wie legt man diese Röcke an? Soll ich das Ganze zum Palazzo des Kardinals zurücktragen und es jenem zahnlosen alten Mann übergeben, der, selbst wenn er in irgendeiner engen Hütte in einer Seitengasse ein Dutzend Kinder gezeugt hat, nichts von der Kleidung einer Frau versteht?

Es war heiß in diesem Zimmer, Straßengeräusche drangen durch die geschlossenen Fensterläden herein, Streifen grauen Lichts lagen auf diesem üppigen Rock.

Sie schien sein Zögern zu spüren, klatschte in die Hände, um sich Gehör zu verschaffen, und schickte ihre Mädchen hinaus.

»Signore . . .« Sie trat auf ihn zu, griff nach seinem Umhang. Er spürte, wie dessen Gewicht von seinen Schultern gehoben wurde. »Ich habe die berühmtesten Sänger der Welt eingekleidet«, sagte sie. »Ich machte nicht einfach nur Kleider! Ich schaffe Illusionen.

Erlauben Sie mir, es Ihnen zu zeigen, Signore. Wenn Sie wieder in diesen Spiegel sehen, dann werden Sie Ihren Augen nicht trauen. Sie sind sehr schön, Signore, Sie sind derjenige, von dem ich träume, wenn ich mit meiner Nadel hantiere.«

Tonio gab ein leises, trockenes Lachen von sich.

Er erhob sich vor ihr zu seiner vollen Körpergröße und lächelte in ihr runzeliges, kleines braunes Gesicht hinunter. Ihre Augen sahen aus wie zwei kleine Apfelkerne, die man geradewegs aus dem Mund genommen hatte, so daß sie immer noch glänzend und naß waren.

Sie nahm ihm seinen Rock ab und legte ihn fast liebevoll beiseite, wobei sie mit der Hand über den Stoff strich, so als wolle sie jemanden, der ihn kaufen wollte, auf seinen Wert hinweisen.

»Die Hose auch, Signore. Das ist wichtig.« Sie gestikulierte, als sie seinen Widerstand spürte. »Sie müssen mich in dieser Angelegenheit als Ihre Mamma betrachten. Wenn Sie sich als Frau geben wollen, dann müssen Sie sich auch untendrunter wie eine Frau fühlen, verstehen Sie?«

»Nicht eher wie ein Zentaur, Signora?« fragte er leise. »Jederzeit in der Gefahr, meine Rüschen mit den Füßen herunterzutrampeln und unter den zarten Jungfrauen in der ersten Reihe Panik ausbrechen zu lassen?« Er zitterte.

Sie lachte. »Sie haben eine spitze Zunge, Signore«, sagte sie, als sie seine Strümpfe und seine Schuhe entgegennahm. Er atmete lange und tief ein, schloß dabei halb die Augen.

Dann stand er still da, empfand seine Nacktheit, als wäre die Luft kalt, obwohl sie das nicht war. Als sie zu ihm hintrat, berührte sie ihn so vorsichtig, als wäre er ebenso zart wie feiner Stoff, während sie ihm das weite Reifrockgestell anlegte und die Bänder hinten zuband. Das Gestell schwang hin und her, als sie dann die Unterröcke darüber fallen ließ. Dann kam die violette Seide voller winziger rosa Blüten. Vollkommen, vollkommen. Und dann die üppige Spitzenbluse, die sie vorne geschickt zuknöpfte.

Jetzt hantierte sie langsamer. Sie schien zu spüren, daß dieses gepolsterte Mieder, diese Rüstung, ein entscheidender Schritt war. Es hatte einen weiten Ausschnitt und Ärmel, die in einem dunkleren Violett gehalten waren und mit einem regelrechten Sturzbach von Rüschen abschlossen. Dann hielt sie es hoch, ließ ihn seine Arme hindurchstecken und schloß es zuerst an der Taille.

»Ah, Sie sind die Antwort auf meine Gebete«, sagte sie, als sie den Haken schloß. Zum ersten Mal spürte er die Fischbeinstäbchen, die dort eingenäht waren. Er spürte, wie das Mieder ihn einengte, dennoch lag es kühl und glatt auf seiner Haut, und als sie es immer enger und enger bis zu seiner Brust hoch schloß, verspürte er ein ganz merkwürdiges Gefühl, das fast angenehm war, so als würde dieses Ding ihn stützen, so als würde er davon ebenso gehalten wie geformt.

Ihre kleinen Hände schwebten einen Moment über seinem nackten Hals, wo die glatte Haut sich bis hinunter zu der tief angesetzten Rüsche erstreckte, die quer über seine Brust verlief. Dann flüsterte sie ganz vertraulich: »Gestatten Sie, Signore«, und fuhr mit ihren rauhen, warmen Händen von oben in das Mieder hinein, um seine Brust dort zu formen, sie anzuheben, so schien es. Als er an sich hinabsah, erblickte er dort tatsächlich eine ganz leichte Wölbung, die wie ein Dekolleté wirkte.

Er hatte einen galligen Geschmack im Mund. Er vermied es, in den Spiegel zu sehen. Er stand so still da, daß man hätte meinen können, er wäre überwältigt. Aber er sah teilnahmslos zur Seite, während sie die vollen violetten Röcke um ihn herumdrapierte, das Mieder glattzog, bevor sie ihn bat, sich zu setzen. Er starrte seine Hände an.

»Ihr Gesicht braucht keine Schminke, Signore«, sagte sie. »Ach, es gibt Frauen, die für diese Wimpern einen Mord begehen würden, und dieses Haar, ach, dieses Haar.« Doch sie bürstete es zurück, strich es glatt. Dann spürte er, wie sich das Gewicht einer Perücke auf seinen Kopf senkte. Sie war nicht allzu groß, schneeweiß und mit kleinen Perlen besetzt. Im Nacken war das Haar zusammengenommen, wo es dann in weichen Locken, die er an seinem nackten Rücken spüren konnte, herabfiel. Jetzt drehte sie seinen Kopf so, daß sein Gesicht fast ihren stattlichen Busen berührte.

»Nur ein ganz klein wenig Farbe, Signore, Schwarze Magie« – sie verzog das Gesicht – »für die Augen.«

»Das kann ich nicht tun«, flüsterte er und versuchte dabei, ihr den Pinsel aus der Hand zu nehmen.

»Signore, lassen Sie mich nur machen«, sagte sie, dann lachte sie. Es war das heisere, geschlechtslose Lachen des Alters. »Nein, sehen Sie nicht in den Spiegel«, sagte sie mit erhobenen Händen, so als hätte sie Angst, er würde gleich davonlaufen. Sie beugte sich zu ihm hinunter und berührte seine Augen mit einer Sicherheit, die er selbst nicht hätte zeigen können. Er spürte das zarte Gewicht der Farbe auf seinen Wimpern, er spürte, wie sie seine Augenbrauen glatt und hart machte. »Das ist schon fast zuviel des Guten«, meinte sie und schüttelte den Kopf; dann plötzlich, so als könne sie sich nicht zurückhalten, küßte sie ihn auf beide Wangen.

Er legte den Kopf zur Seite und dachte: Wenn ich diesen Raum jetzt verlasse, dann wird der Diener meinen Degen tragen müssen, dabei ist er ein solcher Trottel. Es war, als würde der Kardinal es vorziehen, sich mit absoluten Idioten zu umgeben. Vielleicht bin ich ja auch ein absoluter Idiot, dachte er. Dann beugte er sich nach vorn und beschattete die Augen mit der Hand. Sie hatte die Fensterläden geöffnet, warmer Sonnenschein ergoß sich ins Zimmer, dann sagte sie:

»Liebstes Kind.« Sie hatte ihn dabei an den Schultern gefaßt.

Wieder dieser Satz, dachte er angewidert.

»Stehen Sie auf und sehen Sie in den Spiegel. Ist es nicht genau, wie ich versprochen habe?« flüsterte sie. »Sie sind die Vollkommenheit selbst. Die Männer werden Ihnen zu Füßen liegen.«

Er stand da und starrte stumm in den Spiegel.

Er wußte nicht, wer diese Kreatur dort war. Hübsch? Oh, sie war hübsch, und unschuldig, so völlig unschuldig. Ihre großen dunklen Augen starrten ihn an, als wolle sie ihm vorwerfen, er hätte einen schmutzigen Gedanken gehabt. Ihr Mieder war an der Taille ganz schmal, nach oben hin wurde es breiter, wobei eine Reihe cremefarbener Rüschen und Schleifen der nächsten folgte, bis dann schließlich diese glatte weiße Haut kam, die die Illusion eines Busens vermittelte. Domenico wäre vor Neid blaß geworden. Und dann das weiße Haar! Es machte sein Gesicht zart und zerbrechlich, verwandelte seine Gesichtszüge in jene eines arglosen jungen Mädchens.

Das weiße Haar war an der Stirn zurückgekämmt, die Locken fielen auf die schimmernde Seide der langen, üppigen Ärmel hinab.

Sie drehte ihn mit beiden Händen herum, stellte sich auf die Zehenspitzen, so als wolle sie irgendein kleines Detail sehen, dann tauchte sie ihren Zeigefinger in den Rougetopf und fuhr ihm damit über die Lippen.

»Ah!« hauchte sie, als sie zurücktrat. »Jetzt reichen Sie mir Ihr Bein«, sagte sie, während sie sich mit raschelndem Rock hinsetzte. Er stellte seinen Fuß auf ihren Schoß. Sie hatte einen Strumpf aufgerollt und streifte ihn ihm jetzt über seinen Fuß, rollte ihn hoch und befestigte ihn dann mit einem Strumpfband am Knie.

»Ja, innen und außen muß alles vollkommen sein«, sagte sie, als wolle sie sich selbst daran erinnern. Sie hielt die weißen Lederpantoffeln so vorsichtig, als seien sie aus Glas.

Und jetzt, als sie endlich fertig war, trat sie atemlos zurück. »Signore . . .« Ihre Augen wurden schmal. »Ich schwöre bei Gott, daß Sie selbst mich täuschen könnten.« Sie blickte ihn an, als wolle sie nicht, daß er sich bewegte.

»Denken Sie an das, was ich Ihnen gesagt habe«, meinte sie, als sie zu dem Haken ging, an den sie seinen Rock gehängt hatte. »Bewegen Sie sich langsam, bewegen Sie sich nicht wirklich wie eine Frau, denn wenn sie sich so schnell und so viel bewegen wie eine Frau, dann zerstören Sie die Illusion. Bewegen Sie sich langsamer als ein menschliches Wesen, und behalten Sie Ihre Arme dicht am Körper.«

Er nickte. Er hatte es bereits durchdacht und in großem Umfang ausgearbeitet. Tagelang hatte er jede Frau beobachtet, die er sah, und das mit solcher Konzentration, daß er riskierte, für taktlos gehalten zu werden.

»Was wollen Sie denn da noch?« Sie trat auf ihn zu, um ihn von seinen alten Sachen wegzuscheuchen. Er hatte jedoch das Stilett herausgezogen, und als sie das sah, hielt sie inne.

Er lächelte sie an, als er sich die eisige Klinge vorne ins Mieder steckte.

Da drehte sie sich um und nahm eine kleine rosafarbene Rose aus einer Vase. Sie hob sie gegen das Licht, so daß er den stacheligen

Stengel, eingeschlossen in ein Glasröhrchen, sehen konnte. Dieses steckte sie ihm neben den Griff des Stiletts in den Ausschnitt, so daß nur die kleine Blüte zu sehen war.

Dann nahm sie seine Finger, streichelte sie zärtlich, als sie ihm die Ringe mit den künstlichen Steinen ansteckte, und legte seine Hand dann auf diese kleine, duftende Rose.

»Fühlen Sie diese Weichheit«, flüsterte sie. »Genauso müssen Sie wirken.« Abermals streiften ihre rauhen Lippen über seine Wangen, dann berührter sie seinen lächelnden Mund. »Ich bin ganz verliebt in Sie.« Ihre tiefe Stimme kam polternd aus ihrer Brust. Beim Lächeln zeigte sie eine Reihe kleiner gepflegter Zähne.

Die Kutsche fuhr langsam durch die Via Veneto, mußte wegen der Prozession vor ihr alle paar Sekunden anhalten. Der Boden, den der Regen der letzten Nacht aufgeweicht hatte, war abgetrocknet und zu einem rauhen und unebenen Untergrund geworden. Die Schar der Fußgänger drängte sich an den Pferden vorbei, die ungeduldig schnaubten und die Köpfe hochwarfen.

Tonio, eine weiß behandschuhte Hand auf den unteren Rand des Fensters gelegt, hielt den Blick unverwandt auf die offenen Kaffeehäuser gerichtet, dann plötzlich klopfte er an die Decke der Kutsche und spürte, wie sie schwerfällig und mit einem Quietschen an den Bordstein heranfuhr. Der zahnlose alte Kammerdiener war heruntergesprungen, um die Tür zu öffnen. Er hielt den Degen, wie Tonio ihn angewiesen hatte, und folgte seiner Herrin jetzt durch die Menge, die ihr mit vorsichtigen, aber bewundernden Blicken Platz machte. Tonio trat durch die offene Tür in den Raum.

Ein Stück rechts von der Zimmermitte, mit Blick auf die Straße und die dort stattfindende Prozession, saß Guido, die Ellbogen auf den Tisch gestützt, vor sich einen unberührten Becher Wein. Er war müde und hatte die Augen halb geschlossen. Sein Gesicht sah merkwürdig jung aus, so als hätte die Erschöpfung seine Wachsamkeit geschwächt, als hätten Enttäuschung und Sorge bewirkt, daß er einen natürlicheren Gesichtsausdruck zeigte.

Er nahm es nicht einmal zur Kenntnis, als eine Bank neben ihm aufgestellt wurde und eine Dame dort Platz nahm.

Dann lehnte er sich verwirrt zurück, sah die violette Seide, vielleicht bevor er alles andere bemerkte. Tonio, der reglos wie eine Puppe inmitten der weiten Röcke dasaß, starrte gelassen zur Straße hinaus.

Die Luft war warm und schmeichelnd. Er ließ sein dünnes Fichu von seinem Dekolleté gleiten. Von überallher, so schien es, kamen verstohlene Blicke. Er hatte dieses Café in Unruhe versetzt. Selbst der Servierjunge, der, das Tablett in der Hand, unbeholfen herumstand, wußte nicht, was er machen sollte. Sollte er an den Tisch kommen oder sich nur verbeugen? Oder sollte er irgendwie beides gleichzeitig bewerkstelligen? Tonio konnte spüren, daß Guidos Blick auf ihm ruhte, da neigte er zuerst langsam den Kopf, bevor er sich zu ihm umdrehte.

Guidos Gesicht erschien ihm so bemerkenswert anders, der Ausdruck in seinen Augen, die Form seines Mundes. Dann plötzlich überkam ihn ein überaus genüßliches Gefühl der Privatheit. Guido erkannte ihn nicht! Er hob seinen Fächer, wie die alte Frau es ihm gezeigt hatte, und öffnete ihn dann, so als enthülle er damit irgendein großartiges Geheimnis. Er bedeckte damit seinen Mund, senkte den Blick und sah dann wieder zu Guido auf.

7

Er war so in Gedanken versunken, daß er nicht viel von dem hörte, was Guido gerade sagte. Guido redete in dieser reizenden, dahinplätschernden Art, die er stets an sich hatte, wenn er endlich zufrieden war. Tonio ließ die Worte über sich hinwegschwappen, hin und wieder nickte er gnädig.

Trotz der erdrückenden Hitze des Nachmittags hatten sie, die feine Dame und ihr verliebter Begleiter, eine offene Kutsche für eine Fahrt durch die Stadt gemietet. Sie spazierten Arm in Arm durch ein halbes Dutzend Kirchen, die Dame öffnete mit einem matten Seufzen ihren Schirm, um sich vor der Hitze zu schützen. Sie hatten in der Via Condotti gespeist, hatten eine obligatorische Fahrt von einem Ende des Corso zum anderen gemacht und waren dann nach Hause gefahren.

Aber nicht, bevor sie zu Signora Bianchi, der Näherin, zurückgekehrt waren und sie für die gesamte Spielzeit von Guidos Oper als Garderobiere engagiert hatten. Guido wußte jetzt, daß seine Oper *Achille en Sciro* heißen und auf einem noch recht neuen Libretto von Pietro Metastasio basieren würde. Bei Metastasio, der sehr beliebt war, handelte es sich um ebenjenen Dichter, den Guido schon die ganze Zeit hatte verwenden wollen.

»Es ist für dich wie geschaffen«, sagte er gerade, »Achilles Mutter möchte nicht, daß ihr Sohn im Trojanischen Krieg kämpft, sie schickt ihn deshalb, verkleidet als Pirra, ein junges Mädchen, auf die Insel Scyros. Einen Teil der Oper wirst du also Pirra spielen, und wenn du dann mit einer List dazu gebracht wirst, deine wahre Identität preiszugeben, wirst du Achille in goldner Rüstung sein. Du siehst also, daß du sogar auf der Bühne einen Mann darstellst, der eine Frau spielt!«

»Ja, das ist großartig«, murmelte Tonio. Er lächelte völlig geistesabwesend. Immer wieder mußte er darüber staunen, daß er seine Verkleidung zeitweise genossen hatte, wenn Männer ihn bewunderten. Er hatte dabei gespürt, wie in ihm ein düsterer Geist der Rache, voller Spott und Gemeinheit, aufgestiegen war, gleichzeitig aber hatte er auch etwas Unbesorgtes und unschuldig Jungenhaftes verspürt. Er hielt die kleine Rose in der Hand, die die Näherin ihm gegeben hatte. Das Wasser hatte sie frisch gehalten. Als er sich jetzt, gekleidet in ein bequemes Hemd und eine Hose, seinen Fuß auf dem Stuhl vor sich, zurücklehnte, streichelte er grob deren zarte Blütenblätter und wagte, sie zu öffnen.

»Also, die anderen versuchen ständig, dir zu entlocken, wer du bist, verstehst du –«

»Guido, ich kenne die Handlung. Mit Sarris Fassung der Oper wurde das San Carlo eröffnet. Wir haben sie zusammen gesehen«, sagte Tonio sanft.

»Ja, aber dem Libretto hast du gewiß nicht so viel Aufmerksamkeit geschenkt, oder? Abgesehen davon, ändere ich es erheblich ab. Du mußt das, was du damals gesehen hast, vergessen. Ich weiß, was die Römer wollen. Sie wollen absolute Originalität, aber ohne allzu große Neuerungen. Sie wollen das Gefühl von Festigkeit und Pracht vermittelt bekommen und erwarten eine vollendete Ausführung.«

Es war eine Herausforderung, das war es, dachte Tonio, in jener Kleidung verborgen zu sein und zu wissen, was andere unmöglich wissen konnten, zuzusehen, wie sie sich zum Narren machten, wenn sie ihm diskrete Blicke zuwarfen, manchmal auch offensichtliche Einladungen signalisierten. Wann hatte sich das Blatt gewendet, fragte er sich. Wann war er vom Opfer zum Täter geworden? Wann war das alte Gefühl der Verwundbarkeit zu dem der Macht geworden? Er konnte es nicht sagen.

Seit dem Abendessen war schon einige Zeit vergangen, als Guido sich aus seinem Lehnstuhl am Fenster erhob, um einen Brief entgegenzunehmen, der am Tor abgegeben worden war.

Paolo war schon im Bett, Tonio hatte, ein Glas Wein in der Hand, vor sich hingedöst.

»Was ist los?« fragte er Guido, als dieser sich mit einem Gesichtsausdruck, den er nicht deuten konnte, schwerfällig hinsetzte, bevor er das Blatt zusammenknüllte und wegwarf.

»Ruggerio hat die anderen beiden Kastraten, die mit dir zusammen auftreten sollen, engagiert«, sagte Guido. Er stand wieder auf und schien, die Hände in den Taschen seines Morgenmantels aus Satin vergraben, seine Gedanken zu ordnen. Er sah Tonio an. »Es könnte . . . schlimmer sein.«

»Also, wer sind die beiden?« fragte Tonio.

»Der eine ist Rubino, ein alter Sänger, sehr elegant und vielleicht zu altmodisch in seinem Stil. Aber die Römer mochten ihn früher sehr gerne. Von Rubino hast du nichts zu befürchten, aber wir müssen darum beten, daß seine Stimme mitmacht.« Er zögerte, war so in Gedanken versunken, daß es den Eindruck machte, als hätte er Tonios Gegenwart ganz vergessen.

»Und der andere?« wollte Tonio wissen.

»Bettichino«, sagte Guido.

»Bettichino!« flüsterte Tonio. Jedermann kannte ihn. »Bettichino . . . auf derselben Bühne.«

»Vergiß nicht!« sagte Guido scharf. »Ich habe dir gesagt, daß es schlimmer sein könnte.« Aber er schien davon selbst nicht mehr so ganz überzeugt zu sein. Er ging ein paar Schritte, machte dann eine scharfe Kehrtwendung. »Er ist kalt«, sagte er. »Er ist herrisch, er benimmt sich, als wäre er von königlichem Geblüt, dabei ist er aus dem Nichts gekommen, wie wir alle anderen auch . . . nun . . . wie einige von uns.« Er warf Tonio einen scherzhaften Blick zu. »Und er läßt die Musiker ihre Instrumente immer nach seiner Stimme stimmen. Er ist bekannt dafür, daß er Sängern Anweisungen gibt, wenn er glaubt, daß sie sie nötig hätten . . .«

»Aber er ist ein hervorragender Sänger, ein großartiger Sänger«, sagte Tonio. »Das ist ein Glücksfall für deine Oper, und das weißt du auch . . .«

Guido starrte ihn an, als wisse er nicht so recht, was er sagen sollte. Dann murmelte er: »Er hat in Rom eine sehr große Anhängerschar.«

»Hast du denn kein Vertrauen zu mir?« lächelte Tonio.

»Ich setze mein ganzes Vertrauen in dich«, murmelte Guido. »Aber es wird zwei Lager geben, sein Lager und dein Lager.«

»Also muß ich jedermann in Erstaunen versetzen«, sagte Tonio und warf spielerisch den Kopf hoch. »Oder?«

Guido straffte die Schultern. Den Blick nach vorn gerichtet, ging er geradewegs durch das Zimmer und steuerte auf seinen Schreibtisch zu. Tonio schälte sich langsam aus seinem Sessel. Leise betrat er die vollgestellte kleine Kammer, die ihm als Ankleidezimmer diente, setzte sich dort an einen Tisch, auf dem Töpfe und Tiegel standen, und starrte das violette Kleid an.

Bettichino. Ja, Bettichino. Was war damit? Vergiß die Kleider und Bänder, die venezianischen Kutschen, die nach Süden kamen, und all das andere.

Denk einen Augenblick über Bettichino nach und was es bedeutete, daß er ebenfalls engagiert worden ist.

Tonio hatte sich vor schlechten Sängern und den banalen Schrekken, die sie möglicherweise brachten, gefürchtet: Pappschwerter, die festgeklebt waren, wenn er versuchte, sie aus der Scheide zu ziehen, der Wein, dem etwas beigemischt war, so daß ihm auf der

Bühne schlecht wurde. Bezahlte Zuschauer, die schon zu zischen anfingen, bevor er auch nur den Mund aufgemacht hatte.

Aber Bettichino? Kalt, stolz, ein hochmütiger König der Bühne, der einen guten Ruf und eine makellose Stimme besaß? Es war eine Herausforderung, die ihn adelte, kein entwürdigendes Kräftemessen.

Vielleicht jedoch stellte ihn dieser strahlende Sänger auch vollkommen in den Schatten, so daß ihm nichts anderes übrigblieb, als sich im Hintergrund um die Gunst eines Publikums zu bemühen, das Bettichino bereits zu Füßen lag!

Er schauderte. Er war so in seine Gedanken versunken gewesen, daß er dieses Kleid gepackt hatte, als versuche er sich an den letzten Spuren violetter Farbe festzuklammern, die das Licht noch zu enthüllen vermochte. Er hob es an sein Gesicht, so daß er dessen kühle Glätte spüren konnte.

»Wann hast du je an deiner Stimme gezweifelt?« flüsterte er. »Was ist los mit dir?«

Das Licht war weg. Das Fenster pulsierte im tiefen, leuchtenden Blau der Nacht. Mit ärgerlicher Miene erhob er sich, ging aus seinem Zimmer und den Korridor entlang und ließ dabei nur das Echo seiner Schritte auf dem Steinboden in sein Bewußtsein dringen und seine Gedanken ausfüllen.

Dunkelheit, Dunkelheit, flüsterte er fast liebevoll. Du gibst mir das Gefühl, unsichtbar zu sein, du gibst mir das Gefühl, daß ich weder Mann noch Frau, noch Eunuch bin, und daß ich einfach lebe.

Als er jedoch die Tür des Arbeitszimmers des Kardinals erreichte, zögerte er nicht, sondern klopfte sofort an.

Der Kardinal saß an seinem Schreibtisch. Einen kurzen Augenblick erinnerte Tonio dieser Raum mit seinen hohen Wänden voller Bücher und dem gedämpften Kerzenschein so sehr an einen anderen Ort, daß er sich über die Liebe und das Verlangen wunderte, welches er empfand, als er im Gesicht des Kardinals sofort Leidenschaft aufflammen sah.

8

Gegen Ende des Sommers war es für jedermann ersichtlich, daß der mächtige Kardinal Calvino zum Gönner von Tonio Treschi geworden war, dem venezianischen Kastraten, der darauf bestand, unter seinem eigenen Namen aufzutreten.

»Tonio«, sagte die Contessa, die immer öfter nach Rom zu Besuch kam, »man wird dich bejubeln, warte nur ab.«

Inzwischen hielt der Kardinal die Nachtigall in einem goldenen Käfig gefangen. Er erlaubte Tonio nicht, außerhalb des Palazzo zu singen, und so trug eine Handvoll Freunde die Kunde von seiner bemerkenswerten Stimme von dort in die Stadt hinaus.

Guido aber verfolgte einen anderen Weg.

Stets nahm er zu den Konzerten, die er besuchte, ein paar Notenblätter mit. Wenn man ihn dann, manchmal nur aus reiner Höflichkeit, bat, etwas auf dem Cembalo zu spielen, kam er dieser Bitte sofort nach.

Man sah ihn jetzt als regelmäßigen Gast in den Häusern der Amateure, und seine Kompositionen für Cembalo waren in aller Munde. Alle erklärten sie, sie hätten seit Alessandro Scarlatti nichts Vergleichbares mehr gehört, außer daß Guido melancholischer war und einen zum Weinen bringen konnte. Das traf auch auf seine leichtblütigeren Stücke zu, auf Sonaten, die so munter, prickelnd und voller Sonnenlicht waren, daß man das Gefühl hatte, von ihnen trunken zu werden wie von Champagner.

Ein französischer Marquis, der in Rom zu Besuch war, schickte ihm eine Einladung, eine weitere kam von einem englischen Vicomte. Außerdem wurde Guido häufig in die Häuser jener römischen Kardinäle bestellt, die in ihren Privattheatern regelmäßig Konzerte veranstalteten. Sie drängten Guido freundlich, etwas für sie zu komponieren.

Aber Guido war klug. Er war nicht bereit, irgendeinen dieser Aufträge anzunehmen, denn er bereitete gerade seine Oper vor. Jederzeit jedoch konnte er vortreten und ein herrliches Concerto aus seiner Mappe mit Notenblättern herausziehen.

Ja, nach seinen kürzeren Kompositionen zu urteilen, mußte diese neue Oper gewiß etwas Besonderes sein, murmelten die Leute. Und Tonio, sein Schüler, war so bemerkenswert anzusehen, so vollkommen in jeder Hinsicht, selbst wenn er sich stets höflich weigerte zu singen.

Das war das Leben in der Öffentlichkeit.

Daheim aber mußte Tonio jetzt noch härter üben, als das im Conservatorio je der Fall gewesen war. Vor allem die hohen schnellen Glissandos, die zu Bettichinos Repertoire gehörten, ließ Guido ihn immer wieder singen. Nach zwei strengen Übungsstunden am Morgen trieb er Tonio jetzt zu Tönen und Passagen, die er nur bewältigen konnte, wenn die Stimme richtig warm war. Tonio fühlte sich in diesen Bereichen nicht sicher, mit der Übung würde jedoch die nötige Sicherheit kommen. Obwohl er diese hohen Töne vielleicht nie brauchen würde, mußte er für Bettichino gerüstet sein, erinnerte Guido ihn immer wieder.

»Aber dieser Mann ist fast vierzig, kann er das denn singen?« Tonio starrte eine Reihe neuer Übungen an, die zwei Oktaven über dem eingestrichenen C lagen.

»Wenn er es kann«, sagte Guido, »dann mußt du es auch können.« Und nachdem er Tonio eine weitere Arie gegeben hatte, eine, die später vielleicht gar nicht in der fertigen Oper auftauchen würde, sagte er: »Jetzt bist du nicht mehr mit mir in diesem Zimmer. Du stehst auf der Bühne, und Tausende hören dir zu. Du darfst dir keinen Fehler erlauben.«

Tonio war von dieser neuen Arie insgeheim begeistert. In seiner ganzen Zeit in Neapel hatte er es nie gewagt, ein kritisches Urteil zu Guidos Kompositionen abzugeben, doch er wußte, daß sein eigener Geschmack geprägt worden war, noch bevor er sein Zuhause verlassen hatte.

Er hatte nicht nur venezianische Musik kennengelernt, er hatte auch eine große Menge neapolitanischer Stücke gehört, die im Norden gespielt wurden.

Er erkannte, daß Guido, der jetzt von der langweiligen und strengen Lebensweise des Conservatorio und den beständigen Forderungen seiner älteren Schüler befreit war, sogar sich selbst überraschte. Er verfeinerte sein Spiel ebenso wie seine Kompositionen und hatte Freude an all der Aufmerksamkeit, die ihm zuteil wurde.

Nachdem der Unterricht des Tages vorbei war, konnten er und Tonio tun und lassen, was sie wollten. Und wenn Tonio Guido nicht zu den verschiedenen Abendgesellschaften und Konzerten begleiten wollte, die er besuchte, dann drängte ihn Guido nicht.

Wenn Tonio den Kardinal sah – entweder in seiner karminroten Robe prangend oder in den Reichtümern seines Zimmers verloren –, so dachte er jetzt stets: Ja, wegen dieser Zeit, die wir gemeinsam haben, liebe ich ihn, liebe ich ihn aufrichtig, und solange er mich begehrt, möchte ich ihm auf jede Weise Freude schenken.

Wenn es nur genug gewesen wäre.

Tatsache war, daß Tonio sich, angeregt durch den Anblick jenes Mannes, der ihn uneingestanden in Besitz genommen hatte, nun überall unversehrten Männern hingab, Fremden, denen er tagsüber in den Korridoren des Kardinals begegnete, selbst Grobianen, die ihm auf der Straße heiße, eindeutige Blicke zuwarfen.

Die Fechthallen, wo er einst tröstliche Erschöpfung gesucht hatte, waren für ihn zu Folterkammern geworden, bevölkert von den aufreizendsten Körpern, von gesunden, unversehrten und manchmal barbarischen jungen Adeligen, die er sich früher stets auf Distanz gehalten hatte.

Jetzt wühlte es ihn auf, wenn er eine breite Brust unter einem offenen Hemd glänzen sah, wenn er Arme sah, die fest und herrlich muskulös waren, wenn er die Schwellung des Hodensacks zwischen den Beinen sah. Selbst der Geruch ihres Schweißes peinigte ihn.

Er machte eine Pause, wischte sich über die Stirn und schloß die Augen. Als er sie wieder öffnete, sah er, daß der junge Florentiner Graf Raffaele di Stefano, sein ausdauerndster Gegner, ihn mit unverhüllter Begierde und Faszination anstarrte. Jetzt wandte dieser den Blick schuldbewußt ab. War es immer nur einfach die Angst vor diesen Männern gewesen, die ihn angespornt hatte? War da immer dieses uneingestandene Verlangen gewesen?

Es richtete sich auf, bereit, mit dem Grafen die Klinge zu kreuzen. Mit blitzschnellen Bewegungen stürzte er sich auf ihn, trieb ihn zurück, sah, wie der Graf die Zähne zusammenbiß. Seine Wimpern waren am Ansatz so dicht, daß seine runden schwarzen Augen wirkten, als wären sie mit schwarzes Farbe umrandet. Er besaß ein kompaktes, volles Gesicht, sein Haar war tintenschwarz.

Der Fechtmeister trennte sie voneinander. Der Graf hatte eine Schramme abbekommen, sein feines Leinenhemd war an der Schulter zerrissen. Nein, er wollte nicht aufhören.

Als sie ihren Kampf fortsetzten, war zu merken, daß der Graf von Wut und Stolz getrieben wurde, aber er war unkonzentriert, während er sich bemühte, die große Reichweite von Tonios Armen zu überwinden.

Es war vorbei.

Der Graf stand keuchend da, seine Brust hob und senkte sich. Dunkles Haar wuchs dort, reichte bis zu seiner Kehle hinauf, wo es wegrasiert worden war. Sein fleischiges Gesicht war an den Stellen, an denen kein Bart wuchs, so glatt, daß Tonio es fast zwischen seinen Fingern spüren konnte. Der rasierte Bart kratzte sicherlich.

Er drehte dem Grafen den Rücken zu, ging dann in die Mitte des Raumes und blieb dort auf dem polierten Boden stehen, den Degen an der Seite. Er konnte spüren, wie die anderen ihn mit ihren Blicken maßen. Er konnte spüren, wie sich der Graf ihm näherte. Der Mann verströmte einen animalischen Geruch, köstlich und heiß, als er Tonios Schulter berührte. »Speisen Sie mit mir zu Abend, ich bin allein in Rom«, sagte er ziemlich abrupt. »Sie sind der einzige Fechter, der mich zu besiegen vermag. Ich möchte, daß Sie mit mir kommen, seien Sie mein Gast.« Tonio drehte sich langsam um und sah ihn an. Die Einladung war unmißverständlich. Die Augen des Grafen waren schmal geworden. Auf einem seiner Nasenflügel schimmerte ein winziger schwarzer Leberfleck, ein weiterer befand sich auf seinem Unterkiefer. Tonio zögerte, senkte langsam den Blick. Als er ablehnte, geschah das murmelnd, stotternd und so hastig, daß es fast schon unhöflich wirkte.

Ein wenig ärgerlich spritzte er sich kaltes Wasser ins Gesicht, trocknete sich unwirsch mit dem Handtuch ab, bevor er sich zu dem Kammerdiner umdrehte, der ihm seinen Rock reichte.

Als er auf die Straße hinaustrat, hob der Graf, der im Laden eines Weinhändlers gegenüber gewartet hatte, langsam seinen Becher zum Gruß.

Die prächtig gekleideten jungen Männer, die sich in seiner Gesellschaft befanden, nickten Tonio ebenfalls zu. Tonio floh und verlor sich in der wimmelnden Menge.

Aber in jener Nacht, in einer trübseligen, schlecht belüfteten Villa, ließ Tonio es zu, daß ihn in einem dunklen Alkoven Hände und Lippen berührten, die er kaum kannte.

Irgendwo spielte Guido in einem Raum für eine kleine Gesellschaft auf dem Cembalo, und Tonio führte, um zu vermeiden, entdeckt zu werden, seinen Verfolger immer weiter davon weg, bis er jene kräftigen Finger nicht mehr in Schach halten konnte.

Er spürte, wie sich die Zunge des Mannes in seinen Mund drängte, er spürte an seinen Beinen etwas Hartes. Schließlich befreite er es aus seiner Hose, so daß er es mit seinen Schenkeln umschließen konnte. In solchen Augenblicken war er Ganymed, emporgetragen von all der süßen Demütigung der Niederlage in Gestalt eines Knaben, der bereits für eigene Eroberungen ausgestattet war.

In den darauffolgenden Nächten waren all seine Bezwinger ältere Männer, Männer im besten Alter, selbst Männer mit grauen Schläfen, die rasch bereit waren, einen jungen Körper zu genießen, obwohl Tonio sie manchmal verwirrte, wenn er sich auf die Knie fallen ließ, um in seinen Mund zu nehmen, soviel er fassen konnte.

Wenn es vorbei war, kniete er ruhig da, hatte den Kopf gesenkt, als wäre er ein Erstkommunikant an der Kommunionsbank, als fühle er die Gegenwart des lebendigen Christus.

Natürlich wich er diesen Partnern, falls man sie überhaupt so nennen konnte, hinterher aus. Und er ging niemals zu ihnen nach Hause. Statt dessen machte er verschlossene Salons und unbenützte Kammern, die sich immer ganz in der Nähe der Tänzer, der Menge befinden mußten, zu seinen geheimen Treffpunkten.

Es erstaunte ihn, daß Männer wie Frauen überall bereit waren, ihn zu verführen, und daß sich naive ausländische Herren, in dem Glauben, er wäre eine junge Frau in Verkleidung, in ihn verliebten.

Stets badete er, bevor er den Kardinal aufsuchte, stets legte er tadellos saubere oder neue Kleidung an. Und dann verlor er sich, überzeugt davon, daß es keine dieser Begegnungen jemals überhaupt gegeben hatte, in den Armen des Kardinals.

Doch die Erinnerung an jene heimlichen Umarmungen steigerte noch seine Erregung.

Eines Nachmittags schließlich ließ er sich mit der Kutsche in die übelste Gegend von Rom fahren.

Er sah Kinder, die in Torwegen spielten, Leute, die in offenen Läden kochten, Arkaden, in denen Käse und Fleischwaren hingen. Seine Kutsche mußte wegen einer fetten, glänzenden Sau anhalten, deren Ferkel quiekend hinter ihr herliefen. Vor lauter Wäsche, die auf durchhängenden Leinen hing, war der Himmel nicht mehr zu sehen.

Er lehnte sich in die Lederpolster zurück. Die Fenster hatte er trotz der gelegentlichen Schmutzspritzer und des allgemeinen Gestanks, den auch der Wind vom Tiber her nicht vertreiben konnte, geöffnet.

Schließlich entdeckte er, wonach er verlangte. In einem Hauseingang stand ein junger Mann, das Hemd bis hinunter zu seinem schwarzen Ledergürtel geöffnet, so daß eine Linie lockigen schwarzen Haares zu sehen war. Es stieg von seiner Taille aufwärts, breitete sich dann bis zu den kleinen rosa Brustwarzen aus, so als würde es den Querbalken eines Kreuzes bilden. Sein Gesicht war, obwohl es rasiert war, rauh wie frisch abgesägtes Holz. Als sein Blick dem Tonios begegnete, sprang plötzlich zwischen ihnen etwas über, das so gewaltig war, daß Tonio der Atem stockte.

Tonio stieß die bemalte Kutschentür auf. Die Kutsche hatte sich an dieser engen, fast unpassierbaren Stelle ein wenig schräg geneigt. Tonio, gekleidet in einen Rock aus Goldbrokat, starrte geradeaus, wobei er eine Hand, die Handfläche in einer einladenden Geste nach oben gedreht, auf seinen Knien ruhen ließ.

Der junge Mann kniff ganz leicht die Augen zusammen. Er schob seine Hüften ein kleines Stück nach vorn, und die Ausbuchtung unter seiner engen Hose wurde größer, so als wolle sie von ganz allein auf sich aufmerksam machen.

Dann ging er auf die Kutsche zu, stieg ein. Tonio ließ die Rouleaus herunter, um sich und den jungen Mann von der Außenwelt abzuschirmen. Nur noch durch ganz schmale Ritzen drang Licht herein.

Das Pferd stapfte voran. Das kleine Abteil schaukelte langsam auf seinen riesigen Federn dahin. Tonio starrte das schwarze Haar an, das sich auf der olivfarbenen Haut des Mannes lockte. Dann plötzlich legte er seine weiße Hand darauf, spreizte dabei seine Finger und spürte, wie hart die Brust des Mannes war.

Im Halbdunkel konnte er seine Augen schimmern sehen, sah den Umriß seines Unterkiefers. Ganz vorsichtig berührte er nun auch das Gesicht des Mannes, spürte die rauhen Bartstoppeln, die das Rasiermesser stehengelassen hatte, und die straffe Haut darunter.

Er zog seine Hand zurück, neigte dann den Kopf zur Seite und drehte sich weg, eine Geste, die Zurückweisung und Aufforderung zugleich war. Als er sich, die Hände auf den Sitz unter sich gestützt, nach vorn beugte, spürte er das Gewicht des Mannes an seinem Rücken. Er legte sich hin, streckte sich, während er die Augen wie im Schlaf geschlossen hielt, auf dem Lederpolster aus, bis er es mit dem Gesicht berührte.

Der Mann schob seinen linken Arm unter Tonios Körper, hob ihn hoch, um ihn für den Angriff besser festhalten zu können. Das Gefühl dieses kräftig bemuskelten Armes an seiner Brust schickte ebenso Schockwellen durch seinen Körper wie das Eisen selbst, das in ihn eindrang.

Einen Augenblick lang wäre der Schmerz fast zu stark geworden, dann aber verwandelte er sich in Lust, bis sie schließlich beide von derselben lodernden Flamme verzehrt wurden. Aber dieser Mann hielt ihn immer noch fest, wollte ihn nicht loslassen. Voller Zorn tastete Tonio mit seiner rechten Hand nach seinem Stilett. Ein leichter Stupser ließ ihn jedoch wissen, daß dieser junge Römer nur das Feuer für den zweiten Angriff schürte.

Es war vorbei. Als Tonio dem jungen Mann Geld anbot, hatte sich dieser kühl aufgerichtet, hatte die Tür geöffnet und war auf die Straße hinausgesprungen. Aber gerade als die Kutsche wieder anfuhr, hatte er sich mit beiden Händen am Fenster festgehalten und den Namen jenes Heiligen geflüstert, nach dem die Straße, in der er wohnte, benannt war. Tonio hatte ihn angelächelt und genickt und das außergewöhnlichste Lächeln zur Antwort erhalten.

Dann waren da nur noch diese düsteren Mauern, schmutzig und moosbewachsen, die sich rechts und links erhoben. Langsam verschwanden sie hinter einen Regenschleier.

Tonios Augen umflorten sich. Er starrte teilnahmslos aus dem Fenster, während sich die Kutsche dem Vatikan näherte. Da kam wie aus einem Alptraum, den er selbst im Wachzustand nicht ganz verbannen konnte, das Schild eines kleinen Ladens in Sicht, auf dem aller Welt verkündet wurde:

HIER WERDEN SÄNGER
FÜR DIE PÄPSTLICHE KAPELLE
KASTRIERT

9

Als es Dezember wurde, redete man in ganz Rom von der neuen Oper.

Die Contessa sollte jeden Tag eintreffen, und der große Kardinal Calvino hatte sich für die Spielzeit zum ersten Mal in seinem Leben eine Loge genommen. Eine große Zahl Adeliger stand fest hinter Guido und Tonio, aber die *abbati* hatten schon zu reden begonnen.

Jedermann wußte, daß es die *abbati* waren, die am Abend der Uraufführung das entscheidende Urteil sprechen würden.

Sie waren es, die Plagiate mit lautem Zischen verurteilten, sie waren es, die die Ungeübten und Unwürdigen von der Bühne jagten.

Die einflußreichen Familien, die den ersten und den zweiten Rang beherrschten, konnten, auch wenn sie sich noch so sehr bemühten, keine Vorstellung retten, wenn die *abbati* sie erst einmal verurteilt hatten, und diese verliehen ihrer leidenschaftlichen Verehrung Bettichinos bereits Ausdruck. Bettichino war der größte Sänger dieser Spielzeit, Bettichino war jetzt noch besser als in den vergangenen Jahren, Bettichino hatte letztes Jahr in Bologna ganz wunderbar gesungen, Bettichino wurde überall gefeiert.

Wenn sie Tonio überhaupt einmal erwähnten, dann nur, um über diesen Emporkömmling aus Venedig, der erklärte, ein Patrizier zu sein, und darauf bestand, unter seinem eigenen Namen aufzutreten, zu spotten. Aber diese Geschichte glaubte ja ohnehin keiner! Jeder Kastrat behauptete, wenn er erst einmal im Rampenlicht stand, aus einer guten Familie zu kommen, und führte irgendeine dumme Erklärung an, weshalb die Operation durchgeführt hatte werden *müssen*.

Allerdings war Bettichinos Geschichte im Grunde ebenfalls widersinnig. Es hieß, er wäre der Sohn einer deutschen Adligen und eines italienischen Kaufmannes, und seine Stimme wäre in der Kindheit dank des unglückseligen Angriffs seiner Lieblingsgans bewahrt worden.

Guido, der Tag und Nacht vor seinen Notenblättern saß, erreichten nur Bruchstücke dieses Geredes. Er hatte, da die Premiere immer näher rückte, seine Besuche bei den Amateuren ganz eingestellt und war lediglich noch bei bestimmten Anlässen in der Villa der Contessa zu sehen.

Tonio hingegen schickte Paolo aus, damit er ihm erzählen konnte, was man so redete.

Paolo, der froh war, seinen Hauslehrern entwischen zu können, besuchte Signora Bianchi, die an Tonios Kostümen arbeitete, dann lungerte er bei den Männern herum, die die Bühnenmaschinerie bedienten. In den vollen Kaffeehäusern streifte er umher, so lange er konnte, während er so tat, als würde er jemanden suchen.

Als er schließlich zurückkehrte, hatte er ein zornrotes Gesicht und war den Tränen nahe.

Tonio sah ihn nicht hereinkommen, denn er war gerade in einen

Brief von Catrina Lisani versunken, in dem sie ihm mitteilte, daß sich bereits viele Venezianer auf den Weg in die Ewige Stadt gemacht hatten, einzig und allein, um ihn auf der Bühne zu sehen. »Die Neugierigen werden kommen«, schrieb sie, »und jene, die dich in liebevoller Erinnerung haben.«

Das versetzte ihm einen leichten, aber überaus unangenehmen Schock. Er lebte jetzt in ständiger Angst vor der Premiere. Manchmal war dieses Entsetzen köstlich und erheiternd. Zu anderen Zeiten war es die reine Qual. Und jetzt zu erfahren, daß seine Landsleute eigens kamen, um Zeuge seines Auftritts zu werden, als handle es sich um ein Karnevalsspektakel, ließ ihn frösteln, obwohl er am warmen Kamin saß.

Aber es überraschte ihn auch. Eigentlich hatte er geglaubt, so sicher aus der Welt Venedigs entfernt worden zu sein, als hätte ihn eine unsichtbare Riesenhand einfach hochgenommen und die Menge hätte sich daraufhin gleichgültig wieder geschlossen, um die leere Stelle auszufüllen, die er hinterlassen hatte. Zu hören, daß die Leute dort über die Oper sprachen, sehr viel darüber sprachen, weckte in ihm ein merkwürdiges Gefühl, das er nicht definieren konnte.

Natürlich sprachen sie davon, weil Catrinas Ehemann, der alte Senator Lisani, noch einmal versucht hatte, das Urteil der Verbannung gegen Tonio aufheben zu lassen. Die Regierung hatte ihren früheren Beschluß jedoch bestätigt: Tonio durfte unter Androhung der Todesstrafe den Veneto nie mehr betreten.

Es war jedoch der letzte Teil von Catrinas Brief, der ihm in der Seele weh tat.

Seine Mutter hatte darum gebeten, nach Rom kommen zu dürfen. Von dem Augenblick an, von dem sie von seinem Engagement am Teatro Argentina gehört hatte, hatte sie darum gebeten, diese Reise allein unternehmen zu dürfen. Carlo hatte ihr das jedoch entschieden verboten, und jetzt war Marianna krank und konnte das Haus nicht verlassen.

»An der Sache mit der Krankheit ist etwas Wahres dran«, schrieb Catrina, »aber ich glaube, du weißt, daß diese Krankheit ihre Seele betrifft. Trotz all der Schwächen, die Dein Bruder hat, ist er ihr gegenüber bislang sehr aufmerksam gewesen. Dies ist jetzt der erste wirkliche Riß zwischen den Eheleuten.«

Er legte den Brief beiseite.

Paolo wartete auf ihn, und Tonio wußte, daß der Junge ihn jetzt brauchte, denn er wirkte sehr verstört.

»Tonio, du weißt ja nicht, was die Leute sagen. Sie behaupten, Bettichino sei der größte Sänger in Europa. Sie sagen, es sei empörend, daß du mit ihm auf derselben Bühne auftreten sollst.«

»Paolo, die Leute reden immer solches Zeug«, tröstete Tonio ihn sanft. Er zog ein Taschentuch hervor und trocknete Paolo die Tränen.

»Aber Tonio, sie sagen, daß du ein Niemand bist, der aus dem Nichts gekommen ist, und daß es gelogen wäre, wenn du behauptest, ein adeliger Venezianer zu sein. Sie sagen, man hätte dich allein wegen deines Aussehens engagiert. Als Farinelli angefangen hat, haben sie ihn *il ragazzo* – den Knaben – genannt. Und jetzt sagen sie, du solltest *la ragazzina* – das Mädchen –, heißen. Und wenn das Mädchen nicht singen kann, sagen sie, dann werden sie ihm eine Mitgift beschaffen, damit man es in einem ordentlichen Kloster unterbringen kann und niemand mehr seine Stimme zu hören braucht.«

Tonio mußte unwillkürlich lachen.

»Paolo, das ist doch Unsinn«, sagte er.

»Aber Tonio, du hättest sie hören sollen.«

»Das alles bedeutet nur«, sagte Tonio und strich Paolo dabei das Haar aus den Augen, »daß das Theater am Premierenabend gesteckt voll sein wird.«

»Nein, nein, Tonio, sie werden dir gar nicht zuhören. Das ist es, wovor Signora Bianchi Angst hat. Sie werden brüllen und schreien und mit den Füßen stampfen. Sie werden dir keine Chance geben.«

»Nun, das werden wir schon zu verhindern wissen«, flüsterte Tonio. Er fragte sich, ob Paolo sah, daß er blaß wurde. Er war sich sicher, daß er ein wenig blaß geworden war.

»Tonio, was sollen wir nur tun? Signora Bianchi sagt, wenn die Leute in einer derartigen Stimmung sind, dann schaffen sie es womöglich, daß das Theater zumacht. Aber es ist alles Signora Grimaldis Schuld, sie hat das Ganze ausgelöst. Sie kam in die Stadt und sagte, du würdest besser singen als Farinelli. Das ist auch der Grund, weshalb sie all das mit Farinelli sagen.«

»Signora Grimaldi?« fragte Tonio leise. »Wer ist denn Signora Grimaldi?«

»Aber Tonio, du kennst sie doch, sie ist verrückt nach dir. Sie ist in Neapel immer in der ersten Reihe gesessen, wenn du gesungen hast. Und jetzt hat sie alle in Unruhe versetzt. Gestern abend hat sie im Hause des englischen Botschafters allen erzählt, daß du der größte Sänger seit Farinelli wärst und daß sie Farinelli in London singen gehört hätte. Du weißt, daß die Römer der Meinung sind, eine Engländerin habe ihnen rein gar nichts zu sagen.«

»Paolo, jetzt mach mal einen Augenblick Pause. Wer ist sie? Wie sieht sie aus?«

»Oh, sie hat blondes Haar, unordentliches Haar, du weißt schon, Tonio. Sie ist diejenige, die mit dem Cousin der Contessa verheiratet war, und jetzt ist sie reich und macht nichts anderes mehr als malen . . .«

Tonios Gesichtsausdruck veränderte sich so kraß, daß Paolo einen Augenblick schwieg.

»Tonio!« Paolo zog an seiner Hand. »Die Leute waren schon schlimm genug, bevor sie kam, jetzt aber sind sie unmöglich. Signora Bianchi sagt, ein Mob wie dieser schafft es, daß das Theater zumacht.«

»Sie ist in Rom . . .«, flüsterte Tonio.

»Ja, sie ist in Rom. Ich wünschte, sie wäre in London«, erklärte Paolo. »Und gerade eben ist sie bei Maestro Guido.«

Tonio sah Paolo an.

»Was soll das heißen: Sie ist bei Guido?«

»Sie sind in der Villa der Contessa. Sie zieht dort ein.« Paolo zuckte mit den Schultern. »Tonio, was sollen wir tun?«

»Jetzt hör mit diesem Unsinn auf«, murmelte Tonio. »Es ist nicht ihre Schuld. Die Leute sind einfach nur aufgeregt, das ist alles. Wenn sie nicht so reden würden, dann wären sie . . .«

Tonio drehte sich unvermittelt um. Er zog seinen Rock an, befestigte ein Spitzenjabot am Hals und ging zum Schrank, um seinen Degen zu holen.

»Wo gehst du hin, Tonio?« wollte Paolo wissen. »Tonio, was sollen wir tun?«

»Paolo, Bettichino wird niemals zulassen, daß das Theater zumacht«, sagte Tonio zuversichtlich. »Wenn er das täte, dann würde er nämlich arbeitslos.«

Es war später Nachmittag, als er in der Villa der Contessa, die sich ein kleines Stück südlich von Rom befand, eintraf.

Überall waren Gärtner damit beschäftigt, immergrüne Sträucher zu beschneiden und ihnen die Gestalt von Vögeln, Löwen und Rehen zu geben. Die Rasenflächen lagen grün und makellos im Lichte der sinkenden Sonne da, ringsum plätscherten Brunnen. Sie befanden sich inmitten rechteckiger, sauber geschnittener Grasflächen, auf Gehwegen oder unter Alleen, die mit kleinen, vollkommen runden Bäumen bestanden waren.

Tonio spazierte in das frisch tapezierte Musikzimmer und sah, wie sich unter einem schneeweißen Tuch die Form eines Cembalos abzeichnete.

Er hielt einen Augenblick inne, starrte auf den Boden und wollte schon den Raum genauso rasch und entschlossen wieder verlassen, wie er ihn eben betreten hatte, als, die Hände hinter dem Rücken verschränkt, ein alter Portier angeschlurft kam.

»Die Contessa ist noch nicht eingetroffen, Signore«, lispelte der alte Mann mit trockenen Lippen. »Aber sie wird jeden Tag erwartet, jeden Tag.«

Tonio hatte gerade dazu angesetzt, sich murmelnd nach Guido zu erkundigen, als er an der gegenüberliegenden Wand eine riesige Leinwand sah. Die Farben waren ihm vertraut, die zarten Gestalten der im Kreis tanzenden Nymphen mit ihren durchscheinenden Kleidern. Magisch davon angezogen, ging er auf das Bild zu, da hörte er den alten Mann hinter sich leise brummen: »Ach, aber die junge Signora, *die* ist da, Signore.«

Tonio drehte sich um.

»Sie kann jeden Augenblick wieder zurück sein, Signore. Sie ist heute nachmittag mit Maestro Guido zur Piazza di Spagna gegangen.«

»Und wohin dort genau?« fragte er.

Ein Lächeln erhellte das runzelige Gesicht des alten Mannes. Er wippte wieder auf den Fußballen, wobei er die Hände immer noch hinter dem Rücken verschränkt hielt.

»Natürlich zum Atelier der jungen Signora, Signore«, sagte er. »Sie ist Malerin, eine sehr bedeutende Malerin.« In seinem Ton lag milder Spott, aber er war so freundlich und unbestimmt gehalten, daß er auch an die Welt im allgemeinen hätte gerichtet sein können.

»Sie hat dort ein Atelier . . .« Das war mehr eine Feststellung als eine Frage. Tonio sah wieder die tanzenden Nymphen an der Wand an.

»Ach, sehen Sie, Signore, da kommt sie schon zusammen mit Maestro Guido«, sagte der alte Mann und gestikulierte jetzt zum ersten Mal mit seiner rechten Hand.

Sie näherten sich vom Garten her.

Ihre Hand ruhte auf Guidos Arm. Sie hatte eine dicke und schwere Mappe bei sich, während Guido eine noch größere unter dem anderen Arm trug. Unter ihrem leichten Wollcape, dessen Kapuze zurückgeschlagen war, so daß der Wind sich in ihren Haaren verfing, leuchtete ein geblümtes Leinenkleid hervor. Sie unterhielt sich mit Guido. Sie lachte, und Guido, der die Augen zu Boden gerichtet hatte, während er sie den Pfad entlangführte, lächelte und nickte.

Tonio spürte, daß zwischen den beiden ein zwangloses Verhältnis herrschte. Sie unterhielten sich ernsthaft über irgendein Thema, so als würden sie sich schon seit langem kennen.

Er wagte nicht einmal zu atmen, als sie ins Zimmer traten.

»Ja, darf ich denn meinen Augen trauen?« sagte Guido ironisch. »Das ist doch der junge Tonio Treschi, der berühmte und geheimnisvolle Tonio Treschi, der bald ganz Rom in Erstaunen versetzen wird.«

Tonio starrte ihn benommen und wortlos an. Die Luft schien erfüllt vom leisen Lachen des Mädchens.

»Signore Treschi.« Sie machte ganz rasch einen kleinen Knicks und sagte mit einer reizenden, schwingenden Modulation: »Wie wunderbar, daß Sie da sind.«

Sie wirkte sehr lebhaft. Um ihre strahlenden Augen zeigten sich Lachfältchen, und das geblümte Kleid verstärkte in gewisser Weise den Eindruck der Leichtigkeit und Bewegung, den Sie vermittelte, obwohl sie einfach ganz still dastand.

»Ich muß dir etwas zeigen, Tonio«, sagte Guido. Er hatte die schwere Mappe genommen und sie auf das Cembalo gelegt. »Christina hat es eben heute nachmittag fertiggestellt.«

»Aber es ist doch noch gar nicht fertig«, protestierte sie.

Guido hob eine große Studie in Pastell hoch.

»Christina?« fragte Tonio. Seine Stimme kam ihm rauh und merkwürdig erstickt vor. Er konnte seinen Blick nicht von ihr wenden. Die frische Luft hatte ihr ein strahlendes Aussehen verliehen, ihre Wangen waren gerötet, und obwohl ihr Lächeln einen kurzen Augenblick verschwunden war, kehrte es sofort wieder zurück.

»Ach, bitte verzeih mir, Christina«, sagte Guido unbefangen. »Ich war mir sicher, ihr beide würdet euch kennen.«

»Oh, natürlich kennen wir uns, Signore Treschi, nicht wahr?« sagte sie rasch, ging auf ihn zu und streckte ihm ihre Hand entgegen.

Er starrte auf ihre Finger herab, die er fest umschlossen hielt, und stellte fest, daß sich ihre Hand unbeschreiblich weich anfühlte. Es war eine Hand wie die einer Puppe, so winzig. Man konnte sich gar nicht vorstellen, daß sie irgend etwas Ernsthaftes tat, was auch immer es sein mochte. Dann wurde ihm mit einem Mal bewußt, daß er still wie eine Statue dastand und beide ihn anstarrten. Sofort beugte er sich hinunter, um ihre Hand zu küssen.

Dennoch hatte er nicht vor, sie mit den Lippen zu berühren. Sie mußte das jedoch geahnt haben, denn sie hob ihm genau im richtigen Moment ihre Hand ein kleines Stück entgegen und nahm seinen Kuß in Empfang.

Er warf einen raschen Blick zu ihr hoch. Sie wirkte plötzlich unglaublich verwundbar. Sie sah ihn an, als wären sie ganz weit voneinander entfernt und als verfüge sie über sehr viel Zeit.

»Schau, Tonio«, sagte Guido ganz ungezwungen, so als wäre alles ganz in Ordnung. Er hielt ein Pastellgemälde hoch, auf dem er porträtiert war.

Es war eine ausgezeichnete Studie. Guido wirkte ganz lebendig. Da war sein grüblerischer Blick, selbst dieser drohende Schimmer in seinen Augen. Sie hatte weder seine eingedrückte Nase noch seine vollen Lippen beschönigt, dennoch hatte sie sein Wesen eingefangen, was das Ganze harmonisch erscheinen ließ.

»Tonio«, meinte Guido, »sag mir, was du davon hältst!«

»Vielleicht könnten Sie mir Modell sitzen, Signore Treschi«, sagte sie jetzt rasch. »Ich würde Sie sehr gerne malen. Um ehrlich zu sein, ich *habe* Sie bereits gemalt«, gestand sie ein wenig verschämt, wobei sich ihre Wangen mit einer leichten Röte überzogen, »aber nur aus dem Gedächtnis. Ich würde aber sehr gerne ein richtiges und sorgfältiges Portrait von Ihnen anfertigen.«

»Nimm dieses Angebot an«, sagte Guido nüchtern, während er sich mit dem Ellbogen auf das abgedeckte Cembalo stützte. »Innerhalb eines Monats wird Christina die bekannteste Portraitmalerin Roms sein. Wenn du es nicht tust, dann wirst du dir wie ein gewöhnlicher Sterblicher einen Termin geben lassen und warten müssen, bis du an der Reihe bist.«

»Oh, Sie bräuchten nie zu warten.« Sie lächelte beinahe fröhlich und wirkte plötzlich quicklebendig. Ihre blonden widerspenstigen Härchen bewegten sich im leichen Lufthauch, der durch das Zimmer strich. »Vielleicht könnten Sie ja morgen kommen«, sagte sie ernst. »Ich möchte so gern anfangen.« Ihre Augen waren dunkelblau, fast violett, und so entzückend! Unsagbar. In seinem ganzen Leben hatte er noch nie so dunkelblaue Augen gesehen.

»Kommen Sie doch am Nachmittag«, sagte sie mit diesem schwachen Tremolo in der Stimme. »Ich bin Engländerin, ich halte keinen Mittagsschlaf, aber wenn Sie wollen, können Sie auch später kommen. Ich würde Sie gerne malen, bevor Sie so berühmt sind, daß Sie jeder malen will. Sie würden mir damit einen großen Gefallen erweisen.«

»Ach, welche Bescheidenheit bei diesen beiden begabten Kindern«, sagte Guido. »Tonio, die junge Signora spricht mit dir . . .«

»Sie werden in Rom wohnen?« murmelte Tonio. Seine Stimme klang so matt, daß sie sich sicherlich gleich erkundigen würde, ob er sich nicht wohl fühlte. Davon war er überzeugt.

»Ja«, sagte sie. »Hier gibt es so viel zu sehen, so viel zu malen.« Dann vollzog sich in ihrem Gesicht wieder eine dieser dramatischen Veränderungen, und sie fügte in merkwürdig schlichtem Ton hinzu: »Aber vielleicht werde ich, wenn die Opernsaison vorbei ist, Ihnen auch folgen, Signore Treschi. Ich werde zu einer jener verrückten Frauen werden, die einem großen Sänger quer über den ganzen Kontinent nachreisen.« Ihre Augen weiteten sich, aber sie blieb ernst. »Vielleicht kann ich nicht malen, wenn ich zu weit vom Klang Ihrer Stimme entfernt bin.«

Tonio errötete heftig. Wie durch eine Watteschicht hörte er Guido lachen.

Sie war zu jung! Sie begriff gar nicht, was ihre Worte eigentlich bedeuteten. Sie konnte sich doch nicht hier ganz allein ohne die Contessa aufhalten! Und sie anzusehen, ihre erlesenen weißen Brüste, die unter dieser steifen Spitzenborte auf beinahe grausame Weise plattgedrückt wurden ...

Das Blut prickelte regelrecht in seinem Gesicht.

»Das wäre wunderbar«, sagte Guido. »Du begleitest uns überallhin, und es wird nicht lange dauern, bis man von den Porträts der großen Christina Grimaldi spricht. Bald schon werden wir dann von Leuten, die absolut unmusikalisch sind, gebeten, ein Konzert bei ihnen zu geben, nur weil sie sich in Öl oder Pastell verewigt sehen wollen.«

Sie lachte und warf errötend den Kopf zurück. Das Haar in ihrem weißen Nacken war feucht, kleine Löckchen blieben an ihren Wangen kleben. Es war jedoch eine winzige Spur Anspannung aus ihrer Stimme herauszuhören.

»Die Contessa würde ebenfalls mitkommen«, fuhr Guido mit vorgetäuschter Langeweile fort, »wir würden alle zusammen reisen, würden eine richtige Kavalkade bilden.«

»Wäre das nicht wunderbar«, flüsterte sie, aber es wirkte ein wenig kläglich.

Tonio merkte, daß er sie anstarrte, als wäre er nicht ganz bei Sinnen. Er sah weg, überlegte, was er sagen sollte, selbst wenn es nur der kleinste Satz war. Dieses ganze Gerede paßte nicht zu ihr, sie begriff gar nicht, was sie da sagte. So sprachen Cavalieri serventi und ehebrecherische Frauen, sie aber hatte etwas Reines und Ernsthaftes an sich. Frisch verwitwet, war sie wie ein Schmetterling, der sich aus seinem Kokon zu befreien suchte.

In ihrer Zerbrechlichkeit wirkte sie fremdartig, exotisch.

»Aber um Ihnen eine ernsthafte Antwort zu geben, Signore Treschi«, sagte sie jetzt auf dieselbe schlichte Weise. »Ich habe ein Atelier an der Piazza di Spagna gemietet. Ich werde dort wohnen. Guido war so freundlich, mir Modell zu sitzen, damit ich mir eine Meinung über die Lichtverhältnisse dort bilden konnte.«

»Ja, wir mußten alle fünf Minuten den Platz wechseln«, beklagte Guido sich mit gespieltem Ärger, »und Dutzende von Bildern an der Wand befestigen. Aber es ist ein schönes Atelier, wirklich. Und wenn ich müde und schlecht gelaunt bin, dann kann ich vom Palazzo aus zu Fuß hinübergehen und Christina beim Malen zusehen.«

»Oh, das mußt du auch tun«, sagte sie sichtlich erfreut. »Du mußt immer kommen. Und Sie müssen ebenfalls kommen, Signore Treschi.«

»Meine Liebe«, sagte Guido, »ich möchte dich nicht drängen, aber wenn die Dienstmädchen noch einquartiert und die Koffer hochgeschafft werden sollen, dann sollten wir jetzt gehen, sonst stolpern wir nachher im Dunkeln herum.«

»Ja, du hast recht«, sagte sie. »Aber Sie kommen doch morgen, Signore Treschi?«

Tonio schwieg einen Augenblick. Dann hörte er, wie er ein leises Geräusch von sich gab, das wie ein »Ja«, klang, um gleich darauf zu stammeln: »Ich kann nicht. Ich kann nicht. Ich meine, Signora, ich danke Ihnen, aber ich muß üben. Bis zur Premiere dauert es keinen Monat mehr.«

»Ich verstehe«, sagte sie freundlich. Dann entschuldigte sie sich und warf ihm, über ihre Schulter hinweg, noch einmal jenes strahlende Lächeln zu und verließ den Raum.

Tonio steuerte sofort auf die Tür zu und hatte den Gartenweg schon erreicht, als Guido ihn am Arm packen konnte.

»Ich würde sagen, daß du sehr grob warst, wenn ich nicht den Grund dafür erkennen könnte«, sagte Guido ernst.

»Und was ist der Grund?« stieß Tonio zwischen zusammengebissenen Zähnen hervor.

Guido schien kurz davor zu stehen, ärgerlich zu werden. Dann aber preßte er die Lippen aufeinander und kniff die Augen zusammen, so als wolle er gleich lächeln.

»Willst du damit sagen, daß du dich selbst nicht kennst?«

10

Die nächsten drei Tage übte Tonio vom frühen Morgen bis spät in die Nacht. Zweimal wollte er schon fast den Palazzo verlassen, entschied sich dann aber plötzlich doch anders. Guido hatte die Arbeit an seinen Arien abgeschlossen. Tonio mußte nun seine Verzierungen sorgfältig ausgestalten und sich darauf vorbereiten, die Arien auf unzählige Arten zu variieren. Keine Zugabe durfte wie die vorangegangene klingen, und er mußte darauf reagieren können, falls sich bei ihm selbst oder bei seinen Zuhörern die Stimmung änderte. Also blieb er daheim, nahm sogar seine Mahlzeiten am Cembalo ein, und arbeitete, bis er todmüde ins Bett fiel.

Wenn er sang, dann versammelten sich die Diener jetzt vor seiner Zimmertür. Oft rührte er Paolo zu Tränen. Selbst Guido, der ihn am Nachmittag für gewöhnlich allein ließ, um Christina Grimaldi in ihrem neuen Atelier zu besuchen, blieb noch da, um ein paar Takte mehr zu hören.

»Wenn ich dich singen höre, wenn ich mich in Gegenwart deiner Stimme befinde« – Guido seufzte –, »dann fürchte ich weder Tod noch Teufel.«

Tonio war für diesen Kommentar keineswegs dankbar. Es erinnerte ihn daran, daß Guido wirklich Angst hatte.

Einmal brach Tonio mitten in einer Arie ab und fing zu lachen an.

»Was ist los?« wollte Paolo wissen.

Tonio konnte nur den Kopf schütteln. »Alle werden sie dasein«, flüsterte er. Er schloß einen Moment lang die Augen, dann schüttete er sich aus vor Lachen.

»Sprich nicht davon, Tonio«, sagte Paolo verzweifelt und biß sich auf die Lippe. Sein Blick bettelte Tonio förmlich um Trost, dann traten ihm Tränen in die Augen.

»Wenn es schiefgeht«, sagte Tonio, nach Luft ringend, »dann wird es fast wie eine öffentliche Hinrichtung sein.« Er brach in stummes Gelächter aus. »Tut mir leid, Paolo, ich kann nichts dafür«, sagte er. Er versuchte, ernst zu sein, aber es gelang ihm nicht. »Alle, absolut alle werden dasein.«

Er legte die Arme auf die Tasten und wurde von unhörbaren Lachkrämpfen geschüttelt. Jetzt begriff er endlich, was ein Debüt bedeutete: Es war eine großartige Einladung, in aller Öffentlichkeit den schrecklichsten Fehlschlag seiner gesamten Existenz zu riskieren.

Er hörte erst zu lachen auf, als er wieder in Paolos entsetztes Gesicht blickte. »Na, komm schon«, sagte er sanft und öffnete die Partitur für ein Duett, »schenk mir einfach keine Beachtung.«

Am vierten Tag jedoch, bei Einbruch der Dämmerung, klang schließlich alles nur noch wie Lärm in seinen Ohren. Er konnte nicht mehr arbeiten. Und er begriff, worin der Vorzug dieser Übungen bestand: Er hatte nicht nachzudenken brauchen, er hatte sich an nichts zu erinnern brauchen, er hatte weder überlegen, planen noch sich irgendwelche Gedanken machen müssen.

Als der Kardinal, den er seit mehr als vierzehn Tagen nicht mehr aufgesucht hatte, nach ihm schickte, erhob er sich mit einem leisen, ärgerlichen Laut vom Cembalo. Niemand hörte ihn. Nino legte bereits seine Kleidung heraus. Für den Kardinal war es roter Samt, eine golddurchwirkte Weste. Cremefarbene Hosen und hohe, geschwungene weiße Pantoffeln, die auf seinem Rist eine böse Druckstelle hinterließen. Später würde der Kardinal diese Stelle liebevoll berühren.

Es erschien ihm jetzt ganz und gar unmöglich, daß er Seiner Eminenz Vergnügen würde bereiten können. Aber er war schon müder und zerstreuter zu ihm gegangen als jetzt und hatte es geschafft.

Erst als er sich der Tür des Kardinals näherte, merkte er, daß es noch viel zu früh für ein diskretes Beisammensein war. Das Haus war voller geschäftiger Kleriker und untätiger Adeliger. Dennoch war er ins Schlafzimmer bestellt worden.

Als er das Zimmer betrat, wußte er, daß etwas nicht stimmte.

Der Kardinal hatte sein Zeremoniengewand angelegt, das silberne Kruzifix schimmerte auf seiner Brust. Er saß an seinem Schreibtisch, auf dem zwei große Kerzen standen, seine gefalteten Hände ruhten auf einem aufgeschlagenen Buch.

In seinem Gesicht strahlte ein außergewöhnliches Licht; ein Ausdruck unschuldigen Überschwanges, den Tonio seit Monaten nicht mehr gesehen hatte, lag darin.

»Setz dich, mein Schöner«, sagte er. Er schickte seine Diener aus dem Zimmer.

Als die Tür sich geschlossen hatte, schien Stille sie zu umgeben wie Wasser, das eine Küste umspült.

Zögernd blickte Tonio auf. Er sah, daß die Augen des Kardinals von unendlicher Geduld und unendlichem Staunen erfüllt waren. Tonio war alarmiert. Ein dumpfes Gefühl der Endgültigkeit überkam ihn langsam, noch bevor der Kardinal zu sprechen anfing.

»Komm her zu mir«, flüsterte der Kardinal, als würde er ein Kind zu sich bitten. Tonio war weit, weit weg in ein Gebiet geglitten, in dem es nicht einmal Gedanken gab. Er ging langsam auf den Kardinal zu, der sich von seinem Stuhl erhoben hatte. Sie standen sich jetzt von Angesicht zu Angesicht gegenüber, da küßte ihn der Kardinal auf beide Wangen.

»Tonio«, sagte er freundlich und vertraulich, »in meinem Leben gibt es nur eine einzige Leidenschaft, und das ist die Liebe zu Christus.«

Tonio lächelte. »Ich bin erleichtert, Euer Gnaden, daß Sie nicht länger gespalten sind«, sagte er.

Die Augen des Kardinals erschienen im Kerzenlicht haselnußbraun. Als er Tonio jetzt musterte, wurden sie schmal, dann antwortete er: »Du meinst das ehrlich, nicht wahr?«

»Ich liebe Sie, Euer Gnaden«, sagte Tonio. »Wie könnte ich da nicht Ihr Bestes wünschen?«

Der Kardinal wägte dies weit sorgfältiger ab, als Tonio das erwartet hatte, wandte sich einen Augenblick ab und bedeutete Tonio dann mit einer Handbewegung, sich hinzusetzen. Tonio sah zu, wie der Kardinal selbst wieder an seinem Schreibtisch Platz nahm, blieb aber, die Hände hinter dem Rücken verschränkt, stehen.

Das Zimmer erschien von grauem, fast aschfarbenem Licht erfüllt. Die Gegenstände darin kamen Tonio fremd und unwichtig vor, er wünschte sich lediglich, daß die Kerzen ein helleres Licht geben und nicht nur der Düsternis eine trübe Form verleihen würden. Er richtete den Blick auf das hohe, geteilte Fenster. Die ersten Sterne schimmerten schon am Abendhimmel.

Der Kardinal seufzte. Er schien einen Augenblick in Gedanken verloren, dann sagte er: »Heute morgen habe ich zum ersten Mal seit Monaten meine Messe im Zustand der Gnade abgehalten.« Er sah zu Tonio auf, und auf seinem Gesicht zeigte sich ein sorgenvoller Ausdruck. Freundlich und voller Achtung fragte er: »Und was ist mit dir, Marc Antonio, in welchem Zustand befindet sich deine Seele?«

Es war nicht mehr als ein Flüstern gewesen, und es lag keine Verurteilung darin.

Tonio jedoch wünschte sich jetzt alles andere als dieses Gespräch. Ihm war klar, daß dieses Kapitel seines Lebens nun zu Ende war, und er wußte nicht, ob er weinen würde oder nicht, wenn er diese Räume verließ. Vielleicht wollte er es ja herausfinden. Jetzt noch hierzubleiben, bedeutete, sich merkwürdig verwundbar zu fühlen.

»Das, was ich für dich empfunden habe, war schlecht, Marc Antonio.« Der Kardinal rang mit sich. »Es war ein lasterhaftes Verhalten, das schon Männer zerstört hat, die weit stärker waren als ich. Aber so sehr ich es auch versuche . . .« Er stockte. »Sosehr ich es auch versuche, ich kann in dir kein Anzeichen des Schlechten finden, ich kann die Bosheit und den Verfall, der einer solch vorsätzlichen Sünde zwangsläufig folgen muß, nicht entdecken.« Er flehte Tonio an: »Hilf mir, eine Antwort zu finden. Hast du keine Schuldgefühle, Marc Antonio, empfindest du keine Reue? Hilf mir zu verstehen!«

»Aber Euer Gnaden!« antwortete Tonio plötzlich, ohne nachzudenken. Er war mehr erstaunt als zornig. »Jeder, der Sie auch nur eine kurze Zeit kennt, weiß, daß Sie Christus gehören. Als ich Sie zum ersten Mal erblickte, sagte ich: ›Da ist ein Mann, der einen Grund hat, zu leben.‹ Aber ich besitze weder Ihren Glauben, Euer Gnaden, noch leide ich darunter, ihn nicht zu besitzen, und ich habe nicht die Schuldgefühle, die Sie belasten.«

Dies schien den Kardinal sehr aufzuwühlen. Er erhob sich abermals und nahm Tonios Kopf in die Hände. Die Geste beunruhigte Tonio, aber er blieb ruhig stehen. Er spürte, wie der Kardinal seine Daumen direkt unter seinen Augen sanft in sein Gesicht drückte.

»Marc Antonio, es gibt Menschen, die glauben an keinen Gott«, erklärte der Kardinal, »und dennoch würden sie das, was zwischen uns geschehen ist, als unnatürlich verurteilen, als etwas, das dazu bestimmt ist, uns beide ins Verderben zu stürzen.«

»Euer Gnaden, warum sollte es uns ins Verderben stürzen?« wollte Tonio wissen. Das Ganze war ihm höchst unangenehm. Er wollte, daß der Kardinal ihn einfach fortschickte. »Sie sprechen in einer Sprache mit mir, die mir fremd ist«, sagte er. »Das, was wir miteinander getan haben, bereitet Ihnen jetzt Gewissensbisse, weil Sie sich Christus angelobt haben. Wenn es dieses Gelöbnis aber nicht gegeben hätte, was wäre dann gewesen? Unsere Vereinigung war unfruchtbar, Euer Gnaden. Ich kann mich nicht fortpflanzen. Sie können sich durch mich nicht fortpflanzen. Was also spielt es dann für eine Rolle, was wir miteinander machen, welche Liebe, welche Zuneigung wir füreinander empfingen? Es hat kein Verderben in Ihr Alltagsleben gebracht. Ganz gewiß nicht in das meine. Es war schließlich Liebe, und was ist Schlimmes an der Liebe?«

Tonio war jetzt wütend, wußte aber nicht genau, warum.

Er war sich verschwommen bewußt, daß Guido einmal vor sehr langer Zeit etwas zu ihm gesagt hatte, das ganz genau dasselbe ausgedrückt hatte, nur auf eine sehr viel einfachere Art.

Es war so eine ungeheure Frage, daß er ihr Ausmaß nicht erfassen konnte, und das gefiel ihm nicht. Es brachte ihm schmerzhaft zu Bewußtsein, wie zerbrechlich alle Gedankengebäude waren.

Sünde, das war Bosheit. Das war Grausamkeit. Das waren jene Männer in Flovigo, die seine ungeborenen Söhne vernichtet hatten.

Aber was seine Liebe zu Guido, seine Liebe zum Kardinal anging, da konnte ihm niemand einreden, daß das Sünde war.

Nicht einmal das, was er in der geschlossenen Kutsche mit dem starken, dunkelhäutigen jungen Mann getan hatte, war Sünde gewesen. Auch in Venedig, in der Gondel, wo die kleine Bettina ihren Kopf an seine Brust gelehnt hatte, hatte er keine Sünde begangen.

Dennoch wußte er, daß er diese Gedanken unmöglich vor einem Mann darlegen konnte, der ein Kirchenfürst war. Er konnte nicht zwei verschiedene Welten miteinander vereinen: die eine, die unendlich große Macht in sich vereinte und sich sowohl an der göttlichen Offenbarung wie auch an der Tradition orientierte; die andere, die sich in ihrer Vitalität nicht verleugnen ließ und die jeden dämmrigen Winkel auf dieser Erde beherrschte.

Es machte ihn wütend, daß der Kardinal ihn gebeten hatte, diese beiden Welten zu vereinen. Und als er die Niederlage und die Traurigkeit in den Augen des Kardinals sah, fühlte er sich von diesem Mann durch Welten getrennt, so als wäre es schon sehr lange Zeit her, daß sie eine Beziehung miteinander gehabt hatten.

»Ich kann für dich nicht die Verantwortung übernehmen«, flüsterte der Kardinal. »Du hast mir einmal erzählt, daß die Musik für dich etwas Natürliches sei, das Gott in diese Welt entlassen habe. Auch du erscheinst mir, trotz all deiner exotischen Schönheit, natürlich wie die Blüten am Weinstock. Dennoch bist du für mich schlecht, und für dich hätte ich meine Seele in alle Ewigkeit der Verdammnis anheimgegeben. Ich begreife das nicht.«

»Ach, dann bin es nicht ich, von dem Sie eine Antwort haben wollen«, sagte Tonio.

In den Augen des Kardinals flackerte etwas auf. Er starrte Tonios gelassenes Gesicht an.

»Weißt du denn nicht«, stieß der Kardinal zwischen den Zähnen hervor, »daß du einen Mann um den Verstand bringen kannst!«

Er packte Tonio an den Armen, und seine Finger schlossen sich mit ungewohnter Kraft um sie.

Tonio atmete tief ein, versuchte dabei, seinen Zorn abkühlen zu lassen. Er sagte zu sich: Dieser kleine Schmerz ist nicht genug.

»Euer Gnaden, lassen Sie mich jetzt gehen«, bat er sanft, »denn ich empfinde für Sie nichts als Liebe und wünsche mir, daß Sie Ihren Seelenfrieden finden.«

Der Kardinal schüttelte den Kopf. Er starrte Tonio wütend an, dann gab er einen tiefen summenden Ton von sich. Sein Atem klang heiser, und sein Gesicht war leicht gerötet. Er umklammerte Tonios Arm noch fester. Tonio wurde langsam immer zorniger.

Es machte ihn wütend, so festgehalten zu werden und die Macht dieses Mannes spüren zu müssen.

Er war hilflos, das wußte er von vornherein. Gut genug konnte er sich an die Kraft dieser Arme erinnern, die ihn so mühelos, als wäre er eine Frau oder ein kleines Kind, im Bett herumgedreht hatten. Er dachte an jene Arme, die sich mit ihm in der Fechthalle gemessen hatten, die ihn in dunkle Schlafzimmer geschoben hatten, ihn fest an den Ledersitz seiner Kutsche gedrückt hatten. Arme, die ebenso die Äste eines Baums hätten sein können, und er dachte an jene schwelende Energie, die ein Mann direkt durch seine Poren auszuströmen schien, wenn er inmitten der Leidenschaft immer wieder den Beweis der Unterwerfung suchte.

Tonio wurde aus seinen Gedanken gerissen. Er schien irgendeinen verzweifelten Laut von sich gegeben zu haben. Ganz plötzlich machte er eine Bewegung, als wolle er dem Kardinal entfliehen oder ihn sogar schlagen. Da spürte er, daß er von einer unermeßlichen Kraft wie in einem Schraubstock festgehalten wurde. Er war in der Tat so hilflos, wie er es sich eingebildet hatte. Der Kardinal hielt ihn so fest, daß er ihm die Oberarmknochen hätte brechen können.

»Wolltest du die Hand gegen mich erheben, Marc Antonio?« fragte er, als fürchte er die Antwort.

»O nein, Euer Gnaden«, sagte Tonio leise. »Ich wollte, daß Sie die Hand gegen mich erheben! Schlagen Sie mich, Euer Gnaden!« Er verzog bebend das Gesicht. »Ich würde sie gerne spüren, diese Kraft, die ich nicht begreife.« Er umklammerte die Schultern des Kardinals. Er hielt sich an ihm fest, als wolle er den zähen Muskeln, die dort waren, ihre Stärke nehmen.

Der Kardinal hatte ihn losgelassen und wich zurück.

»Etwas Natürliches bin ich wie die Blüten am Weinstock?« flüsterte Tonio. »Oh, wenn ich nur einen von euch beiden verstehen könnte, wenn ich nur verstehen könnte, was ihr fühlt. Sie mit Ihren Gliedmaßen, die Sie, wenn ich selbst unbewaffnet bin, wie Waffen gegen mich verwenden können. Und sie, die Sanfte mit ihrer zarten Stimme, die wie leises Glockenläuten klingt. Und unter ihren Rökken diese geheime weiche Wunde! Oh, wenn ihr beide nicht ein solches Geheimnis für mich darstellen würdet, wenn ich doch zu dem einen oder dem anderen Geschlecht gehören könnte, oder sogar zu beiden!«

»Du redest irre«, flüsterte der Kardinal. Er streckte die Hand aus und befühlte Tonios Wange.

»Irre?« murmelte Tonio leise. »Irre! Sie haben mir abgeschworen, haben mich in ein und demselben Atemzug natürlich und schlecht genannt. Sie haben mich als etwas bezeichnet, das die Männer in den Wahnsinn treibt. Welche Bedeutung soll ich diesen Worte denn überhaupt abgewinnen? Wie soll ich sie ertragen? Und dennoch sagen Sie, ich würde irre reden. Was war das irre Orakel von Delphi anderes als eine erbärmliche Kreatur, deren Gliedmaßen die unglückliche Gestalt eines Objekts der Begierde besaßen!«

Er wischte sich mit dem Handrücken über den Mund und drückte die Hand dabei fest auf die Lippen, so als wolle er den Fluß seiner Worte gewaltsam stoppen.

Er merkte, daß der Kardinal ihn stumm anstarrte.

Schweigen breitete sich zwischen ihnen aus.

»Vergib mir, Marc Antonio«, sagte der Kardinal schließlich langsam und mit leiser Stimme.

»Und warum, Euer Gnaden, wofür?« fragte Tonio. »Dafür, daß Sie sich selbst hier großzügig und geduldig zeigen?«

Der Kardinal schüttelte den Kopf, als ginge er mit sich zu Rate.

Zögernd löste er den Blick von Tonio und machte ein paar Schritte auf seinen Schreibtisch zu, bevor er sich umsah. Er hielt sein silbernes Kruzifix in der Hand, das Kerzenlicht spielte auf dem roten Moirétaft seiner Robe. Seine Augen waren unter ihren glatten Lidern als schmaler schimmernder Spalt zu erkennen. Er machte ein unsagbar trauriges Gesicht.

»Wie entsetzlich es ist«, flüsterte er, »daß ich mit meiner Selbstverleugnung jetzt besser leben werde, da ich weiß, daß du solchen Schmerz empfindest.«

11

Tonio war vom Kardinal aus direkt zur Fechthalle gegangen, wo er sich nach der Adresse jenes Florentiners, des Grafen Raffaele di Stefano, erkundigte, der schon oft sein Fechtpartner gewesen war.

Es war dunkel, als er dessen Haus erreichte. Der Graf war nicht allein. Einige seiner Freunde, alle von ihnen offensichtlich wohlhabende Müßiggänger, speisten gerade mit ihm, während ein junger Kastrat in Frauenkleidern sang und auf der Laute spielte.

Es war dies eine jener Kreaturen, die Brüste wie eine Frau entwikkelt hatten, und diese wurden überaus vorteilhaft vom Schnitt des kräftig orangefarbenen Kleides betont.

Auf dem Tisch standen geröstetes Geflügel und Hammelfleisch, und die Männer, die dort saßen, zeigten die Aggressivität von Menschen, die tagelang ununterbrochen gezecht hatten.

Der Kastrat, der stolz eine lange und volle Haarpracht zur Schau trug, forderte Tonio auf, etwas zu singen, und erklärte, er sei es müde, immer nur von dessen Stimme reden zu hören.

Tonio starrte diese Kreatur an. Er starrte die Männer an. Er starrte den Grafen di Stefano an, der zu essen aufgehört hatte und ihn jetzt fast ängstlich beobachtete. Dann erhob sich Tonio zum Gehen.

Graf di Stefano eilte ihm jedoch sofort hinterher. Er gab seinen Freunden die Erlaubnis, die Nacht im Bankettsaal zu verbringen, wenn sie wollten, dann bat er Tonio die Treppe hinauf.

Als die Tür des Schlafzimmers verriegelt war, stand Tonio ganz still da und blickte den Riegel an. Der Graf hatte eine Kerze angezündet. In dem gleichmäßigen Licht, das jetzt das Zimmer erfüllte, war ein massives Bett zu sehen, dessen Bettpfosten mit schweren Schnitzereien verziert waren. Im offenen Fenster hing riesig der Mond.

Das runde Gesicht des Grafen besaß eine geradezu manische Ernsthaftigkeit, seine glänzenden schwarzen Locken verliehen ihm ein fast schon orientalisches Aussehen, sein starker, rasierter Bart bildete eine regelrechte Kruste auf seinem Kinn.

»Es tut mir leid, daß meine Freunde dich beleidigt haben«, sagte er rasch.

»Deine Freunde haben mich nicht beleidigt«, antwortete Tonio ruhig. »Aber ich vermute, der Eunuch unten hat Erwartungen geweckt, denen ich nicht entsprechen kann. Ich möchte jetzt gehen.«

»Nein!« flüsterte der Graf fast verzweifelt. Sein Blick war merkwürdig glasig. Er ging auf Tonio zu, als würde ihn jemand dazu zwingen, kam so nahe heran, daß er ihn unvermeidlich berühren mußte. Dann hob er die Hand und ließ sie in der Luft verharren, während er die dicken Finger gespreizt hatte.

Er sah aus, als wäre er halb verrückt vor Begierde. So hatten weder der Kardinal noch der älteste und dankbarste von Tonios Liebhabern jemals gewirkt. Er besaß keinen Stolz. Er besaß auch nicht den Hochmut jenes Arbeiters, den Tonio auf der Straße aufgelesen hatte.

Tonio streckte die Hand nach der Türklinke aus, dann aber flammte Leidenschaft in ihm auf und machte ihn leichtsinnig und nicht weniger verrückt als diesen Mann.

Er drehte sich wieder um und atmete tief aus, da packte ihn der Graf und drückte ihn gegen die Tür.

Es war außergewöhnlich, auf köstliche Weise außergewöhnlich, denn Tonio konnte sich nicht beherrschen. So lange hatte es den Anschein gehabt, als wäre er Herr über seine Leidenschaft! Sei es bei Guido oder bei irgendeinem anderen jener Liebhaber, die er sich ausgesucht hatte. Jetzt aber hatte er die Kontrolle verloren, wobei er sehr wohl wußte, daß er sich unter dem Dach des Grafen befand, in seiner Gewalt war, so wie er noch nie zuvor in der Gewalt irgendeines jungen und zügellosen Liebhabers gewesen war.

Der Graf riß sich das Hemd vom Leib, fuhr sich dann mit der Hand in die Hose und öffnete sie. Seine dunklen Bartstoppeln taten Tonio tatsächlich weh, als er an Tonios Nacken herumknabberte. Dann zerrte er fast wie ein Kind an Tonios Rock, löste seinen Degen.

Die Waffe fiel klappernd zu Boden.

Als der Graf sich dann mit seinem nackten Körper an Tonio preßte und das Stilett in Tonios Hemd spürte, ließ er es dort stecken. Er zog Tonio stöhnend an sich, sein steifes Glied war dick und an der Spitze gespalten.

»Gib ihn mir, laß ihn mich haben«, flüsterte Tonio. Er kniete sich hin, nahm das Glied in den Mund.

Es war Mitternacht, als Tonio sich zum Gehen erhob. Im Haus war alles still. Der Graf lag auf den weißen Laken, nackt bis auf die Goldringe am Ringfinger und am kleinen Finger seiner linken Hand.

Tonio blickte zu ihm hinunter und strich ihm über die seidige Haut an Nase und Wangen, dann verließ er leise das Zimmer.

Er gab seinem Kutscher die Anweisung, zur Piazza di Spagna zu fahren.

Als er am Fuße der hohen Spanischen Treppe angelangt war, saß er lange Zeit da, starrte aus dem Fenster und beobachtete jene, die in der Dunkelheit vorübergingen. Hoch über ihm zeichneten sich vor dem mondhellen Himmel viele erleuchtete Fenster ab, aber er kannte hier weder Häuser noch Namen.

Einen Augenblick wurde er von einer Laterne geblendet, bevor der Mann, der sie trug, höflich den Lichtstrahl wegdrehte.

Er schien eine Weile eingeschlafen gewesen zu sein, aber er wußte nicht wie lange. Er war nur plötzlich aufgewacht. Als er hochfuhr, spürte er *ihre* Gegenwart und versuchte sich daran zu erinnern, was er geträumt hatte. Sie hatten sich in seinem Traum aufgeregt miteinander unterhalten, wobei er sich vergeblich bemüht hatte, ihr irgend etwas zu erklären, und sie sich schließlich traurig abgewandt hatte.

Er merkte, daß er sich auf der Piazza di Spagna befand. Er mußte nach Hause. Einen kleinen Augenblick war er sich nicht sicher, wo das war.

Er lächelte, dann gab er dem Fahrer den Befehl, loszufahren. Im Halbschlaf fragte er sich, warum Bettichino nicht gekommen war, da wurde ihm plötzlich mit Schrecken klar, daß es nicht einmal mehr zwei Wochen bis zur Premiere waren.

12

Am Weihnachtstag erhielten sie die Nachricht, daß Bettichino eingetroffen war.

Die Luft war klar und frostig und wurde vom Läuten aller Kirchenglocken Roms erfüllt. Choräle erklangen von den Emporen, und Kinder predigten von der Kanzel, wie es der Brauch war. In Tausenden prächtiger Krippen lag, von Kerzen umgeben, strahlend das Jesuskind.

Guido, der entdeckt hatte, daß die Violinisten im Teatro Argentina meisterhafte Musiker waren, hatte alle Partien für Saiteninstrumente umgeschrieben. Er lächelte nur, als Bettichino, der behauptete, ein wenig unpäßlich zu sein, darum bat, man möge entschuldigen, daß er keinen Höflichkeitsbesuch mache. Ob Guido so freundlich wäre, ihm die Partitur zu schicken?

Guido war auf alle Schwierigkeiten vorbereitet. Er kannte die Regeln des Spiels und hatte dem großen Sänger drei Arien mehr gegeben, als Tonio hatte, so daß Bettichino mit seinem Können brillieren konnte. Er war nicht überrascht, als er die Partitur, in die der Sänger nun all seine Verzierungen sauber hineingeschrieben hatte, binnen vierundzwanzig Stunden zurückerhielt. Jetzt konnte Guido die Begleitung angleichen. Bettichino hatte sich zwar nicht lobend zu der Komposition geäußert, aber er hatte sich auch nicht beklagt.

Guido wußte, daß das Gerede in den Cafés jetzt seinen Höhepunkt erreicht hatte. Außerdem besuchten alle das neue Atelier von Christina Grimaldi, die ausschließlich von Tonio sprach. Das Theater würde brechend voll sein.

Guidos Hauptaufgabe war nun, Tonio vor seiner eigenen Furcht zu bewahren.

Zwei Tage vor dem Premierenabend wurde die erste und einzige Probe für die Sänger angesetzt.

Tonio und Guido gingen am Nachmittag zum Theater, um sich mit Tonios Widersacher zu treffen, dessen Anhänger vielleicht versuchen würden, Tonio von der Bühne zu vertreiben.

Als sie dort ankamen, erschien sofort Bettichinos Agent, um sie zu informieren, daß der große Sänger immer noch unter einer kleinen Unpäßlichkeit litt und seine Rolle lediglich markieren würde. Sogleich bestanden die Tenöre ebenfalls auf diesem Vorrecht, und Guido wies Tonio an, ebenfalls keinen Ton zu singen.

Nur der gute alte Rubino, der Kastrat, verkündete fröhlich, daß er singen würde. Die Musiker im Parkett setzten ihre Instrumente ab, um ihm zu applaudieren, und er begann voller Inbrunst mit der ersten Arie, die Guido für ihn komponiert hatte. Hohe Töne konnte er schon lange nicht mehr singen, aber die Arie war für einen Alt geschrieben und wurde von ihm mit solcher Präzision und solcher Klarheit gesungen, daß seine Zuhörer, als er geendet hatte, den Tränen nahe waren. Selbst Guido war gerührt, als er seine Komposition von dieser neuen Stimme vorgetragen hörte.

Direkt nach dieser kleinen Vorstellung erschien Bettichino. Tonio spürte, daß ihn jemand ganz leicht streifte, und drehte sich ein wenig erschrocken um. Da sah er einen Riesen von einem Mann vorbeigehen, der einen dicken Wollschal um den Hals gewickelt hatte. Er hatte eine blonde Haarmähne, so hell, daß sie fast schon silbern wirkte, und einen sehr schmalen, sehr geraden Rücken.

Erst als dieser Mann, der mit derselben gleichgültigen Art auch am alten Rubino vorbeigegangen war, die andere Seite der Bühne erreicht hatte, drehte er sich langsam auf dem Absatz um und warf Tonio einen entschlossenen Blick zu.

Noch nie hatte Tonio so eisig blaue Augen gesehen. In ihnen schien das Nordlicht zu leuchten. Ihr Blick, der auf Tonio geheftet war, wurde plötzlich unruhig, so als wolle er sich von ihm lösen, wurde dann aber sofort wieder wie an einem Haken zurückgezogen.

Tonio rührte sich nicht und blieb stumm, aber er zuckte heftig zusammen, so als hätte dieser Mann ihm, einem Aal gleich, der noch lebend am Sandstrand gefunden wird, einen fürchterlichen elektrischen Schlag versetzt.

Er gestattete sich, den Blick langsam, fast respektvoll zu senken, dann blickte er wieder zu dieser Gestalt von mindestens eins neunzig auf, neben der er auf der Bühne herrlich klein wirken würde.

Bettichino zog mit einer lässigen Bewegung an einem Ende seines Wollschals, so daß dieser mit einem leise zischenden Geräusch von seinem Hals glitt und das breite, quadratische Gesicht des Sängers ganz zu sehen war.

Er sah gut aus, ja sogar majestätisch, und strahlte diese unterschwellig spürbare Autorität aus, die Guido einmal vor vielen Jahren als jene magische Kraft beschrieben hatte, die nur wenige Sänger besaßen. Als Bettichino nun vortrat, schien das für die ganze Welt von Bedeutung zu sein.

Immer noch starrte er Tonio an. Sein Gesichtsausdruck war dabei so unerbittlich, so kalt, daß alle Umstehenden plötzlich verlegen wurden. Die Musiker, die sich auf irgendeine unausgesprochene Herausforderung vorzubereiten schienen, husteten hinter vorgehaltener Faust, der Impresario knetete nervös seine Hände.

Tonio rührte sich nicht. Bettichino begann mit langsamen, gemessenen Schritten auf ihn zuzugehen. Als er dann direkt vor Tonio stand, reicht er ihm seine saubere, bleiche Hand.

Tonio ergriff sie sofort, murmelte dabei leise eine respektvolle Begrüßung. Und der Sänger, der sich umdrehte, während er Tonio noch ansah, bedeutete den Musikern mit einer stummen Geste, anzufangen.

13

Eine Stunde bevor sich der Vorhang hob, öffnete der Himmel seine Schleusen über Rom. Nichts jedoch, weder die krachenden Blitze noch der Wind, der an den geschlossenen Fensterläden des Theaters rüttelte, konnte den Andrang der Zuschauer, die sich durch die Eingänge schoben, mindern.

Ein dichtes Knäuel von Kutschen blockierte die Straße, ein goldenes Gefährt nach dem anderen kam ruckend zum Stehen, um juwelenbehängte und weiß gepuderte Männer und Frauen in das flakkernde Licht zu entlassen. Die Galerien ganz oben waren bereits voll besetzt. In der Dunkelheit konnte man lauter bleiche Gesichter sehen. Pfiffe, Buhrufe und obszöne Verse schallten durch den abgedunkelten Theaterraum.

Tonio, der gerade tropfnaß hinter der Bühne eingetroffen war, ging sofort zu dem kleinen Guckloch neben dem Vorhang.

Signora Bianchi wurde ganz hysterisch und begann unverzüglich, ihm das Haar trockenzurubbeln.

»Pssst . . .« Er beugte sich nach vorn und spähte in den Zuschauerraum hinaus.

Diener in Livree gingen auf dem ersten Rang von Leuchter zu Leuchter, zündeten dort die Kerzen an und erweckten samtene Vorhänge, Spiegel, polierte Tische und Polsterstühle zum Leben. Es schien, als würden zahllose Salons körperlos im Dunkeln schweben.

Unten im Parkett hatten bereits Hunderte *abbati* Platz genommen. Eine Kerze in der einen Hand, in der anderen die offene Partitur, diskutierten sie bereits hitzig miteinander.

Ein einzelner Violinist saß schon auf seinem Stuhl. Jetzt kam ein Trompeter, dessen billige kleine Perücke kaum sein dunkles Haar verdeckte.

Jemand in der obersten Galerie schrie plötzlich etwas. Ein Geschoß segelte durch die Düsternis, und aus dem ersten Stock kam ein heftiger Fluch. Ein Mann sprang auf, fuchtelte wild mit den Fäusten, wurde wieder auf seinen Platz zurückgezerrt. Weiter oben war eine Prügelei ausgebrochen, hinter den Wänden hörte man ein Poltern auf den Holztreppen.

»Drehen Sie sich einmal zu mir um!« sagte Signora Bianchi ganz aufgeregt. »Wie sehen Sie denn aus, haben Sie im Fluß gebadet? Spätestens in einer Stunde sind Sie heiser. Sie müssen sich unbedingt aufwärmen.«

»Mir ist warm«, flüsterte Tonio und küßte sie auf ihren kleinen welken Mund. »Wärmer, als mir je gewesen ist.« Dann bahnte er sich durch das Durcheinander einen Weg zu seiner Garderobe, wo der alte Nino in der Kohlenpfanne herumrührte und die Luft bereits so heiß wie in einem Backofen war.

Tonio war an diesem Morgen früh aufgewacht und hatte, als er zu singen begann, sofort eine Heiterkeit empfunden. Stundenlang hatte er die kompliziertesten Passagen geübt, bis sich seine Stimme so elastisch und kraftvoll anfühlte wie nie zuvor.

Er küßte Guido auf beide Wangen, bevor dieser ins Theater ging; Paolo wies er an, sich unters Publikum zu mischen und alles zu beobachten.

Und dann war er, während der Himmel immer noch wolkenlos war und sich in sanftem Lavendelblau über die von der Abendsonne beschienenen Hügel spannte, durch die schlammigen Straßen in Tibernähe gewandert und hatte, während sich vor ihm eine Gruppe zerlumpter Kinder versammelte, zu singen begonnen.

Gerade kamen die ersten Sterne hervor. Zum ersten Mal seit drei Jahren hörte Tonio wieder, wie sich seine Stimme zwischen engen Steinmauern erhob. Mit feuchten Augen schraubte er seine Melodie immer höher, bis er Töne traf, an die er sich noch nie zuvor herangewagt hatte. Rund und makellos stiegen sie in die Nacht auf, die langsam über ihm hereinbrach. Von überallher waren Leute zusammengekommen. Sie drängten sich in den Fenstern, den Toreingängen, sie scharten sich zu beiden Seiten der kleinen Straße. Sie boten ihm Wein und etwas zu essen an, als er geendet hatte. Sie brachten ihm einen Schemel hinaus und dann einen feinen Stuhl mit Gobelinbezug. Und wieder sang er für sie, jedes Lied, das sie sich wünschten, und die Ohren klingelten ihm von ihrem Jubel, dem Klatschen und den Bravorufen. Die Gesichter um ihn herum glühten vor Begeisterung, als schließlich der Regen kam.

Jetzt gab er Signora Bianchi einen Kuß. Dann auch Nino. Er ließ sich von ihnen die nasse Kleidung ausziehen und den Kopf mit Handtüchern abreiben. Er ließ sie schimpfen. Er ließ sie fluchen.

»Ich sage Ihnen, es wird wunderbar werden«, flüsterte er Signora Bianchi zu. »Ich sage Ihnen, es wird für Guido und für mich wunderbar werden.« Im stillen schwor er sich, daß er jede Minute davon genießen würde, sollte es nun ein Triumph oder ein Debakel werden. Was zählte, war, daß er endlich die Bühne betrat, und genau dort wollte er jetzt, in diesem Augenblick auch sein.

»Nun, meine Liebe«, sagte er zu Signora Bianchi, »dann beginnen Sie mit Ihrem Zauberwerk. Lassen Sie all die kleinen Versprechen, die Sie mir gegeben haben, wahr werden. Machen Sie mich zu einer so schönen Frau, daß ich selbst meinen eigenen Vater zum Narren halten könnte.«

»Sie schlimmer Junge.« Sie kniff ihm mit ihren weichen, heißen Fingern in den Nacken. »Sparen Sie sich Ihre Eloquenz für das Publikum auf und sagen Sie nicht so schreckliche Dinge zu mir.«

Im Stuhl zurückgelehnt, spürte er auf seinem Gesicht die ersten weichen, sinnlichen Striche ihres kleinen Pinsels, spürte den Zug ihres Kamms im Haar, spürte ihre heißen Hände.

Als er sich schließlich erhob und zum Spiegel umdrehte, empfand er dieses vertraute, aber deshalb nicht weniger beunruhigende Gefühl des Verlustes. Wo in dieser dunkelroten Sanduhr aus Satin steckte Tonio? Wo befand sich der Junge hinter diesen dunkel bemalten Augen, diesen roten Lippen und diesem wallenden weißen Haar, das in weichen Wellen seine Stirn umrahmte und ihm dann in vollen Locken den Rücken herabfiel?

Es kam ihm vor, als würde er schweben, während er die Frau im Spiegel anstarrte. Sie flüsterte ihm seinen Namen zu und zog sich dann zurück, als wäre sie ein Phantom und könne, während er still dastand, etwas von seinem Leben mitnehmen.

Er berührte mit den Fingern, die in Handschuhen steckten, seine bloßen Schultern, er schloß die Augen und betastete die vertrauten Konturen seines Gesichts. Dann merkte er, daß Signora Bianchi einen Schritt zurückgetreten war. Sie schien von der endgültigen Wirkung selbst überrascht zu sein. Als er sich ganz langsam zu ihr umdrehte, glaubte er zu spüren, daß sie Angst hatte.

Es schien, als hätte sich in einer anderen, entfernten Welt ein lautes Raunen erhoben. Der alte Nino erklärte, daß man den großen Kronleuchter im Zuschauerraum angezündet hatte. Das Theater war bereits zum Bersten voll, obwohl noch so viel Zeit . . .

Er sah Signora Bianchi an. Sie wirkte alles andere als erfreut. Der Blick ihrer kleinen, blinzelnden Augen huschte ängstlich über ihn hinweg, während sie vor ihm zurückzuscheuen schien.

»Was ist los?« flüsterte er. »Warum sehen Sie mich so an?«

»Mein Lieber ...« Ihre Stimme klang monoton. »Sie sehen wunderbar aus. Selbst mich könnten Sie zum Narren halten ...«

»Nein, nein ... warum sehen Sie mich so an?« wiederholte er flüsternd, in der Gewißheit, daß kein Mensch hätte behaupten können, daß das nicht das Flüstern einer Frau war.

Sie gab keine Antwort.

Er funkelte sie wütend an.

»Tonio, hören Sie auf damit!« sagt sie und biß sich auf die Lippen.

»Dann sagen Sie mir, was los ist!« forderte er.

»Also gut, sie sind wie ein Dämon, eine vollkommene Frau, die überlebensgroß ist! Sie sind zart und wunderschön, aber Sie sind zu groß! Und Sie machen mir angst, so als käme der Engel des Herrn in dieses Zimmer, füllte es mit seinen Schwingen aus und schüttelte die Federn, so daß sie durch die Luft wirbeln. Sie sind wunderschön und vollkommen, dennoch sind Sie ...«

»Ein Monstrum, meine Liebe«, flüsterte er. Und spontan nahm er ihr Gesicht in beide Hände und gab ihr einen Zungenkuß.

Sie hielt den Atem an, die Augen geschlossen, den Mund geöffnet, dann hob sich ihr schwerer Busen in einem tiefen Seufzer.

»Sie gehören dort draußen hin ...«, murmelte sie. Dann öffnete sie wieder die Augen. Lange Zeit sah sie ihn einfach nur an, dann begann ihr Gesicht vor Freude und Stolz zu strahlen, und sie schlang die Arme um seine Taille.

»Lieben Sie mich?« fragte er.

»Ach!« Sie ließ ihn los. »Was kümmern Sie sich um mich! Ganz Rom wird Sie gleich lieben, ganz Rom wird Ihnen gleich zu Füßen sinken! Und da fragen Sie ausgerechnet mich, ob ich Sie liebe?«

»Ja, ja, denn ich möchte, daß Sie mich lieben, hier und jetzt.«

»Oh, und bald schon beginnt die unendliche Eitelkeit.« Sie lächelte, dann strich sie ihm mit den Händen über die weißen, gewellten Haare, um eine lange, mit einem Edelstein geschmückte Haarnadel wieder an die richtige Stelle zu stecken. »Die unendliche Eitelkeit« – sie seufzte – »mit ihrer unendlichen Gier.«

»Ist das so?« fragte er leise.

Sie hielt inne.

»Sie haben Angst«, flüsterte sie.

»Ein bißchen, Signora, ein bißchen.« Er lächelte.

»Aber, mein Lieber . . .«, begann sie.

Doch die Tür war aufgeflogen, und ein atemloser Paolo, das Haar naß und zerzaust, kam ins Zimmer gestürmt.

»Tonio, du solltest dieses Gesindel hören! Sie sagen, Ruggerio hätte dir mehr Gage gezahlt als Bettichino, und jetzt brennen sie auf einen Kampf. Außerdem ist das Haus voller Venezianer, Tonio, sie haben den weiten Weg hierher auf sich genommen, um dich singen zu hören. Sicher wird es einen Kampf geben, Tonio, aber sie werden dir keine Chance lassen!«

14

Jetzt war es soweit. Fünfundzwanzig Jahre lang hatte Guido auf diesen Moment hingearbeitet. Die Zeit war gekommen.

Guido warf einen letzten prüfenden Blick in den Spiegel. Seine glatte, weiße Perücke war tadellos, und in seinem Rock aus Goldbrokat konnte er, nachdem die Näherin eine Reihe von Änderungen daran vorgenommen hatte, nun endlich auch die Arme uneingeschränkt bewegen. Er glättete die Spitze an seinem Hals, schüttelte sie an seinen Handgelenken auf. Jetzt lockerte er seinen Gürtel ein ganz klein wenig, in der Gewißheit, daß das niemandem auffallen würde, dann sammelte er die Partitur zusammen.

Bevor er jedoch in den Orchestergraben hinaustrat, blieb er noch einen Moment lang hinter dem Vorhang stehen und blickte in den Zuschauerraum hinaus.

Der große Kronleuchter war gerade in der Decke verschwunden und hatte das taghelle Licht mit sich genommen.

Die Düsternis, die sich herabsenkte, schien ein wildes Brüllen auszulösen. Auf den Galerien war Fußgetrampel zu hören, von beiden Seiten kamen heisere Rufe.

Die *abbati* hatten, wie erwartet, den vorderen Teil des Zuschauerraums übernommen. Die Logen waren vollgestopft, und man hatte überall noch zusätzliche Stühle dazwischengequetscht. Direkt über sich, zu seiner Rechten, sah er ein Dutzend Venezianer, dessen war er sich sicher. Einer von ihnen kam ihm bekannt vor. Es war der riesige Eunuch von San Marco, der Tonios Hauslehrer und Freund gewesen war.

Auch die Neapolitaner waren in großer Zahl gekommen. Die Contessa Lamberti saß zusammen mit Christina Grimaldi in der allerersten Reihe der Loge. Den Rücken hatten sie dem Eßtisch zugewandt, wo andere bereits beim Kartenspiel waren. Maestro Cavalla, der bereits seine Grüße in die Garderobe geschickt hatte, war ebenfalls gekommen.

Kardinal Calvino, um den sich ein Dutzend junger Adeliger geschart hatte, die sich angeregt beim Wein unterhielten, war nur einer von vielen anwesenden Kardinälen.

Plötzlich kam ein Mann durch die Sitzreihen hindurch auf das Orchester zugestürmt. Er formte die Hände zu einem Trichter und stieß einen langen, höhnischen Ruf aus. Guido erstarrte. Er war wütend, weil er den Mann nicht verstehen konnte. Dann schneite es plötzlich von den Dachbalken herunter kleine weiße Blätter, und überall standen Leute auf, um sie zu fangen.

Die Zuschauer hatten zu pfeifen und zu stampfen begonnen. Es war Zeit für Guido, hinauszutreten.

Er schloß die Augen und lehnte den Kopf gegen die Wand. Dann spürte er, wie ihn jemand schüttelte. Er biß die Zähne zusammen, bereit, diesen letzten Moment des Friedens für sich einzufordern.

»Sehen Sie sich das an!« Es war Ruggerio, der eines jener Blätter in der Hand hielt, die von oben herabgeflattert waren.

Guido griff hastig danach, hielt es ans Licht. Es war ein plumpes Sonett, in dem behauptet wurde, daß Tonio in seiner Heimatstadt nichts als ein Gondoliere gewesen sei und daß er dorthin zurückkehren sollte, um auf den Kanälen die *barcarola* zu singen.

»Das ist schlecht, das ist schlecht«, murmelte Ruggerio. »Ich kenne diese Sorte Publikum, solche Zuschauer können die Vorstellung sprengen! Sie werden überhaupt nicht zuhören. Für sie ist es alles nur ein Spaß, sie haben einen Venezianer, den sie verhöhnen können, und Bettichino ist ihr Liebling. Sie werden uns fertigmachen.«

»Wo ist Bettichino?« wollte Guido wissen. »Er ist dafür verantwortlich.« Er drehte sich um, hatte die Fäuste geballt.

»Maestro, für solche Dinge haben wir jetzt keine Zeit mehr. Abgesehen davon lassen sich die Zuschauer von Bettichino nichts sagen. Alles, was sie wissen, ist, daß die Theater wieder geöffnet haben. Außerdem hat Ihr Junge ihnen mit seinen Allüren nur Vorschub geleistet. Wenn er doch nur einen Bühnennamen angenommen hätte, wenn er sich nicht immer so verdammt aristokratisch gegeben hätte und was dazu kommt . . .«

»Ach, seien Sie still!« sagte Guido. Er schob den Impresario von sich weg. »Warum zum Teufel sagen Sie mir das alles jetzt!« Er war außer sich.

Plötzlich kam er sich wie ein Narr vor, und das war ein fürchterliches Gefühl. Was hatte ihn zu glauben veranlaßt, daß dies ein Tribunal wäre, bei dem es edel und gerecht zugehen würde? Er eilte auf die Treppe zu.

»Maestro, behalten Sie einen kühlen Kopf«, sagte Ruggireo. »Wenn die Leute anfangen sollten, mit Gegenständen zu werfen, dann lassen Sie sich nicht dazu hinreißen, etwas zurückzuwerfen.«

Guido lachte laut. Er bedachte den Impresario mit einem verächtlichen Blick, ging dann hinaus und setzte sich ans Cembalo, während sich die Musiker erhoben, um ihn mit einer raschen Verbeugung zu begrüßen.

Als seine Finger das erste frohlockende Thema anschlugen und sich um ihn herum jubelnd Geigenklänge erhoben, da wurde es im Publikum ruhig. Selbst die Zwischenrufe schienen zu verstummen.

Die Musik bildete einen Klangteppich und zerstreute im Augenblick all seine Furcht. Guido spürte, wie er von ihr getragen wurde.

Der Vorhang hatte sich gehoben. Oben auf der Bühne war, von Applaus begrüßt, Bettichino erschienen. Schon ein einziger Blick sagte Guido, daß dieser Mann die perfekte Verkörperung eines Gottes darstellte. Sein blondes Haar schimmerte im Bühnenlicht, seine helle Haut war mit weißem Puder betont. Guido wußte, daß sich in den Logen Zuschauer von ihren Plätzen erhoben hatten und sich vor dem Sänger verbeugten. Aus dem Augenwinkel konnte er sehen, daß Bettichino mit einer Verbeugung zurückgrüßte. Rubino hatte jetzt die Bühne betreten, und dann sah Guido, als er nach oben spähte, auch Tonio.

Trotz der Musik hörte er, wie ein erstauntes Murmeln durch das Publikum ging, das wie das sanfte Raunen klang, das vorhin dem Kronleuchter gegolten hatte.

Es war in der Tat ein besonderes Schauspiel, das sich da bot. Eine Frau von erlesener Schönheit stand, gekleidet in scharlachroten Satin und goldgestickte Spitze, im Rampenlicht. Tonios Augen, schwarz hervorgehoben, wirkten wie zwei schimmernde Stücke Glas. Er strahlte etwas Gebieterisches aus, obwohl er leblos wie eine Kleiderpuppe wirkte. Das Licht betonte auf wunderbare Weise die Konturen seines Gesichts.

Guido warf abermals einen raschen Blick nach oben, doch Tonio, der mit heiterer Gelassenheit das Publikum zu begutachten schien, gab kein Zeichen des Erkennens. Erst jetzt, als Bettichino seine kleine Runde auf der Bühne beendet hatte, erwiderte Tonio die Grüße, die ihm entgegengebracht wurden. Während er den Blick langsam von rechts nach links wandern ließ, machte er eine feminine Verbeugung. Als er sich wieder erhob, hatten seine kleinsten Bewegungen etwas Riesiges an sich. Gewiß hatte er aller Augen auf sich gezogen.

Die Oper war in vollem Gange. Sie hatten bereits das halbe Eröffnungsrezitativ hinter sich. Bettichinos Stimme war voller Glanz und Kraft.

Dann ging er zu seiner ersten Arie über. Guido mußte auf die leiseste Veränderung vorbereitet sein, die Geigen hatten sich zusammen mit dem Cembalo zu einem gedämpften Generalbaß gesenkt.

Der Sänger war an die Rampe getreten. Das Blau seines langen Rocks ließ seine Augen so blitzen, daß es fast den Anschein hatte, als würden sie sich von seinem Gesicht lösen. Seine Stimme erhob sich mit vernichtender Lautstärke.

Nachdem er jetzt den zweiten Teil beendet hatte, begann er mit der Wiederholung des ersten, was der Standardform einer jeden Arie entsprach. Wie es erwartet wurde, fing er dann an, diese zu variieren. Er tat dies langsam und mit sich steigerndem Glanz, aber noch nicht mit der vollen Kraft, die er, wie Guido wußte, später zeigen würde. Dann begann er mit einem herrlichen Schwellton, der lauter und lauter und lauter wurde. Er sang diesen Ton in einem einzigen langen Atemzug, bis das Publikum mittendrin absolut still wurde. Guido war still. Die Saiteninstrumente waren still. Der Sänger entließ, während er bewegungslos dastand, einen endlosen Strom aus Klang in die Luft, ohne auch nur das leiseste Zeichen von Anspannung zu zeigen. Als er den Ton dann zurücknahm und alle dachten, er hätte keine Luft mehr und müsse ihn jetzt zwangsläufig ausklingen lassen, ließ er ihn abermals anschwellen, brachte ihn sogar zu einem noch lauteren Höhepunkt und brach dann plötzlich ab.

Von allen Seiten wurde applaudiert. Die *abbati* riefen mit schrillen, fast widerwilligen Stimmen: »Bravo, Bettichino!«, während sowohl von der Galerie aus als auch aus dem hinteren Teil des Parketts und aus den Logen derselbe Ruf erscholl. Der Sänger verließ die Bühne, wie das nach einer solchen Arie üblich war. Guido stürzte sich wieder in die Musik, um jene, die vor dem Rampenlicht versammelt waren, weiter durch die Opernhandlung zu führen.

Guido spürte, daß sein Gesicht glühte. Er wagte nicht, auf die Bühne zu sehen. Seine Hände waren so schweißnaß, daß er mit den Fingern von den Tasten abrutschte, als er mit der Introduktion von Tonios erster Arie begann. Dann aber unterdrückte Guido einen Moment lang seine Angst und blickte zu der stillen Frauengestalt, die dort oben auf der Bühne stand, hinauf.

Tonio sah ihn nicht. Falls er ihn brauchte, so zeigte er es nicht. Seine köstlichen schwarzen Augen waren auf den ersten Rang geheftet, als würde er jeden einzelnen Zuschauer dort mustern. Mit großer Energie begann er zu singen. Seine Stimme war wie stets rein, klar und von absoluter Transparenz.

Überall jedoch hatte das Lärmen begonnen, Füßestampfen, Zischen von hinten, Buhrufe von oben.

»Geh zurück nach Venedig, zu den Kanälen!« gellte es von der obersten Galerie.

Einige der *abbati* waren von ihren Sitzen aufgestanden, zeigten den Störenfrieden dort oben die geballten Fäuste und schrien: »Ruhe, Ruhe.«

Tonio sang ungerührt weiter. Er unternahm dabei keinen Versuch, mit seiner Stimme den Lärm zu übertönen, was auch unmöglich gewesen wäre. Guido biß die Zähne zusammen und hämmerte in die Tasten, als könne er ihnen dadurch eine größere Lautstärke entlocken.

Schweiß tropfte ihm vom Gesicht auf die Hände hinunter. Jetzt konnte er Tonio nicht mehr hören. Er konnte nicht einmal mehr sein eigenes Instrument hören.

Tonio hatte seine Arie beendet, er verbeugte sich und verschwand mit unverändert gelassener Miene in den Kulissen.

Vom ganzen ersten Rang erscholl wilder Applaus, der aber nur die allgemeine Lärmkulisse verstärkte.

Was jetzt folgte, war für Guido die reinste Hölle. Auf der Bühne war alles für die nächste Szene bereit, die gleichzeitig auch den Abschluß des ersten Aktes darstellte. Für diese Szene hatte Guido Tonios herrlichste Arie geschrieben. Jede Melodie, die er für ihn komponiert hatte, war vollkommen darauf abgestimmt, daß er seine Stimme zur Geltung bringen konnte, die Schlußarie dieses Aktes jedoch war formvollendet, ein Stück, das die großen Damen und Herren Roms davon abhalten mußte, gleichgültig ihre Logen zu verlassen und irgendwoanders hinzugehen.

Bettichinos stärkste Arie kam direkt davor, Bettichino würde man zuhören! Guido war außer sich.

Wieder hatte das Zischen begonnen, sobald Tonio auf der Bühne erschienen war. Aus dem Augenwinkel sah Guido überall wieder weiße Blätter herabregnen, auf denen zweifellos irgendein bösartiger Vers stand. Bettichino war vorgetreten. Er trug nun das verlockendste und originellste von Guidos begleiteten Rezitativen vor. Es war dies der einzige Teil der Oper, wo sich Handlung und Gesang miteinander vereinten, denn Bettichino sang jetzt von der Geschichte selbst. Dabei berichtete er aber nicht einfach eintönig von den Geschehnissen, sondern sang mit Gefühl.

Hier war von den Violinisten höchste Kunstfertigkeit gefordert, und Guido selbst hörte und wußte kaum, was er da gerade spielte. Das Zischen war verstummt, als Bettichino zu singen begonnen hatte, dann ging der Sänger vom Rezitativ zur großartigsten seiner Arien über.

Er hatte sich Zeit gelassen, bevor er das Zeichen zum Weiterspielen gab. Der Applaus, der dem Rezitativ galt, rief im Publikum zum ersten Mal auch eine heftige Gegenreaktion hervor. Guido atmete tief ein. Also hatte Tonio ebenfalls seine Anhänger, Gott sei Dank, und sie bekämpften die von Bettichino mit denselben Buhrufen und Protesten.

Guido sah, wie der Sänger ihm nun zu verstehen gab, er solle beginnen, und Guido allein leitete nun zu dieser überaus zärtlichen Arie über. In der ganzen Oper kam ihr, außer jener, die Tonio direkt anschließend singen sollte, keine andere gleich.

Bettichino verlangsamte das Tempo. Guido paßte sich ihm unverzüglich an. Dann spürte selbst Guido, welche Meisterschaft in der eleganten und prägnanten Art lag, in der Bettichino zu singen anfing. Seine Stimme schraubte sich dabei so zart und dennoch so kraftvoll nach oben, daß sie wie ein unzerreißbarer Draht schien, der sich langsam abwickelte.

Er legte den Kopf in den Nacken. Bei der Wiederholung des ersten Teils sang er auf dem ersten Ton ein makelloses Tremolo, bei dem er in der Tonhöhe weder nach oben noch nach unten abwich. Vielmehr stieß er ihn nur immer wieder und wieder und wieder sanft an, so als würde der Draht, den seine Stimme darstellte, in strahlendem Glanz pulsieren. Dann glitt der Sänger in die zarten Phrasen hinüber und schloß seine Arie schließlich mit einem Schwellton ab, diesmal aber mit der *Esclamazio Viva*, bei der der Ton mit voller Lautstärke beginnt und dann so langsam und sanft zurückgenommen wird, daß das Gefühl tiefer Traurigkeit entsteht.

Es schien, als würde dieser leiser werdende Ton, dieser Ton, der fast zum Echo seiner selbst wurde, in völlige Stille eingehüllt werden. Dann ließ Bettichino ihn wieder stärker und stärker werden, bis er ihn mit einer entschiedenen Kopfbewegung bei voller Lautstärke beendete.

Seine Anhänger waren außer sich. Aber es bestand keine Notwendigkeit, die Begeisterung im Parkett noch zu schüren. Die *abbati* feierten ihn mit Füßegetrampel und heiseren Bravorufen!

Bettichino machte auf der Bühne seine Runde und kam jetzt an die Rampe, um seine Arie zu wiederholen.

Selbstverständlich würde diese Wiederholung dem ersten Vortrag nicht genau gleichen – es war zwingend vorgeschrieben, daß sie sich davon unterscheiden mußte, und Guido war am Cembalo auf diese feinen Abweichungen vorbereitet –, allerdings erwartete niemand, abermals derartige Tremolos, Triller und dann jene unglaublichen Schwelltöne dargeboten zu bekommen, die sich kein Mensch mehr erklären konnte. Es waren schließlich die Schwelltöne, mit denen Bettichino den Sieg davontrug.

Er sang noch eine dritte und letzte Wiederholung, dann verließ er als unangefochtener Sieger die Bühne.

In Ordnung. Guido konnte das nicht bedauern. Er konnte es nicht bedauern, daß das Publikum kaum noch stillsitzen konnte. Aber wenn diese wilden Tiere noch einen Rest Anstand besaßen, dann würden sie erkennen, daß ihr Sänger seinen Triumph gehabt hatte und daß Tonio diesen jetzt in keiner Weise noch schmälern konnte. Aber wurden Konkurrenzkämpfe je mit Anstand ausgetragen? Es war nicht genug, daß ihr Idol sich gerade eben als unbesiegbar gezeigt hatte, jetzt mußten sie Tonio vernichten.

Abermals trat jene hinreißende junge Frau mit völlig unbewegtem Gesicht an die Rampenlichter, als könne sie nichts erschüttern.

Von der Galerie kamen wie zuvor schon die ersten Schmährufe, dann aber stimmte auch das Parkett ein.

»Geh zurück zu deinen Kanälen!« schrien sie. »Du hast neben einem Sänger auf einer Bühne nichts zu suchen!«

Aber die *abbati*, die das in Zorn versetzte, schleuderten ihnen nun ihrerseits Beschimpfungen entgegen. »Laßt den Jungen singen! Habt ihr Angst, daß er euren Liebling in den Schatten stellt?« Es herrschte Krieg, und schon flogen die ersten Geschosse von oben herab, verfaulte Birnen und angebissene Äpfel. Zwischen den Sitzreihen tauchte Polizei auf. Einen Augenblick herrschte Stille, dann brach nur noch lauter Tumult los.

Guido hielt inne, schlug mit den Händen flach auf die Tasten.

Er wollte sich schon von seiner Bank erheben, als er plötzlich sah, wie Tonio sich zu ihm umdrehte und ihm mit einer entschiedenen Geste bedeutete, er solle sich nicht aufregen. Dann kam ein kurzes Nicken: mach weiter.

Guido spielte weiter, obwohl er die Töne, die er anschlug, nicht hören konnte. Einen Augenblick lang setzten auch die Geigen wieder ein, wodurch die Rufe weniger deutlich zu hören waren. Allerdings hatte das zur Folge, daß die Zuschauer jetzt noch lauter brüllten.

Tonios Stimme erhob sich ebenfalls. Nichts hatte ihn aus der Fassung gebracht. Er sang seine ersten Passagen jetzt mit ebenjener Überzeugungskraft und Schönheit, von der Guido geträumt hatte. Guido war den Tränen nahe.

Dann plötzlich hallte der ganze Zuschauerraum von einem unglaublichen Lärm wider!

Jemand hatte einen Hund losgelassen, und dieser stürmte jetzt jaulend und mit wildem Gebell auf das Orchester zu.

Der gesamte erste Rang schien sich in empörtem Aufruhr zu befinden. Kardinal Calvino signalisierte wütend, man solle ruhig sein.

Guido hatte zu spielen aufgehört.

Das Orchester hatte zu spielen aufgehört. Die *abbati* verfluchten den Hund, und jetzt strömte Polizei auf die Galerie und ins Parkett. Es gab ein wildes Handgemenge und großes Geschrei, als ein Dutzend Missetäter aus dem Saal geschleift wurden, damit sie ausgepeitscht werden konnten, bevor man sie wieder ins Theater zurückbrachte.

Guido saß vollkommen reglos auf seiner Bank und starrte geradeaus. Er wußte, daß das Theater in wenigen Sekunden leer sein würde, und zwar nicht, weil es von irgendwelchen Behörden geräumt worden war, sondern weil sich die Zuschauer den Herren und Damen vom ersten Rang anschließen würden, die geschlossen das Haus verlassen würden, damit sich der Pöbel austoben konnte. Guido war ganz schlecht. Er war unfähig, einen klaren Gedanken zu fassen.

Das Geschrei der *abbati* toste in seinen Ohren. Durch einen Schleier bitterer Tränen blickte er zu jenen hufeisenförmigen Reihen voll erzürnter Gesichter auf.

Doch da geschah irgend etwas. Es trat irgendeine Veränderung ein. Der Hund jaulte noch ein letztes Mal durchdringend auf, während er davongezerrt wurde, dann verdrängte plötzlich eine Flut gesitteten Klatschens die Buhrufe, das Trampeln und das Gelächter.

Bettichino war auf die Bühne zurückgekehrt. Mit erhobenen Händen bat er um Ruhe.

Sein Gesicht war wutverzerrt und rot bis zum blonden Haaransatz. Er rief mit lauter Stimme:

»Ruhe!«

Ein zustimmendes Raunen erhob sich ringsum und übertönte das letzte Gejohle und Fluchen.

»Laßt den Jungen singen!« rief Bettichino.

Sofort signalisierte der erste Rang seine Zustimmung mit lautem Applaus. Als sich die *abbati* geschlossen wieder setzten, ihre Partituren zur Hand nahmen und ihre Kerzen zurechtrückten, ließen sich auch alle anderen wieder auf die Plätze nieder.

Bettichino stand da und funkelte die Zuschauer wütend an.

Das Publikum war absolut still.

Dann setzte Bettichino, während er sich den Umhang über die Schulter warf, eine friedlichere Miene auf und drehte sich langsam zu Tonio um. Das unschuldigste Lächeln breitete sich auf seinem Gesicht aus. Er wies mit seiner Hand auf Tonio, er verbeugte sich vor ihm.

Guido starrte Tonio sprachlos an, während dieser nun ganz allein in der Leere aus gnadenlosem Licht und vollkommener Stille dastand.

Bettichino verschränkte die Hände hinter dem Rücken und nahm die Haltung eines Menschen ein, der wartet.

Guido schloß die Augen: Mit einem entschiedenen Nicken breitete er die Hände aus, hörte dabei, wie die Musiker um ihn herum mit ihren Notenblättern raschelten, dann begannen sie alle wie aus einem Guß mit der Einleitung zur Arie.

Tonio, so gelassen wie zuvor, den Blick nicht auf das Publikum vor sich gerichtet, sondern auf den meisterhaften Sänger auf der Bühne, öffnete den Mund und ließ, wie immer genau den Ton treffend, den ersten goldenen Melodiestrom frei.

Langsam, langsam, dachte Guido. Tonio ging jetzt zum zweiten Teil über, in dem sich die komplizierteren Passagen befanden, die er mühelos und kontrolliert ausführte, bis er dann mit seinen wirklichen Verzierungen begann.

Guido hatte gedacht, daß Tonio für diesen Auftritt bereit war, aber er berichtigte sich sofort: Tonio hatte genau jenes Tremolo gewählt, das Bettichino in so vollkommener Weise vorgeführt hatte, und hielt es jetzt im rhythmischen Tempo von Bettichinos Arie aus, obwohl dieser Wechsel für alle anderen nicht zu erkennen gewesen wäre. Das Tremolo war klar, strahlend und wurde immer kräftiger, während Tonio es an- und abschwellen ließ. Er führte beide von Bettichinos Kunststücken gleichzeitig und mit Vollendung aus, aber er sang und sang. Der Ton erstreckte sich in die Unendlichkeit. Guido selbst stockte der Atem. Er bekam eine Gänsehaut, als er sah, daß Tonio ganz leicht den Kopf hob und dann ohne Unterbrechung mit einer exquisiten Passage begann, die er immer weiter hinaufführte, bis er bei eben demselben Ton angelangt war, nur eine Oktave höher.

Langsam, ganz langsam ließ er ihn anschwellen, langsam ließ er ihn aus seiner Kehle pulsieren. Dies ging an die absoluten Grenzen der menschlichen Stimme, dennoch klang es samtweich und glatt, schien ein überaus liebreizender und kummervoller Seufzer zu sein, der sich da ohne Ende seiner Kehle entrang, bis man es schier nicht mehr ertragen konnte.

Falls er jetzt atmete, dann sah es niemand, hörte es niemand. Zu erkennen war nur, daß er wieder jenes matte Tempo von vorhin angeschlagen hatte und sanft von Traurigkeit und Schmerz sang, allerdings sang er jetzt tiefer, mit dem vollen, satten Timbre eines Alt, in dem er jetzt auch schloß. Den Kopf leicht zurückgeworfen, verharrte er bewegungslos.

Guido neigte den Kopf. Der Boden unter seinen Füßen erbebte von dem ohrenbetäubenden Tosen, das sich nun überall erhob. Kein Lärm des Pöbels kam dem Geräusch gleich, das diese zweitausend

Männer und Frauen jetzt machten, als sie mit donnerndem Applaus ihrer Begeisterung Ausdruck verliehen. Dennoch wartete Guido, wartete, bis er überall aus dem Parkett jene Stimmen hörte, die er hören wollte: Die *abbati* selbst riefen »Bravo, Tonio! Bravo, Tonio!«, und dann hörte er, gerade als er sich, getragen von diesem herrlichen Siegesgefühl, einredete, es sei ihm egal, daß ihn niemand beachtete, von allen Seiten einen weiteren Ruf: »Bravo, Guido Maffeo!«

Einmal, zweimal, Hunderte von Malen hörte er diese beiden Rufe, die sich miteinander vermischten. Als er dann, kurz bevor er sich erhob, um sich für den Beifall zu bedanken, zur Bühne hochblickte, sah er Tonio dort so reglos wie zuvor dastehen. Seinen Blick hatte er auf Bettichino gerichtet.

Bettichinos Augen waren schmal, sein Gesicht abweisend. Dann zeigte sich langsam ein breites Lächeln auf seinen Lippen, und er nickte. Und als das geschah, schien es, als würde das Publikum seinen tosenden Beifall noch verstärken.

15

Es war nach Mitternacht. Das Theater hallte noch von den Schritten der Zuschauer wider, die dem Ausgang zuströmten, vom Lachen und Rufen derjenigen, die die stockdunklen Treppenhäuser hinunterstiegen.

Tonio schlug die Tür seiner Garderobe zu und schob rasch den Riegel vor. Er nahm den vergoldeten Papphelm ab und starrte, den Kopf gegen die Tür gelehnt, Signora Bianchi an.

Es dauerte nicht lange, und schon klopfte es an der Tür, dann wurde daran gerüttelt.

Er stand da und rang nach Atem. Plötzlich wurde ihm bewußt, wie erschöpft er war. Vier Stunden lang hatten er und Bettichino miteinander gewetteifert, jede Arie war ein neuer Wettstreit gewesen, jede Wiederholung voller neuer Triumphe und Überraschungen. Er konnte noch nicht ganz glauben, daß das passiert war. Er hätte gern von anderen bestätigt bekommen, daß es tatsächlich so gewesen war, wie er es empfunden hatte, gleichzeitig aber konnte er niemanden in seiner Nähe ertragen. Er wollte allein sein. Plötzlich merkte er, wie Schlaf ihn zu übermannen drohte, ihn aus dem Zimmer tragen wollte, weg von all jenen, die dort draußen vor der Tür lärmten und ins Zimmer zu gelangen versuchten.

»Mein Lieber, mein Lieber«, sagte Signora Bianchi. »Die Tür bricht gleich aus den Angeln, Sie müssen aufmachen!«

»Nein, bringen Sie mich zuerst hier raus.« Er trat nach vorn, riß den Schild aus Pappe ab, der an seinem Arm befestigt war, und warf das hölzerne Schwert weg.

Dann aber hielt er inne, entsetzt von der schrecklichen Gestalt im Spiegel. Da waren das geschminkte Gesicht einer Frau, karminrote Lippen, schwarz umrandete Augen und das griechische Gewand mit den goldenen Brustplatten, der Rüstung eines überirdischen Kriegers.

Er nahm die gepuderte Perücke ab. Dennoch wirkte dieser Achilles mit seiner schweißgetränkten Tunika, das Gesicht so weiß, daß es eine Karnevalsmaske hätte sein können, nicht weniger scheußlich als das Mädchen Pirra, das er dargestellt hatte, als der Vorhang sich zum ersten Mal gehoben hatte.

»Tun Sie das weg, alles«, sagte er, während er unbeholfen mit den Händen herumfuhrwerkte und Signora Bianchi sich bemühte, ihm zu helfen.

Er zog seine normale Kleidung an, schrubbte an seinen Augen und seinem Gesicht.

Schließlich stand da ein erschöpfter junger Mann mit leicht geröteter Haut und einem glänzenden Haarschopf, der ihm bis auf die Schultern herabfiel. Er hatte sich der Tür zugewandt und war bereit, die ersten Glückwünsche und Umarmungen entgegenzunehmen.

Männer und Frauen, die er nicht kannte, die Musiker vom Orchester, Francesco, der Violinist aus dem Conservatorio, eine junge Hure mit herrlichem roten Haar – sie alle schlossen ihn in die Arme, drückten ihm feuchte Küsse auf die Wangen. Diener mit Geschenken in den Händen drängten herein und warteten, sie ihm überreichen zu können. Da waren Briefe für ihn, und jeder Kurier wollte, daß er sie jetzt gleich las und beantwortete, Blumen wurden hereingebracht, und Ruggerio, der Impresario, drückte ihn so fest an seine Brust, daß er ihn fast von den Füßen riß. Signora Bianchi schluchzte.

Irgendwie war er in den riesigen, weiten Raum vor seiner Tür gedrängt worden, ein großer hängender Prospekt knarrte, als er dagegenfiel. Plötzlich hörte er in all dem Lärm Paolos Stimme: »Tonio, Tonio!« Er schlug um sich, bis er schließlich Paolo sah und dessen ausgestreckten Arm packen konnte. Er zog den Jungen an sich und hob ihn hoch. Ein hochgewachsener Gentleman ergriff seine rechte Hand und legte eine kleine, juwelenbesetzte Schnupftabakdose hinein. Es war Tonio in dem Gedränge unmöglich, sich zu verbeugen, seine geflüsterten Dankesworte gingen in die falsche Richtung. Eine junge Frau hatte ihn plötzlich auf den Mund geküßt, und in panischem Schrecken fiel er fast nach hintenüber. Kaum hatten Paolos Füße wieder den Boden berührt, lief er schon Gefahr, niedergetrampelt zu werden.

Tonio merkte, wie Ruggerio ihn in seine Garderobe zurückschob, wo man ein halbes Dutzend mit Seide bezogene Polsterstühle aufgestellt hatte. Die Frisiertische quollen von duftenden Blumen über.

Er ließ sich auf einen Stuhl fallen. Eine weitere Frau war, begleitet von livrierten Herrn, in die Garderobe getreten. In den Händen hatte sie einen großen Strauß weicher, weißer Blumen, den sie ihm jetzt ins Gesicht drückte. Er lachte laut heraus, als er die kühlen, weichen Blüten spürte. Ihre blauen Augen strahlten, während sie ihn stumm anlächelte. Er nickte ihr seinen Dank zu.

Und dann war da Guido. Guido, der in die Garderobe geschlüpft war und ihn jetzt mit einem höchst bemerkenswerten Gesichtsausdruck anstarrte. Tonio mußte an jenen Augenblick im Hause der Contessa Lamberti zurückdenken, als er zum ersten Mal gesungen hatte. Da waren derselbe überquellende Stolz und dieselbe überquellende Liebe. Er stand auf, schloß Guido in die Arme und hielt ihn lange Zeit schweigend fest, bis es im Zimmer um ihn herum still geworden und außer Guido und ihm niemand mehr da war. So jedenfalls kam es ihm vor.

Irgendwo weit weg brachte Ruggerio höfliche Entschuldigungen vor. Eine Stimme erwiderte: »Aber meine Herrin wartet auf eine

Antwort.« Signora Bianchi stellte entsetzt fest, daß Paolo an der rechten Hand blutete. »Gütiger Himmel, du bist ja von einem Hund gebissen worden!« Nichts davon drang jedoch bis zu Tonio durch. Guidos Herz schlug an Tonios Herzen, dann führte ihn Guido ganz sanft zu seinem Stuhl zurück und sagte, während er ihn an den Armen hielt:

»Wir müssen jetzt gehen und dem großen Sänger unsere Aufwartung machen . . .«

»O nein, nicht durch diese Menschenmenge!« Tonio schüttelte den Kopf. »Nicht jetzt . . .«

»Wir müssen, und zwar jetzt . . .«, beharrte Guido und fügte dann mit einem leisen Lächeln hinzu. »Es ist sehr, sehr wichtig, daß wir es tun.«

Tonio erhob sich gehorsam. Ruggerio und Guido, die rechts und links von ihm gingen, schoben ihn durch das Gedränge auf Bettichinos Tür zu, vor der ebenfalls eine Menschenmenge wartete, und dann in die geräumige und hell erleuchtete Garderobe des Sängers. Sie schien in der Tat eher ein Salon zu sein, in dem etwa fünf oder sechs Männer und Frauen bereits beim Wein saßen. Bettichino, der immer noch in Kostüm und Maske war, erhob sich unverzüglich, um Tonio zu begrüßen.

Es herrschte einen kurzen Augenblick Verwirrung, als Bettichino alle Besucher außer Guido aus dem Zimmer schickte. Guido stand direkt hinter dem Sänger und signalisierte Tonio stumm, er solle gegenüber Bettichino äußerst höflich sein.

Tonio neigte den Kopf. Er sprach leise.

»Signore, ich habe heute abend viel von Ihnen gelernt. Dies wäre nicht möglich gewesen, wenn wir nicht auf derselben Bühne aufgetreten wären . . .«

»Ach, hören Sie auf damit«, spottete Bettichino. Er lachte laut heraus. »Verschonen Sie mich mit diesem Unsinn, Signore Treschi«, sagte er. »Wir wissen beide, daß das Ihr Triumph war. Ich muß mich für meine Anhänger entschuldigen, aber ich bezweifle, daß sie die Bühne für einen Rivalen je besser vorbereitet haben.«

Er hielt inne, aber er war noch nicht fertig. Er richtete sich auf, als befände er sich mitten in einer Erörterung. Die Schminke, die er noch trug, der Goldstaub und die weiße Farbe verstärkten dabei noch seinen Gesichtsausdruck.

»Wie Sie wissen«, sagte er, »ist es schon allzulange her, daß ich auf irgendeiner Bühne mein Bestes geben mußte. Heute abend war das jedoch der Fall, und Sie waren es, der dafür gesorgt hat. Dafür danke ich Ihnen, Signore Treschi. Aber begegnen Sie mir morgen abend, übermorgen und an allen folgenden Abenden auf diesen Brettern nicht ohne all das, was Gott Ihnen gegeben hat. Ich bin jetzt auf Sie vorbereitet. Sie werden es brauchen, um gegen mich bestehen zu können.«

Tonio errötete heftig, seine Augen waren feucht. Er lächelte jedoch.

Da breitete Bettichino, so als hätte er Tonios Gedanken gelesen, die Arme aus. Er drückte Tonio einen Augenblick an sich, dann ließ er ihn wieder los.

Tonio befand sich in einem stummen Taumel der Erregung, als er die Tür öffnete. Aber er blieb stehen, denn er hörte, wie Bettichino hinter ihm zu Guido sagte:

»Das ist doch nicht wirklich Ihre erste Oper, Maestro, oder? Wo werden Sie danach hingehen?«

16

Hunderte von Menschen drängten sich beim offiziellen Empfang, den der Kardinal Calvino gab und der bis zum Morgengrauen dauerte. Die alteingesessenen Familien Roms, Adelige, die auf Besuch waren, selbst Angehörige von Königshäusern spazierten durch die riesigen und hell erleuchteten Flure.

Wenn es eine Enttäuschung gab, dann war es, daß Christina Grimaldi nicht gekommen war.

Tonio hielt überall nach ihr Ausschau. Er hätte sie nicht übersehen können und verstand nicht, warum sie nicht da war.

Natürlich war sie im Theater gewesen, er hatte sie ja dort gesehen! Und er hatte Verständnis dafür, daß sie nicht hinter die Bühne kommen konnte. Aber warum war sie nicht hier im Hause des Kardinals?

Die abscheulichsten Gedanken gingen ihm durch den Sinn. Plötzlich kam es ihm wie ein Alptraum vor, daß sie ihn als Frau verkleidet gesehen hatte. Andererseits aber hatte sie, als er sich vor ihr verbeugt hatte, seine Verbeugung von der Loge der Contessa aus erwidert. Sie hatte nach seinen Arien immer wie wild geklatscht, und er hatte sie selbst über die Distanz, die sie getrennt hatte, ganz deutlich lächeln sehen.

Warum war sie jetzt nicht hier?

Er konnte sich nicht dazu überwinden, Guido oder die Contessa, die stets an seiner Seite war, zu fragen.

Viele waren an diesem Abend gekommen, nur weil der Kardinal Calvino einen Ball gab. Die Contessa hatte sich entschlossen, dafür zu sorgen, daß so viele Gäste wie möglich ihre Musiker kennenlernten und morgen in die Oper kamen, selbst wenn sie noch nie zuvor ein Theater von innen gesehen hatten.

Aber es war schon so gut wie sicher, daß die Oper ein Erfolg werden würde.

Ruggerio war überzeugt, daß sie bis zum Ende des Karnevals laufen würde, und Tonio wie Guido wurden mehrmals während des Abends nach ihren Zukunftsplänen gefragt.

Bologna, Mailand, selbst Venedig wurden genannt.

Venedig! Tonio hatte sich sofort entschuldigt.

Aber sie begeisterten ihn, diese Gespräche, ebenso wie es ihn begeisterte, immer und immer wieder königlichen Gästen vorgestellt zu werden.

Schließlich waren er und Guido allein. Die Tür war verschlossen. Sie liebten einander und waren angesichts der Heftigkeit ihres Verlangens ein wenig erstaunt.

Guido schlief danach ein, Tonio jedoch lag noch lange wach, so als könne er sich von diesem Abend nicht trennen.

Schließlich ergoß sich die Wintersonne in staubigen Strahlen auf den gefliesten Boden. Tonio schritt in diesen großartigen Räumen auf und ab und starrte hier und da auf den Stapel von Geschenken und Briefen, der sich auf einem runden Marmortisch erhob und so hoch wie er selbst war.

Er stellte das Weinglas weg und ließ sich starken Kaffee bringen.

Nachdem er einen Stuhl herbeigeholt hatte, begann er durch all diese steifen und verzierten Pergamente zu stöbern. Er redete sich ein, daß er nichts Besonderes suchte. Er tat nur, was zu tun war. In Wirklichkeit aber suchte er nach etwas Bestimmtem.

Oh, überall waren venezianische Namen. Eine leidenschaftslose und stille Person in seinem Inneren las die Grüße seiner Cousine Catrina und stellte fest, daß diese ihr Wort gebrochen und doch nach Rom gekommen war. Nun, er würde sie nicht empfangen. Er war jetzt viel zu glücklich, um das zu tun. Auch die Familie Lemmo und weitere Angehörige der Familie Lisani hatten sich im Publikum befunden, außerdem ein Dutzend anderer, die er kaum kannte.

Nun also hatte ihn die Welt in dieser weiblichen Aufmachung gesehen und gehört, wie er Töne von sich gegeben hatte, die Kindern und Göttern gehörten. Altbekannte Alpträume, altbekannte Demütigungen, es war so wunderbar wie in seinen wildesten Träumen gewesen.

Er nahm einen großen Schluck vom heißen und aromatischen Kaffee, las dann eine Handvoll kleiner Notizen, die voll überschwenglichen Lobes waren. Beim Lesen durchlebte er noch einmal einige Augenblicke der Vorstellung.

Unter den Briefen befanden sich die verschiedensten Einladungen. Zwei kamen von russischen Adeligen, eine von einem Bayern, eine weitere von einem mächtigen Herzog. In mehreren Briefen wurde er zu einem späten Abendessen nach der Vorstellung eingeladen, und diese interessierten ihn am meisten.

Er wußte, was man dort von ihm erwartete, und empfand es als verlockend, so als würde ihn eine Gruppe von Straßenmusikanten mit ihren klopfenden, die Wände durchdringenden Rhythmen zu sich rufen.

Er dachte an Raffaele di Stefano und überlegte, wie lange es wohl dauern würde, wenn er sich jetzt anzog und zu ihm fuhr. Raffaele würde schlafen, es würde warm im Zimmer sein. Jetzt endlich wurde er ein wenig müde. Er lehnte sich mit verschränkten Armen zurück und schloß die Augen.

Von Christina war nichts dabei. Warum auch?

Warum auch?

Dennoch erhob er sich wieder, um noch einmal nachzusehen. Als er all jene Briefe fächerförmig ausbreitete, die noch ungeöffnet waren, sah er eine Handschrift, die er kannte.

Er wußte jedoch nicht mehr, wem sie gehörte. Als er den Brief dann öffnete, standen da folgende Zeilen:

> Mein Tonio,
> was Dir zugestoßen ist, hätte einen geringeren Menschen zerstört. Du jedoch hast es in einen Sieg verwandelt. Dies ist etwas, das nur wenige zu erreichen vermögen. Heute abend hast Du die Engel aufhorchen lassen. Möge Gott stets mit Dir sein,
>
> Alessandro

Darunter war, fast wie ein nachträglicher Einfall, noch die Adresse seiner Unterkunft in Rom hingekritzelt.

Es war nur eine Stunde vergangen, als Tonio, voll angezogen, den Palazzo verließ. Die Luft war erfrischend und rein, deshalb ging er die wenigen engen Straßen, die den Palazzo von jenem Haus trennten, das Alessandro in seinem Brief genannt hatte, zu Fuß.

Als sich die Tür von Alessandros Zimmer öffnete und Tonio den Blick zu jenem vertrauten Gesicht erhob, war er erschüttert wie selten in seinem Leben. Noch nie hatte er sich so klein gefühlt wie jetzt, da er in diesem leeren Flur stand, obwohl er schon vor langer Zeit Alessandros Körpergröße erreicht hatte.

Dann spürte er, wie Alessandro ihn in seine Arme zog. Zum ersten Mal, seit er Neapel verlassen hatte, hätte er fast geweint.

Er stand ganz still da, während ihm Tränen in den Augen brannten, und es kam ihm so vor, als würde eine stumme Woge des Schmerzes über ihm zusammenschlagen. In diesem Zimmer war Venedig, Venedig mit seinen verwinkelten Gassen und den riesigen

Zimmern, die für ihn so viele Jahre lang seine Welt gewesen waren. Und als ihm all das in einem einzigen Augenblick genommen worden war, hatte es ihn nackt, monströs und gedemütigt zurückgelassen.

Auf Tonios Lippen zeigte sich ein ganz leises, freundliches Lächeln. Er setzte sich in den Sessel, den Alessandro ihm stumm angeboten hatte, und beobachtete, wie sich sein ehemaliger Gesangslehrer mit jener altbekannten, trägen Anmut ihm gegenüber niederließ und nach einer Karaffe mit Rotwein griff.

Er füllte das Glas neben Tonio. Sie tranken Wein.

Aber sie sagten nichts.

Alessandro hatte sich kaum verändert. Selbst das zarte Netz von Linien, das seine Haut durchzog, war ganz genauso, wie es damals gewesen war, ein leichter Schleier, durch den man einen zeitlosen Glanz hindurchstrahlen sehen konnte.

Er trug einen Morgenmantel aus grauer Wolle, das kastanienbraune Haar fiel ihm lose auf die Schultern herab. Jede Bewegung seiner zarten Hände rief stumme Erinnerungen wach.

»Ich bin so dankbar, daß du gekommen bist«, sagte Alessandro. »Catrina hat mich schwören lassen, daß ich mich dir nicht nähern werde.«

Tonio nickte, um dies anzuerkennen. Er hatte Catrina weiß Gott oft genug geschrieben, daß er niemanden aus Venedig empfangen würde.

»Es gibt einen Grund, weshalb ich zu dir gekommen bin«, antwortete Tonio, aber seine Stimme hörte sich an, als gehöre sie jemand anderem.

Alessandro schenkte ihm die respektvollste Aufmerksamkeit.

»Es waren nicht nur die Liebe und die Tatsache, daß ich wissen wollte, wie es dir geht, die mich hierhergeführt haben«, fuhr Tonio fort, »obwohl das schon ausgereicht hätte. Ich hätte ertragen können, all das nicht zu erfahren, dich nie wiederzusehen. Das muß ich zugeben. Denn auf diese Weise hätte ich mir sehr viel Schmerz erspart.«

Alessandro nickte. »Was war es dann?« fragte er ergeben. »Sag mir, was kann ich dir berichten? Was kann ich für dich tun?«

»Du darfst niemandem sagen, was ich dich jetzt frage: Sind die Bravos meines Bruders Carlo dieselben Männer, die ihm dienten, als ich zuletzt in Venedig war?«

Alessandro schwieg einen Augenblick, dann antwortete er: »Jene Männer verschwanden, nachdem du fort warst. Die staatlichen Inquisitoren suchten überall nach ihnen. Jetzt stehen andere Männer in seinen Diensten, gefährliche Männer . . .«

Tonio nickte, aber sein Gesicht blieb ungerührt.

Es war ganz einfach so, wie er es erhofft hatte. Sie waren geflohen, um ihr Leben zu retten. Sie waren untergetaucht. Eines Tages würde er vielleicht irgendwo einmal jene Gesichter sehen, und er würde die Gelegenheit beim Schopf packen, wenn sie sich ihm bot. Diese Leute waren ihm jedoch nicht wichtig, außerdem war es durchaus denkbar, daß Carlo einen Weg gefunden hatte, sie für immer zum Schweigen zu bringen.

Es war also ausschließlich Carlo, der ihn jetzt erwartete.

»Was kann ich dir sonst noch erzählen?« fragte Alessandro.

Nach einer Pause sagte Tonio: »Was ist mit meiner Mutter, Catrina hat geschrieben, daß sie krank sei.«

»Sie ist krank, Tonio, sehr krank«, sagte Alessandro. »Innerhalb von drei Jahren hat sie zwei Kinder geboren, sie war mit einem weiteren schwanger, das sie erst vor ganz kurzer Zeit verloren hat.«

Tonio seufzte und schüttelte den Kopf.

»Dein Bruder zeigt sich in diesem Punkt ebenso zügellos und unverschämt wie in so vielen anderen Dingen. Aber es ist neben all dem« – Alessandro senkte seine Stimme zu einem Flüstern – »ihre alte Krankheit, Tonio. Du kennst deren Natur.«

Tonio sah weg, den Kopf hatte er leicht gesenkt.

Nach einer langen Pause fragte er: »Aber hat er sie denn nicht glücklich gemacht?« Es lag eine leise Verzweiflung in seiner Stimme.

»So glücklich, wie sie jemand nur machen konnte. Für eine Weile jedenfalls«, sagte Alessandro. Er musterte Tonio. Es schien, als wäge er seine Antwort ab.

»Sie weint um dich, Tonio«, sagte er. »Sie hat niemals aufgehört, um dich zu weinen. Und als sie erfuhr, daß du in Rom auftreten würdest, wollte sie dich unbedingt sehen. Sie hat mir feierlich aufgetragen, ihr eine Partitur der Oper mitzubringen und mir alles gut zu merken, damit ich es ihr dann genau beschreiben kann.« Er lächelte matt. »Sie liebt dich, Tonio«, sagte er. Dann fügte er mit so leiser Stimme hinzu, daß er kaum noch zu hören war: »Sie befindet sich in einer unmöglichen Lage.«

Tonio nahm diese Worte still in sich auf, ohne Alessandro dabei anzusehen.

Als er dann zu sprechen anfing, klang seine Stimme angespannt und unnatürlich.

»Und mein Bruder?« fragte er. »Ist er ihr treu?«

»Nun, er genießt sein Leben in vollen Zügen«, sagte Alessandro.

»Weiß sie das?«

»Ich glaube nicht«, sagte Alessandro. »Er ist ihr gegenüber sehr aufmerksam. Von Frauen jedoch kann er nicht genug bekommen, auch nicht vom Spielen und Trinken . . .«

»Diese Frauen«, sagte Tonio mit monotoner Stimme, berührte jedoch Alessandros Hand, um seiner Frage Nachdruck zu verleihen, »erzähl mir von ihnen, welche Art von Frauen ist das?«

Alessandro war über diese Frage sichtlich erstaunt. Darüber hatte er noch gar nicht nachgedacht. »Alle möglichen Arten.« Er zuckte mit den Achseln. »Die besten der Kurtisanen sicherlich, Ehefrauen, die sich langweilen, hier und da auch einmal ein Mädchen, wenn es besonders hübsch und leicht zu verführen ist. Ich glaube, es zählt für ihn nur, daß sie hübsch sind und daß daraus kein Skandal entsteht.«

Er musterte Tonios Gesicht und versuchte offensichtlich zu erkennen, weshalb das Tonio so wichtig zu sein schien.

»Aber er geht stets klug und diskret vor. Für deine Mutter stellt er Sonne und Mond dar, so klein ist ihre Welt. Das, was sie sich am meisten wünscht, kann er ihr jedoch nicht geben, und das ist . . . ihr Sohn Tonio.«

Alessandros Gesicht wurde nachdenklich und traurig.

»Sie liebt ihn immer noch«, flüsterte Tonio.

»Ja«, bestätigte Alessandro, »aber wann hatte sie auch nur die kleinste Spur eigenen Willen besessen? Doch ich sage dir, daß es in den vergangenen Monaten Augenblicke gab, in denen sie, um zu dir zu gelangen, ihr Haus zu Fuß verlassen hätte, wenn man sie nicht zurückgehalten hätte.«

Tonio schüttelte den Kopf. Plötzlich vollführte er eine Reihe zielloser Bewegungen, so bemühte er sich, nicht in Tränen auszubrechen. Schließlich lehnte er sich in seinem Sessel zurück und trank von dem Wein, den Alessandro ihm eingeschenkt hatte.

Als er wieder aufsah, waren seine Augen gerötet, sein Blick leer und sehr müde. Er machte mit der Hand eine hilflose Geste. Alessandro beobachtete ihn. Spontan faßte er Tonio bei der Schulter.

»Hör mir zu«, sagte er. »Er ist zu gut bewacht! Tag und Nacht, in seinem Haus und außerhalb folgen ihm vier Bravos.«

Tonio nickte mit einem verzerrten, bitteren Lächeln. »Ich weiß . . .«, flüsterte er.

»Tonio, es würde nur fehlschlagen, wenn du ihm jemanden schickst, und es würde seine Ängste wecken. In Venedig redet man schon viel zuviel von dir. Nach der Vorstellung letzten Abend wird man noch mehr reden. Geh aus Italien fort, Tonio, warte auf eine günstige Gelegenheit.«

Wieder lächelte Tonio bitter.

»Dann hast du es nie geglaubt?« fragte er leise.

Alessandro verzog mit einem Mal so heftig das Gesicht, daß er nicht mehr er selbst zu sein schien. Er zuckte zusammen, und sein Mund verzerrte sich zu einem höhnischen Grinsen. In düster ironischem Ton sagte er: »Wie kannst du nur fragen?« Dann kam er ganz dicht an Tonio heran. »Wenn ich könnte, dann würde ich ihn eigenhändig umbringen.«

»Nein«, flüsterte Tonio und schüttelte den Kopf. »Überlaß ihn mir, Alessandro.«

Alessandro lehnte sich wieder zurück. Er sah in seinen Weinbecher und bewegte ihn ganz leicht, so daß sich die Flüssigkeit darin zu drehen anfing. Er hob den Becher an die Lippen, um zu trinken. Schließlich sagte er: »Laß dir Zeit, Tonio, laß dir Zeit, und sei um Himmels willen vorsichtig! Schenke ihm nicht dein Leben. Er hat dir bereits zuviel genommen.«

Tonio lächelte abermals, er nahm Alessandros Hand und drückte sie sanft, um ihn zu trösten.

»Ich bin für dich da«, sagte Alessandro, »wann immer du mich brauchst.«

Es war fast Mittag. Er mußte unbedingt schlafen, aber er konnte es nicht. Nachdem er am Hause des Kardinals vorbeigegangen war, als würde er nicht einmal das Tor erkennen, fand er sich schließlich in einer unbekannten römischen Kirche wieder, die vom Licht und vom Geruch Hunderter von Kerzen erfüllt war.

Gemalte Heilige spähten von vergoldeten Schreinen auf ihn herab, schwarzgekleidete Frauen traten still vor eine Krippe, in der das Jesuskind seine Arme ausbreitete.

An den Nischen entlangwandernd, entdeckte Tonio einen Heiligen, den er noch nie gesehen hatte. Im Dämmerlicht vor dem kleinen Altar kniete er nieder, dann streckte er sich auf dem Steinboden lang aus, vergrub sein Gesicht in den Armen und weinte, weinte. Er konnte nicht mehr damit aufhören, selbst als die freundlichen römischen Frauen, die neben ihm knieten, ihm immer wieder tröstliche Worte zuflüsterten.

17

Die nächste Woche lebten Guido und Tonio nur für die Oper. Den ganzen Tag gingen sie ihre »Fehler« und die Schwächen der Vorstellung des vorangegangenen Abends durch, Guido fügte Änderungen in der Begleitung ein und gab Tonio so ausgefeilte Anweisungen, wie es früher nie möglich gewesen war. Signora Bianchi trennte Nähte auf, paßte Reifröcke an, nähte neue Spitze und falsche Edelsteine an. Paolo war stets bereit, auch nur den kleinsten Botengang auszuführen. Bettichino tat sich mit Trillern und hohen Tönen hervor, während Tonio all seine Kunststücke noch übertraf. Ihre Duette besaßen einen einzigartigen Liebreiz, dem in der Erinnerung jener, die sie hörten, nichts gleichkam. Das Publikum, das in diesen strahlenden Momenten immer ganz still war, brach danach in laute Bravorufe aus. Donnernder Applaus folgte jedem Vorhang.

Auf den ersten beiden Rängen drängte sich ohne Unterlaß die feine Gesellschaft. Jede Vorstellung war ausverkauft, bevor Ruggerio noch die Türen geöffnet hatte.

Allabendlich kämpfte sich Guido durch die Gänge hinter der Bühne, von der Menge gedrängt und geschoben, umringt von Theateragenten, die ihm Engagements in Dresden, Neapel oder Madrid anboten.

Blumen wurden hereingebracht, Schnupftabakdosen, mit Bändern zusammengebundene Briefe. Kutscher warteten auf eine Antwort. Der niedergeschlagene Graf di Stefano nickte wieder einmal geduldig, wenn ein entschiedener Maestro darauf beharrte, daß Tonio für den gesellschaftlichen Trubel keine Zeit hatte.

Nach der siebten erfolgreichen Vorstellung schließlich setzte sich Guido mit Signora Bianchi in der vollgepackten Garderobe zusammen, um eine Liste jener Einladungen zu erstellen, die Tonio zuerst annehmen mußte.

Vorläufig konnte er den Grafen Raffaele die Stefano besuchen, wann er wollte. Auch heute abend.

Guido hatte nun keine Zweifel mehr. Sein Schüler hatte jede erdenkliche Prüfung bestanden. Er hatte Angebote von den besten Opernhäusern der Welt. Und zum ersten Mal schenkte Guido Ruggerios Versicherung Glauben, daß die Oper den ganzen Karneval hindurch laufen würde.

Aber Guido, müde wie er war, konnte sich erst richtig freuen, als er am nächsten Morgen beim Aufwachen Tonio neben seinem Bett stehen und aus dem offenen Fenster starren sah.

Graf di Stefano hatte Tonio an jenem Abend fast gewaltsam entführt. Sie hatten gestritten, ihren Streit begraben und waren dann gemeinsam davongefahren. Obwohl Guido die Hingabe, die di Stefano zeigte, ein wenig beunruhigend fand, hatte sie ihn auch belustigt. Er selbst, der jetzt ohne Contessa war, weil diese wieder nach Neapel zurückgekehrt war, hatte köstliche vier Stunden mit einem jungen dunkelhäutigen Eunuchen aus Palermo verbracht. Der Junge – Marcello war sein Name – sang für kleine Partien gut genug, das hatte Guido ihm ganz offen erklärt.

Als sie dann miteinander schliefen, war dies ein Liebesakt von der genüßlichsten und köstlichsten Art gewesen, da der Junge ein Meister des sinnlichen Vergnügens war. Seine Haut hatte nach warmem Brot gerochen, außerdem war er einer der wenigen Eunuchen, die runde kleine Brüste besaßen, so hinreißend und fleischig wie die einer Frau.

Der Junge war für die paar Münzen, die Guido ihm hinterher in die Hand gedrückt hatte, dankbar gewesen.

Er hatte um die Erlaubnis gebeten, hinter die Bühne kommen zu dürfen, und versprochen, sich von dem Geld, das Guido ihm gegeben hatte, einen neuen Rock zu kaufen.

Guido, dem klar wurde, daß ihn diese köstlichen Begegnungen nun jede Nacht erwarteten, versuchte angesichts dieser Aussichten ruhig und vernünftig zu bleiben. Jetzt dämmerte schon fast der Morgen herauf. Ein kühles winterliches Licht erfüllte das Zimmer wie Nebel, als Tonio sich umdrehte und auf ihn zukam.

Guido rieb sich die Augen. Es schien, als wäre Tonio von winzigen Lichtpünktchen bedeckt. Er erkannte, daß das Regentröpfchen waren, dennoch kam ihm Tonio mit diesem glitzernden Licht auf seinem golddurchwirkten Samtrock, den weißen Rüschen am Kragen und seinem ein wenig zerwühlten schwarzen Haar wie eine Geistererscheinung vor. Als er sich neben Guido hinsetzte, schien er erfüllt von einer strahlenden Energie, so als hätte er die ganze Nacht nicht geschlafen.

Guido setzte sich auf und streckte die Arme aus. Er spürte, wie Tonios Lippen seine Stirn streiften, dann seine Augenlider, und schließlich kam jene enge, ganz und gar vertraute Umarmung.

Tonio erschien ihm in diesem Augenblick herrlich, beinahe wunderbar, dann hörte Guido ihn mit leiser Stimme sagen:

»Wir haben es geschafft, Guido, nicht wahr? Wir haben es geschafft!«

Guido saß still da und sah Tonio an, während ein köstlicher Lufthauch vom offenen Fenster her zu ihnen herüberwehte. Es duftete nach Regen. Der Winterwind roch plötzlich so frisch, daß Guido das merkwürdige Gefühl hatte, weit, weit entfernt in den offenen Bergen von Kalabrien zu sein, wo er geboren war.

Von diesem Augenblick überwältigt, in dem sein ganzes Leben, Vergangenheit und Zukunft, vor ihm lagen, konnte er nicht sprechen. Er hatte so hart gearbeitet, er war so müde. Und er war an ein solches Glücksgefühl zu wenig gewöhnt.

Aber er wußte, daß er Tonio mit den Augen eine Antwort auf seine Frage gab.

»Wir können es jetzt tun, nicht wahr?« flüsterte Tonio leise. »Wir können uns ein eigenes Leben aufbauen, wenn wir wollen. Jetzt sind alle Voraussetzungen da.«

»Wenn wir es wollen? Wenn, Tonio?« sagte Guido.

Im Zimmer war es plötzlich kalt. Guido sah an Tonio vorbei zum milchigen Himmel. Die grauen Regenwolken wirkten massiv und schienen vor einem leuchtenden, fast silbernen Himmel zu schweben. »Warum sagst du ›wenn‹?« fragte er sanft.

Tonios Gesicht hatte einen unaussprechlich traurigen Ausdruck angenommen. Aber das war vielleicht nur Einbildung, denn als er wieder zu Guido aufsah, lächelte er.

Um seine schwarzen Augen zeigten sich Lachfältchen, und sein Gesicht strahlte so, daß Guido nun seinerseits einen heftigen Kummer verspürte: Er konnte niemals wirklich mit Tonio verschmelzen und selbst Teil dieser Schönheit werden, niemals.

»Als nächstes gehen wir nach Florenz.« Guido nahm Tonio bei den Händen. »Und wer weiß, wo wir dann hingehen? Nach Dresden vielleicht, vielleicht sogar nach London. Wir gehen, wohin wir wollen!«

Er spürte, wie ihn ein Beben durchlief und auf Tonio übersprang. Tonio nickte, und es schien, als wäre dieser Augenblick zu vollkommen, um wirklich anzudauern. Guido empfand jedoch eine stille, überwältigende Dankbarkeit dafür.

Tonio war jetzt selbst in Gedanken verloren und hatte sich in sich zurückgezogen. Was Guido blieb, war der Anblick seiner Jugend und dieses Strahlens.

Während Guido Tonio betrachtete, mußte er an ein Bild denken, das er erst kürzlich gesehen hatte. Es war ein Bild von Tonio, auf Porzellan gemalt, das denselben überwältigenden und fast mysteriösen Eindruck von ihm vermittelte.

Er wurde von einer leisen Erregung gepackt. Beinahe zärtlich küßte er Tonio, was bei ihm nicht üblich war, dann erhob er sich und ging mit blanken Füßen über den kalten Steinboden durch das Zimmer und fischte aus dem Durcheinander seines Schreibtischs jenes kleine Porzellanporträt heraus. Es hatte eine ovale Form, war von goldener Filigranarbeit umrahmt. Im Dunklen konnte er das Bild nicht erkennen. Er zögerte, starrte dabei auf die undeutliche Gestalt, die am Bett saß.

Dann legte er Tonio das Bild in die Hand.

»Sie hat es mir schon vor einiger Zeit gegeben, mit der Bitte, es dir zu schenken«, gestand er, und fragte sich dabei, warum es ihm solches Vergnügen machte, Tonio dieses kleine Geschenk zu überreichen.

Tonio sah es an, sein unordentliches Haar löste sich aus dem Band, mit dem es zusammengehalten worden war, und fiel ihm übers Gesicht.

»Sie hat dich perfekt getroffen, nicht wahr? Und ganz aus dem Gedächtnis.« Guido schüttelte den Kopf.

Er starrte auf das kleine Bild hinab, das weiße Gesicht, die schwarzen Augen. Es war wie eine weiße Flamme, die inmitten von Tonios Handfläche brannte.

»Sie wird böse auf mich sein«, sagte Guido, »weil ich es vergessen habe.«

Aber er hatte es nicht vergessen. Er hatte nur auf einen Augenblick wie diesen, wenn alles einmal ruhig und still war, gewartet, und er wußte nicht, warum es ihn so zufrieden machte.

»Und wie geht es ihr?« flüsterte Tonio. Seine Stimme klang dünn, so als hätte er beim Sprechen die Luft eingesogen anstatt auszuatmen. »Jetzt, wo sie allein in Rom lebt und Porträts malt.«

»Oh, sie ist als Malerin sehr begehrt«, lächelte Guido. »Obwohl sie in letzter Zeit, denke ich, viel zuviel Zeit in der Oper verbracht hat.«

Guido sah zu, wie Tonio abermals das Porträt betrachtete.

Bei jedem Vorhang, so schien es, sah Tonio zu Christinas Loge auf und machte eine langsame, anmutige Verbeugung vor ihr. Und sie, über das Geländer gelehnt, strahlte eifrig klatschend zu ihm herab.

»Aber wie geht es ihr?« drängte Tonio. »Paßt denn niemand auf sie auf? Hat die Contessa denn nicht . . .? Ich meine . . .«

Guido wartete einen Augenblick, dann drehte er sich langsam um und ging zu seinem Schreibtisch. Er setzte sich, sah zum Fenster hinaus und betrachtete den sternenlosen Himmel, an dem sich bereits der erste Schimmer der aufgehenden Wintersonne zeigte.

»Hat sie denn keine Angehörigen, die sich dafür interessieren, was sie tut?« flüsterte Tonio. »Und was würden die wohl denken, wenn sie wüßten, daß sie ein solches Geschenk einem . . .« Doch wieder brach er ab, hielt das kleine Porträt jetzt in beiden Händen, so als wäre es höchst zerbrechlich.

Guido konnte nicht anders, er mußte lächeln.

»Tonio«, sagte er sanft, »sie ist eine unabhängige junge Frau und lebt ihr Leben so wie wir das unsere.« Mit noch weicherer Stimme fragte er dann: »Muß ich denn abermals derjenige sein, der dich weggibt?«

SECHSTER TEIL

1

Sobald Tonio sich zum letzten Mal mit einer Verbeugung für den Applaus bedankt hatte, bahnte er sich durch das Gedränge, das hinter der Bühne herrschte, seinen Weg zu seiner Garderobe und zog sich um. Signora Bianchi beauftragte er, sie solle Raffaeles Kutscher mit höflichem Bedauern fortschicken.

Nach der zweiten Pause hatte Tonio seine Nachricht an Christina geschickt. Der Rest der Vorstellung war für ihn regelrecht zur Qual geworden.

Als schließlich der Schlußvorhang fiel, hatte Paolo ihm ihre Antwort in die Hand gedrückt.

Doch erst, als er wieder in seinen eigenen Kleidern steckte, riß er ihren Brief auf:

> Piazza di Spagna, Palazzo Sanfredo, mein Atelier im obersten Stockwerk.

Einen Moment lang war er wie betäubt. Guido schien gerade mit einer bedeutsamen Neuigkeit über eine Osterspielzeit in Florenz hereingekommen zu sein. Außerdem sagte er irgend etwas davon, daß sie in jedem größeren Haus in Italien spielen müßten, bevor sie ins Ausland gingen.

»Die Agenten aus Florenz wollen umgehend eine Antwort haben«, erklärte Guido, während er auf das Stück Papier in seiner Hand klopfte.

»Aber was ist denn los, warum brauchen sie die Antwort denn jetzt gleich?« murmelte Tonio.

Signora Bianchi kam herein und schloß mit einiger Mühe die Tür. »Sie müssen hinausgehen. Nur für ein paar Minuten«, sagte sie genau wie jeden Abend.

»... weil es um dieses Ostern geht, vierzig Tage, nachdem die Spielzeit hier beendet ist. Tonio, Florenz!« sagte Guido.

»Gut, ja, ich meine, natürlich werden wir darüber sprechen, Guido«, stammelte Tonio, während er vergeblich versuchte, sich das Haar zu kämmen.

Hatte er ihre Nachricht zusammengefaltet und in seine Tasche gesteckt? Guido goß sich ein Glas Wein ein.

Paolo schlüpfte mit rotem Gesicht ins Zimmer und ließ sich mit übertriebener Erleichterung gegen die Tür fallen.

»Gehen Sie schon hinaus, Tonio, los, bringen Sie es hinter sich!« sagte Signora Bianchi. Dann drehte sie ihn herum und schob ihn zur Tür hinaus.

Warum war das so schwierig? Ihm schien, als wollten ihn alle berühren, ihn küssen, mit ihm reden, ihn bei der Hand nehmen und ihm sagen, wieviel es ihnen bedeutet hätte, ihn singen zu hören. Sie waren alle so bewegt, daß er sie nicht enttäuschen wollte. Je mehr er jedoch lächelte und nickte, desto mehr redeten sie. Als er schließlich wieder in die Garderobe zurückgekehrt war, war er so aufgeregt, daß er Guido einfach seinen Wein wegnahm und in einem Zug austrank.

Wie üblich wurden Blumen hereingebracht, große Buketts von Treibhausblumen, und Signora Bianchi flüsterte ihm ins Ohr, daß draußen die Männer des Grafen di Stefano warteten.

»Verdammt«, sagte er. Er betastete Christinas Nachricht in seiner Tasche. Sie trug keine Unterschrift, ganz plötzlich aber nahm er sie heraus, hielt sie an die Kerzenflamme und verbrannte sie. Guido, Paolo und Signora Bianchi starrten ihn an, als hätte er den Verstand verloren.

»Warten Sie einen Moment«, sagte Signora Bianchi, als er sich zum Gehen wandte. »Wohin wollen Sie? Der Maestro und ich müssen das wissen.«

»Was macht das für einen Unterschied!« entgegnete er ärgerlich, und als er das heimlichtuerische Lächeln auf Guidos Gesicht sah, die vorgetäuschte Überheblichkeit gegenüber seiner kindlichen Leidenschaft, packte ihn insgeheim der Zorn.

Sobald er in den Korridor hinaustrat, sah er Raffaeles Männer. Das waren keine Bediensteten. Es waren die Bravos des Grafen.

»Signore, Seine Exzellenz wünscht Sie zu sehen . . .«

»Ja, aber heute abend geht es nicht«, sagte Tonio rasch und wollte auf die Straße hinaustreten.

Einen Augenblick lang schien es, als würden die Männer ihn nicht vorbeilassen.

Als Tonio jedoch in seine eigene Kutsche kletterte, sah er, daß sie ihre Pferde bestiegen hatten. Er sagte seinem Kutscher, er solle zur Piazza di Spagna fahren, und überlegte, was er tun konnte.

Am Palazzo Sanfredo ließ er die Kutsche dann so langsam fahren, daß sie nur noch dahinschlich. An der zweiten Gasse hinter dem Palazzo, die kleine Kutsche schabte fast an der Mauer entlang, schlüpfte Tonio hinaus, schloß rasch die Tür und blieb in der Dunkelheit stehen, um zuzusehen, wie die Bravos des Grafen vorbeiritten.

Jetzt war der Augenblick gekommen.

Er trat durch die untere Tür des Palazzos ein und blieb stehen, als er eine Fackel am Treppenabsatz brennen sah. Er blickte nach oben. Das Treppenhaus hätte auch eine Straße sein können, so vernachlässigt, so kalt war es. Während er hinaufstarrte, verbannte er alle Gedanken aus seinem Kopf.

Die Tür zu ihrem Atelier stand offen, und das erste, was er sah, war das Firmament, ein Himmel aus reiner Schwärze und darin strahlende Sterne.

Der Raum selbst war riesig, kahl und unbeleuchtet. Vor sich und zu seiner Rechten befanden sich große, hohe Fenster. Eine breite, schräge Glasscheibe, die in die Decke eingelassen war, ließ noch mehr von der Nacht hinein.

Seine Schritte klangen hohl. Einen Augenblick hatte er das Gefühl, das Gleichgewicht zu verlieren. Es kam ihm so vor, als würde sich der Himmel über diesem luftigen Aussichtspunkt inmitten von

Rom zu bewegen anfangen. Vielleicht hatte man auf einem schlingernden Schiff dasselbe Gefühl.

Die Sterne hingegen waren wunderbar. Er konnte die Sternbilder in herrlicher Klarheit erkennen. Da atmete er tief die kühle, frische Luft ein, die ihn rings umgab, und drehte sich ganz langsam um, so als hätte er nichts auf der Welt zu fürchten. Plötzlich fühlte er sich klein und ganz frei.

Erst jetzt nahm er Gegenstände in dem Raum wahr, einen Tisch, Stühle und Gemälde, die auf ihren Staffeleien standen und auf denen dunkle Gestalten vor einem weißen Hintergrund zu sehen waren, unzählige Flaschen und Krüge. Der Geruch von Terpentin drang mit einem Mal durch den satteren, angenehmeren Geruch von Ölfarbe.

Dann sah er sie, Christina, eingehüllt in Schatten. Sie stand in der hintersten Fensterecke, den Kopf von den losen Falten einer Kapuze bedeckt.

Angst packte ihn, raubte ihm die Kraft wie noch nie zuvor. Alle Schwierigkeiten, die er sich vorgestellt hatte, fielen ihm jetzt wieder ein und quälten ihn: Was sollte er zu ihr sagen, wie sollte er es anfangen, und was würde zwischen ihnen geschehen, was war selbstverständlich, warum waren sie beide hier?

Er spürte, wie seine Glieder zitterten, und neigte, froh darüber, daß es so dunkel war, den Kopf. Kummer drang in dieses hohe, offene Zimmer, Kummer machte es klein und löschte die Nacht selbst aus. Es schien ihm, als wäre dieses Mädchen viel zu unschuldig, und die Erinnerung an ihre Schönheit formte in seinem Bewußtsein ein fast ätherisches Bild von ihr.

In Wirklichkeit jedoch kam eine dunkle, geheimnisvolle Gestalt auf ihn zu und nannte seinen Namen.

»Tonio«, sagte sie, so als würde sie beide bereits eine gewisse Vertrautheit miteinander verbinden. Er stellte fest, daß er seine eigenen Lippen berührte, als er sie mit klingender und fast süßer Stimme sprechen hörte.

Jetzt konnte er unter der Kapuze ihr Gesicht sehen. Die Kapuze selbst jedoch ließ in ihm Entsetzen hochsteigen, erinnerte ihn an jene Mönche, die stets die zum Tode Verurteilten zum Schafott begleiteten. Er streckte die Hand aus, schloß dabei den Abgrund, der zwischen ihnen beiden klaffte, und streifte die Kapuze zurück.

Sie rührte sich nicht. Sie hatte keine Angst! Nicht einmal, als er seine Finger in die steifen Wellen ihres Haares schob, die zusammengebundenen Strähnen auseinanderstrich und ihren Hinterkopf in die Hände nahm. Sie kam näher.

Plötzlich stellte sie sich auf die Zehenspitzen und schmiegte sich mit ihrem ganzen jungen Körper, den er unter der Hülle aus feiner Wolle und Spitze spüren konnte, an ihn. Er spürte, wie weich ihr kleines Kinn war. Ihre Lippen waren so unschuldig, da war nichts Hartes, keine Erfahrung beim Küssen. Dann aber spürte er, wie sich ihre Zartheit mit einem Mal auflöste, während ihr Körper von heftig klopfendem Verlangen erfüllt wurde.

Es drang in ihn ein, es durchströmte all seine Glieder, sein Mund saugte es aus ihren Lippen und der warmen, süßen Haut ihres Halses und dann aus den Spitzen ihrer runden, bedeckten Brüste.

Er hielt inne, preßte ihren Kopf so fest an sich, daß er ihr vielleicht sogar weh tat, dann vergrub er sein Gesicht in ihrem Haar, hob die helle Pracht, die selbst in diesem dunklen winterlichen Zimmer golden schimmerte, mit vollen Händen hoch. Er spürte die zarten Strähnen auf seinem Gesicht. Abermals innehaltend, stieß er einen leisen Ton aus.

Sie entzog sich ihm, nahm seine Hand und führte ihn in ein anderes Zimmer.

Selbst ihre Finger, gehüllt in jene weiche, feuchte Haut, fühlten sich für ihn seltsam und kostbar an. Er nahm ihre Hand und führte sie zum Mund.

Vor ihnen, an der gegenüberliegenden Wand des Raumes, stand ein Bett. Es war von einem Durcheinander von verhängten Möbelstücken umgeben, so als würde das Zimmer selbst nie benutzt.

»Kerzen«, flüsterte er ihr zu. »Licht.«

Sie stand still da, als würde sie nicht verstehen, was er meinte. Dann schüttelte sie den Kopf.

»Nein, ich möchte dich sehen«, flüsterte er. Er zog sie auf die Zehenspitzen, stemmte sie dann hoch und hielt sie fest, so daß sich ihre Gesichter auf gleicher Höhe befanden und sie einander in die

Augen sehen konnten. Ihr Haar fiel nach vorn, wie um sie beide zu verbergen. Einen Augenblick lang spürte er lediglich das Zittern in ihrem Inneren und ihr Beben, das mit dem seinen verschmolz.

Er merkte kaum, daß er, sie noch immer im Arm haltend, die Tür verriegelte. Dann ging er zum Bett und nahm dabei einen kleinen Kandelaber mit. Er zog die Samtvorhänge, die nach Staub rochen, ringsum zu. Als er dann eine Kerze anzündete, dann eine weitere und noch eine, wurde dieses kleine Zimmer aus Vorhängen und weichen Kissen von Licht erfüllt. Christina kniete vor ihm. Ihr Gesicht war voll der reizendsten Gegensätze, ihre rauchblauen Augen mit den dunkelgrauen Wimpern schimmerten feucht, so als hätte sie geweint. Ihre ungeschminkten Lippen zeigten ein jungfräuliches Rosa. Jetzt entdeckte er überrascht, daß das Kleid, das sie unter dem schwarzen Umhang trug, aus jener exquisiten violetten Seide bestand, die stets einen so ätherischen Schimmer auf ihre Wangen zauberte und ihrem gerundeten Dekolleté über den Rüschen ihres Mieders eine übernatürliche, leuchtende Blässe verlieh. Violett färbte ihre Konturen, malte auf ihren Wangen, die mit einem ganz zarten weißen Flaum bedeckt waren, blasse Schatten.

Doch obwohl er all das mit einem Blick in sich aufnahm, war es ihr Gesichtsausdruck, der ihn in seinem Innersten berührte. Und er machte ihm angst, beschleunigte seinen bereits rasenden Pulsschlag, denn er hatte erkannt, daß in diesem Körper ein Geist wohnte, der ebenso stahlhart und wild war wie der seine. Sie hatte vor ihm keine Angst, sie war hingerissen, verwegen und voller Willenskraft. Jetzt ergriff sie den Kandelaber, bat ihn mit flehentlichem Blick, die Kerzen zu löschen.

»Nein . . .«, flüsterte er. Er streckte die Hand aus, zögerte, wollte ihr Gesicht berühren. Wieviel einfacher war es doch, ihren übrigen Körper im Dunkeln zu ertasten. Dann spürten seine Finger jenen zarten, weißen Flaum, und als er die Haut darunter fühlte, verzog er das Gesicht, als hätte er Schmerzen. Jetzt verlor ihr Gesicht seine Ernsthaftigkeit, ihre Stirn glättete sich, so daß die rauchgrauen Augenbrauen wie Federstriche über ihren strahlenden Augen aussahen. Dann stiegen Tränen in ihren Augen auf, verwischten und verstärkten deren blaue Farbe, begannen aber nicht zu fließen.

Er blies die Kerzen aus, zog dann die Vorhänge auf, damit das matte Licht des Zimmers hereindringen konnte, wandte sich ihr zu, näherte sich ihr. Als sie, beunruhigt von seiner Dringlichkeit, zurückschrak, zog er ihr die Seide und die Rüschen vom Busen und sah ihre Brüste befreit.

Sie stieß einen leisen Schrei aus. Sie wehrte sich, da packte er sie abermals und hielt sie mit Küssen fest, spürte hinter ihren Lippen dabei plötzlich ihre Zähne und die schmelzende Weichheit in ihrem Mundinneren. Er drehte sie herum, neigte ihren Kopf, so daß da nicht länger ein Mund war, sondern ein kleines Portal, erfüllt von geschmeidigem Fleisch.

Dann entledigte er sich seiner eigenen Kleidung, ließ sie achtlos um sich herum fallen und legte sich zwischen ihre Beine, den Kopf an ihre Brüste gedrückt.

Die Leidenschaft, die er bei ihrem Anblick und ihrem Duft empfand, machte ihn grob, und als er zuerst die eine Brustwarze in den Mund nahm, dann die andere, spürte er, wie Christina sich unter ihm versteifte. Er erhob sich auf die Knie und zog sie mit sich hoch, so als versuche er, sie vor sich, Tonio, zu bewahren.

Das Haar fiel ihr über die nackten Schultern, ihre Stirn ruhte an seiner Wange wie ein warmer Stein. Die Hitze ihrer Brüste, die sie an ihn drückte, ließ all seine Träume Gestalt annehmen. Sie war so voller Süße, Süße und Nachgiebigkeit. Er war unfähig, das Ganze noch länger hinauszuzögern, sie langsam in all ihren geheimen Teilen zu erkunden wie eine Blume, die sich Blatt für Blatt seinen Fingern öffnete. Er mußte sie jetzt besitzen.

Er spürte, wie sie sich wehrte, als er sie plötzlich niederdrückte. Sie versteifte sich, worauf er sie mit seinen Lippen beruhigte, während seine Hand sich dem nassen Haar zwischen ihren Beinen näherte.

Aber als sie leise und angstvoll aufschrie, hielt er sich zurück, wartete, wartete, berührte das verborgene Fleisch dort unten und spürte, wie es voller wurde, während dessen pikanter Geruch direkt in sein Gehirn stieg.

Sie schlang die Arme um ihn, vergrub sich in ihm. Dann schließlich hob sie ihre Hüften an, und er drang in sie ein, spürte dabei, wie Enge ihn umfaßte, während sein Körper sich jetzt jenseits aller Beherrschung befand. Und da, am Rande dessen, was er ertragen konnte, geschah es, daß er die Barriere ihrer Unschuld spürte und in Ekstase geriet.

Sie weinte. Sie klammerte sich an ihn und weinte, strich sich mit der Hand dabei die nassen Haarsträhnen aus dem Gesicht. Er setzte sich im Bett auf, legte schützend den Arm um sie und starrte auf ihre schmale gekrümmte Gestalt unter der Fülle ihres Haares. Er nahm ihr Gesicht in die Hände. Wenn sie jetzt vor ihm zurückwich, dann würde er gewiß sterben.

»Ich wollte dir nicht weh tun...«, flüsterte er. »Ich wußte nicht...«

Aber ihr kleiner Mund öffnete sich ihm ebenso entgegenkommend wie zuvor.

Ihre nackten Gliedmaßen, hilflos, eine Ansammlung duftender Schatten und Formen, schmiegten sich an ihn. Dort auf dem Laken befand sich ein dunkler Fleck jungfräulichen Blutes.

Obwohl er wieder sanft mit ihr redete, sie tröstete, sie in Worte und Küsse einhüllte, hörte er das, was er sagte, wie aus weiter Ferne, so als befände er sich außerhalb seines Körpers. Er war ganz einfach wahnsinnig in sie verliebt. Sie gehörte ihm. Der Anblick des Blutes auf dem Laken verdrängte jeden vernünftigen Gedanken aus seinem Kopf. Sie war sein, sie hatte vorher noch nie einem Mann gehört. Er spürte Wahnsinn, er spürte Lust. Er spürte, wie sein Lebensweg erschüttert und unklar wurde, als wäre er eine schmale Straße, die sich über Erdbebengebiet nordwärts wand, und er bekam Angst. Ein blinder Drang, ihr Vergnügen zu bereiten, überkam ihn, ein Drang, wie er ihn vor nur wenigen Monaten den Kardinal hatte überkommen sehen, als sie ihre ersten verwirrenden Nächte miteinander verbracht hatten.

Vor wenigen Monaten! Es schien schon Jahre her zu sein. Im Spiegel der Zeit schien das alles so entfernt und phantastisch, wie Venedig für ihn geworden war.

Er wollte sie jetzt noch einmal nehmen. Er würde dabei mit solcher Geschicklichkeit und Sanftheit vorgehen, daß all ihr Schmerz davonströmen würde wie das Blut, das zwischen ihren

Beinen floß. Er würde jene Stelle dort unten küssen, er würde die seidige Haut zwischen ihren Schenkeln, unter ihren Armen und unter ihren schweren, weißen Brüsten küssen. Er würde ihr nicht das geben, was jeder Mann ihr geben konnte, sondern all die Geheimnisse seiner Geduld und seiner Geschicklichkeit, den Weihrauch und den Wein all jener anderen Nächte, die er damit verbracht hatte, die Liebe um der Liebe willen zu genießen, als da noch nicht diese kostbare, diese zitternde, diese verwundbare Frau in seinen Armen gelegen hatte.

Mysterium, Mysterium, flüsterte er, und es begann in ihm zu pulsieren.

2

Als er um zehn Uhr morgens in seinem eigenen Bett im Palazzo erwachte, machte er sich sofort an die Arbeit und begann mit Paolo eine Reihe schwieriger Duette zu singen, um seine Stimme aufzuwärmen. Dann zog er seinen Lieblingsrock aus grauem Samt, eine Gobelinweste und ein schneeweißes Spitzenhemd an, schnallte sich seinen schwersten Degen um und fuhr unverzüglich in die Via del Corso, wo er seine Kutsche seitlich an die von Christina heranfahren ließ und, so heimlich er konnte, zu ihr hineinschlüpfte.

Sie war wie ein Traum. Er umarmte sie, küßte sie stürmisch und hätte sie direkt hier in ihrer Kutsche genommen, wenn er sie dazu hätte überreden können.

Ihr Haar duftete warm nach der Morgensonne, und als sie ganz leicht blinzelte, ließen ihre dunklen Wimpern ihre entzückenden Augen um so durchscheinender blau erscheinen. Er berührte die Spitzen ihrer Wimpern mit seinen Fingern. Plötzlich war er ganz verliebt in ihre ein wenig vorgewölbte, volle Unterlippe.

Traurigkeit wollte ihn jedoch wieder überwältigen, und als er das spürte, hörte er auf, sie zu küssen, und hielt sie einfach nur im Arm. Er hatte sie auf seinen Schoß gezogen und den rechten Arm um sie gelegt. Ihr Haar ergoß sich in weizenblonder Flut über ihn, und ihr

Gesicht nahm jetzt wieder jenen betörenden Ausdruck an, der eine Mischung aus Unschuld und Ernsthaftigkeit darstellte. Da sagte er zum ersten Mal ihren Namen:

»Christina.« Scherzhaft versuchte er ihn zuerst so kompakt und in einem Block auszusprechen, wie die Engländer das taten und auch sie selbst. Er verzog das Gesicht, aber es wollte ihm nicht gelingen, also sprach er ihn dann nach Art der Italiener aus, rollte die Laute mit der Zunge vorne im Mund, so daß die Luft durch die einzelnen Silben strich und ihr Name dabei klang, als würde er gesungen.

Sie lachte. Es war ein sehr lebendiges Lachen.

»Du hast doch niemandem gesagt, daß ich letzte Nacht bei dir war?«, wollte er plötzlich wissen.

«Nein, aber warum sollte ich es denn nicht allen erzählen?« fragte sie.

Der hübsche Sopran ihrer Stimme, der gleichzeitig so viel Respekt forderte, faszinierte ihn. Es war ihm fast unmöglich, ihren Worten Aufmerksamkeit zu schenken.

»Du bist jung und töricht und weißt offensichtlich nicht, wie es in der Welt zugeht«, sagte er. »Ich möchte deinem Ruf nicht geschadet haben, wenn ich dich verlasse. Das könnte ich nämlich nicht ertragen.«

»Wirst du mich denn schon so bald verlassen?« fragte sie.

Er war von der Frage wie betäubt und hätte gern gewußt, ob sein Gesicht seine Empfindungen verriet. Aber er konnte sich auf nichts anderes als auf die Tatsache konzentrieren, daß er ihr nahe war und sie in seinen Armen hielt.

»Dann will ich dich ein für allemal verscheuchen«, sagte sie, »und dir sagen, wie egal mir die Welt ist.«

»Hmmmm . . .« Er bemühte sich verzweifelt, zuzuhören. Sie war jedoch viel zu reizvoll, und er empfand es als überaus köstlich, mit welcher Keckheit sie redete. Sie strahlte Entschlossenheit aus, so als wäre sie tatsächlich ein menschliches Wesen. Aber diese Kreatur, dieser Inbegriff der Sinnlichkeit, konnte ganz gewiß nicht menschlich sein. Ein solcher Liebreiz konnte unmöglich einen Verstand beherbergen.

Nein, das war Unsinn, es war nur so, daß alles an ihr so einladend war und sie dennoch mit solcher Klugheit redete. »Es ist mir gleich, was andere von mir erwarten«, erklärte sie. »Ich bin bereits verheiratet gewesen. Ich war gehorsam. Ich habe getan, was man von mir erwartete.«

»Aber du warst mit einem Mann verheiratet, der viel zu alt war, um sich noch an seine Rechte zu erinnern«, antwortete Tonio. »Du aber bist jung, du bist nicht arm. Du kannst wieder heiraten.«

»Ich werde nicht wieder heiraten«, sagte sie, während ihre Augen ein klein wenig schmaler wurden, als Sonnenlicht durch die überhängenden Blätter blitzte. »Warum mußt ausgerechnet du so etwas zu mir sagen?« fragte sie mit echter Neugierde. »Warum fällt es dir so schwer, zu begreifen, daß ich frei sein und malen will, daß ich mein Atelier haben und so leben will, wie es mir gefällt?«

»Ach, das sagst du jetzt«, meinte er, »später aber denkst du vielleicht anders. Nichts könnte dir dann mehr schaden als Indiskretion.«

»Nein.« Sie berührte mit ihren Fingern seine Lippen. »Das ist keine Indiskretion«, sagte sie. »Ich liebe dich. Ich habe dich immer geliebt. Vom ersten Augenblick an, als ich dich vor Jahren zum ersten Mal sah, habe ich dich geliebt, und du wußtest das. Du hast es bereits damals gewußt.«

»Nein.« Er schüttelte den Kopf. »Du hast das geliebt, was du auf der Bühne gesehen hast, auf der Chorempore . . .«

Sie mußte fast lachen. »Ich habe dich geliebt, Tonio, und ich liebe dich jetzt«, sagte sie. »Es ist nichts Indiskretes dabei, dich zu lieben, aber es würde für mich auch keine Rolle spielen, wenn es so wäre.«

Er beugte sich vor, um sie zu küssen, glaubte ihr im Augenblick, denn als er sie im Arm hielt, spürte er, daß die Süße ihrer Jugend und ihre Unschuld zu etwas noch Stärkerem und Schönerem verschmolzen.

Trotzdem sagte er sanft: »Ich habe Angst um dich. Ich verstehe das Ganze nicht so recht.«

»Aber was gibt es denn da zu verstehen?« flüsterte sie ihm ins Ohr. »In jenen Jahren in Neapel, hast du da nicht schon von weitem gesehen, wie unglücklich ich war? Du hast mich doch die ganze Zeit beobachtet.« Sie küßte ihn und lehnte ihren Kopf an seine Schulter.

»Was kann ich dir über mein Leben erzählen? Daß ich vom Morgengrauen bis zum Einbruch der Dunkelheit male. Ich male nachts bei schlechter Beleuchtung. Ich träume von Aufträgen, von Kapellenwänden, den Wänden großer Kirchen. Immer deutlicher wird mir jedoch klar, daß mein eigentliches Interesse den Gesichtern gilt. Ich möchte Reiche und Arme porträtieren, diejenigen, die meinen Ruf als Malerin begründet haben, und andere, die ich einfach auf der Straße sehe. Ist das so schwer zu verstehen? Ein Leben wie dieses?«

Er konnte nicht aufhören, sie zu berühren, sie zu streicheln, zart ihre gekräuselten blonden Locken zurückzustreichen, nur damit sie sanft wieder nach vorn sprangen.

»Weißt du, was ich bin?« sagte sie mit einem allerliebsten Lächeln. »Ich habe an der Piazza di Spagna solches Glück kennengelernt, daß ich richtig einfältig geworden bin.«

Er lachte.

Sehr rasch änderte sich jedoch sein Gesichtsausdruck, und Tonio wurde nachdenklich. »Einfältig«, flüsterte er.

»Ja, in gewisser Weise bin ich eine Idiotin geworden.« Sie runzelte die Stirn. »Ich will damit sagen, daß ich beim Aufstehen ans Malen denke und daß ich, wenn ich zu Bett gehe, immer noch ans Malen denke. Das einzige Problem, das ich dabei habe, ist, daß der Tag für mich zu kurz ist . . .«

Er verstand. In seinen schlimmsten Augenblicken, wenn er nicht mehr aufhören konnte, an Carlo und an Venedig zu denken, wenn die Mauern, die ihn umgaben, die Mauern des Palazzo Treschi zu sein schienen, wenn die Lichter, die er sah, die Lichter Venedigs zu sein schienen, dann hatte er sich nach jener Einfalt, von der sie sprach, gesehnt. Und sie stellte sich ein, trotz alledem. Guido besaß sie, diese göttliche Einfalt, denn er lebte nur für die Musik. Und in der vergangenen Woche, als Guido Tag und Nacht bis zur Erschöpfung gearbeitet hatte, hatte sein Gesicht in jener Einfalt merkwürdig ausdruckslos gewirkt.

»Und wenn da nicht meine Einsamkeit wäre, wenn mein Leben statt dessen von Liebe erfüllt wäre«, sagte sie jetzt, und ihre Stimme klang kühl und scharf, ». . . dann wäre es, so wie es jetzt ist, ein Geschenk Gottes.«

»Ist denn die Liebe alles, was fehlt?« flüsterte er. »Ist meine Liebe alles, was fehlt, um es zum Geschenk Gottes zu machen?«

Sie erhob sich, legte ihre Arme um seinen Nacken. Hinter ihr schimmerte golden und grün das Licht, dann folgten wieder Schatten. Er schloß die Augen, umarmte sie, hielt sie mit seinen langen, breiten Händen fest und spürte, wie zart sie war, wie weich sie war. Noch nie hatte er ein solches Glück erfahren. Er wußte, daß er dies niemals vergessen würde, ganz gleich, was danach kam.

Alles, was sie an diesem Vormittag taten, taten sie unbeschwert und rasch.

Sie fuhren zu einer Reihe von Geschäften, da Christina auf der Suche nach alten Gemälden war, um die sie dann ebenso hartnäckig feilschte, wie ein Mann es getan hätte. Sie kannte die Geschäftsinhaber und wurde in manchen Fällen schon erwartet. Selbstbewußt bahnte sie sich ihren Weg durch ein Wirrwarr von staubigen Schätzen, so als hätte sie im Augenblick vergessen, daß Tonio auch noch da war.

Diese dunklen und vollgestellten Läden begeisterten ihn. Er betrachtete alte Manuskripte, Landkarten, Degen, fand schließlich ein Bündel mit Kompositionen von Vivaldi und noch weitere alte Notenblätter, die er sofort kaufte.

Die meiste Zeit jedoch beobachtete er Christina mit äußerster Faszination, sah zu, wie die Kunsthändler mit ihr feilschten und handelten, nur um dann letztendlich doch nachzugeben und ihr die Stücke zu dem Preis zu geben, den sie bezahlen wollte. Sie kaufte Fragmente römischer Skulpturen, die ihr, wie sie erklärte, als Modelle dienen sollten, und Tonio half dem Kutscher, diese sorgfältig in altes Bettzeug einzuwickeln und sicher in der Kutsche zu verstauen. Sie kaufte Porträts, die rissig und nachgedunkelt waren, auf denen aber immer noch eine Vielzahl lebendiger Details zu sehen war.

Mit ihr zusammenzusein, hatte etwas Ungezwungenes an sich. Ihre Selbstbeherrschung erregte ihn, und ihm war gar nicht bewußt, wie sehr ihm das Lebensgefühl, das sie vermittelte und das so aus dem vollen schöpfte, gefiel. Er hörte ihr zu, wie sie von ihren Schätzen sprach, wie sie davon redete, daß sie lernen mußte, Hände und Füße noch besser zu malen, daß sie Blumen und Draperien studieren mußte, daß sie lernen mußte, warum dies gut und jenes schlecht war.

Er hatte das wunderbare Gefühl, sie schon seit langem zu kennen. Dennoch war alles an ihr neu für ihn, so daß ihn eine jede Geste, ein jedes Schütteln ihres blonden Haares insgeheim erstaunte.

Die Kutsche verließ Rom in Richtung Süden und fuhr durch das offene Land. Überall waren Ruinen aus dem Altertum zu sehen, hier verlor sich ein großes Aquädukt zwischen Weinreben, dort stand eine Säule noch aufrecht, um auf irgendein verfallenes antikes Heiligtum hinzuweisen. Christina sprach leise über die Schönheit Italiens und erzählte, daß dies die Landschaft ihrer Träume war. Ihr Mann, der stets freundlich zu ihr gewesen war, hatte sie überallhin mitgenommen, damit sie nach Herzenslust skizzieren und malen konnte.

Eine Zeitlang wußte Tonio noch, wo sie waren, da dies die Gegend war, in der auch die Villa der Contessa stand. Als sie dann jedoch weiter nach Süden und aufs Meer zufuhren, hatte er die Orientierung verloren. Schließlich holperten sie eine lange Allee entlang, gesäumt von kahlen Pappeln, die ihre spitzen Astkronen in den blauen Himmel reckten.

Vor ihnen lag ein Haus. Es war ein breiter, rechteckiger Bau, dessen Fassade verwittert und von tiefen Rissen durchzogen war. Die Ockerfarbe, mit der die Fassade einst gestrichen war, war weich und bröckelig geworden, so daß sie hier und dort an der Mauer flatterte wie Blüten an einem Weinstock. Dennoch strahlte das Haus im Sonnenlicht, blinde Fenster gähnten dunkel, als sie sich näherten. Christina ergriff Tonios Hand und führte ihn durch die offene Eingangstür.

Blätter wehten über den dunklen Steinboden. Im Schatten raschelte es, als kleine Hühner eilig ins Licht hinaushuschten. Das Blöken von Schafen schallte hohl und gespenstisch unter den hohen Decken. Hier und da türmten sich Strohballen an bemalten Wänden, Wasserspuren zogen sich durch Wandgemälde, eindringender Regen hatte die alten Möbel verdorben.

»Was ist das für ein Haus?« fragte er. Sie war vor ihm hergegangen. Ihre Größe verlieh ihr etwas Erhabenes, während sie, die Röcke gerafft und mit wallendem Haar, dahinschritt.

Er blieb stehen. Fast zitternd blickte er dieses Bild der Zerstörung an, und der Anblick trug ihn in die Vergangenheit zurück, zurück zu einem sonnenhellen Augenblick in Venedig, als er in leeren Zimmern wie diesem gestanden hatte, sein Tambourin in der Hand. Musik erhob sich, rhythmisch und wild, aber sie verklang wieder, als er die Augen schloß und die warme Sonne auf seinen Lidern spürte.

Er spürte um sich herum einen Lufthauch. Er empfand keinen Schmerz, kein Bedauern. Als er die Augen wieder öffnete, sah er, daß Sonnenstrahlen durch die Fenster fielen. In der Ferne erhoben sich sanfte Hügel. Dieses Haus war wie ein großes Gerippe, das Regengüssen und Stürmen ausgesetzt war und vom Geruch grüner Vegetation erfüllt war.

Sie winkte ihm von der Treppe aus zu.

»Wenn ich will«, sagte sie, als er zu ihr ging und sie die Hand auf seinen Arm gelegt hatte, »dann ist es mein Haus. Gibst du ihm deinen Segen?« Sie sah ihn mit dem unschuldigsten Blick an und wirkte plötzlich ganz verwundbar. »Ich kann in ganz Europa arbeiten, ich kann überall Porträts anfertigen und vielleicht sogar die großen Kirchengemälde malen, von denen ich träume. Dann aber kann ich zurückkehren, hierher, in dieses Haus, mein Zuhause.«

Er folgte ihr die Treppe hinauf in einen riesigen Salon, von dem aus man über das weite Land blicken konnte. Das Gras wuchs so hoch wie Weizen und erstreckte sich bis weit hinter das graue Gitterwerk der Pappeln. Die tief hängenden Wolken waren golden getönt.

Sie stand ganz still vor ihm, ihr Gesicht war rund und klein, ihre Wangen sahen so weich aus, daß er ihr Gesicht in beide Hände nehmen wollte.

Aber er spürte in diesem Augenblick ihre Vitalität ebenso deutlich, wie er sie gespürt hatte, als sie vor wenigen Momenten von ihren Träumen gesprochen hatte. Jetzt fiel ihm auf, daß er stets von Männern und Frauen, einer großen Schar von Leuten umgeben war, die nichts von einer solchen Vitalität, von solchen Träumen wußten. Guido wußte natürlich davon, Bettichino wußte davon, all jene, die für die Musik arbeiteten und lebten, wußten davon. Und sie wußte davon.

Und das unterschied Christina von den Contessas, den Marchesas, von den Grafen, von all den elegant gekleideten und geschmückten Menschen, die das Publikum bildeten, das ihm jeden Abend zujubelte und applaudierte. Er spürte, daß er kurz davor stand, Christina zu verstehen, daß er kurz davor stand, die Dinge, die sie gesagt hatte, die Dinge, die sie tat, die pure Kraft, die in ihr steckte, zu begreifen und auch, warum sie ihm damals stets so einsam vorgekommen war, selbst wenn sie in Sälen voller Menschen tanzte.

Er sah sie an, starrte in ihre sich verdunkelnden und besorgten Augen.

Wie hatte er eigentlich geglaubt, daß sie sein würde, fragte er sich. Irgendeine sinnliche Schönheit, die ihm eine verlorene Stärke zurückgeben würde? Und da stand sie nun. Ihre Hülle, die ihm geistlos, schön und unerreichbar erschienen war, war aufgebrochen, und darunter konnte er sie als vollständige Person erkennen. Als er jetzt in ihrem Gesicht etwas entdeckte, das Kummer zu sein schien – das Kummer sein mußte –, zog er sie an sich und schloß sie in die Arme.

Er nahm ihr Gesicht in beide Hände, er strich ihr das Haar aus den Augen. Er überließ sich ihr, wie sie sich ihm überließ, dann liebten sie sich auf einem Lager aus Heu und schenkten einander ihre Wärme.

Er träumte von Schnee.

Seit Venedig hatte er keinen Schnee mehr gesehen, und auch dort war er nie so dicht gefallen, daß er alle Konturen verwischte. Er träumte, daß er hier in diesem alten Haus erwachte und das Land davon zugedeckt sah, rein und weiß, so weit sein Blick reichte. Die kahlen Pappeln glitzerten vor Eis, Schnee leuchtete in ihren Astgabeln. Weiche Flocken fielen, schwerelos und herrlich, auf die ganze Welt hinab.

Christina war hier bei ihm, aber nicht so nahe, daß er sie berühren konnte. Er merkte, daß auf der gegenüberliegenden Wand Hunderte von Gestalten gezeichnet waren, die er vorher nicht gesehen hatte. Erzengel mit riesigen Schwingen und flammenden Schwertern, die die Verdammten vertrieben, Heilige, die voller Qual zum Himmel blickten. Diese mit schwarzer Zeichenkreide gemalten Bilder waren so voller Leben, daß es schien, als wären sie in der Wand gefangen gewesen und Christinas Hand hätte sie nur daraus befreit. Er sah, wie diese Gestalten die Stirn runzelten, sah, wie die Wolken über ihren Köpfen brodelten, während unten Flammen züngelten, um die Sünder zu verzehren.

Es machte ihm angst, dieses Bild, seine ungeheure Größe, und davor ihre kleine Gestalt mit dem Haar, das ihr den Rücken hinabwallte, dem Rock, der sanft schaukelte, als sie hierhin und dorthin trat, die Hand ausgestreckt, um hier und dort noch etwas zu verändern.

Als sie sich jedoch umdrehte, sah er, daß sie ebenfalls von Schnee bedeckt war. Er schwebte durch die offenen Fenster und blieb in hellen Flocken auf ihrem Rock, ihren Brüsten, ihren schmalen Schultern hängen. Ihr Haar war ganz voller Schnee. Schnee trieb sanft herein, um sie beide zu bedecken.

Was bedeutete dieser Schnee, der hier an diesem so unwahrscheinlichen Ort fiel? Selbst im Traum wollte er verzweifelt die Antwort wissen. Warum dieser außergewöhnliche Frieden, diese strahlende Schönheit? Als er dann wieder hinaus über das wogende Land sah, das unter einem perlmuttschimmernden Himmel dalag, glaubte er, überhaupt nicht in Italien zu sein, sondern weit weg von all dem, was er liebte, was er fürchtete und was für ihn Bedeutung hatte. Venedig, Carlo, sein Leben, das sich langsam dem Chaos näherte, diese Dinge existierten nicht! Er war lediglich in der weiten Welt und an keinem besonderen Ort. Der Schnee fiel noch dichter, weißer, blendender.

Er spürte, wie sie ihre Arme um ihn legte, als er dort stand. Er spürte, wie die Engel und Heiligen finster von der Wand herunterblickten. Er liebte sie und wußte, daß er sich nicht mehr vor ihr fürchtete.

Er wachte auf.

Die Sonne schien warm auf sein Gesicht, er lag allein im Stroh. Der Nachmittag ging bereits zur Neige. Lange Zeit rührte er sich nicht, nicht einmal, um die Arme nach ihr auszustrecken. Im Dämmerlicht erkannte er langsam, daß ein großer Entwurf die Wand bedeckte, so wie er ihn im Traum gesehen hatte. Er mußte ihn wohl wahrgenommen haben, bevor er eingeschlafen war, obwohl er sich nicht daran erinnern konnte. Und auch sie war da. Sie stand davor.

3

Jeden Abend stürzte er, nachdem der letzte Vorhang gefallen war, aus dem Theater, schlüpfte in der Via del Corso aus seiner Kutsche, eilte dann durch ein Gewirr schlammiger Straßen zur Piazza di Spagna, um sich dort heimlich mit Christina zu treffen, da Raffaeles Bravos ihm immer noch folgten.

Eine alte Dienerin, braun und verschrumpelt, huschte stets herum, staubte bedeutungslose Dinge ab und arrangierte sie neu, während sie Tonio mit ihren kleinen schwarzen Augen geringschätzig musterte. Tonio spürte bei ihrem Anblick sofort Wut in sich aufsteigen, doch dann löste sich stets Christina aus der dämmrigen Umgebung ihres Zimmers, kam auf ihn zu und beruhigte ihn. Sie empfing seine Küsse wie eine Droge. Die Augen halb geschlossen, ließ sie sich von ihm lange in den Armen halten, bevor sie ihn darum bat, ihn malen zu dürfen.

Er zitterte. Seine Liebe schien ihm eine Qual. Die Aufregung, die er auf der Bühne erlebt hatte, steigerte sich und machte ihn hungrig und verzweifelt.

Dennoch nickte er dann stets mit dem Kopf und ließ sie wieder los. Noch nie in seinem Leben hatte er nach irgend etwas ein solches Verlangen verspürt wie jetzt nach ihr, aber er fügte sich.

Das ganze Atelier war plötzlich von Kerzen erhellt, die hohen Fenster wurden durch das strahlende Licht in Spiegel verwandelt. Sie ließ ihn vor sich Platz nehmen, nahm ihr Papier, befestigte es an einem Brett und begann ihn mit raschen Strichen zu zeichnen. Bald waren ihre Fingerspitzen von der Pastellkreide ganz bunt geworden.

Oft wurde er vom rhythmischen Kratzen der Kreidestifte eingelullt, während ihn ringsum Gesichter ansahen, sinnlich und glühend. Einige davon gehörten Männern und Frauen, die er kannte, andere waren zu mythischer Größe angewachsen, während sich hinter ihnen ein Himmel spannte, an dem gewaltige Wolken hingen, die sich zu bewegen schienen, so echt wirkten sie. Aus einem Rahmen weiter hinten blickte der Kardinal Calvino freundlich auf ihn herab, lebensvoll, ganz er selbst, und mit einer Stärke abgebildet, die Tonio insgeheim quälte.

Ihr Talent stand außer Frage. Ihre Gestalten, kernig, vertraut oder seltsam, umringten ihn mit unglaublicher Vitalität.

Und im Zentrum all dessen arbeitete sie, ihr Haar, das im Licht lebendig zu werden schien, kam ihm immer bizarrer vor. Er fragte sich, ob sie böse sein würde, wenn sie seine Gedanken lesen könnte: daß sie nämlich an diesem Ort so exotisch wie eine weiße Taube wirkte, die irgendwo aus luftiger Höhe herabgeflogen war, um vollkommen fehlerlos auf dem Cembalo zu spielen. Sie war so sinnlich, das personifizierte Verlangen. Wie konnte ihr Körper Geist, Talent und eine solche Willensstärke beherbergen? Es erregte ihn ganz unglaublich.

Während er in eine Art Trancezustand verfiel, stellte er sich vor, wie sie Bücher las, was sie sicherlich fortwährend tat, oder dicke philosophische Abhandlungen schrieb, denn auch dazu hielt er sie für fähig. Dann erwachte er aus diesem köstlich qualvollen Tagtraum und betrachtete ihre wie wild arbeitenden, von Pastellfarben verkrusteten Hände, sah zu, wie sie Kreidestück um Kreidestück in zwei Teile zerbrach, um in ihrem Arbeitskasten ein kleines Chaos anzurichten. Sie mußte die Freiheit haben, die Farben mit hektischen, kleinen Strichen zu verarbeiten. Ihr Gesicht glühte vor Konzentration, während er wie betäubt zusah und sich dabei nichts anderes wünschte, als mit ihr zu schlafen.

Aber sie hatten noch genug Zeit, um sich zu lieben.

Irgendeine blasse Erinnerung überfiel ihn und gaukelte ihm vor, er befinde sich in einem prächtigen Raum voller Musik. Plötzlich verstummte die Musik, Angst kroch in ihm hoch. Es schien Vivaldis Musik zu sein, die dahinrasenden Violinen der *quattro stagioni*. Er konnte die Leere spüren, die in der Luft lag, als das Konzert vorbei war.

Schließlich hatte sie ihr Gemälde vollendet. Zehn ganze Tage war er in ihrem Bann gewesen, hatte seine Zeit nur der Oper und ihr gewidmet und nichts und niemandem sonst.

Es war jetzt kurz vor Morgengrauen. Sie zeigte ihm das Bild, und er gab einen leisen Ausruf des Erstaunens von sich.

In jener Lackminiatur, die sie ihm damals durch Guido hatte überreichen lassen, hatte sie nur sanfte Unschuld eingefangen. In diesem Gemälde aber erahnte er etwas Dunkles, etwas Grüblerisches, ja sogar eine gewisse Kälte. Ihm war gar nicht bewußt gewesen, daß sie all das in seinem Gesicht gelesen hatte.

Da er sie nicht enttäuschen wollte, murmelte er ein paar schlichte Worte des Lobes. Dann legte er das Bild weg und ging zu ihr, setzte sich neben sie auf die hölzerne Bank und nahm ihr die Kreide aus der Hand.

Sie lieben, sie lieben, das war alles, woran er denken konnte, was er fühlen konnte, was er tun wollte. Abermals hielt er sie in den Armen und wunderte sich über die dünne Membran, die Grausamkeit von überwältigender Leidenschaft trennte.

Jemanden derartig zu lieben, hieß, zu diesem Menschen zu gehören. Alle Freiheit ging dabei verloren, aber das Glück hatte einen eigenen Ort, eine eigene Zeit. Er hielt sie fest, ohne dabei etwas sagen zu wollen. Es schien, als erzählten ihm ihre weichen, heißen Glieder, die sich an ihn schmiegten, nur die schrecklichsten Geheimnisse.

Liebe, Liebe, Christina besitzen.

Er brachte sie zum Bett, legte sie dort nieder. Er wollte sich in ihr verlieren.

Und dann kam diese Zeit der Gemeinsamkeit, die er früher so oft mit Guido erfahren hatte, wenn die Leidenschaft endlich gestillt war und er nichts anderes mehr wünschte, als ihr nahe zu sein.

Der Tisch war gedeckt. Kerzen wurden hereingebracht. Sie legte ihm einen Morgenmantel über die Schultern und führte ihn zum Tisch, wo die alte Frau Wein und Teller mit dampfender Pasta aufgetischt hatte. Sie aßen geröstetes Kalbfleisch und heißes Brot. Als sie schließlich gut und reichlich gespeist hatten, nahm er sie auf den Schoß, dann schlossen sie beide die Augen und begannen ein kleines Spiel zu spielen.

Bald lief es darauf hinaus, daß, während er blind die Konturen ihres kleinen Gesichts betastete, sie ebenfalls blind das seine befühlte. Als er dann ihre zarten Schultern umfaßte, hielt sie die seinen fest, und so fort, bis sie den ganzen Körper des anderen kannten.

Er begann zu lachen, und sie stimmte ein, als sie alle Teile ihrer Körper miteinander verglichen hatten. Er befühlte ihre seidige Unterlippe, ihren runden, glatten Bauch und ihre Kniekehlen, dann hob er sie hoch, trug sie wieder ins Bett zurück, um all diese feuchten Spalten, diese flaumigen Falten, diese warmen und pulsierenden Stellen zu suchen, die ihr allein gehörten. Draußen vor den Fenstern dämmerte der Morgen herauf.

Die Sonne war aufgegangen, schickte ihre Strahlen ins Zimmer. Er saß am Fenster, die gefalteten Hände auf dem Sims, und wunderte sich darüber, daß er insgeheim an Domenico und an Raffaele dachte, und an den Kardinal Calvino. An letzteren zu denken rief in ihm immer noch ein schmerzliches Gefühl hervor.

Er hatte sie alle geliebt, das war das Wunderbare. Aber in dieser stillen Zeit blieb nichts von diesen Liebesbeziehungen, das ihn zu quälen vermochte. Guido, ja Guido liebte er mehr denn je, aber das war eine volle, stille, nicht mehr benötigte Leidenschaft.

Und was war das hier?

Er kam sich halb wahnsinnig vor. Der Frieden seines Schneetraums war vorbei.

Er sah Christina an.

Sie lag auf ihrem Bett und schlief fest. Er fühlte sich ihr gegenüber als Ehemann, Bruder, Vater. Er wollte sie aus diesem Haus wegbringen, weit, weit weg von hier, aber wohin? An irgendeinen Ort, wo Schnee fiel? Oder zurück in jene Villa, wo sie für immer zusammenleben konnten? Ein schreckliches Gefühl der Schicksalhaftigkeit überkam ihn. Was hatte er getan? Was hatte er eigentlich gewollt? Er war nicht frei, um irgend jemanden zu lieben, nicht einmal, um das Leben selbst zu lieben.

Er wußte, daß er sich, wenn er nicht sofort von ihr loskam, für immer an sie verlieren würde. Als er jedoch ihre unerklärliche Macht spürte, wollte er fast weinen. Oder wieder neben ihr liegen und sie einfach nur in den Armen halten.

Jede Grausamkeit hätte sie ihm zufügen können, so verzweifelt liebte er sie. Ihm wurde klar, daß er in all seinen Liebesbeziehungen niemals Angst gehabt hatte, nicht einmal vor Guido hatte er sich je gefürchtet. Vor ihr aber fürchtete er sich, *fürchtete* er sich. Er wußte nicht, warum, nur, daß dies zeigte, wie groß die Macht war, die sie über ihn hatte.

Aber sie würde ihm niemals weh tun. Er kannte sie. Er spürte, daß tief in ihrem Inneren eine großartige und schlichte Güte lag, nach der er sich von ganzem Herzen sehnte.

Er ging rasch zum Bett, schob seinen Arm unter ihren Körper und hielt sie fest, bis sie langsam, ganz langsam die Augen öffnete und blicklos zu ihm hochstarrte.

»Liebst du mich?« flüsterte er. »Liebst du mich?«

Ihre Augen wurden groß, weich, Traurigkeit lag in ihrem Blick, als sie ihn so ansah. Da spürte er, wie er sich ihr vollkommen öffnete.

»Ja!« flüsterte sie, und sie sagte das so, als wäre ihr das eben selbst erst bewußt geworden.

Tage später, an einem Nachmittag, als halb Rom, wie es schien, in ihrem Atelier versammelt war, als die Sonne durch die nackten Fenster strahlte, Männer und Frauen miteinander plauderten, Wein und englischen Tee tranken und englische Zeitungen lasen, da saß sie über ihre Staffelei gebeugt da, die Wangen mit Kreide beschmiert, das Haar nachlässig mit einem violetten Band zusammengebunden. Und er, der vom Rande aus zusah und sie betrachtete, erkannte, daß sie ihm gehörte. Was für ein Narr du doch bist, Tonio, dachte er, du vermehrst nur deinen Schmerz. Aber es war nicht einmal wirklich eine Entscheidung gewesen.

4

Guido wußte, daß etwas nicht stimmte, und er wußte, daß Christina nichts damit zu tun hatte.

Der römische Karneval stand vor der Tür, die Oper lief seit Wochen mit großem Erfolg, aber Tonio wollte über keine weiteren Engagements reden. Ganz gleich, wie sehr Guido drängte, Tonio bat darum, in Ruhe gelassen zu werden.

Er erklärte, erschöpft zu sein, er erklärte, zu Christina gehen zu müssen. Er erklärte, daß er, da sie beide um drei Uhr an diesem Nachmittag von einer Kurfürstin empfangen würden, unmöglich noch an etwas anderes denken konnte.

Da waren Ausreden ohne Ende. Hin und wieder, wenn Guido Tonio in seiner Garderobe im Theater abfing, wurde Tonios Gesicht auch hart. Er zeigte dann jene Kälte, die in Guido stets stummes Entsetzen hochkriechen ließ, und stammelte ärgerlich: »Damit kann ich mich jetzt nicht befassen, Guido. Ist das alles hier denn nicht genug?«

»Genug? Es ist nur der Anfang, Tonio«, pflegte Guido dann zu antworten.

Zuerst redete Guido sich ein, daß es an Christina lag.

Immerhin hatte er Tonio noch nie so erlebt wie jetzt, so verliebt, daß er Christina jede freie Minute widmete.

Als Guido aber schließlich an einem Spätnachmittag, als Tonio auf einem Empfang war, dem er sich nicht entziehen konnte, Christina aufsuchte, war er nicht überrascht, als sie erklärte, mit Tonios zögerlichem Verhalten nichts zu tun zu haben.

Natürlich hatte sie Tonio nicht davon abgeraten, das Osterengagement in Florenz anzunehmen. Sie hatte nicht einmal davon gewußt.

»Guido, ich bin bereit, ihm überallhin zu folgen«, sagte sie schlicht. »Malen kann ich in jeder Stadt. Ich brauche lediglich meine Staffelei, meine Farben und meine Leinwand. Es macht mir nichts aus, irgendwoanders hinzugehen, egal wohin«, und dann senkte sie die Stimme, »solange er bei mir ist.«

Sie hatte gerade ihre letzten Gäste verabschiedet. Die Dienstmädchen räumten die Weingläser und Teetassen weg, während sie, die Ärmel hochgekrempelt, mit ihren Ölfarben und Pigmenten beschäftigt war. Glasbehälter mit Karminrot, Zinnober und Ocker standen vor ihr. Ihre Fingerspitzen waren rot.

»Warum, Guido«, fragte sie und strich sich dabei das Haar aus dem Gesicht, »warum will er nicht über die Zukunft reden?« Es schien jedoch, als hätte sie vor Guidos Antwort Angst. »Warum macht er ein solches Geheimnis aus unserer Beziehung und läßt alle glauben, wir wären lediglich miteinander befreundet? Ich habe ihm gesagt, daß er, wenn es nach mir ginge, bei mir einziehen könnte! Guido, jeder, den es interessiert, weiß, daß er mein Geliebter ist. Und willst du wissen, was er gesagt hat? Es ist noch nicht lange her, es war spät und er hatte zuviel Wein getrunken, da sagte er, daß für ihn kein Zweifel daran bestünde, daß es dir etwas nützen würde, ihn gekannt zu haben, und daß es dir gutgehen würde. ›Der Wind wird danach seine Segel blähen‹, sagte er. Aber mir, so sagte er, würde es schaden, wenn er mich mit ruiniertem Ruf zurückließe. Das brächte er um nichts in der Welt fertig. Aber warum spricht er davon, wegzugehen, Guido? Bis zu diesem Abend fürchtete ich, du wärst es, der will, daß er mich aufgibt.«

Guido konnte ihr darauf keine befriedigende Antwort geben. Er drückte lediglich ihre Hand, die er hielt, ein wenig fester. Er wußte, daß sie ihn flehentlich ansah, aber er starrte aus den hohen, kahlen Fenstern hinaus über die Dächer in die Ferne und spürte, während ihm ein kalter Schauder über den Rücken lief, daß er wieder jenen alten Feind, den alten Schrecken entdeckt hatte.

Er sagte zu Christina nur, daß er mit Tonio reden würde, dann hauchte er ihr einen sanften Kuß auf die Wange und erhob sich zum Gehen.

Er ließ seinen Dreispitz liegen und ging die Treppe hinunter, während seine Schritte hohl im Treppenhaus hallten. Dann trat er auf die Piazza di Spagna hinaus und ging in Richtung Tiber, den Kopf gesenkt, die Hände hinter dem Rücken verschränkt.

Rom nahm ihn mit seinen verschlungenen Straßen gefangen, es führte ihn von einer kleinen, ungeordneten Piazza zur nächsten. Es führte ihn an riesigen Statuen und glitzernden Brunnen vorbei. Sein Verstand schien angesichts dessen, was er hier wahrnahm, zusammenzuschrumpfen, nur um dann mit der Fülle der Erkenntnis wieder zu wachsen.

Stunden später wanderte er dann über den wunderschönen, vielfarbigen Boden des Petersdoms. Er schlenderte an den majestätischen Papstgräbern vorbei. Skelette grinsten ihn an, so perfekt aus hartem Stein gearbeitet, daß es schien, als hätten sie tatsächlich im Gestein gesteckt und wären nur daraus befreit worden. Die Gläubigen der Welt stießen und schoben ihn hin und her.

Er wußte, was mit Tonio los war. Er hatte es schon gewußt, bevor er zu Christina gegangen war, aber er hatte sicher sein wollen: Tonio wurde langsam in zwei Teile gerissen.

Es war der Kampf der beiden Zwillinge in ihm: der eine, der sich nach dem Leben sehnte, rang mit dem anderen, der nicht ohne die Hoffnung auf Rache leben konnte.

Und jetzt, da Christina an dem hellen Zwilling zerrte, jetzt, da Tonio auf der Bühne solchen Erfolg hatte, strebte der dunkle Zwilling danach, den liebenden zu vernichten, weil er Angst hatte, daß er zu existieren aufhören würde, wenn er es nicht tat.

Guido begriff das nicht vollkommen. Es war kein leichtes Bild für seinen Verstand. Eines begriff er aber sehr wohl: Je mehr das Leben Tonio verwöhnte, um so deutlicher erkannte dieser, daß er nichts davon genießen konnte, bis er nicht die alte Rechnung in Venedig beglichen hatte. Guido stand allein inmitten dieser endlosen Menschenmenge, die durch die größte Kirche der Welt strömte. Er wußte, daß er hilflos war.

»Ohne dich ...«, flüsterte er und hörte seine Worte trotz der Vielzahl von Geräuschen um sich herum ganz deutlich. »Ohne dich kann ich nicht leben.« Die einfallenden Sonnenstrahlen ließen seinen Blick verschwimmen. Niemand nahm Notiz von ihm, auch nicht davon, daß er vor sich hinsprach, während er ganz still dastand. »Meine Liebe, mein Leben, meine Stimme«, flüsterte er. »Ohne dich gibt es keinen Wind, der meine Segel blähen könnte. Ohne dich ist da nur Leere.«

Und jene schlimme Ahnung, die ihn überfallen hatte, als sie nach Rom gekommen waren – diese Angst, seinen jungen und treuen Geliebten zu verlieren –, war nichts gegen diese immer schwärzer werdende Dunkelheit.

Es war Karneval. Die Nächte wurden wärmer. Das Publikum war regelrecht verrückt. Die Contessa war nach Rom zurückgekehrt und gab allabendlich einen Ball in ihrer Villa.

Guido gab alle Pläne für die Frühjahrsspielzeit auf, was er den Agenten aus Florenz allerdings nicht mitteilte. Wenn er Tonio nur zu einem weiteren Engagement zwingen könnte, denn Tonio würde niemals sein Wort brechen, und Guido würde dadurch Zeit gewinnen. Zeit, das war alles, woran er denken konnte.

Eines frühen Nachmittags jedoch, als Guido gerade ein neues Duett für Bettichino und Tonio zu Papier brachte, an dem sich die beiden versuchen sollten, falls sie sich inzwischen langweilten – und das taten sie –, kam einer der Diener des Kardinals zu ihm, um ihm mitzuteilen, daß ein Signore Giacomo Lisani aus Venedig eingetroffen sei, um Tonio einen Besuch abzustatten.

»Wer ist denn das?« fragte Guido ärgerlich. Tonio war mit Christina im Karnevalstrubel unterwegs.

Sobald Guido den blonden jungen Mann sah, erinnerte er sich an ihn. Vor Jahren war er am Weihnachtsabend nach Neapel gekommen, um Tonio zu besuchen.

Es war Tonios Cousin, der Sohn jener Frau, die Tonio so oft schrieb. Er hatte einen kleinen Koffer bei sich, mehr eine Schatulle, die er Tonio persönlich übergeben wollte.

Als er hörte, daß Tonio nicht da war, war er enttäuscht, aber nachdem Guido sich ihm vorgestellt hatte, erklärte er ihm, worum es ging. Vor zwei Wochen war Tonios Mutter nach langer Krankheit gestorben. »Sie verstehen«, sagte er, »daß ich ihm das persönlich mitteilen muß.«

Wie sich herausstellte, war Tonio nirgends zu finden. Guido war das ganz recht, denn er wollte nicht, daß man ihn noch vor der Abendvorstellung darüber informierte.

Also war es nach Mitternacht, als der junge Venezianer, der mit der Schatulle zum Hause des Kardinals zurückgekehrt war, ihm die Nachricht so schonend überbrachte, wie er konnte.

Der Ausdruck, der auf Tonios Gesicht erschien, war etwas, das Guido niemals in seinem Leben wiedersehen wollte.

Nachdem Tonio sich von seinem Cousin verabschiedet hatte und den kleinen Koffer mit in sein Zimmer genommen, ihn geöffnet und hineingestarrt hatte, sagte er zu Guido einfach, daß er an die frische Luft gehen wollte.

»Laß mich mitkommen oder laß mich dich zu Christina bringen«, sagte Guido. »Versuche nicht, diesen Kummer ohne uns zu tragen.«

Lange Zeit sah Tonio ihn an, als ob er sich über Guidos Worte wundern würde. Guido spürte, wie all das, was ihn von Tonio trennte und stets trennen würde, auf ihm lastete. Tonios dunkles Leben, dieses geheime Leben, das mit Venedig und jenen Menschen, die er dort gekannt und geliebt hatte, zusammenhing, war etwas, zu dem er niemandem Zutritt gewährte.

»Bitte«, sagte Guido. Sein Mund war trocken, seine Hände zitterten.

»Guido, wenn du mich liebst«, sagte Tonio, »dann laß mich jetzt allein.« Selbst in diesen Worten lag die für ihn typische Sanftheit, diese halbe Lächeln. Er klopfte Guido tröstend auf den Rücken, und Guido sah stumm zu, wie Tonio ging.

5

Der römische Karneval war im Gange und mit ihm die letzten und wildesten Nächte der Opernsaison. Von Morgengrauen bis zur Dunkelheit wimmelte es auf der Via del Corso von fröhlichen, kostümierten Leuten. Zu beiden Seiten dieser Hauptstraße waren Gerüste aufgebaut, auf denen sich maskierte Zuschauer drängten. Die üppig dekorierten Triumphwagen der großen Familien rollten langsam durch die Straße, beladen mit phantastisch kostümierten Indianern, Sultanen, Göttern und Göttinnen. Der große Festwagen der Lamberti hatte die schaumgeborene Venus zum Thema, und die kleine Contessa selbst stand, herausgeputzt mit Girlanden und Blumen, in einer Muschel aus Papiermaché. Dahinter kamen Kutschen, deren maskierte Insassen Zuckermandeln in die Menge warfen, während überall Männer als Frauen und Frauen als Männer verkleidet vorbeizogen und man ringsum Prinzen, Seeleute oder die Figuren der Commedia sehen konnte. Dieselben alten Themen, derselbe Wahnsinn . . .

Tonio, der maskiert war und einen langen schwarzen *tabarro* über seiner Kleidung trug, zog Christina neben sich her. Sie hatte ihr Haar wie ein Mann zurückgebunden und steckte in einer Offiziersuniform, die bei ihrer schmalen Gestalt sehr adrett wirkte. Sie liefen hierhin und dorthin, wobei Tonio ab und zu seinen Arm hob, um sie mit dem weiten *tabarro* vor einem Bombardement von Süßigkeiten abzuschirmen. Sie sahen immer wieder den wilden Späßen und Possen einer Pulcinella zu oder entflohen einen Augenblick dem Getümmel, um sich zu küssen, Atem zu schöpfen, sich im Eingang einer Kirche aneinanderzuklammern.

Als der Tag zum Spätnachmittag wurde, wurde die Straße jedoch für den letzten Höhepunkt, das Rennen, freigemacht. Fünfzehn Pferde wurden zuerst von der Piazza del Popolo zur Piazza Venezia und wieder zurückgeführt, bevor man sie dann auf ersterer losließ, damit sie ungezügelt und frei zurückgaloppieren konnten. Es war ein verwegenes Unternehmen voll prickelnder Gefahr, wenn die Pferde mit trommelnden Hufen dahinjagten, dabei ein Tier auch einmal in die Menge ausbrach, bis sie schließlich auf die Piazza Venezia eingaloppierten, wo dann der Gewinner bekanntgegeben wurde.

Als dann schließlich die Sonne unterging, wurden die Masken abgenommen. Die Straßen leerten sich, aber die Leute vergnügten sich weiter – sie gingen auf einen der Bälle, die überall in der Stadt gegeben wurden, oder gaben sich einem noch größeren Genuß hin: dem Theater.

Das Opernpublikum war wild wie nie. Obwohl jetzt keine Masken mehr getragen wurden, herrschten im Zuschauerraum immer noch die Kostüme vor, vor allem die dunklen *tabarri*, die dem Träger Anonymität verliehen. Die Frauen, die in ihren Militäruniformen einen charmanten Anblick boten, genossen die volle Freiheit der Hosen, während die gegnerischen Lager von Bettichino und Tonio einander mit wildem Jubel zu übertrumpfen versuchten.

Die Logen waren so überfüllt, daß sie tatsächlich auseinanderzubrechen drohten, und das Theater wurde immer wieder von donnerndem Applaus, Bravorufen, Füßegetrampel und Jubelgeschrei erschüttert.

Dann gingen alle nach Hause – Tonio und Christina Arm in Arm –, um bei Morgengrauen wieder aufzustehen und sich abermals ins Vergnügen zu stürzen.

Manchmal blieb Tonio inmitten des Gedränges auf dem Fleck stehen. Mit geschlossenen Augen stand er dann schwankend auf den Zehenspitzen und stellte sich vor, er wäre auf der Piazza San Marco. Die engen Mauern Roms verschwanden und machten dem offenen Himmel Platz, die goldenen Mosaike schimmerten wie große, unerschrockene Augen über der Menge. Fast konnte er das Meer riechen.

Seine Mutter war bei ihm, Alessandro war auch da. Es war jener erste herrliche Karneval, als man ihnen endlich Freiheit gewährt hatte und die Welt für ihn voller Wunder gewesen war. Er hörte ihr Lachen, spürte sogar ihre Hand in der seinen. Es schien, als wären all seine Erinnerungen an sie unversehrt und von dem Elend, das danach gekommen war, unberührt geblieben. Sie hatten ihr gemeinsames Leben, und das würde für immer bleiben.

Er hätte gerne geglaubt, daß sie ihm nahe war, daß sie irgendwie alles wußte und verstand.

Und wenn ihm in diesen Tagen voll bitteren und stillen Kummers irgend etwas heftigen Schmerz bereitete, dann war es die Tatsache, daß er nicht in der Lage gewesen war, noch einmal mit ihr zu reden, neben ihr zu sitzen, ihre Hand in der seinen zu halten und ihr zu sagen, wie sehr er sie liebte und daß es nicht in seiner Macht gestanden hatte, irgend etwas zu ändern.

Sie schien im Tode ebenso hilflos, wie sie es im Leben gewesen war.

Als er die Augen aber wieder öffnete, als er wieder da in Rom war – als er sah, wie römische Mädchen umherrannten und diejenigen, die keine Masken trugen, mit ihren Reisigbesen kitzelten, als er hörte, wie Männer im Gewande von Advokaten die Menge ausschalten, als er beobachtete, wie junge Männer, verkleidet als Frauen, ihre Brüste entblößten, ihre Beine zeigten und sich anderen anboten – als er all dieses Leben um sich herum sah, da wußte er mit Gewißheit, was er stets schon geahnt hatte, nämlich, daß es einen solchen Abschied niemals hatte geben sollen. In seinen wildesten Träumen von Rache oder Gerechtigkeit hatte er sich niemals ein Abschiedswort, eine ausgestreckte Hand, ein liebevolles Seufzen vorgestellt. Statt dessen hatte er sie stets undeutlich in der Ferne mit einem Witwenschleier gesehen, wie sie zusammen mit ihren verwaisten Kindern um ihren Ehemann weinte, den einzigen Ehemann, den sie wirklich gehabt hatte und der ermordet worden war.

Dies war ihr nun erspart geblieben. Dessen war er enthoben worden. Sie trug kein Schwarz, keinen Witwenschleier. Sie schlief in ihrem Sarg. Und es war Carlo, der um sie geweint hatte. »Er grämt sich wie ein Wahnsinniger«, hatte Catrina geschrieben. »Er ist außer sich und hat geschworen, für seine Kinder alles zu tun und ihnen sowohl Vater wie Mutter zu sein. Aber obwohl er immer härter arbeitet, ist er so erschüttert, daß er immer wieder den Dogenpalast verläßt, um wie ein Narr auf der Piazza herumzuwandern.«

Christina drückte seine Hand.

Er wurde im Gedränge hin und her geschoben und hätte einen Augenblick lang fast die Balance verloren. Im Geiste sah er wieder seine Mutter im Sarg liegen und fragte sich, wie man sie gekleidet hatte. Hatte man ihr die herrlichen, weißen Perlen umgelegt, die Andrea ihr geschenkt hatte? Er sah die karminrote Begräbnisprozession über die wogenden Wellen dahinziehen, das Rot, die Farbe des Todes, leuchtete aus den schwarzen Gondeln hervor. Das Meer hob und senkte sich, während das leise Weinen der Trauernden vom salzigen Wind davongetragen wurde.

Christinas Gesicht war voller Liebe und Traurigkeit.

Sie hatte sich auf ihre Zehenspitzen gestellt, den Arm um ihn gelegt und versuchte, ihn ganz sanft mit ihren Lippen zu sich zurückzuholen. Da spürte er, wie herrlich wirklich, wie warm sie war.

Sie eilten durch die Via Condotti. Sie stolperten die Stufen zum Atelier über der Piazza di Spagna hinauf.

Nachdem sie einen tiefen Schluck aus ein und derselben Weinflasche genommen hatten, zogen sie die schweren Vorhänge am Bett zu und liebten sich fieberhaft und heftig.

Als sie dann später still dalagen, konnten sie in der Ferne das Johlen der Menge hören. Unten auf dem Platz erklang ein eigentümliches Lachen, das die Mauern hinaufhallte und in der Höhe verklang.

»Woran denkst du gerade?« fragte sie.

»Daß ich am Leben bin.« Er seufzte. »Einfach, daß ich am Leben bin und sehr, sehr glücklich.«

»Komm«, sagte sie und erhob sich plötzlich. Sie zog ihn am Arm, um ihn dazu zu bewegen, aus dem warmen Bett aufzustehen, dann warf sie ihm sein Hemd über die Schultern. »Wir haben noch eine Stunde Zeit, bevor du ins Theater mußt. Wenn wir uns beeilen, dann können wir noch das Rennen sehen.«

»Das ist aber nicht besonders viel Zeit.« Er lächelte und wollte sie zurückhalten.

»Und heute abend«, sagte sie, als sie ihn einmal, zweimal, dreimal küßte, »gehen wir zur Contessa. Und diesmal wirst du mit mir tanzen. Wir beide haben noch nie miteinander getanzt, trotz all der Bälle, auf denen wir uns in Neapel begegnet sind.«

Als er sich nicht rührte, zog sie ihn an, als wäre er ein Kind, und knöpfte mit geschickten Fingern die Perlknöpfe zu.

»Wirst du das violette Kleid anziehen?« flüsterte er ihr fragend ins Ohr. »Wenn du das violette Kleid anziehst, dann tanze ich mit dir.«

Zum ersten Mal seit langer Zeit war er betrunken. Er wußte, daß Trunkenheit der Feind des Kummers war. Was hatte Catrina gesagt? Daß Carlo wie ein Narr auf der Piazza herumwanderte, daß sein einziger Gefährte der Wein war?

Aber das Zimmer war voller Menschen und wirbelnder Farben. Musik spielte, und er tanzte.

Er tanzte, wie er seit vielen Jahren schon nicht mehr getanzt hatte, all die alten Schritte waren ihm wunderbarerweise wieder eingefallen. Jedesmal, wenn er Christinas entzücktes kleines Gesicht sah, beugte er sich zu ihr hinunter, um ihr einen Kuß zu rauben. Er hatte das Gefühl, daß das hier Neapel war und er nun auf einem jener Bälle tanzte, wo er sich so nach ihr gesehnt hatte.

Dann wieder war es Venedig, und er befand sich in Catrinas hübschem Haus, oder es war jener längst vergangene Sommer an der Brenta.

Mit einem Mal schien sich sein gesamtes Leben zum Kreis zu schließen. Hier war er nun, tanzte und tanzte, drehte sich und verbeugte sich im lebhaften Takt des Menuetts, und all jene, die er liebte, waren um ihn.

Guido war da, und Marcello, der hübsche junge Eunuch aus Palermo, der Guidos Geliebter war, und die Contessa, und Betticchino mit seinen Bewunderern.

Als Tonio den Raum betreten hatte, schienen sich alle nach ihm umzudrehen. Er konnte die Gäste flüstern hören: Tonio, da ist Tonio.

Musik erfüllte den Raum, und als sich der Tanz auflöste, hatte er sofort ein Glas Weißwein in der Hand, gleich darauf war es auch schon leer.

Es schien, als wollte Christina jetzt mit ihm die Quadrille tanzen, doch er küßte ihr sanft die Hand und erklärte, er würde ihr zusehen.

Er war sich nicht ganz sicher, wann er gespürt hatte, daß es Ärger geben würde, auch nicht, wann er Guido auf sich zukommen gesehen hatte.

Ihm war, als hätte er, schon seit er den Saal betreten hatte, gespürt, daß mit Guido irgend etwas nicht stimmte. Also umarmte er Guido leicht und versuchte, ihn aufzuheitern und zum Lächeln zu bringen, auch wenn dieser das absolut nicht wollte.

Guidos Gesicht blieb besorgt, und als er Tonio zuflüsterte, er solle der Contessa persönlich erklären, warum sie nicht nach Florenz gingen, klang das sehr dringend.

Sie würden nicht nach Florenz gehen?

Wann hatten sie diese Entscheidung getroffen? Über die Dinge um ihn herum schien sich plötzlich eine tiefe Dunkelheit zu senken.

Eine Weile war es ihm nicht mehr möglich, so zu tun, als wäre dies hier Neapel oder Venedig. Er war in Rom, die Opernspielzeit war fast vorbei, seine Mutter war tot, man hatte sie übers Meer gefahren, um sie zu begraben, und Carlo wanderte auf der Piazza San Marco umher und wartete auf ihn.

Guidos Gesicht war dunkel und geschwollen. Er flüsterte hastig irgend etwas, ja, sag der Contessa, sag ihr, warum wir nicht nach Florenz gehen können.

In diesem Augenblick empfand Tonio unwillkürlich eine düstere Heiterkeit. »Wir gehen nicht, wir gehen nicht…«, flüsterte er. Guido zog ihn jetzt einen schwach erleuchteten Korridor entlang, vorbei an den frisch gemalten Wänden, den Wandbespannungen aus purpurnem Brokat mit goldenen Bourbonenlilien auf eine Flügeltür zu, die sich öffnete.

Guidos Stimme klang bedrohlich, er machte ihm schreckliche, schreckliche Vorwürfe.

»Und was sollen wir jetzt machen?« wollte Guido wissen. »Gut, wenn wir schon nicht nach Florenz gehen, dann gehen wir im Herbst vielleicht nach Mailand. Man will uns in Mailand haben, in Bologna auch.«

Tonio wußte, daß er etwas Schreckliches und Endgültiges sagen würde, wenn er sich jetzt nicht zurückhielt. Es würde aus der Dunkelheit kommen, wo es gewartet hatte.

Die Contessa war da, und ihr rundes kleines Gesicht sah ganz alt aus. Mit der einen Hand hatte sie ihre Röcke gerafft, mit der anderen tätschelte sie beinahe zärtlich Guidos Schulter.

»… doch nie die Absicht gehabt, noch irgendwo anders hinzugehen, oder? Antworte mir, antworte, du hast kein Recht, mir das anzutun.« Guido war völlig außer sich.

Bringe es nicht zu einer Entscheidung, veranlasse mich nicht, es zu sagen. Denn wenn ich es einmal gesagt habe, dann kann ich die Worte nicht wieder rückgängig machen. Da war eine Heiterkeit, die immer größer wurde. Er fühlte sich wie jemand, der oben an einem steilen Abhang stand. Wenn er die ersten Schritte gemacht hatte, dann würde er nicht mehr in der Lage sein, abzubremsen.

»Du hast es gewußt, du hast es immer gewußt.« War das Tonio, der das sagte? »Du warst dabei, mein Freund, mein bester, liebster Freund, mein einziger wirklicher Bruder auf dieser Welt. Du warst dabei und hast es mit eigenen Augen gesehen. Du wußtest, daß es bei mir nicht war wie bei den kleinen Jungen, die geschniegelt und gestriegelt ins Conservatorio geführt wurden wie eine Schar Kapaune zum Markt. Guido . . .«

»Dann wende deinen Zorn gegen mich«, flehte er, »weil ich daran beteiligt war. Ich war ein Werkzeug deines Bruders, und das weißt du auch.«

Die Contessa hatte den Arm um Guido gelegt und versuchte vergebens, ihn zu beruhigen. Wie aus weiter Ferne hörte Tonio ihn schreien, ich kann nicht ohne dich leben, Tonio, ich kann nicht ohne dich leben . . .

Aber über Tonio hatte sich eine Kälte gesenkt. All das hier war weit weg, traurig und unabänderlich. Er bemühte sich zu sagen: Du kannst nichts dafür. Du warst nur eine Schachfigur, die von einem Feld zum anderen bewegt wurde.

Guido rief, daß da ein Café auf dem Markusplatz gewesen wäre, daß er dort gesessen hätte, als die Männer hereinkamen und ihm sagten, er müsse Tonio nach Neapel bringen.

»Sprich nicht davon«, sagte die Contessa.

»Es war meine Schuld, ich hätte es aufhalten können, richte deine Rache gegen mich!« flehte Guido.

Sie schob Guido zurück, zog Tonio mit sich fort. Ihr kleines dunkles Gesicht wirkte ganz alt, und ihre Stimme senkte sich, um von schrecklichen Geheimnissen zu sprechen. Da war wieder die alte flehentliche Bitte, er solle Meuchelmörder schicken, es wäre nicht nötig, daß er sich persönlich die Hände schmutzig machte. Ob er denn nicht wüßte, daß er Freunde hatte, die sich um diese Dinge kümmern würden? Er brauchte es nur zu sagen. Jetzt führte sie ihn an den Rand des Zimmers. Der Mond stand am Himmel, der Garten war erfüllt von Leben. Am anderen Ende des Gartens konnte er die Fenster des Ballsaales sehen, den sie gerade eben verlassen hatten, und er fragte sich, ob Christina dort war. Er sah sie im Geiste mit Alessandro tanzen.

»Ich bin am Leben«, flüsterte er.

»Strahlendes Kind«, sagte die Contessa.

Guido weinte.

»Aber er wußte immer, daß einmal die Zeit kommen würde, wo er allein weitermachen würde«, sagte Tonio zu ihr. »Ich würde ihn nicht verlassen, wenn er nicht bereit dafür wäre. Man wird ihn in Mailand auch ohne mich haben wollen. Und das wissen Sie auch . . .«

Aber sie schüttelte den Kopf. »Aber strahlendes Kind, du weißt, was passieren wird, wenn du jetzt nach Venedig gehst! Was kann ich sagen, um dich davon abzubringen . . .«

Also war es ausgesprochen. Es war geschehen. Dieses Ding, das so lange in der Dunkelheit gewartet hatte, war nun frei, und es war nicht mehr zu zügeln.

Wieder erfaßte ihn diese Heiterkeit. Geh nach Venedig. Tu es. Laß es geschehen. Kein Warten mehr, kein Warten voller Haß und Bitterkeit mehr. Dann wirst du das strahlende und wunderschöne Leben, das dich umgibt, nicht mehr vor diesem Hintergrund aus Dunkelheit, aus unermeßlicher Düsternis sehen.

Guido wollte sich auf ihn stürzen, die Contessa hatte sich mit ihrem ganzen Gewicht gegen Guido geworfen, um ihn zurückzuhalten. Guidos Gesicht war zornverzerrt.

»Sag, wie kannst du mir das antun!« schrie er. »Sag es mir, sag, wie kannst du mir das antun. Wenn ich auch nur eine Schachfigur in der Hand deines Bruders war, dann habe ich dich doch aus dieser Stadt gebracht, ich habe dich aufgenommen, als du verwundet und verzweifelt warst . . .«

Die Contessa, die sich bemühte, ihn zu beruhigen, sagte irgend etwas mit erhobener Stimme.

». . . sag mir, daß du dir wünschst, ich hätte dich dort liegen und sterben lassen. Sie hätten dich nämlich getötet, wenn ich dich dort zurückgelassen hätte. Und sag mir, daß du dir wünschst, nichts von dem, nichts von all dem hier wäre geschehen!«

»Nein, hör auf damit . . .« Die Contessa gestikulierte heftig.

Jene Heiterkeit, die er die ganze Zeit gefühlt hatte, schlug jetzt in Zorn um. Er wandte sich an Guido und hörte seine eigene Stimme scharf und klar:

»Du weißt, warum, du weißt besser als irgend jemand sonst,

warum! Der Mann, der mir das angetan hat, ist immer noch am Leben und wurde nicht dafür bestraft. Bin ich ein Mann, sag, bin ich ein Mann, wenn ich mir das gefallen lasse!«

Plötzlich fühlte er sich schwach.

Er war in den Garten hinausgestolpert.

Wenn ihn der Diener an der Tür des Ballsaals nicht beim Arm genommen hätte, wäre er hingestürzt.

»Heimgehen . . .«, sagte er. Und Christina, das Gesicht tränenüberströmt, nickte mit dem Kopf.

6

Als er im Theater eintraf, war er immer noch müde. Er war mit Paolo in ein kleines Café gegangen, wo sie beide etwas gegessen hatten. Ihm war schwindelig, und um ihn herum erstrahlte alles hell. Im Regen, der die Maskierten auseinanderstieben ließ, verschwammen die Farben. Paolo wollte erst etwas essen, als er Tonio essen sah. Außerdem hatte Tonio ihm viel zuviel Wein gegeben.

Er glaubte, auf keinen Fall singen zu können. Gleichzeitig wußte er jedoch, daß ihn nichts davon würde abhalten können.

Sobald er die Menge stampfen und brüllen hörte, sobald er Bettichino sah, der bereits geschminkt war und in seinem seidenen Gewand und der Rüstung einen stolzen Anblick bot, rettete ihn die gewohnte Erregung, die ihn jetzt überkam, und seine Willenskraft.

Er verwendete auf sein Kostüm größere Sorgfalt als üblich, hob einzelne Gesichtspartien ebenso raffiniert und gekonnt mit weißer Farbe hervor, wie es Bettichino stets tat, und als er schließlich ins Rampenlicht trat, war er wieder der alte. Nur anfangs mußte er sich noch ein wenig anstrengen, dann strömte seine Stimme mit voller Kraft aus seiner Kehle. Er konnte spüren, daß sich das Publikum in fröhlicher Karnevalsstimmung befand. Er merkte es an ihren heiseren und fröhlichen Bravorufen. Eine Sekunde lang löste er sich von dem Geschehen auf der Bühne und gestattete sich, den Theaterraum, der sich vor ihm erstreckte, und diese dunstige Masse von

Gesichtern zu betrachten. Da wußte er, daß dies der richtige Abend war, um Risiken einzugehen und Kunststücke zu wagen und alle Arten von phantastischen Einfällen in die Tat umzusetzen.

Nach dem ersten Akt kam Christina hinter die Bühne. Es war das erste Mal, daß er sie in seine Nähe ließ, während er Frauenkleider trug. Er setzte eine juwelenbesetzte Maske auf, bevor sie in seine Garderobe eintreten durfte, und war nicht überrascht, zu sehen, daß sie seine Erscheinung verführerisch fand.

Sie stieß einen leisen Laut des Erstaunens aus, während sie ihn anstarrte. Oder besser, während sie diese Frau in pflaumenfarbenem Samt und weißen Rosen aus Satin anstarrte.

»Komm her zu mir, meine Liebe«, sagte er mit einem sanften Flüstern, so als wolle er sie ein klein wenig erschrecken. Sie selbst trug eine Offiziersuniform mit Epauletten, ihre wohlgeformten Beine steckten in engen Hosen. Sie wirkte fast wie ein schüchterner kleiner Junge, als sie auf ihn zukam. Beinahe ängstlich hob sie die Hand, um sein Gesicht zu berühren. Er lächelte zu ihr hinunter, als er sie beide im Spiegel sah, dann ließ er sich, während er seine Röcke um sich herum ausbreitete, auf dem Stuhl nieder und nahm sie auf den Schoß. Er sah die straffen Falten, die der Stoff ihrer Hose zwischen ihren Beinen schlug, und wollte sie dort berühren.

Statt dessen jedoch gab er sich mit ihrem seidenweichen weißen Nacken zufrieden.

Sie hob den Weinbecher und ließ ihn kosten, dann küßte sie ihn begierig. Er drehte sie langsam auf seinem Schoß herum, so daß sie ihrer beider Bild im Spiegel sehen konnte: die hochgewachsene Frau, weißgepudert, mit einer mit Ziermünzen besetzten Katzenmaske und roten Lippen, und auf ihrem Schoß den Jungen mit dem exquisiten Gesicht.

Sie wandte sich ihm wieder zu und berührte die Schönheitspflästerchen auf seinem Gesicht. Sie zog ihm die Maske vom Gesicht und stieß, als sie seine geschminkten Augen sah, einen weiteren, halb unterdrückten Ausruf des Erstaunens aus.

»Sie ängstigen mich, Signore«, flüsterte er nun wieder mit dieser dunklen femininen Stimme, worauf Christina tat, als wolle sie über ihn herfallen.

Sie faßte ihm mit ihrer kleinen Hand unter den Rock, sie tastete nach der Blöße darunter und packte, als sie sein hartes Glied fand, so fest zu, daß er leise flüsterte: »Vorsichtig, mein Liebling, damit du nicht das, was übrig ist, auch noch ruinierst.«

Sie war völlig entgeistert und mußte schließlich laut lachen. Dann drückte sie sich an ihn, seufzte und lag still an seiner Brust. Noch nie zuvor hatte er so etwas zu ihr gesagt, noch nie hatte er auch nur mit einem einzigen Wort das angesprochen, was er war. Jetzt beobachtete er sie mit einer Nachsicht, als wäre sie ein Kind.

»Ich liebe dich«, flüsterte sie.

Er schloß die Augen. Der Spiegel war verschwunden, ebenso die Kleidung, die sie beide trugen. Er dachte verträumt daran, wie sehr er es als Kind geliebt hatte, sich im Dunkeln zu verstecken. Niemand konnte ihn verletzen, wenn ihn die Dunkelheit unsichtbar gemacht hatte. Als er sie wieder anblickte, da sah sie weder Schminke noch Perücke, weder Samt noch Satin, sondern nur ihn. Es war, als befänden sie sich gemeinsam in dieser Dunkelheit.

»Was ist los? Was denkst du, wenn du so schaust?« flüsterte sie.

Er schüttelte den Kopf. Er lächelte. Er küßte sie. Und im Spiegel sah er ihrer beider strahlendes Bild, verborgen in Verkleidungen, aber ein vollkommenes Paar.

Sobald er jedoch an diesem Abend zusammen mit ihr das Atelier betrat, wußte er, daß Guido mit ihr gesprochen hatte.

Sie war bereit, alles hier zurückzulassen, damit sie Ostern in Florenz sein konnte. Sämtliche Portraits konnte sie noch vor Ende der Fastenzeit fertigstellen, und so lange würde er doch sicherlich noch warten. Dann könnten sie gemeinsam nach Florenz reisen.

Sie ging leichtfüßig und rasch im Atelier umher, sprach von ihren Bildern, redete davon, was hier noch fehlte, was dort noch zu machen war. Sie brauchte ja so wenig Reisegepäck, außerdem hatte sie sich einen neuen ledernen Transportkoffer für ihre Pastellfarben gekauft. In den Kirchen von Florenz wollte sie viele Skizzen anfertigen. Sie war noch nie in Florenz gewesen, ob er das gewußt hätte? Sie löste genau im richtigen Moment das Band in ihrem Haar, so daß es ihr jetzt offen über den Rücken fiel.

Er fühlte sich schmal und irgendwie gewichtslos, so wie er sich immer nach einer Vorstellung fühlte. Seine Männerkleidung kam ihm, verglichen mit der griechischen Rüstung und den üppigen Röcken, ganz leicht vor. Christina war immer noch der Junge, mit ihrem herrlichen, weizenblonden und seidigen Haar wirkte sie jedoch wie ein Edelknabe oder ein Engel von einem alten Gemälde.

Er starrte sie wortlos an und wünschte sich dabei, Guido hätte ihr nichts gesagt. Gleichzeitig wußte er jedoch, daß Guido es ihm damit irgendwie auch leichter gemacht hatte. Aber diese letzten Nächte mit ihr . . . diese letzten Nächte . . . wie sollten sie sein, was hatte er sich gewünscht?

Er hatte nicht das Gefühl, daß etwas fehlte, als er sie ansah, und sie zeigte ihm keine Traurigkeit, keine Angst.

Er bedeutete ihr mit einem Wink, ihm ins Schlafzimmer zu folgen, und plötzlich warf sie sich in seine Arme, ließ sich von ihm hochheben und tragen. »Ganymed«, flüsterte er ihr zu, während er durch ihre Hose und durch die feste, zweireihige Vorderseite ihres kleinen Offiziersrocks hindurch ihren sinnlichen Körper spürte.

Es war, wie es mit Paolo im Café gewesen war. Er fühlte sich schläfrig und dennoch höchst lebendig. Wo er auch hinsah, stürmten Farben auf ihn ein. Er spürte das Material der Bettlaken zwischen seinen Fingern, die feuchte und warme Haut in ihren Kniekehlen. Ihre Schultern hatte der Kerzenschein in ein bläuliches Licht getaucht. Er zog sie an sich und fragte sich dabei, wie lange er das noch aushalten konnte. Wann würde der schreckliche, zerrende Schmerz kommen?

Von der Liebe besänftigt, zündete sie die Kerzen wieder an. Sie schenkte sich und Tonio Wein ein und begann zu reden.

»Ich würde dich an jeden Ort der Welt begleiten«, sagte sie. »Ich werde die Damen in Dresden und in London malen. Ich werde die Russen in Moskau malen, ich werde Könige und Königinnen malen. Denk nur, Tonio, all die Kirchen, die Museen, die Burgen in den deutschen Ländern mit ihrer Vielzahl von Türmen und Türmchen. Tonio, hast du jemals die Kathedralen im Norden mit ihren bunten Glasfenstern gesehen? Stell dir vor, eine Kirche aus Stein anstatt aus

Marmor, mit Gewölbebögen, die bis in den Himmel zu reichen scheinen, und dann all diese kleinen farbigen Glasstückchen, die zu Engeln und Heiligen zusammengesetzt sind. Denk dir nur, Tonio, St. Petersburg im Winter, eine Stadt, die Venedig nachgebildet ist und mit herrlichem weißen Schnee bedeckt ...«

Ihre Stimme klang ruhig, und in ihren Augen lag ein verträumter Glanz. Ohne ihr etwas zu antworten, drückte er ihre Hand, so als wolle er sagen: Rede weiter.

Guido hatte ihm diese letzten glückseligen Stunden nicht wirklich genommen. Vielmehr hatte die Tatsache, daß er jetzt alles so deutlich verstand, eine gespenstische Schönheit an sich.

»Wir würden ganz Europa bereisen, wir vier«, sagte sie gerade. »Du, Guido, Paolo und ich. Wir würden uns eine prächtige Reisekutsche kaufen, und wir würden sogar die böse alte Signora Bianchi mitnehmen. Vielleicht würde Guido auch den hübschen Marcello mitkommen lassen. In jeder Stadt würden wir in einer luxuriösen Unterkunft wohnen, wir würden unsere Mahlzeiten zusammen einnehmen, miteinander streiten und gemeinsam zum Theater gehen. Tagsüber würde ich malen, und am Abend würdest du singen. Und wenn uns irgendeine Stadt besser gefiele als die anderen, dann würden wir dort bleiben. Hier und da würden wir vielleicht hinaus aufs Land fahren, um allein zu sein und dem ganzen Trubel zu entkommen, und wir würden einander immer mehr lieben und verstehen. Stell dir das nur vor, Tonio. Wir würden die Villa nehmen, die ich dir vor einem Monat gezeigt habe, und sie würde unser wirkliches Zuhause sein. Wir würden zurückkehren, wenn wir es müde sind, immer nur fremde Sprachen um uns herum zu hören. Wie schön uns dann Italien erscheinen würde! Oh, du kannst dir gar nicht vorstellen, wie das sein würde! Guido würde am Abend Sonaten komponieren, und Paolo würde zu einem wunderbaren Sänger heranwachsen. Er würde in Rom sein Debüt geben.

Aber wir würden alle zusammengehören, ganz gleich, was auch geschähe. Wir würden füreinander dasein, so als wären wir eine große Familie. Ich habe tausendmal davon geträumt«, sagte sie. »Und wenn sich schon mein Märchentraum erfüllt hat und ich dich bekommen habe, dann kann auch alles andere wahr werden.

Weißt du noch, was du damals zu Paolo gesagt hast, als du ihn nach Rom mitgenommen hast?« Sie hielt inne, beobachtete ihn dabei gespannt. »Paolo hat es mir selbst erzählt: Du hast zu ihm gesagt, alles ist möglich, wenn man es am wenigsten erwartet. Und sein Leben ist jetzt wie ein Märchen, das wahr geworden ist, voller Paläste, Reichtümer und endlosem Gesang. Tonio, alles ist möglich, das hast du selbst gesagt.«

»Das ist einfältig«, sagte er. Er beugte sich vor, um sie zu küssen. Er streichelte ihr Gesicht, staunte dabei über den unbeschreiblich weichen und fast unsichtbaren Flaum, der ihre Wangen bedeckte, und berührte mit der Spitze seines Zeigefingers ihre Lippen. Sie hätte nicht schöner sein können, als sie es jetzt war.

»Nein, nicht einfältig«, protestierte sie. »Tonio, das ist meine freie Wahl.«

»Hör mir zu, meine Schöne«, sagte er beinahe scharf. Seine Stimme war ein wenig härter, als er es gewollt hatte. »Du liebst mich fast auf dieselbe Weise, wie ich dich liebe. Aber du hast nie erfahren, wie richtige Männer lieben, du kennst nicht ihre Kraft, ihr Feuer. Du sprichst von den Kathedralen des Nordens, von Stein und bunten Glasfenstern, von anderen Arten der Schönheit. Nun, ich kann dir sagen, daß es bei den Männern genauso ist, es ist eine andere Art der Liebe. Und mit der Zeit wirst du zu der Erkenntnis gelangen, daß ein ganz gewöhnlicher Akt, den andere als selbstverständlich nehmen, Geheimnisse für dich birgt, da du die gewöhnliche Stärke eines Mannes nicht erfahren hast. Begreifst du denn nicht, daß uns beiden letztlich genau das genommen wurde, daß es mir genommen wurde?

Was glaubst du, bedeutet es für mich, zu wissen, daß ich dir niemals geben kann, was jeder gewöhnliche Arbeiter dir geben könnte, den Funken des Lebens, das Kind, in dem wir beide eins sein würden? Ganz gleich, wie sehr du jetzt beteuerst, daß du mich liebst, so kannst du doch nicht behaupten, daß der Tag, an dem du mich genau als das sehen wirst, was ich bin, nicht kommen wird!«

Er konnte sehen, daß er ihr angst machte. Er hatte sie an den Schultern gepackt, die so zart und zerbrechlich waren. Ihre Lippen bebten, und in ihren Augen schimmerten Tränen.

»Du weißt nicht, was du bist«, sagte sie, »sonst würdest du so etwas nicht sagen.«

»Ich rede jetzt nicht mehr von Ehrbarkeit und Ansehen«, widersprach er. »Inzwischen glaube ich dir, wenn du sagst, daß dir eine Ehe nichts bedeutet, daß es dir egal ist, wenn man über dich redet und dich verunglimpft, weil du einen Eunuchensänger liebst. Du hast mich davon überzeugt, daß du stark genug bist, um darüber hinwegzugehen. Aber du weißt nicht, wie es ist, einen Mann in deinen Armen zu halten. Glaubst du denn, ich könnte es ertragen, eines Tages in deinem Blick zu lesen, daß du genug von mir hast und für andere bereit bist . . .«

»Ist es denn so falsch von mir, wenn ich deine Sanftheit liebe, die bei Männern ungewöhnlich wäre!« wollte sie wissen. »Ist es denn so merkwürdig, daß ich dein Feuer einem anderen Feuer vorziehe, das mich vielleicht verzehren würde? Kannst du dir denn nicht vorstellen, wie unser gemeinsames Leben aussehen würde? Warum sollte ich Verlangen nach etwas haben, was mir jedermann geben kann, wenn ich doch dich haben kann! Was wird es nach dir noch für eine Rolle spielen? Was wird da noch einen Wert haben? Du bist Tonio Treschi, du besitzt die Begabung und die Größe, nach der andere ein Leben lang vergebens streben. Oh, du machst mich zornig, ich könnte auf dich einschlagen, weil du nicht an mich glauben willst! Weil du nicht an ein gemeinsames Leben glauben willst! Und du triffst diese Wahl für uns beide, und das kann ich dir niemals verzeihen. Begreifst du das! Du hast dich mir nur für eine so kurze Zeit geschenkt! Das werde ich dir niemals verzeihen!«

Sie saß vornübergebeugt da, die nackten Brüste unter einem Schleier goldenen Haares verborgen. Die Hände hatte sie vors Gesicht geschlagen, während sie von einem erstickten Schluchzen geschüttelt wurde.

Er wollte sie berühren. Er wollte sie trösten, sie anflehen, damit aufzuhören. Aber er war zu wütend und zu unglücklich.

»Du bist gnadenlos«, sagte er plötzlich. Und als sie ihn ansah, das Gesicht tränenüberströmt und vom Weinen geschwollen, fuhr er fort: »Du bist gnadenlos zu dem Jungen, der ich war, und dem Mann, der ich hätte sein können. Du bist gnadenlos, weil du nicht begreifst, daß ich jedesmal, wenn ich dich in die Arme nehme, *weiß*, was zwischen uns hätte sein können, wenn ...«

Sie legte ihm die Finger auf die Lippen. Er starrte sie mit äußerster Bestürzung an, dann nahm er ihre Hand von seinem Mund.

»Nein.« Sie schüttelte den Kopf. »Wir hätten einander nie kennengelernt«, sagte sie. »Ich schwöre dir bei allem, was mir heilig ist, daß deine Feinde auch meine Feinde sind, und daß, wer dir weh tut, auch mir weh tut. Du sprichst aber nicht nur von Rache, sondern vom Tod. Du hast vor, dein Leben dafür hinzugeben! Guido weiß es. Ich weiß es. Warum willst du es selbst tun! Weil *er* es wissen muß, nicht wahr? *Er* muß wissen, daß es du bist, der gekommen ist, um ihn nach allem, was er dir angetan hat, zu töten. *Er* muß wissen, daß es du bist!«

»Das stimmt«, sagte er leise. »Das stimmt. Du hast es besser und einfacher ausgedrückt, als ich es je gekonnt hätte.«

Lange nachdem sie eingeschlafen war – ihre Tränen waren versiegt und sie hatte ihre heißen, feuchten Gliedmaßen um ihn geschlungen –, legte er sie sanft zurück in die Kissen, ging in ihr Atelier und setzte sich ans Fenster, um die winzigen Sterne zu betrachten, die über den Himmel gestreut waren.

Eine frische Brise hatte die Regenwolken weggefegt. Die Stadt lag schimmernd, sauber und wunderschön im Schein der Mondsichel da. Überall in den engen Straßen unter ihm flackerten Hunderte kleiner Lichter auf Balkonen und in Fenstern, durch die Risse in zerbrochenen Fensterläden.

Er fragte sich, ob sie irgendwann in späteren Jahren einmal begreifen würde? Wenn er jetzt umkehrte, dann würde das für immer sein. Wie aber sollte er dann mit der Schwäche, mit dem schrecklichen Versagen leben können, daß er zugelassen hatte, daß Carlo sein Leben so deformierte und zerstörte und dann unbehelligt sein eigenes Leben weiterführte?

Er sah sein Haus in Venedig. Er sah eine geisterhafte Ehefrau, die er nie richtig kennengelernt hatte, er sah eine Schar geisterhafter Kinder. Er sah, wie die Lichter über dem Kanal ausgingen und der Palazzo verblaßte, so als würde er langsam im Wasser zerfließen.

Warum wurde mir das angetan! Er wollte aufschreien, da spürte er, daß sie ihm nahe war, neben ihm stand.

Sie hatte ihren Kopf an seine Schulter gelehnt. Gewiß hatte er den entscheidenden Punkt seines Lebens verpaßt oder irgend etwas schrecklich Böses getan, sonst hätte ihm dies einfach nicht passieren dürfen! Nein, nicht einem Tonio Treschi, dem so vieles andere bestimmt gewesen war.

Verrückte Gedanken.

Es war das Elend dieser Welt, daß tausendfaches Unglück jene traf, die schuldlos waren, und niemand je dafür bestraft wurde. Die größten Versprechen wurden mit nichts als Elend und Not abgegolten. Kinder wurden verstümmelt, um einen Chor von Seraphim zu bilden, deren Gesang ein Schrei zum Himmel war, vor dem der Himmel seine Ohren verschloß.

Und er, der durch irgendeinen Zufall in den Gassen Venedigs dort hineingeraten war, er hatte sich an Winterabenden unter Sternen wie diesen das Herz aus dem Leib gesungen.

Doch einmal angenommen, es war, wie sie sagte. Er stand da und sah im Dunkeln auf sie herab, auf die Rundung ihres kleinen Kopfes, ihre nackten Schultern über der Decke, die sie sich locker umgewickelt hatte. Als sie den Blick zu ihm erhob, sah er ihre weiße Stirn und die dunklen Konturen ihres Gesichtes.

Angenommen, es war tatsächlich möglich, daß sie am Rande jener glitzernden Welt, die die ihre war, irgendwie zusammenleben und sich lieben konnten, und daß ihnen alles übrige, was anderen geschenkt war, egal sein konnte?

»Ich liebe dich«, sagte er.

Und du hast mich fast dazu gebracht, auch an diese Liebe zu glauben, fügte er in Gedanken hinzu. Wie konnte er sie verlassen? Wie konnte er Guido verlassen? Wie konnte er sich von sich selbst trennen?

»Und wann wirst du gehen?« fragte sie. »Nun da du dich entschlossen hast, es zu tun, und dich nichts davon abhalten kann . . .«

Er schüttelte den Kopf. Er wünschte, sie würde nichts mehr sagen. Sie hatte sich nicht damit abgefunden, nein, noch nicht. Er konnte es nicht ertragen, zu hören, daß sie so tat, als wäre es so. Morgen würde die letzte Vorstellung sein. Wenigstens soviel Zeit hatten sie noch.

7

Das letzte Rennen war gerade vorbei. Die Pferde waren durch das Gedränge gestürmt, waren zweimal in die Menge ausgebrochen und hatten einige der Zuschauer unter ihren Hufen begraben. Laute Schreie hatten die Luft erfüllt, aber nichts hatte die Tiere, die wild auf die Piazza Venezia zugaloppierten, aufzuhalten vermocht. Die Verletzten und Toten wurden weggebracht. Tonio, der oben auf der Zuschauertribüne stand, drückte Christina fest an sich, während er zur Piazza hinüberstarrte, wo man den aufgeregten Tieren nun große Tücher über den Kopf warf.

Dunkelheit legte sich sanft über die Dächer. Jetzt begann, wenige Stunden, bevor die Fastenzeit anfing, die große Abschlußzeremonie des Karnevals: die *moccoli*.

Überall sah man Kerzen. Sie erschienen in Fenstern entlang der schmalen Straße, sie erschienen oben auf Kutschen, auf den Enden langer Stangen, in den Händen von Frauen, Männern und Kindern, die vor den Türen saßen, bis überall das sanfte Flackern Tausender und Abertausender von Kerzenflammen zu sehen war. Tonio zündete seine Kerze rasch bei seinem Nebenmann an, um dann wiederum Christinas Wachskerze damit anzustecken. Mit einem Mal hatte sich überall ein Flüstern erhoben: »*Sia ammazzato chi non porta moccolo*« – »Tod demjenigen, der keine Kerze trägt.«

Plötzlich schoß eine dunkle Gestalt auf Christina zu und blies ihre Kerze aus, die sie vergeblich mit der Hand hatte abzuschirmen versucht. »*Sia ammazzato la signora!*« Tonio gab ihr rasch wieder Licht. Während er sich bemühte, seine eigene Flamme außer Reichweite jenes Mannes zu halten, blies er diesem jetzt mit der ganzen Kraft seiner großen Lungen die Flamme mit demselben Fluch aus: »*Sia ammazzato il signore.*«

Die ganze Straße unten war ein Meer schwach erleuchteter Gesichter. Jedermann versuchte, seine eigene Flamme zu schützen, während er sich bemühte, andere auszulöschen: Tod dir, Tod dir, Tod dir . . .

Tonio nahm Christina bei der Hand und führte sie durch die Sitzreihen hinunter, blies dabei hier und da eine ungeschützte Kerze aus, während die Umstehenden sich dafür zu rächen suchten. Er bahnte sich, Christina mit sich ziehend, einen Weg durch das dichteste Gedränge, während er von irgendeiner Seitenstraße träumte, wo er einen Augenblick lang durchatmen konnte, um dann wieder mit ihr zu turteln, wie er das inmitten all dieser beinahe verzweifelten Karnevalsfröhlichkeit schon den ganzen Tag über getan hatte.

Heute abend würde die Vorstellung so kurz sein, daß sie, wenn die Uhr zwölf schlug und den Aschermittwoch einläutete, auch beendet sein würde. Im Augenblick jedoch interessierte ihn nichts anderes als der sternenhelle Himmel über ihm, dieses große Meer kleiner Flammen und das Flüstern, das ihn einhüllte. Tod dir, Tod dir, Tod dir. Seine Flamme war erloschen, ebenso die von Christina. Christina war erschrocken, aber in diesem Augnblick stolperte er im Gedränge und fiel gegen sie. Da drückte er seinen Mund auf den ihren und küßte sie leidenschaftlich, ohne sich darum zu kümmern, daß ihre Kerzen ausgegangen waren. Die Menschemmenge schien sie beide hochzuheben und davonzutragen. Es war, als würden sie im Meer auf sandigem Grund stehen, sich gegen die Strömung lehnen und sich von ihr stützen lassen.

»Geben Sie mir Ihre Flamme.« Christina hatte sich mit dieser Bitte an einen hochgewachsenen Mann gewandt, der neben ihr stand, dann zündete sie Tonios Kerze wieder an.

Ihr kleines Gesicht sah, von unten beleuchtet, gespenstisch aus, ihre widerspenstigen Haarsträhnen glühten golden. Sie legte ihre Hand auf seine Brust, hielt ihre Kerze dabei an die seine, so daß er mit seinen Händen beide Kerzen abschirmen konnte.

Schließlich war es Zeit zu gehen. Die Menge zerstreute sich, die Kinder machten sich immer noch einen Spaß daraus, die Kerzen ihrer Eltern auszublasen und sie mit dem Fluch zu verspotten, den die Eltern prompt zurückgaben. Langsam verebbte das tolle Treiben in den Straßen. Tonio stand ruhig da, wollte sich nicht rühren, wollte diesen letzten Überrest des Karnevals nicht hinter sich lassen, nicht einmal für die letzten Augenblicke der Ekstase im Theater.

Immer noch waren alle Fenster erleuchtet, Laternen hingen über der Straße, und die Kutschen, die vorbeifuhren, waren mit Lichtern ausgestattet.

»Tonio, wir haben noch ein bißchen Zeit . . .«, flüsterte Christina. Es war so leicht, ihre kleine Hand gegen ihren Willen festzuhalten. Sie versuchte, ihn weiterzuziehen. Er rührte sich nicht. Sie stellte sich auf Zehenspitzen und legte ihm die Hand auf den Nacken. »Tonio, träumst du . . .«

»Ja«, murmelte er, »von einem ewigen Leben . . .«

Aber er folgte ihr zur Via Condotti. Sie tanzte fast vor ihm her, zog ihn mit sich, als wäre sein langer Arm eine Hundeleine.

Ein kleines Kind kam auf sie zugeschossen und zischte. »*Sia ammazzato* –« Tonio jedoch riß seinen Arm mit einem trotzigen Lächeln in die Höhe und rettete seine Flamme.

Was dann geschah, passierte so rasch, daß er es hinterher nicht mehr rekonstruieren konnte. Plötzlich war eine Gestalt, das Gesicht zu einer Grimasse verzerrt, vor ihm aufgetaucht: »Tod dir!« Christina hatte ihn losgelassen, er verlor das Gleichgewicht und fiel rückwärts. Sie schrie auf.

Er hatte gerade sein Stilett gezogen, als er die kalte Klinge eines Messers an seinem Hals spürte.

Er schlug die Hand, die dieses Messer hielt, nach oben, so daß es an seinem Gesicht vorbeistreifte, bohrte dabei gleichzeitig seine eigene Waffe in den Körper des Angreifers, der ihn gegen die Mauer zu drücken versuchte, stieß noch ein zweites und ein drittes Mal zu.

Doch gerade, als dieser zusammensackte, spürte er, daß hinter ihm ein weiterer Mann aufgetaucht war und sich plötzlich die Schlinge einer Garotte um seinen Hals zuzog.

In höchstem Entsetzen wehrte er sich, krallte sich mit der linken Hand in das Gesicht hinter sich, stieß mit dem rechten Arm nach hinten und trieb sein Stilett in die Eingeweide des Mannes.

Die Luft war erfüllt von Stampfen und Rufen, von Christinas

Schreien. Er drohte zu ersticken, die Schnur schnitt ihm ins Fleisch. Dann war sie plötzlich weg.

Er drehte sich um und wollte auf seinen Angreifer losgehen, sah aber, daß dieser an beiden Armen von einem weiteren Mann festgehalten wurde, der ihm zurief: »Signore, Signore, wir stehen zu Ihren Diensten!«

Er starrte den Mann, den er noch nie zuvor gesehen hatte, an. Hinter ihm standen Raffaeles Bravos, jene Männer, die ihm seit Wochen schon folgten. Sie hatten Christina in ihre Mitte genommen, aber nicht, als wollten sie ihr weh tun, sondern als würden sie sie beschützen. Zu seinen Füßen lag die Leiche des Mannes, den er eben niedergestochen hatte.

Tonio stand keuchend da, mit dem Rücken zur Wand wie ein in die Enge getriebenes Tier. Mißtrauisch und ungläubig starrte er das Ganze an und versuchte zu verstehen, was er da sah.

»Wir stehen im Dienste des Kardinals Calvino«, sagte der Mann jetzt zu ihm.

Raffaeles Männer hatten ihn *nicht* angegriffen. Sie standen einfach da.

Tonio war verwirrt. Da begann ihm allmählich zu dämmern, was geschehen war: all diese Männer waren zu seiner Verteidigung gekommen.

Er starrte den Toten an.

Eine Gruppe kleiner Kinder, deren Finger, mit denen sie ihre Kerzenflammen schützten, rot und durchsichtig wirkten, kam herbeigerannt, nur um mit einem Chor erschreckter Ausrufe zurückzufahren.

»Kommen Sie, Signore, Sie müssen von hier weg!« sagte der Bravo, und Raffaeles Männer nickten. »Es sind vielleicht noch andere da, die Ihnen schaden wollen.« Als sie ihn wegführten, hatte sich gerade ein anderer Bravo über den toten Mann gebeugt und seinen Rock geöffnet.

8

Er saß ganz hinten im Zimmer. Kardinal Calvino war weiß vor Zorn.

Dem Grafen Raffaele di Stefano, den er zu sich gebeten hatte, dankte er überschwenglich dafür, daß seine Männer geholfen hatten, Tonio und Christina zu beschützen, und sie dann zur Contessa geleitet hatten.

Raffaele war nicht allzu begeistert darüber, daß es den Angreifern gelungen war, Tonio so nahe zu kommen.

Wer aber waren diese Männer? Der Kardinal und Raffaele wandten sich wieder an Tonio, der nur den Kopf schüttelte, um zu sagen, daß er auch nicht mehr wußte als sie.

Beide Angreifer waren gewöhnliche venezianische Mörder gewesen. Sie besaßen venezianische Pässe und hatten venezianisches Geld bei sich gehabt. Die Bravos des Kardinals hatten einen von ihnen niedergestochen, den anderen hatte Tonio getötet.

»Wer im Veneto hat Interesse daran, dich umzubringen?« wollte Raffaele wissen und hatte dabei seine kleinen schwarzen Augen auf Tonio geheftet. Tonios leerer Gesichtsausdruck machte ihn wahnsinnig.

Tonio schüttelte abermals den Kopf.

Daß er es geschafft hatte, nach diesen Ereignissen noch zum Theater zu gehen, sich auf die Bühne zu stellen und zu singen, schien ihm ein Wunder. Daß es ihm darüber hinaus auch noch gelungen war, eine gute Vorstellung zu geben, war das Ergebnis von Routine und Erfahrung gewesen, was er bis zu diesem Zeitpunkt noch nie richtig zu schätzen gewußt hatte.

Sich in diesem Zimmer aufhalten zu müssen, war für ihn jedoch eine größere Strafe, als auf der erleuchteten Bühne zu stehen, wo er seine Gedanken hatte treiben lassen können.

Er hatte dabei Heiterkeit empfunden, dieselbe Heiterkeit, die er verspürt hatte, als er Guido vor zwei Tagen seine Seele offengelegt hatte, eine Heiterkeit, die ihn hatte kühl und hart werden lassen und die unter der Schminke und dem Kostüm wunderbar verborgen gewesen war.

Jetzt zwang er sich dazu, ruhig zu sein, still zu sein. Dennoch konnte er sich nicht zurückhalten, die Wunde an seinem Hals zu betasten und sich dabei zu fragen, wie tief eine solche Schnur einschneiden mußte, bevor sie die Stimme auslöschte, wenn nicht sogar das Leben.

Und ein Messer hatte man auch an seine Kehle gehalten. Ein Messer, eine Garotte.

Er sah auf und heftete seinen Blick auf Guido, der dastand und das Ganze beobachtete, als wäre er ebenso verwirrt und entsetzt wie alle anderen.

Er hatte einen typisch süditalienischen Gesichtsausdruck aufgesetzt, eine undurchdringliche Miene, bei der kein Außenstehender seine Gedanken lesen konnte.

Vier Bravos würden Marc Antonio von jetzt an schützen, sagte der Kardinal. Obwohl er immer noch zornig war, unterließ er es taktvollerweise, Raffaele danach zu fragen, warum dessen Männer überhaupt dagewesen waren. Die Bravos des Kardinals hatten sich mit seinen Leuten unterhalten, als würden sie sie kennen und als wäre deren Anwesenheit für sie in keiner Weise überraschend.

Und was wäre gewesen, wenn niemand von ihnen in der Nähe gewesen wäre? Tonio kniff die Augen zusammen und blickte weg, als Raffaele sich hinunterbeugte, um den Ring des Kardinals zu küssen.

Guido, der auf der anderen Seite des Zimmers stand, schien, obwohl er so ungerührt dreinblickte, völlig zerbrochen zu sein. Es war, als hätte er Tonio ermordet auf der Straße liegen sehen.

Tonio betastete wieder die Wunde an seinem Hals. Raffaele verließ gerade den Raum. Die Bravos würden nun sogar in den Korridoren des Hauses Wache stehen, genauso wie sich Carlos Bravos damals in den Gängen des Palazzo Treschi im Schatten herumgedrückt hatten.

»Geh, Guido«, flüsterte Tonio.

Schließlich waren er und Kardinal Calvino allein.

»Euer Gnaden«, bat Tonio. »Würden Sie mir nach soviel Freundlichkeit, die ich von Ihnen erfahren habe, noch eine weitere Gefälligkeit erweisen? Könnten wir allein in Ihre Kapelle gehen, damit Sie mir die Beichte abnehmen?«

9

Sie gingen schweigend den Flur entlang. Als sie die Tür zur Kapelle öffneten, stellten sie fest, daß es drinnen warm war. Vor den Heiligenfiguren aus Marmor schimmerten Kerzen, die goldenen Türen des Tabernakels strahlten über der glatten, weißen Fläche des mit Leinen drapierten Altars ein schwaches Licht ab.

Der Kardinal ging zur ersten, mit Schnitzereien verzierten Stuhlreihe, die vor dem Altargitter stand, setzte sich dort hin und bot Tonio den Platz neben sich an. Es bestand für die beiden keine Notwendigkeit, den Beichtstuhl zu benutzen. Der geneigte Kopf des Kardinals und sein hageres Profil sagten Tonio, daß er, wenn er wollte, jetzt mit der Beichte anfangen konnte.

»Euer Gnaden«, sagte er, »was ich Ihnen jetzt erzähle, muß unter dem Schutz des Beichtgeheimnisses stehen.«

Der Kardinal runzelte die Stirn. »Marc Antonio, warum erinnerst du mich daran?« fragte er.

Er hob die rechte Hand und machte ein Segenszeichen.

»Weil ich nicht um Absolution bitte, Euer Gnaden, ich suche vielleicht eine gewisse Bestätigung vor dem Himmel, daß ich richtig handle. Ich weiß nicht, was ich suche, aber ich muß Ihnen sagen, daß derjenige, der die Männer ausgeschickt hat, um mich zu töten, mein eigener Vater ist, den jedermann als meinen Bruder kennt.«

Er erzählte die Geschichte rasch, sauber, so als hätten die Jahre alle Kleinigkeiten weggewaschen und nur noch das Gerippe übriggelassen. Der Kardinal hörte ihm konzentriert und mit einem schmerzerfüllten Gesichtsausdruck zu. Seine gesenkten Lider lagen glatt und rund über seinen Augen, und er schüttelte in beredtem Schweigen ganz leicht den Kopf.

»Was mir angetan wurde, hätte jemand anderen schon viel früher zur Rache getrieben«, flüsterte Tonio. »Aber ich weiß jetzt, daß ich mich scheute, mein Vorhaben in die Tat umzusetzen, weil ich *glücklich* war. Ich habe mein Leben nicht verabscheut, ich habe es geliebt. Meine Stimme war für mich nicht nur ein Geschenk Gottes, sie machte mich froh und glücklich. Auch alle Menschen um mich herum machten mich glücklich, obwohl da zugegebenermaßen auch Lust und Leidenschaft waren. Manchmal hatte ich das Gefühl, ein Glas Wasser zu sein, in das hell die Sonne scheint, bis es ganz davon erfüllt ist und selbst zu leuchten anfängt.

Hätte ich ihn also niederstrecken sollen? Hätte ich meine Mutter abermals zur Witwe und ihre Kinder zu Waisen machen sollen? Hätte ich Dunkelheit und Tod über dieses Haus bringen sollen? Und hätte ich meine Hand gegen ihn erheben sollen, wo er doch mein Vater ist und mir durch die Liebe zu meiner Mutter das Leben geschenkt hat? Wie hätte ich das tun können, als ich, abgesehen von dem Haß auf ihn, sonst nur Glück und Zufriedenheit empfing, wie ich es als Kind nie gekannt hatte?

Also habe ich es aufgeschoben. Ich habe gewartet, weil er nicht nur ein Kind haben mußte, sondern zwei. Ich habe gewartet, bis meine Mutter schließlich erlöst und im Himmel war. Und selbst dann, als all dies geschehen war, als ich meinen Pflichten gegenüber jenen, die ich liebte, nachgekommen war und mir nichts mehr im Weg stand, da waren es die Tatsache, daß ich *glücklich* war, und der Gedanke, das aufgeben zu müssen, was mich unschlüssig werden ließ. Genauer gesagt, Euer Gnaden, ich bekam Schuldgefühle, weil ich vorhatte, ihn niederzustrecken! Warum sollte er sterben müssen, wenn mir die Welt gehörte, wenn ich Liebe und alles, wonach ein Mann nur verlangen konnte, genießen durfte? Das waren die Fragen, die ich mir stellte.

Und selbst an ebendiesem Tage war ich noch unschlüssig, ob ich mein Vorhaben wirklich durchführen sollte. Sogar heute noch habe ich mit meinem Gewissen gerungen. Der Streit, den ich mit anderen hatte, war dabei nichts als ein Streit mit mir selbst.

Aber wie Sie sehen, hat er jetzt selbst sein Verderben heraufbeschworen! Er hat seine Leute geschickt, um mich umzubringen. Jetzt ist es ihm möglich. Meine Mutter ist tot und begraben. Vier Jahre, in denen er auf meine Loyalität gegenüber meiner Familie und meinem Namen und ja, selbst gegenüber ihm, dem letzten Abkömmling meiner Familie, zählen konnte, stehen nun zwischen seinen offensichtlichen Motiven und diesem Anschlag auf mein Leben.

Er hat diese Meuchelmörder geschickt, um mich zu töten, und

damit hat er versucht, ebenjenes Leben auszulöschen, das mich von meinem Vorhaben abhielt, das mir sagte, vergiß ihn, laß ihn leben!

Aber ich kann ihm nicht vergeben. Jetzt läßt er mir keine Wahl mehr. Ich muß zu ihm gehen und ihn vernichten.«

»Aber *kannst* du ihn denn überhaupt vernichten, Marc Antonio«, fragte der Kardinal, »ohne dein eigenes Leben zu verlieren?«

»Ja, Euer Gnaden«, antwortete Tonio mit ruhiger Überzeugung. »Ich kann es. Schon seit langem kenne ich einen Weg, ihn in meine Gewalt zu bekommen, ohne mein Leben dabei allzusehr zu gefährden.«

Der Kardinal wägte das still ab. Seine Augen wurden schmal, als er den Tabernakel vorne ansah.

»Ach, wie wenig ich doch über dich weiß, wie wenig ich doch wußte, was du gelitten hast...«, sagte er.

»Mir ist ein Bild in den Sinn gekommen«, fuhr Tonio fort. »Den ganzen Abend hat es mich verfolgt. Es ist die alte Geschichte, die man Kindern und Erwachsenen gleichermaßen erzählt und die davon handelt, wie der große Eroberer Alexander, als man ihn aufforderte, den gordischen Knoten zu lösen, ihn mit seinem Schwert durchschlagen hat. Das nämlich war es, was ich in mir trug, eine Art gordischen Knoten, denn einerseits wollte ich leben, andererseits war ich aber überzeugt, nicht leben zu können, bis ich ihn vernichtet hätte, wodurch ich aber meinen eigenen Untergang bewirkt hätte! Nun, er hat den gordischen Knoten mit den Messern seiner Meuchelmörder zerschlagen. Oft genug habe ich heute abend, wenn andere glaubten, ich würde nur lächeln, bei mir gedacht, daß ich nun begreife, warum ich diese alte Geschichte stets als so unbefriedigend empfunden habe. Vielleicht sehen nur jene von uns, die keine Männer sind, die Weisheit von Gut und Böse in einem klareren Licht und sind von diesem Anblick wie gelähmt.

Oh, wie gerne würde ich meine Zeit unter Eunuchen, Frauen, Kindern und Heiligen verbringen, die sich von der Vulgarität der Schwerter fernhalten. Aber ich kann es nicht. Er hat mich angegriffen. Er erinnert mich daran, daß man sich der Männlichkeit trotz allem nicht so leicht entledigen kann. Sie ist immer noch irgendwo vorhanden und macht es mir möglich, mich gegen ihn zu verteidigen. Es ist tatsächlich so, wie ich stets glaubte: Ich bin kein Mann, und dennoch bin ich einer. Aber ich kann weder als das eine noch das andere leben, solange er ungestraft bleibt!«

»Dann gibt es nur einen einzigen sicheren Weg aus dieser schwierigen Lage.« Der Kardinal wandte sich ihm jetzt endlich zu. »Du kannst deine Hand gegen deinen Vater nicht erheben, ohne dafür büßen zu müssen. Das hast du eben selbst gesagt. Ich brauche dir dazu keine Bibelstelle zu zitieren. Gleichzeitig ist es aber so, daß dein Vater dir nach dem Leben trachtet, und zwar, weil er dich fürchtet. Nachdem er von deinen Triumphen auf der Bühne, deinem Ruhm, deinem Vermögen, deiner Fechtkunst gehört hat, von den mächtigen Männern, die auf deiner Seite stehen, muß er zwangsläufig glauben, daß du vorhast, gegen ihn vorzugehen.

Deshalb mußt du nach Venedig fahren. Du mußt ihn in deine Gewalt bekommen. Ich kann dir Männer mitschicken, du kannst auch die des Grafen Raffaele di Stefano mitnehmen, wie immer es dir beliebt. Und dann trete ihm gegenüber, wenn du willst. Überzeuge dich davon, daß er in diesen vier Jahren für das Unrecht, das er dir angetan hat, gebüßt hat. *Und dann laß ihn gehen.* Er erhält dadurch die Gewißheit, daß du ihm niemals etwas Böses antun wirst; und du wirst deine Genugtuung haben. Der gordische Knoten wird entwirrt, ohne daß dabei Schwerter nötig wären.

Dies sage ich jetzt nicht als Priester und Beichtvater zu dir. Ich sage es als jemand, der dem, was du erlitten, verloren und trotz allem gewonnen hast, mit großem Respekt gegenübersteht. Ich bin von Gott niemals so geprüft worden wie du. Und als ich meinen Gott enttäuscht habe, warst du, obwohl ich sündigte, gütig zu mir. Du hast mir gegenüber weder Verachtung gezeigt, noch irgendeinen gräßlichen Nutzen aus meiner Schwäche gezogen.

Tu, was ich dir gesagt habe. Der Mann, der dich so lange hat leben lassen, hat nicht wirklich den Wunsch, dich zu töten. Was er vor allem will, ist deine Vergebung. Und nur, wenn er vor dir auf den Knien liegt, kannst du ihn davon überzeugen, daß du tatsächlich die Stärke besitzt, ihm zu vergeben.«

»Aber besitze ich denn diese Stärke?« wollte Tonio wissen.

»Wenn du merkst, wie bedeutend diese Stärke ist, dann wirst du sie besitzen. Du wirst der Mann sein, der du sein willst. Und dein Vater wird dies auf ewig bezeugen.«

Guido schlief noch nicht, als Tonio ins Zimmer trat. Er saß im Dunkeln an seinem Schreibtisch. Tonio konnte hören, wie Guido seinen Becher hob, daraus trank und ihn wieder fast geräuschlos auf die hölzerne Schreibtischplatte absetzte.

Paolo lag zusammengerollt mitten auf Guidos Bett. Er war noch angezogen, aber sein Haar war aufgelöst. Im Mondlicht war zu erkennen, daß sein Gesicht tränenüberströmt war. Er schien zu frieren, denn er hatte die Arme eng um sich geschlungen.

Tonio nahm die zusammengelegte Bettdecke und deckte ihn damit zu. Er zog sie ihm bis unters Kinn und beugte sich dann über ihn, um ihm einen Kuß zu geben.

»Weinst du auch um mich?« Er drehte sich zu Guido um.

»Vielleicht«, antwortete Guido. »Vielleicht um dich, um mich, um Paolo. Und um Christina auch.«

Tonio näherte sich dem Schreibtisch. Er blieb davor stehen und wartete, bis Guidos Gesicht im Dunkeln langsam zu erkennen war.

»Kannst du bis Ostern eine Oper fertigstellen?« fragte er.

Guido nickte zögernd.

»Und der Impresario aus Florenz, ist der immer noch da?«

Wieder nickte Guido zögernd.

»Dann geh zum Impresario und triff die entsprechenden Vorbereitungen. Miete eine Kutsche, die groß genug für uns alle ist – Christina, Paolo, Signora Bianchi –, fahr nach Florenz und such uns dort ein Haus.

Denn ich verspreche dir, daß ich bis spätestens zum Ostersonntag, bevor das Theater seine Tore öffnet, wieder bei euch sein werde.«

SIEBTER TEIL

1

Selbst hinter diesem wirbelnden Regenschleier war die Stadt zu schön, um wirklich zu sein. Sie war vielmehr ein Traum von einer Stadt, der jeder Vernunft widersprach. Die alten Paläste erhoben sich aus dem aufgewühlten, bleigrauen Wasser, um zu einer großartigen Fata Morgana zu verschmelzen. Sonnenlicht flutete durch die zerrissenen Wolken, die an den Rändern in hellem Silber schimmerten, die Masten der Schiffe ragten zwischen den dahinsegelnden Möwen auf, Fahnen knatterten im Wind, bildeten bunte Farbflecken vor dem schimmernden Hintergrund des Himmels.

Der Wind peitschte die Wasserfläche, in die sich die Piazzetta verwandelt hatte, und jenseits davon ertönten die Glocken des Campanile, vermischten sich mit dem Heulen des Windes, so daß der Klang ein Traum seiner selbst zu sein schien, so wie das Geschrei der Möwen.

Unter den Säulengängen des Dogenpalastes erschienen nun die Mitglieder des Durchlauchtigsten Senats. Scharlachrote Roben schleiften auf dem feuchten Boden, weiße Perücken wurden vom Wind zerzaust, während sich dieser ehrwürdige Zug zum Kai begab und ein Senatsmitglied nach dem anderen in jene tiefschwarzen Galaboote einstieg, um dann den Canal Grande hinaufzufahren, jene Prachtstraße voll ungebrochenem Glanz.

Oh, würde diese Stadt nie aufhören, ihn zu erstaunen, sein Herz und seinen Verstand zu verwüsten? Oder war dies nur deshalb so, weil er in fünfzehn Jahren bitteren Exils in Konstantinopel so danach gehungert hatte, daß er niemals genug davon bekommen konnte? Stets verlockend, stets geheimnisvoll und stets gnadenlos, das war sie, seine Stadt, Venedig, der Traum, der immer und immer wieder Gestalt wurde.

Carlo hob die Flasche mit Weinbrand an seine Lippen. Er spürte, wie die Flüssigkeit in seinem Hals brannte, wie sein Blick zuerst verschwamm, dann wieder klar wurde. Der Wind biß in seinen Augen.

Er drehte sich um, verlor dabei fast das Gleichgewicht. Er sah seine getreuen Männer, seine Bravos, die sich wie Schatten am Rande der Piazza aufhielten. Gerade kamen sie ein klein wenig näher, unsicher, ob sie ihm helfen sollten, aber bereit, sofort zu ihm zu eilen, sollte er hinstürzen.

Carlo lächelte. Er hielt die Flasche an ihrem Hals. Wieder nahm er einen langen Zug. Die Menschenmenge vor ihm wurde zu einer trägen Masse aus Farben, die sich im Wasser spiegelte und schließlich ebenso unkörperlich wirkte wie der Regen selbst, der sich in geräuschlosen Nebel aufgelöst hatte.

»Für dich«, flüsterte er der Leere zu, dem Himmel, dieser Stadt, die ein Wunder an Stabilität und Vergänglichkeit zugleich war, »für dich erbringe ich jedes Opfer, opfere dir mein Blut, meinen Schweiß, mein Gewissen.« Er schloß die Augen, lehnte sich gegen den Wind, ließ es zu, daß er seine Haut mit eisiger Kälte überzog, und genoß diese köstliche Trunkenheit, in der er keinen Schmerz, keinen Kummer mehr fühlte. »Für dich morde ich«, flüsterte er. »Für dich töte ich.«

Er öffnete die Augen. Die rotgewandeten Adeligen waren verschwunden, und einen Augenblick lang stellte er sich vor, sie wären allesamt im Meer ertrunken. Diese Vorstellung gefiel ihm.

»Exzellenz, wir bringen Sie nach Hause.«

Er drehte sich um. Es war Federico, der Verwegene, der sich sowohl als Diener wie auch als Bravo nützlich machte. Wieder hob er die Flasche an die Lippen, behielt die Flüssigkeit aber erst eine Weile im Mund, bevor er sie dann schließlich hinunterschluckte.

»Gleich, gleich . . .« Er wollte weitersprechen, aber ein Tränenschleier hatte seinen Blick getrübt. Leere Zimmer, ihr leeres Bett, ihre Kleider, und in der Luft hing immer noch ein schwacher Parfümduft. »Die Zeit heilt keine Wunden, sie macht nichts erträglicher«, sagte er laut. »Nicht ihren Tod, nicht die Tatsache, daß sie auf ihrem Sterbebett *seinen* Namen genannt hat!«

Die Menschenmenge schwoll an, war wie ein lebendiges Wesen, strebte hier und dort auseinander, ballte sich wieder zusammen. Regen, vom Wind gepeitscht, fiel auf seine Augenlider und seine Lippen, die er zu einem Lächeln verzerrt hatte. Er konnte dieses Lächeln in seinem ganzen Gesicht spüren. Er machte einen Schritt seitwärts, fing sich wieder und sagte beim nächsten Schluck: »Zeit.« Er sagte dies laut und mit jener Unbekümmertheit, die einem nur die Trunkenheit verleihen konnte. Dann flüsterte er: »Und Trunkenheit schenkt einem nichts, außer hier und da die Stärke, diesen Anblick, diese Schönheit zu ertragen, die *Bedeutung* des Ganzen zu erkennen.«

Die Regenwolken mit den silbernen Rändern, die Goldmosaiken schimmerten, bewegten sich. Hatte sie, während sie heimlich trank oder wenn sie ihm den Wein regelrecht aus den Händen gerissen und er sie angefleht hatte: *»Marianna, bleib bei mir, trink nichts mehr, bleib bei mir!«* jemals all diese Schönheit gesehen? Wenn sie besinnungslos auf ihrem Bett lag, träumte sie dann überhaupt?

»Exzellenz«, flüsterte Federico.

»Laß mich in Ruhe!«

Der Weinbrand besaß eine köstliche Hitze, er war wie flüssiges Feuer. Er stellte sich vor, wie er durch seinen Körper floß, wie er ihn wärmte, so daß ihm die eisige Kälte um ihn herum nichts anhaben konnte. Da kam ihm der Gedanke, daß all diese Schönheit ihren größten Nutzen hatte, wenn man sich gänzlich jenseits allen Schmerzes befand.

Regen strömte erneut vom Himmel, klatschte in kurzen Böen auf die Wasserfläche, die sich vor ihm erstreckte. Es gab dabei ein lautes, zischendes Geräusch.

»Nun, *er* wird sehr bald bei dir sein, meine Geliebte«, flüsterte er, während er die Zähne zu einer Grimasse entblößt hatte. »Er wird bei dir sein, und ihr werdet im Schoße der Erde beieinanderliegen.«

Wie sie sich am Schluß gebärdet hatte! »Ich werde zu ihm gehen, verstehst du mich, ich werde zu ihm gehen. Du kannst mich hier nicht gefangenhalten. Er ist in Rom, und ich werde zu ihm gehen.«

Er hatte ihr geantwortet: »Ach, mein Liebling, bist du denn überhaupt in der Lage, deine Schuhe zu finden oder deinen Kamm?«

»Jaaaaaah, ihr werdet zusammensein« – die Worte strömten wie ein tiefer Seufzer aus ihm heraus – »und dann, und dann kann ich wieder frei atmen. Dein Tod wird all meine Fehler der Vergangenheit korrigieren, dann gibt es keinen Tonio mehr, keinen Tonio, den Eunuchen, keinen Tonio, den Sänger!« flüsterte er. »Auf ihrem Sterbelager hat sie dich zu sich gerufen, nicht wahr? Sie hat *deinen* Namen genannt!«

Er schluckte den Weinbrand hinunter, genoß den Schauder, der ihn dabei durchlief, und leckte sich einen letzten Tropfen von den Lippen.

»Und du wirst erfahren, daß ich für alles bezahlt habe, wirst erfahren, wie ich gelitten habe, daß jeder Augenblick, den ich dir geschenkt habe, mich teuer zu stehen gekommen ist. Jetzt aber kann ich dir keine Zeit mehr schenken, mein unehelicher Sohn, mein unbeugsamer und unentrinnbarer Rivale. Du wirst sterben, du wirst sterben, so daß ich wieder leben kann!«

Der Wind zerwühlte sein unordentliches Haar, er pfiff in seinen Ohren, drang kalt durch das dünne Material seines Rocks und ließ seinen langen schwarzen *tabarro* zwischen seinen Beinen hin und her flattern.

Doch als er sich wieder gegen den Wind lehnte und dabei das Bild des Sterbezimmers, das er in diesen letzten Wochen nicht einen einzigen Augenblick lang losgeworden war, aus seiner Erinnerung zu verdrängen versuchte, sah er, wie sich über die Piazza die sehr wirkliche Gestalt einer Frau in Trauerkleidung auf ihn zubewegte. In diesen letzten trunkenen und bitteren Tagen hatte er sie ständig in den *calli*, auf der *riva* und wieder in den *calli* gesehen.

Er kniff die Augen zusammen, legte den Kopf schräg.

Sie glitt in ihren Röcken so langsam über den von schimmerndem Wasser bedeckten Platz, daß sie sich nicht durch menschliche Kraft, sondern durch die Kraft seines fiebrigen und kummererfüllten Verstandes fortzubewegen schien.

»Und du gehörst dazu, meine Liebste«, flüsterte er und genoß es, seine Stimme in seinem Kopf hallen zu hören. Niemand nahm auch nur die leiseste Notiz von ihm, auch nicht von der offenen Flasche in seiner Hand. »Weißt du das? Du gehörst dazu, du Namen- und Gesichtslose, die du dennoch schön bist. Und so, als wäre diese Schönheit nicht genug, kommst du aus deren Zentrum, schwarz gekleidet, schwarz wie der Tod. Stets bewegst du dich auf mich zu, so als wären wir ein Liebespaar, du und ich, der Tod ...«

Die Piazza kippte weg, nahm dann wieder ihre normale Lage ein.

Dies hier war der Höhepunkt irgendeines Wunders, das der Weinbrand und sein Leiden bewirkt hatten: Dies war jener vollkommene Augenblick, wenn alles erträglich wurde: Ja, das ist Tonios Tod wert, denn ich habe keine Wahl, ich kann nicht anders handeln! Mein Singvogel, mein Sänger, mein kastrierter Sohn! Mein Arm reicht bis nach Rom und packt dich an der Kehle, um dich für immer zum Schweigen zu bringen, und dann und dann, und dann kann ich frei atmen!

Unter den Arkaden schlichen seine Bravos herum, blieben stets in seiner Nähe.

Er wollte wieder lächeln, wollte dieses Lächeln auf seinem Gesicht spüren. Die Piazza, die so hell strahlte, sollte in einem formlosen grellen Blitz explodieren.

Aber da war noch ein anderes Gefühl, und es machte ihm angst. Da war etwas, das dieses köstliche Vergnügen verdarb und einen Geschmack hatte wie ... was war es? Etwas wie ein verdörrter Schrei in einem offenen Mund.

Er trank vom Weinbrand. War es die Frau, die Art, wie sich ihre Röcke bewegten, wie ihr Schleier hinter ihr herwehte, so daß er darunter die Form ihres Gesichts sehen konnte? War es das, was in ihm eine leise Panik hervorrief, so daß er schnell noch einen Schluck nehmen mußte?

Sie kam auf ihn zu, wie sie vorhin auf der Piazzetta auf ihn zugekommen war, wie sie sich ihm vorhin auf der *riva* genähert hatte.

Wer war sie, irgendeine Kurtisane in fastenzeitlichem Schwarz? Sie war ständig da. Ja, sie verfolgte ihn, daran bestand kein Zweifel. Und wo waren ihre Damen, ihre Diener? Hielten sie sich irgendwo im Hintergrund, so wie seine Männer?

Er stellte sich das einen Augenblick lang vor. Es gefiel ihm. Ja, sie verfolgte ihn. Sie hatte gewiß sein Lächeln gesehen, sie sah es auch jetzt.

»Ich will es, ich will alles!« stieß er zwischen zusammengebissenen Zähnen hervor. »Ich will das hier und nicht dieses Leiden. Wenn nur endlich, endlich jemand käme und mir sagte, daß er tot ist!«

Er riß die Augen auf. Sie war überhaupt kein menschliches Wesen, sondern irgendein Gespenst, das geschickt worden war, um ihn heimzusuchen und zu trösten. Verschwommen sah er das Oval ihres weißen Gesichts, sah, wie sie ihre bleichen Hände unter ihrem wehenden Schleier bewegte.

Plötzlich drehte sie sich um, hörte dabei aber nicht auf, sich voranzubewegen. Nein! Es war höchst bemerkenswert, er neigte den Kopf leicht nach vorn, hatte die Augen wieder zusammengekniffen, um besser sehen zu können.

Sie ging rückwärts, ließ den Wind die vielen Schichten ihres hauchdünnen Schleiers vor ihrem Gesicht entwirren und ihre Röcke vor sich herblasen. Sie ging auf ihren Absätzen rückwärts, ohne dabei aus dem Tritt zu kommen, tat genau das, was ein Mann bei diesem Wind tun würde, um seinen verhedderten Mantel wieder in Ordnung zu bekommen. Dann drehte sie sich wieder nach vorn.

Er lachte leise, zurückhaltend. In seinem ganzen Leben hatte er noch keine Frau so etwas tun sehen.

Als sie sich umgedreht hatte, war ihre Kleidung wieder glatt. So kam sie mit denselben gespenstischen, schwerelosen Bewegungen weiter auf ihn zu, und er verspürte einen heftigen Schmerz in der Seite.

Er stieß zischend die Luft aus.

Blinde, närrische Kurtisane, Witwe, oder was immer du bist, dachte er, während Gehässigkeit in ihn einsickerte, so als wäre plötzlich irgendein kleiner dunkler Fleck aufgebrochen wie ein Geschwür und würde jetzt sein Gift verströmen. Was weißt du denn von den Dingen, die dich umgeben? Weißt du, daß du zu all dieser Schönheit dazugehörst, du gehörst einfach dazu, egal was für häßliche, triviale und unvermeidbar abstoßende Gedanken du auch haben magst!

Die Flasche war leer.

Er hatte sie nicht fallen lassen wollen, dennoch zersprang sie auf den nassen Steinen zu seinen Füßen. Auf der dünnen Wasserschicht um die Scherben herum bildeten sich kleine kreisförmige Wellen, die Glasstücke glitzerten und blieben liegen. Er trat darauf. Das Geräusch von knirschendem Glas gefiel ihm.

»Bringt mir noch eine!« Er gestikulierte. Einer der Schatten, die er aus dem Augenwinkel sah, kam auf ihn zu, wurde breiter, größer.

»Signore.« Man reichte ihm eine Flasche. »Bitte, Sie sollten nach Hause gehen.«

»Aaach!« Er öffnete die Flasche. »Alle Menschen, mein Freund, lassen jene, die trauern, gewähren. Und ist es denn nicht so, daß ich heute mehr Grund zum Trauern habe als irgend jemand sonst?« Er grinste Federico höhnisch ins Gesicht. »Höchstwahrscheinlich fängt er jetzt, da wir hier stehen, schon an zu verfaulen. Seine Freunde, die Reichen und Mächtigen von Rom und Neapel, bahren ihn gerade prunkvoll auf, und alle Frauen, die in Verzückung gerieten, wenn sie seine Stimme hörten, heulen und jammern.«

»Signore, ich bitte Sie . . .«

Er schüttelte den Kopf. Da war wieder das Krankenzimmer und dieses . . . was war es? . . . dieses Entsetzen, das er fast wie einen Belag auf der Zunge schmecken konnte. Sie setzte sich plötzlich auf. »Tonio!«

Er legte die Hand auf Federicos Brust und schob ihn weg.

Er trank in großen und langsamen Schlucken, gab der Traurigkeit, diesem strahlenden, unergründlichen Gefühl, das voller Ruhe war, ein Zeichen, wieder zu ihm zu kommen.

Und sie, die Frau in Schwarz, wohin war sie verschwunden?

Er drehte sich um. Als er sie dann keine zehn Schritte von ihm entfernt entdeckte, war er sich sicher, daß sie, genau wie er, eben den Kopf gewandt hatte, um ihn anzusehen!

Ja, das hatte sie getan.

Sie sah ihn aus der Dunkelheit ihrer Schleier heraus an. Er verachtete sie, obwohl er wußte, daß seine Augen lüstern glitzerten, als er ihr bewundernd zulächelte. Immer war es dieselbe Unverschämtheit, diese Koketterie, dieses Katz-und-Maus-Spiel, während der

Kummer in seinem Inneren klopfte: Du denkst, ich will dich, du denkst, ich begehre dich, aber ich werde dich austrinken wie Wein und dich fortwerfen, bevor du überhaupt weißt, was dir geschieht. Aber bei Marianna war es anders gewesen! Es war eine Liebe, die von der Zeit nicht berührt worden war. Nein, *er* war nötig gewesen, um sie zu zerstören. »Tonio!«, und sie hatte kein weiteres Wort mehr gesprochen, bis sie gestorben war.

Er nahm einen Schluck vom Weinbrand, so hastig, daß er ihm übers Gesicht lief und auf die Kleidung tropfte.

Jemand hatte ihn gegrüßt, hatte sich verbeugt und sich dann eilig zurückgezogen, als er sah, wie die Dinge standen. Aber sie würden ihm verzeihen, jeder verzieh ihm. Seine Frau war tot, die Kinder weinten um sie, er selbst war untröstlich. Und irgendwo fünfhundert Meilen weiter im Süden war da diese Schande, dieser alte Skandal. »Ach, Senator Carlo Treschi«, sagten sie sich gewiß, »was der alles ertragen mußte.«

Da war noch etwas. Federico stand dicht neben ihm. Er starrte die Frau in Schwarz an. Sie versuchte tatsächlich, ihn zu sich zu locken. »Ich habe dir doch gesagt, du sollst mich in Frieden lassen.«

»... ist eingelaufen, aber es war niemand drauf, Signore.«

»Worauf? Ich kann dich nicht verstehen.«

»Auf dem Postschiff, Signore, da war niemand ...«

Anmutige, katzenhafte Hure. Der Schwung ihres Kleides und die Art, wie sie sich im Wind neigte, hatten etwas unglaublich Elegantes an sich. Er wollte sie, er wollte sie, und wenn das hier vorbei war, würde er vor ihr auf die Knie sinken und ihr beichten: »Ich habe ihn getötet, ich hatte keine andere Wahl, ich habe nicht ...« Er drehte sich um und versuchte Federico deutlicher ins Auge zu fassen. »Was hast du gesagt?«

»Es war niemand auf dem Postschiff, Signore. Da war keine Nachricht –« und jetzt senkte er die Stimme, so daß sie kaum mehr ein Flüstern war – »keine Nachricht aus Rom.«

»Nun, es wird bald eine kommen.« Er richtete sich auf. Also geht das Warten weiter, und mit ihm die Schuldgefühle. Nein, nicht die Schuldgefühle, lediglich das Unbehagen, die Anspannung, dieses Gefühl, keine Luft zu bekommen.

Er fürchtete sie schließlich fast, diese Nachricht. »Wir werden Ihnen einen Beweis bringen«, hatten sie gesagt, nachdem sie zuerst einmal empört gewesen waren, daß er ihre Zuverlässigkeit in Zweifel gezogen hatte. »Ach ja? Und was soll das sein?« hatte er gefragt. »Sein Kopf in einem blutverschmierten Sack?«

Er hatte gelacht, und selbst sie, diese Meuchelmörder, waren bestürzt gewesen. Sie hatten versucht, dies hinter ausdrucklosen Gesichtern zu verbergen. »Ihr braucht mir keinen Beweis zu bringen. Ihr müßt es einfach nur tun. Die Nachricht davon wird mich schnell genug erreichen.«

Tonio Treschi, der Sänger, so nannten ihn die Leute jetzt tatsächlich. Selbst vor Carlo, selbst vor seinem Bruder wagten sie ihn so zu nennen, Tonio Treschi, der Sänger!

Vor Jahren hatten diese anderen Bravos ebenfalls gesagt, sie würden ihm einen Beweis bringen, und er war darüber hinweggegangen. Als sie dann den Haufen aus Eingeweide und Gewebe vor ihn hingelegt hatten und das Leintuch von getrocknetem Blut geknistert hatte, da war er so hastig aufgesprungen, daß der Stuhl dabei umgefallen war. Er hatte gebrüllt: »Schafft das fort, schafft das fort!«

»Exzellenz . . .« Federico hatte etwas zu ihm gesagt.

»Ich werde nicht heimgehen.«

»Exzellenz, es ist immer noch keine Nachricht gekommen, und das bedeutet, daß die Möglichkeit besteht . . .«

»Was für eine Möglichkeit?«

». . . daß es fehlgeschlagen ist.«

Nur eine Spur von Wut war bei Federico zu bemerken, und eine Spur von Besorgnis, während sein Blick über die Piazza schweifte, dabei zufällig auch die dunkel gekleidete Frau streifte, die plötzlich wieder aufgetaucht war. Du siehst sie nicht? Ich schon. Carlo lächelte.

»Fehlgeschlagen?« Er grinste höhnisch. »Er ist ein gottverdammter Eunuch, um Himmels willen. Sie könnten ihn mit bloßen Händen erwürgen!«

Er hob die Flasche zum Mund, gab Federico dabei wieder diesen fast vertraulichen Stoß, damit er sich aus seinem Gesichtsfeld bewegte. Ja, sie war wieder da. »Also gut, du Schöne, komm her«, flüsterte er leise, und trank noch einmal rasch vom Weinbrand.

Diesmal war es ein großer Schluck, der seinen Mund säuberte und seine Augen. Der Regen fiel geräuschlos und ohne Gewicht, war lediglich ein silberner Wirbel.

Ein wohliges Brennen breitete sich in seiner Brust aus, er hatte die Flasche nicht vom Mund abgesetzt.

In ihren letzten Tagen war Marianna umhergerannt, hatte Schubladen aufgezogen, Schränke geöffnet. »Gib sie mir, du hast kein Recht, sie dir zu nehmen, ich habe sie dorthin getan, du wirst mich nicht in diesem Haus festhalten.«

Und der alte Arzt hatte gewarnt: Sie wird sich umbringen. Und schließlich kam Nina durch den Flur gerannt: *»Sie redet nicht, sie rührt sich nicht!«* – heulend, heulend.

Vier Stunden vor ihrem Tod wußte sie, daß sie sterben würde. Sie öffnete die Augen und sagte: »Carlo, ich sterbe.«

»Ich werde dich nicht sterben lassen! Marianna!« hatte er geschrien. Viel später dann war er aufgewacht, weil sie sich gerührt hatte, hatte gesehen, wie sie die Augen aufschlug, hatte gehört, wie sie sagte: »Tonio!« Dann hatte sie für immer geschwiegen.

Tonio und Tonio und Tonio.

»Signore, Sie . . . nach Hause . . . falls Ihr Auftrag nicht ausgeführt wurde, wie vorgesehen, dann besteht die Gefahr, daß . . .«

»Daß was? Sie sind nach Rom gegangen, um einem Kapaun den Kragen umzudrehen. Wenn sie es nicht getan haben, dann werden sie es noch tun. Ich will darüber nicht reden, geh mir aus den Augen . . .«

Tonio Treschi, der Sänger! Er grinste höhnisch.

»Es hätte irgendeine Nachricht auf dem Postschiff sein müssen.«

»Ja, und ein Beweis!« sagte er. »Ein Beweis.« Sein Kopf in einem blutverschmierten Sack. *Schafft das fort, schafft das foooort . . .!*

Sie hatte nie damit aufgehört, ihn zu fragen: »Du hast es doch nicht getan, du hat es doch nicht getan?« Tausendmal hatte er es flüsternd verneint, tausendmal in jenen Anfangstagen, als sie sich auf ihn gestürzt hatten wie die Aasgeier, bereit, ihm das Fleisch von den Knochen zu reißen. Hinter verschlossenen Türen hatte sie sich dann an ihn geklammert, sich mit ihren Händen in ihn verkrallt. »Mein Sohn, mein einziger Sohn, unser Sohn, du hast es doch nicht getan!«

»Sag es mir!« Er hatte gelacht und gelacht. Aber nein, mein Liebling, tausendmal, so etwas hätte ich nicht fertiggebracht. Es war sein eigener unbesonnener Entschluß. Dann wurde ihr Gesicht stets weich. Wenigstens für eine kleine Weile, wenn sie in seinen Armen lag, glaubte sie ihm.

». . . keinen Sinn, so zu trauern.«

»Wer hat das gesagt?«

Er drehte sich hastig um und sah, wie sich zwei Gestalten zurückzogen, sah schwere schwarze *vesti patricie*, weiße Perücken. Es waren seine unversöhnlichen und stets wachsamen Amtskollegen.

Federico war weit, weit weg, beobachtete ihn zusammen mit den anderen von den Arkaden aus. Vier gute Stilette und starke Muskeln, um ihn vor allem Unbill zu schützen. Nur nicht vor dem Wahnsinn, vor der Bitterkeit, vor der Tatsache, daß *sie* tot war, vor den endlosen und schrecklichen Jahren ohne sie, Jahren und Jahren . . . Ein Gefühl der Einsamkeit überkam ihn. Er wollte sie bei sich haben, seine Marianna, selbst wenn sie weinend in seinen Armen gelegen hätte, nach Wein verlangt hätte. Dieser trunkene Blick, mit dem sie ihn vorwurfsvoll anstarrte, während sie ihre weißen Zähne bleckte. »Siehst du denn nicht, daß ich jetzt bei dir bin«, sagte er zu ihr. »Wir sind zusammen, und die anderen sind fort, sie können uns nie mehr trennen. Du bist so schön wie eh und je, nein, sieh nicht weg, sieh mich an, Marianna!«

Und eine kleine Weile war da wieder diese Weichheit, diese Nachgiebigkeit: »Ich wußte, daß du es nicht getan haben konntest, nein, meinem Tonio hättest du das nicht antun können, und er ist glücklich, nicht wahr? Du hast es nicht getan . . . und er ist glücklich.«

»Ja, mein Liebling, mein Schatz«, hatte er geantwortet. »Er hätte mich angeklagt, wenn ich es getan hätte. Du hast die Schriftstücke, die er unterzeichnet hat, doch mit eigenen Augen gesehen. Was würde er denn damit gewinnen, wenn er mich nicht anklagte, wenn ich ihm das angetan hätte?«

Nur die Zeit, um darauf zu sinnen, wie er mich töten kann, das ist es, was er damit gewinnen kann, ach, aber zuerst mußten meine Söhne für das Haus Treschi geboren werden, o ja, alles für das Haus Treschi, für das er geschwiegen hat, Tonio, der Sänger, Tonio, der Fechter, Tonio, der Treschi!

Würde das Gerede denn nie aufhören?

Ich sage dir, die Neapolitaner haben tatsächlich Angst vor ihm. Sie tun alles, um ihn nicht zu verärgern. Sie sagen, er sei wütend geworden, als der junge Toskaner ihn beleidigt hat. Er hat dem Jungen die Kehle aufgeschlitzt. Und bei dieser Auseinandersetzung in der Taverne, da hat er den anderen Jungen umgebracht. Er ist einer von diesen Eunuchen, die gefährlich sind, sehr gefährlich . . .

Wo ist meine Hure in Schwarz, dachte er plötzlich, meine wunderschöne Dame Tod, meine Kurtisane, die so unerschrocken allein auf der Piazza spazierengeht? Richte deine Gedanken auf die Lebenden, vergiß die Toten, die Toten, die Toten.

Ja, ein lebendiger Körper, ein warmer Körper unter diesem ganzen Schwarz, wehe, wenn du nicht wunderschön bist, wehe, wenn du nicht jede Zechine wert bist. Aber wo war sie?

Das Wasser war, als der Regen nachließ, wieder zu einem klaren Spiegel geworden. In diesem Spiegel sah er jetzt, wie eine große dunkel gekleidete Gestalt auf ihn zukam. Nein, sie stand schon vor ihm.

»Ah.«

Er lächelte und blickte dabei auf das Spiegelbild hinunter. »Nun, meine kühne, kleine verführerische Schlampe, so weit ist es also gekommen.«

Aber das einzige Wort, das seine Lippen formten, war: »Wunderschön.«

Ob sie das sehen konnte?

Und was ist, wenn ich diesen Schleier nehme und ihn zurückschlage? Du würdest es nicht wagen, mich reinzulegen, oder? Nein, du bist gewiß wunderschön, nicht wahr? Und du wirst affektiert lächeln, geistlos sein und unverschämt! Unter dem Deckmantel der Koketterie wirst du zu feilschen anfangen und dabei die ganze Zeit denken, ich würde dich begehren. Nun, ich habe in all diesen Jahren niemanden begehrt, außer einer einzigen Frau, einer wunderschönen und verrückten Frau: »Tonio!«, und sie starb in meinen Armen.

Sie war ihm jetzt so nahe, diese anonyme Frau in Schwarz, daß er den bestickten Rand ihres Schleiers sehen konnte. Schwarzes Seidengarn, fastenzeitliche Blüten, Jetperlen.

Und dann unter ihrem Schleier irgendeine weiße Bewegung, ihre nackten Hände.

Ihr Gesicht, ihr Gesicht, ich will ihr Gesicht sehen.

Sie stand ganz reglos da und ein gutes Stück von ihm entfernt, viel weiter, als er gedacht hatte, während er ihr Spiegelbild im Wasser angestarrt hatte. Sie mußte eine Riesin von einer Frau sein! Oder war er einfach nur verwirrt? Sollte sie sich wieder abwenden, er würde ihr nicht folgen, nicht, wo er soviel Weinbrand getrunken hatte und sich so elend fühlte. Fast hätte er Federico zu sich gewunken.

Aber sie wandte sich nicht ab.

Es kam ihm so vor, als würde sich ihr Kopf unter dem langen Schleier sanft zur Seite neigen und sich ihr gesamter langer Körper ihm unterwerfen. All seine verschwommenen und sentimentalen Gedanken wurden plötzlich durch diese Geste, die »Ja«, sagte, zerstreut.

»Ja, mein Liebling!« flüsterte er, so als könne sie ihn über diese Entfernung hören.

Ein kleines Grüppchen dunkel gekleideter Männer, die sich durch den Wind vorankämpften, ging zwischen ihnen vorbei, trennte ihn von ihr. Er aber hielt seinen Blick auf die einsame, verlockende Gestalt geheftet, die ihn hinter ihrem Trauerschleier hervor anstarrte.

Gerade, als er Angst bekam, er könnte sie aus den Augen verloren haben, sah er über die Schulter eines Mannes hinweg, der sich vor ihr befand, wie sie den Schleier mit ihren weißen Händen hob. Dann sah er ihr Gesicht.

Einen Augenblick lang war er wie betäubt.

Sie entfernte sich. Er wußte, daß er nicht so betrunken war, um irgendwelche Phantasiebilder zu sehen. Sie war wunderschön! Sie war so wunderschön, wie alles hier wunderschön war, und das hatte sie auch gewußt, als sie auf ihn zugekommen war. Sie war gekommen, als hätte er sie herbeibeschworen, ohne dabei zu stokken, mit einem Gesicht wie eine prächtige Kleiderpuppe, ein Luxusobjekt, eine lebensgroße Puppe.

Wie Porzellan, so wirkte ihre Haut, vollkommen weiß, und dann diese Augen!

Jetzt war er es, der ihr folgte. Regenschleier wirbelten in einem silbernen Licht, so daß er fröstelnd die Augen zusammenkniff, während er versuchte, einen Blick von ihr zu erhaschen. Da sah sie über die Schulter zurück und zeigte ihm wieder ihr Gesicht. Ja, ihr hinterher, ihr hinterher.

Und jetzt winkte sie ihm kühn.

Oh, das war außergewöhnlich, überaus köstlich und ganz genau das, was er brauchte, um den Schmerz für eine kleine Weile zu besiegen.

Sie ging immer schneller.

Als sie dann das Ufer des Kanals, der vor ihnen lag, erreicht hatte, drehte sie sich um.

Sie zog den Schleier langsam wieder übers Gesicht.

Aber das war in Ordnung, das war reizend. Er holte auf, jetzt befand sie sich nur noch einige Treppenstufen unter ihm. Ihr Kleidersaum berührte fast das Wasser. Er bildete sich ein, sehen zu können, wie sich beim Atmen ihr Brustkorb hob und senkte.

»Ebenso unerschrocken wie schön«, sagte er zu ihr, obwohl sie immer noch ein klein wenig zu weit entfernt war, um ihn hören zu können. Sie drehte sich um und winkte einen Gondoliere herbei.

Er sah, wie sich seine Männer hinter ihm sammelten. Er sah, wie sich Federico näherte.

Da wandte er sich wieder dem Kanal zu und ging eilig zu ihr hinunter, stieg schwer und unbeholfen in das Boot, das unter ihm zu schaukeln anfing, so daß er, als er ihr in die geschlossene *felze* nachkam, fast hingestürzt wäre.

Als er auf dem Sitz Platz nahm, spürte er den Taft ihres Kleides an seinem Bein.

Das Boot fuhr los. Der Gestank des Kanals drang ihm in die Nase. Sie erhob sich jetzt vor ihm, ihr Atem bewegte leicht diesen herrlichen Schleier.

Einen Augenblick lang mußte er nach Luft schnappen.

Sein Herz hämmerte, er schwitzte, weil er so gerannt war. Aber er hatte sie jetzt hier bei sich in der Gondel, obwohl er sie im Lichte der geteilten Vorhänge kaum sehen konnte.

»Ich möchte es sehen«, flüsterte er, während er gegen einen häßlichen Schmerz in seiner Brust ankämpfte. »Ich möchte es sehen...«

»Was möchten Sie sehen...?« flüsterte sie zurück. Ihre Stimme war heiser, tief und vollkommen furchtlos. Und sie sprach Venezianisch, ja, Venezianisch, wie er es erhofft hatte!

Er lachte in sich hinein.

»Das!« Er packte ihren Schleier. »Dein Gesicht!«

Dann stürzte er sich auf sie, drückte seinen geöffneten Mund auf den ihren und preßte sie dabei in die Kissen. Sie versteifte sich, hob die Hände, um ihn abzuwehren.

»Was hast du denn gedacht?« Er richtete sich wieder auf, leckte sich die Lippen und sah direkt in ihre schwarzen Augen, die in der Dunkelheit als schwaches Schimmern zu erkennen waren. »Hast du gedacht, daß du mit mir spielen kannst?«

Ihr Gesicht zeigte einen Ausdruck eigentümlichsten Erstaunens. Da war keinerlei kokette Empörung, auch kein vorgetäuschter Respekt. Sie sah ihn einfach nur an, so als wäre sie von ihm vage fasziniert. Sie musterte ihn, wie man vielleicht etwas Unbelebtes musterte. In dieser abgedunkelten Kabine erschien sie ihm von so vollkommener Schönheit wie kein anderes Wesen, das er je gesehen hatte. Es war nicht möglich, daß jemand so schön war. Er suchte nach den Grenzen dieser Schönheit, der unvermeidlichen Enttäuschung, den unvermeidlichen Mängeln. Sie kam ihm jedoch so reizend vor, wenigstens in diesem Augenblick, daß er das Gefühl hatte, diese Schönheit schon immer gekannt zu haben. In irgendeinem geheimen Winkel seiner Seele mußte er dem Gott der Liebe lüstern und lasterhaft zugeflüstert haben: »Gib mir das, ganz genau das, nur das.« Und hier war sie nun, und ihm war in diesem Gesicht nichts fremd. Ihre schwarzen Augen mit den aufwärts gebogenen Wimpern, ihre Haut, die so straff über den Wangenknochen lag, und dieser breite, sinnliche und köstliche Mund.

Er berührte ihre Haut, ah! Er zog seine Hand zurück, dann berührte er ihre schwarzen Augenbrauen, die Wangenknochen und den Mund.

»Du bist spröde, nicht wahr?« Er hauchte diese Worte. »Jetzt möchte ich, daß du mir einen richtigen Kuß gibst!« Es klang, als würde sich ihm ein Stöhnen entringen, dann nahm er ihr Gesicht in beide Hände, drückte sie nach hinten und holte sich diesen Kuß, saugte dabei fest an ihrem Mund, ließ ihn los, saugte dann wieder daran.

Sie schien zu zögern. Eine Sekunde lang hatte es den Anschein, als wäre sie erstarrt, dann gab sie sich ihm mit einer Gelassenheit hin, die ihn erstaunte. Ihre Lippen wurden weich, ihr ganzer Körper wurde weich. Trotz seines betrunkenen Zustandes spürte er, wie sich zwischen seinen Beinen etwas zu regen begann.

Er lachte.

Er sank auf das Sitzkissen zurück. Licht fiel farblos und trüb durch den Spalt zwischen den Vorhängen. Ihr Gesicht schien fast zu weiß, um noch menschlich zu sein. Aber sie war menschlich, das war sie durchaus, er konnte es schmecken.

»Ihr Preis, Signora.« Er wandte sich ihr zu, kam so nahe, daß ihr weißes, gepudertes Haar an seinem Gesicht kitzelte. Als sie den Blick senkte, spürte er, wie ihre Wimpern seine Wangen streiften. »Was ist Ihr Preis, was wollen Sie haben?«

»Was wollen *Sie* denn haben?« kam die tiefe, heisere Stimme. Sie hatte ein Timbre, das bei ihm einen kleinen Krampf in der Kehle auslöste.

»Sie wissen, was ich meine, meine Liebe . . .«, schnurrte er. Wieviel willst du dafür haben, daß du mir das Vergnügen gewährst, dir die Kleider vom Leib reißen zu dürfen. »Solche Schönheit hat ihren Preis«, sagte er und streifte ihre Wangen mit seinen Lippen.

Sie jedoch hob ihre Hand. »Sie verschwenden, was sie genießen könnten«, antwortete sie. »Und für Sie, da gibt es keinen Preis.«

Sie befanden sich in einem Zimmer.

Sie waren viele Treppen hinaufgestiegen, hoch und höher, auf feuchten Stufen. Ihm gefiel dieses heruntergekommene Gebäude nicht. Überall waren Ratten, er konnte sie hören, aber sie hatte ihm solch köstliche Küsse gegeben, und diese Haut, diese Haut, dafür hätte er jemanden umbringen können.

Und jetzt befanden sie sich in einem Zimmer.

Sie hatte ihn gedrängt, etwas zu essen. Nach dem ganzen Weinbrand, den er getrunken hatte, schmeckte der Wein wie Wasser.

Er kannte dieses Haus nicht.

Das Viertel jedoch kannte er, er kannte all die Häuser ringsum, wußte, daß sich in ihnen so manches warme Schlafzimmer befand, das dieser oder jener Kurtisane gehörte, die er ganz gern mochte. Aber dieses Haus . . .

Der Kerzenschein schmerzte in seinen Augen. Der Tisch war mit Speisen beladen, die kalt geworden waren. Jenseits davon ragte schemenhaft der Rahmen eines Bettes auf, das, wie es schien, nachlässig mit golddurchwebten Vorhängen drapiert war. Das riesige Kaminfeuer hatte den Raum viel zu stark aufgeheizt.

»Zu warm«, sagte er. Sie hatte alle Fensterläden verriegelt. Irgend etwas störte ihn, vielleicht waren es auch mehrere Dinge, daß unter der Decke so viele Spinnweben hingen vielleicht und daß es hier so feucht war. Es roch nach Verfall.

Doch da waren mittendrin all diese Reichtümer, die Pokale, der silberne Teller. Das Ganze erinnerte ihn irgendwie an eine Bühnenausstattung.

Aber irgend etwas störte ihn, irgend etwas ganz Bestimmtes. Was war es nur? Es waren . . . ihre Hände.

»Du liebe Güte, die sind ja riesig . . .«, flüsterte er. Als er den Klang seiner Stimme hörte und dabei diese langen, langen weißen Finger sah, rüttelte ihn das aus seiner Betäubung auf. Plötzlich wurde er unruhig, er merkte, daß ihm in seiner Erinnerung ganze Teile des Nachmittags fehlten.

Was hatte sie gesagt? Er hatte keine Ahnung, wie er aus der Gondel gekommen war.

»Zu warm?« flüsterte sie. Wieder diese heisere Stimme, die in ihm den Wunsch weckte, ihre Kehle zu berühren.

Als sein Blick wieder klar wurde, war es fast, als würde er sie nun zum ersten Mal sehen. Nicht ihre Hände, sondern *sie* im ganzen.

Wenn er sie schon irgendwann einmal gesehen hatte, dann konnte er sich jetzt nicht mehr daran erinnern. Seine Männer waren ganz, ganz sicher in der Nähe, dachte er automatisch.

Aber sie. Er betrachtete ihre verschwommene Silhouette, blinzelte dabei hier und da, kämpfte gegen die Trunkenheit an, während er seinen Becher hob. Der Burgunder schmeckte köstlich, wenn er auch nicht besonders stark war.

»Sie haben doch nichts dagegen, meine Liebe«, sagte er, als er die Flasche in seiner Hand entkorkte.

»Das brauchen Sie mich nicht immer wieder zu fragen.« Sie lächelte. Ihre Stimme war ein Hauchen, sie war wie ein Teil von ihr. Wann hatte er bei einer Frau je eine solche Stimme gehört?

Sie trug eine französische Perücke. Makellose, weiße Locken ergossen sich über ihre Schultern, Perlen waren in die kleinen Ringellöckchen eingebettet, und oh, sie war so jung! Viel jünger, als er in der Gondel, wo sie ihm alterslos oder uralt erschienen war, geglaubt hatte. Und sie war fraglos eine Venezianerin, obwohl er nicht wußte, woran er das merkte.

»Fast noch ein Kind«, sagte er jetzt sanft zu ihr, dann kippte sein Kopf plötzlich nach vorn, so daß er in den Nackenmuskeln ein heftiges Ziehen spürte. Sich um Würde bemühend, setzte er sich wieder gerade hin. Ihre Lippen waren nicht rosa, nicht blaßrot, sondern besaßen einen dunklen, natürlichen Ton. Nein, das war keine Farbe. Das hätte er in der Gondel geschmeckt, gerochen. Sie war einfach ein Traum von einer Frau, und dann diese Augen, die ihn anstarrten. Das Kleid zierte ein besticktes Band, das straff über ihre Brüste gespannt war. Er wollte seine Hand unter dieses straffe Band schieben, es lösen, ihre Brüste befreien.

»Warum hast du all die Jahre gewartet, um zu mir zu kommen!« Er lachte schelmisch.

Plötzlich aber veränderte sich ihr Gesicht.

Es war, als hätte sie sich auf einmal im ganzen bewegt. Doch es geschah so schnell, daß er sich nicht sicher war, ob er das wirklich wahrgenommen hatte. Jetzt lehnte sie sich zurück, und der breite, sinnliche Mund öffnete sich zwanglos zu einem Lächeln, bei dem in ihren Augenwinkeln kleine Fältchen erschienen.

Sie antwortete: »Es schien mir jetzt genau der richtige Zeitpunkt zu sein.«

»Ja, genau der richtige Zeitpunkt«, sagte er. Oh, wenn du nur wüßtest, wenn du nur wüßtest. Stets spürte er, wenn er irgendeine Frau umarmte, seine eigene Frau in seinen Armen, er drückte seine Frau fester und fester an sich, nur um dann wieder diesen Augenblick des Entsetzens zu erleben, wenn er sah, daß es nicht Marianna war, daß es niemand war, daß es nur eine ... nur eine Hure war.

Er dachte jetzt lieber nicht an all diese Dinge. Er dachte am besten an überhaupt nichts.

Er streckte die Hand aus und schob die blendend helle Kerze, die vor ihm stand, ein wenig zur Seite.

»Damit ich dich besser sehen kann, mein Kind.« Er machte sich über das französische Märchen lustig.

Er lachte, lehnte sich mit dem Hinterkopf an den schweren Eichenstuhl mit der hohen Rückenlehne.

Als sie sich jedoch, die Ellbogen auf den Tisch stützend, nach vorn beugte, so daß ihr Gesicht wieder vom Kerzenlicht beschienen wurde, erschrak er plötzlich. Er atmete heftig ein, versteifte sich und zog ein klein wenig die Schultern hoch.

»Mache ich Ihnen angst?« flüsterte sie.

Er gab ihr keine Antwort. Es war absurd, vor ihr Angst zu haben! Er spürte, wie das Verlangen, grausam zu sein, in ihm aufstieg, als er sich bewußt machte, daß sie ihn enttäuschen würde, daß hinter diesem geheimnisvollen Gesichtsausdruck letztendlich nur Koketterie liegen würde, vielleicht auch eine ordinäre Art, ganz gewiß aber Habgier. Plötzlich fühlte er sich schrecklich müde. Schrecklich erschöpft. Und dieses Zimmer war so eng. Er sah sich in sein eigenes Bett schlüpfen, er spürte Mariannas Körper neben sich. Bitter dachte er: Sie liegt im Grab.

Außerdem war er hierfür viel zu betrunken, gleich würde ihm schlecht werden. Er hätte niemals mitkommen dürfen.

»Warum sind Sie denn so traurig?« fragte sie ihn mit ihrer schnurrenden Stimme. Es war, als wäre sie wirklich an einer Antwort interessiert. Sie hatte so etwas Mächtiges an sich ... was war es nur ... ihre Schönheit besaß etwas Wildes. Vielleicht würde sie ihn tatsächlich dazu bringen . . . aber das dachte er am Anfang ja immer, und was kam am Schluß dabei heraus? Ein Ringkampf zwischen den Laken, irgendeine kleine Grausamkeit, die ihm entwischte, und hinterher das Feilschen, vielleicht Drohungen. Er war hierfür zu betrunken, viel zu betrunken.

»Ich muß gehen . . .«, sagte er. Sein Mund gehorchte ihm nur zögernd. Er würde seine Geldbörse zücken – das hieß, wenn er sie immer noch bei sich hatte. Wo war sein *tabarro*, was hatte er damit gemacht? Er lag zu seinen Füßen. Aber im Grunde wäre sie ausgesprochen dumm, wenn sie versuchte, ihn zu bestehlen. So dumm war sie bestimmt nicht.

Es kam ihm so vor, als wäre ihr Gesicht . . . zu groß. Unmöglich groß. Diese weit auseinanderstehenden schwarzen Augen verblüfften ihn. Er starrte ihre Hände an, als sie an den weißen Löckchen an ihren Schläfen zupfte. Sie hatte eine so wunderbar hohe und gerade Stirn. Aber für eine so schöne Frau besaß sie zu große Hände, die Hände hätten bei einer jeden Frau zu groß gewirkt! Aber diese Augen! Plötzlich hatte er das Gefühl, dahinzutreiben, kam sich orientierungslos vor wie vorhin in der Gondel, aber das hatte nichts mit dem Wasser zu tun gehabt, oder doch?

Er spürte, wie sich das Zimmer bewegte, so als befänden sie sich immer noch in dem schmalen Boot.

»Ich muß . . . gehen. Ich muß mich hinlegen.«

Er sah ihr zu, wie sie sich erhob.

Sie schien sich zu erheben und erheben und erheben.

»Das ist aber doch nicht möglich . . .«, murmelte er.

»Was ist nicht möglich?« flüsterte sie. Sie stand jetzt, hoch aufragend, vor ihm. Er konnte ihr Parfüm riechen, aber es war nicht so sehr ein französischer Duft, den er roch, sondern ihre Frische, ihren Liebreiz, ihre Jugend. Sie hielt etwas in den Händen. Es sah aus wie eine große schwarze Schlinge aus irgendeinem Material, aus Leder, es war ein Gürtel mit einer Schnalle.

»Daß Sie . . . daß Sie so groß sind . . .«, antwortete er. Sie hatte die Schlinge über seinen Kopf erhoben.

»Und das haben Sie jetzt erst gemerkt?« fragte sie lächelnd. Exquisit!

Es war fast so, als könnte er sich in sie verlieben, man stelle sich vor, sie lieben. Sie hatte etwas Besonderes an sich, war nicht nur eine geheimnisvolle Hülle mit einem ordinären Kern, wie er zuerst gedacht hatte, sondern etwas weitaus Wilderes. »Aber was machen Sie denn da?« fragte er sie. »Was haben Sie denn da... in Ihren Händen?«

Sie sahen nicht menschlich aus, diese Hände.

Sie hatte den zur Schlinge geschlossenen Ledergürtel über ihn fallen lassen. Was für ein außergewöhnliches Vorgehen. Er starrte an sich herunter und sah, daß der Gürtel um seine Brust und seine Arme geschlungen war.

»Was soll denn das werden?« fragte er sie.

Als er versuchte, sich zu bewegen, wußte er es.

Sie hatte die Schlinge auch über die Rückenlehne des Stuhls gezogen, und sie saß so fest, daß er sich nicht mehr nach vorn beugen konnte. Er konnte lediglich noch seine Unterarme heben. Das war höchst merkwürdig.

»Nein«, sagte er lächelnd. Seine Unterarme konnte er bewegen, er nahm sie jetzt hoch und hätte dabei fast die Flasche mit Weinbrand, die auf dem Tisch stand, umgestoßen. Plötzlich machte er einen Ruck nach vorn.

Nichts passierte. Der Stuhl, riesig und schwer, rührte sich nicht.

»Nein«, sagte er abermals und lächelte sie dabei kalt an. »Das gefällt mir nicht.« Dann schüttelte er, so als wolle er ein kleines Kind tadeln, sanft den Kopf.

Sie jedoch war hinter ihn getreten, so daß er sie nicht sehen konnte. Als er versuchte, den Gürtel mit der rechten Hand nach oben zu schieben, merkte er, daß er dafür zu straff saß.

Jetzt packte er ihn mit beiden Händen, überkreuzte dabei die Arme. Die Branntweinflasche war umgekippt, seine Finger waren naß und rutschten am Leder ab. Irgend etwas hielt den Gürtel von hinten an seinem Platz.

Da tauchte sie rechts von ihm, direkt neben seiner Schulter, wieder auf.

»Das gefällt Ihnen nicht?« fragte sie.

Wieder lächelte er sie kühl an. Für diese Albernheit würde er sie bezahlen lassen, wenn sie nackt und hilflos dalag und er ihr den Mund zuhielt. Er würde nicht allzu grausam sein, aber er würde ihr eine Art Lektion erteilen. Im Geiste sah er sich die Finger unter dieses flache, bestickte Band schieben und es lösen.

»Machen Sie mich los, meine Liebe«, sagte er kühl und in leisem Befehlston. »Machen Sie mich jetzt los.«

Er sah diese große Hand vor sich, die sie entspannt herunterhängen ließ, mit Fingern, die unmöglich lang, dünn und weiß waren. Selbst die Ringe waren zu groß. Rubine und Smaragde. Sie war wirklich eine einmalige Frau, eine vollendete Frau. Rubine, Smaragde und diese kleinen Perlen.

Plötzlich bewegte er seine Hand ruckartig nach oben, packte sie am Handgelenk und zog ihre Hand heftig zu seinem Schoß hinunter.

»Das gefällt mir nicht«, flüsterte er ihr ins Ohr. »Ich werde Ihnen den hübschen Hals umdrehen, wenn Sie mich jetzt nicht sofort losschnallen.«

»Ach, das würden Sie mit mir machen?« sagte sie ohne das geringste Anzeichen von Furcht.

In ihm ging plötzlich eine wundersame Verwandlung vor. Sein Verstand wurde wieder klar, während er sie ansah, ihr in ihr vollkommenes Gesicht blickte. Sein Körper war jedoch immer noch hoffnungslos betrunken. Hinter seiner Stirn begann sich ein dumpfer Schmerz aufzubauen. Seine Arme waren so fest gebunden, daß es ihm nicht möglich war, mit der linken Hand ihren Hals zu erreichen. Wenn es sein mußte, würde er ihr jedoch im Nu den Arm brechen und sie dann zu sich herunterzwingen. Das würde dann das Ende des Ganzen sein. Er war hierfür zu betrunken gewesen. Er hätte niemals herkommen dürfen.

»Nehmen Sie mir den Gürtel ab«, sagte er. »Sofort.«

Sie starrte ihn an, ohne zu antworten, dann schien sie ganz weich zu werden. Sie ließ sich auf seinen Schoß nieder, verdeckte dabei mit ihrem Kopf die Kerze hinter sich. In diesem Moment sah er, daß genau im Zentrum ihrer schwarzen Augen ein ganz schwaches dunkelblaues Schimmern lag. Sie war ihm jetzt so nahe, daß er ihren Atem spürte. Er war frisch, unverdorben. Da stieg in ihm ein leidenschaftliches Verlangen nach ihr auf, ein Verlangen, das er auch empfunden hätte, wenn sie nicht so reizvoll gewesen wäre, nur weil sie so frisch, so jung war.

Einen Augenblick lang war sie nur ein Körper. Ihre Lippen berührten die seinen, und er schloß die Augen. Er lockerte seinen Griff um ihr Handgelenk, aber sie zog ihre Hand nicht weg. Der Kuß ließ ihn bis ins Mark erbeben, ließ seine Leidenschaft bis fast zu jenem Punkt ansteigen, wo nichts anderes mehr von Bedeutung war.

Dann jedoch versuchte er sich wieder zu bewegen, rollte seinen Kopf an der Rückenlehne hin und her. »Nimm mir den Gürtel ab«, sagte er sanft. »Mach schon, ich will dich! Ich will dich . . .«, flüsterte er. »Verärgere mich nicht, du törichte Frau.«

»Aber ich bin keine Frau«, flüsterte sie kurz, bevor er sie mit einem Kuß zum Schweigen brachte.

»Hmmmmm . . .« Er runzelte leicht die Stirn. In ihrem kleinen Scherz lag ein Mißklang, ein schrecklicher Mißklang. Seine Lust war träge, kämpfte mit seiner Trunkenheit. Er war sich verschwommen bewußt, daß sie seine Hände wieder auf die Armlehnen des Stuhls gelegt hatte, daß sie seine Hände mit den Handflächen gegen die Armlehnen drückte. Sanft, spielerisch, wobei ihre bloße Berührung aufreizend, aber seltsam war.

»Keine Frau?« Die Beschaffenheit ihrer Haut hatte etwas Unirdisches an sich, sie war so zart, so weich und dennoch nicht . . . »Wenn du keine Frau bist«, flüsterte er, während seine Lippen selbst beim Küssen ein Lächeln formten, »was bist du denn dann?«

»Ich bin Tonio«, hauchte sie in seinen Mund, »dein Sohn.«

Tonio.

Er öffnete die Augen. Ein krampfhaftes und schmerzvolles Zukken durchlief seinen Körper, ein lautes Geräusch wie ein Klirren ertönte in seinem Kopf, er bemühte sich, sie mit den Händen von sich wegzuschieben, gleichzeitig versuchte er, sie festzuhalten, sie zu packen, um sie dann von sich zu stoßen. Er spürte, wie ein heiserer Schrei aus seiner Kehle aufstieg.

Sie war von seinem Schoß verschwunden. Jetzt stand sie vor ihm, ragte über ihm auf und starrte auf ihn herab. In diesem Augenblick begriff er alles, welchen Zweck diese Verkleidung hatte, was da gerade passierte. Ihn packte rasender Zorn.

Er stieß mit den Füßen um sich, zerrte an dem ledernen Riemen, schlug mit dem Kopf hin und her.

»Federico!« brüllte er. »Federico!« Während er sich wand und zappelte, brüllte er weiter, ohne Worte. Vergeblich versuchte er, seine Absätze in den blanken Steinboden zu graben. Mit einem Mal wurde ihm klar, daß sich der Stuhl nicht gerührt hatte. Er war hilflos. Plötzlich wurde er ganz still.

Sie lächelte zu ihm hinunter, lächelte.

Er hatte den Kopf zur Seite gedreht, funkelte sie wütend an. Da lachte sie. Es war ein tiefes, halb unterdrücktes Lachen, heiser und sinnlich wie ihre Stimme:

»Möchtest du mich noch einmal küssen, Vater?« flüsterte sie. Und dieses wunderschöne Gesicht, dieses makellose, weiße Gesicht war zu dem lieblichsten und heitersten Lächeln erstarrt!

Er spuckte sie an.

Die Zähne zusammengebissen, die Hände ausgestreckt, als könne er sie mit seinen krallenden Fingern packen, spuckte er sie wieder an.

Dann sackte er nach hinten, zitternd, den Kopf abermals zur Seite gedreht. Mit niederschmetternder Deutlichkeit wurde ihm nun alles klar.

Die Bühne, das nicht enden wollende Gerede von seiner Schönheit, von seiner Fähigkeit, Illusionen zu erzeugen, davon, daß er im Rampenlicht der Inbegriff einer Frau war. Und dann diese Hände, diese entsetzlichen und schrecklichen Hände, und die Haut!

Er spürte, wie Übelkeit in ihm aufstieg. Er biß die Zähne zusammen und bot seinen ganzen Willen auf, um nicht in Panik zu geraten. Er wollte nicht um sich schlagen, diese Genugtuung wollte er ihr nicht geben. Das Brüllen aber, das Stöhnen, das zwischen seinen Zähnen hervorbrach, konnte er nicht unterdrücken.

Sie! Er schloß bebend die Augen. Die Übelkeit überwältigte ihn jetzt. Er schluckte und zitterte. Als er die Augen wieder öffnete, stand da Tonio, den er jetzt erkannte, und hielt die große französische Perücke aus weißem Haar mit Perlen in den Händen.

Das Lächeln war von seinem Gesicht verschwunden. Seine geweiteten Augen hatten einen glasigen und erstaunten Ausdruck angenommen.

Er zog das schwarze Mieder aus, als wäre es eine Rüstung. Die Röcke, deren Bänder er gelöst hatte, fielen zu Boden.

Und jetzt war da, in zerknittertem weißen Hemd und Hose, das Haar feucht und zerzaust, ein Riese von einem Mann. Ein Stilett mit edelsteinbesetztem Griff steckte in seinem Hosenbund. Als er aus dem abgelegten Putz aus Taft herausstieg, rückte er dieses Stilett mit einer seiner langen Hände zurecht.

Carlo schluckte. Er hatte einen ekelhaften Geschmack im Mund. Das Schweigen flirrte nun zwischen ihnen wie die Vibration eines dünnen Drahtes.

Lange Zeit sahen sie einander an, dieser Dämon mit dem kalten Blick und dem Gesicht eines Engels und Carlo, der jetzt ein häßliches und leises Lachen von sich gab.

Er fuhr sich mit der Zunge über die Lippen.

Sie waren trocken, wund, die Unterlippe war in der Mitte eingerissen. Er schmeckte Blut.

»Meine Männer . . .«, sagte er.

». . . sind zu weit weg, um dich zu hören.«

»Werden kommen . . .«

». . . erst viel, viel später.«

Da fiel es ihm verschwommen wieder ein, diese Treppe, die immer höher und höher geführt hatte. Er hatte zu ihr gesagt: »Aber da fließt irgendwo Wasser. Ich kann es hören, da ist irgendwo Wasser aus dem Kanal eingebrochen . . .« Er konnte den Kanal riechen. Und sie, das Luder, das Monster, der Dämon, hatte geantwortet: »Das spielt keine Rolle. Hier wohnt niemand . . .«

Nein, in diesem Haus, diesem riesigen, verfallenden Haus, gab es niemanden, der ihn hätte hören können. Hier in diesem Zimmer, wo das Feuer hell strahlte, war er vorhin zum Fenster gegangen, um Luft zu schnappen, und hatte mit eigenen Augen gesehen, daß dort unten nicht die Straße lag, auf der seine Männer warteten, sondern der dunkle Schacht eines Innenhofes! Sie waren im Herzen des Gebäudes, sie hatte ihn das Schritt für Schritt sehen lassen!

Oh, es war so perfekt, so schlau.

Er war schweißgebadet. Und nach so jemandem habe ich zwei primitive Mörder ausgeschickt. Der Schweiß rann ihm den Rücken und die Achseln hinunter. Er spürte, daß seine Hände feucht und glitschig waren, obwohl er nichts anderes mit ihnen machte, als die Finger zu strecken und zu krümmen, strecken und krümmen, während er wieder gegen die Panik ankämpfte, gegen den Drang, sich aufbäumen zu wollen. Aber er wußte ja, daß dieser Eichenstuhl keinen Zentimeter nachgeben würde.

Wie oft hatte er Federico angewiesen, ihm aus den Augen zu bleiben, wenn er mit einer Frau zusammen war, wie oft hatte er ihm verboten, ihn aus irgendeinem fremden Bett zu holen?

Das Ganze war wunderbar inszeniert, aber es war keine Oper. Und er hatte gesagt: »Er ist ein Eunuch, sie können ihn mit bloßen Händen erwürgen.«

Er sah zu, wie Tonio sich ihm gegenüber an den Tisch setzte. Das weiße Hemd hatte er am Hals geöffnet, das Licht umspielte die Konturen seines Gesichts, eine jede Bewegung erinnerte an eine riesige Katze, an einen Panther, und besaß eine gespenstische Anmut.

Er spürte, wie Haß in ihm aufstieg, ein gefährlicher Haß, der sich gegen dieses Gesicht richtete, dieses vollkommene Gesicht und jede Einzelheit, die er dort sah, gegen all die Dinge, die er über Tonio erfahren hatte, die er sich hatte zutragen lassen über Tonio, den Sänger, Tonio, die Zauberin im Rampenlicht, Tonio, den Jungen und Schönen, den Berühmten. Tonio, das Kind, das Andrea unter seinem Dach gnädig und nachsichtig aufgezogen hatte, während er, Carlo, in all diesen Jahren in Konstantinopel vor Wut geschäumt hatte. Tonio, der alles hatte, Tonio, dem er niemals entkommen war, auch nicht einen einzigen Augenblick, Tonio und Tonio und noch einmal Tonio, dessen Namen sie noch auf ihrem Sterbebett gerufen hatte. Tonio, der ihn zum hilflosen Gefangenen gemacht hatte, obwohl er nur die langen, schwachen Gliedmaßen eines Eunuchen besaß und er selbst vier Bravos zu seinem Schutz hatte.

Wenn er diesen Haß nicht in einem ungeheuren, brüllenden Schrei hinausließ, dann würde er wahnsinnig werden.

Aber er überlegte, überlegte. Was seine Bravos brauchten, war Zeit. Zeit, um zu erkennen, daß dieses Haus unbewohnt war, daß es zu dunkel war. Zeit, damit sie es durchkämmen konnten.

»Warum hast du mich nicht getötet?« wollte er wissen, während er plötzlich wieder versuchte, sich nach vorn zu beugen, mit den Händen in die Luft griff. »Warum hast du es in der Gondel nicht getan? Warum hast du mich nicht getööööttet!«

»Rasch, heimlich?« kam das vertraute, heisere Flüstern. »Und ohne eine Erklärung? So wie deine Männer in Rom auf mich losgegangen sind?«

Carlos Augen wurden schmal.

Zeit, er brauchte Zeit. Federico hatte ein gutes Gespür dafür, wenn irgendwo Gefahr drohte. Er würde merken, daß etwas nicht stimmte. Er stand doch direkt vor diesem Haus.

»Ich möchte etwas Wein haben«, sagte Carlo. Sein Blick wanderte zum Tisch, zu dem Messer mit Elfenbeingriff, das im Geflügel steckte und sich ein kleines Stück außerhalb seiner Reichweite befand, zu den Pokalen, der umgekippten Weinbrandflasche.

»Ich möchte etwas Wein haben!« Seine Stimme wurde undeutlicher.

»Verdammt noch mal, wenn du mich schon nicht in der Gondel umgebracht hast, dann gib mir jetzt etwas Wein.«

Tonio musterte ihn, als gehöre ihm alle Zeit der Welt.

Dann griff er mit einem seiner unglaublich langen Arme nach dem Becher und hielt ihn Carlo hin.

»Nimm ihn, Vater«, sagte er.

Carlo hob den Becher, aber er mußte den Kopf herunterbeugen, um trinken zu können. Er schlürfte den Wein, spülte den ekelhaften Geschmack aus seinem Mund. Als er seinen Blick wieder hob, verspürte er ein so starkes Schwindelgefühl, daß er sich einbildete, sein Kopf wäre zur Seite gesackt.

Er leerte den Becher.

»Gib mir noch etwas«, sagte er. Das Messer war viel zu weit weg. Selbst wenn es ihm irgendwie gelungen wäre, diesen massiven Tisch zu kippen, der noch schwerer war als der Stuhl, an den er festgebunden war, hätte er das Messer nicht rechtzeitig packen können.

Tonio nahm die Flasche.

Federico würde wissen, daß irgend etwas faul war. Er würde zur Tür kommen. Die Tür, die Tür.

Als er vorhin vor ihr die Treppe hinaufgestiegen war, hatte er ein lautes Krachen, das wie ein Kanonenschlag geklungen hatte, durch das Haus hallen hören. Dabei war ihm noch der flüchtige Gedanke gekommen, daß eine Frau doch nicht in der Lage war, derart kraftvoll einen Riegel vor die Tür zu legen.

Aber das würde seine Männer nicht aufhalten.

»Warum hast du es nicht getan?« wollte er, den Becher in beiden Händen, plötzlich wissen. »Warum hast du mich vorhin nicht umgebracht?«

»Weil ich mit dir reden wollte«, antwortete Tonio so leise, daß es nur noch ein Flüstern war. »Ich wollte wissen ... warum du versucht hast, mich umzubringen.« Sein Gesicht, das bis jetzt glatt und ausdruckslos gewesen war, wurde von einer ganz leichten Röte überzogen. »Warum hast du mir in Rom Meuchelmörder geschickt, obwohl ich dir in vier Jahren nichts Böses getan habe und auch nichts von dir forderte? War es meine Mutter, die dich bis dahin zurückgehalten hat?«

»Du weißt, warum ich sie geschickt habe!« behauptete Carlo. »Wie lange hättest du noch gewartet, bis du zurückgekehrt wärst, um über mich herzufallen!« Er spürte, wie sein Gesicht rot und schweißnaß wurde, er schmeckte Salz auf seinen Lippen. »Alles, was du getan hast, hat mir gesagt, daß du kommen würdest! Du hast dir das Schwert deines Vaters schicken lassen, du hast deine Freizeit in Fechthallen verbracht, du warst keine sechs Monate in Neapel, da hast du einen anderen Eunuchen ermordet, und im Jahr darauf hast du einen jungen Toskaner in die Flucht geschlagen.

Und deine Freunde, deine mächtigen Freunde, sollte es denn nie aufhören, daß man mir davon erzählte, von den Lambertis, dem Kardinal Calvino, diesem di Stefano aus Florenz. Und dann hast du es gewagt, auf der Bühne meinen Namen zu verwenden. Das war, als hättest du mir den Fehdehandschuh ins Gesicht geworfen. Du hast dein Leben gelebt, um mich zu quälen. Du hast dein Leben gelebt, als wäre es eine Klinge, die auf meinen Hals zeigte!«

Er lehnte sich zurück. Sein ganzer Brustkorb tat ihm weh, aber oh, es fühlte sich gut an, so gut, das alles endlich auszusprechen, zu spüren, wie die Worte aus ihm heraussprudelten, ein unkontrollierbarer Strom aus Gift und Hitze.

»Was hast du geglaubt? Daß ich es leugnen würde?« Wütend funkelte er die stille Gestalt an, die vor ihm stand und mit diesen langen weißen Händen, diesen Klauen, am Elfenbeingriff des langen Messers herumspielte.

»Ich habe dich einst am Leben gelassen und erwartet, daß du dich für immer aus dem Staub machst. Aber du hast einen Narren aus mir gemacht. Gütiger Himmel, kein Tag ist vergangen, an dem man mir nicht von dir erzählt hat, an dem ich nicht gezwungen gewesen bin, über dich zu sprechen. Ich mußte dieses leugnen und jenes abstreiten, meine Unschuld beschwören und Tränen vortäuschen, Phrasen dreschen und Resignation zeigen. Und ich mußte lügen ohne Ende. Du hast einen *Narren* aus mir gemacht. Carlo, der Sentimentale, der sich scheut, dein Blut zu vergießen!«

»Oh, Vater, halte deine Zunge im Zaum«, kam Tonios erstauntes Flüstern. »Du bist unklug!«

Carlo lachte. Es war ein freudloses, trockenes Lachen, das den Schmerz in seinem Kopf zum Pulsieren brachte.

Er kippte den Wein hinunter, ohne es zu merken, und als er die Hand krampfhaft nach der Flasche ausstreckte, sah er sie auf ihn zugleiten, dann die Flüssigkeit in den Becher fließen.

»Ich bin also unklug?« Er lachte und lachte. »Wenn du von mir hören willst, daß ich es abstreite, wenn du mich betteln hören willst, dann wirst du sehr enttäuscht sein! Nimm deinen Degen, deinen berühmten Degen, denn den hast du sicherlich hier irgendwo versteckt, und gebrauche ihn! Vergieß das Blut deines Vaters! Zeige mir gegenüber nichts von der Gnade, die ich dir gegenüber gezeigt habe!«

Der Burgunder, den er in tiefen Zügen trank, kühlte ihn einen Augenblick lang, spülte über den Schmerz und über die Trockenheit dieses Lachens hinweg, in dem seine Worte fortgerissen wurden.

Er wollte sich mit der Hand den Mund abwischen. Es machte ihn wahnsinnig, daß er seinen Mund nicht erreichen konnte.

Er ließ den Wein gegen seine Lippen schwappen, während er abermals schauderte und ihn wieder dieses Gefühl der Panik überkam, dieser Drang, sich zu wehren, auch wenn es sinnlos war.

»Ich wollte diese Männer nicht nach Rom schicken!« sagte er. »Ich hatte keine Wahl! Es wäre alles anders gelaufen, wenn sie zurückgekommen wären und mir erzählt hätten, daß du sanft und schüchtern geworden bist, wenn sie mir erzählt hätten, daß du dich sogar vor deinem eigenen Schatten fürchtest! Ich habe solche Eunuchen gekannt, diesen verabscheuungswürdigen alten Beppo, der sich in seiner Zelle erhängt hat, nachdem du Venedig verlassen hattest, diesen weichlichen Alessandro, der trotz all seiner Überheblichkeit absolut geistlos ist. Von einem Eunuchen wie diesem braucht man nichts zu fürchten. Aber du, oh, bei dir hat es nicht gewirkt! Du warst zu stark dafür, zu edel, deinem Großvater zu ähnlich, vielleicht warst du auch schon zu alt dafür! Und ständig hat man mir von dir erzählt, ich sage dir, es war, als würdest du neben mir auf dem Kissen liegen, als würdest du unter meinem Dach leben! Was sollte ich tun? Sag du es mir! Ich hatte keine Wahl!«

Durch den Schleier von Kerzenrauch sah er Tonios Gesicht, auf dem sich immer noch erschrecktes Erstaunen malte, aber es war jetzt unnahbarer geworden und fast traurig.

»Ach, du hattest keine Wahl!« flüsterte Tonio beinahe bitter. »Und was wäre gewesen, wenn du nach Rom gekommen wärst? Was wäre gewesen, wenn wir zwei uns begegnet wären und miteinander geredet hätten, so wie jetzt?«

»Begegnet? Geredet?« wollte Carlo empört wissen. »Wozu? Um dich um Verzeihung anzuflehen, weil ich dich kastrieren ließ?« Er schnaubte höhnisch. »Nun, ich habe dich damals immer und immer wieder angefleht, dich mir zu unterwerfen, mein unehelicher Sohn! Du aber hast dich geweigert. Du hast dein Schicksal selbst bestimmt! Es war deine Entscheidung, nicht die meine!«

»Oh, das glaubst du doch nicht wirklich!« flüsterte Tonio.

»Ich hatte keine Wahl!« brüllte Carlo. Er lehnte sich nach vorn. »Ich sage dir noch einmal, ich hatte keine Wahl! Zum Teufel mit den Männern, die ich zu dir nach Rom geschickt habe. Wenn dich das dazu bewogen hat, hierherzukommen, um so besser, denn du wärst ohnehin gekommen, und das weißt du auch. Ich hatte keine Wahl!«

Sein Blick trübte sich, aber ach, dieses Gesicht war so wunderschön. Doch es war das Gesicht eines Dämons, welche Ironie. Und voller Jugend. Seine Jugend, das war es, was er am allermeisten beklagt hatte.

Sein Becher war wieder leer. Er spürte, wie ihm der Wein das Kinn hinunterrann. Er griff nach der Flasche.

»Dir begegnet, mit dir geredet.« Er seufzte, seine Brust hob und senkte sich, die Augen hatte er halb geschlossen.

Aber was sollte er tun, was sollte er sagen?

Sein Blick wanderte über die Zimmerdecke, das große dämmrige Gewölbe, über das der Kerzenschein zuckte, wo Spinnen wohnten und der Regen in schimmernden Tröpfchen durch Haarrisse sikkerte.

Er brauchte unbedingt Zeit, Zeit, damit es dunkel werden konnte. Was er da eben gesagt hatte, was aus ihm herausgebrochen war, das war das Gift aus vielen alten Wunden gewesen.

Als er jedoch spürte, wie sein Körper von der Wärme des Weins durchströmt wurde und sich eine tiefe, sanfte Erschöpfung in ihm ausbreitete, da war ihm das egal!

Aber die Ungerechtigkeit, die ihm widerfahren war, die war ihm nicht egal, diese grausame und unbarmherzige Ungerechtigkeit, die sich über Jahre hinweg fortgesetzt hatte, die Lügen und Anschuldigungen, die niemals aufhörten. Für all das hatte er bezahlt, bezahlt, bezahlt! Alles, wonach er gestrebt hatte, war ihn so teuer zu stehen gekommen, daß es den Preis am Ende nicht wert gewesen war. Oh, an was hatte er sich je erfreuen können, das ihn nicht seine Jugend, sein Blut und seinen Frieden gekostet hatte? Wann hatte es da je Verständnis gegeben, irgendeinen Augenblick, wo er das Ganze vor irgendeinem Richter hätte niederlegen können?

»Was weißt du denn schon davon?« wollte er wissen. »Von all diesen Jahren in Konstantinopel, als du verwöhnt und verhätschelt wurdest, während man mir Marianna fortgenommen hatte. Und dann kam ich nach Hause und mußte erleben, daß sie mich beschuldigt, *mich* beschuldigt! Sie hat mir nie geglaubt, weißt du! Immer hieß es Tonio, Tonio! Ich habe sie tausendmal angefleht, keinen Wein mehr zu trinken, ich habe Ärzte kommen lassen. Und was hat sie nicht alles von mir bekommen! Juwelen, Kleider aus Paris, Diener, die ihr jeden Wunsch von den Augen ablasen, die sanftesten Ammen für die Jungen, sie hat alles von mir bekommen! Aber was wollte sie letztendlich haben: ›Tonio‹, und den Wein. Es war der Wein, der sie umgebracht hat, und auf ihrem Sterbebett hat sie nach dir verlangt!«

Er musterte Tonio. Was für ein Ausdruck lag jetzt auf seinem Gesicht? Ungläubigkeit? Schmerz? Er konnte es nicht sagen. Es war ihm auch egal.

»Das tröstet dich sicherlich«, sagte er bitter und lehnte sich wieder nach vorn. Sein Kopf war ihm jetzt zu schwer, aber der Wein in seinem Mund war kühl und frisch. »Und dann diese letzten Tage! Weißt du, was sie zu mir gesagt hat? Daß ich sie zugrunde gerichtet hätte, vernichtet hätte, sie in den Wahnsinn und die Trunksucht getrieben hätte und ihr ihren einzigen Trost, unseren Sohn, genommen hätte! Das hat sie zu mir gesagt!«

»Und das hast du natürlich nicht geglaubt, nicht wahr?« flüsterte Tonio.

»Es geglaubt! Nach allem, was ich ihretwegen erduldet habe!« Carlo spürte, wie der Ledergürtel ihn schmerzhaft in die Brust schnitt, er lehnte sich wieder zurück und hielt dabei die Flasche fest in der Hand. »Nach allem, was ich für sie getan habe! Ich wurde in die Verbannung geschickt, weil ich sie liebte. Wer hätte sich denn nach all diesen Jahren in Konstantinopel, während sie im Hause meines Vaters lebte, wieder mit ihr abgegeben!

Aber ich liebte sie. Es war eine Leidenschaft, die fünfzehn Jahre überdauerte, nur um dann zerstört zu werden! Und wovon? Nicht von der Zeit, wohlgemerkt, auch nicht von meinem Vater, sondern von dir! ›Tonio‹, und dann starb sie. Sie wollte am Schluß nicht einmal mehr unsere Kinder sehen . . .«

Seine Stimme brach. Er war erstaunt darüber, wie merkwürdig sie klang. Wenn er gekonnt hätte, dann hätte er seinen Kopf in die Hände gestützt.

»Du fragst, ob ich ihr glaubte. Was gibt dir das Recht, mich überhaupt etwas zu fragen? Was gibt dir das Recht, über mich zu Gericht zu sitzen?«

Er griff nach der Weinbrandflasche und goß sich den Rest des Inhalts rasch in den Becher. Er trank den Becher leer, spürte dabei die schärfere, stärkere Hitze des Alkohols. Köstlich. Das ganze Zimmer schien unter ihm zu schwanken, eine Art Krampf stieg in ihm auf, bis selbst seine Augen sich nach oben verdrehten. Eine quälende Erinnerung überfiel ihn. Er sah seine junge und wunderschöne Marianna, so wie sie war, als er sie damals aus dem Kloster geholt und in seine Unterkunft geführt hatte. Wie sie zu schreien begonnen hatte, als sie erkannte, daß er sie nicht heiraten würde!

Er schauderte, erinnerte sich daran, daß er sie zu trösten versucht hatte, daß er ihr versichert hatte, er würde lediglich etwas Zeit brauchen, Zeit, um seinen Vater für sich zu gewinnen. »Ich bin sein einziger Sohn, verstehst du denn nicht, er muß sich mir fügen!«

Er wollte sich nicht daran erinnern. Er stand kurz vor dem Delirium. Plötzlich wußte er wieder, wie es früher einmal gewesen war, als seine Mutter und seine Brüder noch gelebt hatten und die ganze Welt heiter, voller Hoffnung und voller Liebe gewesen war. Sie waren wie ein Prellbock zwischen ihm und seinem Vater gewesen. Es hatte nichts gegeben, was sich nicht wieder in Ordnung hätte bringen lassen. Aber das hatte man ihm auf grausame Weise genommen, so wie man ihm Marianna genommen, wie man ihm seine Jugend genommen hatte. Jetzt schien es ihm, als wäre alles, woran er sich wirklich erinnern konnte, Kampf und Bitterkeit, und das löschte alles andere aus.

Er stöhnte. Er starrte zum Eßtisch. Verschwommen wurde ihm wieder bewußt, wo er sich befand und daß es Tonio war, der ihn hier festhielt. Er spürte, wie der Gurt in sein Fleisch schnitt, und versuchte, einen klaren Gedanken zu fassen. Da fiel ihm wieder ein, daß er jetzt vor allem Zeit brauchte.

Die Kerzen waren weit heruntergebrannt, das Feuer im Kamin war zu einem Haufen glimmender Asche zusammengesunken. Als er an jenem Morgen damals betrunken zum Broglio gegangen war und geschworen hatte, daß er sie auch ohne Erlaubnis heiraten würde, hatte sein Vater ihn mir zorniger Miene angefahren: »Du wagst es, dich mir zu widersetzen?« Und Marianna hatte schluchzend auf dem Bett in jener schmutzigen Unterkunft gelegen: »O Gott im Himmel, was hast du mir angetan?«

Er mußte wieder irgendein Geräusch, ein Stöhnen von sich gegeben haben.

Erschrocken merkte er plötzlich, daß es im Zimmer dunkel geworden war. Mit einem Mal erschien ihm der Raum riesengroß. Tonio starrte ihn immer noch ausdruckslos an. Lediglich um seinen Mund herum zeigte sich eine harte Linie.

Sein schwarzes Haar fiel ihm nun weich auf die Schultern herab und umrahmte sein Gesicht jetzt auf natürlichere Weise. Wie sah er aus? Trotz der Operation war da immer noch die alte Ähnlichkeit, wie sie sich auch auf dem Dutzend Porträts zeigte, die vor vielen Jahren gemalt worden waren, als sie alle noch zusammen waren, seine Brüder und er, und seine Mutter. Aber dies hier war Tonio!

Er spürte, wie wieder Übelkeit in ihm aufstieg.

»Du . . .« Er kochte vor Zorn, sein Körper zitterte. »Du hältst mich hier gefangen, du sitzt über mich zu Gericht! Bist du deshalb gekommen, weil du über mich richten willst! Du, der Verhätschelte« – er lächelte, dieses Lachen fing wieder an, dieses leise, staubtrockene Lachen, das seine Worte fortzureißen schien – »der von meinem Vater Erwählte, du, der Sänger, ja, der große, berühmte Sänger, dessen Kutsche die Frauen mit Blumen bewerfen, der von Angehörigen des Königshauses empfangen wird, Tonio, dessen Börse von Gold überfließt und dem der große Kardinal Calvino jeden Wunsch von den Augen abliest.«

In Tonios Gesicht flackerte die Spur eines Gefühls auf.

»Ja, ja.« Er lachte, sein Lachen war leise und trocken. »Glaubst du denn, ich wüßte nicht von dem widerlichen Schicksal, zu dem ich dich so überstürzt und impulsiv verdammt habe, glaubst du, ich hätte nicht von deinen Liebhabern erzählen hören, von deinen Verehrern, deinen Freunden? Welche Tür gibt es dort, die sich dir nicht geöffnet hätte? Was gibt es dort, was du hättest haben wollen und was dir verweigert wurde? Eunuch. Was zum Teufel haben sie dir weggehackt, daß du jetzt die Betten Roms in einer Weise belagerst, die dem Ansturm der Barbaren in nichts nachsteht?

Und du kommst hierher, reich, jung, von den Göttern selbst in deiner Monstrosität so begünstigt, daß du deinen eigenen Vater zu verführen magst, und sitzt über mich zu Gericht! Fragst mich, warum ich dies, warum ich jenes getan habe!«

Er hielt inne, versuchte vergeblich, sich mit den Fingern die Lippen abzuwischen. Im Becher war noch immer der scharfe Geschmack des Weinbrands.

»Sag mir« – er beugte sich wieder nach vorn, den Kopf zur Seite geneigt – »würdest du all das aufgeben, für das Leben, das ich seitdem geführt habe!« Er grinste Tonio höhnisch ins Gesicht. »Denk nach, bevor du antwortest. Soll ich dir sagen, wie es gewesen ist! Dabei will ich jetzt noch nicht einmal davon reden, daß meine Frau nicht aufhörte, ihren verlorenen Sohn zu bejammern, daß deine Cousine Catrina mir Tag und Nacht wie eine Harpyie ihre Klauen immer tiefer ins Fleisch gegraben und auf den kleinsten Versprecher von mir gewartet hat! Ich will auch nicht davon reden, daß diese alten Senatoren und Räte, die Parteigänger meines Vaters, mich wachsam wie die Geier ständig aus dem Augenwinkel heraus beobachtet haben!

Nein, ich rede jetzt von Venedig, dem Leben voller Pflichten und Verbindlichkeiten, um das ich dich auf so grausame Weise gebracht habe, Tonio, den Sänger, Tonio, den gefeierten Kastraten. Nun, hör mir zu.«

Er senkte seine Stimme, als wolle er ihm ein Geheimnis anvertrauen. Er klang erregt: »Zunächst einmal ist da ein großer vermodernder Palazzo, der mit seinen zahllosen Zimmern, den abbröckelnden Mauern, den verrottenden Grundmauern dein Vermögen verschlingt, der alles, was du ihm gibst, wie ein großer Schwamm aufsaugt und immer noch mehr will, und der im Grunde ein Emblem für diese Republik selbst ist. Ein Emblem für diesen Staat, der dich jeden Tag deines Lebens in den Dogenpalast beordert, wo du dich dann verbeugst, lächelst, feilschst, lügst, erörterst und über das endlose Geschwätz den Vorsitz führst, durch das diese stolze und machtlose Stadt ohne Reich, ohne Bestimmung, ohne Hoffnung regiert wird! Spione und Inquisitoren, Protokolle, Tradition und Pomp, der jeder Vernunft widerspricht. Für jedes neue Spektakel, für Festtage, Jahrestage, Feiern und extravaganten Prunk, wird dir das Geld aus der Tasche gezogen.

Und dann, wenn du deine schwere Roben ausziehen kannst und du das alberne Geschwätz nicht mehr hören mußt, wenn du Blasen an den Füßen hast und dir deine Gesichtsmuskeln vom ständigen Lächeln weh tun, was kommt dann, außer daß du endlich Gelegenheit hast, zum hundertsten Mal dein Geld im Ridotto zu verspielen oder wieder einmal mit derselben Kurtisane oder demselben Schankmädchen zu schlafen oder derselben Ehebrecherin, mit der du vorher die ganze Woche gestritten hast. Während all dessen sind die Spione des Staates stets in deiner Nähe, beobachten dich deine Feinde, wird dein Verhalten überwacht. Und wenn du das alles satt hast, wenn du das Gefühl hast zu ersticken, dann brauchst du dich nur umzusehen, deinen Blick von einem Ende dieser schmalen Insel zum anderen schweifen zu lassen, und du erkennst, daß das Ganze am nächsten Tag von neuem beginnt!

Aber du bist nach Hause gekommen, um über mich zu Gericht zu sitzen!

Du willst dieses Leben zurückhaben! Du willst es gegen die Oper eintauschen, willst es gegen deine englische Schönheit an der Piazza di Spagna eintauschen, du willst deine Stimme aufgeben, die dich unvergleichlich berühmt gemacht hat! All dies willst du aufgeben, um hierher zurückzukehren! Nur um einer unter tausend gierigen Adeligen zu sein, die alle um die wenigen teuren und langweiligen Ämter dieser Republik kämpfen, einer Republik, die so zusammengeschrumpft ist, daß sie aus wenig mehr als den Mauern besteht, die jene Piazza umgeben, wo du so raffiniert um mich herumgeschwänzelt bist!«

Leises Lachen. Es besaß Eigenleben, war so gut wie die Worte, es strömte aus ihm heraus, ohne daß er es kontrollieren konnte.

»Nimm dir das verdammte, stinkende Haus. Nimm dir die verdammten stinkenden Regierungsämter. Nimm dir alles und ...«

Er kam ins Stocken.

Er schwieg.

Er starrte geradeaus. Einen Augenblick lang schien es, als wäre sein Kopf plötzlich leer. Er wirkte matt und verausgabt, die Woge der Energie, die ihn angetrieben hatte, schien versiegt.

Sein Bewußtsein versuchte irgend etwas zu begreifen, aber er wußte nicht, was das war.

Er wußte lediglich, daß sich durch das alles ein roter Faden zog. Wenn er diesen Faden packte und ihn durch das Labyrinth seines Fieberwahns zurückverfolgte, würde er sicherlich zur verregneten Piazza und zu jenem vollkommenen Augenblick mit den dahinfliegenden Möwen und den im Wind flatternden Flaggen kommen. Er sah diese strahlende Traurigkeit, vollständig, makellos und weit von sich entfernt, diesen Augenblick voller Ergebenheit und Hoffnung, in dem er eine Art wunderbarer Dankbarkeit dafür empfunden hatte, daß einen Moment lang alles einen Sinn ergeben hatte. Wenn Tonio nur tot wäre, wenn Tonio nur endlich unter der Erde wäre, wenn . . . dann konnte er frei atmen.

Er starrte Tonio an. Ihm schien, als befänden sie sich schon eine Ewigkeit zusammen in diesem Zimmer.

Die Kerzen zischten in ihrem Wachs, das Feuer war fast erloschen, dennoch war die Luft immer noch warm und ungesund feucht. Und sein Kopf, wie es in seinem Kopf hämmerte.

Aber irgend etwas stimmte nicht.

Irgend etwas stimmte nicht, weil das, was er da erzählt hatte, nicht gelogen war, weil dies keine Ausflüchte waren, kein Geschwätz, um Zeit zu schinden, bis seine Männer kamen. Das, was da aus ihm herausgesprudelt war, hatte die Kraft und den Glanz der Wahrheit gehabt, nur daß es einfach nicht die Wahrheit sein konnte, nein, das, was er da eben beschrieben hatte, konnte doch nicht sein Leben gewesen sein.

Tonios Gesicht war verzerrt, seine Schönheit und seine Jugend hatten sich in etwas verwandelt, das umfassender und vielschichtiger als Unschuld war, etwas, das erkennen ließ, daß sich die Seele dieser Verführerin, dieses Zauberers in Aufruhr befand.

Aber das kümmerte Carlo nicht.

Er merkte, daß sich sein Bewußtsein auf einmal im Zustand des Chaos befand. Entsetzen lauerte im Hintergrund, es war das Entsetzen, das er auch auf der Piazza verspürt hatte. Wie hatte er es bei sich genannt? Etwas, das wie ein verdorrter Schrei in einem offenen Mund war!

Er wollte verzweifelt etwas erklären, etwas, das bislang noch nie jemand verstanden hatte.

Wann hatte er je gewollt zu morden, zu kastrieren, wann hatte er je gewollt, so zu kämpfen, wie er zu kämpfen gezwungen worden war ...?

Aber er brachte kein Wort heraus, er schwieg, und das machte ihm angst. Die Stille, die im Raum lag, machte ihm angst. Dann sah er, daß sich Tonio, so als hätte ihn sein Schweigen dazu veranlaßt, von seinem Stuhl erhob.

Er starrte die langen, mageren Arme an, die nach dem schwarzen Kleid griffen, dem Mieder, den Röcken, der Perücke mit den kleinen Perlen.

Während Carlo entsetzt zusah, legte Tonio das alles in einem Haufen auf die glimmenden Kohlen im Kamin.

Eine Flamme schoß an den rußgeschwärzten Ofenkacheln empor, als Tonio mit dem Schürhaken in den Kohlen stocherte. Die Perücke füllte sich innen mit Rauch.

Die Perlen glitzerten im Licht, dann fingen die Haare ganz plötzlich Feuer und die Perücke begann in sich zusammenzufallen. Sie knisterte, als sie zusammenschnurrte wie ein eingefallener Mund. Der schwarze Taft darunter loderte hell auf.

»Aber warum verbrennst du diese Sachen?« hörte sich Carlo fragen. Wieder fuhr er sich mit der Zunge über die trockenen Lippen. Die Flasche war leer, der Becher war leer ...

Eine schlimme Ahnung stieg in ihm auf, ein Gefühl, schlimmer als alles, was er bisher gekannt hatte. Es schien, als müsse er etwas sagen, müsse mit irgend etwas beginnen, er mußte irgendeinen Weg finden, um Zeit zu schinden, Zeit zu schinden, bis seine Männer ihn aufgespürt hatten. Aber dieses Entsetzen konnte er nicht abschütteln ...

»Dazu getrieben«, flüsterte er, und seine Stimme war so schwach, daß sie kaum zu hören war, »dazu getrieben, zu allem. Aber schließlich habe ich einen so hohen Preis dafür bezahlt, daß ich mich frage, ob es das wert war. War es das wert?« Er schüttelte den Kopf, aber diese Worte waren nicht für Tonio, sondern nur für ihn selbst bestimmt. Dennoch hatte Tonio sie gehört.

Tonio hielt den Schürhaken in der Hand. Seine Spitze glühte rot im Dunklen. Jetzt kam er mit katzenhafter Anmut langsam auf Carlo zu, den Schürhaken noch immer in der Hand.

»Aber du hast eine Sache vergessen, Vater«, sagte er, und seine Stimme war ruhig und kalt, so als würde er sich höflich mit einem Freund unterhalten. »Du hast mir von der Ehefrau erzählt, die dich enttäuschte, von dem Staat, der dich finanziell aussaugt, den Pflichten deines Amtes, die auf dir lasten, von den Amtskollegen, die dich schikanieren, von meiner Cousine, die nicht aufhört, dich anzuklagen. Du hast mir von so vielen Dingen erzählt, die dich quälen und dir das Leben zur Hölle machen. Du hast mir jedoch nichts von deinen Söhnen erzählt!«

»Meine Söhne . . .« Carlos Augen wurden schmal.

»Deine Söhne«, wiederholte Tonio, »die kleinen Treschis, meine Brüder. Was tun sie dir an, Vater? Diese Kleinkinder, womit quälen sie dich, welches Unrecht fügen sie dir zu? Halten sie dich nachts nicht mit ihrem Geschrei wach, rauben sie dir nicht deinen wohlverdienten Schlaf?«

Carlo gab ein undefinierbares Geräusch von sich.

»Komm schon, Vater«, stieß Tonio leise zwischen den Zähnen hervor. »Auch wenn alles andere nur Verpflichtung und Plackerei ist, dann sind sie es doch sicher wert, Vater, daß du vor vier Jahren meinen Lebensweg abgebrochen hast!«

Carlo starrte vor sich hin. Dann schüttelte er unsicher den Kopf. Er richtete sich auf, zog dabei die Schultern hoch und scharrte mit den Füßen leise auf dem Boden.

»Meine Söhne . . .«, sagte er. »Meine Söhne . . . meine Söhne werden dich ausfindig machen und für das, was du hier tust, umbringen!« rief er.

»Nein, Vater«, sagte Tonio. Er drehte sich um und warf mit einer ungezwungenen Geste den Schürhaken ins Feuer. »Wenn du hier in diesem Haus stirbst«, flüsterte er, »dann werden deine Söhne niemals davon erfahren.«

»Das ist eine abscheuliche Lüge, sie werden mit dem Wunsch aufwachsen, dich zu töten, sie werden nur für den Tag leben, an dem –«

»Nein, Vater, sie werden bei den Lisanis aufwachsen, und von uns beiden und unserer alten Fehde werden sie nur wenig erfahren.«

»Lügen, Lügen, meine Männer werden nicht ruhen . . .«

»Deine Männer werden wie die Ratten aus der Stadt fliehen, wenn sie merken, daß es ihnen nicht gelungen ist, dich zu beschützen.«

»Die Inquisitoren des Staates werden dich verfolgen und –«

»Wenn sie wüßten, daß ich hier bin, dann hätten sie mich bereits gefangengenommen«, erwiderte Tonio sanft. »Außerdem hast du die Piazza vor aller Augen in Begleitung einer einzelnen Hure verlassen.«

Unfähig, etwas zu sagen, starrte Carlo wütend zu Tonio empor.

»Wenn du hier sterben solltest, Vater« – Tonio seufzte – »dann wird niemand erfahren, was dir passiert ist.«

Er drehte sich um, durchquerte das Zimmer mit einigen großen Schritten und öffnete einen dunkel lackierten Schrank.

Carlo saß wie versteinert da und beobachtete Tonio, als dieser mit jenen anmutigen Bewegungen, die so typisch für ihn waren, einen schäbigen Rock und einen Degen herausnahm. Er zog den Rock an, schnallte sich dann den Degen um und hängte sich schließlich noch einen Kapuzenumhang über die Schultern, den er am Hals schloß, so daß der schwarze Wollstoff ringsum in tiefen Falten bis zum Boden fiel. Dann zog er die Kapuze hoch, so daß sein Gesicht jetzt weiß unter dem dunklen Dreieck aus Tuch hervorschimmerte.

Carlo bäumte sich auf. Er riß mit vor Anstrengung zusammengebissenen Zähnen an seiner Fessel und versuchte den Stuhl nach hinten umzukippen. Vergebens. Der Stuhl rührt sich nicht einmal.

Die Gestalt kam auf ihn zu, der schwarze Umhang schwang beim Gehen in demselben gespenstischen Rhythmus, wie es die schwarzen Röcke auf der Piazza getan hatten. Tonio betrachtete das kalt gewordene Essen auf dem Tisch und zog dann das Messer mit dem langen Elfenbeingriff aus dem Geflügel.

Carlo waren Tränen der Wut in die Augen gestiegen, aber er zuckte mit keiner Wimper. Es war noch nicht vorbei. Es war noch nicht zu Ende, denn wenn er diesen Gedanken auch nur einen einzigen Moment lang zuließ, dann würde er wie von Sinnen zu schreien anfangen. Es konnte einfach nicht so weit gekommen sein, es konnte nicht mit derselben Ungerechtigkeit enden, derselben Ungerechtigkeit, die sein ganzes Leben bestimmt hatte. Er empfand nichts als Haß auf Tonio und das schreckliche Bedauern, daß er ihn nicht schon vor langer Zeit umgebracht hatte.

»Weißt du«, flüsterte Tonio, »was ich immer tun wollte, wenn dieser Augenblick einmal gekommen wäre?« Er hielt Carlo das Messer vors Gesicht. Im verlöschenden Licht war zu sehen, daß die Klinge vor Geflügelfett glänzte.

Carlo versank im Stuhl.

»Ich habe mir immer vorgestellt, ich würde dir dein Augenlicht nehmen«, flüsterte Tonio und hob dabei langsam das Messer, »damit du, der du geliebt hast, wie ich niemals lieben werde, du, der Söhne gezeugt hast, was mir auf immer versagt ist, vom Leben ausgeschlossen bist, wie ich davon ausgeschlossen wurde, und dennoch lebst, so wie ich auch!«

Die Tränen, die Carlo in den Augen gestanden hatten, rannen ihm jetzt übers Gesicht. Sein Mund arbeitete stumm, während er Tonio wütend anstarrte. Dann spuckte er Tonio den Speichel, den er gesammelt hatte, ins Gesicht.

Tonios Augen weiteten sich.

Mit einer Geste, die beinahe unfreiwillig wirkte, hob er den Rand des Umhangs und wischte den Speichel ab.

»Sehr tapfer von dir, Vater, nicht wahr?« flüsterte er. »Du hast soviel Mut, Vater, nicht wahr? Vor Jahren hast du mir gesagt, daß ich Mut hätte, erinnerst du dich daran? Aber ist es Mut, Vater, was dich dazu veranlaßt, mir jetzt, da ich die Macht habe, über dein Leben zu entscheiden, die Stirn zu bieten? Ist es Mut, Vater, daß du dich weder deinen Söhnen zuliebe noch Venedig zuliebe, auch nicht dem Leben zuliebe unterwerfen willst?

Oder ist es etwas weniger Edles als Mut, ist es nicht etwas weit Niedrigeres? Sind es nicht Stolz und Selbstsucht, die dich zum

Sklaven deines ungezügelten Eigensinns gemacht haben, so daß jeder, der sich dir widersetzt, zwangsläufig dein Todfeind werden muß?«

Tonio kam näher, seine Stimme klang jetzt erregt.

»Waren es nicht Selbstsucht, Stolz und Eigensinn, die dich dazu getrieben haben, meine Mutter aus dem Kloster, das ihr Schutz bot, zu holen, sie zu ruinieren und in den Wahnsinn zu treiben? Dabei hätte sie ein Dutzend Freier haben können, ein dutzendmal hätte sie heiraten, zufrieden und glücklich sein können! Sie war der Liebling der Pietà, ihr Gesang war bereits weithin berühmt. Aber du mußtest sie besitzen, ob sie nun deine Ehefrau werden konnte oder nicht!

Und war es keine Selbstsucht, kein Stolz, kein Eigensinn, was dich dazu getrieben hat, sich deinem Vater zu widersetzen, ihm zu drohen, eine Familie aussterben zu lassen, die auf eine tausendjährige Geschichte zurückblicken konnte!

Und als du nach Hause gekommen bist und festgestellt hast, daß die Strafe für diese Verbrechen immer noch in Kraft war, hast du, getrieben von Stolz, Selbstsucht und Eigensinn, danach getrachtet, dir zu nehmen, was du nur durch Grausamkeit, Verrat und Lügen erlangen konntest! ›Unterwirf dich mir‹, hast du zu mir gesagt, und als ich mich dir nicht unterwerfen konnte, hast du mich kastrieren lassen, hast mich aus meiner Heimat vertreiben lassen und mich so von allem getrennt, was ich kannte und liebte. Und ich, ich ließ mich lieber aus Venedig verbannen, als dich anzuklagen, lebte lieber in Ungnade, als dich bestraft und meine Familie bedroht zu sehen. Und jetzt erzählst du mir, daß all das, wofür du mich verstümmelt und mir Unrecht getan hast, nichts als eine Plage und eine Last ist!

Lieber Gott, du hast eine Familie fast zerstört, du hast eine Frau ruiniert und in den Wahnsinn getrieben, du hast deinen Sohn kastrieren lassen, und dann wagst du es, dich darüber zu beklagen, daß man dir Vorwürfe macht und dich verdächtigt und daß du zum Lügen gezwungen wirst!

Wer in Gottes Namen bist du, daß dein Eigensinn, deine Selbstsucht und dein Stolz einen solchen Preis fordern dürfen!«

»Ich verabscheue dich!« schrie Carlo. »Ich verfluche dich. Ich wünsche mir bei Gott, daß ich dich getötet hätte. Wenn ich könnte, dann würde ich dich jetzt umbringen.«

»Oh, das glaube ich dir gern«, antwortete Tonio gereizt und mit bebender Stimme. »Und du würdest mir selbstverständlich erzählen, daß du natürlich wieder einmal keine andere Wahl hattest!«

»Ja, ja und noch einmal ja!« brüllte Carlo.

Tonio hielt inne. Die Gewalt seiner eigenen Worte hatte ihn erzittern lassen. Jetzt schien er stumm zu warten, bis sich der Zorn, der in ihm aufgestiegen war, wieder gelegt hatte. Der Blick, den er dabei auf Carlo geheftet hatte, war jedoch ausdruckslos, zeigte abermals nichts als Unschuld.

»Und du würdest mir jetzt auch keine Wahl lassen, nicht wahr?« fragte Tonio. »Du hättest gerne, daß ich dich jetzt, in diesem Augenblick, töte, obwohl sich in mir alles dagegen sträubt und ich dich selbst gegen deinen Willen retten möchte.«

In Carlos Gesicht, das in Zorn erstarrt war, vollzog sich eine winzige Veränderung.

»Ich will dich nicht töten!« flüsterte Tonio. »Trotz all deines Hasses, deiner Rücksichtslosigkeit, deiner unendlichen Bosheit möchte ich dich nicht töten! Aber nicht aus Gnade dir gegenüber, diesem beklagenswerten Mann, der du bist, sondern aufgrund von etwas, das du niemals respektiert hast und das du niemals, niemals begriffen hast.«

Er machte eine Pause, atmete tief durch. Sein Gesicht schien jetzt von innen heraus zu leuchten.

»Daß du Andreas Sohn bist«, sagte er langsam, beinahe müde, »daß du von seinem Fleisch und Blut bist und daß ich von deinem Fleisch und Blut bin, daß du ein Treschi bist und Herr des Hauses meines Großvaters. Daß du meine kleinen Brüder, die ich nicht zu Waisen machen möchte, in deiner Obhut hast, daß du trotz all deiner bitteren Klagen über die Regierung Venedigs dort unseren Namen vertrittst!

All das ist für mich ein Grund, dich leben zu lassen, und mit dieser Absicht kam ich auch hierher. Ich will dich leben lassen, nicht zuletzt auch wegen der erbärmlichen Wahrheit, daß du mein Vater, *mein Vater* bist und ich nicht will, daß dein Blut an meinen Händen klebt!«

Wieder machte Tonio eine Pause. Er hielt noch immer das Messer in der Hand, sein Blick wurde verschwommen. Es schien, als hätte ihn plötzlich eine tiefe Erschöpfung überfallen, ein tiefer Abscheu.

Carlo registrierte dies scharfsinnig, obwohl sein Gesicht einen spöttischen Ausdruck zeigte und er sich nicht täuschen lassen wollte.

»Und letztendlich vielleicht auch«, flüsterte Tonio, »weil ich mich von dir nicht dazu zwingen lassen will, es zu tun. Ich will nicht einst als Vatermörder vor Gott stehen und so wie du winseln: ›Ich hatte keine andere Wahl.‹

Aber kannst du das überhaupt begreifen? Kannst du eine Weisheit akzeptieren, die jenseits deines Eigensinns, deines Stolzes liegt? Gibt es einen anderen Weg, diesen Knoten aus Rache, Ungerechtigkeit und Blut zu lösen?«

Carlo hatte seinen Kopf zur Seite geneigt und blickte Tonio mit einem halb zusammengekniffenen Auge an. Sein Haß auf Tonio pulsierte in ihm, so als wäre er sein Herzschlag.

»Ich brauche dich nicht mehr zu hassen«, flüsterte Tonio. »Ich brauche dich nicht mehr zu fürchten. Es scheint, daß du für mich jetzt nichts anderes mehr bist als irgendein häßlicher Sturm, der meine schutzlose Barke vom Kurs abgetrieben hat. Was ich verloren habe, werde ich niemals wiedererlangen. Aber ich will mit dir keinen Streit mehr haben, dich nicht mehr hassen, keinen Groll mehr empfinden.

Sag mir, Vater, kannst du, obwohl du mich um nichts gebeten hast, dennoch akzeptieren, daß ich von dir jetzt nichts anderes verlange als deinen Schwur? Den Schwur, daß du mir ab jetzt nicht mehr nach dem Leben trachten willst und daß ich fortan unbehelligt bleibe. Ich werde aus Venedig verschwinden, wie ich gekommen bin, und niemals danach trachten, dir oder denen, die du liebst, zu schaden. Wenn du mir das in diesem Augenblick vielleicht auch nicht glaubst, dann wirst du es glauben, wenn ich dich verlasse. Aber dafür, Vater, mußt du dich ein klein wenig beugen. Du mußt mir diesen Schwur leisten.

Das ist der Grund, weshalb ich gekommen bin. Das ist der Grund, weshalb ich dich nicht schon getötet habe. Ich möchte, daß zwischen uns aller Zwist beendet ist! Ich möchte, daß du wieder deiner Familie und meinen kleinen Brüdern gehörst. Ich möchte, daß du mir diesen Schwur leistest!«

Carlo warf Tonio langsam einen finsteren Blick zu. Mit leiser, kehliger Stimme murmelte er: »Du willst mich reinlegen . . .«

Ein heftiges Zucken durchlief Tonios Gesicht. Dann glättete es sich wieder, erweckte den Eindruck, zu nichts Bösem fähig zu sein. Er senkte den Blick.

»Vater, um Gottes willen!« flüsterte er. »Um des Lebens willen.«

Carlo musterte ihn. Nun konnte er wieder klar sehen, schmerzhaft klar, obwohl es im Zimmer jetzt dunkel war. Er empfand einen solch ungetrübten Haß auf die düstere Gestalt, die da vor ihm stand, daß er an kaum etwas anderes denken konnte.

Er sah, wie sich das Messer in Tonios Hand bewegte. Tonio hatte es anmutig herumgedreht und hielt es jetzt so, daß Carlo es am Griff nehmen konnte.

»Vater, dein Schwur. Dein Leben ist mein Leben, jetzt und für immer. Sag es!« flüsterte Tonio. »Sag es, damit ich dir glauben kann.«

Langsam nickte Carlo.

»Sag es, Vater«, flüsterte Tonio.

»Ich schwöre . . . daß ich . . . daß ich dir niemals wieder nach dem Leben trachten werde . . .«, murmelte er.

Dann beobachtete er mit stummem Erstaunen, wie Tonio ihm das Messer entgegenstreckte. »Nimm es, zerschneide damit den Riemen«, sagte Tonio. »Laß uns ein für allemal voneinander frei sein.«

Carlo nahm das Messer. Er führte die Klinge sofort nach oben und zerschnitt das Leder direkt an seinem linken Arm.

Der Riemen sprang mit einem lauten Schnalzen fort, Carlo machte mit dem Oberkörper einen Ruck nach vorn. Das Messer in der Hand, stand er vorsichtig auf. Tonio hatte ein paar Schritte rückwärts gemacht, aber er bewegte sich langsam. Der lange Umhang schwang um ihn herum, das Feuer vergoldete dessen Saum und verlieh seinen dunklen Augen immer noch einen Schimmer.

Carlos Augen weiteten sich langsam. Wenn er nur sehen könnte, was sich unter diesen Falten aus schwarzer Wolle verbarg, die die Gestalt völlig einhüllten, wenn er nur den Ausdruck auf diesem Gesicht besser einschätzen könnte. Doch sein gesamtes Denkvermögen beugte sich dem Haß, den er in sich fühlte und der sich während dieses langen Nachmittags immer mehr gesteigert hatte, weil Tonio ihn hier festhielt, Tonio, den er verabscheute und vor langer, langer Zeit schon hätte töten sollen, Tonio, den Eunuchen, der ihn hier vor allen zum Narren gemacht hatte.

In einem letzten Akt der Verachtung ließ er seinen Blick langsam und vielsagend an Tonio hinauf- und hinabwandern, während sich sein Mund zu einem Hohnlächeln verzerrte.

Plötzlich machte er mit gezücktem Messer einen Satz nach vorn, griff dabei mit der linken Hand in den schwarzen Wollstoff, um den schwachen Arm zu packen, der sich dort befinden mußte.

Die schwarz verhüllte Gestalt jedoch wich ihm aus, als wäre sie ein Trugbild. Das geschah so schnell, daß er die Bewegung nicht einmal richtig sah, dann hörte er, während er sich umdrehte, Tonios Degen sirren. Ein schmaler Streifen Licht schloß die Lücke zwischen ihnen. Schmerz schoß Carlo durch die Brust.

Das Messer fiel klappernd zu Boden.

Seine Finger griffen nach der Klinge des Rapiers, diesem Feuerstrahl, der ihn durchbohrte. Als er etwas zu sagen versuchte, füllte sich sein Mund mit einer warmen Flüssigkeit, die ihm das Kinn hinunterlief.

Es ist nicht zu Ende, nicht zu Ende! Aber seine Stimme ging in einem schrecklichen, gurgelnden Geräusch unter.

Als er spürte, wie er zu Boden sank und Finsternis sich über ihn legte, wurde sein Bewußtsein von absolutem Entsetzen erfüllt. Er sah, wie das Schimmern in Tonios Augen brach und davonfloß. Er sah Tonios verzweifeltes Gesicht, bevor es sich wieder glättete und diesen unschuldigen Ausdruck annahm.

2

Zwei Stunden lang blieb Tonio bei Carlo im Zimmer.

Carlos Körper wurde langsam kalt. Alle Lichter waren verloschen. Die Kerzen waren niedergebrannt, die Kohlen im Kamin zu Asche geworden. Tonio wollte Carlo mit seinem schwarzen *tabarro* bedecken. Er wollte Carlo die Arme an den Körper legen, aber er tat es nicht. Als es im Zimmer ganz dunkel geworden war, erhob er sich und verließ still das Haus.

Falls ihn jemand aus dem Seiteneingang hatte kommen sehen, so hatte Tonio ihn nicht bemerkt. Durch die *calli,* die er so gut kannte, folgten ihm keine Schritte. Kein Schatten war auf der großen, leeren Piazza hinter ihm.

Als er die Türen von San Marco erreichte und sie verschlossen vorfand, stand er zuerst wie betäubt da, bevor ihm klar wurde, daß ihm der Zutritt verwehrt war.

Schließlich lehnte er sich an eine der Säulen des Portikus und betrachtete den schwarzen Himmel über dem verschwommenen Umriß des Campanile.

Nur wenige Lichter erleuchteten die Fenster des Dogenpalastes. Hier und da öffnete sich bei einem der Cafés auf der Piazza die Tür. Jene, die gegen den Wind ankämpfend im Regen dahineilten, nahmen keine Notiz von ihm.

Bald waren sein Gesicht und seine Hände vor Kälte ganz starr. Dennoch rührte er sich nicht. Der schräg fallende Regen durchnäßte langsam seine Kleidung.

Die Nacht schleppte sich dahin. Die Uhr schlug immer und immer wieder die Stunde. In den Cafés erloschen die Lichter, selbst die Bettler verließen die Arkaden. Die Stadt um ihn herum legte sich schlafen.

Alles, was jetzt noch von der Zivilisation übriggeblieben war, waren das Schlagen der Uhr und in der Ferne der schwache Schein einiger Fackeln.

Ihm schien, als wären sein Schmerz und die Kälte, die er spürte, ein und dasselbe. Er konnte nicht mehr daran glauben, daß irgend etwas, was man tat, auch rechtschaffen sein konnte. Er bemühte sich, sich das Bild jener Menschen, die er liebte, ins Gedächtnis zu rufen, versuchte ihre Gegenwart zu spüren, denn es reichte nicht, sich nur ihre Namen vorzusagen, so als würde er ein Gebet sprechen. Er stellte sich vor, er würde sich zusammen mit dem Kardinal an irgendeinem ruhigen und sicheren Ort befinden, wo er ihm erklären konnte, was passiert war.

Aber das waren Träume.

Er war allein. Er hatte seinen Vater getötet.

Von jetzt an würde er diese Last stets mit sich tragen. Er würde niemals erzählen, was geschehen war. Er würde niemals um Absolution oder Vergebung bitten.

Als es schließlich zu dämmern begann, zog er sich die Kapuze seines Umhangs über den Kopf und ging hinaus auf die Piazza.

Er betrachtete die monumentalen Gebäude, die für ihn einst die Grenzen der Welt dargestellt hatten, dann kehrte er Venedig für immer den Rücken.

3

Er war schon tagelang in Richtung Süden, nach Florenz unterwegs. Noch immer war Winter, leichter Frost lag auf den Feldern. Dennoch konnte er die Gesellschaft anderer Leute in den Postkutschen nicht ertragen. Er nahm sich deshalb bei jeder Station lieber ein Reitpferd. Da er jedoch nur langsam am Rande der Straße entlangritt, war er bei Einbruch der Nacht oft noch weit von der nächsten Unterkunft entfernt.

Bologna erreichte er zu Fuß. Sein Umhang war schmutzverkrustet, seine Stiefel durchgelaufen. Wäre da nicht sein Degen gewesen, hätte man ihn für einen Bettler halten können.

Er wurde in den Straßen herumgestoßen, der Lärm tat seinen Ohren weh. Er hatte so wenig gegessen, daß ihm schwindlig wurde. Seinen Sinnen konnte er schon längst nicht mehr trauen.

Als er aus der Stadt heraus wieder aufs Land kam, war ihm klar, daß er nicht mehr weiterlaufen konnte. Er klopfte an der Pforte eines

Klosters an und drückte dem Vater Superior die Hälfte des Geldes, das er noch besaß, in die Hand.

Er war dankbar, als die Mönche ihm ein Bett gaben. Sie brachten ihm auch Brühe und Wein und nahmen seine Stiefel und seine Kleidung mit, um sie zu flicken. Durch das Fenster konnte er einen kleinen, in Sonnenlicht getauchten Garten sehen. Bevor er die Augen schloß, fragte er noch nach dem Datum und wie viele Tage es noch bis Ostern seien.

Einer Sache war er sich nämlich sicher. Er mußte vor dem Ostersonntag bei Guido und Christina sein.

Tage vergingen, wurden zu Wochen.

Er lag auf seinem Kissen und sah in den Garten hinaus. Der Anblick erinnerte ihn an eine Zeit, als er glücklich gewesen war, als die Sonne auf mit Steinplatten belegte Gehwege geschienen hatte und ihre Strahlen sich im Wasser des kleinen Brunnens gespiegelt hatten. Das Kloster war voller zart getönter Schatten. Aber er konnte sich an nichts mehr genau erinnern. Sein Bewußtsein war leer.

Er wünschte, es wäre nicht Fastenzeit, dann hätte er wenigstens die Mönche singen hören.

Wenn es Nacht wurde und er allein in diesem Zimmer lag, überkam ihn ein schrecklicher Kummer. Er fürchtete, daß sich seine Fähigkeit, diesen Kummer zu empfinden, mit jedem Jahr seines Lebens nur noch vergrößern würde. Stets sah er dann seine Mutter in trunkenem Schlaf in ihrem Bett liegen, und es kam ihm so vor, als hätte sie irgendein tiefgründiges Geheimnis gekannt.

Keinerlei Veränderung ging in ihm vor, so jedenfalls erschien es ihm. Doch mit jedem Tag nahm er etwas mehr Nahrung zu sich. Bald schon stand er früh am Morgen auf, um mit den Klosterbrüdern zur Messe zu gehen. Immer öfter dachte er an Guido und Christina.

Waren sie sicher in Florenz angekommen? Machte sich Paolo Sorgen um ihn? Er hoffte, daß Marcello, der sizilianische Sänger, mitgekommen war. Ohne Signora Bianchi waren sie aber gewiß nicht aufgebrochen.

Manchmal stellte er sich auch vor, wie sie zusammen speisten, miteinander redeten. Es ärgerte ihn, daß er nicht wußte, wo sie jetzt waren. Hatten sie in den Bergen eine Villa mit einer Terrasse bezogen, auf der sie am Abend sitzen konnten? Oder befanden sie sich im Herzen der Stadt, in irgendeiner geschäftigen Straße in der Nähe des Theaters und der Paläste der Medici?

Eines Morgens schließlich zog er sich an, schlüpfte in seine Stiefel, schnallte seinen Degen um, nahm seinen Umhang über den Arm und ging, ohne lange zu überlegen, zum Vater Superior, um sich von ihm zu verabschieden.

Die Mönche im Garten schnitten gerade frische Palmzweige und legten sie in einen hölzernen Schubkarren. Da wußte er, daß dieser Tag der Freitag vor Palmsonntag sein mußte. Er hatte nur noch zwölf Tage, dann begann die Opernspielzeit.

Als er die Poststation erreichte, war er hungrig. Er nahm eine herzhafte Mahlzeit zu sich und begann mit ungewöhnlichem Interesse das Kommen und Gehen der Reisenden zu beobachten. Schließlich mietete er das beste Pferd, das er bekommen konnte, und ritt nach Süden auf Florenz zu.

In Fiesole, kurz vor Tagesanbruch, sah er das erste Opernplakat.

Es war Palmsonntag, alte Frauen und Arbeiter kamen gerade mit ihren geweihten Palmzweigen aus der Frühmesse. Aus den offenen Türen der Kathedrale ergoß sich ein warmer Lichtschein auf die Pflastersteine.

Tonio ritt im Schritt über die Piazza, als er auf einer verwitterten Mauer in großen Buchstaben seinen Namen geschrieben sah: SIGNORE TONIO TRESCHI.

Der Name kam ihm wie eine Geistererscheinung vor. Dann packte ihn eine so heftige Erregung, daß er sich dabei ganz töricht vorkam. Er ritt an die Mauer heran und starrte das zerknitterte Plakat an.

Es war mit einer üppigen Umrandung in Rot und Gold versehen und kündigte die Ostervorstellung von XERXES im Teatro Di Via Della Pergola in Florenz an. Sogar Guidos Name war aufgeführt, allerdings in weit kleinerer Schrift. Auch ein Portrait von Tonio war zu sehen, ein ovaler Kupferstich, der in der Tat sehr schmeichelhaft war. Darunter standen ein paar blumige Verse, in denen seine Stimme gelobt wurde.

Er ließ sein Pferd einen kleinen Schritt nach vorn und dann wieder zurück machen, suchte dabei mit einer Hand an der Mauer Halt. Er konnte sich gar nicht von dem Plakat losreißen.

Dann fragte er den ersten Passanten, der vorbeikam, wie weit es noch bis nach Florenz war.

»Reiten Sie den Berg hinauf, dann können Sie die Stadt schon sehen«, bekam er zur Antwort.

Der Himmel war immer noch dunkel und sternenübersät, als er die Bergkuppe erreichte und Florenz vor ihm ausgebreitet im Tal lag. Durch den Morgendunst sah er Glockentürme, Hunderte von blinkenden Lichtern und den ruhig dahinfließenden Arno. Das, was er sah, erschien ihm so schön wie das schlafende Bethlehem auf Weihnachtsbildern.

Während er die Kirchtürme in der Ferne betrachtete, wurde ihm klar, daß es in seinem ganzen Leben noch keinen Augenblick wie diesen gegeben hatte.

Vielleicht hatte er, als er am Premierenabend in den Seitenkulissen des Theaters in Rom gewartet hatte, etwas erlebt, was dieser wachsenden Erregung ähnelte. Vielleicht hatte er sie vor Jahren in Venedig erlebt, als er zum Fest der Senza aufs Meer hinausgefahren war.

Aber er verweilte in Gedanken nicht in der Vergangenheit.

Noch vor Sonnenaufgang würde er bei Guido und Christina sein. Dann würden sie zum ersten Mal wirklich vereint sein.

NACHWORT

Falsetto hätte nicht ohne umfassende Recherchen entstehen können. Ich bin nicht nur vielen Schriftstellern dieser Zeit zu Dank verpflichtet, sondern auch den Autoren zahlreicher wissenschaftlicher wie populärer Werke, die sich mit der Oper und den Kastraten, dem achtzehnten Jahrhundert, mit Kunst und Musik sowie mit Italien und den Städten Neapel, Rom und Venedig beschäftigen.

Außerdem habe ich viel Material über die körperlichen Folgeerscheinungen einer Kastration zu Rate gezogen. Mein besonderer Dank gilt dabei Robert Owen, M. D., der mir geholfen hat, mich durch das Dickicht an medizinischer Literatur zu diesem Thema durchzukämpfen. Ich möchte mich auch bei Anne-Marie Bates bedanken, die so großzügig war, mir eine Tonbandaufnahme von Alessandro Moreschi zur Verfügung zu stellen, dem letzten Kastraten der Sixtinischen Kapelle und dem einzigen Kastraten, dessen Stimme je aufgezeichnet wurde.

Sämtliche Hauptfiguren in diesem Buch sind fiktiv. Obwohl ich mich sehr bemüht habe, die Kastraten und das achtzehnte Jahrhundert sorgfältig zu schildern, habe ich mir erlaubt, mit den Personen und der Zeit etwas freier zu verfahren. Nicolino, Farinelli und Caffarelli haben wirklich gelebt. Sie waren berühmte Kastraten. Caffarellis Auftritte in diesem Buch sind jedoch erfunden.

Die Beschreibung von Guidos Lehrmethoden basiert auf *Early History of Singing* von W. J. Henderson, Vereinfachungen und Ungenauigkeiten liegen dabei in meiner Verantwortung.

Die direkte Inspiration für Tonios erste musikalische Erfahrungen in San Marco stellte das Album »*Baroque Venice,* Music of Gabrieli, Bassano, Monteverdi«, Decca, 1972, mit den dort beigefügten Anmerkungen dar, die Jean Baptiste Duvals Besuch in San Marco 1607 beschreiben.

Alessandro Scarlattis *The Garden of Love* (mit Catherine Gayer, Sopran, als Adonis und Brigitte Fassbaender, Alt, als Venus), Deutsche Grammophon, 1964, inspirierte mich zu Tonios Duett mit der Contessa in Neapel. Dies ist der einzige Abschnitt des Buches, den ich tatsächlich zur Musik geschrieben habe.

Metastasios *Achille en Sciro,* das Libretto, das Guido für Tonios Debüt in Rom auswählte, ist ausführlich von Vernon Lee in ihrem einzigartigen Werk *Studies in the 18th Century in Italy* beschrieben.

Heutzutage sind zahlreiche Barockopern, die zu dieser Zeit beliebt waren, auf Tonträgern erhältlich.

Für ein wirkliches Verständnis dieser Musik lege ich dem Leser jedoch dringend jene Aufnahmen ans Herz, in denen die ursprünglichen Kastratenpartien mit Sängerinnen besetzt sind. Die Kastraten waren echte Soprane und Alte. Männeraltisten und Falsettisten können kein wirkliches Bild von deren Stimmen vermitteln.